Maeve Binchy

Zeit der Kastanienblüte

KNAUR

Maeve Binchy

Zeit der Kastanienblüte

Aus dem Englischen
von Gabriela Schönberger

KNAUR

Die englische Originalausgabe erschien 2014 unter dem Titel
»Chestnut Street« bei Orion Books, London

Besuchen Sie uns im Internet:
www.knaur.de

FSC
www.fsc.org
MIX
Papier aus verantwortungsvollen Quellen
FSC® C083411

Redaktion: Ilse Wagner
Covergestaltung: ZERO Werbeagentur, München
Coverabbildung: © Lee Avison / Arcangel Images;
© huber-images.de / Ripani Massimo; FinePic®, München
Satz: Adobe InDesign im Verlag
Druck und Bindung: CPI books GmbH, Leck
ISBN 978-3-426-65356-2

2 4 5 3 1

Gordon Snell
Dalkey
Dublin

Knockglen, Castlebay, Mountfern – all die Orte, die Maeve in ihren Romanen und Geschichten erschuf, waren für ihre Leser ebenso real wie jede andere Kleinstadt in Irland. Oft genug musste das irische Fremdenverkehrsamt interessierten Besuchern erklären, dass sie leider keinen Bus oder Zug besteigen könnten, um dorthin zu gelangen.

So ist auch die Chestnut Street ein fiktiver Ort, aber das darin porträtierte Dublin ist äußerst real: eine Stadt im Wandel der Zeit, zum Leben erweckt in den Geschichten, die sich um die Bewohner dieser Straße und ihre Familien ranken.

Maeve schrieb über mehrere Jahrzehnte hinweg an diesen Erzählungen, in denen sich die Stadt und die Menschen der jeweiligen Epoche widerspiegeln. Stets präsent war dabei der Wunsch, sie eines Tages als Sammlung herauszugeben, mit der Chestnut Street im Mittelpunkt. Deshalb freut es mich sehr, dass ihre Verleger sie nun – ganz in ihrem Sinn – zu Maeve Binchys *Zeit der Kastanienblüte* im vorliegenden Band vereint haben.

Gordon Snell

Inhalt

Zeit der Kastanienblüte

Dolly und ihre Mutter

Nur weil ihre Mutter schön war, hatte sie es so schwer. Wäre ihre Mutter rund und pummelig oder dürr und voller Falten gewesen, hätte Dolly sich mit dem Erwachsenwerden um einiges leichter getan, aber so gab es nicht die geringste Hoffnung für sie. Mutter war groß und gertenschlank, und ihr Lächeln wirkte auf jeden ansteckend. Und wenn sie lachte, drehten sich sogar Fremde mit einem beifälligen Blick nach ihr um. Zudem war Mutter eloquent und nie um eine Antwort verlegen. Sie besaß das Talent, ihre langen, lilafarbenen Seidenschals so elegant zu drapieren, dass sie beim Gehen schmeichelnd ihre Figur umspielten. Band Dolly sich einen Schal um den Hals, sah sie damit aus, als sei sie bandagiert oder ein Fußballfan. Dick, untersetzt, farblos und uncharmant, wie sie war, fiel es ihr bisweilen nicht schwer, ihre eigene Mutter zu hassen. Allerdings hielt dieses Gefühl meist nie lang an, und von Hass konnte eigentlich auch nicht die Rede sein. Niemand vermochte Mutter zu hassen – schon gar nicht ihre linkische Tochter, die von ihr stets wie eine Prinzessin behandelt wurde und deren Vorzüge hervorzuheben Mutter nicht müde wurde. Dollys schöne, dunkelgrüne Augen zum Beispiel, in denen man sich Mutters Ansicht nach so leicht verlieren konnte. Doch Dolly hatte ihre Zweifel. Bisher war weit und breit niemand in Aussicht, der lang genug hineingeschaut hätte, um festzustellen, dass ihre Augen tatsächlich grün waren. Ganz zu schweigen davon, hoffnungslos in deren Tiefen zu versinken. Und immer wieder musste Vater herhalten, um Dollys wunderbares Haar zu bewundern. »Sieh doch nur, wie dick und gesund es ist. Shampoo-Hersteller werden unsere Doll noch auf Knien anflehen, Reklame für sie zu machen.« Mit milder Überraschung, aber gehorsam, wandte Vater dann seine Aufmerksamkeit Frau und Tochter zu, mit staunenden Augen, als wäre dem Hobbyornithologen der Anblick eines seltenen Eisvogels vergönnt. O ja, was für ein prachtvolles Gefieder. Nicht eine kahle Stelle, pflegte er zerstreut zu erwidern.

Dolly war weniger begeistert von ihrem mausgrauen Haar. Außer dass es dicht und üppig wuchs, gab es nicht viel Positives darüber zu berichten. Und genau das hob Mutter in ihren überschwenglichen Komplimenten immer wieder hervor.

Alle Mädchen an ihrer Schule liebten Dollys Mutter. Sie war stets freundlich zu ihnen, interessierte sich für ihre Angelegenheiten und vergaß nie ihre Namen. Die Mädchen kamen gern in das Haus in der Chestnut Street, vor allem am Samstagnachmittag. Dollys Mutter stellte ihnen dann ihre ausgemusterten Schminkutensilien zur Verfügung: alte Lippenstiftstummel, fast leere Lidschattendöschen, eingetrocknete Puderreste. Im Haus gab es einen großen Spiegel mit Beleuchtung wie in einer Künstlergarderobe; vor dem konnten die Mädchen ausgiebig üben. Dollys Mutter stellte nur eine Bedingung. Bevor sie nach Hause gingen, mussten alle Spuren der Kriegsbemalung mit Kleenex und Coldcream wieder getilgt sein. Mutter überzeugte sie davon, dass auf diese Weise ihre Haut frisch und gesund bleiben würde, so dass Dollys Freundinnen das Abschminken fast ebenso viel Spaß machte wie das Bemalen ihrer jungen Gesichter.

Hin und wieder fragte Dolly sich, ob ihre Freundinnen tatsächlich ihretwegen oder doch nur wegen ihrer Mutter kamen. In der Schule ignorierten sie sie meistens, und nach dem Unterricht blieb Dolly meist allein zurück, während die anderen Arm in Arm davoneilten. Nie war sie auf dem Pausenhof von einer Gruppe lachender Mädchen umringt, niemand wollte mit ihr nach der Schule zum Bummeln gehen, und im Sportunterricht wurde sie normalerweise stets als Letzte in eine

Mannschaft gewählt. Sogar die arme Olive, die richtig schwabbelig war und dicke, runde Brillengläser trug, wurde oft noch vor Dolly auserkoren. Wäre Mutter nicht gewesen, hätte in der Schule wahrscheinlich niemand Notiz von ihr genommen. Eigentlich hätte Dolly dankbar sein müssen, denn im Gegensatz zu allen anderen in ihrer Umgebung hatte sie eine Mutter, die allgemein beliebt und anerkannt war. Normalerweise wusste Dolly das auch sehr zu schätzen, aber am glücklichsten war sie doch, wenn sie mit ihrer Katze spielte.

Für den Wohltätigkeitsbasar ließ sich Mutter immer einen anderen originellen Kuchen einfallen, jedoch nie üppig verzierte Torten, die die anderen Mütter in Verlegenheit gebracht hätten, oder trockene Napfkuchen, für die Dolly sich hätte schämen müssen. Mal war der Kuchen über und über mit Smarties dekoriert, ein andermal mit Kapuzinerkresseblüten, die man bedenkenlos mitessen konnte – zumindest laut Zeitungsartikel, den Mutter beigelegt hatte. Für das Schultheater stellte Mutter stets die tollsten Utensilien zur Verfügung und beschwerte sich nie, wenn sie die Sachen nicht mehr zurückbekam. Einmal hatte Mutter Miss Power sogar um das Strickmuster ihres Pullovers gebeten und das gute Stück tatsächlich nachgestrickt. Aber in einer anderen Farbe, wie sie Miss Power erklärte, damit sie nicht wie Zwillinge aussahen. Die arme Miss Power – im Gegensatz zu Mutter ein unscheinbares Mauerblümchen – hatte vor Freude rosige Wangen bekommen und auf einmal richtig sympathisch gewirkt.

Nun stand Dollys sechzehnter Geburtstag bevor, der groß gefeiert werden sollte. Mutter besprach alles ausgiebig mit ihrer Tochter.

»Sag mir doch mal, wie du dir deine Party vorstellst, und dann will ich noch wissen, wie die anderen aus deiner Klasse feiern werden. Es gibt nichts Schlimmeres als eine Mutter, die völlig danebenliegt und ihre Tochter ins Kino oder zu McDonald's schleppt wie ein kleines Mädchen.«

»Du machst doch nie was falsch, Mutter«, erwiderte Dolly dumpf.
»O doch, das kann mir auch passieren, Doll, Schätzchen. Ich bin immerhin gefühlte hundert Jahre älter als du und alle deine Freundinnen zusammen. Meine Ideen stammen quasi noch aus dem letzten Jahrhundert. Deshalb bin ich darauf angewiesen, dass du mir genau sagst, wie du dir das vorstellst.«
»Du bist doch keine hundert Jahre älter als wir.« Dolly räusperte sich. »Du warst dreiundzwanzig bei meiner Geburt, und jetzt bist du noch keine vierzig Jahre alt.«
»Oh, aber bald werde ich es sein.« Mutter seufzte und warf einen kurzen Blick in den Spiegel, aus dem ihr ein makelloses Gesicht entgegensah. »Bald bin ich eine runzlige, bucklige, exzentrische Vierzigjährige.« Sie brach in perlendes Gelächter aus, und Dolly stimmte mit ein. Diese Vorstellung war einfach lächerlich.
»Was hast du eigentlich an deinem sechzehnten Geburtstag gemacht?«, fragte Dolly. Panisch versuchte sie, den Moment so lang wie möglich hinauszuzögern, an dem sie zugeben musste, dass sie keine Ahnung hatte, wie ihre Party aussehen sollte, und dass sie sich im Grunde schrecklich davor fürchtete.
»Ach, Liebes, das ist schon eine Weile her. Ich weiß aber noch, dass es ein Freitag war, weshalb wir dasselbe getan haben wie alle anderen auch. Das heißt, wir haben uns eine Musiksendung im Fernsehen angeschaut, *Ready, Steady, Go!*. Und dazu gab es Würstchen und eine Geburtstagstorte und Musik von den Beatles auf meinem alten Plattenspieler. Anschließend sind wir in einen Coffeeshop weitergezogen, wo viel gelacht wurde und wir einen Eiskaffee nach dem anderen tranken. Und dann sind wir alle mit dem Bus wieder nach Hause gefahren.«
»Das hört sich lustig an«, sagte Dolly sehnsüchtig.
Mutter seufzte. »Na ja, damals herrschte noch tiefstes Mittelalter. Heutzutage ist man viel fortschrittlicher. Wahrscheinlich wollt ihr alle in die Disko gehen, oder? Was haben denn die

anderen Mädchen an ihrem Geburtstag gemacht? Jenny ist doch bereits sechzehn, Mary auch. Und Judy?« Fragend sah Mutter sie an, während sie die Namen von Dollys Freundinnen auflistete. Ihr lag sehr viel daran, dass sich ihre Tochter auf keinen Fall ausgeschlossen fühlte.

»Ich glaube, Jenny ist einfach ins Kino gegangen«, erwiderte Dolly.

»Sie hatte natürlich auch Nick.« Dollys Mutter nickte weise. Die Mädchen vertrauten ihr alle ihre kleinen Geheimnisse an.

»Und was Judy gemacht hat, weiß ich nicht«, antwortete Dolly verstockt.

»Wieso denn nicht, Schätzchen? Sie ist doch deine Freundin.«

»Ich weiß es trotzdem nicht.«

Mutters Gesichtsausdruck wurde merklich weicher. Offensichtlich hatte sie sich für eine andere Vorgehensweise entschieden, als sie beschwichtigend fortfuhr: »Ist schon gut, vielleicht hat sie ja gar nichts unternommen. Oder nur im Kreis ihrer Familie gefeiert. Und das kannst du selbstverständlich nicht wissen.«

Dolly fühlte sich schlechter denn je zuvor. Wie stand sie nun da vor ihrer Mutter? Ihre Freunde feierten ohne sie, und sie selbst war so bedauernswert, dass sie eine peinliche Party geben musste, um sich deren Freundschaft zu erkaufen. Dolly wurde das Herz schwer. Sie wusste, dass man ihren hängenden Mundwinkeln ansah, wie sie sich fühlte. Wie gern hätte sie ihrer klugen, liebenswerten Mutter ein Lächeln geschenkt, die nur versuchte, ihr zu helfen. Sie hatte ihr immer geholfen, sie aufgebaut, sie bewundert. Doch Dolly wollte einfach kein Lächeln gelingen.

Mutter hätte jeden Grund gehabt, sich bei dieser zutiefst undankbaren Tochter als Märtyrerin zu fühlen. Aber dafür war sie nicht der Typ. Ganz im Gegensatz zu Judys Mutter, die permanent jammerte und sich über ihre Töchter beklagte, die ihr das Leben schwermachten. Und was Jenny betraf – deren Mutter konnte einem manchmal vorkommen wie eine Geheimagentin, so argwöhnisch überwachte sie auch noch die harmlosesten Aktivitäten ihrer Tochter. Marys Mutter wiederum war völlig anders: Gramgebeugt unter der Last der Verantwortung für eine Tochter im Teenageralter, vermittelte sie das Bild einer mittelalterlichen Madonna. Dollys Mutter war die Einzige, die stets optimistisch, heiter und voller Pläne war. Leider hatte sie kein Glück gehabt, als das Schicksal ihr statt einer lebhaften Tochter nur die langweilige, farblose Dolly zugeteilt hatte.

»Warum bist du eigentlich immer so nett zu mir, Mutter?« Dolly war es ernst mit ihrer Frage, und sie wollte endlich wissen, woran sie war.

Mutter schien nicht sonderlich überrascht zu sein über die Frage. Munter lächelnd ging sie darauf ein wie auf jede andere Bitte, die an sie herangetragen wurde.

»Ich bin doch nicht nett zu dir, Schätzchen. Ich benehme mich ganz normal … aber dein sechzehnter Geburtstag soll ein besonderer Tag werden, an den du immer gern zurückdenkst … so wie meiner, auch wenn das vielleicht kindisch ist. Wenigstens habe ich ihn nicht vergessen, und auch nicht die albernen Kleider und Frisuren von damals. Und deshalb wünsche ich mir auch für dich, dass du einen glücklichen Tag erlebst.«

Dolly überlegte einen Moment, ehe sie antwortete. Alle ihre Freundinnen, die sie zu Hause besucht hatten, waren voll des Lobes für ihre Mutter gewesen und hatten gemeint, dass sie eigentlich eher wie eine große Schwester sei. Ihr könne man alles anvertrauen, und sie habe für alles Verständnis.

»Mutter, bitte, lass es sein. Im Ernst. Ich werde nie einen glücklichen Tag erleben. So etwas wird es für mich nicht geben. Glaub es mir. Es ist nicht mehr so, wie es für dich war oder auch jetzt noch für dich ist. Ich will ja nicht jammern. Ich sage nur, wie es ist.«

Dolly zwang sich, nicht in Tränen auszubrechen, und betete

darum, dass sich so etwas wie Verständnis auf dem Gesicht ihrer Mutter abzeichnen möge. Stattdessen sah Mutter sie nur tief besorgt an, aber mit echtem Verständnis für ihre Lage hatte das nichts zu tun. So war es immer gewesen.

Und so ließ sie den tröstenden Wortschwall ihrer Mutter über sich ergehen: Jede Fünfzehnjährige fühle sich deprimiert, in diesem Alter sei man schließlich weder Fisch noch Fleisch. Aber bald schon würde die Welt anders aussehen, Dollys wunderschöne grüne Augen würden wieder leuchten, und sie würde sich mit wehendem Haar und voller Vorfreude in die Abenteuer stürzen, die das Leben für sie bereithielt.

Dolly starrte auf die schlanken, weißen Finger mit den perfekt geformten, langen, rosigen Fingernägeln, als ihre Mutter nach ihrer Hand griff. Sie betrachtete die Ringe, die zwar nicht übermäßig groß waren, Mutters kleine Hand aber noch zarter erscheinen ließen. Und diese Hand streichelte nun Dollys klobige Hand mit den abgekauten Fingernägeln, den Tintenflecken und den Kratzern, die sie sich an den Brombeerbüschen geholt hatte.

Das ist alles nur meine Schuld, dachte Dolly. Mutter konnte nichts dafür, sie war diejenige, die schlecht war. Böse und verrottet bis ins Innerste ihres Herzens, dem es an Feinfühligkeit und Sanftmut mangelte.

Auch ihr Vater wirkte oft melancholisch, dachte Dolly, wenn er sich mit hängenden Schultern müde den Hügel vom Bahnhof heraufschleppte, die Aktenmappe in der Hand. Doch seine Miene heiterte sich auf, sobald er Mutter erblickte, die an einem der oberen Fenster stand und ihm zuwinkte, ehe sie leichtfüßig die Treppe hinunterlief, um ihm um den Hals zu fallen, kaum dass er an der Tür war. Und sie beschränkte sich nicht auf einen flüchtigen Kuss, sondern umarmte ihn fest samt Aktenmappe, Regenmantel, Abendzeitung und allem Übrigen. War sie in der Küche, ließ sie alles stehen und liegen und rannte zu ihm. Dolly fiel auf, wie froh und sogar überrascht er jedes Mal wieder zu sein schien. Er selbst war nicht der Typ für spontane Gesten, reagierte darauf aber wie eine Blume auf die Sonne, wenn sie hinter den Wolken hervortrat. Schlagartig verschwand der bekümmerte Ausdruck von seinem Gesicht. Mutter belästigte ihren Mann nie mit Problemen, wenn er nach einem harten Arbeitstag nach Hause kam. Sogar wenn es einen Wasserrohrbruch gegeben haben sollte, erfuhr er erst später davon. Viel später.

Und deswegen kam Mutter nun auch voller Vorfreude auf ihren sechzehnten Geburtstag zu sprechen, den sie nicht als Problem ansah, sondern dem sie – im Gegenteil – mit glänzenden Augen entgegenfieberte. Der sechzehnte Geburtstag eines Mädchens war so etwas wie ein Symbol, eine Landmarke, ein Meilenstein und musste schließlich gebührend gefeiert werden. Was also sollten sie tun, um ihrer Tochter einen unvergesslichen Tag zu bereiten?

Dolly sah einen zärtlichen Ausdruck über Vaters Gesicht huschen. Er kannte sicher auch andere Familien, in denen die Mütter so ganz anders waren als ihre, Familien, in denen es ein Anlass zum Streit war, wenn die Kinder eine Party feiern wollten. Vater konnte sich glücklich schätzen, mit einer Ausnahmefrau wie Mutter verheiratet zu sein, der einzigen Frau auf der Welt, die sich darauf freute, eine Party für ihre Teenagertochter zu geben.

»Na, da wird uns schon was einfallen.« Er strahlte über das ganze Gesicht. »Du bist ein echtes Glückskind, Dolly. Das steht schon mal fest. Selbstverständlich bekommst du eine Party zum sechzehnten Geburtstag.«

»Aber es macht mir nichts aus, wenn wir uns das nicht leisten können«, wagte Dolly zaghaft einzuwenden.

»Selbstverständlich können wir uns das leisten. Wozu arbeiten deine Mutter und ich schließlich, wenn wir uns nicht hin und wieder etwas Besonderes gönnen würden?«

Sofort fühlte Dolly sich schuldig. Sollte sie das glauben? Nahm

Vater tatsächlich die tägliche Fahrerei in das gesichtslose Büro auf sich, aus dem er abends todmüde nach Hause zurückkehrte, nur um sich teure Geburtstagsfeiern leisten zu können? Bestimmt nicht. Und wie war das mit Mutter, die vormittags in einem großen Blumengeschäft aushalf? Tat sie das alles nur, um hin und wieder finanziell ordentlich über die Stränge schlagen zu können? Dolly hatte immer gedacht, dass Mutter gern in dem Laden mit all den schönen Pflanzen arbeitete. Mittags konnte sie sich mit ihren Freundinnen zum Essen treffen, und aus dem Geschäft brachte sie oft welke Blumensträuße mit nach Hause, die sie wieder aufpäppelte. Und ihr Vater ging zur Arbeit, weil Männer das nun mal so taten. Sie fuhren in ein Büro und bearbeiteten Akten. Dolly stellte fest, dass sie wohl nicht viel über die Dinge des Lebens wusste. Kein Wunder, dass sie sich nicht so gut mit anderen Menschen unterhalten konnte. Nicht so wie Mutter. Erst neulich hatte sie mit angehört, wie Mutter mit dem Postboten ein Gespräch über das Thema Glück geführt hatte. Unvorstellbar, sich mit einem Mann, der die Post brachte, über ein so ernstes Thema zu unterhalten. Und dabei hatte er sehr interessiert gewirkt und bedauert, dass es leider nicht genügend Leute gebe, die sich mit solchen Dingen auseinandersetzten.

»Mutter, ich weiß nie, was anderen gefallen könnte. Dir fällt doch immer etwas ein. Was würden meine Freundinnen wohl gern unternehmen?«

Dolly fühlte sich klein und unbedeutend wie nie im Leben. Wer, um alles in der Welt, würde jemandem wie ihr auch nur ein Quentchen Sympathie entgegenbringen? Ein verwöhntes Gör sei sie, würden sie bestimmt sagen. Ein Mädchen, das alles hatte und es nicht zu schätzen wusste. Mutter hatte natürlich keine Ahnung von diesen Gedanken. Sie war viel zu sehr damit beschäftigt, anderen behilflich zu sein.

»Wie wäre es mit einem Mittagessen?«, sagte sie plötzlich. »Lunch am Samstag im The Grand Hotel – ihr könntet euch alle so richtig schick machen und dürftet euch sogar eine Flasche Wein teilen. Unter der Bedingung natürlich, dass ihr viel Mineralwasser dazu trinkt. Ihr könntet *à la carte* bestellen … alles, was ihr wollt. Was hältst du davon?«

Das klang nicht schlecht und war mal etwas anderes.

»Würdest du denn mitkommen?«, fragte Dolly.

»Unsinn, Schätzchen. Deine Freundinnen wollen bestimmt keine alte Tante wie mich …«

»Bitte, Mutter«, flehte Dolly.

Nun gut. Mutter ließ sich überreden. Da sie am Samstag ohnehin arbeitete, könne sie sich ja einen albernen Hut aufsetzen und ihnen auf ein Glas Wein Gesellschaft leisten.

Dollys Freundinnen waren begeistert. Eine großartige Idee. *Die* Gelegenheit, ihr neues Kleid auszuführen, dachte Jenny; und wenn Nick erfuhr, dass sie im The Grand Hotel lunchten, würde er sterben vor Neid. Mary wollte sich gleich die Speisekarte anschauen, damit sie wussten, was sie bestellen sollten. Und vielleicht wären sogar Leute vom Film da oder Modelagenturen, die Nachwuchs suchten, wie Judy hoffte. Dass Dollys Mutter so etwas eingefallen war – genial.

»Wieso hat deine Mutter eigentlich immer so tolle Ideen?«, fragte Jenny.

Dolly verzog das Gesicht. »Ich wohl nicht, wie?«

»Ach, du nervst, Dolly«, erwiderten Jenny und Mary wie aus einem Mund, spazierten aus dem Klassenzimmer und ließen Dolly, die sich wünschte, die Welt würde auf der Stelle als riesiger Feuerball untergehen, allein zurück. Dolly sah mit einem Mal keinen Sinn mehr darin, an einem Ort zu leben, an dem die eigenen Eltern es für eine gute Idee hielten, viel Geld auszugeben, um andere zum Lunch einzuladen, die in einem sowieso nur eine Nervensäge sahen. Als Miss Power ins Zimmer kam, saß Dolly immer noch da.

»Jetzt häng hier nicht so herum, Dolly. Geh raus an die frische Luft, damit du etwas Farbe ins Gesicht bekommst. Außerdem ist dein Uniformrock schon wieder am Saum eingerissen, und dein Pullover hat Flecken. Deine Mutter ist in deinem Alter bestimmt nicht so herumgelaufen.«

»Nein, sie war sicher damals schon perfekt«, erwiderte Dolly gekränkt. Missbilligend schüttelte die Lehrerin den Kopf.

Samstagvormittag, am Tag des Geburtstagsessens, hatte Mutter einen Termin beim Friseur und bei der Maniküre für ihre Tochter ausgemacht. Dolly hatte sich mit Händen und Füßen dagegen gewehrt, ebenso wenig wie sie den Gutschein für ein neues Kleid hatte haben wollen.

»Das wird sicher ein Reinfall, Mutter«, hatte sie gesagt. »Das läuft doch immer so bei mir.«

Bildete sie sich das nur ein, oder wurde Mutters Blick tatsächlich ein wenig hart?

»Soll ich dir vielleicht etwas zum Anziehen aussuchen?«, hatte Mutter daraufhin vorgeschlagen. Und natürlich hatte sie ein entzückendes grünes Kostüm gefunden, genau in der Farbe ihrer Augen, wie sie Dolly versicherte. Es passte wie angegossen, und den anderen Mädchen gefiel es auch. Selbstverständlich waren sie höflich zu ihr, ihnen blieb gar nichts anderes übrig. Schließlich wurden sie von ihr in The Grand Hotel eingeladen. Dennoch schienen sie von ihrem Anblick beeindruckt zu sein. Ihr Haar schimmerte seidig, ihre Fingernägel waren zwar kurz, aber sauber und rosig; die Kosmetikerin hatte sie sogar lackiert, so dass Dolly nicht mehr darauf herumkauen konnte.

Die Reservierung war auf Dollys Namen erfolgt, und der Manager des Hotels hieß sie auf das Herzlichste willkommen.

»Und Ihre entzückende Mutter wird später auch noch vorbeischauen«, hatte er gesagt.

»Ja, sie muss noch arbeiten, wissen Sie«, erklärte Dolly.

»Arbeiten?«

»Ja, im Blumenladen«, fügte Dolly hinzu.

Aus irgendeinem Grund fand er das offensichtlich äußerst

amüsant. Er lächelte, beschwichtigte sie aber sofort. »Aber natürlich. Sie ist eine wunderbare Frau, Ihre Mutter. Sie stattet uns hin und wieder einen Besuch ab. Leider viel zu selten.«

Als Mutter den Raum betrat, zog sie die bewundernden Blicke aller auf sich. Ihre Vorfreude schien groß, als sie sich zu der Gruppe junger Mädchen setzte. Man hätte meinen können, es handele sich dabei um eine höchst illustre Runde und nicht um vier verlegen dreinblickende Teenager, die fast ein wenig verloren wirkten inmitten all der Pracht. Aber als die vier Mädchen mit einem Schluck Wein auf die frischgebackene Sechzehnjährige in ihrer Mitte anstoßen durften, sah die Welt mit einem Mal freundlicher aus, und sie fühlten sich beinahe erwachsen, so, als würden sie tatsächlich hierhergehören. Dolly entging nicht, dass sie sich viel selbstbewusster im Speisesaal umsahen. Diesen Tag würde bestimmt keine von ihnen je vergessen. Ich auch nicht? fragte sich Dolly. Würde sie sich noch nach Jahren daran erinnern, so wie ihre Mutter, die weder die Schallplatten, die sie gespielt hatten, noch das Fernsehprogramm oder den Coffeeshop vergessen hatte?

Mutter hatte vorgeschlagen, nach dem Essen gemeinsam in der Stadt zu bummeln und bei den Straßenmusikern und Tänzern am Brunnen vorbeizuschauen. Später habe sie allerdings noch ein paar Dinge zu erledigen und müsse sie deshalb eine Weile allein lassen. Als die Mädchen ihre Mäntel aus der Garderobe holten, kamen sie sich sehr erwachsen und selbständig vor.

Dolly hatte keinen Mantel dabeigehabt; das grüne Kostüm war warm genug. Also wartete sie draußen, während die anderen kichernd in der Tür zur Damentoilette verschwanden. Erst schlenderte Dolly ein wenig hin und her, ehe sie, ohne sich etwas dabei zu denken, die Tür zum Büro des Managers aufstieß. Sie hatte ihre Mutter, die die Rechnung persönlich begleichen wollte, hineingehen sehen. Dolly wollte sich bei ihr bedanken und ihr sagen, wie sehr sie diesen Tag genossen hatte und wie gut ihr das neue grüne Kostüm gefiel. Mutter und der Manager standen dicht beieinander. Er hatte einen Arm um Mutter gelegt und streichelte mit der anderen Hand ihr Gesicht. Sie lächelte ihn zärtlich an.

Dolly konnte gerade noch zurückweichen, schaffte es aber nicht mehr, die Tür zu schließen. Erschrocken ließ sie sich auf eines der Brokatsofas in der Lobby fallen.

Mutter und der Manager hatten die offene Tür anscheinend sofort bemerkt und wirkten ziemlich aufgelöst, als sie herauskamen. Die Angst, ertappt worden zu sein, vergrößerte sich noch, als sie das Mädchen vor dem Büro auf dem Sofa sitzen sahen. Im gleichen Augenblick jedoch traf die schnatternde Schar der Schulfreundinnen ein. Man verabschiedete sich, bedankte sich, und dann kehrten die Mädchen mit Dolly und ihrer Mutter in die Stadt zurück. Jenny, Judy und Mary liefen voraus. Dolly ging nachdenklich neben ihrer Mutter her.

»Wieso heiße ich eigentlich Dolly?«, fragte sie unvermittelt.

»Na, um deinem Vater einen Gefallen zu tun, haben wir dich nach seiner Mutter Dorothy benannt, aber mir hat der Name nie gefallen. Und da du ein richtiges kleines Püppchen warst, habe ich dich Dolly genannt.« Wie jede Frage hatte Mutter auch diese arglos und ohne lang zu überlegen beantwortet.

»Versuchst du eigentlich immer, es allen Menschen recht zu machen?«

Erstaunt sah ihre Mutter sie an.

»Ja, ich denke schon. Das habe ich bereits früh gelernt. Es anderen Menschen recht zu machen, erleichtert das Leben kolossal.«

»Aber es ist nicht immer ehrlich gemeint oder entspricht dem, was du gerade fühlst, oder?«

»Nein, nicht immer.«

Dolly hätte sicher auch eine Antwort bekommen, wenn sie Mutter nach dem Hotelmanager gefragt hätte. Das wusste sie. Doch was sollte sie fragen? Liebst du ihn? Wirst du Vater verlassen und mit ihm zusammenleben? Nehmen dich auch noch andere Männer in den Arm? War es das, was du noch zu erledigen hattest?

Und plötzlich war es Dolly klar, dass sie nichts sagen würde. Nicht eine Frage würde sie stellen. Aber sie würde darüber nachdenken, ob der Weg, den Mutter eingeschlagen hatte, tatsächlich der richtige war. Das Leben war kurz, warum also nicht lächeln und es anderen Leuten recht machen … Menschen wie ihrer Schwiegermutter Dorothy, die mittlerweile längst verstorben war; Menschen wie Miss Power, deren Pullover man nachstrickte; Menschen wie Vater, den man liebevoll am Tor begrüßte. Oder auch ihrer mürrischen, uncharmanten Tochter, für die man eine Geburtstagsparty organisierte.

Als Dolly sich bei Mutter unterhakte, um mit ihr zum Brunnen zu gehen, traf es sie wie ein Schock, und sie wusste, dass sie ihren sechzehnten Geburtstag niemals vergessen würde. Für sie würde dies stets der Tag sein, an dem sie erwachsen geworden war. Der Tag, an dem ihr klargeworden war, dass es viele Möglichkeiten gab, das Leben zu bewältigen, und dass Mutters Weg nur einer von vielen war. Nicht unbedingt der richtige und auch nicht der falsche. Nur einer von vielen, für die man sich entscheiden konnte.

Nur ein Tag im Leben

Schulmädchen in einer kleinen Stadt – es war kaum zu glauben, aber irgendetwas hatten sie immer zu schnattern. Die Nonnen dachten, sie würden Pläne für ein christliches Leben schmieden und sich Gedanken über ihren zukünftigen Beruf machen. Ihre Eltern glaubten, sie würden besprechen, wie sie gute Noten in ihrem Abschlusszeugnis erzielten. Die Schuljungen bei den Ordensbrüdern hingegen vermuteten, dass Maura, Deirdre und Mary nur Kleider und Schallplatten im Kopf hatten, denn das war das Einzige, das sie von den Gesprächen mitbekamen, wenn ihnen ein Grüppchen junger Mädchen in Schuluniformen über den Weg lief.

In Wirklichkeit kannten die Mädchen nur ein Thema: die Liebe und die Ehe in allen ihren Aspekten. Vor dem Heiraten kam natürlich die Liebe. Und davon gab es jede Menge Spielarten – die erste Liebe, die falsche Liebe, Liebe, die nur geheuchelt war, Liebe, die nicht erwidert wurde, Liebe, die sich gegen Widrigkeiten aller Arten zu behaupten hatte. Doch die Krönung einer jeden Liebe war die Hochzeit.

Wie es danach mit der Liebe weiterging, darüber machten sich Maura und ihre Freundinnen Mary und Deirdre nicht viele Gedanken. Denn nach der Hochzeit fügte sich bestimmt alles problemlos zusammen, und man lebte glücklich bis ans Ende seiner Tage. Wozu sonst der ganze Aufwand?

Es gab sicher nichts Besseres, als verheiratet zu sein. Man lebte in seiner eigenen Wohnung und konnte kommen und gehen, wie es einem beliebte. Und vor allem aufstehen, wann man Lust dazu hatte. Und essen, was einem schmeckte. Wenn man wollte, konnte man sich sieben Abende die Woche von Pommes frites ernähren. Und zur Hochzeit bekam man Geschenke und viele neue Sachen. Keine Kissen, in denen bereits Generationen vor einem geschlafen hatten, oder Töpfe mit geschwärzten Böden. Alles war glänzend und neu, wenn man heiratete. Also gab es nichts Schöneres, als sich zu verlieben und zu heiraten. Die Mädchen waren vierzehn Jahre alt, als sie so dachten. In dem Alter glaubte man noch, dass es im Lebens nichts Erstrebenswerteres gab, als nach Hause kommen zu können, wann man wollte.

Als sie fünfzehn waren, gesellte sich ein weiterer Aspekt hinzu. Maura, Mary und Deirdre machten sich erste Gedanken über passende Kandidaten auf dem Markt. Die Auswahl schien nicht sehr groß, wie man allgemein der Ansicht war, um nicht zu sagen sehr begrenzt, wenn man einmal genauer hinsah. Nur wenige junge Frauen hatten sich je mit einem so unergiebigen Forschungsgebiet zufriedengeben müssen wie sie, fanden die Mädchen.

Im Film standen den Heldinnen stets Hunderte von Kandidaten zur Auswahl, oder wenigstens kam ab und an ein gutaussehender Fremder in die Stadt geritten. Im echten Leben gab es bloß die Jungs bei den Ordensbrüdern, die immer nur blöd grinsten und dumm daherredeten. In so einen konnte man sich doch nicht verlieben.

Mit sechzehn Jahren wurde die Angelegenheit bereits spezifischer. Die körperliche Seite der Liebe, ihr Vollzug und wie man sich dabei zu benehmen hatte – all das trat in den Vordergrund. Vor allem die Hochzeitsnacht, denn in der würde man ja zum ersten Mal miteinander schlafen. Unmöglich, an das eine ohne an das andere zu denken. Sogar in den fortschrittlichen fünfziger Jahren würde nur eine Idiotin das tun, was die arme Orla O'Connor getan hatte. Ihr Freund hatte sich nach England abgesetzt, sobald er erfahren hatte, dass sie in anderen Umständen war. Und dann war da Katy, die überstürzt den ältesten Murphy-Sohn hatte heiraten müssen. Tagaus, tagein saß sie nun zu Hause und versorgte ihr dickes Baby, das nach sechs Monaten Ehe verfrüht zur Welt gekommen war, während ihr Mann jeden Abend um die Häuser zog. Aber er hatte sie immerhin geheiratet. Er hatte seine Pflicht getan, das, was von ihm erwartet wurde. Man konnte kaum etwas gegen ihn sagen. Vor allem sie nicht. Katy würde niemals ein schlechtes Wort gegen einen Ehemann vorbringen, der trotz der Schande zu ihr gehalten hatte. Da spielte es keine Rolle, dass er Stammgast in jedem Pub von einem Ende der Grafschaft bis zum nächsten war.

Die leichtsinnige Orla und die dankbare Katy – nicht unbedingt Vorbilder für Maura und ihre Freundinnen Mary und Deirdre –, die als lebende Beispiele in ihrer eigenen Heimatstadt viel stärker abschreckend wirkten, als es eine Predigt von der Kanzel, von den Lehrern oder Eltern je vermocht hätte.

Für Maura, Mary und Deirdre war die Sache klar. Sollte man sich vor der Hochzeitsnacht auf Sex, Liebe oder sonstige Abenteuer einlassen, gab es nichts zu gewinnen, aber alles zu verlieren.

Immer wieder versuchten die Mädchen, sich vorzustellen, was am ersten Abend ihrer Flitterwochen im Hotel wohl passieren würde. Wahrscheinlich würden sie erst einmal auspacken, vielleicht ein wenig herumknutschen und sich gegenseitig beteuern, was für ein schöner Tag das gewesen sei.

»Vergiss nicht, du bist verheiratet – du musst jetzt nichts mehr tun, weder Koffer auspacken noch sonst etwas«, wandte Mary aufgeregt ein.

»Ja, schon, aber du musst doch deine Sachen aus den Koffern holen. Sonst läufst du die ganzen Flitterwochen in zerknitterten Kleidern herum«, meinte Deirdre, die stets am besten von allen angezogen war.

»Und du willst doch nicht, dass er denkt, er hätte eine Schlampe geheiratet«, sagte Maura, deren Mutter immer sehr viel Wert auf das legte, was die Leute sagten oder dachten.

So einigten sich die Freundinnen darauf, dass man zuerst auspacken, sich für das Abendessen umziehen und gemeinsam in den Speisesaal des Hotels gehen würde, wo der Kellner sie als »Mister« und »Mistress« anredete. Diese Vorstellung entlockte den Mädchen leises Kichern. Aber schließlich konnte das Abendessen nicht ewig dauern, und man musste irgendwann wieder nach oben gehen. Und hier schieden sich die Geister.

Wie verhielt man sich denn nun als Frau? Ging man zuerst ins Bad, kam zurück und wartete, dass der Mann es einem gleichtat? Und wenn ja, legte man sich dann sofort ins Bett, oder sah das so aus, als könnte man es kaum mehr erwarten? Oder wirkte es gar wie Unwissenheit, wenn man sich in einen Sessel setzte?

Oder ließ man ihm den Vortritt im Bad, um noch frischer und anziehender zu wirken, wenn es dann so weit war? Das war natürlich eine Möglichkeit. Aber die Mädchen hatten von einem Paar gehört, da war der Mann eingeschlafen, als die junge Frau endlich aus dem Bad herausgekommen war. Nun wusste sie nicht, ob sie ihn wecken sollte, und es war alles ganz schrecklich gewesen.

Aufgeregt spekulierten die Freundinnen, ob es weh tun würde beim ersten Mal, ob es schnell vorüber wäre oder ob es lang dauerte. Und dann? Bedankte er sich danach bei ihr oder sie sich bei ihm? Oder beteuerte man sich gegenseitig, wie wunderbar es gewesen sei?

Selbstverständlich malten sie sich auch lang und breit das eigentliche Hochzeitsfest aus.

So wünschte Mary sich als Auftakt ihres Festmenüs nicht die obligatorische Suppe, sondern Melone mit Ingwer. Das kostete zwar einen Shilling mehr als die Pilzsuppe, war aber um einiges exotischer.

Deirdre wollte es bei der Suppe belassen, da ihre Familie sich bestimmt an dem Ingwer verschlucken und sie vor allen Leuten blamieren würde. Ebenso plante sie, einen Akkordeonspieler zu engagieren, um die Gesprächspausen während des Essens zu füllen und um danach den Lärm zu überdecken, wenn die Gäste lebhafter wurden.

Maura stellte sich vor, dass bei ihrer Hochzeit alle Frauen große Hüte mit breiten Krempen, Blumen und Bändern tragen sollten. Keine kleinen, eng am Kopf anliegenden Veloursкappen in Dunkelblau oder Weinrot, wie sie die älteren Frauen in der Kirche immer aufhatten, sondern große, bunte Wagenräder aus Stroh oder Seide, wie man sie aus den Filmen oder aus der Wochenschau über die Hochzeit von Hoheiten oder Leuten aus dem Showbusiness kannte. Und in der Kirche sollte jeder Mann eine Blume im Knopfloch tragen.

Mary fand das albern. Welcher Mensch in ihrem Ort würde sich schon so herausputzen? Die anderen würden Maura sicher für überspannt halten, gab Deirdre zu bedenken, und ihr vorwerfen, sie wolle die Gewohnheiten der britischen Aristokratie nachäffen. Wie es sich bei einer traditionellen Hochzeit gehörte, würden die Männer ihren guten Anzug anziehen und nach dem zweiten Drink den obersten Kragenknopf öffnen und die Krawatte ablegen. So hatte man es immer gehalten. Die Frauen würden sich ein neues Kostüm zulegen, vielleicht sogar einen passenden kleinen Hut, wahrscheinlich aber eher nicht. Nur in der Kirche würden sie eine Spitzenmantilla tragen. Maura solle sich dieses Gartenparty-Zeug besser gleich aus dem Kopf schlagen.

Maura war verunsichert, reagierte aber schnell und tat ihrerseits Deirdres Melonen-Ingwer-Vorspeise und ihren Akkordeonisten als überspannte Kleinmädchenträume ab.

Und dann feierten die Freundinnen siebzehnten Geburtstag und zerstreuten sich danach in alle Winde. Deirdre ging nach Wales, um dort Krankenschwester zu lernen, Mary machte eine Ausbildung zur Buchhalterin, um eines Tages im elterlichen Geschäft zu arbeiten, und Maura zog es nach Dublin, wo

sie eine Sekretärinnenschule besuchte und Abendkurse am UCD belegte.
Einmal im Jahr, im Sommer, trafen sie sich und lachten und schwatzten wie in alten Zeiten. Deirdre wusste aus Wales zu berichten, dass dort alle sexbesessen seien und keiner bis zur Hochzeitsnacht warte. Oft bekäme man dort folgenden Dialog zu hören:
»Blodwyn heiratet.«
»So, tatsächlich – ich wusste nicht einmal, dass sie schwanger ist.«
Mit offenem Mund lauschten Maura und Mary diesen Erzählungen aus einer freizügigen, zwanglosen Gesellschaft.
Doch Mary hatte auch eine Überraschung auf Lager. Man könne über Paudie Ryan sagen, was man wolle, meinte sie beiläufig, aber mittlerweile habe er keinen einzigen Pickel mehr im Gesicht und sähe sogar recht passabel aus.
»Paudie Ryan?«, erwiderten Maura und Deirdre unisono ungläubig. Doch Mary blieb hart. Die beiden Freundinnen seien immerhin nach Wales und Dublin gegangen und hätten sie allein zurückgelassen. Mit irgendjemandem habe sie nun einmal ins Kino gehen müssen. Da Paudie Ryans Vater der zweite Lebensmittelladen im Ort gehörte, ahnten Maura und Deirdre, dass man wohl mit einer Fusion der beiden Betriebe rechnen könne.
Eine baldige Hochzeit zwischen Mary und Paudie sei tatsächlich nicht auszuschließen, meinte Mauras Mutter. Und dabei nickte sie so begeistert, dass es Maura ganz übel wurde.
»Das ist das Beste für die beiden. Sehr vernünftig. Das Beste, was sie für ihre Familien und für ihre Zukunft machen können.«
Und zur Untermauerung ihrer Zustimmung nickte sie heftig.
Inzwischen schäumte Maura vor Wut.
»Um Himmels willen, Mam, du sprichst über die beiden, als wären sie zwei gekrönte Häupter aus europäischen Herrscherfamilien.«

»Bei den beiden handelt es sich immerhin um die Erben zweier Lebensmittelgeschäfte, die noch in privater Hand sind. Über ihnen und uns allen schwebt das Damoklesschwert der Supermarktketten. Warum sollten wir uns darüber nicht freuen?«

Maura wusste, dass es wenig Sinn hatte, mit ihrer Mutter über Liebe zu sprechen. Weit kam sie damit nicht bei ihr. Normalerweise endete ein solches Gespräch immer in einem erbosten Schnauben. »Ach was, Liebe. Liebe hat schon so manche ruiniert, lass dir das gesagt sein.«

Doch mehr gab ihre Mutter nie preis. Und Maura wollte es im Grunde auch nicht wissen. Es hätte nur bestätigt, was sie ohnehin zu wissen glaubte. Ihre Eltern, die einander nur noch zu tolerieren schienen, lebten in einem Status strikter Neutralität nebeneinanderher, den sie als ihr Schicksal ansahen.

Und mit Liebe hatte es in der Tat wenig zu tun, was die beiden zusammengebracht hatte – zum einen die Mitgift ihrer Mutter und zum anderen das Geschick ihres Vaters, eine Eisenwarenhandlung zu führen. Liebe war also kein Thema, über das Maura mit ihrer Familie diskutieren konnte. Ihre älteste Schwester war Nonne, ihr großer Bruder, wortkarg wie der Vater, schuftete Tag und Nacht im Laden, und ihr kleiner Bruder, Brendan, zwölf Jahre jünger als sie und ein unerwünschter Nachkömmling, war der reinste Alptraum.

Je mehr Jahre vergingen, desto mehr hatte Maura das Gefühl, dass sich ihr eigentliches Leben in Dublin abspielte. Hier verdiente sie sich ihren Lebensunterhalt durch das Abtippen von Abschlussarbeiten und Buchmanuskripten. Hier kam sie mit Menschen zusammen, mit denen sie zu Hause nie etwas zu tun gehabt hätte: Professoren, Schriftsteller, alles Leute, die tagsüber oft Stunden im Pub verbrachten und die ganze Nacht über aufblieben, um zu schreiben oder zu studieren. Menschen, die nicht zur Messe gingen und wenig von der Ehe hielten.

Maura traf Menschen, die beim Fernsehen und beim Radio arbeiteten; sie lernte Schauspieler und Politiker kennen, alles vollkommen normale Leute, wie sie bald feststellte, mit denen man sich ungezwungen unterhalten konnte. Viele von ihnen führten ein ziemlich flottes Leben und verbrachten oft ganze Nächte nicht zu Hause.

Maura ließ sich nicht anmerken, wie schockiert sie anfangs von alledem war, doch man schrieb schließlich die sechziger Jahre, und sogar Irland veränderte sich.

Sie verliebte sich in einen verheirateten Mann, gab ihm nach einer Weile aber zu verstehen, dass sie ihn nicht mehr sehen könne, weil ihr Verhältnis seine Ehe zerstören würde, und das sei nicht fair. Voller Zorn bemerkte Maura, dass er nach ihr noch jede Menge andere Geliebte hatte und trotzdem weiterhin mit seiner Ehefrau bei Premieren und Cocktailpartys auftauchte. Liebe und Ehe – was für ein Quatsch! Aber vielleicht waren sie und ihre Freundinnen Mary und Deirdre einfach nur naiv gewesen, damals in den schrecklich altmodischen fünfziger Jahren.

Nachdem Paudie Ryan endlos lang um Mary geworben hatte, heirateten die beiden schließlich, und Deirdre kam aus Wales nach Hause – in einem sehr kurzen Minirock, der die anderen zu jeder Menge böser Kommentare inspirierte. Paudie Ryans Schwester Kitty, die sie nie hatten leiden können, fungierte als Brautjungfer. Ihr pinkfarbenes Kleid war von so erlesener Hässlichkeit, dass sogar Maura schmunzeln musste. Mary schien zumindest einigen ihrer Prinzipien treu geblieben zu sein und hatte die Brautjungfer, die sie ebenso wenig leiden konnte, so scheußlich wie möglich ausstaffiert. Und statt Suppe gab es Melonenscheiben.

Mauras hoffnungslosen Bruder Brendan und seinen fürchterlichen Freunden fiel während der Feier nichts Besseres ein, als Maura und Deirdre mit ihrer Fragerei zu nerven, ob sie jetzt wohl Torschlusspanik bekämen und Angst hätten, als alte

Jungfern zu enden. Das allein war schon schlimm genug, aber einige der älteren Herrschaften waren genauso unverschämt und taktlos.
»Jetzt wird es aber Zeit, dass ihr zwei endlich unter die Haube kommt«, stichelten sie und wiegten bedenklich die Köpfe. Maura hätte am liebsten geschrien.
»Die sind einfach zu wählerisch, die zwei«, warf Mauras Vater missmutig ein.
»An deiner Stelle würde ich trotzdem nicht mehr allzu lang warten«, gab Mauras Mutter zu bedenken.
»Gibt es hier in der Gegend zufälligerweise eine Eisenwarenhandlung, in die ich deiner Meinung nach einheiraten sollte?«, fuhr Maura sie an, bereute es jedoch sofort.
»Du könntest es schlechter erwischen«, erwiderte ihre Mutter und presste die Lippen zusammen.
Später nahm Deirdre Maura beiseite und flüsterte ihr zu, dass sie vielleicht selbst bald heiraten werde. Aber Davids Familie seien Protestanten und hätten es nicht so mit katholischen Priestern. Die Situation sei sehr problematisch. Anschließend gingen sie in Marys Zimmer, da Mary sich für die Reise umziehen wollte.
»Tja, jetzt werde ich als Erste erfahren, wie es ist«, sagte Mary aufgeregt.
»Wie was ist?«
»Na, die erste Nacht«, antwortete sie, als wäre es das Offensichtlichste von der Welt. Man schrieb immerhin Mitte der befreiten sechziger Jahre, der Swinging Sixties.
Entgeistert schaute Deirdre ihre Freundin an. Sieben Jahre in einem freizügigen Land wie Wales hatten ihre Spuren hinterlassen.
Auch Maura warf Mary nach sieben Jahren im eher unkonventionellen Dublin und nach drei alles andere als platonischen Romanzen einen ungläubigen Blick zu. Aber beide fingen sich rasch wieder, schließlich war das Marys Hochzeitstag. Und

dann lachten sie verlegen, wie sie es zehn Jahre zuvor getan hatten.
»Stellt euch das mal vor«, meinten sie kichernd. »Na, so was!«
An diesem Wochenende empfand Maura ihre Familie als besonders anstrengend. Sogar ihre Schwester, die Nonne, war aus dem Kloster nach Hause gekommen. Neugierig wollte sie jedes Detail der Trauungszeremonie wissen, vor allem, ob Mary ihrem Mann Gehorsam versprochen habe. Sie hatte – wie schön. Heutzutage würden die Leute nämlich jede Menge Unsinn reden, klagte Mauras Schwester. Und diese Weiber von der Frauenbewegung würden mehr Schaden als Nutzen anrichten.
Nur weil Nonnen ein Gehorsamsgelübde ablegten, hieß das noch lang nicht, dass die Hälfte der Menschen, nämlich die weibliche Hälfte, dies ebenfalls tun müsse, herrschte Maura sie an. Ihre Schwester schaute gekränkt und unglücklich drein, und Maura fiel auf, dass ihre Mutter heftig gestikulierend auf sie deutete. So als wollte sie ausdrücken: »Lass doch die arme Maura in Ruhe – sie ist offenbar eifersüchtig, weil Mary heiratet.«
Und das verärgerte sie noch mehr.
»Was sollen die Grimassen, Mam?«, fragte sie.
Ihre Mutter verdrehte die Augen. »Ach, bist du wieder mal empfindlich«, erwiderte sie.
Auch Mauras älterer Bruder nervte sie gehörig. »Deine Freundin, diese Deirdre, die ist ja ein ganz schönes Flittchen – die hätte mal lieber in Wales bleiben sollen.« Am liebsten hätte Maura ihm eine Ohrfeige verpasst. Ihr Bruder war zu dieser Erkenntnis gelangt, nachdem er unter Deirdres Minirock gegriffen und sie ihm daraufhin ihr Knie in den Unterleib gerammt hatte.
Und ihr kleiner Bruder Brendan, der leider völlig unmusikalisch war, nichtsdestotrotz aber immer jede Menge Lieder auf seiner Gitarre klimperte, hatte heute nur einen Song auf Lager.

Und dessen Refrain lautete: »Du wirst noch als alte Jungfer auf dem Dachboden versauern.«
Ihr Vater sagte wie gewöhnlich nichts und hatte zu keinem Thema eine Meinung. Und das Gesicht ihrer Mutter drückte Missbilligung pur aus.
Maura konnte es also kaum erwarten, wieder nach Dublin zurückzukommen. Nach Dublin und zu Larry. Larry, die Liebe ihres Lebens. Zu Hause hatte Maura keinem Menschen von Larry erzählt, und ihm lieferte sie eine sorgfältig überarbeitete Version der Geschehnisse an diesen Tagen. Maura legte es nicht bewusst darauf an, gewisse Dinge zu verschweigen oder zwei getrennte Leben zu führen, indem sie sich verschiedenen Menschen gegenüber unterschiedlich verhielt. Es fehlten ihr einfach nur die Worte, um sich zu erklären. Sie wusste nicht, wie sie es ihrer Mutter erklären sollte.
»Hör mal, du brauchst dir um mich keine Sorgen zu machen. Ich bin nicht im mindesten eifersüchtig darauf, dass die arme Mary diesen Paudie Ryan heiratet. Ich habe selbst einen wunderbaren Mann in Dublin, und wir leben praktisch zusammen. Er ist oft in meiner Wohnung und ich in seiner, und es läuft großartig.«
Ebenso gut hätte sie zu ihrer Mutter sagen können, dass Marsmenschen mit einer Bestellung für ihr Raumschiff in ihrer Eisenwarenhandlung gelandet seien.
Und obwohl sie mit Larry wirklich über alles reden konnte und sie in jeder Beziehung gut miteinander auskamen, war es ihr nicht möglich, ihm zu erklären, wie ihre Mutter tickte, die automatisch an ihren Fingern bis neun zählte, wenn sie von einer Schwangerschaft erfuhr. Nur um sicherzugehen, dass auch alles seine Ordnung hatte. Wie hätte sie Larry von ihrer ältesten Schwester, der Nonne, erzählen können, die ständig ein ernstes Gesicht machte und die Frauenbewegung für Teufelszeug hielt. Oder von ihrem wortkargen Vater oder ihrem unzufriedenen Bruder, der permanent Frauen dumm anmachte, im Grunde

genommen aber Angst vor ihnen hatte. Oder von Brendan, diesem verzogenen Rotzbengel, der sich alles leisten konnte. Die beiden Welten würden also auch weiterhin in getrennten Umlaufbahnen existieren müssen. Seufzend stieg Maura in ihren Wagen, um nach Dublin zurückzufahren.

»Könnte es sein, dass manche Männer es nicht gern sehen, wenn du Auto fährst?«, bemerkte ihre Mutter spitz. Offensichtlich hatte sie sich Gedanken über dieses Thema gemacht.

»Könnte sein«, erwiderte Maura und schaffte es nur, sich zu beherrschen, indem sie ein idiotisches Grinsen auf ihr Gesicht zauberte.

»Könnte doch sein, dass es das ist, was die Männer an dir abschreckt«, spekulierte ihre Mutter weiter.

»Vielleicht sollte ich den Wagen auf den Platz fahren und symbolisch verbrennen. Würde das reichen, was meinst du?«, fragte Maura, noch immer dümmlich grinsend.

»Oh, warte du nur, bis du so endest wie deine Tante Anna. Dann wird dir das Lachen schon noch vergehen«, sagte ihre Mutter.

Auf der Fahrt zurück nach Dublin überlegte Maura, ob ihre Mutter den wortkargen Mann unten in der Eisenwarenhandlung wohl jemals geliebt hatte. Wie waren sie nur zu vier Kindern gekommen, wovon sie eines noch dazu in einem Alter in die Welt gesetzt hatten, von dem man vermuten könnte, dass sich dieses Thema längst für sie erledigt hatte. Es war ihr ein Rätsel.

An dem Abend wurde sie von Larry bekocht. »Du siehst wunderschön aus, wenn du müde bist«, sagte er und erzählte, dass eine Kurzgeschichte von ihm angenommen worden war. Mit dem Geld könnten sie nach Griechenland in Urlaub fahren, meinte er und schwärmte ihr von dem grandiosen Licht auf den griechischen Inseln vor. Er beteuerte, wie sehr er sie liebe, und an dem Abend schlief sie in seinen Armen ein.

Wenige Monate später erhielt Maura einen Brief von Deirdre,

in dem sie ihre Hochzeit mit David ankündigte. Davids Vater und sein Bruder waren begeisterte Angler, und wenn sie eine Woche an einem Flussufer mit der Hochzeit kombinieren könnten, würden sie sogar eine katholische Trauung in Kauf nehmen und mit dem Wagen nach Irland kommen. Ob sie mit Maura als Brautjungfer rechnen könne? Sie dürfe auch anziehen, was sie wolle, großes Ehrenwort, und müsse sich nicht bis zur Unkenntlichkeit verkleiden, wie Mary es Paudies unglücklicher Schwester zugemutet hatte. Ob Maura ihr diesen Gefallen wohl erweisen könne? Es handele sich schließlich nur um einen Tag in ihrem Leben, danach könnten sie alle wieder tun und lassen, was sie wollten. Für immer.

Maura las den Brief mehrmals. Etwas daran rührte sie. Deirdre, die unbeschwerte Deirdre, die in Wales das Leben einer emanzipierten Frau führte, wollte ihren Eltern diesen einen Tag schenken, den sie sich so sehnlich gewünscht hatten und der sie als respektable Mitglieder ihrer Gemeinde ausweisen würde. Sie würden ihre Tochter in der Kirche vor den Traualtar führen. Alle würden kommen und hören, wie sie ihr Ehegelübde ablegte. Deirdre war das nicht wichtig, sie lebte bereits seit zwei Jahren mit David zusammen und würde danach niemals mehr in ihren Heimatort zurückkehren. Sie hatte es also nicht nötig, vor den Nachbarn gut dazustehen.

Und dieser David aus Wales ließ sich offenbar auf dieses Spiel ein, auch wenn er es als Angelurlaub kaschierte. Maura verspürte einen Stich. Wie illoyal von ihr, den bloßen Gedanken, irgendwann einmal selbst zu heiraten, überhaupt zuzulassen. Seit Beginn ihrer Beziehung waren sie und Larry sich stets einig gewesen – Liebe braucht keine Fesseln, Feste und Rituale sind nichts anderes als Zäune und Riegel. Damit gibt man der Gesellschaft nur zu verstehen: Na gut, jetzt haben wir unser Versprechen vor euch allen gegeben, und jetzt gibt es keinen Ausweg mehr. Ihr alle seid Zeugen unserer Abmachung, und wenn einer von uns den anderen jemals betrügen sollte, wird

uns der Bannstrahl der öffentlichen Verachtung mit voller Wucht treffen.
Sich in aller Öffentlichkeit mit abgedroschenen Worten und inhaltsleeren Ritualen ewige Treue zu schwören, das machte die Liebe zu einer Farce und reduzierte sie auf eine Reihe hohler Phrasen.
Larry und Maura liebten sich – selbstverständlich waren sie einander treu, in guten wie in schlechten Tagen, in Krankheit und Gesundheit. Larry hatte den Urlaub in Griechenland mit Hilfe seines neuen Vertrags finanziert; Maura hatte ihn nicht verlassen, als er mit Lungenentzündung im Bett lag. Sie hatte sich neben ihn gesetzt, bis es ihm wieder besserging.
Liebe war kein Vertrag mit Seiten voller Kleingedrucktem, ausgehandelt von zwei argwöhnischen Parteien, die Angst hatten, übers Ohr gehauen zu werden.
Und die Ehe reduzierte die Liebe zur Nebensächlichkeit.
Larry und Maura kannten zu viele Ehepaare, die zwar nach den Buchstaben des Gesetzes lebten, ihren Bund aber nicht mit Leben füllten. Ihre Liebe würde nicht darauf reduziert werden.
Dies war unzweifelhaft alles richtig. Und deshalb fühlte Maura sich schuldig, als sie darüber nachdachte, ob sie und Larry ihrer Mutter und ihrem Vater nicht auch einen Tag – nur einen – ihres Leben schenken könnten. Ihre Schwester könnte aus dem Kloster nach Hause kommen, und Brendan könnte sie womöglich bestechen, damit er sich nicht vollständig danebenbenahm. Doch das widersprach allem, an das sie glaubte, und so verbannte sie diesen Gedanken rasch wieder aus ihrem Kopf.
Sie fühle sich geehrt, schrieb sie Deirdre, ihre Brautjungfer zu werden, und sie würde ein zitronengelbes Leinenkostüm und einen großen, weißen Hut mit zitronengelben Bändern tragen.
Deirdre antwortete umgehend. Sie freue sich sehr, schrieb sie zurück und fügte hinzu, dass Maura schon immer ein Faible

für Hüte gehabt habe, schon damals als Mädchen in der Klosterschule.

»Ich sterbe vor Neugier, dich in dieser Aufmachung zu sehen«, meinte Larry.

»Ich werde extra für dich eine Modenschau veranstalten, bevor ich fahre«, erwiderte sie.

»Ja, komme ich denn nicht mit?«, fragte er.

Seine Frage verunsicherte Maura. Das Leben hatte es nie besser mit ihnen beiden gemeint als im Augenblick; sie lebten jetzt fast permanent in Larrys Wohnung in der Chestnut Street. Seit ihrer Rückkehr aus Griechenland war es ihnen unsinnig erschienen, weiterhin getrennt zu wohnen. Und so hatte Maura nach und nach ihre Kleidung, ihre Fotos und Bücher zu Larry geschafft, und nun überlegten sie, ob sie ihr Apartment nicht untervermieten sollten.

Larry hatte inzwischen großen Erfolg als Schriftsteller, und Mauras Geschäft lief so gut, dass sie ein Büro eröffnet und eine Schreibkraft eingestellt hatte.

Ihr Leben verlief in ruhigen Bahnen. Warum musste Larry alles wieder aufwühlen mit seiner Bitte, sie in ihre Heimatstadt zu begleiten?

»Es würde dir dort nicht gefallen. Zu viel katholischer Pomp und Tradition«, meinte sie.

»Na und? Du machst das deiner Freundin zuliebe mit, und deswegen begleite ich dich und halte Händchen.«

Er verstand es wirklich nicht. Ihm war nicht bewusst, welche Erwartungen und Spekulationen sein Besuch auslösen würde. Man würde ihm Löcher in den Bauch fragen und alles über ihn wissen wollen – wo er wohne, welche Absichten er habe –, und er würde noch lang nach ihrer Abreise für Gesprächsstoff sorgen.

Für ihn lag die Sache natürlich anders. Larrys Mutter war schon länger tot, seine Geschwister hatten sich in alle Himmelsrichtungen zerstreut. Sein Vater, ein distanzierter, stiller

Mann, schien sich zwar jedes Mal zu freuen, wenn er seinen Sohn sah, aber richtig Anteil an dessen Leben nahm er nie. Woher sollte Larry also wissen, welch wahnsinniges Interesse sein Besuch auslösen würde?

Aber er ließ nicht locker.

»Ich liebe dich, ich will dich da vorn in der Kirche stehen sehen, von Kopf bis Fuß in Zitronengelb und mit einem Wagenradhut auf dem Kopf, während alle dich bewundern. Nimm mich mit. Ich werde so stolz auf dich sein.«

Frustriert sah sie ihn an. Wenn er sie schon in Zitronengelb bewundern würde, warum dann nicht in Elfenbeinweiß in einer echten Hauptrolle? Es war doch nur ein Tag, ein Tag in ihrem Leben.

Von da an würde ihre Mutter sie in Ruhe lassen, die Nonnen im Kloster ihrer Schwester würden keine Novene mehr für sie beten, Mary, nun glücklich verheiratete Mrs. Paudie Ryan, würde aufhören, ihr einen gewissen Handlungsreisenden schmackhaft zu machen, der sich im Ort ansiedeln wollte, ihr Bruder Brendan würde sie nicht wie bisher und mit abscheulicher Regelmäßigkeit mit der Frage nerven können, ob ihre Familie überhaupt normal sei – eine Schwester im Kloster, ein Bruder ein eingefleischter Junggeselle, die andere Schwester eine alte Jungfer.

Dann würde eben sie ihn fragen. Maura würde Larry einen Heiratsantrag machen. Hier und jetzt. Mehr als nein konnte er schließlich nicht sagen.

»Was hältst du davon, wenn wir zwei auch heiraten?«, hörte sie sich durch das dröhnende Rauschen in ihren Ohren sagen.

Larry schien nicht schockiert zu sein, er wirkte auch nicht schuldbewusst oder vorwurfsvoll. Nicht einmal Bedauern sprach aus seinem Blick, nur mildes Interesse.

»Wozu?«, fragte er.

»Um Ordnung in die Dinge zu bringen«, erwiderte sie lahm.

»Ist das dein Ernst?«

»Ja, halb und halb.«

»Aber ich liebe dich, du liebst mich – wozu brauchen wir das dann?«

Sein Gesicht, das sie so sehr liebte, strahlte Offenheit und Ehrlichkeit aus. Er war ernsthaft verwirrt.

»Wenn du mich wirklich liebst«, begann Laura langsam, »und ich glaube, dass du das tust, dann würde es dir nichts ausmachen, einen Tag lang dieses Zeremoniell samt Eheversprechen und all dem übrigen Unfug über dich ergehen zu lassen, nur damit andere zufrieden sind.«

»Aber es ist unser Leben!«, rief Larry. »Wir waren uns doch immer einig, dass die Welt nur deshalb so ist, wie sie ist, weil die Leute einfach gedankenlos irgendwelche Dinge tun, nur damit andere zufrieden sind. Und so verliert auch die Liebe ihre Bedeutung.«

»Ich weiß.« Mauras Seufzer kam aus tiefstem Herzen.

Sie wusste es, und sie war seiner Meinung. Deirdres Entscheidung, ihre Hochzeit Davids Familie gegenüber als Angelurlaub zu deklarieren, nur damit ihre eigene Familie nachts ruhig schlafen konnte, hatte nichts mit echter Liebe zu tun.

Als Maura am nächsten Wochenende nach Hause fuhr, kündigte sie ihrer Mutter an, dass sie zu Deirdres Hochzeit jemanden mitbringen würde.

»Sie wird bei dir im Zimmer schlafen müssen«, entgegnete Mauras Mutter. »Deine Schwester kommt an dem Wochenende auch. Du weißt doch, sie liebt Hochzeiten.«

»Sie ist ein er – ein Freund«, erklärte Maura und registrierte mit Vergnügen, wie das Gesicht ihrer Mutter die Farbe wechselte.

»Guter Gott, warum hast du das nicht eher gesagt, dann hätten wir im Hotel reserviert. Jetzt ist alles ausgebucht von diesen Walisern, die zur Hochzeit kommen.«

»Kann sich die heilige Nonne nicht ein Zimmer mit mir teilen? Es ist doch nur für eine Nacht.«

»Maura, ich bitte dich, mach dich nicht lustig über deine Schwester und ihr Gelübde. Du weißt doch, dass sie sich kein Zimmer teilen kann, seit sie ihre Zelle im Kloster bezogen hat.«

»Himmel, Mam, es ist nicht so wichtig, wo er schläft. Er kann doch auch im Esszimmer auf der Couch übernachten!«

»Kann er nicht. Aber sag mir, ist er zufälligerweise dein Verlobter?«

»Mam, ich bin fünfundzwanzig, fast sechsundzwanzig Jahre alt. Man verlobt sich heutzutage nicht mehr.«

»Und wie nennst du ihn dann, wenn ich fragen darf?«

»Einen Freund, wie ich schon sagte. Larry ist ein Freund.«

»Es geht auf keinen Fall, dass man deinen Namen in Verbindung mit einem Mann bringt und den Leuten dann nur sagt, dass er ein Freund ist. Und außerdem weiß ich wirklich nicht, was dein Vater dazu sagen wird.«

»Ich weiß nicht, was du mit ›meinen Namen in Verbindung bringen‹ ausdrücken willst, und außerdem wissen wir beide ganz genau, was mein Vater dazu sagen wird – nämlich nichts, wie in den vergangenen dreißig Jahren auch.«

»Du bist wirklich ein schwieriger Fall, Maura. Kein Wunder, dass sich bisher noch kein Mann auf dich eingelassen hat.«

»Mam, Larry kommt zu Deirdres Hochzeit. Punkt. Es ist mir völlig egal, ob er bei dir, bei mir oder bei der Nonne nächtigt, aber könnten wir vielleicht mit diesem Theater aufhören?«

Zu Hause sagte Larry zu ihr: »Ich freue mich schon auf die Hochzeit. Und wenn ich irgendwie helfen kann, sag es mir.«

Es war zu spät, ihm zu erklären, dass es am hilfreichsten wäre, wenn er in Dublin bliebe, und so lächelte Maura nur matt.

»Kümmere dich ein wenig um die Waliser«, antwortete sie. »Das ist vielleicht am besten.«

Maura und Larry fuhren mit dem Auto, und es blieb kaum Zeit, ihn richtig vorzustellen, bevor Maura weiter zu Deirdres Haus aufbrach, um sich umzuziehen. Deirdre war stark geschminkt, und ihr weißes Spitzenkleid umspielte locker ihre Taille, wohl um die freudige Nachricht zu kaschieren, die bereits ein paar Monate alt war.

»Wie ich höre, hast du einen Kollegen mitgebracht«, sagte sie, während sie eine weitere Lage Lidschatten auflegte.

»So was in der Art«, stammelte Maura. Sie wagte nicht, daran zu denken, welche Unterhaltung sich in eben dieser Sekunde zwischen ihrer Mutter und Larry entspinnen mochte. »Du siehst hinreißend aus, Deirdre.«

Aber die Braut hatte keine Zeit für Komplimente.

»Bete lieber, dass Davids Familie bei Laune bleibt«, sagte sie. »Du kennst sie nicht, wenn sie schlecht drauf sind. Die reinste Hölle.«

Wie vor Jahren geplant, hatte Deirdre einen Akkordeonspieler engagiert. Beim Anblick seines hochroten Kopfes beschlichen sie allerdings leise Zweifel, ob er durchhalten würde.

»Mach dir seinetwegen keine Sorgen«, sagte Maura zu ihr. »Der macht schon nicht schlapp.«

Maura hielt es für unnötig, die Braut, die auf dem Weg zur Kirche war, darüber aufzuklären, dass der Akkordeonist bereits Posten auf einem Barhocker im Hotel bezogen hatte und sich in Stimmung brachte. Die ersten Töne, die er seinem Instrument entlockte, waren dementsprechend desaströs, und bald wurde ringsum verlegenes Räuspern laut. Irgendwo zwischen all diesen Menschen saß Larry und erkundigte sich leise bei seinen Sitznachbarn, ob vielleicht jemand eine Gitarre dabeihabe. Und zu ihrem größten Entsetzen musste Maura vom Ehrentisch aus mit ansehen, wie ihr Liebhaber und ihr schrecklicher kleiner Bruder Brendan gemeinsam den Saal verließen. Sie hätte sich kein schlimmeres Szenario vorstellen können. Minuten später beobachtete sie ungläubig, wie Larry anfing, zaghaft in die Saiten zu greifen und mit unsicherer, zittriger Stimme die ersten drei Zeilen von »Men of Harlech« zu intonieren. Wie von Zauberhand füllten sich die Lungen der Waliser mit Luft, und der Speisesaal des Hotels hallte wider von den Stimmen eines Männerchors, der sich die Seele aus dem Leib sang. Die Männer gönnten sich kaum eine Pause für die Suppe und das gebratene Huhn, bevor sie mit »The Ash Grove« und »We'll Keep a Welcome in the Hillsides« ihre Darbietung fortsetzten. Vor der Torte und den Reden stimmte Larry noch »Bread of Heaven« an. Die Hochzeitsfeier war inzwischen ein rauschender Erfolg, so dass Davids Familie gar nicht mehr daran dachte, in den Angelurlaub zu fahren, sondern am liebsten die ganze Woche weiter singend im Hotel verbracht hätte.

Die Anspannung war zu viel für sie, und Maura, die an Alkohol nicht gewöhnt war, bekam dessen Wirkung nun voll zu spüren. Gnädigerweise blieb ihr auf diese Weise verborgen, dass Larry, die große Liebe ihres Lebens, sich für die Nacht ein Zimmer mit ihrem Bruder Brendan, dem unangenehmsten Menschen in ganz Irland, teilen musste.

Maura verbrachte eine unruhige Nacht und schreckte immer wieder aus dem Schlaf hoch. Beim Aufwachen stellte sie fest, dass sie entsetzlichen Durst hatte. Zu dem Zeitpunkt konnte sie nicht ahnen, dass ihr Bruder Brendan Larry, den er für einen der Waliser hielt, mittlerweile über die Situation aufgeklärt und versucht hatte, ihm zu veranschaulichen, wie Irland funktionierte. So erzählte er ihm alles über die Eisenwarenhandlung und seinen Vater, der zu Hause kaum den Mund aufbekam, sich dafür umso lieber mit den Farmern über Traktoren unterhielt.

Und dann fing er an, so richtig aus dem Nähkästchen zu plaudern: Sein großer Bruder habe ja keine Ahnung, wie man Mädchen kennenlerne, mache die Frauen aber ständig dumm an, was bei denen selbstverständlich nicht gut ankam. Seine ältere Schwester wiederum lebe als Nonne im Kloster und habe Visionen, und für seine andere Schwester sei der Zug bereits abgefahren. Er hatte zwar keine Ahnung, was für ein Zug das sein sollte, aber wenn sie ihn erwischt hätte, dann wäre sie jetzt auch schon verheiratet wie alle ihre Freundinnen. Und wann immer die Freundinnen seiner Mutter sie zu Hause besuchten, bedauerten sie sie zutiefst, weil für Maura jener Zug eben schon abgefahren war.

Er selbst plane, ein berühmter Gitarrist zu werden, verkündete Brendan, und er freue sich jetzt schon darauf, eines Tages tatsächlich ein paar Akkorde beherrschen und Noten lesen zu können.

Larry und Maura brachen gegen Mittag auf, Maura ungewohnt verkatert und Larry mit neuem Verständnis für das Leben in der Kleinstadt.

Mauras Mutter wuselte um den Wagen herum.

»Ja, werden wir Sie denn wiedersehen? Ich meine, werden Sie und … äh … Maura uns wieder einmal besuchen?«, fragte sie, während ihr Blick von einem zum anderen schoss.

Maura wünschte sich nichts sehnlicher, als durch das Autofenster zu greifen und mit letzter Kraft, die ihr geschwächter Körper aufzubringen noch imstande war, ihrer Mutter einen Kinnhaken zu versetzen und sie ins Reich der Träume zu befördern.

»Er wohnt doch in Wales«, wandte Brendan ein. Dass die Leute so dumm sein konnten.

»Nicht ständig«, erwiderte Larry diplomatisch. »Und falls ich eingeladen werde, würde ich gern öfter wiederkommen, um Sie und, wie ich hoffe, auch Maura, besser kennenzulernen.«

Maura warf ihm einen matten Blick zu; das war ja noch schlimmer, als sie es für möglich gehalten hatte. Nun waren die Erwartungen in höchste Höhen geschraubt. Drei Meilen später hielt Larry den Wagen an und fragte sie, ob sie ihn heiraten wolle.

»Das tust du doch nur aus Mitleid«, entgegnete sie.

»Nein, ich tue es, weil ich es für das Richtige halte«, antwortete er.

»Frag mich später noch mal, wenn es mir wieder bessergeht«, sagte sie.
»Nein, ich will jetzt eine Antwort.«
»Es ist nur ein Tag, nur ein Tag in unserem ganzen Leben, und der gestern lief doch gar nicht so schlecht.«
»Wenn dir die Feier gestern gefallen hat, dann hast du noch keine richtige Hochzeit erlebt!«
Und er erklärte ihr, dass er sich die Kirche voller Menschen mit großen Hüten, wie sie einen getragen hatte, vorstelle.
Und so wurde ihr gemeinsamer Traum um eine weitere Facette bereichert.

Fays neuer Onkel

Fay wusste nicht einmal etwas von einem Onkel. Er war weder zur Beerdigung ihres Vaters gekommen, noch hatte er sich jemals mit ihr und ihrem Bruder Finbarr in Verbindung gesetzt. Niemand aus der Familie hatte ihn je erwähnt.

Deshalb war es eine große Überraschung für sie, als sie einen Brief von einer Gemeindeschwester aus einem weit entfernten Stadtteil erhielt, in dem diese anfragte, ob Fay sich zuständig fühle für ihren Onkel Mr. J. K. O'Brien, wohnhaft in Nummer achtundzwanzig, Chestnut Street. Mr. O'Brien sei gegenwärtig im Krankenhaus und in ziemlich schlechter gesundheitlicher Verfassung. Man könne ihn deshalb erst nach Rücksprache mit einem Familienmitglied entlassen, und in diesem Zusammenhang sei ihr Name als einzige überlebende Verwandte gefallen.

Zuerst war Fay versucht zu sagen, dass es sich um einen Irrtum handeln müsse. Sie kannte niemanden in der Chestnut Street. Aber sie hieß nun mal O'Brien, und auf der Heiratsurkunde ihrer Mutter und ihres Vaters war der Name des Trauzeugen mit James Kenneth O'Brien angegeben. Er könnte also tatsächlich der Bruder ihres Vater sein. Doch warum ließ er erst jetzt etwas von sich hören?

Fays fünfundzwanzigster Geburtstag stand kurz bevor. Welche Erklärung mochte es geben für das Schweigen, die Kälte und die Entfremdung über ein ganzes Vierteljahrhundert hinweg? Fay hätte gern ihren Bruder Finbarr gefragt, aber er war nicht im Land. Er arbeitete als Steward auf einem Linienschiff und befand sich oft monatelang auf See.

»Lass dich bloß nicht darauf ein, Fay, ich bitte dich«, ermahnte ihre Freundin Suzanne sie. »Du bist immer viel zu freundlich, viel zu gutmütig. Dieser alte Mann will bestimmt, dass du sein Haus sauber machst, ihm die schmutzigen Unterhosen wäschst und für ihn einkaufst. Und das alles im Namen der Familie. Aber wo war er, als du ihn gebraucht hättest?«

»Ich habe ihn aber nicht gebraucht«, erwiderte Fay.

»Doch, das hast du, als sie damals kamen und dir das Haus wegnahmen, nachdem dein Vater gestorben war.«

»Fairerweise muss man sagen, dass Vater jede Menge Schulden und außerdem schon seit einiger Zeit die Miete nicht mehr gezahlt hatte«, fuhr Fay fort.

»Ja, aber ein paar Hunderter von Onkel James Kenneth wären nicht zu verachten gewesen.«

Fay fühlte sich genötigt, ihren Onkel zu verteidigen. »Er hatte das Geld vielleicht nicht.«

»Wenn er in der Chestnut Street wohnt, dann hat er die Kohle. Die Häuser dort steigen jeden Tag im Wert. Vergiss das nicht, bevor du dich breitschlagen lässt, ihm jeden Handgriff abzunehmen, Fay.«

Die beiden Mädchen waren beste Freundinnen seit der Schulzeit. Jetzt arbeiteten sie Seite an Seite in einer chemischen Reinigung und träumten davon, dass eines Tages zwei gutaussehende reiche Amerikaner zu ihnen in die Reinigung kämen, um sich ihre eleganten Anzüge aufbügeln zu lassen. Ihre Blicke würden sich treffen, und sie würden Fay und Suzanne zum Essen einladen, und nicht lang danach wären sie bereits verheiratet und führten ein Leben in Saus und Braus in Malibu.

Doch diese Männer tauchten nie auf, und so teilten sich Suzanne und Fay weiterhin eine Einzimmerwohnung und sparten jede Woche einen bestimmten Betrag, um damit nach Ibiza in Urlaub zu fahren für den Fall, dass die beiden Amerikaner vom Film ihre eleganten Anzüge dorthin zum Aufbügeln brachten.

»Ich werde mich auf jeden Fall mit der Gemeindeschwester treffen«, beschloss Fay.

Schwester Williams redete nicht lang um den heißen Brei herum, sondern kam sofort zur Sache. Mr. O'Brien hatte einen leichten Schlaganfall erlitten, und deswegen musste sichergestellt sein, dass jemand bei ihm war und aufpasste, dass er seine Medikamente nahm, vernünftig aß und sich generell nicht gehenließ. Oft kam es bei Schlaganfallpatienten zu Depressionen. Um das zu vermeiden, musste man dafür sorgen, dass er nicht zu sehr in Selbstmitleid versank.
»Ich glaube, Sie verstehen nicht ganz, Schwester. Wir sind keine weitverzweigte, in inniger Liebe verbundene Familie. Ich habe diesen Mann noch nie im Leben gesehen, und er hat sich auch erst an mich erinnert, als er mich brauchte.«
»Er erinnert sich durchaus an Sie und hat auch erst nach mehrmaligem Nachfragen zugestimmt, dass wir mit Ihnen in Verbindung treten. Wir mussten ihm hoch und heilig versprechen, Sie nicht zu belästigen. Wir haben ihm gesagt, dass es sich lediglich um eine Formalität handelt.«
»Und – ist es das? Ist es nur eine Formalität?«, fragte Fay.
»Nein, wenn ich ehrlich sein soll, müssten Sie sich schon mehr engagieren, es sei denn, Sie könnten sich mit seinen Nachbarn absprechen.«
»Wie sind denn seine Nachbarn so?«
»Na ja, in gewisser Weise hat Mr. O'Brien Pech mit ihnen. Die Hausbesitzer rechts und links neben ihm sind selbst nie da und haben ihre Häuser an ständige wechselnde Bewohner vermietet. Ein Teenager aus Nummer achtzehn füttert Mr. O'Briens Katze, und soviel ich weiß, wohnt ein recht nettes, aber ziemlich schusseliges Hippiemädchen in Nummer sechsundzwanzig. Im Haus Nummer fünfundzwanzig wohnt ein zurückgezogen lebendes Paar, aber vielleicht könnten Sie selbst weitere Erkundigungen einziehen.«

»Wie nennen die Nachbarn ihn eigentlich? ›James‹? ›Jim‹? ›Kenneth‹?«, fragte Fay.
»Ich fürchte, sie nennen ihn ›Mr. O'Brien‹. Wir auch. Er will es so«, erwiderte Schwester Williams entschuldigend.
»Alle?«
»Ja, alle.«
»Aha«, meinte Fay.

»Ich bin Fay, die Tochter von Martin O'Brien«, sagte sie zu dem kleinen Mann, der in dem Krankenhausbett lag.
»Und wie ist er ausgerechnet auf den Namen gekommen?«, fragte der Mann.
»Meine Eltern haben mich Mary Faith getauft. Mir ist Fay lieber.«
»Hm«, entgegnete er.
»Und wie sagen die Leute zu *Ihnen*?«, fragte sie.
»Den Namen brauchst du dir gar nicht zu merken. So lange bleibst du nämlich nicht hier«, sagte der Mann.
»Sind Sie immer so charmant, oder legen Sie sich extra ins Zeug, nur weil ich die Tochter Ihres Bruders bin?«, fragte Fay.
»Sehr witzig. Du bist ja eine richtige Klugscheißerin. Wie deine Mutter«, fügte er hinzu.
»Das musste sie auch sein, um ohne einen Penny von Martin O'Brien überleben zu können. Wenn der Gaul keinen Orientierungssinn und vier lahme Beine hatte, dann konnte man sicher sein, dass Martin O'Brien nicht nur das Haushaltsgeld, sondern auch noch die Miete und das Geld für die Stromrechnung darauf verwettete. So lief es bei uns.« In Fays Stimme lagen weder Verbitterung noch Bedauern. So war es eben gewesen.
»Ich brauche von dir nur eine Unterschrift, damit ich entlassen werde. Dann kannst du wieder deiner Wege gehen.«
»Tut mir leid, aber ich habe ein ausgeprägtes Pflichtbewusst-

sein. Ich kann Sie nicht allein lassen. Am Schluss fallen Sie mir noch hin und sterben.«

»Ich habe nicht die geringste Absicht, hinzufallen und zu sterben. Ich bin doch kein alter Mann. Ich bin erst vierundsiebzig Jahre alt, solltest du wissen.«

»Sie hatten wahrscheinlich auch nicht die Absicht, einen Schlaganfall zu bekommen. Geben Sie mir Ihre Wohnungsschlüssel? Dann fahre ich mit Schwester Williams zu Ihnen nach Hause, und wir werden sehen, was dort alles zu tun ist.«

»Du bekommst meine Hausschlüssel nicht in die Finger.«

»Gut, Mr. O'Brien, behalten Sie Ihre Schlüssel, bleiben Sie hier liegen, bis Sie sterben, und dieses Kind soll weiter Ihre Katze füttern, bis die auch stirbt. Was geht mich das alles an? Ich habe mein Leben lang bis heute nicht einen Gedanken an Sie verschwendet, geschweige denn Sie an mich. Warum sollte sich das ausgerechnet jetzt ändern?«

»Bist du normalerweise immer so charmant, oder legst du dich extra ins Zeug, nur weil ich der Bruder deines Vaters bin?«, fragte er.

Ein zaghaftes Lächeln huschte über ihre Gesichter. Sie streckte die Hand aus.

»Die Schlüssel, Mr. O'Brien, ja?«

»Nenn mich Jim, Mary Faith«, entgegnete er kleinlaut.

»Für dich Fay«, sagte sie und machte sich auf den Weg in die Chestnut Street.

»Sie sollten darauf vorbereitet sein, dass das Haus in einem schrecklichen Zustand ist. Das wäre nicht das erste Mal.« Schwester Williams war nichts Menschliches fremd.

»Und was machen wir dann?«

»Wenn es wirklich ganz schlimm sein sollte, müssen wir eben das Gesundheitsamt verständigen«, erklärte Schwester Williams und hielt sich prophylaktisch ein Taschentuch vor die Nase, als sie die Haustür zu Nummer achtundzwanzig aufsperrten. Aber die Wohnung war peinlich sauber und nur spartanisch möbliert. An der Wand hing hier und da ein Bild, und die wenigen Stühle waren nie in Mode und auch nie sehr bequem gewesen. Den Platz auf dem Tisch teilten sich ein sehr kleiner Fernsehapparat und ein sehr großes, altmodisches Radio. Auf einem Schemel lag ein Stapel Zeitungen. Über die Stuhlrücken waren ausgeblichene, oft gewaschene Geschirrtücher zum Trocknen gebreitet, und es roch weder nach verschimmelten Lebensmitteln noch nach sonstigem Verfall.

Der winzige Kühlschrank war leer bis auf eine Packung Butter und Margarine. Im Küchenschrank stapelten sich jede Menge Dosen und Schachteln.

So fein seine Adresse in der Chestnut Street achtundzwanzig auch sein mochte – in Saus und Braus lebte J. K. O'Brien nun wirklich nicht. Fay dachte an die Mietskaserne unweit von hier, in der ihre Mutter sie und ihren Bruder großgezogen hatte. Die Verhältnisse dort waren viel ärmlicher gewesen, aber jedes Dielenbrett hatte mehr Leben ausgestrahlt als diese Wohnung. Weswegen hatten sich die beiden Brüder eigentlich zerstritten? Ob Finbarr etwas darüber wusste? Er war älter als sie, vielleicht erinnerte er sich an einen Streit. Doch zuerst musste sie das vorliegende Problem lösen.

»Die Wohnung ist für eine Person viel zu groß. Sollte er sie nicht besser verkaufen und in ein betreutes Wohnen gehen?«, fragte Fay.

»Selbstverständlich wäre er viel besser dran. Aber glauben Sie im Ernst, dass er das tun wird?« Schwester Williams wusste, wie sehr alte Leute an ihrem Zuhause hängen. »Nein, er wird hierbleiben, bis er tot umfällt.«

»Vielleicht könnte er sich auf das untere Stockwerk beschränken. Was meinen Sie? Er scheint das Wohnzimmer ohnehin so gut wie nie zu benutzen, und in der Nische, wo sich jetzt die Garderobe befindet, könnte man eine Dusche einbauen.«

»Von sich aus wird er nichts dergleichen unternehmen, Fay –

das werden schon wir in die Wege leiten müssen, bevor er entlassen wird.«
»Aber wer soll für die Kosten aufkommen? Er sieht nicht so aus, als hätte er viel Geld. Und ich habe überhaupt keines.«
»Wenn er die oberen Zimmer vermieten würde, hätte er genügend Geld, aber wer lebt schon freiwillig mit so einem Griesgram wie ihm unter einem Dach?« Schwester Williams hatte so ihre Zweifel.
»Was hat er eigentlich gemacht, bevor er in Rente ging?«
»Ich glaube, in seinen Unterlagen steht, dass er bei der Post gearbeitet hat.«
»Dann dürfte er eine Pension beziehen und könnte sich diese Dusche leicht leisten. Könnte nicht jemand in Ihrer Einrichtung das Geld vorschießen und es danach bei ihm einfordern?«
»Das wäre wahrscheinlich die beste Lösung. Ich werde mich darum kümmern«, versprach Schwester Williams.

Mr. O'Brien war hellauf entrüstet, als er bei seiner Entlassung erfuhr, dass er für den Einbau der Dusche auch noch Geld ausgeben sollte.
»Wenn du ein verträglicher Zeitgenosse wärst, Jim, dann hättest du die Kosten in ein paar Monaten wieder eingenommen, indem du die oberen Zimmer vermietest. Die Dusche hätte sich im Nullkommanichts von selbst abbezahlt.«
»Aber wer soll denn über mir wohnen?«, jammerte er.
»Wer? Du hast recht. Ich kann mir niemanden vorstellen, der es hier auch nur fünf Minuten aushalten würde«, stimmte Fay ihm zu.
Jim O'Brien war verwirrt. »Aber habt ihr zwei, du und diese rechthaberische Schwester, mir nicht eben erklärt, dass die Zimmer oben eine Menge Geld bringen würden?«
»Ja, das könnten sie, aber nur bei einem *normalen* Vermieter, der nicht schon zu nörgeln anfängt, kaum dass die Tür aufgeht.«

»Ihr lasst mir wirklich keine Wahl!«, rief er.

»Nein. Aber Schwester Williams und ich dachten, du *seist* ein normaler Zeitgenosse, da haben wir uns jedoch gründlich getäuscht.«

»Und wieso habt ihr das gedacht?«

»Weil wir dich nicht kannten, Jim, und nicht wussten, dass du deine Nase nur allzu gern in das Leben anderer steckst, es aber gar nicht leiden kannst, wenn jemand etwas über dich in Erfahrung bringen will. Über jeden einzelnen Menschen in dieser Straße hast du mir bisher etwas erzählen können: dass Kevin und Phyllis von gegenüber in Nummer zwei sich abgöttisch lieben; dass Lilian aus Nummer fünf ganz allein den Hausstand finanziert; wie es dazu kam, dass Miss Mack erblindet ist; dass Mitzi aus Nummer zweiundzwanzig vor vielen, vielen Jahren eine außereheliche Affäre hatte und dass Dollys Mutter in Nummer achtzehn permanent versucht, die eigene Tochter in den Schatten zu stellen.«

»Ja, aber das stimmt doch alles«, meinte er aufgebracht.

»Schon möglich, aber Fakt ist, dass keiner von denen auch nur irgendetwas über *dich* weiß«, erklärte Fay. »Sie wissen nicht, woher du kommst, womit du deinen Lebensunterhalt verdient hast und seit wann du hier wohnst. Sie wussten nicht einmal, dass ich mit dir verwandt bin. Sie hielten mich für eine Sozialarbeiterin.«

»Das geht sie ja auch nichts an«, knurrte er.

»Da gebe ich dir recht. Aber es ist nun mal mein Job, herauszufinden, ob du allein leben kannst oder nicht. Immerhin hat man mich im Krankenhaus darum gebeten. Also helfe ich ihnen dabei.«

»Und – zu welchem Schluss bist du gekommen?« Er war nervös, auch wenn er versuchte, es zu verbergen.

»Dass es praktischer für dich ist, dich auf die unteren Räume zu beschränken, dass ich dir für alle Notfälle meine Telefonnummer geben und einmal im Monat nach dir sehen werde.

Das dürfte genügen, damit sie dich weiter hier wohnen lassen, Jim.«

»Das hast du gar nicht so schlecht hingekriegt«, erwiderte er anerkennend. »Natürlich mangelt es dir an Bildung und Erziehung, du hast keinerlei Manieren. Ich vermute, das war *ihr* Fehler. Aber du bist gekommen, als ich dich brauchte. Und das rechne ich dir hoch an.«

Fay betrachtete ihn einen Moment wortlos, ehe sie fortfuhr: »Ich weiß nicht, was du gegen meine Mutter hast. Finbarr und ich haben sie nur in allerbester Erinnerung. Sie hat deinen Bruder sehr geliebt. Sie hat gewusst, dass er ein Spieler war, als sie heirateten, also konnte sie nur sich selbst Vorwürfe machen. Sie hat ein Leben lang hart gearbeitet und bei fremden Leuten geputzt, damit wir etwas zu essen auf dem Teller hatten und die Miete bezahlen konnten.«

»Sie war ein vulgäres Weib, das zu viel Bier trank«, schimpfte J. K. O'Brien, als ob die Angelegenheit damit erledigt wäre.

Fay sah ihn erstaunt an. »Sie hat schwer geschuftet, um sich das leisten zu können, was sie ihr kleines ›Feierabendvergnügen‹ nannte, das heißt, mit meinem Vater am Samstag ins Pub gehen und ihm und sich ein Bier bestellen zu können. Und das hat sie noch bis eine Woche vor ihrem Tod gemacht. Er starb ein Jahr darauf an gebrochenem Herzen. Was immer du an übler Nachrede über sie gehört hast – von deinem Bruder stammt das nicht.«

Er erwiderte nichts.

»Also, wär's das jetzt für diesen Monat, Jim? Die Telefonnummer von meiner Arbeitsstelle steht hier auf diesem Zettel. Zu Hause habe ich kein Telefon, und ein Handy besitze ich auch nicht.«

»Wo wohnst du eigentlich?«

Das war die erste persönliche Frage, die er an sie richtete. Tagelang war es nur um ihn, seine Gesundheit, seine Wohnung und seine Zukunft gegangen.

»Ich teile mir eine Einzimmerwohnung mit meiner Freundin Suzanne. Wir sind Kolleginnen.«
»Wie viel kostet die Wohnung?«
Sie sagte es ihm.
»Ist sie gemütlich?«
»Nein, sie ist sogar ziemlich schäbig.«
»Könntest du dir vorstellen, hier mit Suzanne weitaus billiger zu wohnen?«, fragte er.
Fay antwortete nicht sofort. »Mietfrei, und wir kommen ins Geschäft«, erwiderte sie schließlich.
»*Ganz* umsonst?«
»Wir würden ein Auge auf dich haben, für dich einkaufen, den Garten versorgen und jeden Sonntag etwas Leckeres für dich kochen«, bot sie an.
»Aber ich könnte ein Vermögen bekommen für die Zimmer dort oben. Das habt du und diese rechthaberische Schwester zumindest behauptet«, erklärte er.
Fay zuckte die Schultern. »Ja, *könntest* du, wenn du ein normaler Vermieter wärst, Jim.«
»Ja, aber sicher ist das nicht. Was habt ihr zwei eigentlich vor mit eurem Leben, du und Suzanne? Oder wollt ihr für immer und ewig in dieser Klitsche schuften?«
»In welcher Klitsche, Jim?«
»Na da, wo ihr arbeitet, in dieser Wäscherei oder was das sein soll.«
Er hatte es sich beinahe gemerkt.
»Es ist eine chemische Reinigung, aber du warst nahe dran.«
»Und?«
»Tja, wir haben die Hoffnung noch nicht aufgegeben, eines Tages zwei tolle Typen kennenzulernen, die uns heiraten und uns weit weg bringen werden von all dem Dampf und der Schmutzwäsche fremder Leute.« Fay brachte sogar ein fröhliches Lächeln zustande, wie immer, wenn sie über Dinge sprach, die sich nicht ändern ließen.

»Und wo wollt ihr solche Männer kennenlernen?«, fragte er interessiert.
»Bisher haben wir noch keinen kennengelernt, Jim. Wir stellen uns nur vor, wie es wäre, wenn. Und wenn wir einmal im Jahr im Mai auf Ibiza Urlaub machen, dann lernen wir immer nur Männer weit unter Niveau kennen.«
»Und was wäre wichtig für euch, damit ihr solche smarten Typen kennenlernt?« Er schien sich tatsächlich für ihr Problem zu interessieren.
»Kein Ahnung, vielleicht wäre es leichter, wenn wir selbst ein bisschen smarter wären. Du weißt schon, gebildeter, mit besseren Manieren, mit einem kultivierteren Background. Aber da wir das alles nicht sind und nicht haben, können wir nur darauf hoffen, die Männer mit unserem umwerfenden Charme zu verführen!«
»Jetzt mal im Ernst. Wollt ihr wirklich nach oben ziehen?«
»Nur, wenn wir keine Miete zahlen müssen, Jim. Denn wenn du kein normaler Vermieter bist, sind auch wir keine normalen Mieterinnen.«
»Aber das viele Geld für das Badezimmer hier unten?«, jammerte er.
»Das wird den Wert dieses Hauses enorm steigern, Jim.«
»Wann könnt ihr einziehen?«, fragte er.
»Suzanne muss dich erst mal kennenlernen«, antwortete sie.

»Nein, Fay, nein. Auf keinen Fall werden wir diesem Kerl die Zehennägel schneiden und ihn mit Porridge füttern. *Nein!*«
»Dafür bekommen wir eine phantastische Wohnung, die uns noch dazu nichts kostet. Komm und schau sie dir wenigstens mal an.«
»Im Leben gibt es nichts umsonst. Das wissen wir doch.«
»Es ist eine gute Adresse. Man wird glauben, dass wir was Besonderes sind, wenn wir in der Chestnut Street wohnen statt im vierten Stock über einem Fastfood-Lokal. Und jede von uns

hat ihr eigenes Zimmer. Stell dir nur mal die Möglichkeiten vor.«
»Schwörst du mir, dass du nicht zulassen wirst, dass er sich in unser Leben einmischt oder uns mit langatmigen Geschichten über die Vergangenheit anödet?«
»Ich schwöre es«, entgegnete Fay.

Sie stellten Regeln für das Zusammenleben auf. Die Mädchen konnten kommen und gehen, wie es ihnen beliebte, ohne sich jedes Mal bei Jim O'Brien an- oder abmelden zu müssen. Sie mussten ihm auch nicht sagen, wann sie das Haus verließen oder wieder zurückkamen. Ihrerseits würden sie oben ohne seinen Segen keinen Lärm machen oder laute Partys feiern. Einmal in der Woche, am Sonntagmittag, würden sie ihm ein viergängiges Menü kochen und dazu einen oder zwei Nachbarn einladen. Vielleicht würde sich daraus allmählich so etwas wie ein normaler Kontakt zu seinen Mitmenschen entwickeln.
Ihr Arrangement funktionierte auf Anhieb erstaunlich gut.
Nicht zuletzt hatte es zur Folge, dass Jim O'Brien Einladungen in alle Nachbarhäuser erhielt, und das hatte es noch nie gegeben. Jedes Mal kehrte er mit tausend Geschichten über die verschiedenen Bewohner wieder zurück.
Irgendwann schlugen die Mädchen vor, sich gemeinsam eine Waschmaschine samt Trockner anzuschaffen, und alle lernten, sie zu bedienen. Zusätzlich erwarben sie einen Kleiderständer und brachten jede Menge Kleiderbügel aus der Reinigung mit nach Hause
»Fang bloß nicht an, seine Hemden zu bügeln«, warnte Suzanne, und so brachte Fay es ihm bei.
Ein paar Monate später legten sie wieder zusammen und kauften eine Gefriertruhe. Jim war begeistert und zeichnete alles, was sie einfroren, mit kleinen, handgeschriebenen Etiketten aus.
Überdies zeigte er mittlerweile reges Interesse an ihrem Leben

und erkundigte sich sogar nach Finbarr, Fays Bruder, der als Steward die Ozeane befuhr.
»Kennst du ihn eigentlich?«, fragte er Suzanne.
»Nein, der Mann ist ja so gut wie nie zu Hause. Was für ein Leben!«, erwiderte sie seufzend.
»Eines Tages wird er nach Hause kommen. Das tun sie alle. Sie kommen heim und werden sesshaft. Vielleicht verliebst du dich ja in ihn.«
»Warum sollte ich?«
»Na, wenn du mit seiner Schwester befreundet bist, dann heißt das, dass ihr beide etwas gemeinsam habt. Das wäre nicht die erste Ehe, die so entsteht.«
»Wenn du schon so viel über Beziehungen weißt, Jim, dann sag mir doch mal, warum du nie geheiratet hast?«
»Weil ich dumm war und dachte, dass ich zuerst ein finanzielles Polster brauchte. Und als ich es dann hatte, war ich alt und ein eingefleischter Junggeselle, und das ganze Geld hat mir alles nichts mehr genützt«, antwortete er.
Jim O'Brien hatte die verwirrende Angewohnheit, offen und ehrlich auf Fragen zu antworten, auf die sie eigentlich eine gereizte und zynische Reaktion erwartet hätten.

Als Finbarr das nächste Mal nach Hause kam, schlug Jim vor, ihn am Sonntag zum Essen einzuladen.
»Warum haben wir dich eigentlich nie zu Gesicht bekommen, als wir noch jünger waren, Jim?«, erkundigte sich Finbarr beiläufig, als sie beide den Abwasch erledigten.
»Weil ich bescheuert war und eure Mutter nicht ausstehen konnte. Und völlig zu Unrecht, wie sich herausstellte«, fügte Jim hinzu.
»Und was war der Grund dafür?«, fragte Finbarr.
»Ach ja, junge Menschen sind manchmal dumm. Schau dich doch nur selbst an. Da hast du dieses prachtvolle Mädchen direkt vor der Nase und bemerkst sie nicht einmal«, erklärte Jim.

»Welches prachtvolle Mädchen?«
»Na, Suzanne.«
Finbarr nickte. »Stimmt, sie ist ein feiner Mensch.«
»Und warum stehst du dann noch hier und trocknest mit mir ab? Warum fragst du sie nicht, ob sie mit dir etwas unternehmen will?«, hakte Jim nach.
»Ich bringe ihn um, deinen wunderbaren Onkel. Ich werde ihn mit bloßen Händen erwürgen«, zischte Suzanne im Zimmer nebenan.
Fay lachte. »Ach, jetzt komm, Suzanne, jemand muss meinem Bruder doch auf die Sprünge helfen.«
»Ja, warte nur, bis er sich etwas einfallen lässt, um dich an den Mann zu bringen«, grollte Suzanne.
Aber sie kämmte sich und zog sich die Lippen nach, und als Finbarr einen Spaziergang am Kanal entlang vorschlug, willigte sie bereitwillig ein, ihn zu begleiten.
»Was hast du eigentlich an Weihnachten vor, Fay?«, erkundigte sich ihr Onkel, als die beiden gegangen waren und sie zum Abschluss ihres sonntäglichen Rituals noch bei einer Tasse Tee zusammensaßen.
Überrascht sah sie auf. »Weshalb fragst du?«
»Tja, Weihnachten fällt dieses Jahr nicht auf einen Sonntag. Ich habe mir jedoch überlegt, ob unser Arrangement nicht vielleicht auch ein Weihnachtsessen einschließen könnte, was meinst du? Ich genieße unsere Mittagessen immer sehr. Meiner Meinung nach hat sich das ganz gut bewährt.«
»Sicher, Jim.«
»Bist du nicht auch der Ansicht, dass unser Arrangement funktioniert?« Ihm schien sehr an ihrer Zustimmung gelegen zu sein.
»Natürlich bin ich dieser Ansicht.«
»Und hättest du nicht auch gern einen Freund?« Jetzt klang er sogar besorgt.
»Ja, eines Tages sicher, Jim, aber nicht unbedingt sofort.«

»Aber du willst doch hoffentlich jetzt nicht gleich nach oben gehen, oder?«
»Nein, natürlich nicht. Nachdem du meinen Bruder mit Suzanne weggeschickt hast, leiste ich dir noch ein wenig Gesellschaft.«
»Gut.«
So saßen sie noch immer friedlich beisammen, als es eine Stunde später an der Haustür klopfte. Der Mann, der eintrat, hieß Billy Young und arbeitete in einer Bank. Er schien sich sehr zu freuen, Fay endlich kennenzulernen. Ihr Onkel habe ihm schon viel von ihr erzählt und sie als einen Fels in der Brandung bezeichnet, meinte er.
»Für einen Felsen sind Sie aber sehr hübsch«, stellte er bewundernd fest.
»Vielen Dank, Billy«, erwiderte Fay.
Und mit einem Lächeln, das sie unwiderstehlich fand, entgegnete er: »Na, dann mache ich mich jetzt wieder an die Arbeit und berate die Leute in unserer Bank.«
Fay lief hinauf in ihr Zimmer. Morgen würde sie Schwester Williams anrufen. Sie musste regelmäßig Bericht erstatten, ob sich ihr Arrangement mit Jim weiterhin bewährte und ob ihre Bemühungen von Erfolg gekrönt waren oder nicht.
Fay legte sich auf ihr Bett und blickte hinaus auf die Chestnut Street. Doch, durchaus, ihre Anstrengungen hatten sich gelohnt, dachte sie, aber wie nichtssagend sah so etwas auf einem offiziellen Formular aus.

Ein Problem für mich allein

Nichts fürchtete ich mehr als die Mädchen aus der fünften Klasse, die sich mir anvertrauten.

»Sie sind immer so verständnisvoll, Miss«, säuselten sie mit honigsüßer Stimme und wickelten mich jedes Mal wieder um den Finger. Selbstverständlich war ich verständnisvoll, war freundlicher und liberaler als ihre Eltern; ich war jünger und stärker an ihnen interessiert als die anderen Lehrer. Kein Wunder, dass sie mich liebten. Mich und meine guten, von Herzen kommenden Ratschläge.

»Also, wenn er gestern Abend nicht mit dir getanzt hat, Susie, dann hatte er vielleicht etwas anderes im Kopf. Seine Prüfungen? Nein? Mit anderen Mädchen hat er getanzt. Verstehe. Na ja, vielleicht hat er den Mut nicht aufgebracht, *dich* aufzufordern. Jungen in dem Alter können manchmal ziemlich schüchtern sein. Er ist nicht schüchtern – im Gegenteil, eher ein Angeber. Verstehe. Möglicherweise ist das Ausdruck einer *extremen* Form von Nervosität. Er ist auch nur ein Teenager, und Hemmungen treten bei uns allen in den verschiedensten Formen auf. Warum tust du nicht so, als würde er dich überhaupt nicht interessieren, und tanzt stattdessen mit anderen? Wenn er sieht, wie glücklich und ausgelassen du bist, dann traut er sich vielleicht.« Wochen später. »Freut mich, dass es funktioniert hat. Nein, du brauchst dich nicht bei mir zu bedanken – das hast du deinem eigenen gesunden Menschenverstand zuzuschreiben …« Und noch einmal einige Wochen später. »Nun, ich vermute, dass Jungen ihre Meinung ebenso oft ändern wie Mädchen. Nein, Susie, ich glaube nicht, dass dein Herz gebrochen ist. Es wäre äußerst unklug von dir, jetzt ins Kloster zu gehen. Ich weiß, damit würdest du es ihm zeigen. Aber denke daran, jahrelang als Nonne zu leben, an eiskalten Morgen früh aufstehen zu müssen, und dann diese komische Tracht. Da ist es doch viel klüger, wenn du an die Universität zum Studieren gehst – darüber ärgert er sich bestimmt am meisten.«

Und bei meinen Kollegen war es genau dasselbe. Nie waren es meine Probleme, die im Mittelpunkt standen, immer die anderer Leute.

»Ich weiß, ich weiß, Miss O'Brien, es ist wirklich sehr schwer für Sie. Aber irgendwie sagt mir mein Gefühl, dass Mr. Piazza eher verärgert als erleichtert wäre, wenn Sie bei ihm zu Hause auftauchten und seiner Frau alles sagten. Oh, selbstverständlich verstehe ich Ihren Standpunkt, was absolute Ehrlichkeit betrifft, aber vielleicht ist für Mr. Piazza dieser Abend eher … ich will nicht sagen, ein Abenteuer gewesen … nein, eher eine einmalige, außergewöhnliche Begegnung, eine schöne Erinnerung. Wenn Sie jetzt zu Mistress Piazza gehen und ihr sagen, dass *ihr* Mann *Ihnen* gestanden hat, Sie seit Jahren zu lieben, dann wird aus dieser schönen Erinnerung schnell eine ganz hässliche Angelegenheit. Na, na, Miss O'Brien, so weinen Sie doch nicht. Ich bin sicher, dass er Sie geliebt hat und noch immer liebt, aber es gibt eben verschiedene Abstufungen von Liebe – vor allem für einen italienischen Musiklehrer. Ich denke, seine Liebe für Sie ist eher Ausdruck seiner Bewunderung dafür, dass Sie der Typ Lehrerin sind, die mit den Mädchen zum Hockey geht, und weniger seiner Überlegung, seine Frau und seine sieben Kinder zu verlassen, um mit Ihnen in ein kleines Apartment zu ziehen.«

Aber was, wenn ich mal ein Problem hatte? Wer hörte mir zu? Nicht einmal meine Freunde außerhalb der Schule. Sie hatten selbst zu viel um die Ohren, und das hatte stets Vorrang. Lisa zum Beispiel, die seit Urzeiten blass und bekümmert aussah. Wir alle ahnten, dass ein düster romantisches Geheimnis daran schuld sein musste, aber während alle anderen nie mehr darüber erfahren sollten, vertraute sie mir als einzigem Menschen an, dass dahinter der Mann aus ihrer Bank steckte, der eine narrensichere Methode entdeckt hatte, Geld von den Konten anderer Bankkunden auf Lisas Konto zu transferieren, damit sie irgendwann genügend Kapital beisammen hätten, um miteinander durchbrennen und in einem weißen Haus auf einer griechischen Insel leben zu können, um dort für den Rest ihrer Tage Souvlaki zu essen, Wein zu trinken und sich am Strand zu lieben.

Was sagt man nun in so einem Fall?

»Nun ja, das klingt gewiss sehr idyllisch, und wir haben alle das Recht, glücklich zu sein, und ich weiß, dass es höllisch ungerecht zugeht auf dieser Welt. Ein Weg, damit umzugehen, ist sicher der, sich zu nehmen, was man kriegen kann, aber du weißt doch, wie solche Fälle meistens enden. Man wird geschnappt und ins Gefängnis gesteckt. Gewiss ist dein Freund äußerst clever und ein brillanter Kopf und handelt aus reiner Liebe, aber wer sind die Leute, von deren Konten er das Geld nimmt? Ich meine, wird das denn keinem auffallen? Oh, Lisa, jetzt hör auf zu weinen. Ich habe doch nicht gesagt, dass er ein Dieb ist. Ich sage nur, dass die Sache einen klitzekleinen Haken hat.«

Und dann war da mein alter Freund Donal, der so gut aussah, dass keine Woche verging, in der er nicht versuchte, sich aus der einen verfänglichen Situation zu befreien, um prompt in die nächste zu stolpern. »Natürlich war ich einer Meinung mit dir, Donal, dass es unvernünftig von ihr ist, sich bereits nach so kurzer Zeit verloben zu wollen, aber andererseits hast du sie schließlich überredet, ihre eigene Wohnung aufzugeben und zu dir zu ziehen. Irgendeine Erklärung muss sie ihrer Mutter ja geben, damit die beruhigt ist. Ich verstehe, aber dann solltest du wirklich ganz ehrlich sein. Denk daran, hinterher warst du immer froh, wenn du offen und aufrichtig warst. Ich weiß, ich weiß, aber Frauen neigen nun mal zu Hysterie. Nein, ich weiß, ich bin anders, aber schließlich bin ich auch deine Freundin und keine deiner Liebschaften. Und deshalb solltest du auf mich hören. Es hat keinen Sinn, ihr zu erzählen, du würdest an Schwindsucht leiden. Es wäre nicht fair ihr gegenüber. Sie würde sich nur verpflichtet fühlen, dich für den Rest ihres Lebens zu pflegen. Du wirst ihr sagen müssen, dass alles ein Fehler war, dass es dir leidtut und dass du ihr helfen wirst, eine neue Wohnung zu finden. Nein, ich glaube nicht, dass sie ein ekelerregendes Leberleiden als abstoßend empfinden würde – denk nur an die Schauspielerin, der du erzählt hast, du hättest Gicht. Sie schickt dir noch immer Telegramme in die Arbeit, in denen sie dich als ›Schweinehund‹ beschimpft. Ich bitte dich, das kostet dich ein Wochenende, und dann seid ihr beide frei für den Rest eures Lebens.«

Mein ganzes bisheriges Leben schien daraus bestanden zu haben, dass ich die Schwangerschaftstests anderer in die Apotheke trug, Abtreibungen arrangierte und mir Ausreden für sie einfallen ließ. Jahre um Jahre, in denen ich gewisse Leute zu Partys einlud, damit sie dort zufällig wiederum andere gewisse Leute kennenlernten. Jahrzehnte, in denen man mich bat, ein bestimmtes Mädchen abzulenken, das zu großes Interesse am Mann einer anderen zeigte. Mit einem Wort, ich führte das Leben einer Kummerkastentante, die weder Anerkennung noch Lohn dafür bekam.

Und so beschloss ich eines Donnerstagnachmittags gegen vier Uhr – die Schule war gerade aus –, dass ich dringend ein eigenes Problem brauchte, und zwar ein richtig großes. Hals über Kopf würde ich mich in eine Situation manövrieren, so katastrophal und aussichtslos, dass mindestens ein halbes Dutzend meiner Freunde sich meinetwegen zu ernsthaften Beratungen zusammensetzen und mir ins Gewissen reden müssten, um mich aus diesem Schlamassel zu befreien. Meinetwegen würde nun ein anderer schlaflose Nächte verbringen, während ich mich die ganze Zeit über absolut unvernünftig benehmen und

alle mit meiner ständigen Bitte um Rat nerven würde. Nur darauf hören würde ich nicht, geschweige denn ihn annehmen.
Als ich mit meinen Schulbüchern unter dem Arm die von dichten Laubbäumen beschattete Straße entlangging, wollte mir jedoch partout keine Situation einfallen, die sich für mich als kritisch erweisen könnte. Wie brachten sich die anderen eigentlich immer wieder in Schwierigkeiten? Ich überlegte. Oft waren diese das Ergebnis einer feuchtfröhlichen Runde, und so schien es mir plausibel, damit meinen ersten Versuch zu starten. Da es noch ein wenig zu früh war, um mich zu betrinken, ging ich zunächst nach Hause, setzte mich hin und machte mir Notizen zu meinem Vorhaben. Genauso hätte ich auch den Geschichtsunterricht für das nächste Schuljahr geplant. Zuerst erstellte ich eine Liste mit Lokalitäten, an denen ich mich abends betrinken könnte. Da es bei uns an jeder Ecke ein Pub gibt, stand ich vor dem Problem, eine Auswahl treffen zu müssen. Ich entschied mich für vier Lokale, in denen Schauspieler, Schriftsteller, Künstler oder Werbeleute verkehrten. Meine lebenslange Erfahrung als geduldige Zuhörerin hatte mich gelehrt, dass bei Männern dieser Berufsgruppen immer mit Problemen zu rechnen war.
Dann notierte ich mir auf einer weiteren Liste, was ich anziehen würde. Auf jeden Fall *keinen* grauen Flanellrock, *keinen* grauen Pullover und *keine* weiße Bluse. So etwas machte sich zwar gut in der Schule und bei den kultivierten Abendveranstaltungen, an denen ich teilnahm, aber Probleme handelte ich mir damit garantiert nicht ein. Also probierte ich es mit einer Bluse, die zu klein war, zwängte mich in einen viel zu engen Rock, legte auffälligen Schmuck an und trug billiges Parfum auf. Zu guter Letzt bemalte ich mein Gesicht mit allem, was mein Make-up-Kasten zu bieten hatte. Ich kam mir ziemlich albern dabei vor, um ehrlich zu sein, aber vielleicht war das genau die Aufmachung, mit der ich einen verheirateten, homosexuellen Bankräuber anlocken würde, der mich wahlweise

mit Zwillingen schwängern, mich der Gefahr einer Verhaftung aussetzen oder mich in die Zwangslage bringen würde, mich vor einer Bande übler Kerle verstecken zu müssen, die Stein und Bein geschworen hatten, mich fertigzumachen.
Aus unerfindlichen Gründen erkundigte sich der Barkeeper im ersten Pub bei mir, ob es draußen regnete. Dies stimmte mich ziemlich nachdenklich. Vielleicht handelte es sich um einen Code oder Ähnliches, bestimmt für den einzigen Gast in der Ecke, der wohl nach weißen Sexsklavinnen Ausschau hielt. Gleich würde er mir ein Angebot machen, das ich nicht ablehnen konnte. In Wirklichkeit steckten jedoch die dicken, schwarzen Streifen dahinter, die mir über das Gesicht liefen, und mein Rock, der aussah, als sei er in einem plötzlichen Regenguss um mindestens zwei Größen eingegangen. Ich säuberte mein Gesicht, woraufhin man hätte meinen können, ich wäre verprügelt worden. Aber das war in Ordnung, wenigstens machte ich jetzt einen verwegenen und keinesfalls biederen Eindruck. Bieder ging nämlich gar nicht. Aber keiner trat zu mir, um mir Feuer zu geben, und keiner redete mich an, außer um mich zu fragen, ob der Platz neben mir noch frei sei. Also zog ich weiter.
In der nächsten Bar ging es schon etwas lebhafter zu. Zumindest stritten ein paar nicht mehr ganz nüchterne Gäste mit dröhnenden Stimmen um den genauen Wortlaut eines Gedichts von Walter de la Mare. Dies schien der ideale Einstieg für mich zu sein; wirklich eine glückliche Fügung, dass ich den Text auswendig konnte. Zentimeter für Zentimeter schob ich mich näher an die Gruppe heran, während die reichlich alkoholisierten Männer ihre jeweiligen Versionen diskutierten, bis ich schließlich wie zufällig in ihre Runde aufgenommen wurde. Nur zu Wort kommen lassen wollten sie mich nicht. »Einen Gin und ein Tonic für die Lady«, hieß es bei jeder neuen Bestellung, aber nie wurde ich meinen Text los. Ich fand mich schließlich damit ab. Zumindest konnte ich mich auf diese Weise umsonst betrinken, und keiner fragte mich, was ich hier

wollte. Weniger schmeichelhaft war, dass sich aber auch keiner für mich zu interessieren schien. In der Hoffnung, mir dadurch Gehör zu verschaffen oder wenigstens ein bisschen Aufmerksamkeit zu erregen, bot ich sogar an, die nächste Runde zu übernehmen. »Lass dich nie von einer Frau einladen«, lautete die Antwort, die mir im Chor entgegenschallte. Ich fühlte mich geschmeichelt. Immerhin fiel ihnen auf, dass ich eine Frau war. Es wurde immer später, und die Männer kauften sich Bier in Dosen zum Mitnehmen. In irgendeiner Wohnung sollte die Sause wohl weitergehen, dachte ich und beschloss, an der Gruppe dranzubleiben. Ich erstand ebenfalls sechs Dosen, die in einer braunen Papiertüte verschwanden, und folgte den Männern hoffnungsfroh zur nächsten Bushaltestelle. Leider hielten sie dort ein Taxi an, und gerade als ich mit einsteigen wollte, schüttelten sie bedauernd den Kopf. »Wir können dich nicht mitnehmen«, sagten sie.
»Aber ich habe doch auch Bier gekauft«, erwiderte ich, den Tränen nahe.
»Das würde Simon nicht gefallen – lass dich nie mit der Frau eines anderen ein, Regel Nummer eins«, erklärten sie mir.
»Ich kenne keinen Simon.« Ich schwor bei allem, was mir heilig war, nichts mit diesem Simon zu tun zu haben. Es handelte sich bestimmt um eine Verwechslung.
»Na, warum haben wir dann den ganzen Abend mit dir gebechert, wenn du nicht Simons Süße bist?« Darauf konnte ich ihnen leider keine Antwort geben, und so ließen sie mich mit meinem Biervorrat auf der Straße stehen. In der Nähe befand sich eine Diskothek, und die steuerte ich nun an. Die Tänzer unter der Diskokugel waren im Durchschnitt mindestens zehn Jahre, viele sogar fünfzehn Jahre jünger als ich. Aber da ich nun mal Eintritt bezahlt hatte, lehnte ich mich lässig an eine Wand und hielt mich an einer Bierdose fest. Plötzlich wurden entzückte Rufe des Erkennens laut. Die gesamte fünfte Klasse schien da zu sein. Kein Wunder, dass sie zu erschöpft sind, um

vormittags irgendwelche geschichtlichen Zusammenhänge zu behalten, dachte ich missmutig. Aber sie schienen außer sich vor Freude, mich zu sehen, und nicht im mindesten überrascht.

»Ich habe euch was zu trinken mitgebracht«, bot ich an.

Mit nichts anderem hätte ich den Mädchen eine größere Freude bereiten können. Die Preise in der Disko waren astronomisch hoch, und sie hatten kein Geld mehr, um sich Alkohol zu kaufen. Ihre männlichen Begleiter waren begeistert von mir – was für eine Lehrerin, was für eine tolle Frau, flüsterten sie einander anerkennend zu. Keiner von ihnen forderte mich jedoch zum Tanzen auf; mit einer, die so alt ist wie ich, tanzt man nicht. Jeder Gedanke an eine Affäre à la *Reifeprüfung* löste sich in Wohlgefallen auf, und so erklärte ich frustriert, dass ich nun gehen müsse.

Eine meiner Freundinnen war während einer Tagung in einem großen Hotel einmal auf das Übelste von einem Vertreter belästigt worden. Angesichts der späten Stunde wäre das vielleicht etwas, das ich ausprobieren sollte, überlegte ich. Ich hatte kein Problem, in das Hotel hineinzukommen, das tatsächlich voller Geschäftsleute und Vertreter war. Mein Problem war eher, dass die Herren alle tiefe Falten im Gesicht hatten und sehr blass an der Bar hockten, Beruhigungspillen in sich hineinstopften und anscheinend kein anderes Thema kannten als Verkaufszahlen und die Wirtschaftskrise. Und dabei schielten sie ständig auf ihre Klemmbretter. Sie hatten einen schlechten Tag hinter sich, und der morgige würde noch schlechter werden. Beiläufig fragte ich einen der Männer, ob er das Stück *Tod eines Handlungsreisenden* kenne. Er sah mich verschreckt an.

»Nein«, stöhnte er. »Gott, muss man das kennen?«

Dann brachen sie alle gleichzeitig in ihre Zimmer auf, jedoch nicht, ohne zuvor ein großes Tamtam an der Rezeption zu veranstalten. Wehe, wenn man sie nicht um sechs Uhr dreißig telefonisch weckte. Das Frühstück hatte unbedingt cholesterinfrei und ihre Schuhe auf jeden Fall blitzblank geputzt zu sein. Köpfe würden rollen, und es würde eine Untersuchung auf höchster Ebene geben, sollte der Weckruf vergessen werden. Das sei dem Hotel doch hoffentlich klar. Da nicht ein einziger vergnügungssüchtiger Fremder unter den Gästen zu sein schien, hielt ich es für das Beste, mir ein öffentliches Telefon zu suchen und den Versuch zu starten, mir von anderer Seite ein wenig Ablenkung zu organisieren. Mir war alles recht, um die abgehetzten, abgekämpften Gesichter dieser Männer aus dem Kopf zu kriegen.

Ich rief Donal an. Vielleicht stieg bei ihm eine Party. Was nicht der Fall war. Er war gerade mit einer Stewardess beschäftigt und stand kurz davor, erfolgreich bei ihr zu landen, als mein Anruf alle seine Bemühungen zunichtemachte. Die paar Sekunden Ablenkung genügten, dass die Flugbegleiterin es sich anders überlegte und nach ihrem Mantel griff. Donal war folglich alles andere als erfreut, von mir zu hören.

Als Nächstes rief ich Judy an. Meistens ist sie die ganze Nacht wach, trinkt schwarzen Kaffee und führt endlose Beziehungsdiskussionen mit schwierigen Männern, in die sie hoffnungslos verliebt ist. Diese Männer laugen sie emotional aus, und so liegt ständig ein Hauch von Drama und Wahnsinn über ihrer Wohnung. Sie freute sich schrecklich über meinen Anruf; die halbe Nacht habe sie bereits versucht, mich zu erreichen. Wieder einmal sei die Situation aussichtslos. Sven kauere nebenan in der Küche und versuche, seinen Kopf in den Backofen zu stecken; seit Stunden ginge das nun schon so. Es sei grauenvoll. Ich könne mich doch an Sven erinnern? Eine Zeitlang hätte Sven auf Anraten seines Therapeuten in einer Wohngemeinschaft gelebt, weil er viel menschliche Zuwendung brauchte, aber in Wirklichkeit habe er stets mehr gegeben als bekommen. Judy wollte nun, dass er zu ihr zog. Doch Sven war der Ansicht, dass er alle Menschen immer nur enttäusche – den Therapeuten, die Wohngemeinschaft, Judy … als Ausweg blie-

be ihm nur noch der Backofen. Alles sei so freudlos, meinte Judy, so bleiern und grau.
Ich tat so, als seien wir getrennt worden. »Hallo? Hallo?«, rief ich mehrmals und legte auf.
Auf dem Nachhauseweg in die Chestnut Street erklärte mir der Fahrer meines Taxis, dass alle Frauen Schlampen seien. Tief drinnen habe er so etwas schon immer geahnt, doch jetzt wisse er es ganz genau. Schlampen alle miteinander. Und seine eigene Frau sei die Schlimmste von allen. Seit Monaten habe sie ein Verhältnis mit dem Nachbarn. Er sei eben erst dahintergekommen und habe sie damit konfrontiert. Sie hätte sogar noch versucht, sich herauszureden, diese Schlampe. Einsam sei sie gewesen bei seinen unregelmäßigen Arbeitszeiten. Wie könne einem die eigene Frau so etwas nur antun, wollte er von mir wissen in der Hoffnung, von mir eine Erklärung zu bekommen.
»Veranlagung«, erwiderte ich schulterzuckend. Und dann verstummten wir beide.
Zu Hause erwartete mich der Brief einer Freundin, deren Ehemann sich in letzter Zeit offenbar äußerst seltsam benahm. Sie vermutete, dass er sie mit jemandem aus dem Büro betrog. Ihr Mann hatte angefangen, jede Menge Beruhigungsmittel zu nehmen, und sah bleich und mitgenommen aus. Ich schrieb meiner Freundin eine kurze Postkarte. Das sei alles Unfug, erklärte ich, ihr Mann stecke lediglich in demselben Hamsterrad wie all die Geschäftsleute und Manager, die ich an diesem Abend im Hotel erlebt hatte. Er könne unmöglich Zeit für eine andere Frau haben. Und dann zerriss ich die Karte. Warum war eigentlich *ich* immer diejenige, die meine Freunde tröstete, während nie jemand auf die Idee kam, *mich* zu trösten?
Ich machte mir etwas zu trinken. Auf der Packung stand, dass dieses Gebräu die Sorgen des Tages vertreiben und zu heilsamem Schlaf verhelfen würde. Ich hoffte, dass es auch den Gin, den ich an diesem Abend erfolglos in mich hineingeschüttet

hatte, vertreiben und mich vor einem bösen Kater bewahren würde. Welche Ironie, wenn ich am nächsten Tag mit hämmerndem Schädel und ohne ein einigermaßen präsentables Problem vor meinen Schülern stehen müsste.

Und dann läutete das Telefon. Es war zwei Uhr nachts. Bestimmt war irgendeine Freundin dran, die schwanger war oder das Gegenteil, irgendeine leidend klingende Stimme, die sich darüber beklagte, dass wieder eine verhängnisvolle Romanze auf dem Sofa oder im Backofen ihrem Ende entgegendämmerte. Müde nahm ich den Hörer ab. Der Anrufer war ein Mann und klang betrunken.

»Ja?«, meldete ich mich resigniert.

»Ich bin sehr betrunken«, sagte der Mann unnötigerweise, doch offensichtlich schien er das Bedürfnis zu haben, ein paar Dinge klarzustellen, bevor wir weiterredeten. »Ich musste mich betrinken, sonst hätte ich niemals den Mut aufgebracht, Sie anzurufen. Ich schätze Sie unendlich. Eigentlich glaube ich sogar, dass ich Sie liebe, auch wenn ich nicht sicher bin, ob das tatsächlich der Fall ist. Ich weiß nur, dass ich Sie brauche. Und dazu muss ich Sie endlich näher kennenlernen. Ich ertrage diese scheinheilige Konversation zwischen uns nicht mehr, all dieses hohle Gerede über Stipendien, Schularbeiten und die Bedeutsamkeit des Lernens. Ich will mich mit Ihnen unterhalten, über Sie und mich – über mich. Ich will lange Spaziergänge mit Ihnen unternehmen. Ich will mit Ihnen zum Essen in schöne Restaurants gehen, ich will Sie im Arm halten und für Sie da sein.«

Na, das höre sich doch genial an, erwiderte ich freundlich, aber müsse ich wissen, wer er sei?

»Nein, selbstverständlich nicht. Wie sollten Sie mich auch kennen, wenn ich mich mit Ihnen immer nur über Schularbeiten, Stipendien und diese gottverdammte Bedeutsamkeit des Lernens unterhalten muss. Dabei kann man sich ja nie kennenlernen. Erst wenn wir es schaffen, diese schreckliche Schule samt

ihren langen Fluren, Parkplätzen und Elternabenden hinter uns zu lassen, werden wir uns näherkommen.«
Es hatte offensichtlich etwas mit der Schule zu tun. Der verrückte Gedanke, einer meiner Schüler könnte sich als Bauchredner oder Stimmenimitator versuchen, schoss mir durch den Kopf.
»Wer spricht denn da?«, fragte ich steif.
»Ach, Ihre Stimme – wie ich sie liebe. Sie ist so kühl, so unerschütterlich, so anders als jede andere weibliche Stimme auf der Welt«, entgegnete er beglückt. »Ich bin Susies Vater und seit ewigen Zeiten in Sie verliebt. Ich bin Simon Scott, und ich liebe Sie.«
Mr. Scott, Susies Vater? Ein unspektakulärer Typ, aber waren sie das nicht alle? Mittelgroß, mittleren Alters, weder dick noch dünn, ein Mann, der immer nur ein Thema kannte: Stipendien, Schularbeiten und die Bedeutsamkeit des Lernens. O Gott, der hatte mir gerade noch gefehlt. Doch plötzlich kam mir die Erleuchtung: *Er* könnte doch mein Problem sein. Er könnte der Grund sein, warum ich emotional völlig durch den Wind war. Ich könnte mich bei anderen Leuten darüber ausheulen, wie schrecklich die Situation sei, beklagen, dass ich diesen Mann nicht schon eher getroffen hatte und dass ich nicht verstünde, warum er seine Frau für mich nicht verlassen wollte. Und dann dieser merkwürdige Zufall – Simon, derselbe Namen. Das stimmte mich nachdenklich. Vielleicht war es tatsächlich derselbe Simon, der Freund dieser Betrunkenen aus dem Pub, die mich für sein Mädchen gehalten hatten.
»Sagen Sie mal, haben Sie zufälligerweise ein paar Freunde, die momentan nicht mehr ganz nüchtern sind und krampfhaft versuchen, sich an den Vorlaut eines Gedichts von Walter de la Mare zu erinnern, Mr. Scott?«, fragte ich.
»Meine Liebste, Sie sind ja geradezu eine Hellseherin. Woher wissen Sie das? Meine Freunde haben mich heute Abend quasi überfallen, und jetzt sitzen sie immer noch drüben im Wohn-

zimmer und versuchen, das Gedicht auf die Reihe zu kriegen. Was soll ich sagen? Wir sind füreinander geschaffen, meine Liebe. Woher sollten Sie sonst meine Gedanken kennen und ich die Ihren?« Seine Stimme wurde leiser, die Anstrengung, logische Sätze zu formulieren, schien zu viel für ihn zu werden.

Also gut. Dann würde eben Simon mein Problem sein. Donal und Judy, Miss O'Brien und Lisa, sie alle würden versuchen müssen, ihn mir auszureden und mich wieder zur Vernunft zu bringen. Doch zuerst musste ich sicher sein, dass er auch wirklich ein richtiger Problemfall war.

»Was ist mit Susies Mutter?«, fragte ich. Sich mit einem Mann einzulassen, der nicht gebunden war, war kein großes Kunststück. Ich konnte mich an Mrs. Scott von den Elternabenden her nicht erinnern, aber heute war das ohnehin so eine Sache mit dem Gedächtnis.

»Meine Frau hat mich nie verstanden, von Anfang an nicht. Sie hat keine Seele. Im Moment ist sie nicht da, sie kommt erst morgen zurück, sie ist zu Besuch bei ihrer Cousine. Mehr Unternehmungsgeist besitzt sie nicht, als ihre Cousine zu besuchen. Ich habe nichts gegen meine Frau, ich werde immer gut zu ihr sein, aber Sie … Sie muss ich unbedingt haben. Ich kann nicht leben ohne Sie.«

Das klang ja alles sehr vielversprechend.

»Na, dann sieht es doch so aus, als ob wir uns nur heimlich treffen könnten, oder?«, fragte ich. »Dass Sie sich immer nur für ein paar Minuten von zu Hause davonstehlen können, um mit mir zusammen zu sein? Dass wir vor anderen so tun müssen, als würden wir uns kaum kennen? Und dass wir bestimmt zweimal die Woche in eine tiefe Krise stürzen und einander die schlimmsten Vorwürfe machen werden, nicht wahr?«

Meine Fragen schienen ihn zu überraschen. Wahrscheinlich nicht gerade das, was er sich erwartet hatte. Aber was hatte er eigentlich erwartet?

»Tja, am Anfang vielleicht«, erwiderte er nervös. »Aber unsere Liebe wird Mittel und Wege finden. Irgendwann werden wir es schaffen, wertvolle Zeit füreinander abzuzwacken, wir werden richtige Gespräche führen und uns nicht über stupide Besuche bei Cousinen, über Stipendien und die Bedeutsamkeit des Lernens unterhalten müssen. Es wird wunderbar werden«, beendete er den Satz, jedoch nicht sehr überzeugend.

»Gewiss doch«, erwiderte ich. »So wird es sein. Aber was soll ich jetzt tun? Soll ich ein Taxi nehmen und zu Ihnen fahren, damit wir die Zeit ausnützen können, solange Ihre Frau noch weg ist, oder wollen Sie lieber zu mir kommen? Morgen könnten wir uns dann in der Mittagspause in einem Pub treffen und ein paar wertvolle Momente miteinander verbringen. Oder Sie könnten zu mir in die Schule kommen unter dem Vorwand, mit mir über Susie sprechen zu wollen. Wir finden bestimmt irgendein leeres Klassenzimmer, wo wir uns endlich ein wenig näherkommen können. Was halten Sie davon?« Allmählich machte es mir großen Spaß, mir das alles vorzustellen, und ich freute mich schon auf das Abenteuer.

»… äh, ja, nun.« Mehr brachte Mr. Scott nicht heraus.

»Ach, jetzt haben Sie sich nicht so, Mr. Scott«, ermutigte ich ihn. »Wie Sie sagten, sind Sie seit ewigen Zeiten in mich verliebt und glauben, dass wir füreinander geschaffen sind. Ich finde das *großartig*. Wenn Ihnen schon so viel daran liegt, einen echten Gedankenaustausch mit mir zu pflegen, mich in Ihre Arme zu schließen und für mich da zu sein, dann sollten wir nicht noch mehr Zeit verlieren und endlich damit anfangen. Es freut mich wirklich sehr, dass Sie mich angerufen haben, und ich bin fest überzeugt, dass es eine wunderbare Erfahrung werden wird. Geben Sie mir doch einfach Ihre Adresse, und ich komme jetzt gleich zu Ihnen und bringe Ihren beschwipsten Freunden ein Büchlein mit dem Text des Gedichts mit. Dann können die endlich heimfahren, und wir haben noch Zeit genug für uns, bevor Susie aus der Disko

nach Hause kommt. Wir werden eine tolle Affäre miteinander haben, Mr. Scott.«
Ich hörte es an seiner Stimme. In Mr. Scott schien ein Wandel vorgegangen zu sein. Er wirkte plötzlich viel weniger betrunken. Und weniger leidenschaftlich. Unsere langen Spaziergänge auf dem Land und unsere romantischen Abendessen schienen mit einem Mal nicht mehr wichtig.
»Äh«, stammelte er, »eigentlich wollte ich Ihnen mit meinem Anruf lediglich zu verstehen geben, dass meine Gefühle für Sie *vielschichtig* sind. Und dass meine … äh … Zuneigung für Sie nur ein Aspekt von vielen ist. Vor allem aber empfinde ich großen Respekt und Bewunderung für Sie. Meine Frau, Sie … äh … Sie erinnern sich an meine Frau … Sie ist im Moment nicht da, sie besucht ihre Cousine, aber sie wird morgen wieder zurückkommen. Ganz früh, oder vielleicht sogar noch heute Nacht. Ja, wahrscheinlich sogar heute Nacht. Also, meine Frau und ich haben oft gesagt, dass Susie großes Glück hat mit einer so besonnenen Lehrerin wie Ihnen. Sie würden nie etwas Unüberlegtes tun oder gar überstürzt agieren. Wir brauchen Sie, jawohl, *wir* brauchen Sie, wegen Susies Ausbildung und möglicher Stipendien und … äh … wegen allem eben.«
»Nun, ganz wie Sie meinen, Mr. Scott«, erwiderte ich irritiert. »Gut, dann werden wir eben keine Affäre miteinander haben, wenn es das ist, was Sie damit ausdrücken wollen. Das ist für mich in Ordnung. Ich kann auch noch später im Schuljahr eine Affäre anfangen, oder vielleicht um Weihnachten herum – das ist ohnehin eine gute Zeit für ein bisschen Drama und Tragödie … Nein, so hören Sie doch auf, sich zu entschuldigen – es ist alles in bester Ordnung. Aber sehen Sie zu, dass Sie diese Trunkenbolde aus der Wohnung schaffen, bevor Susie nach Hause kommt. Und richten Sie Susie aus, dass sie unter der Woche nicht so lang ausbleiben soll. Sie soll lieber an ihre Prüfungen denken und sich ihre Diskobesuche besser fürs Wochenende aufsparen, wenn sie am nächsten Tag keine

Schule hat. Und meiner Meinung nach sollten Sie jetzt gleich die vielen leeren Bierdosen wegräumen. Wenn Mistress Scott von ihrer Cousine zurückkommt, möchte sie sicher nicht, dass es in ihrer Wohnung wie im Hinterzimmer eines Pubs ausschaut … Nein, ich bitte Sie – gern geschehen, Mr. Scott … Nein, Sie haben mich überhaupt nicht gestört – ich war noch nicht im Bett. Ich bin gerade erst nach Hause gekommen. Ich war nämlich in der Stadt unterwegs und habe versucht, eine Affäre mit einem möglichst unpassenden Mann anzufangen, doch es hat nicht geklappt. Aber ich kann es ja morgen wieder versuchen, wenn ich nicht zu viele Arbeiten zu korrigieren habe oder irgendeine unglückliche Freundin trösten muss.«

Er konnte kaum sprechen vor Erleichterung, so dass ich nicht viel verstand von dem, was er sagte. Doch ich beschloss, ihm zuzustimmen.

»Ja, natürlich habe ich mir einen kleinen Scherz erlaubt, Mr. Scott – selbstverständlich. Ich hatte schon immer einen extrem ausgeprägten Sinn für Humor, und ich bin bekannt als personifizierte Vernunft und Quelle guter Ratschläge. Ja, ich glaube, so hat es mal jemand formuliert … Fragen Sie, wen Sie wollen.«

Worauf es ankommt

Nessa Byrnes Tante Elizabeth kannte sich mit allem und jedem aus und hatte immer recht.

Jeden Juni kam sie für sechs Tage zu Besuch in die Chestnut Street, und wegen ihrer hohen Erwartungen war man vor ihrer Ankunft zwei Wochen lang damit beschäftigt, Haus und Garten auf Vordermann zu bringen.

Das ganze Gerümpel, das sich seit ihrem letzten Besuch in Tante Elizabeths Zimmer angesammelt hatte, wurde entfernt, die Wandfarbe aufgefrischt, und wenn die Schubladen endlich leer waren, legte man sie mit frischem rosafarbenen Papier aus.

Ohne Elizabeths jährlichen Besuch wäre das ganze Haus eine komplette Müllhalde, pflegte Nessas Mutter mit gequältem Lachen oft zu sagen.

Allerdings hätte Nessas Mutter deswegen kein schlechtes Gewissen haben müssen. Weder hatte sie die Zeit noch das Geld für eine Hausrenovierung. Sie arbeitete viele Stunden täglich in einem Supermarkt und verdiente den Lebensunterhalt für ihre drei Kinder, ohne dabei von ihrem Mann unterstützt zu werden. Nessa konnte sich nicht erinnern, dass ihr Vater je arbeiten gegangen wäre.

Er hatte einen schlimmen Rücken.

Tante Elizabeth war die ältere Schwester ihres Vaters. Mit achtzehn Jahren war sie nach Amerika ausgewandert und arbeitete dort bei einem Rechtsanwalt. Nessa wusste nicht genau, worin ihre Arbeit bestand, aber man stellte Tante Elizabeth keine direkten Fragen.

Wenn seine Schwester zu Besuch kam, gab sich Nessas Vater stets große Mühe. Er verbrachte seine Zeit nicht im Sessel vor

dem Fernseher, um sich Pferderennen anzuschauen, und half sogar beim Abwasch, schien allerdings jedes Mal sehr erleichtert zu sein, wenn Elizabeth wieder abreiste.
»Na, das ist ja ganz gut gelaufen«, sagte er dann, als wären sie nur knapp einem Unglück entronnen.
Tante Elizabeth war den ganzen Tag unterwegs, um Orte von kulturellem Interesse aufzusuchen. Sie ging in Kunstausstellungen oder in die Chester Beatty Library, ein Museum für Buchdruck und sakrale Kunst aus Asien, oder besichtigte ein altes Herrenhaus.
»Worauf es ankommt im Leben, das sind Orte von Geschmack, Orte mit hohem Anspruch, die man unbedingt sehen sollte«, pflegte sie zu Nessa zu sagen, während sie Prospekte durchblätterte und einzelne Passagen ausschnitt, um sie in ein Sammelalbum zu kleben. Nessa fragte sich, wer diese Alben wohl jedes Jahr zu sehen bekam. Aber das war auch wieder so eine Frage, die man Tante Elizabeth nicht stellte.
An fröhlichen Erinnerungsfotos von ihrer Familie war sie weniger interessiert, ganz bestimmt nicht an solchen von Nessas Zuhause und schon gar nicht an Bildern von einem Picknick draußen am Strand von Killiney oder auf Howth Head, wofür Nessas Mutter hartgekochte Eier und matschige Tomaten einpackte und auf dicken Scheiben Brot servierte. Egal, wie schön die Sonne auch geschienen hatte und wie herzhaft sie alle den ganzen Tag gelacht hatten – dies alles festzuhalten, verspürte Tante Elizabeth nicht den geringsten Wunsch.
Doch an einem Abend während ihres jährlichen Besuchs lud Tante Elizabeth stets die ganze Familie auf einen Drink ein, und zwar in das ihrer Meinung nach neueste und schickste Lokal Dublins.
Und es gab tatsächlich nur ein einziges Glas, nicht etwa mehrere: für die Kinder Orangenlimonade, roten Wermut mit Kirsche für Nessas Mutter, einen kleinen Whiskey für ihren Vater und den hauseigenen Cocktail für Tante Elizabeth selbst.

Für diesen Ausflug mussten sich alle fein anziehen, und ein Kellner wurde gebeten, ein Foto von ihnen zu machen, auf dem sie vor irgendeinem Hintergrund ins Blitzlicht blinzelten. Höchstwahrscheinlich wurde das Foto nach dem Entwickeln in das jährliche Sammelalbum geklebt.
»Am richtigen Ort zu sein, das ist es, worauf es ankommt im Leben«, sagte Tante Elizabeth dann.
Nessa fragte sich jedes Mal, warum das so wichtig war. Aber Tante Elizabeth sah so elegant und selbstsicher aus, dass sie wohl recht haben musste.

Oft ging Tante Elizabeth, mit einem kleinen Notizbuch bewaffnet, zu einem großen Zeitungsladen in der O'Connell Street. Nessa begleitete sie manchmal.
»Was schreibst du da rein?«, fragte sie einmal und bekam sofort Angst und Gewissensbisse. Man stellte Tante Elizabeth keine direkten Fragen. Aber komischerweise schien es dieses Mal kein Problem zu sein.
»Ich schaue die Zeitschriften durch und schreibe mir die Namen der Leute auf, die zu Vernissagen und Theaterpremieren gehen. Es ist unglaublich, wie oft immer wieder dieselben Namen auftauchen.«
Nessa war verwirrt. Warum sollte sich jemand dafür interessieren, wer zu welcher Veranstaltung ging? Selbst wenn man hier lebte. Aber wenn man dreitausend Meilen weit weg wohnte? Das war doch nicht normal. Tante Elizabeth musste ihr diese Gedanken angesehen haben, denn plötzlich sprach sie ganz ernsthaft mit ihr, als wäre sie eine gleichberechtigte Erwachsene.
»Ich erklär dir jetzt mal was äußerst Wichtiges, also hör gut zu. Ich weiß, du bist erst fünfzehn, aber es ist nie zu früh, das zu wissen: Worauf es ankommt, ist einzig und allein das Bild, das du von dir selbst entwirfst. Verstehst du das?«
»Ich glaube schon«, antwortete Nessa nicht sehr überzeugt.

»Glaub mir, das ist das Einzige, was zählt. Zunächst einmal solltest du dich Vanessa nennen und mit deinem vollen Namen ansprechen lassen – die Leute haben dann mehr Respekt vor dir.«

»Oh, das könnte ich nicht – die halten mich doch alle für eine aufgeblasene Dumpfbacke.«

»Und du solltest niemals solche Wörter in den Mund nehmen, weder auf dich selbst bezogen noch auf andere. Wenn du es je zu etwas bringen willst, dann musst du dir bei allem, was du tust, ganz genau überlegen, wie du auf andere wirkst.«

»Ma meint, es kommt nur darauf an, nett zu den Leuten zu sein.« Nessa konnte auch selbstbewusst sein.

»Ja, sicher, Vanessa, und das ehrt deine Mutter auch. Aber schau sie dir doch an. Die Schufterei im Supermarkt bringt sie fast um, und dann lässt sie es sich auch noch gefallen, dass mein Bruder ihren Lohn und sein Arbeitslosengeld für Alkohol und Pferdewetten verjubelt.«

Nessa warf den Kopf in den Nacken. »Mein Dad ist super.«

»Ich bin mit deiner Mutter und deinem Vater zur Schule gegangen. Ich bin drei Jahre älter als sie, aber ich sehe zehn Jahre jünger aus. Es kommt immer nur darauf an, auf andere einen guten Eindruck zu machen. Es ist wie mit einem Spiegel: Wenn du gut aussiehst und die Leute dich so sehen, dann spiegeln sie dir das wider.«

»Ja, kapiert.«

»Also, Vanessa, wenn du willst, kann ich dir ein bisschen helfen. Ich kann dich beraten, was du anziehen und wie du auftreten sollst, und dir erzählen, was es sonst noch so alles gibt, worauf es ankommt.«

Nessa fühlte sich hin- und hergerissen. Sollte sie den Rat annehmen und eine elegante Frau wie Tante Elizabeth werden? Oder sie zum Teufel schicken und ihr sagen, dass sie sich wohl fühlte in ihrer Haut und in ihrem Leben mit Ma und Dad?

Sie musterte einen Moment lang ihre Tante, die siebenund-

vierzig Jahre alt sein musste, aber höchstens wie dreißig aussah. Ihre kurzen Haare, die sie jeden Tag mit Baby-Shampoo wusch, saßen perfekt. Ihr schickes, dunkelgrünes Kostüm frischte sie jeden Abend mit Zitronensaft auf, und abwechselnd trug sie dazu verschiedene Oberteile in leuchtenden Farben und am Revers eine einzelne, auffallend hübsche Brosche.
Ma hingehen sah völlig anders aus. Ma hatte nie Zeit, ihre langen, fettigen, mit einem Gummiband zusammengehaltenen Haare zu waschen. Sie hatte keine auf Hochglanz polierten Pumps, die sie abends mit Zeitungspapier ausstopfte, wie ihre Schwägerin es tat. Sie trug breite, flache Schuhe mit schiefen Absätzen, Hauptsache, sie waren bequem bei der Arbeit und auf dem langen Nachhauseweg.
Nessas Schulfreundinnen hatten ihre Tante stets bewundert. Sie könne von Glück reden, der Chestnut Street entronnen zu sein und es in New York geschafft zu haben, hatten sie immer gesagt. Herrgott noch mal, in Amerika kann schließlich jeder erfolgreich sein, ganz im Gegensatz zu hier.
Es sah tatsächlich so aus, als hätte sich Tante Elizabeth drüben neu erfunden, und vielleicht, wenn man sie nur ließe, könnte sie auch Nessa neu erfinden.
»Woran denkst du, Vanessa?«
»Warum bist du eigentlich nach Amerika gegangen?«
»Um dem allen hier zu entkommen, Vanessa. Wenn ich zu Hause bei meiner Mutter in der Chestnut Street geblieben wäre, hätte ich nicht die geringsten Aussichten gehabt. Bestenfalls hätte ich irgendwo an der Kasse sitzen können.«
»Manche Leute in der Chestnut Street haben aber tolle Jobs«, widersprach Nessas heftig.
»Jetzt vielleicht, aber damals nicht.« Ihre Tante klang sehr bestimmt.
»Könntest du mich … keine Ahnung … ein bisschen selbstbewusster machen … Ich weiß nicht genau, wie man das nennt, aber so, wie du bist?«

»Ja, Vanessa. Man nennt es übrigens *souverän*, und ja, ich könnte es. Aber bevor ich anfange, will ich wissen, ob du es wirklich ernst meinst. Wirst du dich in Zukunft wirklich Vanessa nennen?«
»Das ist doch nicht so wichtig, oder?«
»Doch, sehr sogar. Daran sieht man, dass du Wert auf Stil legst.«
»Na gut«, meinte Vanessa Byrne resigniert und hoffte, zu Hause deswegen nicht allzu sehr ausgelacht zu werden.

»Bist du jetzt völlig übergeschnappt?«, fragte ihr Vater, als sie ihren neuen Namen nannte.
Ihre Brüder bogen sich vor Lachen.
»Was hältst du davon, Ma?«, wollte Nessa draußen in der Küche von ihrer Mutter, die gerade beim Kartoffelschälen war, wissen.
»Das Leben ist kurz. Wenn es dich glücklich macht«, erwiderte ihre Mutter.
»Das sagst du doch jetzt nur so, Ma.«
»Herrgott noch mal, Nessa oder Va-Nessa, wenn dir das lieber ist. Du fragst mich was, ich gebe dir eine Antwort, und dann erzählst du mir, dass ich es nicht so meine. Ich sag dir jetzt mal, was ich meine. Ich habe den ganzen Tag im Luftzug gesessen, weil dauernd die Türen offen stehen, und jetzt tut mir meine ganze linke Seite weh. Außerdem geht im Supermarkt das Gerücht um, dass wir nächsten Monat alle weniger Stunden arbeiten sollen. Und was heißt das wohl für diese Familie hier? Deine Tante kommt bald aus irgendeinem Museum zurück und erwartet feine Fingerschalen und Leinenservietten auf dem gedeckten Tisch. Meinetwegen kannst du dich Bambi oder Rumpelstilzchen nennen, Vanessa, ich hab wirklich andere Sorgen.«
Und in diesem Augenblick stand Vanessas Entschluss fest. Sie würde eine Frau mit Stil und Geschmack werden.

Bevor Tante Elizabeth die Chestnut Street wieder verließ und nach Amerika zurückkehrte, ging Vanessa in ihr Zimmer hinauf, um ihr beim Packen zuzusehen.
Dabei fiel ihr auf, dass Geschenke für Freunde oder Bekannte in New York offenbar nicht vorgesehen waren. Ihrer Familie brachte die Tante immer Geschenke mit – jedes Jahr einen dicken Kunstband. Irgendetwas über Vermeer oder Rembrandt. Höflich blätterten sie am Abend ihrer Ankunft darin herum und schauten sich die bunten Bilder an, danach landeten die Bücher in einem Regal neben dem Monet vom letzten Jahr und dem Degas vom vorletzten.
»Mannomann, man sollte doch annehmen, dass sie wenigstens für die Kinder ein bisschen was springen lässt«, brummelte Vanessas Vater immer.
»Sei still, ist doch nett, dass sie ein bisschen Kultur ins Haus bringt.« Ma versuchte stets, das Beste aus allem zu machen, aber ihr Vater wollte nichts davon wissen.
»Sie hat nur Zank und Streit in dieses Haus gebracht. Wir fünf waren doch immer glücklich und zufrieden, bis Lizzie anfing, sich aufzuführen und zu behaupten, das Haus sei schäbig und primitiv und was sonst noch alles.«
»Nenn sie nicht Lizzie, das kann sie nicht leiden.«
»So heißt sie aber, verdammt noch mal, und jetzt fängt sie auch noch an, Nessa diesen Floh ins Ohr zu setzen.«
Vanessa hatte diese Diskussionen alle mitbekommen. Die Häuser in der Chestnut Street waren nicht groß, aber umso hellhöriger.
An diesem letzten Tag hatte Tante Elizabeth die Zimmertür geschlossen und im Radio den Klassiksender eingestellt, damit keiner ihr Gespräch mithören konnte.
»Das ist Ravel, Vanessa. Gute Musik zu erkennen ist auch etwas, worauf es ankommt. Du wirst dich wundern, wie schnell du dich einhörst.«
»Womit soll ich anfangen, Tante Elizabeth?«, fragte Vanessa.

»Du solltest dein Zimmer anders und mit mehr Stil einrichten.«
»Du meinst, alles rauswerfen, was jetzt drin ist?« Vanessa gefielen aber die Filmplakate, Modefotos und Fußballspieler, mit denen ihre Wände gepflastert waren.
»Behalte nur solche Sachen, die hübsch und geschmackvoll sind, Vanessa. Ausschließlich Gegenstände, die dich in einem guten Licht erscheinen lassen.«
Vanessa blickte verwirrt drein.
Ihre Tante erklärte es ihr. »Wie sollen die Leute denn wissen, wer wir sind, wenn wir ihnen keine Anhaltspunkte liefern, mein Kind? Ich meine, mit unserer Kleidung, unserer Sprache, unserem Benehmen. Wie sollen die Leute uns sonst kennenlernen?«
»Wahrscheinlich hast du recht.« Vanessa blieb skeptisch. Man wusste doch auch so, wen man mochte und wen nicht – da brauchte man keine Anhaltspunkte.
Sie sah zu, wie der Koffer ordentlich gepackt wurde. Durchsichtige Beutel mit Unterwäsche, Schals, Oberteile – alles wurde sorgfältig zusammengefaltet. Anstelle der Kunstbände, die sie mitgebracht hatte, lagen unten nun die Sammelalben.
Siebenundvierzig Jahre war es her, dass Tante Elizabeth in diesem Haus das Licht der Welt erblickt hatte. Und was hatte sie aus sich gemacht. Es könnte auch für Vanessa wahr werden. Sie betrachtete ihr Spiegelbild – das zerzauste Haar, nicht sehr sauber, den eingerissenen Hemdkragen der Schuluniform, den Rock voller undefinierbarer Flecken.
»Wir haben kein Geld für neue Klamotten oder sonst was«, sagte Vanessa, als sie bemerkte, dass sie beobachtet wurde. Insgeheim hoffte sie, dass ihre Tante ihr ein wenig Geld schenken würde, aber Dad sagte ja immer, dass Lizzie geizig war und auf ihrem Geld hockte.
»Dann wirst du wohl lernen müssen, gut auf das zu achten,

was du zum Anziehen hast«, erwiderte ihre Tante unverbindlich, als hätte es nichts mit ihr zu tun.
»Und meine Haare?« Vanessa war der Verzweiflung nahe.
»Geh doch zu Lilian Harris in Nummer fünf.«
»Ja, schon, aber woher soll ich das Geld dafür nehmen?«
»Tu stattdessen etwas für sie. Was weiß ich ... du könntest ihre Mutter besuchen, einmal in der Woche für sie einkaufen gehen oder so, dann kann sie dir einmal im Monat die Haare anständig schneiden.«
Sicher, das war eine Möglichkeit.
»Es wäre leichter, wenn du hier wärst«, sagte Vanessa und betrachtete ihre elegante Tante, die sich gerade sorgfältig die langen, schmalen Hände eincremte. Mas Hände waren rot und rissig und noch nie mit Handcreme in Berührung gekommen.
»Du kannst mir jederzeit schreiben, Vanessa, und mir von deinen Fortschritten berichten.«
»Und könnte ich dich vielleicht mal in New York besuchen?«, wagte Vanessa zu fragen.
»Irgendwann vielleicht.«
Vanessa hatte in ihrem jungen Leben schon herzlichere Einladungen bekommen. Aber davon wollte sie sich nicht die Laune verderben lassen. »Gehen wir runter zum Abendessen. Ma hat Shepherd's Pie gemacht für deinen letzten Abend hier, und Miss Mack und Bucket Maguire sind auch eingeladen.«
»Wie schön«, sagte Tante Elizabeth in einem Tonfall, als wollte man sie vergiften. »Aber denk daran: Iss nichts von dem Kartoffelpüree, Vanessa, auch kein Brot und keine Butter, und versuche, deine Mutter davon zu überzeugen, in Zukunft mehr Salat auf den Tisch zu bringen.«
Während des Essens beobachtete Vanessa Byrne ihre Mutter, die am Tisch fast einschlief, ihren gereizten Vater und ihre ungezogenen Brüder Eamonn und Sean, wie sie die Hackfleisch-Kartoffelbrei-Mischung hinunterschlangen. Nie war sie sich mehr wie eine Verräterin vorgekommen als an diesem

Abend, während sie unlustig in dem Hackfleisch des Auflaufs stocherte und sich mit ihrer Tante eine Tomate teilte. Es war, als hätte sie eine Grenze überschritten und die Seiten gewechselt.

Drei Mal schrieb sie an Tante Elizabeth in New York und fragte sie um Rat. Jedes Mal bekam sie eine klare und hilfreiche Antwort. Selbstverständlich solle sie sich für Samstag einen Job in einem Restaurant suchen, aber es müsse Klasse haben, und sie solle darauf bestehen, eine Uniform zu tragen. Ein frei erfundenes Empfehlungsschreiben aus New York traf ein, mit dem ihre Aussichten auf eine gute Anstellung stiegen.

Aber es wäre äußerst unsinnig und reine Zeitverschwendung für Vanessa, wenn sie jetzt noch anfinge, Klavier zu spielen. Mit fünfzehn Jahren war sie zu alt für eine fundierte Musikausbildung; sie hätte mehr davon, wenn sie sich aus der Bibliothek CDs auslieh und von anderen erschaffene Musik verstehen und schätzen lernte.

Und ja, Vanessa wäre gut beraten, alle Dichterlesungen, Buchvorstellungen oder Kulturveranstaltungen in Dublin zu besuchen, von denen sie erfuhr. Auf diese Weise würde sie eine Menge interessanter Leute kennenlernen.

Und das tat sie auch. Unter anderem lernte sie Owen kennen, der bereits zweiundzwanzig Jahre alt war und nicht glauben konnte, dass Vanessa noch zur Schule ging. Eigentlich wollte sie das ihrer Tante schreiben, aber irgendetwas hielt sie zurück. Vielleicht die Tatsache, dass sie Owen noch nie zu sich nach Hause in die Chestnut Street eingeladen hatte oder dass sie ihrer Tante nicht sagen wollte, dass sie mit Owen ins Bett ging.

Wie üblich kam Tante Elizabeth im darauffolgenden Sommer wieder nach Irland. Sie zeigte sich beeindruckt von Vanessas Zimmer: Es strahlte Kühle und Eleganz aus. Vanessa hatte nur wenige gute Stücke zum Anziehen, aber die waren bestens gepflegt. Distanziert und verschlossen sei das Kind geworden, vertraute Vanessas Mutter ihrer Schwägerin an, und ihr Vater beklagte sich, dass Nessa sich zu einer richtigen Nervensäge entwickelt habe. Eamonn und Sean sagten nicht viel, ließen aber durchblicken, dass sie total abgebrannt waren.

Vanessa hatte abgenommen und wirkte im Unterschied zum letzten Jahr irgendwie verändert. Ihre Haare waren kurz geschnitten, blond und glänzten seidig. Sie nahm ihre Tante mit zu einem Open-Air-Konzert, zur Präsentation eines neuen Gedichtbandes und zu einer Antiquitätenausstellung. Überall traf sie Bekannte oder nickte jemandem zu. Es nötigte einem Respekt ab, wie selbstsicher Vanessa wirkte, und es war offensichtlich, dass sie drauf und ran war, die Chestnut Street hinter sich zu lassen.

Ein- oder zweimal erwähnte sie einen gewissen Owen und den Umstand, dass sein Vater ein namhafter Rechtsanwalt war. Tante Elizabeth spitzte die Ohren und wollte mehr wissen, aber darauf war Vanessa gefasst.

»Du verlierst nie ein Wort über dein Privatleben oder erzählst von den Männern, die du geliebt hast oder die dich geliebt haben. Da dachte ich mir, es sei ein bisschen … wie soll ich sagen … gewöhnlich, über solche Dinge zu sprechen.«

»Du lernst schnell, Vanessa«, entgegnete Elizabeth und warf ihrer noch nicht einmal sechzehnjährigen Nichte einen besorgten Blick zu.

Drei Monate nachdem ihre Tante nach New York abgereist war, stellte Vanessa Byrne fest, dass sie schwanger war.

Sie traf sich mit Owen in einer schicken Tapas-Bar und erzählte es ihm. Gerade hatte er sie noch bewundert für ihr erstaunliches Talent, solche Lokale ausfindig zu machen, als sie ihm die Neuigkeit eröffnete.

»Mann, Vanessa … das kann doch nicht sein«, sagte er.

Taktvoll wartete sie ab, ob er noch etwas hinzufügte. Vielleicht, dass es alles ein wenig früher kam als erwartet, aber nun denn, sie würden ja so oder so zusammenbleiben. Doch Owen sagte nichts von alledem. Stattdessen platzte es aus ihm heraus: »Herrje, Vanessa, das tut mir so leid«, und in dem Moment wurde ihr klar, dass vor vielen Jahren ihrer Tante etwas Ähnliches passiert sein musste.

Sie lächelte kühl, erwiderte, ja, wie beschissen das Leben doch manchmal sei, stand auf und ging.

Vanessa legte sich in ihrem nüchternen, aufgeräumten Zimmer auf das Bett, und als der Morgen graute, wusste sie, dass sie nach New York gehen würde. Im Kopf überschlug sie kurz die Kosten. Wenn sie ihren Plattenspieler, ihre neuen Schuhe und ihr teures Armband verkaufte, hätte sie genug für den Flug. Einen Reisepass besaß sie seit ihrem sechzehnten Geburtstag. Nur für den Fall, dass Owen sie zum Skifahren eingeladen hätte.

Sie würde zu Tante Elizabeth fahren und sie fragen, was sie tun sollte.

Jetzt würde sie es endgültig aufgeben, sagte ihre Mutter. Mitten im Schuljahr wollte Nessa nach New York fliegen. Der Rest der Familie konnte sich nicht mal einen Ausflug auf die verflixte Isle of Man leisten, aber Nessa leistete sich New York. Ihr Vater meinte resigniert, die Geschichte wiederhole sich. Genau wie damals bei Lizzie, die von einer Sekunde auf die andere weg gewesen war und danach lange Zeit nichts mehr von sich hatte hören lassen, bis zu dem Tag, an dem sie, aufgedonnert wie eine Gräfin, ins Haus geschneit kam. Und das seitdem jedes Jahr. Eamonn und Sean verschlug es die Sprache. Wer hätte gedacht, dass Tante Elizabeth nach Nessa schicken würde!

Vanessa beschloss, ihre Tante erst zu informieren, wenn sie in New York war. Da sie keine Adresse von ihrer Arbeitsstelle hatte, fuhr sie direkt zu ihrer Wohnung weit draußen in Queens. Immer wieder schaute sie in ihrem Adressbuch nach. Das hier war keine schöne Gegend, das Gebäude heruntergekommen, fast wie in einem Slum. Unmöglich, dass Tante Elizabeth hier wohnte.

Vanessa setzte sich auf die Stufen und wartete, dass ihre Tante nach Hause kam. Es war acht Uhr abends, als sie schließlich kam, ein Uhr morgens in Dublin. In der Chestnut Street schliefen sie schon alle. Sie sah Tante Elizabeth um die Ecke kommen. Sie hielt sich kerzengerade, wirkte aber müde. Ihr Gesichtsausdruck veränderte sich schlagartig, als sie Vanessa dort sitzen sah. Erfreut schien sie nicht zu sein.

»Was ist passiert?«, fragte sie.

»Ich brauche deinen Rat.«

»Du hättest mir schreiben können«, erwiderte ihre Tante kalt.

»Die Sache ist zu wichtig, sie konnte nicht warten.«

»Wo übernachtest du?«

»Bei dir, dachte ich, so, wie du bei uns wohnst, wenn du in Dublin bist.« Vanessa hoffte, entschlossen genug zu klingen. Man sollte ihr nicht anmerken, dass sie todmüde und verängstigt war.

Sie folgte der schlanken Gestalt ihrer Tante vier Stockwerke hinauf durch das Treppenhaus und einen langen Flur entlang. Durch die Türen drang Kindergeschrei, und im ganzen Haus roch es nach Essen.

Der große Raum war schäbig, von den Wänden blätterte die Farbe. Ein Bügelbrett stand aufgeklappt neben einem Kleiderständer aus Stahlrohr, an dem sämtliche Kleidungsstücke hingen, die für die Arbeit gedacht waren. Die beiden ausgeblichenen Sessel und das schmale Bett in der Ecke wirkten nicht sehr wohnlich. Die Küche bestand aus einer Spüle und einer winzigen Kochplatte mit zwei Heizringen. Nicht unbedingt ein Ort, an dem sich erlesene Speisen zubereiten und servieren ließen.

Vanessa sagte nichts, sondern saß nur da und wartete, bis ihre Tante Kaffee gemacht hatte.
»Ich nehme an, du bist schwanger«, sagte Elizabeth.
»Ja.«
»Und er will nichts davon wissen?«
»Woher weißt du das?« Vanessa war verblüfft.
»Sonst wärst du nicht hier.«
»Du weißt immer, was zu tun ist, Elizabeth.« Vanessa fiel auf, dass sie die Anrede »Tante« weggelassen hatte. Irgendwie passte das nicht mehr, seit sie das Geheimnis dieses seltsamen Lebens entdeckt hatte, das bisher hinter Lügen versteckt gewesen war. Was hatte sie sich nicht alles anhören müssen: Immer frische Blumen in der Wohnung – darauf kommt es an; und man sollte immer ein besonders edles, mit Bienenwachs auf Hochglanz poliertes Möbelstück besitzen. Vanessa sah sich um: Verglichen mit dieser Wohnung war die Chestnut Street ein Palast. Und wenn man sich vorstellte, wie sehr die arme Ma geputzt und geschrubbt hatte, damit auch alles gut aussah.
»Weiß sonst noch jemand Bescheid, Vanessa?«
»Nein, nur Owen, und wie du sagst, will er nichts davon wissen.«
»Das muss auch so bleiben – darauf kommt es jetzt an. Wenn du dir das klarmachst, ist der Rest einfach. Also, willst du einen Abbruch oder willst du es adoptieren lassen?«
Das war ganz die alte Tante Elizabeth, geschäftsmäßig und herrisch, so dass Vanessa beinahe die seltsame Umgebung vergessen hätte.
»Ich habe mich noch nicht entschieden«, antwortete sie.
»Nun, du musst dich bald entscheiden. Und danach gibt es eine Menge zu bedenken. Wenn es ein Abbruch wird, sollten er und seine Familie dafür zahlen. Du hast kein Geld, ich habe kein Geld. Wenn kein Abbruch, dann müssen wir uns eine Geschichte ausdenken und einen Job für dich finden. Aber denk

immer daran, was auch geschieht, du darfst dein Leben auf keinen Fall ruinieren, indem du zu Hause bleibst, den Kinderwagen die Chestnut Street rauf und runter schiebst und dich damit als Versagerin brandmarkst, bevor dein Leben überhaupt richtig angefangen hat.«

Für Elizabeth war alles klar und offensichtlich, aber für Vanessa stellte es sich keineswegs so eindeutig dar.

»Vielleicht wäre es dort leichter als irgendwo anders«, begann sie zögernd.

»Leichter als was?«

»Als Owen und seine Familie um Geld zu bitten, als hier in Amerika eine Scheinexistenz zu erfinden.« Vanessa sah sich in dem Raum um.

»Offenbar gefällt dir meine Wohnung nicht. Warum bist du dann überhaupt gekommen?«

»Das habe ich nicht gesagt – es ist nur so anders, als du uns hast glauben lassen.«

»Ich bin nicht verantwortlich für das, was ihr euch vorgestellt habt.«

»Hast du wirklich einen guten Job als Assistentin eines Anwalts? Hat auch nur irgendetwas von dem gestimmt, was du uns über dein Leben erzählt hast?«

»Ich arbeite für eine Anwaltskanzlei in Manhattan, wo ich eine Menge kultivierter Menschen kennenlerne, mit denen ich Vorträge und Kunstgalerien besuche. Was ich verdiene, gebe ich aus, um einen guten Eindruck zu machen und mich positiv darzustellen. Gibt es vielleicht sonst noch eine unverschämte Frage, die du mir stellen willst – du, die du schwanger vor meiner Tür aufkreuzt und mich um Hilfe bittest?«

»Nur eine einzige noch. Warst du jemals in derselben Lage wie ich jetzt?«

Es entstand eine lange Pause. Vanessa fragte sich schon, ob ihre Tante überhaupt antworten würde. Schließlich sagte sie: »Ja, das war ich. Vor einunddreißig Jahren. An Weihnachten wird er einunddreißig. Kaum vorstellbar.« Sie schien selbst erstaunt zu sein.

»Und wo ist er?«, fragte Vanessa leise.

»An der Westküste, in Seattle, glaube ich. Natürlich kann er inzwischen auch umgezogen sein. Er hat versucht, mich ausfindig zu machen, als er zwanzig Jahre alt war, aber ich wollte das nicht. Ich habe ihm geschrieben, dass es für ihn jetzt einzig und allein darauf ankommt, etwas aus seinem Leben zu machen. Seine Adoptiveltern hatten Geld, er hat eine gute Ausbildung bekommen. Ich habe nie wieder was von ihm gehört.«

Draußen vor den Fenstern dieses öden, schäbigen Apartments in einem Haus ohne Aufzug lärmte der Verkehr, Polizeisirenen heulten.

Plötzlich war es für Vanessa sonnenklar, dass es für sie jetzt vor allem darauf ankam, von hier zu verschwinden, möglichst weit weg von dieser einsamen Frau.

Sie hatte wohl diesen weiten Weg zurücklegen müssen, um zu erkennen, dass die Vorstellung, wieder ein Baby im Haus zu haben, letztendlich ein Leuchten auf die erschöpfte Miene ihrer Mutter zaubern würde und dass ihr Vater schon immer sehr talentiert darin gewesen war, einen Kinderwagen über den Rennplatz auf dem Curragh zu schieben, während er den Pferden beim Aufgalopp zusah. Eamonn und Sean würden sich auch daran gewöhnen, so, wie jeder sich an alles gewöhnen konnte – außer vielleicht, im Kindesalter verlassen und vermögenden Leuten in Seattle überlassen worden zu sein.

Und noch eines wusste Nessa. Von nun an würde sie sich wieder bei ihrem alten Vornamen nennen lassen und ihrer bemitleidenswerten Tante ewig dankbar dafür sein, ihr den richtigen Weg gezeigt zu haben.

Joyce und ihr Blind Date

Joyce hasste griechisches Essen. In ihren Augen sah alles aus wie Ziegenhoden, und der Wein, den die Leute dazu tranken, schmeckte nach Abbeizmittel. Sie hatte *keine* Ahnung, warum sie *jemals* zugestimmt hatte, mit Leonard und Sally auszugehen. Die beiden waren unendlich verliebt ineinander und brachen über jede Kleinigkeit in übertriebene Begeisterungsstürme aus – vor allem Ziegenhoden und Abbeizmittel schienen es ihnen angetan zu haben. Aber es war nun mal eine jener Verabredungen, die man nicht ablehnen konnte. »Wann passt es dir denn? Wann sollen wir zusammen in dieses Restaurant gehen, das wir neulich entdeckt haben?«, hatte Sally sie gefragt. »Schlag irgendeinen Tag vor – wir richten es so ein, dass wir können. Es wird bestimmt ein toller Abend.«

Wird einem selbst überlassen, einen Termin für eine gemeinsame Unternehmung zu benennen, kommt es einer Kriegserklärung gleich, sich davor zu drücken. Und dann war da natürlich noch die Sache mit dem Blind Date. Dieses Mal hieß er Norman. Er war erst kürzlich in die Chestnut Street gezogen, ganz in die Nähe von Leonard und Sally, die sich in dieser Umgebung unerklärlicherweise sehr wohl fühlten.

Natürlich bezeichnete niemand diese Treffen als Blind Dates, und niemand stellte die Männer als mögliche Kandidaten vor, die eventuell Gefallen an Joyce finden und sie aus ihrer Einsamkeit befreien könnten. Aber Joyce wollte überhaupt nicht aus ihrer Einsamkeit befreit werden. Nicht, wenn das hieß, dass sie von nun an mit irgendeinem nichtssagenden Durchschnittstypen in einem geschmacklosen Nullachtfünfzehn-

Wohnblock leben und sich jede Woche wieder tapfer an irgendeinem exotischen Gericht versuchen sollte.
Joyce wollte nichts weiter, als auch in Zukunft allein in ihrem winzigen Stadthaus mit den schönen Möbeln und dem hübschen Nippes zu wohnen und regelmäßig Besuch von Charles zu erhalten, der die geschmackvollsten Kleider der Welt entwarf. Joyce arbeitete als Mannequin und wirkte selbst wie ein Porzellanpüppchen in dem kleinen Haus, das Charles ihr geschenkt hatte. Kam er sie besuchen, kleidete sie sich mit derselben Sorgfalt, mit der sie die von ihm entworfenen Modelle auf den großen Modenschauen vorführte. Und wenn sie ihm seinen geliebten Campari Soda servierte, bewegte sie sich mit derselben Anmut wie auf dem Laufsteg. Ihr Zuhause strahlte diskrete Eleganz, Understatement und Ruhe aus. Hier warf niemand Teller auf den Boden, wurde laut oder schwor sich in aller Öffentlichkeit ewige Liebe. Sicher, manchmal fühlte Joyce sich ein wenig einsam, aber Selbstmitleid war nur etwas für Loser, und sie war definitiv kein Verlierertyp.
Mit der üblichen Sorgfalt stellte sie ihre Garderobe für den Abend beim Griechen zusammen. Zuerst breitete sie ein cremefarbenes Kleid auf dem Bett aus, entschied sich letztendlich aber doch für eine dunklere Kombination. Joyce erinnerte sich nur allzu gut daran, wie leicht man in einem schummrigen Lokal ein Glas umwerfen konnte. Ihre beste Handtasche kam für den Abend selbstverständlich nicht in Frage, ebenso wenig ihre neuen Schuhe. Doch ihr feines Medaillon würde sie tragen. Dem konnte schließlich nicht viel passieren, nicht einmal, wenn Leonard und Sally dabei waren.
Hoffentlich würde der Abend entsprechende Anekdoten liefern, mit denen sie Charles später unterhalten konnte. Joyce seufzte und ging zur Tür. Wie auf Abruf stand draußen ein Taxi für sie bereit. So etwas passierte ihr ständig. Nie musste sie lang warten. Resigniert ließ sie sich auf den Rücksitz fallen

und gab mit ihrer abweisenden Miene zu verstehen, dass sie keinen Wert auf eine Unterhaltung mit dem Fahrer legte, der sie für die übliche Partymaus hielt und wissen wollte, ob sie gedenke, heute Nacht alle Pubs in der Stadt unsicher zu machen.

»Ich glaube, ich habe Ihnen laut und deutlich den Namen des Restaurants genannt«, erwiderte Joyce kühl.

Arrogante Zicke, dachte der Taxifahrer, und so verlief die Fahrt in tiefem Schweigen.

Immer wieder hatte Joyce sich gesagt, dass ihre Verabredungen mit Leonard und Sally ein Akt falsch verstandener Freundlichkeit seien. Vor vielen Jahren hatte sie zwar gemeinsam mit Sally einen Sekretärinnenkurs besucht, aber mittlerweile führten sie vollkommen unterschiedliche Leben. Joyce hatte Geld und Stil und war prominent – Sally hatte Leonard und die scheußlichste Wohnung der Welt. Aber die beiden kamen ihr immer vor wie zwei tapsige junge Hunde. Und wer konnte schon dem Charme von Welpen widerstehen? Vielleicht machte es ihnen Spaß, ihr all diese schrecklichen Männer vorzustellen. Und vielleicht steigerte dies sogar ihr Ansehen im Bekanntenkreis. Immerhin konnten sie sich damit brüsten, ihren Freunden ein Date mit einem berühmten Model zu vermitteln. Vielleicht mochten die beiden sie auch nur aus dem Grund, weil sie ihrem faden Dasein ein paar Höhepunkte bescherte. Aber nein, das war gemein von ihr, dachte Joyce, das war unfair. Leonard und Sally waren beide liebenswürdige Menschen – sie mochten sie sicher um ihrer selbst willen. In der Modebranche lernte man so viele arrogante und zynische Leute kennen, dass man fast übersah, dass nicht alle berechnend waren.

Sally und Leonard saßen bereits am Tisch und hatten eine Flasche des übelriechenden Weins vor sich stehen. Von dem heutigen Kandidaten war nichts zu sehen. Vielleicht war er verhindert. Joyce gab ein paar amüsante Anekdoten von den

letzten Modenschauen zum Besten. Leonard und Sally kicherten verschwörerisch, offenbar geschmeichelt, in die Geheimnisse der Reichen und Berühmten eingeweiht zu werden.
»Wo bleibt denn Norman?«, fragte Joyce schließlich. Zum ersten Mal wirkten sowohl Leonard als auch Sally ein wenig verlegen.
»Er verspätet sich ein bisschen – er ist aufgehalten worden«, sagte Sally.
»Er kommt nicht – er ist erkältet«, antwortete Leonard.
Alle drei brachen in schallendes Gelächter aus, so offensichtlich war es, dass die beiden ihre Geschichte nicht abgesprochen hatten.
»Okay, in Ordnung«, erklärte Sally. »Joyce ist eine alte Freundin – ich sage es ihr. Wir wollten Norman in seiner Wohnung abholen, aber als Leonard erwähnte, dass du dabei sein würdest, hat er plötzlich verlegen herumgedruckst.«
»Models wären nicht seine Kragenweite, hat er gemeint«, erklärte Leonard.
»Er wüsste nicht, worüber er sich mit einer dürren, langbeinigen Kleiderstange unterhalten sollte«, fügte Sally hinzu.
»Er ist der Ansicht, dass Models kein anderes Thema als sich selbst kennen«, fuhr Leonard fort. »Ich habe ihm versichert, dass du unsere Freundin bist, aber darauf hat er ziemlich eigenartig reagiert. Er würde es bestimmt bereuen, habe ich gemeint, aber das sei seine Entscheidung.«
»Und dann habe *ich* noch hinzugefügt, dass es dumm von ihm ist, so zu verallgemeinern, woraufhin *er* angedeutet hat, dass er vielleicht doch noch nachkommt«, schloss Sally. »Aber ich finde, wir sollten jetzt einfach bestellen und uns um ihn keine Gedanken machen.«
»Und womit verdient dieser Norman seine Brötchen, dass er so solide Vorurteile hat?«, fragte Joyce ein wenig pikiert.
»Er ist Schauspieler«, antwortete Sally, »ein ziemlich guter sogar. Wir haben ihn schon in mehreren Stücken gesehen.« Of-

fenbar gewann ihre Loyalität nun doch die Oberhand über ihren Groll auf Norman.
»Na ja, Schauspieler sind auch gute Selbstdarsteller und reden gern über sich selbst, wenn ich das mal so sagen darf«, warf Sally munter ein. Und dann ließen sie das Thema fallen und wandten sich der eminent wichtigen Frage zu, ob es dieses Mal Ziegen- oder doch lieber Schafshoden sein sollten.
In dem Moment fiel ein riesiger Schatten über den Tisch, und der dickste Mann, den Joyce jemals gesehen hatte, stand neben ihnen.
»Komme ich zu spät, oder darf ich mich noch zu euch setzen?«, fragte er ein wenig kleinlaut. Es folgte ein großes Hallo, Scherze flogen hin und her, bis Sally schließlich meinte, dass Norman sich angesichts seiner schlechten Manieren zur Strafe vielleicht doch an einen anderen Tisch setzen solle, woraufhin Leonard einwarf, dass Joyce bestimmt tolerant genug sei, ihm zu erlauben, sich zu ihnen zu setzen. Norman ergriff ihre Hand, die ungefähr viermal in seine Pranke gepasst hätte.
»Es ist mir eine Freude, Ihre Bekanntschaft zu machen«, sagte er höflich. Und dann redeten alle durcheinander und diskutierten heftig, ob ein großer Salat mit Schafskäse für alle vier ausreiche oder ob zwei nicht doch besser wären. Und außerdem müssten sie noch mehr Wein bestellen.
Joyce besaß durchaus ein weiches Herz. So konnte sie älteren Damen gegenüber, die die Straße überqueren wollten, sehr freundlich sein, und beim Anblick von Tieren oder weinenden Kindern wurde sie richtiggehend sentimental. Deshalb kam sie nun zu dem Schluss, dass dieser arme Kerl nur deshalb so arrogant behauptete, Laufstegmodels hätten nichts im Kopf, weil er selbst so dick war und davon ausgehen musste, dass diese Schönheiten ohnehin nicht mit ihm reden würden. Sie verzieh ihm seine unverschämten Bemerkungen, die ihr zugetragen worden waren, und beschloss, freundlich und charmant zu ihm zu sein, damit er sich in ihrer Gegenwart wohl fühlte.

»Die beiden haben mir erzählt, dass Sie Schauspieler sind, Norman«, sagte sie und strahlte ihn interessiert an. Ihr feingeschnittenes Gesicht sah sogar noch schöner aus, wenn sie lächelte, was jedoch nicht oft der Fall war. Models sind darauf trainiert, aus jedem Blickwinkel gut und vor allem erholt auszusehen. »Wo kann man Sie denn bewundern?«, fuhr sie fort.

»Freut mich, dass Sie mich das fragen«, erwiderte er munter. »Man kann mich nämlich schon morgen Abend im Fernsehen bewundern, wenn man denn einen Apparat besitzt.«

Es war sicher Nervosität und keine Unhöflichkeit, die ihn zu dieser Antwort veranlasste, dachte Joyce. Er konnte es ihr doch nicht ernsthaft übelnehmen, dass sie den Ausdruck »man« benutzt hatte. Sie fand es selbst nicht gelungen und wusste auch gar nicht, warum sie zu dieser Formulierung gegriffen hatte.

»Oh, man besitzt einen Fernsehapparat«, erwiderte sie deshalb lachend. »Aber man benützt ihn selten. Doch morgen werde ich eine Ausnahme machen. Treten Sie in einem Werbespot auf?«

Sally und Leonard führten gerade ihre Gabeln an den Mund und erstarrten mitten in der Bewegung. Norman wirkte amüsiert.

»Weißt du, Joyce, Norman ist ein richtiger Schauspieler«, beeilte Sally sich zu sagen. »Er macht nicht nur Werbung.«

»Aber viele richtige Schauspieler machen auch Werbung«, wandte Joyce nervös ein. Sie hatte angenommen, dass er vielleicht als dicker Italiener auftreten würde, der eine Dose Bohnen verspeist, oder aber als Fensterputzer, der tollpatschig eine Leiter hinunterfällt, um schneller zu seinem Bier zu kommen. Sie ärgerte sich über sich selbst. Da mühte man sich ab, diesem fetten Kerl ein gutes Gefühl zu geben, und musste sich nun auch noch dafür rechtfertigen.

Es war Norman, der ihr zu Hilfe kam. Ausgerechnet er wagte es, sich auf ihre Seite zu schlagen. »Selbstverständlich sind viele Schauspieler in der Werbung tätig, Joyce«, sagte er tröstend.

»Ohne Werbeaufnahmen wären viele von uns nicht in der Lage, ihre Miete zu bezahlen. Aber das, was morgen Abend im Fernsehen läuft, ist ein richtiges Theaterstück, ein sehr gutes sogar. Es ist ganz neu. Eine Frau hat es geschrieben. Es ist ihr erstes Fernsehspiel, und ich glaube, dass es Erfolg haben wird.«
Dann kam das Gespräch auf die Autorin, eine Telefonistin, die sich offensichtlich dermaßen bei ihrer nächtlichen Arbeit in der Telefonvermittlung langweilte, dass sie angefangen hatte, zwischen den Anrufen dieses Stück zu schreiben.
»Ich spiele den Typen, der das Mädchen abbekommt«, erklärte Norman.
»Ist es eine Komödie?«, fragte Joyce unschuldig.
»Nein, eigentlich mehr ein Thriller. Es ist ein eher ernstes Stück, und die Kritiker werden es sicherlich als psychologisches Kammerspiel bezeichnen«, erwiderte Norman und schaute Jocye dabei unverwandt an. Irritiert stellte sie fest, dass er ihre Frage wohl als Beleidigung aufgefasst hatte.
Seit frühester Jugend war es Joyce nie schwergefallen, das Interesse von Männern zu wecken. Sie wusste, wann es besser war, zu reden, oder wann sie eher zuhören oder lächeln sollte. Bisher hatte es immer gewirkt. Auch bei Charles funktionierte es noch. Dass dieser dicke Kerl hier ihren Reizen widerstand, war sicher nur seiner Schüchternheit geschuldet. Aber sie würde ihn im weiteren Verlauf des Abends schon noch um den Finger wickeln. Also setzte sie ein professionelles Lächeln auf und versicherte treuherzig, dass sie sich ganz bestimmt das Fernsehspiel anschauen würde und sich schon sehr darauf freue. Norman erwiderte ihr Lächeln, doch sie wurde den Verdacht nicht los, dass er genau wusste, was sie damit bezweckte. Joyce aß möglichst viel von dem Salat und so wenig wie möglich von den verdächtig aussehenden Fleischstücken. Norman schlug vor, zusätzlich zu dem Abbeizmittel noch eine Flasche Rotwein zu bestellen. Und der war schon mehr nach Joyce' Geschmack. Nachdem sich die erste Befangenheit gelegt hatte,

entspannte sie sich, und alle anderen mit ihr, wie es schien. Eigentlich gar kein so schlechter Abend, dachte Joyce, auch wenn es nichts zu berichten geben würde, mit dem sie Charles hätte zum Lachen bringen können. Sie konnte ihm wohl schlecht erzählen, dass ein armer, dummer, dicker Mann sich in ihrer Gegenwart vor lauter Verliebtheit zum Narren machte. Das wäre nur peinlich gewesen und kein bisschen unterhaltsam. Und außerdem stimmte es auch gar nicht. Denn Norman lachte und scherzte und wusste angenehm zu plaudern. Er schien sich weder für sein Gewicht zu schämen noch der Ansicht zu sein, sich für seine Existenz entschuldigen zu müssen. Und seine Schüchternheit in ihrer Gegenwart hatte er auch ziemlich bald überwunden. Offenbar war es ihr doch gelungen, ihn mit ihrer gewinnenden Art für sich einzunehmen.

Ob sie wohl noch Lust habe, nach dem Essen auf einen Kaffee zu Leonard und Sally mitzukommen? Oh, nein, das ginge leider nicht. Sie müsse arbeiten am nächsten Tag. Der Preis für ihre üppigen Gagen waren nun mal acht Stunden Schlaf täglich, ob sie wollte oder nicht. Dafür hätten die anderen doch sicher Verständnis, oder? Widerwillig nickten die drei, aber enttäuscht waren sie schon. Schade, den schönen Abend jetzt schon beenden zu müssen. Joyce war fest entschlossen, bis zur letzten Sekunde liebenswürdig zu bleiben.

»Wenn ich Sie morgen Abend im Fernsehen bewundere«, sagte sie neckisch zu Norman, »würdet ihr drei dann am Freitag kommen und meinen Auftritt bejubeln? Bei einer Wohltätigkeitsmodenschau in der Park Lane. Ich könnte noch ein paar Karten besorgen. Und es gibt Champagner, also müsst ihr auch nicht auf dem Trockenen sitzen.«

Leonard und Sally waren fassungslos. Noch nie hatte man sie aufgefordert, an Joyce' schillerndem Leben teilzuhaben. Bisher hatten sie immer nur aus zweiter Hand davon gehört. Dass Charles am Freitag nicht da war und dass sich die Tickets nur schleppend verkauften, sollten sie natürlich nicht erfahren.

Leonard und Sally strahlten, als hätten sie in der Lotterie gewonnen.

Norman hingegen wirkte enttäuscht. »Diesen Freitag? Oh, schade, aber da kann ich nicht«, sagte er. Kein Wort der Erklärung, was er vorhatte, nur Bedauern.

»Also, wir kommen natürlich liebend gern«, flötete Sally, außer sich vor Begeisterung. »Muss man sich sehr schick machen? Reicht das kleine Schwarze, was meinst du?«

»Soll ich einen Smoking anziehen?«, fragte Leonard. »Ich könnte auch einen Blazer und eine schwarze Hose tragen. Und dazu eine Fliege. Wäre das in Ordnung?«

Joyce war aus irgendeinem Grund fürchterlich wütend auf die beiden. Am liebsten hätte sie sie angeschrien, dass es völlig egal sei, wenn sie wollten, könnten sie auch in Jeans kommen. Viele der Modetussis würden das ohnehin tun. Und Norman hätte sie am liebsten angeschnauzt: »Du blöder, ungehobelter Kerl du. Ich bin freundlich zu dir und behandle dich wie jeden anderen normalen Menschen auch. Wieso besitzt du nicht den Anstand, das einzusehen und dich dementsprechend zu verhalten?« Doch die langjährige Gewohnheit, ihre wahren Gefühle zu verbergen, ließ nichts davon an die Oberfläche dringen.

»Das kleine Schwarze wäre super, Schätzchen, und ein Blazer tut es auch. Es muss nicht immer Smoking sein. Ich finde diese Kombination sogar viel flotter, Leonard. Ich schicke euch die Karten, wir treffen uns dann nach meinem Auftritt, und ich stelle euch ein paar Leuten vor.«

Und an Norman gewandt, fügte sie beiläufig hinzu: »Sind Sie sicher, dass wir Sie nicht überreden können, Ihre Meinung zu ändern, Norman? Schließlich haben Sie es sich heute Abend ja auch anders überlegt. Was mich übrigens sehr gefreut hat.«

»Nein, Freitag geht leider wirklich nicht«, erwiderte Norman. »Ich bin mit Grace verabredet, der Autorin des Stücks. Wissen Sie, sie schreibt momentan an einer Ein-Mann-Show für mich.

Sie ist damit noch ganz am Anfang, und deshalb haben wir beschlossen, eine Leseprobe der ersten Seiten zu machen, um zu sehen, ob es überhaupt funktioniert.«

»Kann sie das nicht auf einen anderen Tag oder Abend verschieben?«, fragte Joyce eisig.

»Sicher könnte sie das, aber ich würde sie nur ungern darum bitten. Ich will sie nicht enttäuschen. Sie hat sich nun mal darauf eingestellt, einen Teil bis Freitag fertig zu schreiben. Da kann man doch nicht plötzlich sagen, man schafft es nicht, nur weil man zu einer Modenschau geht. Das wäre ja wie ein Schlag ins Gesicht.«

»Selbstverständlich«, säuselte Joyce. »Aber ich werde Sie nicht im Stich lassen und Sie morgen Abend im Fernsehen bewundern.«

Man verabschiedete sich unter großem Hallo und bedankte sich mit Küsschen rechts und Küsschen links. Joyce beherrschte diese Auftritte perfekt. Und als sie Ausschau nach einem Taxi hielt, stand prompt eines vor ihr, und schon brauste sie davon, umweht von einem Hauch des teuersten Parfums, das für Geld zu haben war.

Norman sperrte die Tür zu seiner Wohnung auf und ließ sich in den breiten Drehstuhl fallen, das einzige Stück, das ihm in diesem möblierten Apartment gehörte. Er liebte diesen Stuhl und nahm ihn überall mit hin. War er auf Tour oder gerade ohne Wohnung, lagerte er ihn im Haus seines Bruders ein. In dem Stuhl konnte er nachdenken, und das wollte er jetzt, und zwar über den vergangenen Abend.

Jawohl, dachte er und stieß einen Seufzer der Erleichterung aus, es hatte funktioniert. Zu Anfang war es nicht einfach gewesen, doch dann war es gut gelaufen. Fast hätte er die Sache vermasselt, als er Sally und Leonard erzählte, dass er sich nur ungern mit Models unterhielte, weil sie alle so ichbezogen und hohl im Kopf seien. Das war das Problem mit Sally und Leonard; sie waren so nett und arglos, dass man ihnen automatisch die Wahrheit anvertraute, oder zumindest die halbe. Zum Glück hatte er sich aufgerafft, trotzdem hinzugehen. Wieder eine Hürde genommen, ein weiterer Punkt erzielt, oder wie immer man das bezeichnen mochte. Und so übel war sie gar nicht gewesen, diese Joyce. In ihrer Branche gab es bestimmt Schlimmere als sie. Im Gegenteil. Zeitweise hatte er sogar den Eindruck gehabt, dass *sie* sich unsicher und unwohl in ihrer Haut fühlte und die Situation nicht wie gewohnt unter Kontrolle hatte. Als er das bemerkte, war ihm ganz warm ums Herz geworden, und er hatte ihre Professionalität bewundert, mit der sie die Lage meisterte. Grace wäre stolz auf ihn; morgen Abend, wenn sie sich gemeinsam das Fernsehspiel ansahen, würde er ihr alles erzählen.

Grace hatte ihn unter ihre Fittiche genommen und sein Leben verändert. Vor einem Jahr, als ihr Stück vom Fernsehen angenommen worden war, hatten sie sich kennengelernt. Grace war zweiundsiebzig Jahre alt und sah aus wie ein kleines Äffchen. Noch nie hatte Norman einen Menschen getroffen, der ein so hartes Leben hinter sich hatte. Grace hatte erst ihre Mutter bis zu deren Tod gepflegt, dann nacheinander ihren Vater, ihren Mann und ihren Sohn. Deshalb hatte sie auch immer nachts gearbeitet. Nachts war es leichter als tagsüber, jemanden zu finden, der sich ein paar Stunden an das Bett eines Todkranken setzte. Grace hatte nie viel Geld gehabt, nie Erfolg gekannt und nur sehr wenig Glück erlebt. Sie hatte auch nie etwas vom Leben erwartet. Nur eines ärgerte sie: dass sie nicht bereits mit einundzwanzig Jahren ein Theaterstück geschrieben hatte statt erst mit einundsiebzig. So viel, wie sie heute wusste, hatte sie auch schon vor fünfzig Jahren gewusst.

Sie und Norman lernten sich bei der ersten Probe für das Stück kennen. Norman war damals noch ganz der Alte gewesen, ein dicker Mann, der immer zu früh und zu laut über sich selbst lachte. Er hatte Witze darüber gerissen, dass er zu fett für den

Stuhl sei und zu schwer für den Bühnenboden, und hatte bei jeder Gelegenheit die Geschichte zum Besten gegeben, wie er einmal im Bus beinahe im Sitz stecken geblieben war.

»Junge, warum erzählst du mir das eigentlich alles?«, hatte Grace ihn gefragt.

»Tja, wenn ich es von mir aus anspreche, sehen die Leute gleich, dass ich selbst weiß, wie dick ich bin, und dann ist die Sache kein Thema mehr«, erwiderte Norman unverblümt. Er hatte sein Clownsgehabe nie hinterfragt. Es funktionierte einfach. Mehr nicht.

»Für mich war das von Anfang an kein Thema«, erklärte Grace. Der Regisseur hatte sich den Helden des Stücks als eine Art Witzfigur vorgestellt; aus diesem Grund hatte er die Rolle auch mit Norman besetzt. Er wollte ihn als lächerlichen, hoffnungslosen Verlierer darstellen, was dem Stück am Ende, wenn er das Mädchen abbekommen sollte, eine eher kuriose, anrührende Wendung geben würde.

»So habe ich das aber nicht geschrieben«, widersprach Grace. Mehr als einmal nahm man sie daraufhin beiseite und bemühte sich, ihr die herausragende Bedeutung eines Regisseurs zu erklären. Seine Ansichten seien heilig, und sie, Grace, verstünde nun mal nichts von Dramaturgie. Aber sie blieb hart.

»Der Held ist kein dummer Mensch, er ist stark und hat Charakter«, wiederholte sie zum x-ten Mal. »Die Story ergibt keinen Sinn, wenn er als Lachnummer dasteht.«

»Aber«, wandte der Regisseur ein, »das ist genau der Grund, warum ich mich für Norman entschieden habe. Er ist ein Charakterdarsteller. Hätten wir einen strahlenden Helden gewollt, hätten wir einen anderen genommen. Jedenfalls nicht mit diesem Körperbau, wenn Sie verstehen, was ich meine.«

»Irgendeinen Körperbau muss man ja haben«, entgegnete Grace. Dem war nur schwer etwas entgegenzusetzen, und zur größten Überraschung aller konnte sie sich durchsetzen.

Darüber hinaus wurde sie Normans beste Freundin.

»Zieh um, Junge«, riet sie ihm. »Besorg dir einen anderen Agenten, such dir eine neue Umgebung. Du bist doch erst achtundzwanzig. Warte nicht, bist du siebzig bist, bevor du kapierst, wie man dem Leben ein Schnippchen schlägt.«

Norman war sicher gewesen, dass sie ihn auf Diät setzen und zum Joggen schicken würde wie alle anderen wohlmeinenden Menschen zuvor. Er war skeptisch und wollte zuerst nicht auf sie hören. Doch einem steten Tropfen gleich, unterhöhlten ihre Worte allmählich seinen Widerstand. »Hör auf, dich zu entschuldigen, hör auf, Witze zu reißen und den Clown zu spielen, der nach außen hin lacht, während ihm unter der Schminke zum Heulen zumute ist. Lerne, dich selbst zu lieben, Junge, die anderen werden mit genau der Wertschätzung auf dich reagieren, die du dir selbst entgegenbringst.«

Norman war nicht ihrer Ansicht. Er mochte Leute nicht, die zu viel von sich hielten. Eingebildete Typen, die dachten, sie seien ein Geschenk Gottes an ihre Mitmenschen, waren noch nie sein Fall gewesen. Doch tropf, tropf, tropf. Irgendwann hörte er auf Grace, und alles, was sie prophezeite, schien auch einzutreffen.

»Aber du bist anders, Junge, du bist keiner von diesen Schnöseln. Du bist ein feiner, ein verdammt anständiger Kerl, und das musst du den Leuten eben klarmachen. Hör auf, das joviale, hirnlose Dickerchen zu geben.«

Woche um Woche hatte er daraufhin an sich gearbeitet und sich harten Prüfungen unterzogen. Manchmal versagte er kläglich, aber meistens bestand er den Test. Wenn du zu einem Vorsprechen gehst, bring dort niemals deine Größe, deinen Umfang, dein Gewicht zur Sprache. Lass die anderen sagen, dass du die Rolle nicht bekommst, weil du zu dick bist. Geh in ein Restaurant und bestell das, worauf du Lust hast. Aber verschone die Kellnerin und verkneif dir den Witz, der Arzt hätte dir Aufbaukost verschrieben. Fordere jede Frau, die dir gefällt, zum Tanzen auf, entschuldige dich nicht, erkläre nichts. Sieben

Monate lang hatte er dieses Programm nun schon durchgehalten. Und es zeigte erste Ergebnisse.
Und jetzt der heutige Abend. Ein triumphaler Erfolg, je mehr er darüber nachdachte: Ein bildschönes Model aus höchsten gesellschaftlichen Kreisen, dünn wie ein Zahnstocher, lud *ihn* zu einer Modenschau in die Park Lane ein. Nein, nicht aus Mitleid. Zu Anfang mochte es so gewesen sein, in den ersten zehn Minuten vielleicht, nachdem sie ihn gesehen hatte, aber danach nicht mehr. Und ein schlechter Kerl war sie auch nicht, diese Joyce, im Gegenteil. Sie war intelligent und aufgeweckt. Fast tat es ihm leid, dass er sich diese Lüge mit Grace und der Leseprobe ausgedacht hatte. Die fand nämlich nicht am Freitag, sondern bereits am Donnerstag statt. Aber er hatte sich diese Ausrede nicht aus Angst oder einem Gefühl der Unterlegenheit einfallen lassen; das gehörte einfach dazu, wenn er sich wie ein normaler Mann benehmen wollte. Genauso hätte wahrscheinlich ein schlanker, attraktiver junger Schauspieler reagiert. Der wäre auch nicht sofort zu haben gewesen. Trotzdem hoffte Norman, dass er die Gelegenheit bekommen würde, Joyce irgendwann bei Leonard und Sally wiederzusehen; sie war wirklich nett gewesen.
Auch Joyce war noch nicht müde und lief in ihrem kleinen, eleganten Stadthaus auf und ab. Sie konnte jetzt nicht ins Bett gehen. Stattdessen wünschte sie sich, sie wäre mit zu Leonard und Sally gefahren. Dieser Norman war schon ein komischer Kerl. Aber er strahlte eine Stärke aus, die sie nicht einordnen konnte. Im Nachhinein verstand sie auch nicht mehr, warum er ihr zu Beginn des Abends leidgetan hatte. Wahrscheinlich, weil er so dick war. Jetzt bedauerte sie es außerordentlich, dass er am Freitag nicht kommen konnte. Sie hätte sich hinterher gern mit ihm unterhalten. Er besaß sehr klare Ansichten zu allem, und sie hätte liebend gern gewusst, was er von diesen noblen Wohltätigkeitsveranstaltungen hielt. Ob sie verlogen oder doch Mittel zum Zweck und deshalb gerechtfertigt waren.

Joyce war fast ein wenig beleidigt, dass er sich lieber mit dieser Grace abgab, statt mit ihnen zusammen etwas zu unternehmen. Wahrscheinlich war Grace seine Freundin, dachte sie verärgert.

Joyce griff nach der Programmzeitung. Vielleicht stand dort etwas über das Fernsehspiel. Neben einem kurzen Kommentar, dass es sich dabei um das Erstlingswerk der Autorin handelte, war ein Foto von Grace abgedruckt. Ihrem Aussehen nach musste sie mindestens hundert Jahre alt sein. Sie hätte Normans Mutter oder seine Großmutter sein können. Joyce wusste nicht, warum, aber plötzlich musste sie lächeln und ging mit einem ausnehmend guten Gefühl zu Bett.

Liberty Green

Jeder nahm an, dass Libby Green auf den Namen »Elizabeth« getauft worden war. Wofür sollte die Abkürzung »Libby« sonst wohl stehen? Damals in den fünfziger Jahren, als Libby heranwuchs, hatten die *Crawfie-Diaries,* die Tagebücher der ehemaligen Nanny der königlichen Prinzessinnen, großes Aufsehen erregt. Alle konnten nachlesen, dass Prinzessin Margaret Rose den Namen ihrer älteren Schwester und zukünftigen Königin Großbritanniens nie hatte aussprechen können. Wie das treulose Kindermädchen verriet, hatte Margaret Elizabeths Namen zu Lilibet verkürzt. Wie rührend. Und deshalb dachten alle, dass bei Libby dasselbe Problem dahinterstecken müsse, weil anscheinend auch ihre Zunge über den sperrigen Vornamen gestolpert war. Eine reizende Vorstellung.

Nach einer Weile machte Libby sich nicht mehr die Mühe, zu erklären, dass sie eigentlich Liberty hieß. Zu kompliziert. Liberty hörte sich an wie der Name einer Boutique oder eines Modehauses und klang vor allem nach Lady Liberty, der amerikanischen Freiheitsstatue. Alles in allem war es viel einfacher, zu sagen, es sei die Abkürzung für Elizabeth.

Eines wollte sie damit jedoch auf keinen Fall – den Traum ihrer Eltern ins Lächerliche ziehen, den diese von frühester Kindheit an für sie gehegt hatten: Freiheit und Unabhängigkeit. Ihre ganze Jugend hindurch wurde zu Hause über nichts anderes gesprochen. An einer Wand im Esszimmer prangte die Unabhängigkeitserklärung der Vereinigten Staaten von Amerika, und an der Tür zu Libbys Zimmer hing, solange sie denken konnte, ein Stück Pappkarton mit dem Text der französischen

Nationalhymne. Auszüge aus Paines *Die Rechte des Menschen* und der Magna Carta waren über das ganze Haus verteilt.

Wie sich die Kinder aus anderen Familien erinnerten, wurde bei ihnen zu Hause während des Kriegs über den Abwurf deutscher Bomben auf England, über Verdunkelung, über Luftschutzbunker und ähnliche Dinge gesprochen. In Libbys Haus in der Chestnut Street standen hingegen Themen wie Gleichheit, Freiheit, der Spanische Bürgerkrieg und Kriegsdienstverweigerer im Vordergrund.

Das Wichtigste auf der Welt seien ein kompaktes Leibchen und ein trockenes Bett. Das pflegte zumindest eine von Libbys Großmüttern immer zu sagen. Die andere war der Meinung, dass saubere Socken und ein ordentlicher Lebenswandel oberste Priorität hätten. Libby wusste von Kindheit an, dass weder das eine noch das andere stimmen konnte, denn für ihre Mutter und ihren Vater gab es nichts Wichtigeres, als an politischen Versammlungen teilzunehmen, Plakate zu schwenken und generell für die Menschenrechte einzutreten.

Während des Kriegs lebten ständig Flüchtlinge in ihrem Haus. Danach auch noch. Die Menschen kamen aus den unterschiedlichsten Ländern, die jedoch alle eines gemeinsam hatten: Man konnte dort nicht in Freiheit leben. Daher wusste Libby, dass Freiheit das wichtigste Gut sein musste. Ein Blick in ihr Badezimmer, das stets voller unfreier Menschen war, genügte. Und manchmal musste sie sogar ihr Zimmer mit jungen Mädchen oder Frauen teilen, die aus weit entfernten Ländern stammten, deren Bewohner unterdrückt wurden.

Libby war ein kluges Mädchen und eine fleißige Schülerin. Sie würde sicher den Übertritt ins Gymnasium schaffen, wie ihre Lehrerin, Miss Jenkins, ihrer Mutter und ihrem Vater erklärte. Einerseits freuten sich die Eltern für sie, hatten aber auch große Bedenken, weil die Schule ziemlich weit weg lag. Libby würde mit zwei verschiedenen Bussen fahren müssen. Und das jeden Tag.

»Das müssen die anderen doch auch«, meinte Libby, die befürchtete, nur deshalb auf höhere Bildung verzichten zu müssen, weil ihre Eltern nicht wollten, dass sie den Bus nehmen und einmal umsteigen musste.
»Aber das Gymnasium ist Libbys Schlüssel zu einer völlig neuen Welt.« Miss Jenkins schüttelte den Kopf. Sie konnte nicht begreifen, warum so viele Eltern Einwände erhoben, wenn sich ihren Kindern diese einmalige Chance bot. Immer hatten sie etwas einzuwenden – einmal bemängelten sie die Kosten für die Schuluniform, ein andermal war die Vorstellung, das Kind könnte in eine höhere gesellschaftliche Schicht aufsteigen und sie hinter sich lassen, Grund zur Sorge. Bei den Greens überraschte diese Haltung Miss Jenkins besonders; bisher hatten die beiden einen sehr fortschrittlichen Eindruck auf sie gemacht. Merkwürdig, dass sie jetzt so hartnäckig darauf bestanden, ihrer Tochter diesen vermeintlich zu weiten Schulweg nicht zumuten zu wollen. Gerade Leute wie die Greens müssten doch erkennen, welche Freiheit eine gute Schulbildung letztendlich für ein Kind bedeutete. Und sie sollten auch kein Problem damit haben, einer aufgeweckten Zwölfjährigen zu erlauben, mit dem Bus zu fahren.
Aber Miss Jenkins konnte nicht wissen, wie das Leben des Mädchens zu Hause tatsächlich aussah. Libby sprach nie darüber – aus Loyalität ihrer Mutter und ihrem Vater gegenüber. Wie hätte sie auch erklären sollen, dass sie nach der Schule niemals Freundinnen oder Mitschüler besuchen konnte, weil ihre Eltern bereits nervös darauf warteten, dass sie wieder zurückkam. Da war es oft einfacher, gleich zu Hause zu bleiben. Natürlich durfte sie Freunde zu sich einladen, aber es machte einen eigenartigen Eindruck, dass sie ihnen nie einen Gegenbesuch abstatten durfte. Deshalb waren Libbys Freundschaften nicht sehr eng. So hatte sie zwar mehr Zeit zum Lernen, aber ein wenig einsam war dieses Leben schon. Gute Noten machten nur halb so viel Spaß, wenn man keine Freundin hatte, mit

der man zwischendurch mal herumalbern oder über die anderen Mitschüler herziehen konnte.
Aber das alles sollte sich ändern, als Libby schließlich doch ins Gymnasium kam. Ihre dortige Lehrerin, Mrs. Wilson, war ebenso warmherzig und freundlich wie Miss Jenkins. Sie nahm Libby von Anfang an unter ihre Fittiche und sorgte dafür, dass die Neue in den Debattierclub aufgenommen wurde und an allen Sportveranstaltungen teilnehmen durfte.
»Wovor haben deine Eltern eigentlich Angst?«, fragte Mrs. Wilson frustriert. »Was soll schon passieren? Du bist fünfzehn Jahre alt.«
Libby senkte den Kopf.
»Das ist ihre Art, mir zu zeigen, wie gern sie mich haben«, erwiderte sie mit leiser Stimme.
»Die beste Art, einem Menschen zu zeigen, wie gern man ihn hat, ist die, ihm seine Freiheit zu lassen«, erklärte Mrs. Wilson aufgebracht.
Libby entgegnete nichts, und beschämt beeilte sich die Lehrerin, ihre Antwort abzuschwächen.
»Nimm das nicht so ernst – wahrscheinlich bin ich bloß eifersüchtig. Ich war keinem Menschen so wichtig, dass er sich Sorgen gemacht hätte, ob ich auch gut nach Hause komme«, erklärte sie.
Aber Libby wusste, dass dies nicht ihre ehrliche Meinung war: Mrs. Wilson hielt ihre Eltern für Kerkermeister, die ihre Tochter unterdrückten. Manchmal fand Libby das sogar selbst, aber sie mochte es nicht, wenn andere Leute so dachten. Immerhin waren sie ihre Eltern; es war nicht zu übersehen, wie sehr sie sie liebten und sich um sie sorgten. Und sie allein wusste, was sie alles für sie taten: Hatte sie sich das Knie aufgeschlagen, bepinselte ihr Vater es mit Jod. Ihre Mutter brachte ihr die heiße Schokolade ans Bett, und beide hörten sich immer alle Geschichten an, die sie aus der Schule mit nach Hause brachte. Ihr Vater schuftete schwer als Angestellter in einer Anwaltskanz-

lei, und ihre Mutter verdiente sich mit Schreibarbeiten und Buchhaltung etwas dazu, damit die Familie sich mehr leisten konnte. Und sie, Libby, verursachte in der Tat jede Menge Kosten: Ständig benötigte sie neue Schuhe, Schulausflüge mussten bezahlt werden, und Taschengeld brauchte sie auch. Libby nahm ihre Eltern ebenso in Schutz wie diese ihre Tochter. Sie liebte sie eben.

Und dann kamen die Herbstferien. Alle Sechzehnjährigen fuhren ins Schullandheim, nur Libbys Eltern verboten ihrer Tochter strikt die Teilnahme. Sie könnten unmöglich ein ganzes Wochenende in Sorge um ihre Tochter leben. Was konnte nicht alles passieren! Sie könnte in einen reißenden Fluss fallen oder von einem der rüpelhaften Jungen bedrängt werden. Der Busfahrer könnte sich betrunken ans Steuer setzen, und womöglich vernachlässigten die Lehrer ihre Aufsichtspflicht. Woher sollten sie wissen, ob es Libby gutging?

Libby fügte sich ohne großen Widerstand in ihr Schicksal. Nur ein paar Tränen des Selbstmitleids kullerten über ihr Gesicht, als sie an diesem Abend im Gartenhäuschen stand und traurig in Richtung Westen schaute, wohin die anderen mit dem Bus entschwunden waren. Als sie die Tränen wegwischte, sah sie eine hilflos umherflatternde Taube. Einer ihrer Flügel war gebrochen. Sie gab klägliche Töne von sich und sah Libby aus runden Augen ängstlich an. Libby nahm den Vogel, hüllte ihn in ihre Strickjacke und trug ihn ins Haus. Dabei hatte sie das Gefühl, als würde sie aus ihrem Körper treten und die Szene von außen betrachten. Beruhigend redeten ihre Eltern und sie auf die Taube ein, ehe sie den Vogel in eine Schachtel legten. Ihr Vater bastelte sogar eine kleine Krücke, und ihre Mutter half, den gebrochenen Flügel zu schienen. Dann holten sie ein wenig Brot und Milch und auch ein paar Cornflakes. Zu guter Letzt verschlossen sie die Schachtel mit einem Deckel und schnitten einige Luftlöcher hinein. Das gedämpft zu hörende Gurren der Taube klang bereits wesentlich weni-

ger aufgeregt. Libby sah ihre Mutter nach ihrer Geldbörse greifen.
»Geh und kauf ein bisschen Vogelfutter. Das mag sie bestimmt.«
Menschen, die so liebenswürdig und großzügig waren wie ihre Eltern, die musste man einfach gernhaben. Dass sie sie nicht auf den Schulausflug mitfahren lassen wollten, tat ihrer Liebe keinen Abbruch.
In den kommenden Tagen streichelte Libby immer wieder den Kopf der Taube – sie hatte sich diesen Vogel noch nie aus der Nähe angesehen – und bewunderte ihr Federkleid. Die geschwungene weiße Linie auf jedem Flügel, den orangeroten Schnabel und die breiten, braunlilafarbenen Brustfedern, unterlegt mit cremig weißem Flaum, der mit jedem Tag, der verging, ein bisschen weniger zitterte.
»Wie hübsch sie ist, unsere Columba«, stellte Libby fest.
»Warum nennst du sie so?«, fragte ihr Vater.
»Das ist Lateinisch für Taube«, erklärte sie.
Ihr Vater sah sie mit unverhohlener Bewunderung an. »Ich kann es nicht fassen. Meine Tochter spricht lateinisch«, sagte er begeistert. »Aber es wird allmählich Zeit, unsere Columba wieder in die Freiheit zu entlassen.«
»Du willst sie freilassen?« Libby konnte es nicht fassen. Dieser zärtliche Vogel hatte ihr mit seinem Gurren über die große Enttäuschung hinweggeholfen, dass ihre Eltern sie um einen wunderschönen Ausflug gebracht hatten. Nur so war es ihr möglich gewesen, nach den Ferien ohne Groll auf sie an die Schule zurückzukehren. Und jetzt wollten sie ihr diesen Vogel wieder wegnehmen.
»Du kannst nicht einerseits von Freiheit reden, Libby, und andererseits ein wildes Tier in Gefangenschaft halten«, ermahnte ihr Vater sie.
»Man kann nicht Wasser predigen und selbst Wein trinken«, fügte ihre Mutter hinzu.

Dann gingen sie hinaus in den kleinen Garten hinter dem Haus und warteten neben dem Schuppen, wo Libby Columba gefunden hatte, bis der Vogel sich in die Luft schwang und davonflog. Und während sie hinauf in den Himmel schaute, hatte Libby das Gefühl, mit einem Schlag erwachsen zu werden. Von nun an gehörte sie zu den Menschen, die durchschauten, was um sie herum vor sich ging, und Dinge nicht nur auswendig lernten, sondern kritisch hinterfragten.

Ihr war klar, dass ihre Eltern sie von sich aus nie in die Freiheit entlassen würden, da ihnen überhaupt nicht bewusst war, dass sie wie in einem Gefängnis lebte. Libby beobachtete die beiden, wie sie die Augen mit der Hand vor der Abendsonne abschirmten und sich freuten, dass sie diesen Vogel freigelassen hatten. Sie waren genauso glücklich wie damals, kurz nach dem Krieg, als sie sich der Flüchtlinge aus dem alten Europa annahmen. Als sie Obdachlose, die unter den Brücken hausten, mit Tee versorgten, obwohl die Nachbarn der Ansicht waren, dass Menschen wie sie besser in staatlichen Einrichtungen aufgehoben wären. Als sie die damals sehr unpopuläre Position vertraten und sich gegen Fuchsjagden starkmachten. Zu der Zeit hatten sie sich wegen der Jagdgesellschaften, die die Royals auf ihren Ländereien veranstalteten, sogar direkt an die königliche Familie gewandt und mittels Briefen versucht, Filmstars dazu zu bewegen, auf das Tragen von Pelzmänteln zu verzichten. Ebenso glücklich hatten Libbys Eltern ausgesehen, wenn sie durchgefroren und müde mit eingerollten Transparenten von irgendwelchen Protestmärschen zurückkamen. Oder von einem Ausschusstreffen oder von Veranstaltungen, auf denen sie versuchten, Geld für alle möglichen Aktivitäten aufzutreiben. Ein gutes, ein ehrenwertes Engagement, gegen das nichts zu sagen war. Nur Libbys Bedürfnis gegenüber, frei zu sein, waren ihre Eltern stets blind und taub gewesen.

Und so beschloss Libby, ihre Freiheit von nun an selbst in die

Hand zu nehmen. Auf dem Weg zurück zum Haus hakte sie sich bei ihren Eltern unter.

»Ich frage mich, was unsere Columba heute Nachmittag wohl zum Tee bekommt«, meinte sie munter. »Jetzt ist keiner mehr da, der ihr einen Teller mit Vogelfutter hinstellt.«

Ihre Eltern wirkten sehr erleichtert, als hätten sie befürchtet, ihre Tochter könnte größeren Ärger machen.

»Wisst ihr was?«, schlug Libby vor. »Dafür mache ich heute den Tee für uns alle – es gibt Bohnen auf Toast. *Und* ich schneide sogar die Rinde vom Brot ab.«

»Ich wüsste niemanden, der eine so gute Tochter hat wie wir«, sagte ihre Mutter und drückte Libbys Arm.

Libby verspürte einen Anflug von Schuldgefühl. Ihre Mutter konnte schließlich nicht wissen, dass ihre Tochter sich nur ein paar Sekunden zuvor von ihren Eltern emanzipiert hatte und dass von nun an nichts mehr so sein würde wie bisher.

Auch in der Schule war Libby plötzlich eine andere. Nach dem Unterricht suchte sie Kontakt zu ihren Mitschülern und fand so allmählich Anschluss. Und sie nahm einen späteren Bus nach Hause. Mit einem fröhlichen Gesicht wappnete sie sich gegen die unvermeidlichen Vorwürfe, Ängste und Bedenken, die sie dort noch immer erwarteten. Ruhig und gelassen bedauerte sie, dass ihre Eltern sich ihretwegen ängstigten, aber diese neue, erwachsene Libby machte keinerlei Anstalten, ihr Verhalten zu ändern. Diplomatisch vermied sie jegliche Konfrontation und zeigte sich immer hilfsbereit und willens, am Familienleben teilzunehmen. So gelang es ihr, mit der Zeit den Widerstand ihrer Eltern zu überwinden und sich an einer Universität zu bewerben, die weit weg von zu Hause lag. Dort wohnte sie im Studentenheim, schrieb jede Woche einen langen Brief mit vielen Neuigkeiten nach Hause, rief hin und wieder kurz an und verbrachte in den Ferien stets eine Zeitlang bei ihren Eltern. Manchmal brachte sie auch Freunde mit.

In ihrem letzten Jahr an der Universität stellte sie ihnen Martin vor.
»Seid ihr ein Paar?«, fragte ihre Mutter.
»Ich hoffe sehr«, antwortete Libby.
»Du wirst doch nichts Unvernünftiges … ich meine, du wirst aufpassen …«
Libby lachte. »Oh, ich werde vernünftig sein, und ich werde aufpassen«, erwiderte sie, während sie ihrer Mutter beim Abwaschen half. Martin unterhielt sich indes mit ihrem Vater über dessen Gartenhäuschen.
»Was ich damit sagen will, du bist doch nicht …?« Ihre Mutter schaffte es nicht, die Frage zu beenden.
»Die Antwort lautet – ja.« Libby ließ ihre Mutter noch einen Moment zappeln. »Ja, ich bin ernsthaft am Überlegen, ihn zu heiraten.«
Ihre Mutter war gleichzeitig erleichtert und überrascht. Sie schien froh zu sein, dass Libby nicht daran dachte, in wilder Ehe zu leben, fühlte sich aber überrumpelt, dass ihr Kind offensichtlich kurz davor stand, zu heiraten und einen eigenen Hausstand zu gründen.
»Nun, du warst immer frei, deine eigenen Entscheidungen zu treffen«, sagte Libbys Mutter. Sie glaubte tatsächlich, dass dies der Wahrheit entsprach. Dann umarmte sie ihre Tochter und wünschte ihr alles Glück dieser Welt.
Libby und Martin fanden beide eine Anstellung als Lehrer in verschiedenen Schulen in London und zogen in eine kleine Wohnung mit Garten. Martin stammte aus einer großen Familie; er hatte drei Brüder und zwei Schwestern. So etwas wie Privatsphäre oder Zeit für sich selbst kannte man bei ihnen nicht.
Die Ehe der beiden war von Anfang an glücklich. Keiner engte den anderen ein. Libby verbrachte viel Zeit in Buchläden und Bibliotheken und war froh darüber, dass niemand von ihr Rechenschaft darüber forderte, warum sie nach der Arbeit immer

erst spät nach Hause kam. Auch Martin blieb nach dem Unterricht noch länger in der Schule. Er spielte Fußball mit den Jungen, und manchmal trank er mit dem Sportlehrer ein Bier. Am Samstag gingen Martin und Libby gemeinsam einkaufen und brachten die Wäsche in den Waschsalon. Und vormittags erledigten sie gemeinsam die Hausarbeit, nie länger als zwanzig Minuten, aber ihre Wohnung wirkte stets sauber und aufgeräumt. Warum machten die Leute nur so ein Aufheben darum, verheiratet zu sein und einen Haushalt zu führen, fragten sich die beiden oft.

Jeden zweiten Sonntag besuchten sie abwechselnd ihre Familien. Libbys Eltern engagierten sich noch immer politisch, organisierten Petitionen und führten ihre Kreuzzüge gegen Missstände aller Art. Martins Eltern lebten weiterhin gesellig im großen Kreis ihrer Familie, Nachbarn und Freunde.

»Wir werden wohl nie am Sonntag mit einem Baby spielen können, wie?« Enttäuscht musterte Martins Mutter alle vierzehn Tage Libbys flachen Bauch. Vielleicht hatte sie ja doch zugenommen seit ihrem letzten Besuch.

Bei Libbys Mutter hörte sich das anders an. »Das ist einzig und allein eure Entscheidung – Familienplanung geht niemanden etwas an. Trotzdem wüsste ich gern, ob wir vielleicht irgendwann mal Großeltern werden.«

Sie hatten es nicht eilig. Es gab so viel zu tun, so viele fremde Kinder zu unterrichten. So viele Projekte in der Bibliothek wollten realisiert sein, und in der Buchhandlung mussten unbedingt Leseecken für Kinder eingerichtet werden. Nicht zu vergessen die vielen gleichgesinnten Freunde, die zum Essen und auf ein gutes Gespräch vorbeikamen.

Libby war schon fast dreißig Jahre alt, als sie endlich begann, an die Zukunft zu denken, mit einem kleinen Wesen im Mittelpunkt, das – halb Martin, halb sie – gar nicht anders konnte, als sich zu einem wunderbaren Menschen zu entwickeln. Und so setzte sie die Pille ab. Sie erinnerte sich noch gut an den Tag, an dem sie das Ergebnis des Schwangerschaftstests erhielt; es war der Tag, an dem sie entdeckte, dass Martin einen Affäre hatte.

Was war nicht alles zum Thema persönliche Freiheit geschrieben worden. Jeder Mensch benötige seinen Freiraum und müsse seine eigenen Entscheidungen treffen können. Keiner solle des anderen Wächter sein, auch und vor allem dann nicht, wenn man mit diesem Menschen verheiratet war. Vielleicht war es ja gar keine richtige Affäre, die Martin hatte, eher ein Flirt, ein flüchtiges *Abenteuer*, ein belangloser Seitensprung. Auf jeden Fall nichts, weswegen man eine Beziehung aufs Spiel setzen würde.

Libby wartete ein paar Wochen, ehe sie Martin eröffnete, dass sie Eltern werden würden.

»Oh, Scheiße«, sagte er nur.

Und da wusste Libby, dass es mehr war als nur ein Flirt oder ein Seitensprung; es war eine ausgewachsene Affäre.

Er und Janet hätten nicht gewollt, dass es so weit käme, erklärte er, sie hätten es nicht darauf angelegt. Es sei einfach so passiert. Er leugnete nichts, auch nicht, dass er sich stark zu dieser anderen Frau hingezogen fühlte. Man lebte schließlich nur einmal – das war gewiss. Man konnte nicht endlos lang herumprobieren. Er und Janet hätten ein Recht auf ihr Glück.

Libby nickte zerstreut.

»Du bist doch erst am Anfang. Mit der Schwangerschaft, meine ich. Es ist noch nicht zu spät – für eine Abtreibung, oder?«, fragte Martin.

»Ich weiß nicht«, erwiderte Libby und lief aus dem Haus.

Sie ging in den Buchladen, wo gerade Inventur gemacht wurde. Dort half sie bis zehn Uhr abends. Als sie nach Hause kam, lag ein Zettel von Martin da. »Ich bin bei Janet. Ich dachte mir, dass du mich vielleicht nicht sehen willst, wenn du zurückkommst.«

Sie setzte sich auf einen Stuhl und schaute hinauf zum Himmel und zu den Sternen. An dem Wochenende hätten sie eigentlich ihre Eltern besuchen wollen, und so fuhr Libby allein. Sie erzählte ihnen von dem Baby, und sie schienen sich sehr für sie zu freuen. Martin erwähnte sie nicht. Es wäre ihr nicht richtig erschienen, die Freude ihrer Eltern zu schmälern.

In den darauffolgenden Wochen erfuhren diese die Wahrheit häppchenweise von ihrer Tochter, stets sachlich und emotionslos. Von den Nächten voller Verzweiflung, von Libbys aberwitzigen Plänen, Janet hinterrücks zu ermorden, von den Träumen, in denen Martin zurückkam und sie ihm seine Affäre, die doch nie etwas anderes als ein flüchtiges Abenteuer gewesen war, großzügig verzieh, erfuhren sie jedoch nichts. Auch in der Schule, in der Bibliothek oder im Buchladen erzählte Libby nichts. Mr. Jennings schien zwar etwas zu ahnen, aber der Besitzer der Buchhandlung war viel zu sehr Gentleman, als dass er sie darauf angesprochen hätte.

Bei der Ultraschalluntersuchung stellte sich heraus, dass nicht nur eines, sondern zwei Babys in Libbys Bauch heranwuchsen. Das verschärfte die Situation, denn die Betreuung von Zwillingen würde sie wahrhaftig vor eine große Herausforderung stellen. Mit dem Gehalt, das sie als Lehrerin verdiente, würde sie kaum über die Runden kommen, und Martin konnte sie schlecht bitten, für zwei Kinder zu zahlen, die er nicht haben wollte. Deshalb erkundigte sich Libby in der Bibliothek, ob sie dort vielleicht etwas Geld hinzuverdienen könne, ebenso in der Buchhandlung. Und nun erzählte sie auch, warum.

»Ich dachte immer, Sie und Ihr Mann führten eine perfekte Ehe«, sagte die Bibliothekarin kopfschüttelnd. Sie konnte Libby zumindest ein paar Stunden Arbeit verschaffen. Mr. Jennings sagte wie immer nichts, bot Libby aber einen sehr gut bezahlten Teilzeitjob an.

Als es so weit war, brachte Libby einen Jungen und ein Mädchen zur Welt. Martin schickte Blumen und eine Karte. Er wünsche ihr alles Gute, stand darauf. Aber da er nicht sehr geübt sei in solchen Dingen, könne er ihr nur versichern, dass er sie immer bewundern würde und ihr dankbar wäre, dass sie ihm seine Freiheit gelassen habe.

Libby hatte nicht gewusst, dass man so sehr lieben konnte. Die kleinen Gesichter ihrer beiden Babys, ihre winzigen Fäuste, ihre Unschuld und die Tatsache, dass sie in allem von ihr abhängig waren, beglückten sie ungemein und machten ihr Leben reicher, als sie es jemals für möglich gehalten hätte. In der Schule, wo Libby noch immer halbtags arbeitete, war sie bei den Kollegen als Frau ohne Herz verschrien. Schließlich hatte sie keinerlei Regung gezeigt, als ihr Mann sie verlassen hatte, und jetzt war sie offensichtlich fähig, ihre Babys einer fremden Betreuerin zu überlassen. Manche Frauen waren wirklich sehr kaltschnäuzig. In der Bibliothek sah man in ihr eher eine tragische, aber tapfere Person, so heroisch wie Jeanne d'Arc. Mr. Jennings enthielt sich wie gewohnt jeglichen Kommentars, machte sich aber des Öfteren die Mühe, die Kataloge für die Bücherbestellungen persönlich zu Libby nach Hause zu bringen, damit sie dort in Ruhe ihre Auswahl treffen konnte.

Libbys Eltern kamen häufig zu Besuch. Sie waren vollkommen vernarrt in ihre beiden Enkelkinder und ermutigten die beiden nach Kräften.

»Los, jetzt klettere schon auf den Baum!«

»Jetzt lass sie doch schon auf der Straße Fahrrad fahren, Libby, was soll denn passieren? Und du musst ihnen auch erlauben, dass sie mit ihren Freunden was unternehmen.«

Keine Spur mehr von der bevormundenden Art ihrer Eltern fünfundzwanzig Jahre zuvor. Aus diesem Grund achtete Libby sehr auf das, was ihre Kinder zu sagen hatten. Sie wusste, wie wichtig es war, ihnen zuzuhören. Für sie war das ein weiterer Schritt auf dem Weg zum Erwachsenwerden, so wie an dem Abend, an dem ihre Taube sich in die Freiheit aufgeschwungen hatte.

Man kann nicht einen Menschen lieben und ihn gleichzeitig wie einen Gefangenen halten. Sosehr es Libby auch das Herz brechen würde – sie musste ihren Kindern die Flügel geben, die sie bereits jetzt einforderten. Und so versuchte sie, nach diesem Prinzip zu leben. Auch wenn sie vermutlich alle Ängste und Unsicherheiten ihrer Eltern geerbt hatte, bemühte sie sich, sich nichts anmerken zu lassen. Lieber lag sie schlaflos im Bett und wartete darauf, dass ihre mittlerweile sechzehn Jahre alten Zwillinge nach einer Party im Auto eines Freundes nach Hause gebracht wurden. Oder später, als die beiden achtzehn waren, wartete sie darauf, dass ihr Sohn sein Motorrad in den Garten hinter dem Haus schob. Nicht viel anders war es im Jahr darauf, als ihre neunzehnjährige Tochter zu Libbys Leidwesen immer später zurückkam von ihren Verabredungen mit einem düster blickenden, lederjackentragenden jungen Mann, der schlimmstenfalls ein Serienmörder und bestenfalls ein professioneller Herzensbrecher war.

Libby verbrachte schließlich immer mehr Zeit in der Buchhandlung von Mr. Jennings, der ihr den Vorschlag machte, ganz für ihn zu arbeiten und den Schuldienst zu quittieren. Eine schwerwiegende Entscheidung, die gut überlegt sein wollte, aber Libby staunte, wie wenige Menschen in ihrer Umgebung sich dafür interessierten. Ihr Sohn und ihre Tochter hatten alle Hände voll damit zu tun, zwanzig Jahre alt zu sein, ihre Eltern waren zu sehr mit ihren eigenen Belangen beschäftigt, und ihr Ex-Mann hatte eine Scheidung am Hals. Janet schien offenbar kein Verständnis dafür aufzubringen, dass Martin ein Verhältnis mit einer gewissen Harriet angefangen hatte. Natürlich wollten die beiden niemandem weh tun, aber man lebte schließlich nur einmal – man konnte nicht endlos lang herumprobieren. Er und Harriet hätten ein Recht auf ihr Glück.

Als die Zwillinge einundzwanzig Jahre alt waren, erklärten sie ihrer Mutter, dass sie nach Australien gehen wollten, ihr Sohn wegen einer aussichtsreichen Stelle und ihre Tochter mit der Aussicht auf eine Ehe, die ihr ein Visum garantieren würde.

Australien sei schließlich nicht aus der Welt, trösteten sie ihre Mutter, und es sei ja nicht für immer. Sie kämen irgendwann wieder zurück, und Libby könne sie natürlich besuchen.
Als die Abreise der Zwillinge immer näher rückte, glich Libbys Gesicht immer mehr einer Maske aus Stein, und ihr Herz wurde schwer wie Blei. Manchmal hörte sie, wie die beiden am Telefon zu Freunden sagten: »Nein, das macht ihr nichts aus, ich glaube, sie ist in gewisser Weise sogar froh, uns loszuwerden.«
Konnten ihre Kinder, die sie einundzwanzig Jahre lang geliebt und allein großgezogen hatte, das wirklich von ihr denken? Martin hatte nie eine Rolle in ihrem Leben gespielt. Sie hatten auch nie seine Nähe gesucht. Bald wären sie fort, auf der anderen Seite der Erdkugel. Und das in dem Glauben, dass es ihrer Mutter nichts ausmache und ihre Abreise ihr wahrscheinlich sogar ganz recht käme.
Mechanisch wie ein Roboter fuhr Libby zum Flughafen hinaus, um die beiden zu verabschieden. Sie winkte, bis das Flugzeug über Frankreich und – vielleicht noch weiter südlich – über Italien flog. Mit leerem Blick wandte sie sich schließlich ab, um in ihre Wohnung zurückzukehren. Und so sah sie den Mann nicht, der auf einer Bank saß und auf sie wartete, während sie auf den Ausgang zusteuerte. Es war Mr. Jennings, dessen Augen voller Hoffnung waren.
»Oh, was machen Sie denn hier?«, rief Libby. Es war ihr peinlich, in diesem Zustand der Verwundbarkeit und Trauer um den Verlust ihrer Kinder, die gerade eben abgereist waren, gesehen zu werden.
»Ich warte«, erwiderte er.
»Worauf warten Sie denn?« Doch im Grunde war sie dankbar, dass er gekommen war. Es tat gut, ihn hierzuhaben, und es half, das aufsteigende Gefühl der Leere in ihr zu vertreiben.
»Darauf, frei zu sein, vielleicht«, entgegnete Mr. Jennings nachdenklich. »Darauf, mir die Freiheit zu nehmen, Ihnen all

die Fragen zu stellen, die ich an Sie habe, und all die Dinge zu sagen, die ich seit Jahren loswerden will. Darauf, dass Sie endlich frei sind und mir zuhören können, ohne dass allzu viel anderes Ihr Herz in Anspruch nimmt.«

In diesem Augenblick hatte Libby Green das Gefühl, endgültig in ihrem Leben als erwachsene Frau angekommen zu sein. Erwachsen war sie zwar schon seit längerem, doch sie erkannte, dass ihr Verständnis für das, was Freiheit bedeutete, größer geworden war. Indem man anderen die Freiheit gab, befreite man sich selbst. Ob andere Menschen das auch wussten? Oder war sie die Einzige auf der Welt, die dies begriffen hatte?

Eine Kur gegen Schlaflosigkeit

Molly lag in der Dunkelheit und starrte auf die Zeiger der Uhr, die langsam vorwärtskrochen.

Drei Uhr siebzehn. Es waren bestimmt schon mehr als sieben Minuten vergangen, seit sie das letzte Mal auf die Uhr geschaut hatte, und da war es erst drei Uhr zehn gewesen. Und es erschien ihr wie eine Ewigkeit, dass der Wecker zwei Uhr dreißig angezeigt hatte. Was war nur los mit dem Gerät? Womöglich funktionierte es nicht mehr?

Doch der Wecker tickte. Molly fuhr sich durch das dunkle, lockige Haar und wälzte sich auf die andere Seite, auf der Suche nach einer bequemeren Lage. Sie lauschte auf Gerrys gleichmäßigen Atem. Seit er um halb zwölf ins Bett gegangen war, schlief er tief und fest. Wenn der Wecker dann um Viertel vor sieben losschrillte, würde er mit einem Ruck aufwachen. Bis dahin waren es noch ganze dreieinhalb Stunden. Ob sie wohl noch ein wenig schlafen konnte?

Manchmal, wenn sie sich ein paar Kissen in den Rücken stopfte, gelang es ihr, kurz einzunicken, auch wenn sie davon meistens einen steifen Hals bekam. Am Nachmittag kam es dann gelegentlich vor, dass ihr Kopf vor Müdigkeit auf den Küchentisch sank und sie für eine Viertelstunde in dieser unbequemen Lage schlief. Doch es war nie ein erholsamer Schlaf. Die Kinder brauchten sie. Der dreijährige Billy zupfte sie ständig am Arm, weil er unbedingt mit ihr spielen wollte, und Sean, der noch ein Baby war und im Kinderwagen lag, würde früher oder später in lautstarkes Geschrei ausbrechen, weil er hungrig war oder sich einfach nach Gesellschaft sehnte.

Molly war wegen ihrer Schlaflosigkeit beim Arzt gewesen. Er

hatte wissen wollen, ob sie irgendwelchen Kummer oder Sorgen habe. Nicht mehr als andere Leute auch, hatte sie sich gedacht. Nur eines fehlte ihr tatsächlich – und das war ihre Arbeit. Sie vermisste die lebhafte Büroatmosphäre, die Verabredungen zum Mittagessen mit ihren Freundinnen, die Möglichkeit, an ihrem Leben Anteil zu nehmen. Bisweilen stellte Molly fest, dass sie völlig ausgelaugt und seltsam leer im Kopf war, nachdem sie stundenlang das Haus geputzt, eingekauft, gekocht, gewaschen, gebügelt, die Gartenarbeit erledigt und nebenbei noch zwei Kinder gebadet, gefüttert und bespielt hatte. Es fiel ihr schwer, sich auf die Lektüre von Zeitungen oder das Fernsehprogramm zu konzentrieren. Und wann sie das letzte Mal ein Buch gelesen hatte, wusste sie schon gar nicht mehr. Gerry kam zwei-, dreimal die Woche erst spät aus der Arbeit nach Hause, und sie konnte sich gerade noch beherrschen, ihn nicht wütend anzuschreien. So hatten sie sich das jedenfalls nicht vorgestellt, als sie ihr gemeinsames Traumleben geplant hatten, aber so war es nun mal.

Molly liebte Gerry. Sie war gern seine Frau und wollte auf immer und ewig mit ihm zusammen sein. Und sie vergötterte Billy und Sean. Kinder wie die beiden hatte sie sich immer gewünscht. Sie waren richtige kleine Persönlichkeiten, liebenswert und lustig. Molly hatte nicht gedacht, dass sie so viel Spaß mit ihnen haben würde.

Es kam auf keinen Fall in Frage, dass sie ihre Arbeit in der hektischen Werbeagentur wieder aufnahm; sie hatte schließlich zu Hause bleiben wollen, um ihre Kinder aufwachsen zu sehen – es war *ihre* Entscheidung gewesen.

Und deshalb entsprach es der Wahrheit, als sie dem Arzt antwortete, dass keinerlei Ängste an ihr nagten.

Er verschrieb ihr ein leichtes Schlafmittel und schlug zusätzlich ein Glas warme Milch vor dem Zubettgehen vor. Es half alles nichts. Die Nächte wurden noch länger und noch ruheloser. Große dunkle Schatten lagen mittlerweile unter Mollys großen dunklen Augen. Die Frau in der Kosmetikabteilung riet ihr mitfühlend zu einer Abdeckcreme, um die bläulichen Augenringe zu kaschieren. Wahrscheinlich war sie nicht die einzige Frau, die mit diesem Anliegen zu ihr kam, dachte Molly. Und sorgfältig geschminkt sah sie tatsächlich weniger müde aus. Aber es war kein Zaubermittel.

Molly wollte niemanden mit ihrem Problem belästigen und versuchte, allein damit fertigzuwerden. Gerrys täglicher Weg in die Arbeit war lang und zeitraubend. Um ihren Kindern einen Garten bieten zu können, waren sie extra in die Chestnut Street am anderen Ende der Stadt gezogen. Gerry musste sich auf seine Arbeit konzentrieren – die Belastung in der Firma nahm immer mehr zu. Sie, Billy und Sean waren auf sein Gehalt angewiesen, und deshalb durfte er sich keine Fehler erlauben. Ihr Mann wollte sicher keine Frau zu Hause haben, die ihm die Ohren volljammerte, dass sie nachts nicht schlafen könne, obwohl sie tagsüber alle Zeit der Welt für sich hatte.

Und an ihre beiden noch verbliebenen Freundinnen aus der Werbeagentur wollte Molly sich auch nicht wenden; sie würden bestimmt nur überlegen lächeln und ihr erklären, dass sie ihre Arbeit niemals hätte aufgeben dürfen.

Ebenso wenig wollte sie ihren Nachbarn etwas erzählen. Sie würden sie nur ständig darauf ansprechen, und in der ganzen Straße gäbe es bald kein anderes Thema mehr als ihre Schlaflosigkeit – außer den tausend anderen Themen natürlich, über die regelmäßig diskutiert wurde. Es hatte auch wenig Sinn, ihre Schwester anzurufen, die im Ausland lebte. Und so wandte Molly sich an ihre amerikanische Freundin Erin, die in Chicago wohnte. Sie und Molly schrieben einander bereits seit zwanzig Jahren; angefangen hatten sie ihre Korrespondenz mit neun Jahren, als ihre Klosterschulen mit diesen Brieffreundschaften versucht hatten, den Horizont ihrer Schülerinnen zu erweitern. Erin war noch nie in Irland gewesen, auch wenn sie einen irischen Namen trug; ebenso wenig kannte ihr

Mann Gianni trotz seines Namens das Land seiner italienischen Vorfahren.
Aber eines Tages würden sie nach Irland kommen und drei Tage bei Molly und Gerry verbringen, bevor sie aufbrachen, um nach Erins Wurzeln zu suchen und anschließend nach Italien weiterzureisen, in die Heimat von Giannis Familie.
Seit Jahren diskutierten sie nun schon darüber. Doch höchstwahrscheinlich würde es nie dazu kommen, ebenso wenig wie Gerry und Molly ihre Kinder nehmen und ein Flugzeug besteigen würden, um in den amerikanischen Mittelwesten zu fliegen. Aber es war ein schöner Traum.
»Eigentlich sind wir beide noch viel zu jung, um uns in Briefen gegenseitig vorzujammern, dass es mal hier und mal da bereits zwickt und zwackt«, schrieb Molly. »Ich erwähne mein kleines Problem auch nur, weil ich den Menschen in meiner Umgebung damit nicht auf die Nerven gehen will. Bei dir ist das etwas anderes – du bist Tausende von Meilen weit weg. Und vielleicht hast du ja sogar eine Lösung für mein Problem. So wie damals, als du mir geraten hast, was ich zu Billys Taufe anziehen und was ich zu Gerrys dreißigstem Geburtstag kochen soll.«
Erin schrieb rasch zurück. »Sollte deine Schlaflosigkeit wirklich so ernst sein, dann habe ich tatsächlich ein Mittel dagegen. Eine wahre Zauberkur. Aber dieses Mittel sollte man nicht leichtfertig nehmen, nicht nur hin und wieder mal für eine Nacht. Also, wenn es wirklich so schlimm ist und du gar nicht mehr schlafen kannst, dann schicke ich es dir.«
Molly ließ sich die Sache durch den Kopf gehen.
»Die Lage ist wirklich ernst. Ich flehe dich an, Erin, schick mir das Mittel.«
In den folgenden schlaflosen Nächten hatte sie Zeit genug, sich auszumalen, was das wohl für eine Zauberkur sein mochte. Ein Kräutertee vielleicht? Ein Öl, das man in die Schläfen einmassierte? Eine Kerze, die man im Schlafzimmer abbrannte? Als

das Mittel schließlich eintraf, handelte es sich dabei um ein Schreiben, das offenbar schon sehr alt und mit Feder und Tinte in einer altmodischen, krakeligen Handschrift verfasst war.
Dieser Brief gehörte einst Erins Großmutter, die – wie sollte es anders sein – aus Irland stammte. Sie hatte den Brief Freunden und Bekannten gegeben, bei denen die Kur stets gewirkt hatte. Voller Dankbarkeit hatten die so Geheilten zu Ehren von Erins Großmutter Bäume gepflanzt oder sie zu Thanksgiving reich beschenkt. Mehr als ein Dutzend Trauergäste gestanden bei ihrer Beerdigung, dass sie ihre Zauberkur gegen Schlaflosigkeit am eigenen Leib ausprobiert hätten. Aus Erins Zeilen waren Ehrfurcht und Hochachtung herauszulesen.
»Die Kur wirkt bestimmt auch bei dir, Molly. Sie kommt aus Irland, und jetzt kehrt sie wieder dorthin zurück. Ich hoffe wirklich sehr, dass sie dir hilft.«
Molly setzte sich, um zu lesen, was die alte Frau geschrieben hatte. Aber vielleicht war sie damals noch gar nicht so alt gewesen. Und vielleicht hatte sie den Brief auch schon von jemandem bekommen. Gut möglich, dass auch sie viele schlaflose Nächte erlebt hatte, als sie Irland verlassen und beschlossen hatte, sich in den Vereinigten Staaten eine neue Existenz aufzubauen.
Langsam las Molly die detaillierten Anweisungen der alten Dame. Die Kur dauerte drei Wochen, und man musste Schritt für Schritt die Anweisungen genauestens nachvollziehen. Zuerst sollte man sich ein Notizbuch kaufen, das mindestens zwanzig Seiten dick war, und ein Bild auf den Umschlag kleben. Am besten irgendetwas mit Blumen – Glockenblumen oder ein Strauß Rosen. Und dann ging es los. Konnte man wieder einmal nicht schlafen, sollte man leise aufstehen, sich anziehen und zurechtmachen, als würde man aus dem Haus gehen wollen. Der nächste Schritt sah vor, dass man sich eine Tasse Tee aufbrühte und das Notizbuch mit den Blumen auf dem Umschlag herausholte. Anschließend sollte man in seiner

schönsten Handschrift auf das Deckblatt schreiben: »Alles, wofür ich dankbar bin.« Und dann wählte man eine Begebenheit aus, die einen besonders glücklich gemacht hatte. Aber nur eine. Deshalb hieß es, sorgfältig auszuwählen. Man konnte für alles Mögliche dankbar sein: für einen geliebten Menschen, für ein Kind, ein Haus, einen Sonnenuntergang, einen guten Freund. Und dann sollte man auf einer Seite beschreiben, worin genau dieses Glück bestanden hatte.

Danach sollte man eine Stunde lang Dinge erledigen, die bis dahin immer liegengeblieben waren, aber unbedingt getan werden mussten: Silber putzen, Vorhänge nähen oder Fotos in Alben einordnen. Ganz gleich, wie müde man war, man musste seine Aufgabe zu Ende bringen, ehe man sich wieder ausziehen und zurück ins Bett gehen durfte.

Keine Sorge, falls der Schlaf nicht sofort eintreten sollte. Man hatte schließlich noch neunzehn Tage vor sich.

Molly hielt die ganze Sache für idiotisch. Erins Großmutter schien ein schlichter Mensch gewesen zu sein, wenn sie geglaubt hatte, dass dies funktionieren könnte. Aber sie hatte Erin nun mal versprochen, dass sie sich genau an die Anweisungen halten würde.

So kam sie sich ausgesprochen lächerlich vor, wenn sie Nacht für Nacht aufs Neue überlegte, was sie zu ihrem Rendezvous mit ihrem mit Narzissen beklebten »Dankbarkeitsalbum« anziehen und welche kleineren Arbeiten sie dieses Mal erledigen könnte.

Aber Molly kramte brav ihren Bausatz für Bilderrahmen heraus und hängte überall im Badezimmer Fotos von Gerry, Billy und Sean auf. Dann ordnete sie alle ihre Rezepte und stellte daraus »Mollys Kochbuch« zusammen. Das hatte zur Folge, dass sie nicht länger die gleichen bewährten Gerichte kochte, sondern neue und sehr unterschiedliche Rezepte ausprobierte. Sie listete all die Bücher auf, die sie immer schon hatte lesen wollen, schnitt die dazugehörenden Rezensionen aus den Zeitungen und besuchte wieder regelmäßig die Bibliothek, wenn sie mit den Kindern spazieren ging. Dabei lieh sie sich auch einmal ein Buch über Blumenarrangements aus und gestaltete selbst ein paar wunderbare Gestecke.

Und jede Nacht beschrieb sie ein anderes Ereignis in ihrem Leben, für das sie dankbar war:

Der Abend, als Gerry ihr endgültig seine Liebe gestanden hatte; aus Angst, sie könnte seine Gefühle nicht erwidern, war er abwechselnd blass geworden und wieder errötet.

Der Augenblick, als sie Billy nach seiner Geburt das erste Mal in den Armen gehalten hatte.

Der Nachmittag in der Werbeagentur, als ihr Chef sie gelobt und verkündet hatte, dass Molly mit ihrer raschen Reaktion allen den Job gerettet habe. Und alle hatten mit Champagner darauf angestoßen, dass sie den Werbeetat gewonnen hatten.

Und dann waren die zwanzig Tage vorbei. Molly wären noch viel mehr beglückende Ereignisse eingefallen, über die sie hätte schreiben können. Interessiert las sie ihre Aufzeichnungen durch, und dabei fiel ihr auf, dass sie nur ein einziges Mal die Werbeagentur erwähnt hatte; alles andere betraf ihre Familie.

Molly sah sich um. Mit einem Mal war es viel schöner bei ihr zu Hause, ihr Leben war besser organisiert, sie hatte gelernt, dass sie großes Talent besaß, Blumen zu arrangieren, und sie hatte sogar schon die ersten Aufträge von einem Hotel in der Nähe erhalten.

Natürlich konnte sie noch immer nicht schlafen. Oder vielleicht doch?

Enttäuscht, dass die zwanzig Tage vorbei waren und keinerlei Notwendigkeit mehr bestand, aufzustehen und ihre nächtlichen Aufgaben zu erfüllen, bereitete sie sich in der nächsten Nacht darauf vor, sich wie gehabt stundenlang schlaflos hin und her zu wälzen, musste aber zu ihrer Überraschung feststellen, dass es bereits dämmerte, als sie erwachte. Sie hatte sieben Stunden durchgeschlafen.

Doch das war sicher nur ein Zufall.
Diese alberne Idee mit dem »Dankbarkeitsalbum« konnte doch nicht ernsthaft funktionieren.
Sie musste Erin unbedingt sofort schreiben.
Eine Woche später traf die Antwort ihrer Freundin aus Chicago ein.
»Da du nun wieder schlafen kannst, sollten wir endlich unser nächstes Projekt in Angriff nehmen. Im kommenden Jahr feiern wir beide unseren dreißigsten Geburtstag. Heutzutage scheint es normal zu sein, dass die Leute auf andere Planeten reisen, aber wir haben es bisher noch nicht einmal geschafft, den Atlantik zu überqueren. Wenn es nur am Geld liegen sollte – das dürfte uns eigentlich nicht daran hindern. Meines Wissens besaß meine alte irische Großmutter auch gegen dieses Problem ein Zaubermittel. Schließlich hat sie vor vielen Jahren ihren Weg in die Neue Welt gefunden. Ich werde mal nachsehen, ob ich in ihren alten Unterlagen irgendetwas dazu finde. Oder vielleicht hast du ja eine Großmutter mit magischen Kräften, auf deren Rat wir zurückgreifen können.«
Langsam beschlich Molly eine Ahnung, dass sie ihre Zauberkur gegen Schlaflosigkeit womöglich nicht Erins Großmutter, sondern der blühenden Phantasie ihrer Freundin zu verdanken hatte. Erin konnte Briefe schreiben, die einfach jeden verzauberten.

Eine Belohnung für Miss Ranger

Ronnie Ranger hatte einen schrecklichen Tag hinter sich. Mehrmals spähte sie zu der Flasche Gin hinüber, aber dafür war es noch zu früh. Selbst für einen extrem schlechten Tag war drei Uhr nachmittags noch zu früh. Und außerdem musste sie für die Szene, die ihr am Abend bevorstand, ihren Verstand einigermaßen beisammenhaben. Der Gin würde ihr zwar Mut machen, das zu sagen, was gesagt werden musste, aber er würde auch Tränen, Selbstmitleid und Gejammer Vorschub leisten. Also, noch eine Tasse Kaffee und vielleicht eine Runde Hausputz. Es redete sich leichter und mit größerer Souveränität, wenn es nicht aussah, als würde hier eine Schlampe hausen.

Missmutig zerrte Ronnie den Staubsauger aus seiner Ecke und sprühte mürrisch Möbelpolitur auf die staubigen Oberflächen mit den Abdrücken zahlloser Kaffeetassen und Weingläser. Lustlos leerte sie die Abfalleimer aus und wischte griesgrämig den Küchenboden. Danach sah die Wohnung eindeutig besser aus, aber das hob ihre Stimmung nur unwesentlich. Wie gern wäre sie eine Frau gewesen, die sich über das Ergebnis eines gelungenen Hausputzes so richtig freuen und mit Stolz ihr behagliches Heim betrachten konnte. Vielleicht hatte Gerry ja recht – sie war keine Frau, die einem Mann ein wohnliches Zuhause bieten konnte. Sie hätte sich besser weiterhin auf ihre Karriere konzentrieren und in einem modernen Apartment leben sollen, mit einer reizenden alten Haushälterin, die Cockney sprach und jeden zweiten Tag kam, um nach dem Rechten zu sehen. So, wie ihre Schwester Frances es tat.

Aber wie hätte diese Karriere aussehen sollen? Mit achtunddreißig Jahren gehörte sie als Tänzerin längst zum alten Eisen. Sie war zu alt, zu müde und – um die Wahrheit zu sagen – auch zu schlecht, um Erfolg auf der Bühne zu haben oder sich auch nur halbwegs anständig von ihrer Kunst ernähren zu können. Dann eben ein Leben als Hausfrau … und sei es noch so mittelmäßig. Alternativen gab es nicht.

Gerry wollte gegen sechs Uhr nach Hause kommen. Aber länger als eine Stunde würde er auch dieses Mal nicht bleiben. Er würde ein Bad nehmen, sich umziehen, rasch etwas trinken und dann wieder gehen. Diese Kunden waren nur für ein paar Tage in der Stadt. Er musste ihnen schließlich etwas bieten. Seine Tätigkeit beschränkte sich nicht nur auf Schreibtischarbeit im Büro – die Geschäftsessen in teuren Restaurants gehörten ebenso dazu. Er hätte Ronnie ja gern mitgenommen, aber schließlich kannte sie die Spielregeln. Die Leute in seiner Branche waren alle unglaublich konservativ und würden wissen wollen, warum er seine Frau nicht mitgebracht habe, und dann würde er so viel erklären müssen. Das verstand Ronnie doch, oder?

Sie verstand es. Aber es gefiel ihr trotzdem nicht. Vor zwei Jahren, als sie zu Gerry gezogen war, hatte es keine Geschäftsessen mit Kunden gegeben. Vor einem Jahr, als die Restaurantbesuche begannen, waren sie spätestens gegen elf Uhr zu Ende gewesen, und Gerry war danach sofort nach Hause gekommen. Heute zog er es vor, oft im selben Hotel wie seine Kunden zu übernachten; das war einfacher für ihn.

Ronnie führte zwar das Leben einer Ehefrau – allerdings war sie deutlich schlechter gestellt als diese, wie sie selbst fand –, war jedoch weder abgesichert, noch konnte sie darauf vertrauen, dass Gerry für immer bei ihr bleiben und sich im Notfall um sie kümmern würde. Ronnie sah sich inzwischen als Verliererin in diesem Spiel; die Nachteile überwogen eindeutig. Was für eine Ironie des Schicksals, dass ausgerechnet sie, die sich über die Vernunftehen ihrer Freundinnen stets lustig gemacht hatte, diese jetzt darum beneidete. Sogar Gerrys Ehefrau, die irgendwo draußen in einem grünen Vorort mit zwei Kindern, zwei Hunden, einem großzügig bemessenen Haushaltsgeld und ihrem Freundeskreis wohnte, war besser dran.

Ronnie war finanziell alles andere als gut gestellt. Für einen Hungerlohn arbeitete sie drei Tage in der Woche im Büro einer Tanzschule, und dementsprechend wenig verdiente sie, aber Gerry erwartete von ihr, dass sie sich teuer kleidete und nur die besten Lebensmittel kaufte. Er kam für das Haus in der Chestnut Street und alle anderen Kosten auf.

Dafür hatte sie ihre Arbeit als Tanzlehrerin aufgegeben. Ein großes Opfer war das angesichts der lästigen Umstände allerdings nicht gewesen. Sie musste von Schule zu Schule hetzen, um dort mal für drei Stunden, mal für vier Stunden einem Haufen unmusikalischer, rhythmisch unbegabter Mädchen, die keinerlei Interesse an ihrem Unterricht hatten, sondern eigentlich nur in irgendwelchen Diskos herumhüpfen wollten, Tanzstunden zu geben. Zusätzlich musste sie sich mit Schulleiterinnen herumschlagen, um überhaupt an ihr Geld zu kommen, und zudem lästige Einkommenssteuererklärungen ausfüllen. Und das alles in dem Wissen, dass sie niemals Karriere machen würde, und eine ihrer Schülerinnen noch weniger.

Heute Abend wollte Ronnie mit Gerry über ihre Situation sprechen. Heute Abend würde sie sich während der zwanzig Minuten, die er sich für seinen Drink genehmigte, gelassen neben ihn setzen und ihm in aller Ruhe erklären, dass sie ihrer Meinung nach in ihrem gemeinsamen Leben in jeder Beziehung zu kurz kam. Doch sie musste kühlen Kopf bewahren, denn wenn sie Gefühle zeigte, würde Gerry ihr nur vorwerfen, dass sie sich wie seine Frau aufführte … mitsamt der versteckten Drohung, die dabei mitschwang … die Drohung, dass er sie ebenso verlassen würde wie seine Frau. Aber für Ronnie gäbe es kein Auto, keine Kinder, keine Hunde, keinen Unterhalt. Sie wäre diejenige, die gehen müsste. Das war sein Haus, nicht das ihre.

Vielleicht sollte sie die Aussprache doch lieber auf ein anderes Mal verschieben, wenn sie mehr Zeit hatten. Zwanzig Minuten genügten wahrscheinlich nicht, um Gerry in Ruhe zu erklären, was alles nicht in Ordnung war, ohne bald einen Anflug von Ungeduld und Verstimmung über sein hübsches Gesicht huschen zu sehen. Aber wann würden sie je Zeit dafür haben? Dieses Wochenende gehörte seiner Familie – einmal im Monat besuchte er sie, damit die Kinder nicht ohne Kontakt zu ihrem Vater aufwachsen mussten. Hätte sie selbst etwas zu tun, würde sie gewiss weniger Forderungen stellen.

Genau in dem Moment klingelte das Telefon. Ronnie rechnete halb damit, Gerry zu hören, der ihr sagen wollte, dass er sich entschlossen habe, sich im Büro umzuziehen. Doch stattdessen vernahm sie die zögernde Frage eines Mädchens oder einer jungen Frau, die nicht sicher zu sein schien, ob sie die richtige Nummer gewählt hatte.

»Ich hätte gern mit Miss Ranger gesprochen. Sie hat vor ein paar Jahren Tanzstunden am St. Mary's gegeben. Bin ich da richtig bei Ihnen?«

Ronnie stutzte. Normalerweise rief nie jemand unter Gerrys Adresse für sie an. Außerdem hatte sie keinem aus ihrem immer kleiner werdenden Bekanntenkreis diese Telefonnummer gegeben. Wenn jemand etwas von ihr wollte, rief er im Büro der Tanzschule an.

»Ja, aber woher haben Sie diese Nummer?«, fragte Ronnie schuldbewusst. Sie hatte Angst, Gerry könnte jeden Augenblick zur Tür hereinkommen und feststellen, dass jemand hinter sein Geheimnis gekommen war.

»Oh, das ist sehr kompliziert«, sagte das Mädchen. »Ich heiße Marion O'Rourke und habe schon oft versucht, Sie ausfindig zu machen. Vor ein paar Tagen war ich mit einem Mann zum Essen verabredet, der nebenbei im Gespräch erwähnte, dass

sein Kollege Gerry mit einer Frau zusammenlebt, die mit Nachnamen Ranger heißt und früher Tänzerin war. Da dachte ich mir – einen Versuch ist es wert. Deshalb freut es mich umso mehr, dass ich Sie tatsächlich gefunden habe.«
Ronnie war schockiert, dass irgendeine Schülerin, die sie einmal unterrichtet hatte, irgendein Mädchen, an das sie sich nicht einmal erinnern konnte, sie so leicht hatte ausfindig machen können. Noch mehr ärgerte es sie allerdings, dass einer von Gerrys Kollegen »nebenbei im Gespräch« ausplauderte, Gerry würde mit einer Tanzlehrerin zusammenleben. Wozu dann die ganze Heimlichtuerei?, fragte sie sich.
»Ich wollte fragen, ob Sie vielleicht Lust hätten, mit mir zum Essen zu gehen?« Marion hatte keine Ahnung, was sie mit ihrem Anruf auslöste. »Ich bin nämlich nur ein paar Tage in der Stadt und würde gern mit Ihnen über alte Zeiten plaudern. Es wäre schön, wenn wir uns wiedersehen könnten.«
Ronnies Misstrauen wuchs. War das eine Falle? War das womöglich Gerrys Frau, die auf eine Machtprobe aus war?
»Was für alte Zeiten denn?«, fragte sie kühl.
Das Mädchen klang verletzt. »Tut mir leid, Miss Ranger«, stammelte sie verlegen, »wahrscheinlich klingt das ein bisschen merkwürdig, aber … nun, ich verdanke Ihnen viel, und ich wollte Ihnen sagen … ich wollte mich bei Ihnen für Ihren tollen Unterricht bedanken und Ihnen erzählen, was das für mich bedeutet hat – das ist alles.«
Sofort hatte Ronnie ein schlechtes Gewissen.
»Das tut mir leid … äh … Marion. Natürlich wäre das schön. Ich bin nur einfach überrascht, dass sich ein Mädchen bei mir bedanken will. Ich hatte so viele Schülerinnen, und normalerweise vergessen sie einen.«
Marion lachte amüsiert. »Das stimmt – als Schüler vergisst man tatsächlich, dass man für den Lehrer nicht so wichtig ist wie der Lehrer für einen selbst. Sie erinnern sich bestimmt an Ihre Lehrer, aber nicht an uns Schülerinnen. Wie dem auch

sei – wenn Sie Zeit hätten, würde ich mich gern mit Ihnen treffen … irgendwann in den nächsten Tagen. Das heißt, falls Sie so etwas nicht zu langweilig finden.«

Das Mädchen klang charmant, offen und unbekümmert. Mit einem Menschen wie ihr hatte Ronnie sich schon lang nicht mehr unterhalten. Marion O'Rourke? Nein, sie hatte keine Ahnung, wer das sein könnte. Die meisten Mädchen in St. Mary's hatten einen irischen Namen getragen, einschließlich der alten Hexe, die die Schule leitete. Mit dieser Schwester Brigid hatte sie um jeden Penny streiten müssen, und am Ende hatte sie Ronnie sogar noch um eine milde Gabe für den Kirchenbaufonds angebettelt. Eigentlich wäre es ganz nett, dachte Ronnie, einen Menschen aus ihrem früheren Leben zu treffen und mit ihm über alte Zeiten zu lachen.

»Ich könnte gleich heute Abend«, sagte sie unvermittelt.

»Das ist ja großartig!« Marion klang hocherfreut, und so verabredeten sie sich in einem kleinen Restaurant. Ronnie wollte wissen, wie sie sich erkennen würden, aber Marion beruhigte sie. Jeder Schüler wisse, wie seine Lehrer aussähen, und sie würde sie bestimmt erkennen.

Ihre Verabredung ersparte Ronnie die Auseinandersetzung mit Gerry und bewahrte sie davor, sich überlegen zu müssen, was sie sich heute Abend zu essen machen sollte. Und wenn sie um sieben Uhr im Restaurant sein wollte, müsste sie außerdem sofort aus dem Haus gehen. Gerry würde daher allein seinen Wodka Tonic trinken müssen.

Sie hinterließ ihm eine Nachricht. »Bin zum Essen mit einer alten Freundin verabredet. Bis später, Küsschen, Ronnie.« Das klang gut. Es war nichts von der Anspannung herauszulesen, die sie noch zehn Minuten zuvor verspürt hatte. Ronnie tuschte sich die Wimpern, legte ein Cape um die Schultern und verließ das Haus. Der Abend war windig und kalt.

Erwartungsvoll sah sie sich im Restaurant um. Inmitten der anderen Gruppen und Paare saßen vier Frauen allein an einem

Tisch. Interessant, dachte Ronnie, dass Frauen offenbar allein ausgingen oder zumindest allein in einem Restaurant auf ihre Begleiter warteten. Sie konnte sich das für sich selbst nicht vorstellen. Vielleicht werde ich allmählich alt, überlegte sie.

An einem der Tische saß eine junge Frau mit schwarzen Locken, die einen schwarz-weiß gemusterten Kaftan trug und Ronnie zuwinkte. Auf ihrem Gesicht lag ein breites Lächeln, und vor ihr auf dem Tisch stand eine Flasche Wein, die bereits geöffnet war.

»Miss Ranger, Sie haben sich ja kein bisschen verändert – sieben Jahre ist das jetzt her, und Sie sehen noch immer aus wie damals.«

Sieben Jahre. Diese Marion dürfte jetzt dreiundzwanzig, vierundzwanzig Jahre alt sein, dachte Ronnie. Sie hat ein angenehmes Auftreten, aber ich kann mich beim besten Willen nicht an sie erinnern. Die Mädchen sahen damals alle gleich aus in ihren blauen Schuluniformen mit den hellblauen Schärpen um die Taille. Zumindest hat sie die Klosterschule überlebt und ist Schwester Brigids Klauen unbeschadet entkommen.

»Marion, nennen Sie mich doch bitte Ronnie«, erwiderte sie mit fester Stimme. »Ich will nicht, dass hier im Restaurant jemand auf die Idee kommt, eine so elegante junge Frau wie Sie könnte einmal meine Schülerin gewesen sein.«

Marion strahlte vor Freude. Der Abend ließ sich gut an. Die beiden Frauen plauderten angeregt: über die Stadt, das Restaurant, die Tatsache, dass immer mehr Frauen allein zum Essen gingen, über die unsinnige Sitte, englische Gerichte auf die Speisekarte zu setzen, aber dann Café statt Kaffee zu schreiben. Sie redeten über selbstgekelterten Wein, über im eigenen Garten gezüchtete Tomaten, über einen aus unverständlichen Gründen preisgekrönten Film und eine überraschende politische Nachwahl. Und sie redeten auch über Marions Beruf: Sie war offensichtlich Lehrerin geworden.

»Unterrichten Sie Tanz?«, fragte Ronnie. Wahrscheinlich war

das der Grund, weshalb diese aufgeweckte freundliche junge Frau sich unbedingt mit ihr hatte treffen wollen. Entweder suchte sie einen Rat, wo sie unterrichten könnte, oder sie wollte Erfahrungen austauschen.

»Das meinen Sie nicht im Ernst, oder?«, erwiderte Marion verblüfft.

»Äh, warum nicht?«, fragte Ronnie. »Ich habe jahrelang Tanzunterricht gegeben. Das ist ein ganz normaler Job, den viele Leute machen – nicht so etwas wie Astronaut oder Toilettenputzfrau.«

»Nein, ich bin Grundschullehrerin«, erklärte Marion. »Seit zwei Jahren schon. Momentan haben wir Ferien – deshalb bin ich hier. Aber Sie können doch nicht einen Moment lang angenommen haben, dass ich tatsächlich in der Lage wäre, Tanzunterricht zu geben … ich … wollen Sie mich auf den Arm nehmen?«

Ronnie war verwirrt. »Aber Sie haben doch am Telefon gesagt, dass Ihnen der Tanzunterricht bei mir Spaß gemacht hat und dass Sie sich bei mir bedanken wollten. Da bin ich eben auf die Idee gekommen, dass Sie vielleicht in meine Fußstapfen getreten sein könnten.«

Marion sah sie gelassen an.

»Miss Ranger, Ronnie, meine ich. Ich wiege einhundertzwölf Kilo – und das ohne einen Faden am Leib. Ein bisschen viel für eine Tänzerin, würde ich sagen.«

»Das sieht man Ihnen nicht an, aber meiner Meinung nach würde das auch nicht viel ändern. Tanzlehrerinnen werden nicht in Gewichtsklassen eingeteilt wie Boxer.«

Marion lachte. »Man sieht es mir deswegen nicht an, weil ich immer wallende Zelte trage. Und außerdem sitze ich im Augenblick. Aber der Grund, weshalb ich Sie treffen und Ihnen danken wollte, hat tatsächlich etwas mit meinem Gewicht zu tun. Sie müssen wissen, dass mir die Vorstellung, tanzen lernen zu sollen, am Anfang unerträglich war. Sechs Pfund im Halbjahr würde der Kurs kosten, hatte Schwester Brigid außerdem gesagt …«

»Und mir hat sie nur drei Pfund pro Teilnehmer bezahlt«, stammelte Ronnie entrüstet.

»Ach, die Differenz ist wahrscheinlich in den Kirchenbaufonds geflossen«, erklärte Marion. »Wie dem auch sei – mein Vater, der nicht wollte, dass ich auf etwas verzichten musste, hat mich einfach angemeldet. Ich weiß noch, wie ich mich vor dem ersten Tag gefürchtet habe. Ich war fett und unbeholfen, der Sportunterricht war ohnehin der reinste Horror für mich. Und diese Tanzstunden würden bestimmt ein Alptraum werden, dachte ich.«

Ronnie betrachtete skeptisch die junge Frau, die gelassen vor ihr saß. In dem Alter waren wir doch alle leicht zu verunsichern, dachte sie.

»Deshalb tat ich am ersten Tag so, als wäre mir übel, und versteckte mich im Umkleideraum, bis die Stunde vorbei war. Danach fuhr ich nach Hause und erzählte, ich hätte an der Stunde teilgenommen. Mein Vater wollte alles genau wissen und fragte mich, was wir gelernt hätten. Ich kam mir schrecklich schäbig dabei vor, wenn ich daran dachte, dass er seine hart verdienten sechs Pfund meinetwegen völlig umsonst ausgegeben hatte. Und deshalb beschloss ich, beim nächsten Mal hinzugehen. Wir mussten uns alle in einer Reihe aufstellen, und Sie zeigten uns die ersten Sambaschritte. Ich sehe es noch lebhaft vor mir, wie Sie sich hin und her wiegten und die ganze Gruppe bald dasselbe tat. Und dann kam der Teil, den ich am meisten gefürchtet hatte – jede musste eine Partnerin wählen, um ein Paar zu bilden. Ich wusste, dass mich keine auffordern würde, außerdem hatte ich rasch nachgezählt und festgestellt, dass wir eine ungerade Anzahl Mädchen waren, so dass ich *sicher* sein konnte, übrig zu bleiben. Doch bevor wir uns zu Paaren zusammentun konnten, kamen Sie zu mir, ergriffen meine Hand, und dann setzte die Musik wieder ein. ›Nicht so steif, lockerer.

Bewegt euren ganzen Körper, nicht nur eure Beine‹, riefen Sie über die Musik hinweg. Alle bewegten sich ein wenig hölzern wie Marionetten. Wir tanzten zusammen an den Paaren vorbei, und Sie korrigierten meine Mitschülerinnen. Bei uns beiden lief es von Anfang an perfekt, und Sie fragten mich nach meinem Namen. Als ein paar der Mädchen es noch immer nicht begriffen hatten, riefen Sie schließlich: ›Jetzt lasst euch doch endlich ein bisschen gehen, Mädchen, bewegt euch im Rhythmus so wie Marion und ich.‹ Zum ersten Mal in meinem ganzen Leben wirkte ich nicht mitleiderregend und linkisch. Keine im Raum kam auf die Idee, Sie hätten mich aus lauter Mitleid aufgefordert. Schließlich hatten Sie mich an der Hand genommen, bevor ich als Letzte übrig bleiben konnte.
Wissen Sie, Miss Ranger, Sie haben keine Ahnung, wie wichtig diese Erfahrung für mich war. Und das war erst der Anfang – in den nächsten Stunden ging es so weiter. Ganz automatisch bin ich in die Rolle Ihrer Tanzpartnerin hineingerutscht, und wenn die Schritte mal komplizierter wurden … so wie der Sidestep beim Tango, dann sagten Sie: ›Marion, geh mal hinüber und zeige es der Gruppe dort, während ich versuche, es diesem Haufen hier beizubringen.‹
Und erstaunlicherweise akzeptierten alle, dass ich eine gute Tänzerin war, und bald baten mich die Mädchen in der Umkleide, ihnen bestimmte Schritte zu zeigen. Und auch am Ende des Schuljahrs, als wir Tanzveranstaltungen organisierten – natürlich ohne Jungen, nur wir Mädchen, denn die Musik war für die Schwestern auch ohne Männer aus Fleisch und Blut schon heidnisch genug –, wurde ich ständig aufgefordert. Ich konnte gar nicht mit allen tanzen. Das war der Zeitpunkt, an dem ich erwachsen wurde. Bis dahin war ich schüchtern gewesen und errötete wegen jeder Kleinigkeit. Wurde in der Klasse ein Text vorgelesen und kam dabei das Wort ›dick‹ vor, lief ich dunkelrot an, weil ich dachte, dass jetzt bestimmt alle zu mir hersahen. Ich hatte panische Angst davor, dass der dicke Falstaff er-

wähnt werden könnte oder das Zitat aus ›Julius Cäsar‹: ›Lasst wohlbeleibte Männer um mich sein …‹ Bei diesen Worten dachte sicher die ganze Klasse an mich.
Miss Ranger, Ronnie, Sie haben so viel für mich getan, und das musste ich Ihnen einfach sagen.«
Ronnie musterte ihr Gegenüber. Es stimmte. Marion hatte ein rundes Gesicht, sie hatte mehr als ein Kinn, wenn sie lachte, ihre Hände, die auf dem Tisch lagen, waren breit und plump, ihre Finger nicht lang und schmal. Und unter den Falten ihres Kaftans versteckten sich zweifellos einige Speckröllchen. Aber nur ein militanter Schlankheitsfanatiker hätte sie als fette Kuh bezeichnet. Dafür strahlte Marion eine zu große Gelassenheit und innere Ruhe aus, wie Ronnie zum x-ten Mal feststellte. Ja, sie ruhte wie ein Buddha in sich. Und so fragte Ronnie sich, ob Marion wirklich all diese schrecklichen Dinge durchgemacht und sie sie tatsächlich daraus befreit hatte oder ob das alles nur eine romantisierende Beschreibung der üblichen Schrecken der Pubertät war?
Als ob Marion ihre Gedanken gelesen hätte, sagte sie: »Wahrscheinlich denken Sie jetzt, dass ich übertreibe und dass alle Klosterschülerinnen in derselben misslichen Lage waren wie ich, aber so ist das nicht. An der Schule war man als dickes Mädchen wirklich der letzte Dreck; die anderen mögen vielleicht ebenso unsicher gewesen sein, aber ihre dicken Mitschülerinnen mussten das ausbaden. Außer mir gab es noch zwei andere dicke Mädchen an der Schule. Ich kann mich bis heute an ihre Namen erinnern. Eine von ihnen war mit mir im Tanzkurs. Sie hat immer irgendwie beleidigt gewirkt, und sie und ihre beste Freundin haben ständig die Köpfe zusammengesteckt. Die zwei haben nie richtig mitgearbeitet, und die anderen haben sich lustig gemacht über ihre Tanzversuche, als Sie uns die Grundschritte des langsamen Walzers beibrachten. Mich hat nie jemand ausgelacht, weil Sie mich immer lobten: ›Sehr schön, Marion, zeig, was du kannst. Achtet alle auf ihre

Füße.‹ Und das taten sie – sie starrten alle auf meine Füße, und zum ersten Mal in meinem Leben schien mir jemand so etwas wie Respekt entgegenzubringen.«

Ronnie wusste nicht, was sie sagen sollte. Schließlich erwiderte sie: »Ich weiß nicht, ob Sie sich jetzt besser oder schlechter fühlen, aber ich kann mich beim besten Willen nicht an Sie erinnern. Vermutlich kann man daraus schließen, dass Sie mir damals weder dick noch mitleiderregend vorkamen. Ich bin nicht unbedingt ein netter Mensch, sollten Sie wissen. Also habe ich es bestimmt nicht aus Mitleid getan. Wahrscheinlich sind Sie mir einfach nur als das einzige Mädchen mit Rhythmusgefühl aufgefallen, und das habe ich für meine Zwecke ausgenutzt. Sie sollten sich also bei mir nicht für meine Freundlichkeit bedanken, weil ich nicht glaube, dass ich wirklich freundlich war. Das liegt einfach nicht in meiner Natur.«

»Ich weiß«, entgegnete Marion entwaffnend ehrlich. »Sie waren in der Tat weder besonders freundlich noch besonders interessiert an uns. Sie waren nicht wie Schwester Paul, die sich immer anstrengte und die weniger Glücklichen unter uns mit Freundlichkeit regelrecht überschüttete. Hatte man schlimme Akne, stammte man aus einer sehr armen Familie oder war man einfach nur dick – Schwester Paul nahm alle unter ihre christlichen Fittiche. Das war unglaublich herablassend und demütigend. Sie jedoch, Sie waren völlig anders, härter, gleichgültiger … Und das hat mich auf den Gedanken gebracht, dass ich in Ihren Augen ein ganz normales Mädchen sein könnte. Und diese Haltung hat schließlich den Ausschlag gegeben.«

Gleichgültig und hart. Eine eigennützige, unfreundliche junge Frau, hart im Nehmen. So war ich damals, und so bin ich noch immer, dachte Ronnie. Kein Wunder, dass Gerry von mir erwartet, dass ich jede bittere Pille schlucke, die er mir zumutet. Wahrscheinlich geht er davon aus, dass ich ihn verlassen werde, sobald ich anderswo bessere Chancen für mich wittere, und dass er deshalb das Recht hat, ebenso zu handeln. Sogar dieses dankbare Schuldmädchen hat mich bereits vor Jahren durchschaut.

»Woher kennen Sie eigentlich diesen Freund von Gerry?«, fragte Ronnie plötzlich.

»James? Ach, wissen Sie – er ist Juniorpartner in Gerrys Büro. Er hat schon oft von ihm erzählt. Es war übrigens James, der mich für ein paar Tage hierher eingeladen hat. Wir beide kennen uns seit ungefähr einem Jahr, und irgendwie denkt er, dass wir uns bald verloben werden.«

»Und, möchten Sie das denn?«, fragte Ronnie.

»Ja und nein. Ich habe so viele Ehen scheitern sehen, da möchte ich nicht überstürzt eine Beziehung eingehen, nur um sagen zu können: ›Ich bin verheiratet.‹ Mit sechzehn habe ich es mir natürlich wunderbar vorgestellt, verheiratet zu sein. Man wäre seinen Freundinnen einen Zug voraus, und sie würden voller Neid sagen: ›Stellt euch vor, diese Marion O'Rourke hat geheiratet!‹ Aber so denke ich schon lang nicht mehr. Um sich wirklich auf einen Menschen und dessen Lebensstil einzulassen, muss man sich schon verdammt sicher sein. James ist im Grunde auch der Ansicht, dass wir uns ruhig noch ein bisschen Zeit lassen können. Er will lediglich einen guten Eindruck auf meinen Vater machen, ansonsten ist es ihm egal, ob wir zusammenleben oder nicht. Überhaupt ist keiner in seinem Büro sehr wild auf Beziehungen – kaum einer lebt in einer konventionellen Ehe.«

»Ja, da haben Sie allerdings recht«, erwiderte Ronnie grimmig.

»Also sehen James und ich uns nur am Wochenende. Einmal besucht er mich, einmal ich ihn, und in der Zwischenzeit hat er seine Arbeit, und ich habe die meine. Würde ich allerdings eine gute Stelle als Lehrerin finden, käme ich sofort hierher, aber ich halte es für unklug, einfach auf gut Glück mit jemandem zusammenzuziehen und auch noch zu erwarten, dass alles wunderbar wird, nicht wahr?«

»O ja«, meinte Ronnie.

»Und Sie, Miss Ranger, Sie geben doch noch Tanzunterricht, oder … Ronnie, meine ich? Es wäre nämlich furchtbar schade, wenn Sie es nicht mehr täten. Denken Sie nur daran, was in all den Jahren Gutes daraus entstanden ist.«

Traurig versuchte Ronnie, sich auszumalen, was sie im Lauf ihrer Karriere als Tanzlehrerin wohl alles an Gutem bewirkt hatte, ohne je davon erfahren zu haben, während Marion sie freundlich und ermutigend anstrahlte.

Entscheidung in Dublin

Er war ihr einziger Sohn, und sie wusste, dass keine Frau je gut genug für ihn wäre. Nicht einmal ein Mitglied der königlichen Familie, wenn es zum katholischen Glauben übertreten und die Trauung im Petersdom in Rom stattfinden würde. Doch sie wünschte sich so sehr für ihn, dass er glücklich wurde. Zweiundzwanzig Jahre lang er war ihr ganzer Lebensinhalt gewesen, seit sie ihn als kleines, sechs Monate altes Bündel im Arm gehalten hatte und ihr Mann an jenem Abend mit funkelnden Augen nach Hause gekommen war, um ihr zu erklären, dass er sie verlassen würde.

Maureen war zu stolz gewesen, um in die Chestnut Street zurückzukehren, zurück nach Dublin, zu ihrer Familie und den Freunden, die ihr gewiss zur Seite gestanden und voller Mitgefühl die Treulosigkeit von Männern kommentiert hätten. Sicher, so hätte sie leben können: mit einer Großmutter, Tanten, Onkeln, Cousinen und Cousins für das Baby – für Brian. Aber so ein Leben hatte Maureen nicht gewollt. Ihr Stolz konnte es nicht zulassen, dass sie sich anhören musste: Siehst du, wir haben es doch gewusst. Alle hatten sie gewarnt vor diesem schönen Mann, in den sie sich auf den ersten Blick leidenschaftlich verliebt hatte. Sie hatte nicht ein böses Wort über ihn hören wollen. Triumphierend hatte sie ihren Verlobungsring präsentiert. Jetzt mussten sie doch einsehen, dass sie sich getäuscht hatten! Dieser Mann wollte sie heiraten und lieben und ehren, bis dass der Tod sie scheide. Oder, wie ihre Mutter bissig meinte, bis ihm eine Frau über den Weg lief, die ihn mehr interessierte.

Und diese Frau war in der Tat des Weges gekommen, als Brian

gerade mal sechs Monate alt war. Der schöne Ehemann war weitergezogen. Und mit grimmigem Vergnügen nahm Maureen bald darauf zur Kenntnis, dass er es auch in dem neuen Nest nicht lang ausgehalten hatte. Gerade lang genug, um Vater einer Tochter zu werden. Danach setzte er keine Kinder mehr in die Welt.

Der gutaussehende Herzensbrecher hatte sich jedoch als mustergültiger Vater entpuppt. Pünktlich hatte er den Unterhalt überwiesen, zum Geburtstag und zu Weihnachten Geschenke geschickt, Postkarten und Briefe geschrieben und viermal im Jahr auf einen Besuch vorbeigeschaut, der stets in herzlicher und angenehmer Atmosphäre verlief.

»Das Recht, ein Vater für dich zu sein, Brian, habe ich schon vor langer Zeit verwirkt, als ich dich als Baby verlassen habe«, hatte er einmal gesagt. »Aber dein Freund wäre ich gern, wann immer du mich brauchst.«

Über Maureen sprach er nur mit Bewunderung und zurückhaltender Zuneigung. Er war stets voll des Lobes für sie, so dass sie, wollte sie gerecht sein, nichts gegen ihn sagen konnte. Maureen hatte bereits vor langer Zeit aufgehört, den Vater ihres Sohnes zu lieben, und seine Komplimente entlockten ihr nur noch ein Lächeln. Ein sehr müdes Lächeln, wenn sie daran dachte, wie gern sie in den alten Zeiten daran geglaubt hatte, damals, als ihr nicht bewusst gewesen war, dass diese Komplimente einen großen Teil seines Charmes ausmachten, mit dem er die Menschen für sich einnahm.

»Du solltest nach Dublin zurückgehen«, sagte er oft zu seinem Sohn.

»Warum?« Brians Frage war durchaus nicht unvernünftig. Er wusste nur, dass Dublin die Heimatstadt seiner Mutter war, aber sie waren noch nie dort gewesen. Und Verwandte fanden äußerst selten ihren Weg über das Meer zu ihnen.

»Dublin ist eine tolle Stadt«, erklärte Brians Vater, und die schönen Erinnerungen zauberten ein Strahlen auf sein hübsches Gesicht. »Ich war ein paarmal zum Arbeiten dort. In der Stadt herrscht eine gute Stimmung. Einerseits wirkt Dublin sehr großstädtisch mit den hohen Gebäuden und den vielen Brücken über den Fluss, andererseits ist es aber noch immer eine Kleinstadt, in der einem andauernd dieselben Leute über den Weg laufen. Dir würde es dort gefallen, selbst ich als Londoner habe mich wohl gefühlt.«

Maureen schmerzte die Ungezwungenheit, mit der Brians Vater über ihre Heimatstadt sprechen konnte. Sie war freiwillig ins Exil gegangen, weil sie das Mitleid und die sorgenvollen Blicke nicht ertragen konnte. Nicht einmal zur Beerdigung ihres Vaters war sie zurückgefahren. Doch diesem Mann, dem sie das alles zu verdanken hatte, war es möglich, vollkommen unbeschwert nach Dublin zurückzukehren, sich nur an die schönen Tage zu erinnern und darüber sein Versprechen zu vergessen, das er damals gebrochen hatte.

Brian war zu einem ebenso gutaussehenden jungen Mann herangewachsen wie sein Vater, aber Maureen sah lieber seine Fürsorglichkeit und Sensibilität, Charaktereigenschaften, die er von ihr geerbt hatte. Der Junge war in dem Wissen aufgewachsen, dass das Geld zu Hause stets knapp war und dass seine Mutter tagaus, tagein in einer Drogerie stand und Kosmetik verkaufte – nicht etwa, weil es ihr besonders viel Spaß gemacht hätte, sondern weil sie von dem Lohn die Hypothek auf ihr Haus abbezahlen konnte. Brian wusste, dass es für ihn nie Ferien in Spanien oder teure Lederjacken geben würde wie für viele seiner Schulkameraden. Von einem Motorrad ganz zu schweigen.

Aber er hatte ein eigenes Zimmer, wo seine Freunde stets willkommen waren. Und als er anfing, mit Mädchen auszugehen, wurden auch sie mit offenen Armen empfangen. Seine Mutter wollte nicht wissen, ob sie katholisch waren oder ob es ihm ernst war mit ihnen. Was Mütter betraf, hatte er überhaupt großes Glück, wie Brian fand. Mit ihrem rötlich braunen Haar

und den Sommersprossen war sie eine aparte Erscheinung und überdies nur zwanzig Jahre älter als er. Eben eine typische Dublinerin, wie sein Vater zu sagen pflegte. Brian wünschte sich nur, seine Mutter hätte einen größeren Freundeskreis oder gar männliche Bekannte gehabt. Mit Anfang vierzig hatte sie gewiss noch Interesse an Romantik und solchen Dingen.
Und jetzt war Brian selbst verliebt, bis über beide Ohren. Dieses Mal in Paula. Er konnte gar nicht glauben, dass sie seine Liebe erwiderte. Sie war schön und beliebt bei allen. Paula spielte die weibliche Hauptrolle in dem kleinen Kneipen-Theater, in dem Brian arbeitete. Die Leute strömten nur ihretwegen ins Theater, um sie in dem neuen Stück auftreten zu sehen. Sogar Kritiker überregionaler Zeitungen waren gekommen und hatten über sie geschrieben. An einer Wand im Pub hing ein Glaskasten voller Zeitungsausschnitte. In einem davon wurde Paula als zukünftiger Star bezeichnet und Brian namentlich zu ihrer Entdeckung gratuliert. Brian hatte ständig ein Dutzend Kopien dieses Artikels bei sich, nur um seinen und Paulas Namen zusammen gedruckt zu sehen. Und um sich als ihr Entdecker feiern zu lassen, auch wenn das nicht ganz stimmte. Ein berauschendes Gefühl war es allemal.
Brian hatte jedoch den Eindruck, dass seine Mutter Paula nicht mochte, auch wenn bisher nicht ein einziges böses Wort gefallen war. Und das würde auch nie passieren. Aber er kannte seine Mutter gut genug, um eine gewisse Distanziertheit an ihr zu verspüren. Doch er konnte sich keinen Grund dafür vorstellen. Paula war höflich und zuvorkommend, wann immer er sie mit nach Hause brachte. Es lag auch nicht daran, dass sie Schauspielerin war; mit seinen bisherigen Freundinnen von der Bühne hatte seine Mutter auch keine Probleme gehabt. Es hatte auch nichts damit zu tun, dass er bei Paula übernachtete, denn an seinem achtzehnten Geburtstag hatte seine Mutter ihm erklärt, dass er nun erwachsen sei und tun und lassen könne, was er wolle.

Brian wünschte sich sehnlich, seine Mutter würde sich einmal zu einem Gespräch von Frau zu Frau mit Paula zusammensetzen. Vielleicht würde sich daraus sogar ein freundschaftliches Verhältnis entwickeln.
Und nun saßen Paula und Maureen tatsächlich einträchtig am Küchentisch. Brian hatte sich rasch eine Entschuldigung einfallen lassen und sich für eine Stunde verabschiedet.
Paula betrachtete die attraktive Frau mit dem rötlich braunen Haar und den Sommersprossen. Wieso hatte sie nie mehr geheiratet? Sie war keine bigotte Betschwester, sondern machte einen vollkommen normalen Eindruck. Sie war gut angezogen und wirkte sehr gepflegt. Selbstverständlich, schließlich arbeitete sie in einer Drogerie, wo sie jede Menge Gratisproben bekam. Brians Mutter war ihr gegenüber von ausgesuchter Freundlichkeit, aber Paula wusste genau, dass Maureen sie als Frau für ihren Brian ablehnte.
Auch Maureen musterte die auffallende junge Frau mit den kurzen, pechschwarzen Haaren, die wie Stacheln ihr herzförmiges, blasses Gesicht umrahmten. Eine moderne Schönheit, schmal und grazil und mit einem Selbstvertrauen, um das sie sogar die eine Generation ältere Maureen beneidete. Und dieses Mädchen würde ihren Brian bekommen.
Krampfhaft suchten die beiden Frauen nach Themen, die sie nicht in alte Rollenklischees verfallen ließen. Paula bemühte sich, nicht allzu verliebt zu wirken, und Maureen vermied es, nicht als eifersüchtige Mutter aufzutreten, die mit ansehen musste, wie der einzige Sohn das Nest verließ. Sie taten alles, um diese heiklen Themen zu umschiffen.
Paula erzählte von ihrer Familie, die im East End wohnte und eine Existenz als Schauspielerin für höchst unsicher hielt. Ihre Eltern hätten es lieber gesehen, wenn sie als Verkäuferin in einem kleinen Bekleidungsgeschäft angefangen und sich dort zur Geschäftsführerin hochgearbeitet hätte. Doch jetzt waren sie immerhin ein wenig beruhigt, feixte Paula, jetzt, da sie sich

mit einem jungen Iren angefreundet hatte, der im Management des Theaters arbeitete. Das hörte sich schon viel besser an.
»Ist Brian für dich Ire?«, fragte Maureen interessiert. Ausgerechnet ihr Sohn, der ihre alte Heimat noch nie gesehen hatte.
»Aber natürlich – schließlich stammen Sie ja von dort, und sein Vater hat eigentlich nie eine große Rolle in seinem Leben gespielt.«
»Wir werden aber nie nach Dublin zurückkehren. Wir fühlen uns schon richtig als Londoner«, erwiderte Maureen.
»Haben Sie denn gar keine Sehnsucht nach Dublin?«, fragte Paula. Ein unverfängliches Thema, wie sie dachte, und sie war deshalb nicht vorbereitet auf den Schmerz, der plötzlich auf dem Gesicht der älteren Frau lag.
»Da schwirren zu viele Geister der Vergangenheit herum, und ich müsste zu vieles erklären«, antwortete Maureen leise.
»Ja, weiß Ihre Familie denn nicht, dass Sie und Brians Vater sich getrennt haben?«, fragte Paula verwirrt.
»Doch, sie wissen es, aber das ist kein Thema zwischen uns. Würden wir allerdings zurückkehren, müssten wir wahrscheinlich darüber reden.«
»Tja, je länger Sie den Zeitpunkt hinauszögern, desto schwieriger wird es werden«, erwiderte Paula aufmunternd. Plötzlich kam ihr ein Gedanke. »Hey, warum fahren wir nicht zusammen hin? Dann starren alle mich an, und Sie haben Ihre Ruhe. Die Leute werden so geschockt von meiner Punkfrisur sein, dass sie gar keine Zeit haben, an Sie und irgendwelche Scheidungen zu denken.«
Mit Bestürzung erkannte Maureen in der jungen Frau, die ihr gegenübersaß, einige Charakterzüge des Mannes wieder, den sie vor so vielen Jahren geheiratet hatte. An Paula entdeckte sie die gleiche Begeisterungsfähigkeit, den gleichen Enthusiasmus – eine Lebenseinstellung, die sich unbekümmert über alle Schwierigkeiten hinwegsetzt. Paula konnte man ebenso schwer

etwas abschlagen, wie es ihr damals unmöglich gewesen war, Brians charmantem Vater zu widerstehen. Brian würde alles für Paula tun, und diese Frau würde ihm das Herz brechen.
Dublin war mittlerweile ein begehrtes Ziel für Städtereisen, und so entschieden sie sich für ein Pauschalarrangement. In seinem und Paulas Fall könne man allerdings fast von Arbeit reden, meinte Brian – bei den vielen Avantgardestücken, die in den Dubliner Theatern gezeigt wurden und die sie sich unbedingt alle anschauen mussten. Paula wiederum wollte auf jeden Fall durch einige der neuen Boutiquen bummeln, von denen sie gehört hatte, während Brian unbedingt das *Book of Kells* sehen musste. Paula hatte sich auch bereits erkundigt, welcher Zug hinaus zum James-Joyce-Museum fuhr, das zehn Meilen südlich der Stadt am Meer lag. Und dann würde sie ganz sicher ein Pub mit Livemusik besuchen und sich möglicherweise sogar dazu überreden lassen, etwas zum Besten zu geben.
Sie würden sich *cockles and mussels* schmecken lassen, die berühmte Guinness-Brauerei besichtigen und dort das echte, mit Liffey-Wasser gebraute Bier kosten. Das Geburtshaus von Oscar Wilde und das Wohnhaus von George Bernard Shaw befanden sich ebenfalls in Dublin. Je länger sie über die bevorstehende Reise sprachen, desto unverständlicher kam es Brian vor, dass er noch nie in dieser Stadt gewesen war. Maureens Angst vor ihrer Rückkehr hingegen wuchs.
»Was denkst du? Ob sich die Stadt sehr verändert hat?«, fragte Paula beim Einchecken am Flughafen.
»Es ist zwanzig Jahre her, seit ich von dort weg bin. Bestimmt werde ich nichts mehr wiedererkennen«, klagte Maureen und klang plötzlich sehr irisch. Im Flugzeug verstummte sie ganz, und das junge Paar versuchte erst gar nicht, sie in ihr Gespräch mit einzubeziehen. Maureen hörte wieder die Stimme ihrer Mutter. Schroff und kurz angebunden hatte sie geklungen bei den wenigen Malen, die sie miteinander telefoniert

hatten. Aber natürlich wäre es schön, sie wiederzusehen, und für ihre Mutter wäre es bestimmt eine Freude, ihrem Enkelsohn zum ersten Mal gegenüberzustehen. Und dann würde sie sicher auch wissen wollen, ob dieses Mädchen seine Verlobte war. Nein, nein, würde Maureen abwiegeln, das sei nichts Ernstes.

Da sie ein teures Wochenendarrangement gebucht hatten, würden sie vermutlich im Hotel wohnen, hatte ihre Mutter pikiert angemerkt, ehe sie sich bei Maureen erkundigte, ob sie etwas dagegen habe, nach fast einem Vierteljahrhundert ihre Geschwister wiederzusehen.

Sie solle sich ihretwegen nur keine Umstände machen, hatte Maureen gestammelt. Wenn es sich zufälligerweise ergebe, würde sie sich über ein Wiedersehen freuen. Das heißt, falls ihre Geschwister sie überhaupt sehen wollten.

»Gut, dann siehst du sie am Sonntag zum Mittagessen«, hatte ihre Mutter beschlossen.

Offensichtlich trafen sich noch immer alle Geschwister am Sonntag nach der Messe im Haus ihrer Mutter. Am Sonntag fand oft ein Rugby-Match in der Nähe statt, und so kamen fast immer fünfzehn, zwanzig Personen bei einem Teller Suppe und einem Drink zusammen. Das sei seit jeher Tradition, und alle kämen gern, wie Maureens Mutter betonte. Ein völlig zwangloses, lockeres Beisammensein im Familienkreis ohne jeden Anspruch. Der eine brachte Salat mit, der andere Käse, ein Dritter Wein und ein Vierter ein paar Flaschen Bier. Immer nur auf eine Stunde oder zwei, und das alles ganz entspannt. Maureen verbringe ihre Zeit in London sicher vollkommen anders, aber jeder müsse nun mal so leben, wie er es für richtig halte.

Maureen ärgerte sich sehr über die herablassende Art ihrer Mutter; schließlich hatte sie sich vor zweiundzwanzig Jahren nicht freiwillig für ein Leben als verlassene Ehefrau entschieden. Diese Entscheidung hatten andere für sie getroffen. Sie

war ziemlich durcheinander und traurig, als sie schließlich in Dublin landeten.
Aus der schmalen, kurvigen Landstraße, die damals, als sie Irland verlassen hatte, zum Flughafen führte, war inzwischen eine breite Autobahn geworden. Heute wurden die Entfernungen sowohl in Meilen als auch in Kilometern angegeben, und das Benzin wurde literweise verkauft. Große neue Hotels waren auf Brachflächen aus dem Boden geschossen, und Lücken klafften dort, wo man die alten Häuser abgerissen hatte. Büsche und Briefkästen waren zwar noch immer grün, aber die Telefonzellen erstrahlten jetzt überwiegend in Blau und Weiß. Seit Maureen frisch verliebt und voller Hoffnung aus Dublin weggegangen war, hatte sich das Stadtzentrum komplett verändert. Nun kam sie sich alt und unzulänglich vor, weil sie sich in der Stadt, in der sie ihr halbes Leben verbracht hatte, nicht mehr auskannte. Wahrscheinlich machte sie auf die beiden jungen Leuten neben ihr einen ebenso unbedarften Eindruck wie damals auf Brians Vater. Und die grauen Steinhäuser ihrer Heimatstadt verstärkten diesen Eindruck noch.
Deshalb schickte Maureen an diesem Freitag Brian und Paula erst einmal allein los; später wollten sie sich vor dem Theater treffen. Sie wollte allein durch die Stadt streifen und sich auf das sonntägliche Mittagessen und ihre Schwestern vorbereiten, die gewiss mit größter Missbilligung die junge Punkerin mustern würden, die ihr Sohn sich als Lebensgefährtin auserkoren hatte. Noch dazu ohne kirchlichen Segen.
Maureen wanderte die Quais der Liffey entlang, wo sie sich bereits als Schulmädchen oft aufgehalten hatte. Sie freute sich, als sie sah, dass es noch einige der Antiquariate mit den kleinen Büchertischen davor gab. Maureens Blick wanderte hinauf zu der säulenbewehrten Kuppel von Four Courts, dem wichtigsten Gerichtsgebäudes Irlands. Früher war ihr dieser Bau riesig vorgekommen, jetzt schien er völlig normale Dimensionen zu haben. Als sie an der St. Michan's Church vorbeikam, musste sie

schmunzeln. Hier hatte sie als Schulmädchen zusammen mit den anderen Kindern kichernd den dort ausgestellten Skeletten die Hand geschüttelt. Aus einem bisher nicht zufriedenstellend geklärten Grund waren die Leichen in der Krypta nie verwest, sondern als intakte Mumien erhalten geblieben. Vielleicht sollte sie Paula und Brian hierherschicken. In dem Augenblick stellte sie – mit einem kleinen Stich im Herzen – fest, dass sie die beiden inzwischen tatsächlich als Paar ansah.

Gerade als die Sonne unterging, erreichte Maureen die O'Connell Bridge. Ihr Blick folgte dem Lauf der Liffey. Dublin war sicher nicht die schönste Stadt der Welt, aber bei Sonnenuntergang konnte sie es durchaus mit anderen Metropolen aufnehmen. Die Stadt besaß Anmut, und vielleicht hatte Brians Vater tatsächlich recht – vielleicht hatte sie genau die richtige Größe. Nicht zu groß, um darin verlorenzugehen, und nicht zu klein, um am provinziellen Mief zu ersticken.

Maureen kehrte dem rotgold schimmernden Band des Flusses den Rücken und ging weiter, tief in Gedanken versunken. Wie hätte ihr Leben wohl ausgesehen, wäre sie hiergeblieben? Würde sie auch fast jeden Menschen kennen wie anscheinend alle anderen hier, die sich zuwinkten und einander grüßten, während sie aus den Bussen stiegen und in Scharen die Straße an den Ampeln überquerten?

Hätte sie einen Iren geheiratet, der den größten Teil seiner Zeit auf dem Sportplatz oder im Pub verbrachte, so, wie es bei den Ehemännern ihrer Schwestern der Fall zu sein schien? Doch im Gegensatz zu ihrem untreuen Ehemann kehrten diese selbstverständlich abends nach Hause zurück und blieben dort. Aber hätte sie auch einen so guten Sohn wie Brian bekommen und stolz darauf sein können, ihn allein großgezogen zu haben?

Sie war ohne Freunde, Familienbande oder viele Bekanntschaften zurechtgekommen. Es war ihr gutgegangen. Maureen musste schlucken. Und es würde ihr auch *weiterhin* gutgehen,

auch wenn Brian das gemeinsame Nest verließ, um mit Paula zusammenzuleben. Und das würde schon bald der Fall sein.
Sie bemerkte kaum, dass ihre Schritte sie automatisch in das Viertel gelenkt hatten, in dem sie früher gewohnt hatte. Jetzt war sie nur noch zwei Straßen von zu Hause entfernt. Sie blieb stehen, verwundert, dass ihr Spaziergang sie wie zufällig hierhergeführt hatte.
Das Haus ihrer Mutter lag nur noch wenige hundert Meter entfernt. Hier war sie zur Welt gekommen. In dieses Haus war sie tagaus, tagein zurückgekehrt, erst nach der Schule und in späteren Jahren nach dem Lehrerkolleg – bis zu dem Tag, an dem sie ihrer Familie eröffnete, dass sie diesen *wunderbaren* Mann kennengelernt und sich in ihn verliebt habe. In diesem Haus hatte sie verkündet, dass sie ihre Ausbildung als Lehrerin nicht fortsetzen würde, weil sie diese später in England immer noch wiederaufnehmen könne, wenn sie wolle.
In diesem Haus hatte ihre Mutter ihr prophezeit, dass ihre Ehe nicht halten würde und dass sie drauf und dran sei, ihr Leben zu ruinieren. Und in dieses Haus würde sie am Sonntag mit ihrem Sohn, den sie allein großgezogen hatte, und seiner Punker-Freundin und zukünftigen Lebensgefährtin zurückkehren. Sozusagen als Bestätigung, dass die anderen recht gehabt hatten.
Maureen trat näher, um einen Blick auf das Haus zu werfen. Das konnte wohl kaum schaden. Sie nahm an, dass es im Lauf der Jahre ein wenig heruntergekommen war. Doch nein, das Haus sah überraschend gepflegt aus, die roten Backsteine glänzten, die Blumenkästen waren frisch bepflanzt, die Messingbeschläge auf Hochglanz poliert. Vor den Fenstern hingen geschmackvolle Vorhänge. Maureen wusste nicht, ob sie sich freuen oder ärgern sollte.
Wieder trugen sie ihre Füße wie von selbst über die Straße. Ein Impuls, auf den sie keinen Einfluss hatte, ließ sie die sechs Stufen hinaufsteigen und an der Tür klopfen.

Ihre Mutter öffnete. Sie war keine fünfzig mehr wie damals, sondern mittlerweile über siebzig Jahre alt. Trotz der Falten wirkte sie durchaus noch rüstig. Sie trug einen modischen roten Strickpullover und einen rot karierten Rock und wirkte nicht im Geringsten überrascht, als sie Maureen sah.
»Komm doch rein – du bist bestimmt müde.«
»Nein, nein, kein bisschen. Ich bin nur ein wenig erstaunt. Es sieht alles so neu aus … und gleichzeitig so vertraut. Ich habe einen ziemlich weiten Weg hinter mir.«
»Woher kommst du denn?« Ihre Mutter hatte sie weder geküsst noch irgendwelche Gefühle gezeigt, außer sie freundlich zu begrüßen.
Maureen erzählte ihr, wo sie überall gewesen war. Sie sprachen miteinander wie zwei Freundinnen, die sich lange Zeit nicht mehr gesehen hatten.
»Lebst du noch immer allein?« Maureen sah sich fragend um.
»So wie du auch die ganze Woche über, könnte ich mir vorstellen«, erwiderte ihre Mutter trocken. Sie war noch nie sentimental gewesen.
»Ja, aber ich gehe natürlich in die Arbeit.«
Ihre Mutter nickte. »Nun, dein Vater sorgte gut für mich. Ich musste nicht arbeiten.«
Es folgte ein kurzes Schweigen, in dem jedoch keinerlei Feindseligkeit lag.
»Und die Familie siehst du am Sonntag – wie schön.«
»Ja, das ist schön, sehr schön sogar, und ab und zu sehen wir uns auch unter der Woche. In gewisser Weise habe ich das übrigens dir zu verdanken.«
Ihre Mutter goss heißes Wasser in die Teekanne. Maureen hatte das Gefühl, als sei es erst gestern gewesen, dass sie dieses Haus verlassen hatte. Es war dieselbe große, braune Teekanne ihrer Jugend, oder zumindest eine, die sehr ähnlich aussah. Seltsam, dass ausgerechnet diese Teekanne überlebt haben sollte und so vieles andere nicht.

»Wieso hast du das mir zu verdanken?«
»Ich bin damals zu hart zu dir gewesen, zu rigoros in meinen Ansichten, als du mit diesem Nichtsnutz abgehauen bist ...« Sie hielt inne, als sie den Schmerz auf Maureens Gesicht bemerkte. Dann fuhr sie fort: »Nein, Maureen, so meine ich das nicht. Diese Kritik gilt mir selbst, nicht dir. Ich war viel zu kategorisch in meiner Ablehnung und meinen Vorhersagen. Wäre ich nur ein wenig versöhnlicher gewesen und auf dich zugegangen, hätte ich dich nicht aus dem Haus getrieben und für immer verloren.«
Sie trug die Teekanne an den Tisch. Es war tatsächlich dieselbe Kanne wie früher.
»Mein Stolz war zu groß«, entgegnete Maureen.
»Wir haben doch alle unseren Stolz, vor allem wenn wir jung sind. Als du weggegangen bist, ohne auch nur einen einzigen Blick zurückzuwerfen, bekam ich es mit der Angst zu tun, dass ich die anderen auch verlieren könnte, wenn ich weiterhin so hart bleibe. Und ich habe mich geändert, bin weicher geworden. Ich habe mir jeden Kommentar darüber versagt, dass Kathleens Lebensgefährte ein Säufer ist oder dass Dermot nicht mehr zur Messe geht. Ich habe nicht ein Wort zu Geraldines ›Freund‹ gesagt, mit dem sie immer zum Tanzen geht. Ich habe meine Lektion gelernt, nachdem du weg warst. Und das ist der Grund, weshalb sie bis heute am Sonntag zu mir kommen. Inzwischen halten sie mich für eine tolle Mutter, Maureen, und lassen nichts über ihre Mam kommen. Dermot hat die Blumenkästen für mich aufgehängt, Geraldines ›Freund‹ kümmert sich um den Garten, Kathleens Lebensgefährte zieht meinetwegen für zwei Stunden in der Woche eine Krawatte an und benimmt sich in meiner Gegenwart wie ein normaler Mensch, wofür Kathleen mir gar nicht genug danken kann.«
Staunend hörte Maureen zu.
»Und in gewisser Weise wirst du genauso auf diese Paula reagieren, mein Kind. Du wirst so tun, als ob.«

»Das ist hart«, sagte Maureen. »Warum wird einem so etwas überhaupt zugemutet?«

»Weil das Leben ein Geschäft ist, vermute ich«, erwiderte ihre Mutter. »Weil es immer nur um Geben und Nehmen geht. Du gibst den Menschen deine Anerkennung, ob du es ehrlich meinst oder nicht, und wirst dafür mit ihrer Zuneigung belohnt.«

»Aber in meinem Fall hattest du doch recht«, wandte Maureen ein. »Er hat mich nicht geliebt und hatte überhaupt nicht die Absicht, für immer bei mir zu bleiben … du hattest einfach recht.«

»Damals hat er dich bestimmt geliebt, und er hatte sicher auch die Absicht, zu bleiben. Zumindest zu der Zeit.« Noch nie hatte die Stimme ihrer Mutter so sanft geklungen.

»Aber es war richtig, dass du versucht hast, mich davon abzuhalten. Als Außenstehende konntest du sehen, dass es nicht funktionieren würde.«

»War es das? Immerhin habe ich meine Tochter für die Hälfte ihres Erwachsenenlebens verloren. Das scheint mir nicht sonderlich klug gewesen zu sein. Dennoch vermute ich, dass ich die anderen ohne dich nicht hätte halten können. Und dafür bin ich dir ewig dankbar.« Sie streckte den Arm aus und berührte Maureens Hand.

»Und was soll ich jetzt mit Paula machen? So tun, als hielte ich sie für die ideale Frau für Brian?«

»Mir steht es schon lang nicht mehr zu, dir irgendwelche Vorschriften zu machen.«

»Nein, im Ernst, ich will es wissen.«

»Dann solltest du meiner Meinung nach weitermachen wie bisher. Halte dich aus allem raus, aber gib Brian zu verstehen, dass du ihn immer lieben wirst, egal, was er macht. Ich habe leider versäumt, dir das zu sagen.«

»Aber er ist verrückt nach ihr – und sie wird ihn genauso verlassen, wie ich verlassen wurde!«, rief Maureen.

»Betrachte die Sache doch mal so«, beschwichtigte ihre Mutter sie. »Wenn sie ihn verlassen wird, dann aus einer anderen Situation heraus als die, in der du damals warst. Vermutlich haben die beiden nicht die Absicht, sofort zu heiraten. Sie werden erst einmal nur so zusammenleben. Und eine wilde Ehe ist viel leichter zu lösen. Ich würde sie sogar dazu ermutigen, wenn ich du wäre.«

In dem Augenblick riefen die Kirchenglocken zur Abendandacht wie schon zu Maureens Kindheit. Für sie war das Läuten der Glocken stets nur ein weiterer Ausdruck für die Reglementierung ihres Leben gewesen. Wie die Glocke in der Schule und später im Lehrerkolleg, die einem sagte, was man zu tun und wo man zu sein hatte. Doch heute Abend klangen die Glocken anders, sanfter und weniger unerbittlich, als wollten sie sie daran erinnern, dass es etwas gab, auf das sie zählen konnte.

Maureen küsste ihre Mutter auf die Wange und drückte sie an sich, unendlich lang, wie es schien. Noch nie hatten die beiden Frauen sich so innig umarmt. Dann verließ sie wortlos das Haus und eilte leichtfüßig zu dem Treffen mit ihrem Sohn und dessen Freundin. Und nach dem Theater würden sie zusammen entspannt durch Dublin schlendern – Maureen in dem Wissen, dass diese Paula ihren Brian wahrscheinlich im Augenblick genauso liebte, wie Brians Vater einst sie geliebt hatte.

Die falsche Bildunterschrift

Nora hatte einmal bei einer Zeitung gearbeitet, in der das Foto eines Paares, das goldene Hochzeit feierte, mit folgender Bildunterschrift abgedruckt wurde: KEINE AHNUNG, WARUM DAS *UNBEDINGT* REIN MUSS, ABER ER IST ANSCHEINEND EIN GROSSER SPONSOR DER PARTEI. Diese Ausgabe wurde bald ein beliebtes Sammlerstück, aber erst nachdem Köpfe gerollt waren und nie jemand mehr einen Kommentar verfasste, der nicht anstandslos gedruckt werden konnte.

Bei der nächsten Zeitung, für die Nora arbeitete, herrschte die irrige Annahme, der Herausgeber müsse ein Anhänger einer charismatischen Bewegung sein, weil er immer wieder Fotos von ekstatisch betenden Gläubigen auf die Titelseiten setzte. Erst als dem Herausgeber die Bemerkung entschlüpfte, dass die beste Bildunterschrift für das zwanzigste Foto dieser Art GOTT – NICHT SCHON WIEDER lauten sollte, erkannten die Kollegen, dass sie seine Absichten falsch interpretiert hatten. Allerdings erst dann, als es bereits zu spät war, um diejenigen zu warnen, die GOTT – NICHT SCHON WIEDER für genau den passenden Kommentar zu dem Foto hielten und ihn folglich auch druckten.

Und so waren Nora die Tücken einer falschen Bildunterschrift durchaus bewusst, als sie es endlich zu einer überregionalen Tageszeitung geschafft hatte. Sie war richtiggehend besessen davon, dass nirgendwo ein Fitzelchen Papier mit irreführenden Informationen herumlag. Alle anderen lachten sie schon aus und versuchten, ihr zu erklären, dass sie nun für eine seriöse Zeitung arbeite, nicht für irgendein Provinzblatt. Doch Fehler konnten sich überall einschleichen, dachte Nora. Hätten ihre Kollegen das Elend des Paares miterleben müssen, dessen goldene Hochzeit durch die unglückliche Anspielung auf ihren politischen Einfluss vollkommen ruiniert worden war, wären auch sie achtsamer. Und hätten sie sich mit den Telefonanrufen und Briefen gekränkter Leser wegen der blasphemischen Unterschrift unter der Aufnahme unschuldiger Kirchgänger herumschlagen müssen, würden sie Vorsicht zu ihrem obersten Prinzip erheben.

In Noras Leben gab es auch noch andere Prinzipien. So war sie kompromisslos in ihrer Ehrlichkeit. Selbst der strengste Buchprüfer hätte an ihrer wöchentlichen Spesenabrechnung nichts auszusetzen gehabt noch sie ins Reich der Phantasie verwiesen wie vielleicht bei vielen anderen Journalisten.

Sollte Nora über eine Kundgebung oder Demonstration berichten, machte sie sich persönlich die Mühe, die Teilnehmer zu zählen, statt sich auf die Aussagen der Behörden zu verlassen, die den Protest normalerweise herunterrechneten, während die Organisatoren von Menschenmassen sprachen. Sie verfasste auch keine Artikel voller Lobeshymnen über die magischen Fähigkeiten irgendwelcher Kosmetikprodukte, die man ihr zur Probe zugeschickt hatte, und nie schrieb sie positive Kritiken über ein Hotel, in das man sie zum Lunch einlud und ihr obendrein noch ein Gratiswochenende für zwei Personen in Aussicht stellte. Sie schmeichelte auch nicht ihren Vorgesetzten, um in den Genuss eines besseren Jobs, eines helleren Büros oder einer größer gedruckten Verfasserzeile zu kommen.

Alle Kollegen bei der Zeitung mochten Nora und akzeptierten ihre Besessenheit, nur ja keinen Fehler bei der Bildunterschrift zu machen, als eine Art nervösen Tick. Manche Kollegen hatten eben die Manie, dass sie erst dann eine Story zu Papier bringen konnten, wenn die Tasse Kaffee neben ihnen auf dem Schreibtisch kalt geworden war, und andere wiederum beendeten jeden Satz mit »Du weißt schon, was ich meine«.

So vergingen die Jahre. Wie sie nun mal so sind, fanden ihre Kollegen es seltsam, dass Nora nie geheiratet hatte, obwohl sie doch eigentlich recht hübsch war und alles andere als eine Vogelscheuche. So oder ähnlich lauteten, von allgemeinem Kopfschütteln begleitet, deren Kommentare. Offenbar schien gutes Aussehen das einzige Kriterium für die Ehetauglichkeit einer Frau zu sein, und deshalb kam es ihnen merkwürdig vor, dass Nora keinen Mann abbekommen haben sollte, obwohl sie diesen Test bestanden hatte.

Und wie sie nun mal sind, warfen ihre Kolleginnen Nora zu große Zurückhaltung vor, was ihr Privatleben betraf, das sie in der Tat nicht an die große Glocke hängte – es sei denn, sie wurde danach gefragt. Fragte man sie jedoch, lautete ihre Antwort wie bei allen Frauen in ihrer Lage, dass die meisten guten Männer schon vergeben und normalerweise mit irgendwelchen sexy Schönheiten verheiratet waren.

Bis Nora eines Tages anfing, hin und wieder einen gewissen Dan zu erwähnen, wenn sie nach Hause in die Chestnut Street kam.

Dan war Lehrer, und sie hatte ihn bei einer Reportage über das irische Bildungssystem kennengelernt. In Begleitung eines Fotografen war sie in seine Schule gekommen, und Dan war beeindruckt gewesen, dass Nora die Namen aller Schüler, die für das Gruppenbild vorgesehen waren, kannte. Sie hatte ihren Notizblock herausgezogen und die Aufstellung noch einmal schriftlich bestätigt.

»Ich dachte, so etwas macht der Fotograf«, meinte Dan.

»Normalerweise schon.« Der Fotograf war ein umgänglicher Mensch und an Kummer gewöhnt. In der Redaktion seien alle an Noras Macken gewöhnt, erklärte er. Was die Arbeit betraf, sei sie nun mal sehr eigen, aber sonst völlig normal. Eine Marotte war jedem Menschen zugestanden.

Dan war bezaubert von Nora und von der Art, wie sie ihre Haare aus den Augen blies und wie ihr Stift über die Seite ihres Notizblocks flog und unleserliche Hieroglyphen produzierte.

»Ich wusste gar nicht, dass es noch Leute gibt, die stenographieren können«, sagte er, während sie über den Schulhof gingen und sich unterhielten.

»Nur noch Fossile wie ich«, gestand Nora. »Das stammt noch aus der Ära, in der Journalisten Trenchcoats trugen und der Umbruch für die Titelseite erst in allerletzter Sekunde erfolgte. Aber daran können Sie sich bestimmt nicht mehr erinnern.«

»Ich bin so alt wie Sie«, erwiderte Dan beleidigt.

»Ich bin fast vierzig«, präzisierte Nora.

»Und ich sechsunddreißigeinhalb«, konterte Dan.

Es war die große Liebe. Niemand in der Redaktion hätte sich je so etwas vorstellen können. Nora begann abzunehmen und mit den jüngeren Kolleginnen über die Kalorien von Magerjoghurt zu diskutieren. Sie ging zum Friseur und ließ sich eingehend wegen ihrer Haarfarbe beraten, ehe sie sich für Strähnchen entschied. Kritisch sichtete sie ihre Garderobe. Sie wollte sich keinesfalls mehr irgendwelche zeitlosen Klassiker aufschwatzen lassen, die in erster Linie bequem waren. Die Bequemlichkeit war ihr egal – sie wollte sich modisch kleiden. Heimlich informierte sie sich über Schönheitsoperationen, denn daran sollte es nicht scheitern. Besondere Zeiten erforderten eben besondere Maßnahmen; schließlich sollte sie bald Dans Mutter kennenlernen und wollte nicht älter aussehen als diese.

»Sie wird wohl kaum im Alter von zwei, drei Jahren schwanger geworden sein«, sagte Annie, Noras Freundin, trocken, aber Nora ging wortlos über diesen Einwand hinweg. Annie hatte im Alter von einundzwanzig Jahren geheiratet, was sich letztendlich als nicht sonderlich klug herausgestellt hatte, und benötigte sicher keine optische Verjüngungskur wie die frisch verliebte Nora auf dem Höhepunkt ihrer Leidenschaft.

Im Gespräch mit Dans Mutter konnte Nora es sich dann doch nicht verkneifen, eine abfällige Bemerkung nach der anderen über das Alter im Allgemeinen und über das ihre im Besonderen zu machen. Insgesamt siebenunddreißig Mal. Allein das Thema »Ältere Frau mit jüngerem Liebhaber« erwähnte sie sieben Mal. Im Grunde genommen habe sie nie viel mit dem Tonfilm anfangen können, erläuterte sie, und Schwarzweißfilme seien ihr immer noch lieber als die in Farbe, da die bunten Bilder eine Beleidigung für das Auge darstellten. Und zur allergrößten Verwunderung von Dans staunender Mutter verstieg Nora sich quasi zu der Behauptung, sie habe ihre ersten Artikel während des Ersten Weltkriegs geschrieben und ihre ersten journalistischen Sporen mit der Suffragetten-Bewegung verdient. Was natürlich maßlos übertrieben war.

Auf dem Nachhauseweg hielt Dan den Wagen an und machte ihr einen Heiratsantrag.

»Dafür bist du viel zu jung – du weißt doch noch gar nicht, was du willst«, lehnte Nora seinen Antrag ab.

»In den vierzig oder fünfzig guten Jahren, die noch vor uns liegen, wäre es eine große Erleichterung für mich, wenn du dich nicht mehr älter machen würdest, als du bist«, erwiderte Dan.

»Du meinst, es werden gute Jahre?« Nora wagte kaum, daran zu glauben.

»Davon bin ich überzeugt, wenn wir das Thema Alter ein für alle Mal fallen lassen können.« Dan betrachtete Nora nachdenklich. »Sonst befürchte ich das Schlimmste. Womöglich bringst du es fertig, dass du an unserem Hochzeitstag meine Rede unterbrichst, um deine persönlichen Erinnerungen an die Hochzeit des letzten Zaren einfließen zu lassen, oder aber, wenn es ein ganz besonders schlechter Tag sein sollte, an die irische Zivilrechtsprechung vor der Besetzung des Landes durch die Anglonormannen!«

»Hochzeits*feier*?«, rief Nora. »Du meinst, eine Hochzeit in aller Öffentlichkeit, bei der uns alle Leute anstarren?«
»Nein, nein«, beruhigte Dan sie, »keine Angst. Wir werden auf die Einladung drucken lassen, dass die Gäste bitte schön mit verbundenen Augen erscheinen sollen.«
Schließlich einigten sie sich darauf, dass die Hochzeit in zwei Monaten stattfinden sollte. Nora wollte gerade ansetzen und einwenden, dass in ihrem biblischen Alter – also, wenn man das Verfallsdatum sozusagen schon auf der Stirn trug – jede Minute zählte, aber ihr fiel gerade noch ein, was Dan gesagt hatte, und so hielt sie lieber den Mund.
Aus Angst, dass ihre Arbeit darunter leiden könnte, wenn sie ständig voller Hoffnung und Liebe an Dan, aber voller Panik an den Tag der Hochzeit dachte, gestattete Nora sich täglich nur eine Stunde, um über ihre Pläne und Befürchtungen zu reden.
Ihre Freundin Annie verstand die Welt nicht mehr. »Es ist doch nur ein Tag, in Gottes Namen. Du siehst toll aus – worüber machst du dir eigentlich Sorgen?«
»Zeig mir ein Geschäft, das sich auf die Ausstattung älterer Bräute spezialisiert hat, dann beruhige ich mich vielleicht.« Auf Noras Gesicht spiegelte sich milde Panik wider.
Es nützte auch nichts, dass ihr die jüngeren Kolleginnen aus der Redaktion alle möglichen modischen Boutiquen empfahlen und sie schließlich warnten, dass sie im Büro nicht für ein Hochzeitsgeschenk sammeln würden, wenn sie nicht endlich mit ihrem Gejammer aufhöre.
Unwillig opferte Nora ihre spärliche Freizeit und sah sich in den empfohlenen Geschäften um. Da dort jedoch nur elfjährige Verkäuferinnen zu arbeiten schienen, entschuldigte sie sich jedes Mal hastig und stolperte wieder hinaus. »Ich wollte mich nur mal umsehen«, stammelte sie und fühlte sich wie eine Kleptomanin, die man beim Ladendiebstahl ertappt hatte.
Schließlich wurde ihr klar, dass sie eine Entscheidung treffen

musste. Der Tag der Hochzeit rückte näher, und sie hatte noch immer nichts zum Anziehen. Bisher hatte sie sich weder einer Verkäuferin anvertraut, geschweige denn etwas anprobiert.

»Ich suche etwas für eine Hochzeit«, sagte sie schließlich eines Tages mit eigentümlich heller, schriller Stimme, die ganz und gar nicht nach ihr klang.

Die junge Verkäuferin sah sie an, als habe sie ihr einen unsittlichen Antrag gemacht.

»Für eine Hochzeit?«, entgegnete sie skeptisch.

Nora überlegte. Sie hatte nur Dan versprochen, keine Witze mehr über das Alter zu machen. Sie hatte sich nicht verpflichtet, wenn er nicht dabei war und in Gegenwart anderer auf Ironie zu verzichten.

»Nicht unbedingt eine Ausstattung für die Brautmutter, aber da ich quasi eine Schlüsselrolle bei der ganzen Sache spiele, sollte es durchaus ein bisschen festlicher sein«, erwiderte sie.

»Es handelt sich wohl um die Freundin Ihrer Tochter, wie?« Die Achtzehnjährige bemühte sich nach Kräften, ihr zu helfen, doch Noras Herz war schwer wie Blei.

Es war ein Alptraum. Die Verkäuferinnen wollten von ihr wissen, ob die Braut ein kurzes oder langes Kleid trug. Sie wisse es beim besten Willen nicht, wiederholte Nora verzweifelt. Inzwischen hatte sie immerhin so viel verraten, dass sie als Trauzeugin fungiere und dass die Braut ihre beste Freundin sei.

»Warum fragen Sie sie dann nicht?«, erkundigten sich die zunehmend verwirrten Verkäuferinnen.

»Das würde ich nur ungern«, antwortete die arme Nora kläglich.

Die Frage, ob die Braut eventuell Weiß tragen könnte, hatte Nora bereits heftig verneint.

»Schade«, meinte die Managerin der Boutique, »dann könnten Sie nämlich alle Farben anziehen.«

»Ich könnte die Braut ja bitten, Weiß zu tragen«, sagte Nora in ihrer Verzweiflung.

Das schien in der Tat eine äußerst merkwürdige Hochzeit zu sein, aber wenn man bedachte, dass die Verkäuferinnen so gut wie keinerlei Informationen, aber ein Dutzend widersprüchliche Signale von Nora erhalten hatten, leisteten sie hervorragende Arbeit. Das Kleid und der Hut standen Nora ausnehmend gut.

»Ich glaube, damit werden Sie sogar die Braut in den Schatten stellen«, erklärte die Chefin der Boutique schließlich.

»Ah, zum Teufel mit der Braut«, erwiderte Nora erleichtert, woraufhin die Kassiererin ziemlich lang und eingehend ihre Kreditkarte prüfte. Nora nahm es ihnen nicht übel, dass sie sie für total verrückt hielten – die einzig logische Erklärung für ihr Verhalten.

Am Tag vor der Hochzeit holte sie Kleid, Hut und Schuhe aus der Boutique ab. Alle umringten sie bewundernd.

»Und welche Tasche wollen Sie dazu tragen?«, fragten sie.

Nora hatte völlig vergessen, dass sie auch noch eine Tasche brauchte; ihre große Schultertasche, die sie immer im Büro mit sich herumschleppte, konnte sie wohl kaum hernehmen, und alle anderen Taschen, die bei ihr im Schrank lagen, passten ebenfalls nicht. Auch im Geschäft war nichts Entsprechendes zu finden. Schließlich erbarmte sich eine der Verkäuferinnen und lieh Nora ihre Tasche.

»Sie können sie mir ja am Tag danach wiederbringen«, bot sie großzügig an.

Nora wollte gerade sagen, dass sie dann auf Hochzeitsreise sei, verkniff sich die Bemerkung aber. Annie konnte die Tasche für sie zurückbringen.

Der große Tag kam. Wie bei jeder anderen Hochzeit bekam die Braut nicht viel davon mit. Dans Mutter, die nach der ersten verwirrenden Begegnung mit der zukünftigen Schwiegertochter zunächst auf Distanz gegangen war, überschlug sich vor Lob und Anerkennung.

»Du siehst absolut bezaubernd aus«, sagte sie zu Nora.

Nora lag es auf der Zunge, das Bild von Dorian Gray auf ihrem Speicher zu erwähnen, aber sie konnte sich gerade noch zurückhalten. Auch ihre Kollegen waren restlos begeistert und hatten sogar arrangiert, dass ein Hochzeitsfoto in der tags darauf erscheinenden Zeitung abgedruckt werden sollte. Nora wollte dem Fotografen selbstverständlich helfen.
»Die Bildunterschrift kriege ich schon noch hin, Nora«, beruhigte er sie. »Ihr seid schließlich nur zu zweit auf dem Foto.«
Als Nora bemerkte, mit welchem Blick Dan sie ansah, lächelte sie, ihr erstes richtiges Lächeln an diesem Tag. Es würden gute Jahre werden – die nächsten vierzig oder sogar fünfzig. Nie hätte sie gedacht, dass sie so etwas noch erleben würde. Sie seufzte vor Glück.
Am nächsten Tag brachte Annie die Tasche in das Geschäft zurück. Bald war sie von neugierigen Verkäuferinnen umringt, die alle das Foto in der Zeitung gesehen hatten.
»Jetzt hat sie ihn glatt selbst geheiratet!«, rief die Managerin der Boutique empört. »Ich wusste doch, dass etwas faul an der Sache war. ›Zum Teufel mit der Braut‹ – das hat sie gesagt. Kein Mensch mit einem Funken Gefühl im Leib würde so etwas sagen.« Annie hatte keine Ahnung, worum es ging. Aber es wunderte sie nicht, dass Nora ausgerechnet in einen Laden geraten war, in dem alle ein wenig verrückt zu sein schienen.
»Ist es in der Kirche zu einer Szene gekommen so wie in *Jane Eyre*?«, fragte eine der jungen Verkäuferinnen, die aussah, als sollte sie eigentlich noch zur Schule gehen. Annie konnte es kaum erwarten, das Geschäft wieder zu verlassen. Sie hatte einen Kater, und dass sie seit neunzehn Jahren unglücklich verheiratet war, trug auch nicht gerade zu ihrem Wohlbefinden bei.
»Nein, es gab keine Szenen«, erwiderte sie schroff.
»Musste denn nicht ein neues Aufgebot verlesen werden?« Allmählich begannen die Verkäuferinnen daran zu zweifeln, dass die Institution Ehe noch eine Zukunft hatte. Bei Menschen wie Nora.

Annies Kopfschmerzen verschlimmerten sich schlagartig, und sie machte Anstalten, das Geschäft zu verlassen.
»Ist sie deshalb nicht selbst vorbeigekommen – weil sie tatsächlich mit ihm durchgebrannt ist?« Von allen Seiten prasselten Fragen auf sie ein.
»Selbstverständlich ist sie mit ihm ›durchgebrannt‹, und zwar auf Hochzeitsreise.«
Die Managerin der Boutique war eine emanzipierte Frau, die es gern sah, wenn Frauen Durchsetzungskraft besaßen, aber das ging sogar ihr zu weit. »So etwas tut man nicht auf Kosten einer Schwester«, erklärte sie kategorisch. »Und ich hatte noch gehofft, sie hätten einen Fehler bei der Bildunterschrift gemacht, als ich das Foto in der Zeitung sah.«
Jetzt war Annie klar, dass sie nicht nur dringend eine Kopfschmerztablette, sondern auch einen Termin beim Therapeuten brauchte. Mit aller Vehemenz, zu der sie noch imstande war, erwiderte sie: »Die Bildunterschrift war nicht falsch. Welche Fehler Nora auch immer gemacht haben mochte, und das waren nicht wenige, einschließlich der Entscheidung, in dieser Boutique hier ihr Hochzeitskleid zu kaufen – nie in ihrem ganzen Leben hatte sie eine falsche Bildunterschrift zu verantworten!«
Als sie auf wackligen Beinen aus dem Geschäft eilte, spürte sie die Blicke der Verkäuferinnen in ihrem Rücken.
»Glaubt ihr, *sie* war diejenige, die er ursprünglich heiraten wollte?«, mutmaßte eine von ihnen, als sie Annie davonwanken sahen.

Star Sullivan

Molly Sullivan konnte es kaum fassen. Das neugeborene Baby war ein richtiger kleiner Sonnenschein. Die Kleine machte nicht die geringste Mühe und lächelte immer.
Auch Shay Sullivan stellte bald fest, dass seine jüngste Tochter im wahrsten Sinn des Wortes ein Händchen für Sieger hatte, da sie mit ihrer kleinen Faust stets zielsicher auf das Pferd auf dem Wettschein zeigte, das später gewinnen sollte.
Star – unser kleiner Stern, wie alle sie nannten, und bald hatte jeder vergessen, dass sie eigentlich Oona hieß. Sogar Star selbst vergaß ihren Namen. Wurde sie in der Schule aufgerufen, hieß es nur: »Star Sullivan«. Und die Nachbarn in ihrer Straße, die immer alle möglichen Aufträge für sie hatten, riefen: »Star, tust du uns einen Gefallen und passt heute Abend auf unser Baby auf?«, oder baten sie, mal schnell in den Laden an der Ecke zu laufen, das große Tischtuch mit zusammenzulegen oder einen Welpen zu suchen, der sich verirrt hatte. Star Sullivan mit ihrem kupferrot glänzenden Haar, dem offenen Lächeln und ihrem freundlichen Wesen tat immer alles, worum sie gebeten wurde.
Star hatte noch drei ältere Geschwister, aber keines war so beliebt und umgänglich wie sie. Kevin war der Älteste. Er wollte später einmal in einem Fitnessstudio arbeiten, vielleicht sogar seinen eigenen Sportclub eröffnen, und lag ständig im Streit mit seinem Vater.
Stars Schwester Lilly wollte Model werden und interessierte sich für keinen anderen Menschen außer für sich selbst.
Ihr Bruder Michael verbrachte mehr Zeit im Büro des Direktors als im Klassenzimmer. Ständig hatte er Ärger.

Und dann kam Star.
Star lag ihrer Mutter oft mit der Frage in den Ohren, ob sie vielleicht noch ein Baby bekommen könnten. Ein kleines Wesen, das sie im Kinderwagen durch die Chestnut Street fahren konnte. Doch ihre Mutter wehrte entschieden ab. Nein, nein. Der Engel, der die Babys brachte, habe schon genug Kinder auf Nummer vierundzwanzig abgeliefert. Wie egoistisch sähe das aus, wenn sie noch mehr haben wollten?
Und so ging Star eben mit den Kindern der Nachbarn spazieren und spielte mit deren Katzen. Aber immer allein.
Eigentlich war die Chestnut Street ein wunderbarer Ort zum Spielen – geformt wie ein Hufeisen, mit einer kleinen Rasenfläche in der Mitte und einigen Kastanienbäumen außen herum.
Einige der Nachbarn gaben sich große Mühe, damit ihre Straße immer gepflegt aussah, aber andere hockten nachts draußen, schwatzten, tranken Bier und ließen die leeren Dosen auf der Straße stehen.
Außer Star gab es noch mehr Kinder, aber sie war zu schüchtern und traute sich nicht, einfach mitzuspielen, aus Angst, sie könnten sie wegschicken. Sie wirkten so selbstvergessen und vergnügt in ihrem Spiel, dass Star sich lieber abseitshielt und sich nicht aufdrängen wollte.
Molly Sullivan war froh, dass ihr jüngstes Kind so wenig Ärger machte. Sie hatte schon genug andere Sorgen. Shays ewige Zockerei zum Beispiel. Er behauptete zwar immer, er würde es nur für sie, für seine Familie tun. Und wenn er eines Tages groß gewinnen würde, würde er mit ihnen allen in Urlaub fahren. Der dumme, anständige Shay, der in der Küche eines großen Hotels arbeitete und davon träumte, so zu sein wie die Gäste, die dort abstiegen. Als ob irgendeiner außer der kleinen Star mit der ganzen Familie in Urlaub fahren wollte – sollte er sich diesen Luxus überhaupt jemals leisten können!
Und auch über ihre Arbeit machte Molly Sullivan sich viele

Gedanken. Sie arbeitete in einem Supermarkt im Schichtdienst. Dort gab es immer viel zu tun, und sie war sehr gefordert, musste die ganze Zeit freundlich lächeln und schnell sein, damit man sie nicht für zu alt hielt und ihr womöglich kündigte.
Auch Kevin bereitete ihr Kummer. Er war unzufrieden, weil seine Arbeit im Sportclub sich noch immer darauf beschränkte, die gebrauchten Handtücher einzusammeln und die Termine zu machen. Eigentlich sah er sich bereits als Ausbildungsleiter. Lilly war ebenfalls die Ursache ständiger Sorgen. Das Mädchen schuftete endlose Stunden in einem Callcenter, nur um sich die teuren Modelkurse leisten zu können. Dabei wurde sie immer dünner, und zu Hause aß sie fast gar nichts mehr. Natürlich behauptete sie, dass sie im Büro *üppigst* zu Mittag essen würde, aber Molly glaubte nicht, dass es dort überhaupt eine Küche gab. Andererseits, wenn es nicht stimmte, dann würde Lilly es wohl nicht behaupten.
Am schlimmsten war es mit Michael, der von morgens bis abends nichts als Ärger machte. Seine Lehrer prophezeiten, dass er als Analphabet die Schule verlassen würde. Der Junge interessierte sich für nichts, und seine Zukunft sah wahrhaft düster aus.
So war es jedes Mal ein kleiner Trost für Molly, wenn sie an Star dachte und ihr eifriges Gesicht vor sich sah. Star hatte noch nie jemandem Kummer bereitet. Ohne zu murren, trug sie Lillys alte Sachen auf und zog sogar die T-Shirts der beiden Jungen an. Sie wünschte sich nie etwas Neues.
In der Schule wurde sie sehr gelobt, und alle waren überzeugt, dass sie später gewiss leicht Arbeit finden würde. Sie meldete sich eifrig, um etwas vorzulesen oder ein Gedicht vorzutragen. Freundlich und zuvorkommend war Star Sullivan stets zur Stelle, um zu helfen, wenn ein anderes Kind auf dem Spielplatz stürzte oder krank wurde. Vielleicht könnte sie eines Tages Krankenschwester werden, schlug Miss Casey, eine ihrer Leh-

rerinnen, vor. Molly freute das sehr. Nach den beiden Träumern, die glaubten, eines Tages einen Sportclub führen oder über einen Laufsteg schreiten zu können, wäre es nicht schlecht, wenigstens eine Krankenschwester in der Familie zu haben. Von Michael ganz zu schweigen! Der würde ohnehin im Gefängnis landen.

Shay wiederum war der Ansicht, dass Star eine wunderbare Ehefrau abgeben würde. Sie interessierte sich für alles, statt immer nur zu seufzen und die Schultern zu zucken wie der Rest der Familie, sobald er den Mund aufmachte. Ihr konnte er ausführlich erklären, wie die Chancen bei den Wetten standen, welchen Einfluss die Beschaffenheit der Rennbahn hatte, wie viel Gewicht die Jockeys auflegen mussten und was man unter einer Kumulativwette oder unter einer Yankee-Systemwette verstand. Star stellte jedes Mal kluge Fragen und hatte ihn dadurch sogar ein- oder zweimal davor bewahrt, eine Dummheit zu begehen.

»Nur ein- oder zweimal?«, hatte Molly matt geantwortet.

»Siehst du, genau das meine ich«, erwiderte Shay. »Sie nörgelt nie an mir herum wie du oder alle anderen. Star ist wirklich ein kleiner Sonnenschein.«

Auch Kevin sagte nie ein Wort gegen seine Schwester, die ihm beim Schuheputzen half und sich stets voller Interesse nach den Leuten erkundigte, die zum Trainieren an den Fitnessgeräten in seinen Club kamen. Und sie lieh sich auch nie ungefragt Lillys Kleider aus, sondern nahm sie nur hin und wieder bewundernd in die Hand. Außerdem wäre Star nie auf die Idee gekommen, ihrer Mutter zu verraten, dass die große Schwester ganz hinten in der Frisierkommode ihres gemeinsamen Zimmers Lebensmittel hortete, die sie nicht gegessen hatte.

Selbst Michael hatte eine Schwäche für Star, die ihn nie verpetzte, wenn es in der Schule mal wieder Ärger gab. Im Gegenteil, sie erzählte ihren Eltern sogar, dass es ihm dort viel besser ginge, als es tatsächlich der Fall war. Und manchmal versuchte sie auch, ihm bei den Hausaufgaben zu helfen, obwohl sie zwei Jahre jünger war als er.

Als Star dreizehn Jahre alt wurde, ein Teenager voller Hoffnungen und Träume, war sie davon überzeugt, dass die Welt ein guter Ort war, wenn man nur fest genug daran glaubte. In ihrer Umgebung bekam jedoch keiner mit, was in der jüngsten Tochter vor sich ging, denn die Chestnut Street vierundzwanzig war keine Adresse, in der die Bewohner Zeit hatten, sich hinzusetzen und über die Bedeutung des Lebens zu philosophieren.

Zu Hause jagte nämlich ein Drama das andere. Einmal hatte Molly gerade genügend Geld für eine neue Waschmaschine zusammengespart, als Shay auf die Idee kam, die ganze Summe auf einen Windhund zu verwetten, der hüftlahm auf dem Rennplatz in Shelbourne Park herumhumpelte.

Ein anderes Mal war Lilly während ihrer Arbeit im Callcenter ohnmächtig zusammengebrochen und vom Arzt mit dem Rat nach Hause geschickt worden, besser auf sich aufzupassen, da sie bereits erste Anzeichen einer schweren Essstörung aufwiese.

Oder Kevin. Erst kürzlich hatte er seinem Vater wieder einmal vorgeworfen, dass er zu arm gewesen sei, um ihn auf eine Privatschule zu schicken, wo er anständigen Sportunterricht bekommen hätte. Und dann wurde auch noch Michael für ein Trimester von der Schule verwiesen. Er durfte erst wieder zurückkommen, als Molly zum Schulleiter gegangen war und sich dort für ihn eingesetzt hatte.

In Stars Schule waren alle maßlos erleichtert, dass wenigstens sie nicht ständig eine beleidigte Schnute zog wie alle anderen Mädchen in ihrem Alter. Star trug weder einen Nasenring, noch war sie an der Lippe gepierct, womit sie ihrer Umgebung endlose Stunden fruchtloser Diskussionen ersparte. Star verfiel den Lehrern gegenüber auch nicht wie der Rest der Klasse in siebenminütigen Protest, sobald sie aufgefordert wurde, das Klassenzimmer aufzuräumen, die Stühle hochzustellen oder das Wasser in den Blumenvasen zu wechseln.

Wenn Molly zu den Elternabenden kam, versicherte man ihr, dass Star eine gute Schülerin sei, die sich tadellos benehme. Aber das wusste Molly ja bereits. Auch, dass Star Krankenschwester werden wollte. Es gebe keinen Grund, sagten die Lehrer, weshalb das mit ein wenig Nachhilfe nicht klappen sollte. Bestehe eventuell die Chance auf Privatunterricht? Traurig schüttelte Molly den Kopf. Nicht die geringste Chance. Das Geld reiche zu Hause gerade für das Nötigste.

Ob wohl ihre Geschwister Star helfen könnten, wollte Miss Casey wissen. Um ehrlich zu sein, nein, erwiderte Molly und dachte voller Verdruss an ihre ältesten drei Kinder.

Ob die Eltern helfen könnten, fragte Miss Casey erst gar nicht. Irgendein Nachbar vielleicht? Natürlich hatten alle sehr viel zu tun, aber es gab tatsächlich eine nette Nachbarin in der Chestnut Street, eine gewisse Miss Mack. Sie war blind – manchmal kamen junge Leute zu ihr und lasen ihr vor. Es hieß, dass sie für jeden ein ermutigendes Wort habe und half, so gut es ging, und vielleicht könne auch Star davon profitieren.

»Erklären Sie Star, dass sie der alten Dame mit ihrem Besuch nur einen Gefallen tut – das wird sie überzeugen, zu ihr zu gehen«, schlug Miss Casey vor.

Bald stellte Star fest, dass Miss Mack großes Interesse an ihren Schulbüchern zeigte.

»Könntest du mir vielleicht noch einmal diese Passage über die Französische Revolution vorlesen? Die von letzter Woche? Das finde ich überaus spannend.«

»Tatsächlich, Miss Mack?«

»Oh, ja. Wir müssen doch herausfinden, warum die adligen Lords und Ladys am Hof des französischen Königs so dumm gewesen waren, nicht zu sehen, was im Land vor sich ging und wie arm die große Masse der Bevölkerung war. Oder *wussten* sie es und kümmerten sich nicht darum? Das will ich unbedingt in Erfahrung bringen.«

»Ich denke, sie waren einfach blind, Miss Mack«, sagte Star, die wie üblich versuchte, eine Entschuldigung für das Verhalten ihrer Mitmenschen zu finden.

Noch im selben Augenblick wurde ihr klar, was sie gesagt hatte. »Ich meine … oh, es tut mir so leid, Miss Mack.«

»Kind, das macht doch nichts. Ich *bin* blind. Das war ich nicht immer – es ist außerdem nur ein Wort –, und in meinem Fall hat das was mit den Muskeln zu tun. Meine Augen wollen einfach nicht mehr so richtig. Trotzdem kann ich mich noch ganz genau daran erinnern, wie du als kleines Baby ausgesehen hast. Doch im Fall dieser Adeligen war das eine andere Form von Blindheit – sie wollten das einfach nicht sehen, was ihnen den Spaß verdorben hätte.«

Star war so erleichtert, dass ihr Kommentar weder eine Szene ausgelöst noch eine Verstimmung hervorgerufen hatte, dass sie rasch weitersprach. »Das tun wir wahrscheinlich alle, Miss Mack – ich meine, dass wir versuchen, nicht an unangenehme Dinge zu denken, nicht wahr? Wir versuchen doch alle, einem Streit oder einer Auseinandersetzung aus dem Weg zu gehen. Hätte ich zu Zeiten der Französischen Revolution gelebt, hätte ich bestimmt versucht, die Streiterei zu schlichten. Dieses Ding, mit dem sie den Leuten den Kopf abgeschlagen haben, und drunter stand ein Korb, in den der Kopf dann fiel – das hätte ich niemals zugelassen.«

»Das Ding heißt Guillotine, Star. Sag es ein paarmal laut vor dich hin, dann vergisst du es nicht mehr.«

Gehorsam wiederholte Star das Wort.

»Hatten Sie auch schon mal den Wunsch, Leute vom Streiten abzuhalten, Miss Mack?«

»Ja, das hatte ich. Aber ich habe gelernt, dass alle Menschen letztendlich immer nur das tun, was sie tun wollen. Ich denke, wenn wir das akzeptieren, gewinnen wir an Stärke und kommen besser mit unserem eigenen Leben zurecht.«

»Aber sind die anderen Menschen nicht unser Leben, Miss Mack?«

»Das sind sie, mein Kind. Natürlich sind sie das.«

Miss Mack seufzte. Star musste ihr nicht erzählen, mit welchen Problemen sich die Bewohner des Hauses Nummer vierundzwanzig herumschlugen, alle wussten Bescheid: Shay, der seinen letzten Euro auf alles verwettete, das vier Beine hatte. Molly, die rund um die Uhr schuftete und eisern jeden Cent auf die Seite legte. Kevin, der trotz seiner jungen Jahre bereits launisch und unglücklich war und nichts auf die Reihe bekam. Lilly, die sich fast zu Tode hungerte, um Model zu werden, und jetzt unter Essstörungen litt. Michael, der mit seinen fünfzehn Jahren schon auf die schiefe Bahn geraten war. Und dann war da die kleine, ruhige Star mit den nachdenklich blickenden Augen und dem langen, glänzenden Haar, die sich von morgens bis abends Sorgen um sie alle machte.

An Stars vierzehntem Geburtstag passierten eine Menge Dinge auf einmal. Nebenan in Nummer dreiundzwanzig zog die Familie Hale ein. Das Haus hatte sechs Monate leer gestanden, weil die Familie Kelly, die den armen, alten Mr. Kelly, der dort wohnte, nie besucht hatte, heillos zerstritten war und nicht wusste, was damit geschehen sollte. Schließlich verkauften sie das Haus quasi über Nacht an die Hales. Star sah, wie die neuen Nachbarn vorfuhren und den Umzugswagen ausräumten, und sie hoffte, dass vielleicht ein Mädchen in ihrem Alter nebenan einziehen würde. Sie hatte nicht viele Freunde in der Schule, da die anderen Mädchen sie ein wenig langweilig fanden.

Aber weit und breit war kein Mädchen in ihrem Alter in Sicht. Nur ein Mann und eine Frau, die um einiges jünger aussah als er, stiegen aus dem Wagen, dann ein Windhund und zu guter

Letzt ein Junge – nun ja, fast schon ein Mann … achtzehn, vielleicht neunzehn Jahre alt. Star sah staunend zu, als er eine Gitarre und ein Rennrad aus dem Lieferwagen holte. Er schob sein feuchtes Haar aus den Augen, und auf seinem dunkelgrauen Sweatshirt bildeten sich Schweißflecken, während er half, die Möbel ins Haus zu tragen. War er einer der Möbelpacker, oder gehörte er zur Familie? Je länger Star ihm zusah, desto mehr hoffte sie, dass er zur Familie gehörte. Unglaublich, ein junger Mann nebenan. Noch dazu einer, der so aussah!

Bald hielt sie es nicht mehr länger aus und trat vor die Haustür.

»Hallo«, sagte sie, als er mit einem Tisch vorbeikam.

»Hallo.« Er hatte ein schönes Lächeln.

»Ich bin Star Sullivan«, sagte sie. Ihr Herz klopfte heftig. Noch nie hatte sie den Mut aufgebracht, einen so gutaussehenden Jungen wie ihn anzusprechen. Doch das hier war irgendwie anders.

»Äh, ja, hallo, Star Sullivan. Ich bin Laddy Hale«, erwiderte er.

Laddy Hale. Ergriffen wiederholte sie in Gedanken seine Worte. Was für ein schöner Name. Sie sollte jetzt besser gehen, bevor sie noch etwas Dummes sagte und sein schönes Lächeln erlosch.

Star Sullivan hatte sich verliebt.

Taxifahrer sind unsichtbar

Viele seiner Kollegen vom Taxistand fuhren während der Weltmeisterschaft nach Italien. Nicht so Kevin. Er konnte nicht weg von zu Hause. Wer hätte Phyllis morgens den Tee gebracht, wer hätte ihr aus dem Bett in die Dusche geholfen, ihr das Haar getrocknet, sie an die Strickmaschine gesetzt, an der sie jeden Tag arbeitete – Wasserkocher und Ablage stets in Reichweite?

Selbstverständlich wären die Kinder für ihn eingesprungen, hätte Kevin auch nur angedeutet, dass er seit zweiundzwanzig Jahren nicht ein einziges Mal Urlaub gemacht hatte. Aber drei Wochen lang?

Und Phyllis hätte sicher nicht gewollt, dass ihre Söhne oder deren Frauen ihren armen Körper in die Dusche und wieder heraus zerrten. Außerdem wäre es sehr egoistisch von ihm gewesen, so viel Geld auszugeben, nur um sich mit seinen Kumpels zu amüsieren. Kevin dachte gerade mal fünf Minuten darüber nach, ehe er sich die Sache aus dem Kopf schlug.

Dann würde er eben ins Pub gehen und sich die Spiele dort anschauen. Viele Leute waren ohnehin der Meinung, dass es genauso gut sei, nur billiger und ohne das fremdländische Essen.

Es war am einundzwanzigsten Juni 1990, als Irland gegen Holland spielte und zum Eins-zu-eins ausglich, als Kevin das Paar zum ersten Mal traf. Er wollte gerade Schluss machen und zum Flynn's gehen, als er die beiden auf den Stand zulaufen sah, an dem er als einziges Taxi noch stand. Alle seine Kollegen waren entweder in Italien oder hatten sich im Flynn's bereits die besten Plätze gesichert.

Ein Paar um die vierzig – der Mann vielleicht eher fünfzig – und gut gekleidet. Sie waren aus einem der Backsteinhäuser mit Vorgarten gekommen, aus der Straße, die zum Taxistand führte.

Kevin sah den erleichterten Blick, den sie tauschten, während sie auf ihn zuliefen, froh, doch noch ein Taxi aufgetrieben zu haben.

»Ich fürchte …«, setzte er an.

Und dann sah er, wie sich die Augen der Frau mit Tränen füllten.

»Oh, bitte, sagen Sie nicht, dass Sie uns nicht fahren können. Der Wagen springt nicht an, und wir sind schon spät dran. Wir wollen uns das Spiel im Haus meiner Schwiegereltern anschauen – oh, bitte, nehmen Sie uns mit.« Sie nannte ihm die Adresse, eine gute Fuhre, aber eine halbe Stunde hin und eine halbe Stunde zurück zum Flynn's.

»Hören Sie, ich weiß, dass Sie sich auch das Spiel anschauen wollten, aber heute wird kaum Verkehr auf der Straße sein, und ich zahle Ihnen das Doppelte von dem, was auf dem Taxameter steht.«

Auch der Mann war sehr nett. Und sein Angebot wirkte überhaupt nicht herablassend; er schlug nur ein Geschäft vor.

Die paar Pfund extra konnte er gut gebrauchen, dachte Kevin. Vielleicht sollte er Phyllis morgen in den Rollstuhl setzen und mit ihr zum Einkaufen fahren – das würde ihr sicher gefallen.

»Steigen Sie ein«, sagte er und hielt die Tür auf.

Große Sorgen schien dieses Paar nicht zu haben. Immerhin besaßen sie ein geräumiges Haus, dessen Dach nicht ständig Ärger machte. Die Frau musste sich bestimmt nicht den ganzen Tag über eine Strickmaschine beugen und der Mann nicht stundenlang am Steuer eines Taxis sitzen, das er sich noch dazu mit einem Kollegen teilte.

Normalerweise war Kevin nicht neidisch auf seine Fahrgäste,

doch irgendetwas an diesem Paar ließ ihn nicht kalt. Sie schienen sich nicht viel zu machen aus ihrem Wohlstand und ihrer teuren Garderobe, ebenso wenig aus der Tatsache, dass sie sich ein Taxi leisten und damit quer durch Dublin zu einer Party in einem Haus fahren konnten, in dem sich noch vor ein paar Monaten kein Mensch für Fußball interessiert hätte. Und keiner von beiden nörgelte und machte dem anderen Vorwürfe, dass der Wagen nicht angesprungen war und sie deshalb zu spät kamen.

Der Mann nannte seine Frau Lorraine. Kevin machte sich oft Gedanken über Namen. Dort, wo er wohnte, gab es keine Lorraine oder Felicity oder Alicia. In seiner Straße hieß man Mary oder Orla oder Phyllis.

Lorraine – irgendwie passte der Name zu ihr. Sie war sanft und ruhig, und glücklich schien sie auch zu sein.

Seine Fahrgäste plauderten mit der Vertrautheit guter Freunde. Kevin fragte sich, wie lang sie wohl schon verheiratet waren. Vielleicht auch dreiundzwanzig Jahre, so lang wie er und Phyllis. Aber ihre Hochzeit hatte sich gewiss sehr von der ihren unterschieden.

Mit einer charmanten Geste überreichten sie ihm den großzügig bemessenen Fahrpreis und wünschten ihm zum Abschied noch alles Gute und einen Sieg für Irland.

Kevin schaltete das Autoradio ein. Die beiden kämen gerade rechtzeitig zum Anpfiff, er eine halbe Stunde zu spät ins Flynn's.

Nur vier Tage später, am Montag, dem fünfundzwanzigsten Juni 1990, als Irland gegen Rumänien spielte und das Elfmeterschießen gewann, lernte Lorraines Mann ein Mädchen mit großen, dunklen Augen kennen. Wie viele seiner Kollegen war er nach der Arbeit direkt in eine Kneipe gegangen, in der bereits ausgelassene Stimmung herrschte. Das Mädchen war aus ihrem Büro in der Nähe gekommen. Irgendwann hatten sie alle zusammen gefeiert, und dann hatten sie auf einmal Hunger bekommen, so dass sie dringend noch etwas essen gehen mussten. Danach machte man sich auf die Suche nach einem Taxi, da alle ihre Autos hatten stehen lassen.

Kevin hatte bis zum Abpfiff in Flynn's Pub mitgefiebert, aber den ganzen Abend über nur Limonade getrunken. In einer Nacht wie dieser lag das Geld quasi auf der Straße. Sein Kollege, mit dem er sich das Taxi teilte, hatte keine Lust mehr, obwohl er offiziell an der Reihe war. Also übernahm Kevin. Mit ein paar guten Fuhren konnte er es leicht auf dreißig Pfund bringen.

Halb Dublin schien auf der Straße und auf der Suche nach einem Taxi zu sein.

Kevin erkannte den Mann sofort wieder und vermutete daher, dass die Frau in seiner Begleitung Lorraine war. Er wollte schon sagen, wie klein die Welt doch sei, konnte es sich aber gerade noch verkneifen.

»Zuerst wollen wir …« Der Mann besprach sich mit dem Mädchen.

Erst Kichern und Flüstern, dann sagte der Mann: »Dabei bleibt es erst mal – wir steigen beide dort aus«, dann das Geräusch von Küssen und das Rascheln von Stoff. Der Mann blickte Kevin direkt ins Gesicht, als er ihm den Betrag plus Trinkgeld in die Hand drückte. Er schien ihn nicht zu erkennen. Taxifahrer sind unsichtbar.

Am nächsten Morgen kam Lorraine an den Taxistand. Sie erkannte Kevin sofort.

»Sie sind doch der Mann, der uns an dem Abend fuhr, als unser Wagen nicht ansprang«, sagte sie.

Sie hatte sehr schöne, vertrauensvolle Augen.

»Ist Ihr Wagen denn schon wieder liegengeblieben?«, fragte Kevin.

»Nein, aber Ronans Firma hat das Spiel gestern ausgiebig begossen, und offenbar waren sie alle so betrunken, dass er mit den anderen in einem Hotel übernachtet hat«, erklärte sie.

»Aber ich brauche das Auto, um zur Schule zu kommen, und muss jetzt den Wagen vor seinem Büro abholen.«
Kevin brummte missbilligend.
»Immer noch besser, als betrunken Auto zu fahren«, fügte Lorraine beinahe entschuldigend hinzu.
»Viel besser«, erwiderte Kevin spitz.
»Und gestern Abend war offenbar nicht ein einziges Taxi aufzutreiben«, fuhr Lorraine fort.
»Das ist immer so, wenn man eins braucht«, sagte Kevin.
Dublin ist eine kleine Stadt, egal, was die Leute sagen mögen. Mehr als eine halbe Million Menschen leben hier, aber Dublin ist trotzdem ein Dorf.
An der Heuston Station nahm Kevin zwei neue Fahrgäste auf, eine junge Frau in Begleitung ihrer Mutter, die sich in Dublin offenbar operieren lassen wollte.
Die ältere der beiden Frauen war nervös und extrem schlechter Laune.
»Die meisten Frauen in deinem Alter, Maggie, haben ein eigenes Auto und müssen ihr Geld nicht für Taxis zum Fenster hinauswerfen«, nörgelte sie.
»Mam, ich gehe zu Fuß zur Arbeit, und außerdem ist es gesünder, als mit dem Auto zu fahren, oder?«, erwiderte Maggie. Kevin schätzte die junge Frau mit dem langen dunklen Locken auf Anfang dreißig.
»Wenn du ein Auto hättest, könntest du jedes Wochenende nach Hause kommen.«
»Ich fahre doch ohnehin einmal im Monat mit dem Zug nach Hause«, wandte Maggie ein.
»Und jede andere Frau hätte mit fünfunddreißig Jahren bereits drei Kinder und ein eigenes Haus mit einem Gästezimmer statt einer Einzimmerwohnung.«
»Du kriegst doch immer mein Bett, Mam, und ich schlafe auf dem Sofa.«
Maggie schaute aus dem Fenster.

»Mag schon sein. Aber deswegen könntest du dir trotzdem eines Tages einen Mann zum Heiraten suchen.«

»Das werde ich auch – eines Tages«, antwortete Maggie seufzend.

»Ja, ja«, lästerte ihre Mutter.

Einige Zeit später stieg Ronan zu Kevin in das wartende Taxi und wollte zum Flughafen gefahren werden. Kevin sah, dass Lorraine im Garten stand und winkte. Ein Junge und ein Mädchen, so um die fünfzehn, sechzehn Jahre alt, winkten ebenfalls.

»Schön, wenn man Kinder hat«, bemerkte Kevin, während er sich in den Verkehr einfädelte.

»Ja, ja«, erwiderte Ronan geistesabwesend. »Aber die zwei sind schon lang keine Kinder mehr. Die führen ihr eigenes Leben. In dem Alter legt man nicht mehr so viel Wert auf das Elternhaus.

»Vielleicht doch, vielleicht zeigen sie es nur nicht«, widersprach Kevin.

Ronan gab ihm keine Antwort, sondern kramte in seinem Aktenkoffer. Er schien keine Lust zu haben, sich bis zum Flughafen mit dem Fahrer zu unterhalten.

Als sie zum Abflugbereich kamen, stieg Kevin aus, um das Gepäck aus dem Kofferraum zu holen.

Er drehte sich gerade noch rechtzeitig um, um zu sehen, wie Maggie Ronan um den Hals fiel. Ronan nahm den Koffer, und Hand in Hand gingen die beiden zum Check-in-Schalter.

An Heiligabend arbeitete Kevin. In diesem Jahr fuhr er Maggie und Ronan zur Heuston Station. Maggie vergoss leise Tränen.

»Das halte ich nicht aus – vier Tage«, wiederholte sie immer wieder.

»Ts, ts! Du bist ja bald wieder da.«

»Aber das sind besondere Tage, und die will ich mit dir verbringen.« Sie schluchzte.

»Schatz, das sind Tage wie alle anderen auch. Die gehen vorbei. Wir sollten nichts überstürzen.«
»Aber alle sind in bester Weihnachtsstimmung«, jammerte Maggie untröstlich.
»Du weißt doch, wie das ist mit der Weihnachtsstimmung«, sagte Ronan.
Ronan brachte Maggie noch zum Bahnsteig und bat Kevin, ihn anschließend zu einem Blumenladen und zu einem Supermarkt zu fahren. In beiden Geschäften standen Bestellungen für ihn bereit – ein üppiges Blumenarrangement in dem einen, ein Korb mit Lebensmitteln in dem anderen.
Dann fuhr er nach Hause. Die Tür des großen Backsteinhauses öffnete sich, und Kevin konnte von seinem Platz hinter dem Steuer aus sehen, dass Lorraine und die Kinder Ronan entgegeneilten. Er hörte noch, wie Ronan rief: »Fröhliche Weihnachten!«

Irland verlor die Partie gegen Italien, und der Traum war aus. Doch das Leben ging weiter.
Nach Weihnachten musste Phyllis mit der Arbeit an der Strickmaschine aufhören, weil ihre Hände nicht mehr mitmachten.
Im Frühjahr kamen zwei Enkelkinder auf die Welt. Die Kleinen verbrachten oft Zeit in der Chestnut Street, wo Phyllis und Kevin auf die beiden aufpassten, während ihre Eltern einen freien Abend oder Tag genossen. Einträchtig saßen die Großeltern nebeneinander und schauten in die Kinderwagen.
»Das Leben ist ganz anders verlaufen, als wir damals dachten«, sagte Phyllis eines Abends zu Kevin.
»Das geht allen gleich, Phyllis«, erwiderte Kevin. »Lass dir das gesagt sein.«
An dem Tag hatte er vier große Koffer und einen Karton voller Papiere und Bücher aus dem roten Backsteinhaus geholt. Zusammen mit Ronan hatte er sie in das Apartmenthaus trans-

portiert, in dem Maggie wohnte. Inzwischen lebte sie in einer größeren Wohnung mit Platz für zwei.
Seinen Wagen hatte Ronan in der Garage des Backsteinhauses zurückgelassen.
Nun lebte er in Gehweite zu seiner Arbeit und gehörte zur Gemeinschaft derer, die regelmäßig mit dem Taxi fuhren. Deshalb war es nur natürlich, dass sich seine und Kevins Wege im kommenden Monat gelegentlich kreuzten.
Doch wie schon an dem Tag, als Kevin die Koffer transportiert hatte, fand er nie Zugang zum Leben dieses Mannes. Auch wenn er stets ein paar freundliche Worte mit Kevin wechselte, blieb Ronan zurückhaltend und ließ sich nie anmerken, dass er den Taxifahrer bereits des Öfteren gesehen hatte.
Manchmal hätte Kevin ihn am liebsten heftig geschüttelt, weil er diese nette Frau verlassen hatte.
Oft wanderte Kevins Blick zu ihrem Haus hinüber, dessen Garten inzwischen sehr vernachlässigt wirkte. Sogar der Zaun war an einigen Stellen bereits marode, und von der Eingangstür blätterte die Farbe ab.
In seinem eigenen Haus hatte Kevin unterdessen einige Verbesserungen vorgenommen. Seine Söhne hatten ihm geholfen, endlich das Dach zu reparieren. Jeden Samstag waren sie zu ihm gekommen, bis alles fertig war, und anschließend hatten sie die Fassade neu gestrichen. Als Dank für ihre Arbeit hatte Kevin ihnen im Flynn's das eine oder andere Bier spendiert.
Im Lauf der Monate wurde Kevin Zeuge, wie sein eigener Besitz in neuem Glanz erstrahlte, während Lorraines Haus immer mehr verfiel. Er nahm Anteil an ihrem Leben, weil er es als so glücklich empfunden hatte, bevor sich alles aufgelöst hatte, und er fragte sich, ob ihre Kinder wohl eine Hilfe für sie waren. Kevin wusste, dass sie die Samstage immer bei ihrem Vater verbrachten; er sah sie in den Bus steigen, während ihre Mutter ihnen vom Haus aus nachwinkte. Aber es war kein fröhliches Winken.

Kevin wusste auch, wohin die Kinder fuhren, weil er sie eines Tages, als der Bus überfüllt gewesen war, mit dem Taxi dorthin gebracht hatte.
Auf dem Rücksitz hatten sie sich lautstark unterhalten.
»Bitte, lieber Gott, mach, dass er diese Maggie nicht wieder anschleppt«, flehte das Mädchen.
Der Junge war anscheinend toleranter. »Sie ist ganz okay. Sie ist einfach nervös und hat immer Angst, was Falsches zu sagen.«
»Aber warum muss sie ihn dauernd betatschen? Ständig hängt sie an seinem Arm. Zum Kotzen ist das«, fuhr das Mädchen angewidert fort.
»Na, irgendwohin muss sie doch mit ihren Händen, wenn sie schon nicht rauchen darf in unserer Gegenwart. Weil das ein schlechtes Beispiel wäre«, erwiderte Ronans Sohn.
»Ein bisschen spinnt unser Alter schon, findest du nicht?«, stellte Ronans Tochter in beiläufigem Tonfall fest.

Auch die nächste Weltmeisterschaft schaute sich Kevin nicht in Florida an, sondern wie immer im Fernsehen im Flynn's.
Als die Wettkämpfe vorüber waren, waren nicht wenige seiner Taxifahrerkollegen hoch verschuldet zurückgekommen. Einige von ihnen hatten einen schlimmen Sonnenbrand mit nach Hause gebracht, und auf ihren leuchtend roten Köpfen schälte sich die Haut. Hin und wieder dachte Kevin an den sonnigen Tag vor vielen Jahren, als er Lorraine und Ronan quer durch Dublin gefahren hatte, bevor Maggie in ihr Leben getreten war und sich alles verändert hatte.
Kevin verbrachte noch immer viele Stunden hinter dem Steuer seines Taxis. Seine Arbeit war ihm dermaßen in Fleisch und Blut übergegangen, dass er nicht mehr aufhören konnte. Doch an jenem kalten Februarabend 1995, als die Hooligans während des Freundschaftsspiels zwischen Irland und England in dem Stadion an der Lansdowne Road randalierten, saß er müde

und deprimiert vor dem Kamin und starrte düster ins Feuer. Was machte der Fußball noch für einen Sinn, wenn eine Minderheit von Gewalttätern das Regiment übernehmen konnte? Er solle doch nicht mehr so hart arbeiten, bat Phyllis ihren Mann.

»Ich weiß, du tust es nur für mich, aber wenn du ehrlich bist – wir haben mehr als genug. Das Dach ist dicht und das Haus bestens in Schuss. Unsere Kinder haben alle Arbeit. Mir wäre es viel lieber, wenn du mehr Zeit zu Hause verbringen würdest, und vielleicht könnten wir sogar einmal in der Woche in dieses neue Kino und hinterher noch auf ein Bier gehen. Dort ist alles ohne Stufen, habe ich mir sagen lassen. Wäre das nicht schön?«

Wie wahr, dachte Kevin, dass das Leben nie so verlief, wie man es erwartete. Noch vor fünf Jahren hätte er für sich und Phyllis nichts Gutes von der Zukunft erhofft, doch seitdem hatten sie eigentlich nur schöne Zeiten erlebt. Kevin wusste, dass sie besser dran waren als viele andere Menschen.

Hin und wieder sah er Maggie und Ronan, die von weitem inzwischen wie ein altes Ehepaar auf ihn wirkten. Umso mehr, nachdem ihr Baby zur Welt gekommen war, ein kleines Mädchen, das auf den Namen Elizabeth getauft worden war. Kevin hatte Maggies Mutter und ihre Schwester von der Taufe nach Hause gefahren.

Maggies Mutter ließ noch immer kein gutes Haar an ihrer Tochter.

»Na ja, wenigstens die Jungfrau Maria dürfte zufrieden sein, dass das Balg nach ihrer Cousine ersten Grades benannt ist.«

»Ach, Mam, kannst du nicht endlich damit aufhören? Sie haben die Kleine nur deshalb taufen lassen, um dir einen Gefallen zu tun. Reicht dir das denn immer noch nicht?«

»Nein, das reicht mir nicht«, erwiderte Maggies Mutter erbost. »All das Gerede von Lebenspartnerschaft und Lebensbund – und dabei hat jeder in der Kirche genau gewusst, dass er noch

verheiratet ist und dass unsere Maggie mit Absicht ein uneheliches Kind in die Welt gesetzt hat.«
»Pst, Mam, der Taxifahrer kann uns hören.«
»Der ist mit dem Fahren beschäftigt oder sollte es wenigstens sein«, erwiderte sie, schloss jedoch beleidigt den Mund. Man wusste ja nie.

Lorraine schien nichts dagegen zu haben, dass Ronan seinem alten Zuhause hin und wieder einen Besuch abstattete. Manchmal fuhr Kevin ihn anschließend zu der Wohnung zurück, wo er nun mit Maggie und Elizabeth lebte. Die Situation war kompliziert. Kevin sah Ronan an, dass er sich nach den Annehmlichkeiten seines alten Heims zurücksehnte.
Inzwischen hatten seine Kinder auch nicht mehr jeden Samstag Zeit für ihn; meistens hatten sie schon etwas vor oder waren verabredet.
Er solle nicht so kleinlich sein, warfen sie ihm vor, als er sich beschwerte. Selbst wenn er noch zu Hause leben würde, bekäme er sie am Samstag nicht zu Gesicht. Wer verbringe schon seine Samstage mit den Eltern.
Gelegentlich erledigte Ronan kleinere Reparaturen am Haus, richtete den Gartenzaun wieder her, strich die Fensterrahmen und die Eingangstür.
Kevin hatte den Eindruck, dass er nach diesen Besuchen nur äußerst ungern wieder nach Hause fuhr in die kleine Wohnung, die er mit Maggie teilte und die bestimmt voller Babysachen war. Und sehr viel Schlaf bekam er dort wahrscheinlich auch nicht.
Kevin glaubte zwar nicht, dass Lorraine und Ronan wieder zusammenkämen, aber die Situation war eindeutig weniger hart für die Frau mit den freundlichen Augen, als sie es in den ersten Tagen und Wochen nach Ronans Auszug gewesen war.
Eines Tages stieg Maggie mit dem Baby zu Kevin in das Taxi. Sie war auf der Suche nach einer neuen Kindertagesstätte. Die

ersten beiden Einrichtungen waren offenbar nicht das Richtige gewesen.
Maggie zündete sich eine Zigarette an.
»Sagen Sie bloß nicht, dass das hier ein Nichtrauchertaxi ist, sonst springe ich in die Liffey«, meinte sie.
»Mir macht das nichts aus, aber glauben Sie, dass Rauchen gut ist für das Baby?«, fragte Kevin.
»Natürlich ist es nicht gut für das Baby«, fuhr Maggie ihn an. »Genauso wenig wie es gut ist, in einem Apartment mitten in der Stadt zu leben, die Abgase von Dieselmotoren einzuatmen oder eine Mutter zu haben, die jeden Tag in die Arbeit hetzen muss.«
»Was hält Ihr Mann denn von alledem – raucht er auch?«
»Nein, wo denken Sie hin. Er hasst Zigaretten und wirft mir vor, mit jedem Zug ihre kleinen Lungen zu ruinieren. Ich sei ein schlechtes Beispiel, sagt er, und verbietet mir strikt das Rauchen in Gegenwart seiner beiden großen Kinder. Aber wenn sich die Kleine um drei Uhr morgens ihre kleinen Lungen aus dem Leib schreit, dann sind die ihm reichlich egal. Dann geht er zum Schlafen sogar nach nebenan, weil er ja am nächsten Tag arbeiten muss. Dass ich auch in die Arbeit muss, ist kein Thema.«
»Tja, könnten Sie nicht zu arbeiten aufhören?« Kevins Interesse und Mitgefühl waren geweckt.
»Nein, weil er nicht mein Mann ist und wir nicht verheiratet sind. In meiner Situation gibt man seine Arbeit nicht auf. Dafür sitzt seine Frau zu Hause und streicht das Geld ein. Das ist die Realität. So ist es nun mal.«
Ärger und Wut zeichneten sich auf Maggies Gesicht ab. War es tatsächlich schon fünf lange Jahre her, dass Kevin sie das erste Mal gesehen hatte? Damals war er wütend auf sie gewesen, auf diese junge Frau, die selbstsüchtig eine Ehe zerstört hatte. Doch jetzt saß sie in seinem Taxi, eine Frau von vierzig Jahren mit einem kleinen Kind und ungesicherter Zukunft.

»Wenn doch nur schon November wäre.« Sie seufzte und zog tief an ihrer Zigarette.
»November?«, fragte Kevin unschuldig.
»Das Referendum – die Abstimmung am vierundzwanzigsten November über das Recht auf Scheidung«, erklärte Maggie und schaute wieder hinaus auf den Verkehr.

Bei Kevin zu Hause herrschte Unsicherheit darüber, wie man abstimmen sollte.
Phyllis würde mit ja stimmen. Sie wünschte sich, dass alle Menschen das Recht auf einen Neuanfang bekämen, wenn sie einmal einen Fehler gemacht hatten. Niemand sollte dafür auch noch bestraft werden.
Kevin war sich nicht so sicher. Machte man es den Männern zu leicht, brachen sie viel zu schnell aus einer Beziehung aus. Er würde mit nein stimmen.
»Das könnten Frauen dann auch«, erwiderte Phyllis erregt. Ausgerechnet Phyllis, die niemals aus ihrem Rollstuhl aufstehen und davonlaufen würde und nie auch nur einen Tag ohne Kevin sein wollte.
»Ich habe genügend Unglück und Leid als Folge von Scheidung und Trennung gesehen«, sagte Kevin kopfschüttelnd.
»Aber bestimmt nicht in Irland, weil es hier nämlich bisher gar keine Scheidung gab.« Phyllis vertrat ihre Meinung mit Nachdruck.
Schließlich überlegten sie, ob sie nicht besser zu Hause bleiben und nicht abstimmen sollten, da ihre beiden Stimmen einander aufheben würden. Doch das wollten sie auch wieder nicht.
»Wir Frauen brauchen die Entscheidung mehr, als ihr Männer sie braucht«, beharrte Phyllis.
»Davon bin ich nicht ganz überzeugt«, widersprach Kevin. Während seiner Fahrten hatte er viele Gespräche zu diesem Thema mit angehört, und ein Nein erschien ihm immer weniger wahrscheinlich.

Am Tag des Referendums saß Phyllis neben ihm auf dem Beifahrersitz.

Dabei sahen sie eine Frau, die ein kleines Kind auf dem Arm trug.

Die Frau winkte und schien enttäuscht, als sie sah, dass der Wagen besetzt war.

»Ich weiß, wohin sie will. Ich halte mal kurz an und nehme sie mit«, erklärte Kevin.

Dankbar ließen sich Maggie und ihre Tochter Elizabeth im Fond des Taxis nieder.

Da Phyllis jeden, den sie traf, in ein Gespräch verwickelte, bildete auch Maggie keine Ausnahme. Als sie vor dem Apartmenthaus hielten, in dem sie wohnte, hatte Phyllis bereits mehr über Maggies Leben erfahren, als Kevin in zehn Jahren herausbekommen hätte – Maggies Mutter hatte kein Herz; Maggies Boss war sauer auf sie, weil sie zu oft wegen des Babys zu Hause bleiben musste; die meisten ihrer alten Freunde hatten sie im Stich gelassen, und gerade eben hatte sie mit ja gestimmt, weil sich ihr Leben enorm verbessern würde, wenn das Referendum durchkäme.

»Na, dann alles Gute für Sie«, sagte Phyllis zum Abschied.

»Die Ehe dieses Mannes besteht doch längst nur noch auf dem Papier. Jetzt kann er endlich neu anfangen, statt weiterhin halbe Sachen zu machen.«

»Ja, genau das sage ich auch. Wahrscheinlich wird es ein Jahr dauern, bis die Scheidung über die Bühne gegangen ist, aber dann werden wir allmählich zur Ruhe kommen.«

»Sie beide haben doch bestimmt schon Zukunftspläne geschmiedet, oder?«, fragte Phyllis neugierig.

»Gesagt hat er zwar noch nichts, aber ich erwarte schon, dass er sich Gedanken darüber macht.« Maggie biss sich auf die Lippe.

»Nun, selbstverständlich tut er das«, beeilte Phyllis sich zu sagen. »Selbstverständlich. Welcher Mann würde nicht für Sie und das kleine Mädchen anständig sorgen wollen?«

Doch auf Maggies Gesicht lag ein sorgenvoller Ausdruck.
Plötzlich mischte Kevin sich ein. »Aber ja, ganz sicher wird er Sie heiraten. Warum würde er wohl sonst mit Ihnen zusammenleben und ein Kind mit Ihnen haben, wenn er Sie nicht heiraten will?«
Überrascht sah Phyllis ihren Mann an. Bei Kevin wusste man wirklich nie, woran man war.
»Warum hat er Sie eigentlich nicht zur Abstimmung begleitet?«, fuhr Kevin fort.
»Er muss sich um seine beiden großen Gören kümmern«, erklärte Maggie. »Wahrscheinlich wird er heute auch erst sehr spät nach Hause kommen.«

Es war noch am selben Tag, als Kevin von seinem Logenplatz am Taxistand aus sah, wie Ronan in Lorraines Haus ging. Er hatte einen Kasten mit Stiefmütterchen dabei. Während er im Garten arbeitete, brachte sie ihm einen Becher mit einer dampfenden Flüssigkeit hinaus. Die beiden lachten wie alte Freunde. Von den großen Gören, die er eigentlich besuchen sollte, war nichts zu sehen. Kevin schmunzelte.
Heute Abend wollte er länger arbeiten. Phyllis würde ohnehin nur vor dem Fernsehapparat sitzen und sich endlose Diskussionen über das Referendum anschauen. Es reichte, wenn er morgen mit dem Ergebnis konfrontiert werden würde.
Kevin dachte an Maggie, die allein mit Elizabeth in ihrer Wohnung saß.
Und er überlegte, dass es im Leben nie so kommt, wie man es sich erwartet oder erhofft.
Tags darauf, am fünfundzwanzigsten November, sah Kevin Ronan aus dem Büro kommen.
Inzwischen kannte Ronan ihn vom Sehen und hatte sich angewöhnt, ihn als Zeichen des Wiedererkennens mit »Ach, da sind Sie ja wieder« zu begrüßen.
»Das wird eng werden«, meinte Kevin.

»Verdammt eng«, erwiderte Ronan.

Kevin sah ihn erstaunt an. »Es wäre besser, wenn das Land sich einig wäre – so oder so«, fuhr Ronan fort. »Diese Spaltung stiftet nur Unfrieden.«

»Da haben Sie recht. Aber ich glaube, selbst wenn das Referendum durchkommt, werden die meisten Leute sich nicht die Mühe machen, sich scheiden zu lassen. Die haben sich doch längst auch so bestens arrangiert.« Kevin spürte, dass Ronan nur darauf wartete, ihm zuzustimmen.

»Interessant, dass Sie so etwas sagen – das ist genau meine Meinung. Warum etwas reparieren, das nicht kaputt ist. Das sage ich immer und werde es immer sagen, wenn die Rede darauf kommt.«

Kevin überlegte einen Moment. Das, was er jetzt sagen würde, könnte ziemlich wichtig sein. Es könnte eventuell sogar den Ausschlag in die eine oder andere Richtung geben. Er konnte sich entweder für die Frau oder für die Lebensgefährtin aussprechen. Aber nicht für beide.

Kevin nickte bedächtig. »Sicher doch. Wenn in einer Beziehung alles stimmt, braucht man keine Papiere. Man muss nicht gleich zum Standesamt laufen oder gar eine Änderung der Verfassung anstreben. Jede vernünftige Frau wird das verstehen.«

Ronan beugte sich zu ihm vor.

»Könnten Sie das noch einmal wiederholen? Mir steht nämlich heute Abend noch eine heiße Diskussion bevor.«

Kevin wiederholte seine Worte und fügte noch einiges mehr hinzu.

In der Küche wurde heftig gefeiert, als er nach Hause kam. Phyllis und ihre Freundinnen stießen auf das neue Irland an.

Doch Kevin war in Gedanken weit weg und dachte an die Menschen in seinem Taxi.

Er wusste, dass er sich keinerlei Illusionen hingeben durfte.

Ronan würde nicht zurückkehren in das rote Backsteinhaus, wo er die Stiefmütterchen gepflanzt hatte, aber er würde oft zu Besuch kommen.

Und Lorraine, die Frau mit den freundlichen Augen, würde nie mehr mit ihrem Ehemann zusammenleben. Doch sie würde die leise Genugtuung haben, dass es keinen zweiten Hochzeitstag und keine zweite Ehefrau geben würde, auch wenn das Gesetz des Landes sich geändert hatte und dies nun erlaubte.

Trotzdem konnte Kevin sich ein leichtes Lächeln nicht verkneifen, als er an die kleine, aber nicht unbedeutende Rolle dachte, die er dabei gespielt hatte, den bekümmerten Ausdruck in Lorraines grauen Augen zu mildern.

An die dunklen, besorgten Augen von Maggie wollte er lieber nicht denken. Er war schließlich nicht Gott. Er konnte nicht jedes Problem lösen.

Eine Karte zum Vatertag

Lisa hatte einen Umweg über das große Kaufhaus gemacht und die Kunden beobachtet, die zum Vatertag Glückwunschkarten kauften. Wie jedes Jahr. Oft trat sie sogar näher heran und belauschte die Leute.

»Die wird ihm bestimmt gefallen – mit einem so schönen Gedicht«, ließ sich ein Mädchen vernehmen.

»Aber er liest es doch nicht einmal«, entmutigte ihre Schwester sie.

Lisa konnte auch ältere Frauen jenseits der sechzig beobachten, die Glückwunschkarten kauften. Ob diese wohl für ihre betagten Väter in einem Pflegeheim gedacht waren? Oder vielleicht für den eigenen Ehemann? Lisa hatte noch nie eine Vatertagskarte gekauft, weil sie nie einen Vater gehabt hatte. Natürlich hatte sie einen, der sie vor fünfundzwanzig Jahren gezeugt hatte, aber sein Interesse an ihr war offenbar nicht sehr ausgeprägt gewesen. Lisa hatte bereits vor langer Zeit aufgehört, ihrer Mutter Fragen nach ihm zu stellen.

Ihre Fragen stimmten Sara, ihre Mutter, nur traurig.

»Er hat doch nicht dich verlassen, Lisa, er hat dich ja nie gesehen. Mich hat er sitzenlassen.«

Im Lauf der Jahre hatte Lisa herausbekommen, dass ihr Vater damals noch studierte und aus einer reichen Familie stammte, die ehrgeizige Pläne mit ihm hatte. Man hätte es nicht gern gesehen, wenn er Sara geheiratet hätte, eine siebzehnjährige Fabrikarbeiterin aus der Chestnut Street. Seine Eltern hatten sogar das Land verlassen, um so viel Entfernung wie möglich zwischen ihren Sohn und dieses junge Mädchen zu legen. So sollten sie nie erfahren, was für eine entschlossene junge Frau

Sara war, auf jeden Fall stark genug, um ein Kind allein großzuziehen und sich zur Chefin einer Reinigungsfirma hochzuarbeiten.
Irgendwo in Amerika hatte Lisa also einen Vater, der inzwischen vierundvierzig Jahre alt sein musste. Vielleicht war er ein angesehener Geschäftsmann und lebte in einem weißen Holzhaus mit eigenen Kindern, die ihm zum Vatertag Glückwunschkarten schickten.
Ob er wohl jemals an das Kind dachte, das ein Vierteljahrhundert zuvor auf die Welt gekommen war, ein Kind, das sich sehnlichst wünschte, ihm wenigstens einmal gegenüberzustehen? Ein einziges Mal würde reichen, und er könnte sehen, dass aus seiner Tochter etwas geworden war.
Denn Lisa hatte in der Tat etwas aus sich gemacht und arbeitete als persönliche Assistentin eines Firmenchefs. Dieser Mr. Kent, ein gütiger und freundlicher Mann, brachte ihr großen Respekt entgegen und vertraute ihr mehr und mehr verantwortungsvolle Aufgaben an. Er ermutigte sie, sich weiterzubilden, und sah sich bestätigt, da sie überall Anerkennung fand.
»Vertrau immer deinem Instinkt«, riet er ihr. »Hör stets auf das Erste, was dir in den Sinn kommt – es ist oft genau das Richtige.«
»Er steht wohl auf dich«, sagten die anderen Mädchen im Büro. Doch Lisa wusste, dass das nicht stimmte. Mr. Kent war Witwer und glücklich mit seiner Arbeit verheiratet. Er verbrachte lange Stunden in seinem Büro und hatte noch nie die geringste Andeutung gemacht, dass er an ihr interessiert wäre. Und das war auch gut so, denn Mr. Kent war sehr alt, bestimmt schon über fünfzig. Des Öfteren zog er Lisa auf und erkundigte sich bei ihr, ob sie noch immer nicht die Liebe ihres Lebens gefunden habe oder ob sie demnächst die Firma verlassen und Kinder bekommen wolle. Woraufhin sie jedes Mal hell auflachte und ihm scherzhaft versicherte, dass sie noch nie jemanden mehr als sich selbst geliebt habe.

»Nein, dafür bin ich viel zu egoistisch, wirklich. Ich liebe meine kleine Wohnung und meine Freiheit. Ich bin dazu erzogen worden, selbständig zu sein. Das müssen Sie schon meiner Mutter zum Vorwurf machen.«

Mr. Kent kannte Lisas Mutter; ihre Firma war mit der Reinigung der Büroräume betraut. Und Mr. Kent hatte seine Beziehungen spielen lassen, damit ihre Mutter weitere Aufträge bekam. Er war eben ein vorausschauender Mensch.

Doch trotz aller Umsicht hätte er nicht verstanden, wie es in Lisa aussah, was junge Männer betraf, deren Versprechungen sie zutiefst misstraute. So als ob die Tatsache, dass ihr eigener Vater just in dem Moment verschwunden war, als er von ihrer Existenz erfuhr, sie jeder Fähigkeit beraubt hätte, Vertrauen zu Männern im Allgemeinen zu entwickeln.

Im Augenblick zeigte zwar ein äußerst angenehmer junger Mann namens James Interesse an ihr, aber Lisa wusste, dass sie mit ihrer Weigerung, an die Ernsthaftigkeit seiner Gefühle zu glauben, drauf und dran war, ihn in die Flucht zu schlagen. Sie könne doch nicht für immer misstrauisch und voller Zweifel durch das Leben gehen, hatte James sie gewarnt. Was für eine Verschwendung. Aber über solche Dinge hätte Lisa niemals mit ihrem Chef, Mr. Kent, gesprochen, auch wenn er noch so freundlich war. Stattdessen schob sie lieber scherzhaft die Schuld auf ihre Mutter.

»Sara hat sich auch schon überlegt, ob sie dich nicht zu selbständig erzogen hat«, sagte Mr. Kent daraufhin.

Überrascht horchte Lisa auf. Ihre Mutter erwähnte Kunden gegenüber nur selten private Dinge. Und am allerwenigsten Mr. Kent gegenüber, hätte sie erwartet.

Er sah ihr an, dass sie sich wunderte, und beeilte sich, eine Erklärung folgen zu lassen.

»Weißt du, deine Mutter und ich, wir plaudern manchmal ein wenig nach einem langen Arbeitstag. Sie kommt schließlich oft vorbei, um bei den Putzfrauen nach dem Rechten zu schauen.

Sie ist übrigens enorm stolz auf dich, noch stolzer, als ich es bin.«

»Tja, sie hat auch gute Arbeit geleistet«, sagte Lisa. »Und Sie haben ihr Werk vollendet. Ohne Ihre ermutigende Unterstützung wäre ich nur halb so weit gekommen.«

»Vielleicht habe ich dich aber auch zu sehr angetrieben und von dir verlangt, dass du dich nur noch auf deine Arbeit konzentrierst, so dass du keinen Blick mehr übrig hattest für all die jungen Männer in deiner Umgebung.«

Er klang ernsthaft besorgt.

»Außerdem hatte ich noch einen anderen Grund, darauf zu achten, dass weder deine Mutter noch ich dich zu sehr unter Druck setzen, Lisa.«

»Hatten Sie?« Lisas Verwunderung wuchs. Inzwischen klang Mr. Kent definitiv anders. Das war kein normales Gespräch mehr zwischen Chef und Mitarbeiterin.

»Ich wollte es dir eigentlich jetzt noch nicht sagen, aber ich sehe dir an, dass du es erraten hast.«

»Was erraten?«

»Ich habe deine Mutter gefragt, ob sie mich heiraten will, und sie hat ja gesagt. Wir wollten es dir heute Abend gemeinsam mitteilen.«

Sein Gesicht leuchtete vor Freude, und er schaute sie erwartungsvoll an.

»Was denkst du, Lisa? Welcher Gedanke kommt dir als Erstes in den Sinn?«

Wortlos trat Lisa auf ihn zu und umarmte ihn.

»Ich denke, dass ich von nun an immer einen Empfänger für meine Vatertagskarte haben werde«, sagte sie dann.

Eine Frage der Würde

Jeder wusste, dass David Jones eine Affäre hatte. Auch Mike, Davids Chef in der Bilderrahmenfabrik, wusste es, und es war ihm unbegreiflich.

Davids Frau Anna, eine zierliche Brünette, war engagiert, voller Begeisterungsfähigkeit und bei allen beliebt. Sie lachte viel und hatte immer gute Laune, und das trotz der schlechten Zeiten, die die Firma bereits hinter sich hatte.

Ihre Küche war das Hauptquartier, wo sich alle trafen, um anstehende Probleme zu besprechen und notwendige Rettungsmaßnahmen für den Betrieb zu organisieren.

Anna war immer mittendrin, die Ellbogen auf dem Tisch, und überlegte sich neue Werbeaktionen und Strategien, um die Kosten zu senken.

Für alle gab es heiße Linsensuppe, den Teller zu drei Pence, wie Anna ihnen vorrechnete, so dass die Kasse der Firma nicht noch zusätzlich belastet wurde.

Auch Davids Zwillingsschwester Emily war über die Situation im Bilde, und es brach ihr das Herz. Fünfunddreißig Jahre lang war sie David so nahe gewesen, wie es nur Zwillinge sein können. Alles hatten sie miteinander geteilt, und sie wusste stets, wann ihr Bruder glücklich oder traurig war. Doch was diese Affäre betraf, hatte sogar ihre Intuition versagt. Sie war nur durch Zufall dahintergekommen, als sie bei einer Hochzeit einen anderen Gast auf eine blonde Frau deuten sah und ihn sagen hörte, dass diese Rita eine heiße Affäre mit einem Typen namens David habe, der in der Bilderrahmenfabrik arbeite.

Der Schock war so groß gewesen, dass Emily sich hatte setzen müssen. Und als sie mit schwerem Herzen genauer hinsah, bemerkte sie, dass ihr Zwillingsbruder tatsächlich immer wieder neben diese Rita trat, sie am Arm berührte und ihr ein ganz spezielles Lächeln schenkte. Da wusste Emily, dass das Gerücht stimmte.

Annas Vater Martin wusste ebenfalls von der Affäre, seit er geschäftlich in einem Hotel an der Südküste übernachtet und bei der Anmeldung gesehen hatte, dass sich ein Mr. und eine Mrs. David Jones unter der Adresse seiner Tochter eingetragen hatten. Was für ein netter Zufall, dachte er, da können wir ja gemeinsam zu Abend essen. Seltsam nur, dass die beiden am Sonntag nichts davon gesagt haben. Erst als er seine Frau anrief und diesen Zufall erwähnte, keimte ein Verdacht in ihm auf.

»Das ist doch lächerlich, Martin. Anna war den ganzen Nachmittag bei mir – sie ist eben erst gegangen. Das muss ein anderer David Jones sein.«

»Sicher, selbstverständlich«, entgegnete Annas Vater mit dumpfer Stimme. Schließlich hatte er die Adresse gesehen und wusste, dass es kein anderer war. Annas Vater ließ sich daraufhin einen Teller mit Sandwiches kommen und verbrachte den Abend in seinem Zimmer. Er wollte auf keinen Fall seinem Schwiegersohn über den Weg laufen und eine Konfrontation riskieren.

Auch alle von Annas Freunden waren darüber informiert, dass David eine Affäre hatte. Schließlich machte er sich nicht die geringste Mühe, dies zu verbergen. Man sah ihn häufig mit Rita – im Golfclub, in Weinlokalen und im Auto draußen vor dem Bahnhof – in heftiger Umarmung.

Anna gegenüber erwähnten die Freunde dies jedoch nie. Zunächst, weil sie dachten, sie wisse es nicht, und weil sie nicht diejenigen sein wollten, die ihr die schlechte Nachricht überbrachten. Später aber, als sie annehmen mussten, dass Anna es doch wusste, sagten sie nichts, weil es an ihr lag, das Thema anzusprechen, falls sie das Bedürfnis dazu verspürte.

Und wenn sie es irgendwann ansprechen sollte, konnten sie immer noch mit Mitgefühl, Schulterzucken oder den Umständen entsprechend darauf reagieren. Denn offensichtlich wusste sie von der Affäre.
David machte kein Geheimnis aus Rita; er verschleierte nichts. Marigold, Annas beste Freundin, die ebenfalls Bescheid wusste, fragte sich, wie Anna das nur aushalten konnte. Doch Anna lebte ihr Leben, als sei nichts geschehen. Sie begleitete die Kinder, zwei kleine Jungen von sechs und sieben Jahren, in die Schule und ging zur Arbeit, bis es an der Zeit war, die Kinder wieder abzuholen. Wie eh und je führte sie ein offenes Haus, und ihr Lächeln war noch ebenso strahlend wie zu der Zeit, bevor Rita in ihr aller Leben getreten war.
Rita mit ihrem aufreizenden Benehmen. Kühl und fordernd trieb sie den armen, dummen David in den Wahnsinn, indem sie ihn unter Druck setzte, wenn er es am wenigsten erwartete. So würde Marigold es Rita nie verzeihen, dass sie von David verlangt hatte, Annas Geburtstagsfeier zu verlassen, um sich mit ihr zu treffen. Marigold hatte in der Nähe gestanden, als der Anruf kam.
»Ich muss weg«, hatte David mit grimmiger Miene gesagt.
Anna sah ihn besorgt an. »Ist was passiert?«
»Nein, es hat mit der Arbeit zu tun, ich muss mich darum kümmern«, antwortete er, und schon war er an der Tür und draußen in seinem Wagen.
Am liebsten wäre Marigold ihm nachgelaufen und hätte ihn mit ihren Fäusten traktiert. Wie konnte er es wagen, die Geburtstagsparty seiner Frau mit der Ausrede zu verlassen, es hätte was mit der Arbeit zu tun. Mike, sein Chef, war auch auf der Feier. Alle würden wissen, dass es nicht um die Arbeit ging. David gestand Anna nicht einmal den Respekt zu, sie anständig anzulügen.
Marigold hatte Anna an dem Tag beim Abwasch geholfen.
»Schade, dass David wegmusste«, setzte sie an.

»Ich weiß, aber er investiert seine ganze Kraft in diese Firma«, erwiderte Anna, wie immer engagiert und voller Verständnis. »Wie dir wohl aufgefallen sein dürfte, war Mike heilfroh, in Ruhe weiter seinen Wein trinken zu können, während David losgezogen ist, um das Problem zu beheben.«
Aus ihrer Stimme sprach grenzenlose Bewunderung.
Na gut, dachte Marigold, wenn sie es so will, dann soll sie es so haben. Das muss jeder für sich selbst entscheiden. Freunde haben nicht das Recht, sich einzumischen und ihre Sichtweise aufzudrängen.
Marigold seufzte angesichts der Treulosigkeit der Männer. Schon lange Jahre vor ihrer eigenen bitteren Scheidung war ihr klar gewesen, wie Männer funktionierten. Hätte sie sich damals blind stellen sollen? Wäre die Affäre ihres Mannes irgendwann im Sand verlaufen, wäre sie fähig gewesen, sie zu ignorieren?
Nein, für sie wäre das keine Option gewesen, aber bei anderen könnte es vielleicht möglich sein. Deshalb beschloss sie, Anna nicht weiter zu behelligen.
Niemand kam jedoch auf die Idee, dass Anna *tatsächlich* nichts davon wusste. Alle gingen davon aus, dass es einfach ihre Art war, damit fertigzuwerden. Deshalb seufzte ihre Umgebung erleichtert auf, als bekannt wurde, dass Annas alte Schulfreundin Sally zu Besuch kommen würde. Mit Sally würde Anna bestimmt darüber reden können. Die Last war ihnen allen von den Schultern genommen. Die tolle Sally würde wissen, was zu tun war.
Sally war eine jener perfekt organisierten Frauen, auf die eigentlich jeder mit Neid und Missgunst reagieren sollte, die in Wirklichkeit aber bei allen erstaunlich beliebt war.
Mit Ende dreißig sah sie aus wie Ende zwanzig, und ihr kurzer, blonder Haarschopf saß nach einem Regenguss oder einem Besuch im Schwimmbad noch immer so perfekt, als käme sie geradewegs vom Friseur. Sally arbeitete als Kolumnistin bei einer

großen Londoner Zeitung, war oft in Talkshows im Fernsehen zu Gast, war mit einem gutaussehenden Mann namens Johnny verheiratet, der sie vergötterte, und hatte zwei Kinder im Teenageralter, die vor Stolz auf ihre Mutter aus allen Knopflöchern platzten, weder Drogen nahmen noch Mitglieder einer Gang waren oder sonst wie schreckliche Leute ins Haus schleppten. Sally pflegte ihre Freundschaften, und einmal im Jahr besuchte sie Anna über ein verlängertes Wochenende. Sally hatte für alles und jeden Bewunderung übrig, merkte sich jeden Namen, brachte den Kindern ihrer Freunde witzige Geschenke mit und organisierte bei jedem ihrer Besuche einen Ladys Abend beim Chinesen.

Alle wussten, wenn irgendjemand die Dinge wieder auf die Reihe bringen würde, dann war das Sally.

Kurz vor Sallys Ankunft schaute Emily zum Mittagessen bei Anna vorbei.

»Ich könnte dir mal die Kinder abnehmen, wenn Sally da ist – ihr beide habt doch sicher eine Menge zu bequatschen.«

Anna strahlte über das ganze Gesicht.

»Oh, Em, du bist so lieb, eine Schwägerin wie aus dem Bilderbuch. Nein, aber das muss nicht sein. Mike und seine Frau haben mir das auch schon angeboten. Sie wollen mit den Jungs zum Schlittschuhlaufen gehen, und stell dir vor, sogar Marigold von nebenan hat gesagt, sie würde sie zu einer Computer-Show mitnehmen. Ihr alle seid einfach wunderbar zu mir.«

Emilys Gesicht verfinsterte sich. Sie wusste genau, warum alle sich darin überboten, sich um die beiden kleinen Jungen kümmern zu dürfen: Jeder hoffte, dass Sally, wenn sie nur genügend Zeit dafür hätte, eine Lösung für Annas Probleme finden würde. Sally war die Einzige, die Anna sagen konnte, dass sie den Tatsachen ins Gesicht sehen solle. Sie musste David ein Ultimatum stellen: Entweder er würde Rita aufgeben oder ausziehen müssen.

Emily war sicher, dass ihr Zwillingsbruder sich gegen diese merkwürdig farblose Frau entscheiden würde.
Vielleicht war es nur ein kurzes Abenteuer. Vielleicht hatte er sich nicht genug wertgeschätzt gefühlt und sich nur deshalb mit Rita eingelassen, um sich zu beweisen, dass er es konnte. Sobald ihm klar wäre, wie sehr Anna ihn liebte, würde er Rita den Laufpass geben, und nichts stünde einer tränenreichen, gefühlvollen Versöhnung der beiden mehr im Weg. Womöglich würde die Ehe sogar gestärkt daraus hervorgehen.
Dennoch fragte Emily sich, warum sie ein so ungutes Gefühl beschlich, als sie mit ihrem Zwillingsbruder ein paar Minuten allein war.
»Stimmt was nicht, Em?«, fragte er sie.
»Du weißt, was los ist«, erwiderte sie.
Überrascht blickte er auf. »Das weiß ich nicht.«
»Dann bist du ein noch größerer Dummkopf, als ich dachte.«
Emily seufzte, den Tränen nahe, und ließ ihren Bruder verwirrt zurück.
Warum hatte sie ihn nicht offen darauf angesprochen? Nur aus Angst, Anna oder einer der Jungen könnte jeden Moment zurückkommen. Und außerdem wollte sie die Sache nicht vermasseln, wusste sie doch, dass Sally sich viel geschickter anstellen würde als sie.
Wegen Sallys Besuch nahm Anna sich vier Tage frei. Sie ging einkaufen und füllte den Kühlschrank mit allerlei Köstlichkeiten. Für das Gästezimmer hatte sie bereits hübsche neue Kopfkissenbezüge und passende Handtücher besorgt. Es war wunderbar, eine Freundin wie Sally zu haben. Nichts hatte sich zwischen ihnen verändert seit der Zeit, als sie in ihren Schuluniformen Pläne für die Zukunft geschmiedet hatten. Und es spielte auch keine Rolle, dass Anna nur eine Bürotätigkeit hatte, während Sally regelmäßiger Gast in einer berühmten Talkshow wie *Any Questions?* war. Sie beide waren immer noch dieselben wie damals.

Sally hatte wie immer den Nagel auf den Kopf getroffen und genau die richtigen Videospiele für Frank und Harry mitgebracht. Sie verkniff sich jede Bemerkung darüber, wie groß die beiden geworden seien, und versuchte auch nicht, die Jungen zu küssen, sondern drückte stattdessen jedem fest die Hand. In drei Jahren, versprach sie den beiden, wenn sie zehn und neun Jahre alt wären, könnten sie zu ihr nach London kommen, und sie würde ihnen ein unvergessliches Wochenende bereiten. Sie sollten schon mal anfangen, sich aufzuschreiben, was sie dann alles unternehmen wollten.
Sally bewunderte Annas Haus – die wunderbaren Farben im Schlafzimmer, die Blumenkästen, die viele frische Luft. Keiner wäre auf die Idee gekommen, sich die Pracht und den Luxus von Sallys Haus in London vorzustellen. Und bei der Begeisterung und Freude, die Sally verbreitete, dachte auch keiner an die vielen Homestorys, die über sie als prominente Persönlichkeit bereits in einschlägigen bunten Blättern erschienen waren.
Sally hörte Anna aufmerksam zu, als sie ihr von der Bilderrahmenfabrik erzählte, die gerade wieder einmal eine schlimme Krise überstanden hatte. Ihr Job dort sei zwar oft sehr anstrengend, gab Anna zu, aber alle bemühten sich sehr um sie und ermöglichten es ihr, der Kinder wegen in Gleitzeit zu arbeiten. Zurzeit sei David allerdings oft auf Geschäftsreise und müsse mindestens einmal, meistens sogar zweimal die Woche auswärts übernachten.
»Das ist hart«, entgegnete Sally mitfühlend. »Kauft er Holz für Bilderrahmen, oder trifft er sich mit potenziellen neuen Kunden? Was macht er denn?«
Anna blieb vage. »Ich weiß es nicht so genau. Ein bisschen von allem, schätze ich. Aber so ist es nun mal. Die Arbeit geht vor.« Ihr Lächeln war so strahlend wie immer.
Während der langen Spaziergänge, die Sally mit Anna unternahm, bewunderte sie ausgiebig die Landschaft. Was hätte Anna doch für ein *großes* Glück, hier in diesem wunderbaren

Winkel der Erde leben zu können. Im Gegensatz zu vielen Leuten, die aus dem Süden kamen und dem Norden nichts abgewinnen konnten, war Sally stets voll der Lobs für diesen Teil des Landes. Kein Wunder, dass sie hier so viele Freunde hatte. Und alle konnten es kaum erwarten, sie endlich zu Gesicht zu bekommen. Von allen Seiten wurde sie gebeten, doch so bald wie möglich auf einen Kaffee oder einen Drink vorbeizuschauen und das neue Baby oder die neue Pergola im Garten zu bewundern. Es dauerte nicht lang, bis Sally begriff, dass hinter diesen Einladungen etwas anderes steckte: Sie wollten sie offensichtlich unbedingt allein – ohne Anna – sprechen.

Sally überlegte.

Um Annas Gesundheit konnte es dabei nicht gehen. Ihre Freundin hatte nie besser ausgesehen, und die letzten Vorsorgeuntersuchungen, zu denen beide Frauen regelmäßig gingen, waren zu ihrer größten Zufriedenheit ausgefallen. Mit den beiden Jungen schien auch alles in Ordnung zu sein, und der Betrieb hielt sich mal mehr, mal weniger erfolgreich über Wasser. Alles wie immer.

Also konnte es nur um David gehen, der seit neuestem so oft aus unbestimmten Gründen auf Geschäftsreise war.

Jetzt war Sally alles klar. All die guten Freunde würden ihr bestimmt erzählen, dass David fremdging und dass Anna keine Ahnung davon hatte. Und sie würden sie bitten, als Vermittlerin zu fungieren. Aber das kam für Sally auf keinen Fall in Frage. Falls Anna sie um einen Rat bitten sollte, würde sie ihr gern einen geben, aber sie würde nicht auf irgendwelche Anspielungen von Freunden hören.

Aus diesem Grund lehnte sie alle Verabredungen ab, mit der Begründung, dass sie zu viel zu tun habe. Stattdessen wich sie Anna nicht von der Seite und wartete, dass ihre Freundin sich ihr anvertraute – das heißt, sofern sie das überhaupt wollte. Doch nichts geschah.

Falls das Gerücht stimmen sollte, dann wusste Anna definitiv nichts davon. Sally und Anna hatten einander immer alles erzählt – angefangen bei ihrer ersten Periode über ihre ersten Knutschereien bis hin zur ersten Untreue eines Freundes, ganz zu schweigen von ihren Ängsten und Zweifeln, was die Ehe betraf. Wenn Anna glaubte, dass David eine andere Frau hatte, dann würde sie das Sally sagen.

Aber David hatte sich in der Tat verändert. Er wirkte nervös und angespannt und vermied es, mit Sally allein zu sein, aus Angst womöglich, sie könnte das Gespräch auf das heikle Thema bringen. Stattdessen bombardierte er sie mit Fragen zu ihrer Arbeit, blieb aber vage, was die seine betraf.

»Anna erzählt, dass du zurzeit oft unterwegs bist. Das macht bestimmt Spaß. Oder findest du es eher anstrengend? Wohin führen dich denn deine Geschäfte?« Sallys klare, präzise Stimme, die klang wie im Fernsehen, ließ keinerlei Raum für ausweichende Antworten.

Irritiert ging David sogleich in die Defensive. »Tja, die Leute reden sich immer leicht – von wegen Vergnügen! Ein Geschäft wie das unsere muss wachsen, wir müssen expandieren, offen sein für neue Ideen und wissen, was sich auf dem Markt tut. Schön wär's, wenn wir nur an Hotelbars herumsitzen und Cocktails schlürfen könnten.« Stirnrunzelnd sah er die beiden Frauen an.

Anna zuckte betroffen zusammen. »Ich habe doch nicht einen Moment behauptet, dass es so ist. Im Gegenteil, ich habe gesagt, dass es dich sehr anstrengt, mehr nicht.« Sie wirkte verletzt und verärgert.

David beeilte sich, sie zu beruhigen.

»Tut mir leid, dann habe ich wohl was in den falschen Hals bekommen – ich dachte, du hättest Sally erzählt, dass ich permanent auf Achse bin und mir eine schöne Zeit mache.«

»Himmel, David, wie kommst du nur auf die Idee?«, fragte Sally und warf ihm einen prüfenden Blick aus ihren blauen Augen zu.

David zuckte die Schultern und wandte sich rasch ab. »Keine Ahnung.«
Aber er überspielte seine Verunsicherung schnell und schenkte den beiden Frauen sein gewinnendes Lächeln. »Vielleicht Stress, miese Laune, schlechtes Benehmen? Könnt ihr mir noch mal verzeihen?«
Anna hastete zu ihm und umarmte ihn, während Sally freundlich lächelte.
»Was gibt es da zu verzeihen, David? Das war ein simples Missverständnis«, beschwichtigte sie ihren Mann.

Am Abend des mittlerweile traditionellen Treffens beim Chinesen wollte Anna den Friseurgutschein einlösen, den ihr die Freundinnen geschenkt hatten, damit sie auch gut aussah auf den Fotos, die sie jedes Jahr anlässlich von Sallys Besuch machen ließen. Marigold hatte in Lilians Salon, der an diesem Abend länger geöffnet hatte, den Termin für sie vereinbart.
»Vielleicht begleite ich dich und lasse mich ebenfalls stylen, was meinst du?«, schlug Sally vor. Sie wusste genau, dass die anderen über sie herfallen würden, sobald sie unter sich wären.
»Nein, nein, die anderen wollen dich doch auch mal für sich haben. Ich komme später nach.« Anna war stolz, dass Sally so beliebt war bei ihren Freundinnen. Wenn sie jetzt nicht blieb, würden sie bestimmt eine Szene machen. Und so betrat Sally kurz darauf entschlossen das chinesische Restaurant, bestellte eine Flasche Wein beim Kellner und erklärte ihm, dass sie die Rechnung für die Getränke übernehmen werde. Mit dem Essen – Menü C für alle – solle er noch ein wenig warten.
»Nun gut«, sagte sie, als sie am Tisch saß und in acht erwartungsvolle Gesichter blickte, »uns bleibt eine Dreiviertelstunde. Erzählt mir in kurzen Worten und so präzise wie möglich, was Sache ist. Wir wollen keine Zeit verlieren.«
Betretenes Schweigen. Niemand außer Sally konnte so direkt sein. Schließlich rückten sie mit der Angelegenheit heraus.

Es war eine jämmerliche Geschichte von Lüge und Täuschung, mit einer seltsam blassen, unsympathischen jungen Frau im Mittelpunkt. Rita war Fotografin und bedauerlicherweise eines Tages in Davids Firma gekommen, um sich Rahmen für eine Ausstellung auszusuchen. Dabei hatte sie sich in ihn verliebt. Angeblich habe es bis dahin einen Mann in ihrem Leben gegeben, aber der sei bald darauf verschwunden. Rita lebte in einem großen Wohnatelier unweit von hier. David verbrachte dort mehr und mehr Zeit; nachmittags parkte sein Lieferwagen immer vor dem Haus. Bei jeder Veranstaltung, bei der Rita anwesend war, stand David neben ihr und grinste verlegen, aber stolz. Am liebsten hätten ihm alle das Lächeln aus dem Gesicht gewischt.
»Vielleicht liebt er sie ja«, sagte Sally.
Ihre Bemerkung ließ alle verstummen.
Das Wort *Liebe* hatten sie in diesem Zusammenhang nicht erwartet. Betrug ja, auch Verrat, Ehebruch, Untreue, Lügner. Aber nicht Liebe.
»Er kann diese Frau doch nicht lieben«, erklärte Emily, Davids Schwester.
»Er weiß doch gar nicht, was Liebe ist«, schniefte Marigold. Die anderen schüttelten die Köpfe. Was immer es war – Liebe bestimmt nicht.
Sally blickte aufmunternd in die Runde. »Und Anna spricht nicht darüber – ist es das, was euch beschäftigt?«
Sie hatte den Nagel auf den Kopf getroffen. Alle nickten zustimmend. Das sei genau das Problem. Sally zog eine Art Resümee. »Was heißt, dass sie womöglich gar nichts davon weiß …?«
Entrüstetes Stimmengewirr wurde laut. Sie musste es wissen, das war doch nicht zu übersehen.
»Oder dass sie es weiß, aber nicht darüber reden will?«
Sally schaute in die Gesichter dieser freundlichen, besorgten Frauen, die um der großherzigen, gutgläubigen Anna willen so

empört waren. Murmelnde Zustimmung: So mochte es nach außen hin erscheinen.

Sally lächelte triumphierend. »Dann werden wir uns eben dementsprechend verhalten und die Sache nicht ansprechen«, schlug sie vor.

Den Frauen gefiel das ganz und gar nicht. Sie hatten es extra so eingerichtet, Sally allein zu fassen zu bekommen. Nun wollten sie eine Anführerin, jemanden, der ihnen sagte, wo es langging. Sie hätten es nicht ertragen, wenn die Angelegenheit für immer ein ungelöstes Geheimnis bliebe.

»Aber er macht eine Närrin aus Anna«, wandte Marigold ein. »Er demütigt sie.«

»Nein, tut er nicht. Nur weil er sich möglicherweise schlecht benimmt, halte ich Anna weder für eine Närrin, noch denke ich, dass sie sich gedemütigt fühlen muss. Für mich ist sie dieselbe wie immer.«

Das stimmte und stimmte auch wieder nicht.

Die Frauen am Tisch brachten alle möglichen Einwände vor und verstiegen sich in die wildesten Spekulationen.

»Aber sie wird fürchterlich wütend sein, wenn sie dahinterkommt und erfährt, dass wir es alle längst wussten.«

»Sie wird an unserer Freundschaft zweifeln.«

»Man sollte sie warnen.«

»Das ist nicht fair.«

»Können wir ihr nicht einen anonymen Brief schicken?«

»Vielleicht könnte Sally Rita zur Rede stellen?«

Sally erhob ihre Stimme. »Jedes Mal, wenn ich hierherkomme, frage ich mich, warum ich eigentlich noch in London lebe. Ihr seid die besten Freundinnen, die man sich vorstellen kann, und ihr versteht sicher, dass es oft schwerer ist, nichts zu tun und nur da zu sein, statt in wilden Aktionismus auszubrechen. Und genauso müssen wir uns in diesem Fall verhalten.«

Ihre Hand zitterte, als sie nach der Speisekarte griff und zu lesen begann.

»Wir haben die Wahl zwischen Suppe oder Frühlingsrolle als Vorspeise, beides geht nicht. Ich würde sagen, wir bestellen jetzt, das beruhigt die Gemüter. Anna wird spätestens in zehn Minuten da sein, und dann kann sie für sich selbst bestellen.«
Als Anna mit neuer, schicker Frisur zu ihnen stieß, waren alle in eine angeregte Unterhaltung über ihre Kinder, ihre Jobs, ihre Gärten und ihre Urlaubspläne vertieft. Bald war auch Anna auf das Gespräch konzentriert, und Sally spürte, wie sie allmählich wieder leichter atmete. Sie war überrascht, wie empört und wütend sie wegen ihrer Freundin war.
Gewiss, sie hatte es geschafft, die anderen davon abzuhalten, sich mit dummen, unsensiblen Bemerkungen einzumischen, und ihnen ziemlich kategorisch erklärt, dass Nichtstun die einzige Handlungsoption sei. Doch das löste noch lang nicht den Knoten aus eigenen Gefühlen in ihr. Sally zitterte fast vor Wut darüber, wie David die Frau behandelte, die ihn liebte, die Frau, die jeden Tag im Büro saß und Akten sortierte, um Geld für den gemeinsamen Haushalt zu verdienen. Geld, das David mit Rita in teuren Hotels ausgab.
Sally lächelte und beteiligte sich ab und zu an der Unterhaltung. Das heißt, sie lachte, wenn die anderen lachten, hatte jedoch das Gefühl, auf Autopilot zu laufen, während ihr Gehirn die ganze Zeit über auf Hochtouren arbeitete.
Sally und Anna hatten nie Geheimnisse voreinander gehabt. Niemals. Hatte Anna tatsächlich einen Grund, ihr von David zu erzählen, oder war das nur ein Strohfeuer, das von selbst wieder verlöschen würde? Was würde sie sich wünschen, wäre sie an ihrer Stelle? Angenommen, ihr Johnny hätte eine Rita in seinem Leben und sie selbst würde als Einzige nichts davon wissen – würde sie dann nicht wollen, dass Anna es ihr sagte? Würde sie das überhaupt ertragen? Oder wäre es nicht wünschenswerter, selbst dahinterzukommen, um sich dann an der Schulter ihrer Freundin auszuweinen? Sally flog am nächsten Tag nach London zurück. Wenn sie noch mit Anna reden woll-

te, musste das heute Abend sein. Morgen würde sie bereits im Flugzeug sitzen und sich das Gehirn zermartern, ob sie sich richtig verhalten hatte.

Sally betrachtete das vergnügte Gesicht ihrer Freundin, als sie den Kellner überredete, ein Foto von ihnen allen zu machen. Zehn Frauen, von denen neun ein Geheimnis bezüglich der Frau teilten, die in ihrer Mitte saß.

David empfing sie, als sie nach Hause kamen.

»Nun, Ladys, steht euch der Wunsch eher nach noch mehr Wein oder doch lieber nach viel Wasser und Alka-Seltzer?«

Sein Lächeln brachte wie immer das härteste Herz zum Schmelzen.

Sally fragte sich, wo Rita an dem Abend wohl war. Saß sie allein in ihrem Wohnatelier und hoffte, dass dieser attraktive Mann endlich seiner Frau das sagen würde, was alle anderen bereits zu wissen schienen? Sally brachte in Davids Gegenwart kaum ein Wort heraus und erwiderte nichts.

»Oh, Wein würde ich sagen, David«, schlug Anna vor. »Es ist Sallys letzter Abend – wir haben noch einiges zu bequatschen.«

»Also, zwei Gläser, eine Flasche, ein Korkenzieher. Bin ich nicht gut zu euch?«

Er küsste beide auf die Stirn.

»Ich lasse euch zwei jetzt allein.«

Doch statt nach oben ins Bett zu gehen, hielt er auf die Haustür zu.

»Hey, David, du wirst um die Zeit nicht noch weggehen? Du willst doch nicht etwa arbeiten?« Anna runzelte die Stirn.

»Jemand muss ja wohl euer Trinkgelage finanzieren. Ich habe nur darauf gewartet, dass ihr vergnügungssüchtigen Ladys den Weg nach Hause findet. Aber jetzt könnt ihr zwei ja auf die Jungen aufpassen, und ich kann zurück ins Büro.«

Sally zog scharf die Luft ein. »David, was, um alles in der Welt, kannst du um halb elf Uhr nachts im Büro noch erledigen?«

Ungerührt erwiderte er ihren Blick.

»Nun, Sally, ich weiß ja nicht, um welche Zeit du deine Kolumnen oder Reportagen schreibst, aber ich käme nie auf die Idee, dir vorzuschreiben, wann du das machen sollst. Und das, was ich zu tun habe – Kontoauszüge sortieren, Hölzer zusammenstellen und Mailinglisten auf den neuesten Stand bringen ... nun, das kann zu jeder Tages- oder Nachtzeit erledigt werden.« Mit einem herausfordernden Lächeln sah er sie an.
»Klar doch«, erwiderte Sally. Ihre Stimme war kaum mehr als ein Flüstern.
»Bleib nicht zu lang, Liebling«, sagte Anna besorgt.
»Wenn es zu spät wird, schlafe ich im Büro.«
Ein Winken, und er war fort.
Sally wagte nicht, den Blick zu heben und ihrer Freundin in die Augen zu schauen. Er würde nicht im Büro schlafen, das keine halbe Meile entfernt lag. Und Anna nahm ihm diese Lüge ab.
Sie schenkten sich Wein ein und sprachen über die Frauen, mit denen sie zuvor gegessen hatten. Sie unterhielten sich über ihre Kinder und gingen dann nach oben, um nach den Jungen zu sehen. Die zwei freuten sich schon auf die Zeit in drei Jahren, wenn sie allein nach London fliegen durften und Sally sie am Flughafen abholen würde. Sally und Anna redeten über Sallys Teenager und darüber, was sie nach dem Abitur studieren würden. Sie sprachen über Johnny und sein Weinlokal. Und die ganze Zeit über war Sally zum Heulen zumute.
Sie schaffte es gerade noch ins Gästezimmer, bevor die Tränen zu laufen begannen. Vorsichtshalber legte sie ein Handtuch auf den hübschen neuen Kissenbezug und schluchzte leise vor sich hin, während die Uhr Mitternacht schlug und dann jede weitere Stunde bis sieben Uhr morgens. Zu keiner Zeit hörte sie, dass die Haustür sich öffnete oder David die Treppe hochkam. Er war im Büro geblieben. Sally bekam kaum das Frühstück hinunter, das Anna für sie zubereitet hatte. Dann fuhr das Taxi vor, um sie zum Flughafen zu bringen. Förmlich schüttelte sie den beiden kleinen Jungen die Hand, die bereits jede Menge

Punkte auf ihrer Liste für London stehen hatten. Sie machten sich für die Schule fertig, und ihre Mutter würde sie begleiten, bevor sie selbst zur Arbeit ging.

Alles war so unfassbar traurig. Ungerecht und traurig.

Sally starrte den ganzen Flug über aus dem Fenster. Sie schlug weder ihre Zeitung noch ihr Buch auf. In London angekommen, holte sie ihr Handy heraus und rief Johnny an. Auf ihrer Mobilbox war eine Nachricht.

»Schatz, wenn du das hörst – ich bin unterwegs, um dich abzuholen. Hinterlass mir eine Nachricht, wenn du willst.«

Sally sprach leise ins Telefon.

»Warum sollte ich dir keine Nachricht hinterlassen? Ich liebe dich, Johnny, du bist der Beste.«

Und dann hielt sie Ausschau nach ihm.

»Es tut mir so leid, dass ich schlechte Nachrichten für dich habe«, begann er. »Es geht um Anna.«

»Nein. Um Gottes willen, Johnny, sag mir, was passiert ist.« Ihr Koffer glitt zu Boden.

»Sie hat angerufen. Es geht um ihren Mann.«

»O Gott, wann hat sie es erfahren?«

»Das Krankenhaus hat angerufen – offenbar ist alles sehr schnell gegangen.«

»Was ist schnell gegangen?«

»Er ist gestorben, Sally, Schatz. Es tut mir leid, dir das sagen zu müssen, aber ich dachte, ich komme lieber selbst zum Flughafen.«

»David ist gestorben!«

»Ja, in seinem Büro, gestern Nacht offensichtlich.«

»Er war wirklich im Büro – er ist in seinem Büro gestorben?«

»Ich weiß es nicht, Schatz. Anna sagte, man hat ihn ins Krankenhaus gebracht, aber es ist zu spät gewesen … und dann hat das Krankenhaus angerufen, um ihr zu sagen … es muss kurz nach deiner Abreise passiert sein.«

»Und wer hat ihn ins Krankenhaus gebracht?«

»Liebling, woher soll ich das denn wissen? Ich weiß nur, was passiert ist. Ist das so wichtig?«

Sally war mit einem Mal sehr blass und konnte kaum sprechen.

»Ja, Johnny, das ist es. Es ist sogar schrecklich wichtig.«

Zu Hause setzte Sally sich erst einmal eine Weile aufs Sofa, bevor sie zum Telefon griff. Sie hätte Marigold oder Davids Schwester Emily anrufen können. Oder eine der Frauen, mit denen sie gestern Abend im Restaurant gegessen hatte. Doch sie zu fragen, ob David in Ritas Armen gestorben war, wäre ihr wie Verrat vorgekommen.

Hatte Rita ihn ins Krankenhaus gebracht und dort seinem Schicksal überlassen?

Hatte sie sich davongeschlichen und die Krankenhausleitung gebeten, ihren Namen nicht zu erwähnen?

Sally musste das unbedingt wissen, aber wenn sie die anderen danach fragte, würde sie in gewisser Weise auch Verrat an der Selbständigkeit und Souveränität üben, die sie mit ihrem beherzten Eintreten für ihre Freundin errungen hatte.

Eine Million Fragen lagen ihr auf der Zunge, aber sie durfte sie nicht stellen. War es erst gestern Abend gewesen, dass sie in diesem chinesischen Restaurant zusammengesessen hatten? Sie durfte jetzt auf keinen Fall schwach werden und Annas Würde gefährden, um die sie so hart gerungen hatte.

Sie würde ihre Freundin Anna selbst anrufen müssen. Sally wählte die Nummer und wappnete sich gegen das, was sie zu hören bekäme.

Anna wirkte sehr gefasst.

»Er hat einfach zu viel gearbeitet, Sally«, sagte sie. »In den letzten zwei Jahren hatte er kein richtiges Leben mehr – du hast es ja selbst erlebt.«

»Es tut mir so leid, Anna, meine Liebe.«

»Das weiß ich, Sally. Du bist eine echte Freundin, und ich weiß, dass du David auch gemocht hast.«

»Und … hatte er den Anfall, den Herzanfall, in seinem Büro? Ist es dort passiert?«

»Nein, zum Glück nicht – das ist einer der Strohhalme, an die ich mich klammere. Es kommt wir vor wie ein Wunder. Den ganzen Weg zum Krankenhaus war mir der Gedanke unerträglich, dass er ganz allein im Büro gestorben ist und vielleicht sogar noch versucht haben könnte, ans Telefon zu kommen.«

»Wo ist es dann passiert?« Sally brachte kaum mehr als ein heiseres Flüstern zustande.

»Das ist wirklich unfassbar. Als er da so im Büro saß, hat er ganz spät noch einen Anruf bekommen und ist losgezogen, um eine Bestellung auszuliefern.«

»Eine Bestellung?«

»Ja, wir haben da eine Kundin, eine Fotografin, die uns immer jede Menge Rahmen abkauft. Auf jeden Fall ist er zu ihr gefahren, um ihr ein paar Sachen zu bringen, die sie noch dringend für eine Ausstellung benötigte. Er hat dort noch was getrunken, und da ist es dann passiert.«

»Bei ihr zu Hause?«

»Ja, aber Rita, so heißt die Fotografin, hat mir versichert, dass er nicht gelitten hat. David hat sich plötzlich an die Brust gefasst und meinen Namen gesagt. ›Anna‹, hat er gesagt, und daraufhin hat sie den Notarzt gerufen, und sie haben ihn ins Krankenhaus gebracht. Dort hat man wirklich alles getan, was menschenmöglich war, aber er ist noch an Ort und Stelle gestorben.«

»Das muss aber für diese Frau auch ein großer Schock gewesen sein«, stammelte Sally, die kaum glauben konnte, dass sie dieses Gespräch führte.

»Ein schrecklicher Schock – noch heute Morgen war sie vollkommen durcheinander. Ich habe gefragt, ob sie zu uns kommen will, aber sie hat abgelehnt.«

»Sie will wahrscheinlich allein sein.« Sally fehlten die Worte.

»Oh, Sally, ist das nicht entsetzlich?« Anna seufzte. »Wie soll ich nur ohne ihn weiterleben?«

»Er würde es so wollen«, erwiderte Sally automatisch. Ihre Gedanken überschlugen sich. Sie hatte Anna und Davids Haus an diesem Morgen gegen halb acht Uhr verlassen. Zu dieser Zeit hatte das Krankenhaus noch nicht angerufen gehabt. Anna musste doch inzwischen begriffen haben, dass David die Nacht bei Rita verbracht hatte. Wenn sie nur zwei Minuten über den zeitlichen Ablauf nachdachte, würde sie erkennen, wie merkwürdig es war, um fünf Uhr morgens bei einem wildfremden Menschen auf einen Drink vorbeizuschauen. Entweder belog Anna sich selbst, oder sie legte sich eine Geschichte zurecht, mit der sie den Rest ihrer Tage leben konnte. Unmöglich, dass sie das alles glaubte. Aber was war nun richtig?

»Willst du, dass ich sofort zurückfliege? Kann ich dir irgendwie helfen?«

»Mir wäre es lieber, wenn du nächste Woche zur Beerdigung kommen könntest. Das wäre mir eine große Hilfe. Weißt du, Sally, hier sind alle völlig durch den Wind. Keine meiner Freundinnen weiß mehr, was sie sagen soll. Sogar mein Vater stammelt nur noch irgendwelche komischen Sachen – ich verstehe nicht, was er ausdrücken will. Fast kommt es mir so vor, als würde er glauben, dass David selbst schuld ist an seinem Tod.«

»Das hat bestimmt was mit dem Alter zu tun. Er findet sicher, dass David noch viel zu jung zum Sterben war.«

»Wahrscheinlich ist es so.« Anna schien erleichtert über diese Erklärung.

Bis zu dem Moment, als Sally zurückflog und am Tag von Davids Beerdigung neben ihrer Freundin stand, verging nicht eine Stunde oder ein Tag, an dem sie nicht über Annas Reaktion nachdachte. Alle Frauen, die an dem Abend in dem chinesischen Restaurant dabei gewesen waren und sich nun am Grab eingefunden hatten, trugen Schwarz. Auch die seltsam blasse

Frau mit den langen, blonden Haaren, die allein abseits der anderen stand.
»Das ist Rita. Du weißt schon, die Frau, die ihn ins Krankenhaus gebracht hat«, flüsterte Anna Sally zu.
Annas Augen waren gerötet vom Weinen, aber ihr Gesicht drückte völlige Arglosigkeit aus. Sie war umgeben von Menschen, die gekommen waren, um sie in die Arme zu schließen und ihre Trauer zu bekunden über den Tod eines hart arbeitenden Familienvaters, liebenden Ehemanns und beliebten Arbeitskollegen. Was war er doch für ein guter Mann gewesen, beteuerten alle, welche Tragödie, dass er sie so früh verlassen musste und sie ihr Alter nicht miteinander verbringen konnten.
Sally nahm das alles in sich auf. Sie sah, wie Anna Rita zu sich nach Hause einlud, aber die blasse Frau mit dem langen, strohfarbenen Haar schüttelte nur den Kopf und ging allein weg.
Anna hingegen war umringt von einer Gruppe mitfühlender Trauergäste, die sich anschickten, gemeinsam mit ihr nach Hause zu fahren, wo Sandwiches und Wein auf sie warteten. Die Gesichter der Frauen, mit denen sie erst kürzlich in dem chinesischen Restaurant gesessen hatte, strahlten eine gewisse Genugtuung aus, wie Sally auffiel. So als hätte Anna einen Krieg gewonnen, der niemals erklärt worden war. Anna, die tragische Heldin, die tapfere junge Witwe, die geliebte, geschätzte Gattin, deren Namen ihr Mann im Sterben geflüstert hatte. Der Ehemann, der ohne Rücksicht auf sich, seine Gesundheit und seine eigenen Bedürfnisse hart gearbeitet hatte, um Frau und Kinder zu versorgen.
Auch eine Art, die Geschichte neu zu schreiben.
Die Frau mit dem bleichen Gesicht, die eine so große Gefahr dargestellt hatte, war vertrieben und bestraft worden, während Freunde und Familie sich schützend um die Ehefrau scharten.
Die Geliebte war allein zurückgeblieben. Sally entschuldigte sich bei der Gruppe auf dem Friedhof und folgte der Frau zu

ihrem kleinen Auto. Sie wusste nicht, was sie sagen würde, aber sie hatte das Gefühl, dass sie irgendetwas sagen sollte.

Rita drehte sich um und sah sie verwundert an.

»Ich bin Sally«, begann sie.

»Ja, ich weiß … die Journalistenfreundin«, antwortete Rita.

Irgendetwas an der Art, wie sie das sagte, erinnerte Sally an David. Sie konnte sich gut vorstellen, dass er ziemlich geringschätzig über sie gesprochen hatte.

»Ich wollte nur sagen …«

Rita sah sie abwartend an.

Sally, die im Fernsehen und in ihren Kolumnen zu einem Millionenpublikum sprechen konnte, suchte verzweifelt nach Worten.

»Ich wollte sagen, dass Sie sich einfach phantastisch verhalten haben«, fuhr sie fort.

Rita sah sie lang an. »Er hat immer gesagt, dass Sie Klasse haben«, erwiderte sie schließlich.

»*Sie* aber auch«, entgegnete Sally.

Und mehr gab es nicht zu sagen.

Im Haus ihrer besten Freundin stand Sally in der Ecke und betrachtete Anna, als hätte sie sie nie zuvor gesehen. Obwohl Anna ein paarmal aus Dankbarkeit für ihre Solidarität nach Sallys Hand griff und sie drückte, änderte das nichts an deren Verwirrung. Mit einem Mal war ihr diese Frau vollkommen fremd – Anna, ihre Freundin, die sie seit der Schulzeit kannte. War das nichts als Theater? Spielte Anna eine Rolle, um wenigstens ein wenig von dem Leben zu retten, das womöglich bald in die Brüche gegangen wäre? Jetzt war sie die trauernde Witwe, die tapfere junge Frau, die mit der Unterstützung von Familie und Freunden beherzt ihr Leben weiterführen würde. Hätte sie sich der Situation gestellt, wäre der Ausgang ein anderer gewesen. Dann wären die Leute am Grab verlegen von einem Bein auf das andere getreten. David habe seinen verfrühten Tod in vielerlei Hinsicht verdient,

hätten sie gesagt. Und dann wäre Rita die Leidtragende gewesen.
Anna musste von allem gewusst und begriffen haben, dass auch die anderen es wussten. Möglicherweise spielte sie aber auch nur heute Theater. Der Kinder wegen. Später dann, wenn alle nach Hause gegangen wären, würde Anna sicher ihr – Sally – das Herz ausschütten, wie es all die Jahre über der Fall gewesen war. Dann würde sie ihre Maske fallen lassen.
Alle waren sichtlich erleichtert, dass Sally da war. So konnten sie in dem sicheren Wissen nach Hause gehen, dass Anna keine bessere Unterstützung und Ratgeberin haben könnte.
Die beiden Frauen zündeten das Feuer im Kamin an und setzten sich davor auf den Boden, zwischen sich Tee und Kekse, wie so oft im Lauf der vergangenen Jahre. Und Anna holte ihre Fotoalben heraus und fing an, Sally vorzuschwärmen, was für ein wunderbarer Ehemann David gewesen sei und was für ein Glück sie mit ihren Entscheidungen gehabt hätten. Sie würde die Kinder in der Erinnerung an den besten Daddy der Welt großziehen. Sally hörte ihrer Freundin ungläubig zu.
Am liebsten hätte sie laut gerufen: »Ich bin es – Sally, ich weiß alles über dich so wie du über mich. Du musst mir nichts mehr vormachen. Sprechen wir doch endlich aus, was für eine erbärmliche Angelegenheit diese Affäre gewesen war. Völlig unbegreiflich. Aber letzten Endes hat sich die Frau, die ihn dir weggenommen hat, doch einigermaßen anständig verhalten, nicht wahr?«
Aber nichts von alledem würde zur Sprache kommen. Es war klar, dass Anna ihre Rolle weiterspielen würde. Und mittlerweile war es vielleicht keine Rolle mehr. Mittlerweile glaubte sie wohl selbst daran.
Doch hier zu sitzen, alte Fotos anzusehen und verlogene Phrasen von sich zu geben, hatte mit Freundschaft nichts zu tun. Aber hatte Sally beim Chinesen nicht genau diese Vorgehensweise vorgeschlagen? Ihre Strategie war es ja gewesen, ihre

Freundin nicht zum Opfer zu machen, dem man erst die Augen öffnen musste. Sie hatte dafür plädiert, ihr stattdessen ihre Würde nicht zu zerstören. Sally zitterte trotz der Wärme des Kaminfeuers. Sie hatte Anna ihre Würde gelassen – die heutige Beerdigung war der Beweis dafür. Doch zu welchem Preis?

Sie betrachtete die Frau, die einst ihre Seelenverwandte gewesen war, und wusste, dass sich ihre Beziehung von nun an auf einer anderen Ebene abspielen würde. Ihre einstige Freundschaft war tot, gestorben an den Folgen gegenseitiger Täuschung. War es besser, mit dieser unausgesprochenen Lüge einfach weiterzumachen, oder war das unmöglich?

Gemeinsam hätten sie darüber hinwegkommen können, wie es schon zuvor in so vielen anderen Situationen der Fall gewesen war. Aber so würde es eine vollkommen neue Erfahrung für Sally sein, eine Freundin zu haben, mit der sie nicht über die wirklich wichtigen Dinge im Leben reden konnte. Sally wusste nicht, warum sie wollte, dass Anna sich dem stellte, was geschehen war. Aber sie wünschte es sich.

Und noch eines wusste sie. In einer Freundschaft waren Würde und Respekt offenbar nicht annähernd so befriedigend wie die Aussicht, sich mal so richtig bei einer Freundin ausheulen zu können, sich dann energisch die Nase zu putzen und sich gegenseitig zu versichern, dass alles wieder gut werden würde. Das war es, was Freundschaft ausmachte. Doch irgendwie war diese Freundschaft auf der Strecke geblieben.

Eine gute Investition

Früher schickte man eine Tochter, die sich hoffnungslos in einen völlig unpassenden Kandidaten verliebt hatte, auf eine Kreuzfahrt um die Welt, um sie von ihrer Leidenschaft zu kurieren. Zumindest behauptete das Shonas Vater. Aber da niemand von Shonas unpassendem Verehrer erfahren sollte, sagte er das nur zu seiner Frau.

Doch so einfach war die Sache nicht.

Shonas Mutter fand es nämlich lächerlich, auf diese Methode zurückzugreifen. Wenn überhaupt, dann könne sich lediglich ein Prozent der Bevölkerung eine Kreuzfahrt um die Welt leisten, ganz bestimmt aber niemand aus der Chestnut Street.

In ihrem Fall brauchten sie jemanden, der am anderen Ende der Welt lebte und einer unsterblich verliebten Zweiundzwanzigjährigen einen Job anbieten würde, den sie unmöglich ablehnen konnte.

Shonas Eltern stutzten und sahen einander an. Schlagartig war ihnen Marty eingefallen.

Marty, der vor vielen Jahren, als sie sich kennenlernten, in derselben Pension gewohnt hatte wie ihre ganze Clique. Marty, der Student aus Amerika, der nie den Kontakt hatte abbrechen lassen, obwohl er inzwischen – wie sie auch – bereits in den mittleren Jahren war.

Vielleicht sollten sie Marty einen Brief nach Arizona schreiben, wo er jetzt lebte, und vielleicht hatte er tatsächlich einen Job für Shona.

Sie hatten zwar nicht den Eindruck gewonnen, als hätte Marty genügend Geld, um jemandem eine Stellung anbieten zu können, aber fragen kostete nichts.

So schrieben sie an Marty und vertrauten ihm die Wahrheit an: dass Shona nun schon seit fast zwei Jahren in diesen Vincent verknallt sei. Dass sie die Universität ohne Abschluss verlassen habe, seitdem untätig herumsitze und nur darauf warte, dass er sich bei ihr meldete.

Mit Vernunft käme man nicht weiter bei ihr, und auch das Argument, dass Vincent sie nicht liebe, sonst wäre er längst mit ihr zusammen, überzeuge sie nicht. Nicht einmal die Anspielung fruchtete, dass Vincent womöglich irgendwo eine Ehefrau haben könne.

Es war eine große Erleichterung, Marty das alles erzählen zu können, ohne irgendetwas verschleiern zu müssen, wie es zu Hause der Fall war.

Marty antwortete umgehend auf ihren Brief.

»Von schwierigen Kindern kann ich ein Lied singen«, schrieb er. Auch ihr ältester Sohn sei drauf und dran, seinen Eltern das Herz zu brechen.

Aber dieser Junge war erst siebzehn Jahre alt, ein halbes Kind noch und wahrscheinlich wie alle Jungen in Arizona, die sich in dem Alter beweisen mussten, dachten Shonas Eltern.

Marty hatte einen zweiten Brief beigefügt, den sie Shona zeigen sollten und in dem stand, dass er einen Gemischtwarenladen betreibe und dringend eine Mitarbeiterin brauchte.

Am liebsten wäre ihm eine aufgeweckte junge Frau Anfang zwanzig, und sie sollte gut mit den Touristen umgehen können, die auf ihrem Weg zum Grand Canyon bei ihm haltmachten und Andenken kauften.

Ihr bliebe noch genügend Freizeit, um sich in die Sonne zu setzen, ihren Gedanken nachzuhängen und die Schönheit und den Frieden der Landschaft zu genießen, fügte er hinzu.

Während Shona den Brief las, wagten ihre Eltern es kaum, ihr in die Augen zu schauen.

Vincent hatte bereits seit einigen Wochen nichts mehr von sich hören lassen.

»Ich glaube, das könnte mir gefallen«, sagte Shona.
Erleichtert atmeten ihre Eltern auf.
Als Vincent drei Wochen nach Shonas Abreise anrief, erklärte ihm ihre Mutter, dass sie die Adresse ihrer Tochter zwar irgendwo habe, sie aber gerade nicht finden könne.
Als er erneut anrief, meinte Shonas Vater bedauernd, dass er seine Brille verlegt habe.
Ein drittes Mal rief Vincent nicht mehr an.
Shona gewöhnte sich rasch ein bei Marty und seiner Frau Ella. Sie wohnte in einem kleinen Zimmer über dem Laden, das ihr ganz allein zur Verfügung stand. Das Paar arbeitete hart, und sogar ihre neun Jahre alten Zwillinge halfen mit und trugen den Kunden die Einkäufe hinaus zum Wagen.
Und dann war da noch Nick.
Nick war siebzehn Jahre alt, attraktiv und schien ständig geistesabwesend zu sein. Er nahm an nichts Anteil, zuckte immer nur die Schultern und empfand es offenbar als Zumutung, dass er im Laden helfen sollte, so dass alle es längst aufgegeben hatten, ihn um Mithilfe zu bitten.
Seine beiden kleinen Brüder hingegen himmelten ihn aus der Ferne an.
Nur für seine Mutter machte Nick eine Ausnahme, schleppte schwere Lasten und trug jeden Morgen den Wäschekorb hinaus zur Wäscheleine. Dafür belohnte sie ihn mit einem liebevollen, aber traurigen Lächeln.
Marty hingegen war sein Sohn, den er mit großer Sorge betrachtete, ein Rätsel.
So schlug er ihm mehrmals in der Woche eine gemeinsame Unternehmung vor – einen Ausflug, ein Barbecue, einen Besuch im Kino –, doch der Junge würdigte ihn kaum einer Antwort.
Dafür war er ein Meister im Schulterzucken. Wie bei einem Pantomimen schienen seine Schultern ein Eigenleben zu führen.

Auch Shona hatte in der ersten Zeit versucht, Nick ein paar Worte zu entlocken. Aber es war sinnlos; der Junge zeigte keinerlei Interesse an ihr.

Nur ein einziges Mal stellte er ihr eine Frage. »Hast du einen Abschluss?«

»Nein«, erwiderte Shona, die sich wunderte, warum er das wissen wollte, verwirrt.

»In Irland heißt das anders als bei uns«, erklärte Marty. »Shona hat einen Abschluss, und zwar von einer Highschool, Nick, wie man hier sagen würde.«

Es war sinnlos – der Junge zuckte nur die Schultern.

»Ich hab gehört, was sie gesagt hat«, erwiderte er.

Ein Himmel, unendlich und blau, und Weite, wohin man sah. Die Leute redeten über die bevorstehende Präsidentenwahl in Amerika. Hatte Ronald Reagan, der Filmstar, tatsächlich eine Chance, sie zu gewinnen? Würde ein Kennedy gegen ihn antreten, oder würde Präsident Carter sich ein weiteres Mal zur Wahl stellen?

Auch die Olympischen Spiele in Moskau waren ein Thema.

Der Sommer war heiß, Irland weit weg, aber Shona schrieb jeden Abend einen Brief an ihren Vinnie. Sie schickte die Briefe nie ab, sondern versicherte ihm darin mit immer neuen Worten, wie sehr sie ihn liebe und dass alles gut werden würde.

Während sie schrieb, blickte sie hin und wieder auf und beobachtete den hübschen Nick, der sich mit seinem Computer beschäftigte.

Viel mehr schien er nicht zu tun.

Der Sommer verging, und Shona sparte jeden Cent, den sie verdiente. Wenn sie wieder in Irland war, würde sie mit Vinnie in Urlaub fahren. Vielleicht würden sie ein Boot auf dem Shannon mieten, davon hatte er immer gesprochen. Vielleicht würden sie aber auch zum Galway-Austernfestival fahren. Sie hatte genügend Geld. Marty hatte ihr in diesen vierzehn Wochen einen anständigen Lohn bezahlt, und sie gab kaum etwas davon aus.

Nach fünfzehn Wochen traf ein Brief von Vinnie bei ihr ein. Endlich habe er ihre Adresse erfahren, schrieb er, und inzwischen sei er sich auch ganz sicher, dass er sie liebe. Ob sie überhaupt noch an ihn gedacht habe, wollte er wissen.

Shona schickte ihm postwendend das Bündel Liebesbriefe, das sie während der malerischen Sonnenuntergänge in Arizona verfasst hatte, und kündigte an, dass sie sich umgehend ihr Ticket für den Rückflug nach Hause kaufen würde.

Hoffentlich fühlten sich Marty und Ella nicht von ihr im Stich gelassen. Sie sei ihnen nämlich sehr dankbar für die wunderbare Gelegenheit, die sie ihr geboten hatten. Hier an diesem Ort sei sie zur Ruhe gekommen, aber jetzt riefe der Mann, den sie liebte, sie nach Hause zurück.

Marty und Ella seufzten und warteten, bis Shona verträumt nach oben gegangen war, ehe sie in Irland anriefen und ihrer Mutter und ihrem Vater die schlechte Nachricht überbrachten.

Shona war in ihrem kleinen Zimmer und wollte nach ihren Ersparnissen sehen. Ein Lächeln umspielte ihren Mund, als sie daran dachte, was sie Vinnie alles würde erzählen können. Er war noch nie in den Vereinigten Staaten gewesen. Es gab da ein dummes Problem mit dem Visum, irgendeine alberne Sache aus seiner Vergangenheit. Shona war in Gedanken bei Vinnie, während sie ihre Brieftasche suchte. Jedoch ohne Erfolg.

Eine Stunde später musste sie sich wohl oder übel damit abfinden, dass ihr Geld verschwunden war. Lang saß sie reglos da, aber schließlich akzeptierte sie die Tatsache.

Es war ausgesprochen unwahrscheinlich, dass ein Dieb nur in ihrem Zimmer etwas gestohlen haben sollte, ohne sich vorher im Laden bedient zu haben.

Doch ebenso unwahrscheinlich war es, dass Marty und Ella sich zu ihr heraufgeschlichen und sich den Lohn, den sie ihr zuvor gegeben hatten, zurückgeholt haben sollten.

Oder gar die unschuldigen Zwillinge oder der schulterzuckende, permanent abwesend wirkende Nick, der kaum Notiz von ihr nahm.
Alle machten betroffene Gesichter, als sie es ihnen sagte. »Hast du das Geld vielleicht im Bus verloren, als du die Rundfahrt gemacht hast?« In Ellas Stimme lag große Hoffnung.
Aber Shona wusste, dass sie an dem Tag ihr Geld nicht mitgenommen hatte. Sie hatte das Risiko nicht eingehen wollen, etwas davon auszugeben.
Sie warf einen forschenden Blick in die Runde. Nicks Augen funkelten heller als sonst. Die meiste Zeit schien er meilenweit weg zu sein, doch jetzt wirkte er richtig aufgekratzt und ein wenig zu interessiert.
Shona wollte gerade sagen, dass sie an dem Tag ihr Geld ganz sicher nicht dabeigehabt habe. Doch irgendetwas hielt sie davon ab.
»Einmal angenommen, ich hatte mein Geld dabei – glaubt ihr, dass es jemand gefunden haben könnte?«
»Mir hat mal jemand gesagt, dass die meisten Dinge wiedergefunden werden«, warf Nick eifrig ein.
Vielleicht habe sie es ja tatsächlich im Bus verloren, beeilte Shona sich zu sagen und wurde mit einem Ausdruck großer Erleichterung auf den arglosen Gesichtern von Marty und Ella belohnt.
Voller Abscheu dachte Shona daran, wie viel Schmerz ihr ältester Sohn diesen beiden liebenswerten Menschen in den kommenden Jahren noch zufügen würde.
»Vielleicht könnte Nick mich zur Bushaltestelle fahren, damit ich mich dort erkundigen kann?«, stieß sie gepresst hervor.
Nick sagte kein einziges Wort, als sie zusammen im Wagen saßen und über Land fuhren.
Auch Shona unternahm nichts, um das Schweigen zwischen ihnen zu brechen.
»Wie ist Irland eigentlich so?«, fragte er schließlich.

»Grün, klein, voller Seen und Flüsse und Straßen, die sich kreuz und quer durch das Land schlängeln. Dazwischen Berge und ringsherum Meer.«

»Ist das Leben leicht dort?«, wollte er wissen.

»Nicht besonders. Nicht leichter als hier.« Shonas Stimme klang dumpf.

Er reichte ihr einen Umschlag.

»Das meiste ist noch da«, erklärte er.

»Okay.«

»Nur dreißig Dollar fehlen. Davon habe ich mir Software gekauft.«

Shona gab ihm keine Antwort, sondern starrte durch das Wagenfenster hinaus auf die Landschaft von Arizona, die sie wahrscheinlich nie mehr wiedersehen würde.

War es richtig von ihr gewesen, Marty und Ella die Erkenntnis vorzuenthalten, dass ihr ältester Sohn ein Dieb war?

Hatte sie vielleicht nur deshalb geschwiegen, damit sie aus ihrem Leben verschwinden konnte und sich nicht für das Unglück der beiden verantwortlich fühlen musste?

Auch auf dem Nachhauseweg sprachen Shona und Nick kein einziges Wort miteinander.

Sie erfand schließlich eine Geschichte über die Busgesellschaft und verließ Arizona in Richtung Irland, in Richtung Vinnie.

Vinnie war in Hochstimmung. Sie sollten heiraten, schlug er vor. Und zwar so bald wie möglich. Dann könnten sie mit Shonas Geld in die Flitterwochen fahren. Shona trug das Kleid einer Freundin, und es kamen nur ein paar Leute zu ihrer Hochzeit.

Shona bat ihren Vater, kein Geld für einen großen Empfang auszugeben. Ihre Hochzeitsfotos würden niemandes Herz erwärmen. Denn man musste kein Psychologe sein, um den angespannten Ausdruck auf den Gesichtern der Anwesenden zu bemerken. Mit Ausnahme der Braut und des Bräutigams natürlich. Während Vinnie sein übliches Lächeln zur

Schau trug, lag auf Shonas Gesicht ein Ausdruck purer Verzückung.

Die kommenden Jahre verliefen mehr oder weniger so, wie Shonas Vater und Mutter es vorhergesehen hatten.

Einmal im Jahr schrieben sie einen langen Brief an Marty und Ella und hielten sie über das Leben der beiden auf dem Laufenden. Vinnie glänzte oft lang und ohne Begründung durch Abwesenheit, und Nachwuchs stellte sich auch keiner ein.

Manchmal waren Shonas Eltern dankbar dafür. Manchmal wiederum dachten sie, dass Kinder Vinnie eventuell ruhiger machen würden, so dass er zu Hause bliebe und sich seiner Verantwortung stellen würde.

Und Shona hätte als Mutter ihrem Mann vielleicht nicht so viel durchgehen lassen, doch ihr allein schien es egal zu sein.

Marty und Ella schrieben zurück.

Ihr Leben hatte sich nur unwesentlich verändert. Nick war von zu Hause ausgezogen und ließ selten von sich hören. Sie wussten kaum etwas über seine Arbeit, nur dass es etwas mit Computern zu tun hatte. Hin und wieder schrieb er ihnen pflichtschuldig, aber sie begriffen nicht, was es mit seinen häufigen Firmenwechseln auf sich hatte.

Wenigstens verdiente er genügend Geld. Und er war anständig geblieben … oder zumindest nicht mit dem Gesetz in Konflikt geraten.

War es nicht ungerecht, dass man so viel für seine Kinder tat und sie so innig liebte, während diese im Gegenzug nur gleichgültig schienen?

An Nicks einundzwanzigstem Geburtstag hatten sie nicht einmal gewusst, wohin sie seine Glückwunschkarte schicken sollten.

Sie hätten auch nur durch eine kleine Notiz in der Zeitung erfahren, dass Vinnie im Gefängnis gewesen sei, schrieben

Shonas Eltern zurück. Ihre eigene Tochter, inzwischen eine erwachsene Frau von Ende zwanzig, hätte nichts darüber verlauten lassen.
Immer wieder luden die Freunde sich gegenseitig nach Irland und Arizona ein, aber sie wussten genau, dass sie mittlerweile schon viel zu unbeweglich geworden waren und die Reise deshalb niemals antreten würden.

Eines Tages eröffnete Shona eine Pension, die im Lauf der Jahre viele Auszeichnungen gewann.
Ihr Name galt bald als Geheimtipp, so dass sogar in den besten Zeitschriften darüber berichtet wurde.
Hin und wieder ließ sich auch Vinnie dort blicken.
Die ersten paar Tage war er stets von ausgesuchter Höflichkeit den Gästen gegenüber, bis sie ihn irgendwann zu langweilen begannen. Shona sah sich dann jedes Mal gezwungen, ihren Mann zu einer kleinen Reise zu ermuntern, damit er sie nicht daran hinderte, ihren Lebensunterhalt zu verdienen.
Vinnies Unternehmungen verschlangen jedoch mehr und mehr von ihrem Geld.
Zuerst konnte sie es sich nicht mehr leisten, neue Bettwäsche und Handtücher zu kaufen, um den hohen Standard ihrer Pension aufrechtzuerhalten.
Im Jahr darauf musste sie ihren Plan aufgeben, vier neue Gästezimmer auszubauen. Das hatte sie sich sehnlichst gewünscht, aber es war einfach kein Geld dafür da.
Shona war sehr enttäuscht, und allmählich zeichnete sich diese Verbitterung auch auf ihrem Gesicht ab. Das alles sei ihr einfach unbegreiflich, erklärte sie dem Geschäftsführer der Bank, der sehr freundlich und einsichtig war.
»Zu hohe Ausgaben«, hatte er traurig erwidert. »Sie sollten vielleicht weniger oft in Urlaub fahren.«
Shona war seit den Flitterwochen nicht mehr in Urlaub gewesen. Sie verkniff sich eine Antwort und setzte stattdessen ihr

tapferes Lächeln auf, das zu ihrem Markenzeichen geworden war.

Man schrieb das Jahr 1994, als der freundliche Banker das Aus für die Pension erklärte. Sie musste schließen. Niedergeschlagen betrachtete Shona die Zahlen.

»Zu hohe Ausgaben«, wiederholte der Manager.

»Ja«, erwiderte Shona, deren Herz einem Eisblock glich.

Mittlerweile war sie sechsunddreißig Jahre alt. In all den Jahren hatte sie einen Mann geliebt, der nur genommen und nie etwas gegeben hatte. Und bis jetzt hatte sie ihm stets verziehen – bis er sie um ihre Pension gebracht hatte. Von nun an hätte sie kein Zuhause, keine Existenz und keine Gäste mehr. Nichts, wofür es sich zu leben lohnte.

»Ich hätte da einen Käufer«, bemerkte der Banker zögernd. Es fiel ihm nicht leicht, aber Shona sträubte sich nicht.

»Bitten Sie den Käufer doch, bei mir vorbeizukommen«, entgegnete sie gleichgültig.

»Er wird nächste Woche in Irland sein.«

»Nun, das ist doch gut.« Shona lächelte so tapfer, dass der Bankmanager am liebsten geweint hätte. Niemand hatte ihn auf diese Situation vorbereitet.

Der Kaufinteressent kam in der Woche darauf und fuhr hinaus zu Shonas Pension. Sie wusste sofort, dass er der Käufer war und nicht ein Gast.

Der Mann war noch jung, Anfang dreißig. Shona hatte einen Herrn im Rentenalter erwartet.

Sie trat an die Tür, um ihn zu begrüßen. Sie würde nicht lang jammern – wenn er kaufen wollte, würde sie verkaufen.

Der Mann war Nick.

Nick, einunddreißig Jahre alt – noch immer das gleiche blonde Haar, die gleiche, leicht gebückte Haltung, permanent auf dem Sprung, als wollte er ständig weglaufen.

Doch dieses Mal sah er ihr direkt in die Augen.

Der Blick, den sie tauschten, war der zwischen Freunden. Vierzehn Jahre waren vergangen, und Shona sah in ihm nicht mehr den Jungen, der ihr erst Geld gestohlen, es dann aber bis auf dreißig Dollar wieder zurückgegeben hatte.

»Warum?«, fragte sie.

»Ich dachte, es hat keinen Sinn, wenn ich dir die dreißig Dollar schicke … das war mir immer klar.«

»Mir nicht«, erwiderte sie heftig. »Es gab Tage, da hätte ich die dreißig Dollar gut gebrauchen können.«

»Um diesem … diesem Mann von dir noch eine Krawatte zu kaufen.«

»Er ist nicht mehr mein Mann.«

»Wie oft hast du das schon gesagt?« Ihre Antwort schien ihm wichtig zu sein.

»Noch nie … wenn du es genau wissen willst.«

Nick lächelte und legte einige Papiere auf den Tisch.

»Du beabsichtigst also, meine kleine Pension zu kaufen?« Shona konnte es noch immer nicht fassen.

»Ich kaufe sie für dich. Du hast mir einmal das Leben gerettet. Jetzt rette ich deines.«

»Aber das kannst du doch nicht tun – hier geht es um völlig andere Summen.«

»Stimmt, aber die Umstände sind vergleichbar. Ohne dich wäre ich untergegangen, und vielleicht würde dir jetzt ohne mich dasselbe passieren. Ich habe dich übrigens nie aus den Augen verloren. Ich habe gewartet.«

»Warum?«

»Du warst meine erste Liebe«, sagte er ernsthaft.

»Seitdem hat es bestimmt noch viele andere gegeben«, spöttelte Shona.

»Nein … wenn du es genau wissen willst«, erwiderte er.

»Du kannst doch unmöglich in mich verliebt gewesen sein – ich war schließlich einige Jahre älter als du.«

»Das bist du immer noch, Shona, aber ich habe inzwischen aufgeholt.« Sein Lächeln war sehr charmant.

Sie hielt den Atem an.
»Und was machen wir jetzt?«
»Jetzt zahle ich dir deine Investition zurück. Du hast damals ... zufälligerweise, wie ich zugeben muss ... in meine erste Software investiert, und ich habe damit Millionen verdient. Ich bin so eine Art Senkrechtstarter ...«
»Aber das muss doch nicht sein ...«
»Doch, das muss sein. Ich habe nur eine Bedingung – die Pension wird auf deinen Namen eingetragen, nicht auf seinen.«
»Ich sage dir doch, er ist fort«, rief sie.
»Das sind ja sehr gute Neuigkeiten«, entgegnete Nick. Und dann setzte er sich an den Tisch und wirkte plötzlich wie jemand, der vielleicht tatsächlich sehr bald in den Ruhestand gehen würde.

Ein Sprung ins kalte Wasser

Molly war auf der Suche nach einem Zimmer für drei Nächte in der Woche. So könnte sie von Dienstag bis Freitag vier Tage in dem großen Finanzzentrum arbeiten und dann mit einem späten Zug nach Hause in das friedliche Dorf fahren, wo sie gerade wieder anfing, ihr Leben in den Griff zu bekommen.

Sie hatte jedoch keine Vorstellung, wie entsetzlich teuer es heutzutage war, ein Zimmer zu mieten. Wie schafften andere das nur? Und warum hatte sie das nicht gewusst? All die Jahre, die sie mit Hugh in ihrem großen, komfortablen Haus gelebt hatte, hatte sie offenbar jegliches Bewusstsein dafür verloren, wie der Rest der Welt existierte.

Aber das große Haus war verkauft und das Geld aufgeteilt worden, und zum Erstaunen aller hatte Molly sich ein Cottage auf dem Land gekauft. Jetzt brauchte sie nur noch eine Bleibe – und sei sie noch so bescheiden –, wo sie die halbe Woche verbringen konnte, aber sie schien einfach nichts Passendes finden zu können. Freunde hatten ihr ein Bett in ihrer Wohnung angeboten, aber für Molly war die Freundschaft ein heiliges Gut. Sie wollte niemandem zur Last fallen, sondern ihre eigenen vier Wände haben. In einer Stadt wie Dublin musste doch irgendwo ein einfaches Zimmer zu finden sein; ein Bett, ein Stuhl, ein Wasserkocher – das genügte fürs Erste. Eine Kleiderstange und einen kleinen Fernseher würde Molly selbst mitbringen. Sie hatte auch nichts dagegen, das Badezimmer zu teilen. Sie brauchte keinen Luxus.

Mollys Job in dem Finanzzentrum war sehr anspruchsvoll, und oft musste sie auch abends lang arbeiten. Viel Freizeit bliebe ihr ohnehin nicht. Sie wäre schon glücklich, am Ende eines langen Arbeitstages in ein Zimmer zurückkehren und sich dort ins Bett legen zu können. Schlaf war in der letzten Zeit zunehmend wichtiger für sie geworden.

Sonst dachte sie bloß ständig an Hugh und grübelte darüber nach, wie es zu der Trennung gekommen war und wie man sie hätte verhindern können. Wie in einem Karussell kreisten die Gedanken dann in ihrem Kopf und ließen Molly erschöpfter und verwirrter denn je zurück. Im Lauf der Monate war sie dahintergekommen, dass harte Arbeit und viel Schlaf das einzige Gegenmittel gegen diese sinnlosen Spekulationen waren. Es war lächerlich, so viel von ihrem schwer verdienten Geld für das kleine Hotelzimmer auszugeben, in dem sie momentan noch übernachtete. Einen Versuch würde sie deshalb noch starten und sich bei einer anderen Wohnungsvermittlung erkundigen. So schwierig konnte das doch nicht sein.

Die Frau hinter dem Schreibtisch war freundlich, aber skeptisch. Die Leute wollten keine fremden Menschen in ihrem Haus haben. Falls es für Molly jedoch in Frage käme, sich eine Wohnung mit anderen zu teilen, gäbe es einige schöne Angebote auf dem Markt.

»Aber mit jungen Leuten will ich nicht zusammenziehen«, wehrte Molly ab. »Ich bin immerhin schon einundvierzig – ich habe keine Lust mehr, mir die ganze Nacht über laute Musik anzuhören, während dauernd irgendwelche Typen kommen und gehen. Ich will doch nur ein Zimmer zur Untermiete. Ich werde auch niemandem zur Last fallen. Ist das denn zu viel verlangt?«

Die Gesichtszüge der Frau wurden weicher. »Aber natürlich nicht. Hätte ich selbst ein Haus, was ich leider nie hatte, würde ich Ihnen auf der Stelle ein Zimmer anbieten – nichts würde mir größere Freude machen.«

»Wo wohnen Sie denn?«, fragte Molly.

»Bei meinem Bruder und seiner Frau. Für keinen von uns eine

erfreuliche Situation, kann ich Ihnen sagen, aber sie brauchen die Miete, und ich kann mir die Hypothek nicht leisten.« Die Frau zuckte die Schulter; so war das nun mal im Leben. Sie hatte ein sympathisches Gesicht, war vermutlich Mitte vierzig und hieß Anita Woods, wie das kleine Messingschild verriet, das vor ihr auf dem Schreibtisch stand.

Molly fragte sich, was besser war: nie ein eigenes Haus besessen zu haben wie Anita, oder eines gehabt, aber verloren zu haben wie sie.

»Und mit meiner Miete könnten Sie sich wahrscheinlich auch keine Hypothek leisten, oder?«, sagte sie leichthin.

»Leider nein«, erwiderte Anita. »Aber Sie sind nicht die Erste, die auf diese Idee kommt.«

»Kennen Sie denn noch jemanden in meiner Situation?« Viel Hoffnung hatte Molly nicht – Anita wollte vermutlich nur nett sein.

»Nicht genau in derselben, aber letzte Woche war eine Frau hier, die hat einen Raum gesucht, in dem sie tagsüber Musikunterricht geben kann. Der Eigentümer sollte deshalb tagsüber außer Haus sein. Sie würde auch putzen und den Garten machen, hat sie angeboten. Ein sehr nette Person. Sie hält es zu Hause nicht mehr aus, hat sie erzählt. Die Kinder würden sie verrückt machen. Ihre erwachsenen Kinder, wohlgemerkt. Ich hätte ihr wahnsinnig gern geholfen, aber ich konnte einfach nichts Passendes finden.«

»Ist die Frau in Ihrer Kartei?«, fragte Molly.

»Äh, ja, aber was soll das bringen?«

»Wie heißt sie denn …«

Anita blätterte in ihrer Kartei. »Sie heißt Jackson, Jane Jackson. Eine wirklich sehr freundliche Person, die man nicht so leicht vergisst. Ich werde ganz zornig bei dem Gedanken an diese undankbaren jungen Leute, die bergeweise Schmutzwäsche nach Hause schleppen und den Kühlschrank leeren.«

»Warum kaufen Sie sich eigentlich kein Haus, Anita? Bei den

Angeboten, die Ihnen hier vorliegen, ist doch bestimmt immer mal wieder etwas dabei, das Ihnen gefällt. Und dann vermieten Sie zwei Zimmer an Jane und mich.«
»Aber das ist doch verrückt«, protestierte Anita.
»Finden Sie?« Molly konnte sehr schnell auf den Punkt kommen, wenn sie wollte; deswegen war sie auch so erfolgreich in ihrem Beruf. »Treffen wir uns doch mal zu dritt zum Mittagessen – das verpflichtet zu nichts«, schlug sie vor. Ihr entging nicht, dass ein Anflug ernsthaften Interesses über Anitas Gesicht huschte. Die beiden wussten, es bestand eine vage Möglichkeit, dass ihr ungewöhnlicher Plan funktionieren könnte.
Unter der Woche hatte Anita nicht länger als eine Dreiviertelstunde Mittagspause, aber sie würden mehr Zeit brauchen, um eine mögliche gemeinsame Zukunft zu besprechen. Auch Jane konnte die Musikstunden, die sie für diese Woche bereits ausgemacht hatte, nicht einfach absagen. Und Molly konnte ihren Bildschirm im Finanzzentrum nicht allzu lang allein lassen. Deshalb trafen sich die drei Frauen an einem der nächsten Samstage in einem kleinen, italienischen Restaurant, wo es ein günstiges Mittagsmenü gab und man getrennt zahlen konnte. Jane hatte einen Instrumentenkasten dabei und kettete ihr Fahrrad draußen vor dem Restaurant an. Sie sah müde aus. Es wäre eine große Erleichterung, meinte sie, ihre Schüler in eigenen Räumen unterrichten zu können und nicht zu Hause, wo zwei ihrer Kinder arbeiteten, die sich durch den Lärm und die Unruhe immer gestört fühlten. Anita hatte einen Ordner mit aktuellen Immobilienangeboten mitgebracht, die sie sich gemeinsam ansehen und dann besprechen wollten, welche Vorstellung jede von ihnen hatte. Molly hatte nichts dabei außer einem dicken Block mit liniertem Papier, um darauf die jeweiligen Vor- und Nachteile zu notieren.
Den Frauen war bewusst, dass das, worauf sie sich einließen, ein Sprung ins kalte Wasser war – drei Fremde, die sich kaum kannten, aber planten, eventuell gemeinsam in ein Haus ein-

zuziehen. Doch zuerst erzählten sie ein wenig aus ihrem Leben und waren bald in ein angeregtes Gespräch vertieft. Keine druckste verlegen herum oder musterte die anderen kritisch; hier trafen sich einfach drei Frauen an einem Samstagmittag zum Essen.

Anita machte den Anfang und gestand, dass sie sich früher nicht vorstellen konnte, jemals irgendwo sesshaft zu werden. In ihrer Jugend sei sie viel gereist und habe sich nie binden wollen. Doch das bereue sie jetzt. Ihre Schwägerin sei eine schwierige Frau und die Atmosphäre im Haus stets sehr angespannt. Anita sehnte sich nach einem Ort, an dem nicht ständig dicke Luft herrschte.

Dann war die Reihe an Jane, deren Kinder seit dem Tod ihres Mannes glaubten, ihr einen Gefallen zu tun, wenn sie weiterhin bei ihr zu Hause wohnten. Jane wusste, dass sie allen ihren Freunden erzählten, sie könnten ihre Mutter nicht allein ihrem Schicksal überlassen, doch genau das Gegenteil war der Fall. Es war Jane, die ihren Kindern ein bequemes Leben ermöglichte und es gründlich satthatte, ständig drei Erwachsenen hinterherzuräumen, so dass ihr kaum noch die Kraft für ihren geliebten Musikunterricht blieb.

Auch Molly öffnete sich und erzählte Dinge, die sie nie zuvor einem anderen Menschen gegenüber preisgegeben hatte. Wie sie in Hughs Sakko, das sie eigentlich in die Reinigung bringen wollte, einen Liebesbrief gefunden hatte, und wie er zunächst alles abgestritten und behauptet hatte, der Brief sei an jemand aus seiner Firma gerichtet und habe nichts mit ihm zu tun.

Dann der Abend, als eine Frau an ihrer Haustür geklingelt und verlangt hatte, mit Hugh zu sprechen. Hugh habe nur abgewunken und gemeint, das sei eine durchgeknallte Kollegin, die auch seine Kollegen bereits belästigt habe. Und schließlich der Tag, an dem ihre Schwester Hugh mit dieser Frau in einem Hotel gesehen hatte.

Nüchtern und ohne einen Funken Selbstmitleid erzählte Molly, dass Hugh ihr geraten habe, die Sache einfach auszusitzen. Das würde sich alles wieder von selbst legen. Aber sie hatte sich von ihm getrennt und ein Cottage auf dem Land gekauft, um ihrem Leben eine neue Richtung zu geben. Und es funktionierte. In gewisser Weise …

Schließlich kamen die drei Frauen auf die Details wie Preisvorstellungen und Zimmermieten zu sprechen. Ein Angebot in der Chestnut Street gefiel ihnen auf Anhieb. Das Haus hatte einen kleinen Garten und drei große Schlafräume, die man in drei Apartments umgestalten konnte, mit genügend Platz für Janes Klavier und Mollys Computer. Ein weiterer Pluspunkt waren zwei Bäder und eine große, gemütliche Wohnküche.

Dann zückten sie den Taschenrechner und fingen zu rechnen an. Und sie bestellten eine weitere Flasche Wein.

Das nächste Treffen sollte in drei Wochen stattfinden.

In der Zwischenzeit fiel es Anita leichter, die Launen ihrer Schwägerin zu ertragen.

Jane kümmerte sich weniger um die Wäsche ihrer Kinder und um den Haushalt.

Und Molly schlief länger und tiefer.

Drei Wochen später hatte Anita ein Kaufangebot für das Objekt abgegeben und die Schlüssel ausgehändigt bekommen, so dass die drei Frauen sich gleich vor Ort trafen. Die Vorbesitzer waren im Ausland und hatten jede Menge Möbel zurückgelassen. Anita, Jane und Molly schlenderten durch das Haus und malten sich ihr neues Leben darin aus.

Die drei staunten, wie schnell und harmonisch der Nachmittag vergangen war. Und dabei hatten sie keine Nachteile festgestellt, die gegen das Haus gesprochen hätten. Ihre Entscheidung stand fest, und sie überlegten sofort, wie sie ihre Zimmer einrichten, welche Küchengeräte und welche Gartenwerkzeuge sie mitbringen würden und wer welche zusätzlichen Bücherregale beisteuern könnte.

Dann fuhren sie nach Hause, um ihren Angehörigen von ihrem Entschluss zu berichten.
Anita konnte es kaum erwarten. Sie war überzeugt davon, dass ihre Schwägerin froh wäre, das kleine Zimmer endlich wieder für sich benützen zu können, um dort ihre Nähmaschine aufzustellen oder Platz zu haben, wenn Freunde über Nacht bleiben wollten.
Jane fackelte nicht lang und stellte ihre Kinder vor die Wahl: Entweder würde sie das Haus verkaufen und jedem seinen Anteil geben, oder sie würde es ihnen zu einer fairen Miete überlassen.
Nur auf Molly wartete niemand, als sie in ihr Cottage zurückkehrte. Ihre Nachbarn auf dem Land waren zwar reizende und hilfsbereite Menschen, wussten aber kaum etwas über ihr Leben in der Stadt und interessierten sich auch nicht sonderlich dafür. Ihnen würde es nicht viel ausmachen, wenn sie von nun an nicht mehr so oft da war.
Molly war zunächst traurig, dass sie es niemandem erzählen konnte. Aber als sie eine Woche später die anderen traf, stellte sie fest, dass ihre Situation vielleicht nicht die schlechteste war. Anitas Bruder und ihre Schwägerin machten Anita nämlich die bittersten Vorwürfe, als sie von dem geplanten Auszug erfuhren, und warfen ihr große Undankbarkeit vor. Für ihr neues Zuhause zeigten sie kaum Interesse; sie jammerten nur wegen der in Zukunft fehlenden Mieteinnahme.
Und was Janes Kinder betraf, die waren so empört, dass sie davon gesprochen hatten, ihre Mutter entmündigen zu lassen. Das sei nichts weiter als eine verspätete Reaktion auf den Tod ihres Vaters, erklärten sie. Außerdem könnten sie unmöglich die geforderte Miete zahlen. Nun, dann würde sie eben das Haus verkaufen, hatte Jane gemeint, und ihnen ihren Anteil auszahlen.
Im Vergleich zu diesen Aufregungen hatte Molly das Gefühl, sich überaus glücklich schätzen zu können.

Als es dann endlich so weit war, ging der Umzug reibungslos über die Bühne. An einem Wochenende war alles erledigt, und am Sonntagabend feierten die drei Frauen mit einem Festessen, bevor sich jede in ihr kleines Apartment zurückzog. Zumindest war das so geplant. Doch dann blieben sie noch länger beieinander sitzen, erst eine Stunde, dann noch eine, und legten Holzscheit um Holzscheit ins Kaminfeuer. Schließlich spülten sie noch gemeinsam ab. Das, worauf sie sich hier eingelassen hatten, war mehr als eine Zweckgemeinschaft.

»Zwei Monate geben wir dem Ganzen«, hatten Janes Kinder gesagt, als sie das erste Mal davon erfahren hatten. Doch zwei Monate nach ihrem Einzug hatte Jane sich bereits bestens eingelebt und unterrichtete mit großer Freude.

»In drei Monaten wirst du vor unserer Tür stehen und dein altes Zimmer wieder zurückhaben wollen«, hatte Anitas Schwägerin prophezeit.

Auch Hugh meldete sich bei Molly, um sich zu erkundigen, wie es ihr gehe. In aller Freundschaft natürlich. Freundschaft sei in Ordnung, erwiderte Molly. Und das Cottage? Dem gehe es auch gut. Ob sie noch im Hotel übernachtete?, wollte er wissen.

Nein, erwiderte sie, sie würde sich jetzt mit zwei Frauen ein Haus teilen.

»Na, mehr als sechs Monate wird das bestimmt nicht gutgehen«, höhnte Hugh, verärgert über die Souveränität, mit der Molly mit ihm sprach.

Als das erste Jahr vorüber war, kündete Anita an, dass sie Wanderferien in Italien machen wolle. Die anderen fanden das ebenfalls interessant und beneideten Anita sogar ein wenig. So einen Urlaub hatten sie noch nie gemacht, und so entschieden sie, gemeinsam zu fahren.

In diesem Urlaub wurden einige wichtige Entscheidungen getroffen. Nachdem alle fit und braun gebrannt nach Hause zurückgekehrt waren, beschloss Molly, ihr Cottage zu vermie-

ten, da sie nur noch sehr selten ein Wochenende dort verbrachte.
Jane verkaufte ihr Haus und verteilte den Erlös unter ihren zeternden Kindern.
Und Anita, die inzwischen zur Partnerin in der Wohnungsvermittlung aufgestiegen war, spendierte ihrem Bruder und ihrer Schwägerin eine Reise und war seitdem wieder gut gelitten bei ihnen.
Alle wussten, dass dieses Leben nicht für immer so weitergehen würde. Sie würden nicht unbedingt als Trio alt werden. Jede von ihnen erwartete vielleicht noch eine andere, aufregende Zukunft. Doch im Augenblick waren sie glücklicher und zufriedener als die meisten Menschen, und das nur, weil sie den Mut gehabt hatten, ins kalte Wasser zu springen.

Lilians goldfarbenes Haar

Lilian war in Nummer fünf geboren und aufgewachsen. Jeder, der einmal in der Chestnut Street gewohnt hatte, hatte sie als wunderhübsches kleines Mädchen mit prachtvollen goldfarbenen Locken in Erinnerung. Bei dem Aussehen müsse das Kind unbedingt zum Film, bedrängte man die Mutter. Mrs. Harris hörte das damals schon nicht gern. Nur nichts überstürzen, und außerdem hätten sie andere Pläne. Mrs. Harris war nämlich der Ansicht, dass Lilian immer in ihrer Nähe bleiben und für ihre Eltern sorgen sollte, wenn diese einmal alt waren.

Als Lilian älter wurde, bekam sie eine Lehrstelle bei Locks, einem Frisiersalon an der Hauptstraße, nur fünf Minuten Fußweg entfernt. So konnte sie in der Mittagspause fast täglich nach Hause kommen und ihrer Mutter bei einem Teller Suppe Gesellschaft leisten. Die anderen Mädchen im Salon gönnten sich mittags eine anständige Mahlzeit, aber sie sparten auch nicht wie Lilian, die jeden Cent für ein eigenes Haus auf die Seite legte.

Lilian legte keinen großen Wert auf schicke Kleider, wie ihre Kolleginnen und die Kundinnen im Salon sie trugen. Das hatte sie auch nicht nötig, da waren sich alle einig; ihr Haar mit den goldfarben schimmernden Locken war so schön, dass niemand darauf achtete, was sie anhatte. Lilian machte auch nie Urlaub im Ausland. Warum sollte sie? Ihr einziger Wunsch war ein Haus in der Chestnut Street. Ein Haus, das ganz allein ihr gehörte.

Im Erdgeschoss wollte Lilian einen Frisiersalon eröffnen und im Stockwerk darüber eine hübsche Wohnung einrichten, deren Wände sie in bunten Farben streichen würde. So könnte sie zu Hause arbeiten.

Und später, so mit achtundzwanzig Jahren, wenn sie eine elegante, wohlhabende Lady wäre, würde sie sich einen Ehemann suchen.

Doch es kam anders.

Zunächst ließ sich Mr. Harris, bisher stets ein sehr vorsichtiger Mann, auf eine riskante Investition ein. Um das Kapital für eine waghalsige Geldanlage aufzutreiben, nahm er eine Hypothek auf ihr Haus auf. Ein Kollege wollte ein Freizeitzentrum eröffnen und bot einer Handvoll sorgfältig ausgewählter Partner an, mit jeweils mehreren tausend Pfund in das Projekt einzusteigen. Mehr als diesen Anteil müsse er nicht einsetzen, hatte es geheißen, wie Mr. Harris im Nachhinein bitterlich beklagte. Doch sein Einsatz löste sich in wenigen Monaten in Luft auf, und noch vieles mehr.

Unter anderem sein Job, da Mr. Harris sich in dieser Zeit nicht mehr auf seine Arbeit am Empfang eines großen Krankenhauses hatte konzentrieren können. Und nicht zuletzt seine Gesundheit, da er seitdem an einer ernsthaften Depression litt.

Auch Mrs. Harris litt unter all diesen Veränderungen. Sie war noch nie eine sehr robuste Natur gewesen, und jetzt fiel auch noch ihr Ehemann aus, um für sie einzukaufen und andere Dinge zu erledigen. Also mussten Lilians Ersparnisse herhalten, um die Hypothek auf die Nummer fünf, das Haus ihrer Eltern, zurückzuzahlen. Für ein eigenes Haus blieb ihr kein Geld mehr. In ihrer Freizeit musste sie nun für ihre Eltern, die ohne sie verloren gewesen wären, einkaufen und das Haus sauber halten. Doch Lilian beklagte sich nie und erledigte ihre Arbeit weiterhin stets gut gelaunt und zufriedenstellend, so dass Albert, ihr Chef, ihr die Leitung eines zweiten Salons anvertrauen wollte, den er im Stadtzentrum zu eröffnen gedachte.

»Das kann ich leider nicht annehmen«, lehnte Lilian traurig ab. »Ich muss in der Nähe bleiben. Der Salon hier liegt perfekt – im Notfall kann ich in der Kaffeepause kurz mal nach Hause laufen und nach dem Rechten sehen.«

Albert schüttelte den Kopf.

»Das ist doch kein Leben, Lilian. Eines Tages werden deine Eltern auch ohne dich zurechtkommen müssen. Je eher sie sich daran gewöhnen, desto besser.«

»Warum sollten sie eines Tages ohne mich auskommen müssen?«, fragte sie unschuldig. Albert beschlich das ungute Gefühl, dass dieses Mädchen tatsächlich so gehorsam zu sein schien, wie es Töchter vor hundert Jahren vielleicht einmal gewesen waren, eine Tochter, die für immer zu Hause bei ihren Eltern bliebe und alle eigenen Pläne opferte. Ein Einzelkind, das ihnen ewig dankbar wäre für das Leben, das sie ihm geschenkt hatten und das sehr leer wäre.

Lilian dürfte jetzt etwa dreiundzwanzig Jahre alt sein, überlegte der Manager. Auch er war ein Einzelkind, aber er hätte nie sein eigenes Leben für seine Eltern aufgegeben. Er konnte nur hoffen, dass Lilian ihren Entschluss niemals bereuen würde.

Die Jahre vergingen, und Lilian empfand ihr Leben nie als Belastung. Ihre Eltern schienen tatsächlich herzensgute Menschen zu sein, die dankbar waren für die Fürsorge ihrer Tochter. Überrascht waren sie darüber aber nicht. Schließlich hätten sie dasselbe für sie getan. Wie Lilian immer sagte: Sie hatten eben ein großes Herz.

Sie schien jedoch keine Vorstellung davon zu haben, wie groß ihr eigenes Herz war.

Immerhin konnte Lilian jedes Jahr zwei Wochen Ferien machen. Das hatte sie einer Organisation zu verdanken, die Urlaubsvertretungen für pflegende Angehörige organisierte. In den zwei Wochen, in denen sie weg war, sprang jedes Mal eine andere freundliche, verantwortungsvolle Frau für sie ein, die in der Zeit in Nummer fünf wohnte und viele neue Ideen ins Haus brachte.

Durch sie erfuhr Lilian, dass man sich Lebensmittel nach Hause liefern lassen konnte, dass die örtliche Pfadfindertruppe die wichtigsten Gartenarbeiten erledigte und dass ihre Mutter die Kleidung für sich und ihren Mann auch per Katalog bestellen konnte.

Lilian genoss es, im Urlaub in der Sonne zu liegen und zu entspannen, aber auf irgendwelche Urlaubsromanzen ließ sie sich nicht ein. Selbstverständlich gab es Angebote und Einladungen. Sie hatte jede Menge Verehrer, die ihr prachtvolles Haar und ihr offenes Lächeln bewunderten. Aber Lilian hielt alle auf Abstand.

Bis sie Tim traf, der sehr hartnäckig war.

»Wartet zu Hause etwa ein Ehemann auf dich?«, fragte er sie eines Abends unter dem romantischen Sternenhimmel Italiens.

»Guter Gott, nein. Ich lebe bei meinen Eltern.«

»Oder ein Verlobter? Ein fester Freund?«

»Nein, niemand. Für so etwas habe ich keine Zeit.«

Am Ende der zwei Wochen war Tim im Bilde.

»Ich würde dich gern mal besuchen«, sagte er.

»Du kannst gern kommen, Tim, aber du wirst mich und meine Eltern bestimmt langweilig finden. Wir sitzen meistens zu Hause und schauen fern, weißt du.«

»Tja, warum erst Geld für eigene vier Wände ausgeben, um es dann wieder zum Fenster hinauszuwerfen, wenn man nie daheim ist, sage ich immer.«

Tim drehte jeden Cent dreimal um, bevor er ihn ausgab, was Lilian sehr amüsant fand.

So wusste er zum Beispiel, dass es günstiger kam, wenn sie unterwegs eine Haltestelle später in den Bus stiegen. Oder dass sie bares Geld sparten, wenn sie die Brötchen vom Frühstück

einpackten, da man in den meisten der kleinen *ristoranti* Brot und Butter extra bezahlen musste.
Tim schien auch voll und ganz zu verstehen, warum sie in ihrem Alter noch bei ihren Eltern wohnte. Wozu für zwei Haushalte aufkommen? Nachdem die meisten Menschen sie ständig zu überreden versuchten, doch endlich auszuziehen und ihr eigenes Leben zu führen, fand Lilian diese Einstellung sehr erholsam.
Und sie konnte gut reden mit Tim. Sehr gut sogar. Sie hoffte inständig, dass er sich bei ihr melden würde, wenn der Urlaub vorüber war. Und das tat er dann auch, woraufhin sie ihn sofort zum Mittagessen zu sich nach Hause einlud.
Zur Begrüßung rechnete er Mr. Harris vor, wie viel Geld er gespart habe, indem er mit dem Bummelzug gekommen sei. Und Mrs. Harris überreichte er sein Gastgeschenk, eine kleine Topfpflanze, mit der Bemerkung, dass er sie selbst gezogen habe und dass sie deshalb in einem Joghurtbecher wachse. Die Schösslinge pflanze er gleich im Dutzend, fügte er hinzu, sie kosteten so gut wie nichts und gaben immer wunderschöne Geschenke ab. Lilian erzählte er voller Stolz, dass er von seinem Reisebüro eine Rückzahlung erhalten habe, weil sie ihm eine falsche Beschreibung des Hotels gegeben hätten.
»Aber es war doch ein hübsches Hotel«, hatte Lilian protestiert.
»Ja, aber solche Rückzahlungen stehen einem zu, und warum sollte man darauf verzichten«, meinte Tim, als wäre es das Offensichtlichste von der Welt.
Lilians Eltern mochten Tim auf Anhieb und schienen sich über seine Besuche zu freuen. Ihre Mutter gewöhnte es sich sogar an, früher zu Bett zu gehen und ihren Ehemann mit nach oben zu nehmen, damit die jungen Leute sich in Ruhe miteinander unterhalten konnten. Und dann, als Tim zum sechsten Mal zu Besuch war, fragte er Mr. Harris, ob er bei ihnen übernachten könne.

»Sie meinen, hier schlafen? Mit Lilian?«, hörte Lilian ihren Vater überrascht sagen.
»Nicht *mit* Lilian, Mr. Harris. Ich wollte fragen, ob ich auf dem Sofa schlafen kann, weil mir das nämlich eine Menge Geld bringen würde. Ich habe mehrere Termine hier in der Gegend und könnte mit einer Fahrt die Spesen für zwei Tage kassieren.« Triumphierend lächelte er in die Runde, stolz auf seinen brillanten Einfall, und alle erwiderten sein Lächeln. Tim war ein ordentlicher und anständiger junger Mann, und bald zog er in das freie Schlafzimmer im ersten Stock und im Lauf der Zeit weiter in Lilians Zimmer, und es dauerte nicht mehr lang, und die beiden gingen zum Standesamt und bestellten das Aufgebot.

Tim hielt Flitterwochen für reine Geldverschwendung. Das hieße schließlich, dass man in der Zeit Pflegekräfte für Lilians Eltern bezahlen müsste. Wäre es da nicht viel besser, das Haus zu renovieren und die Wände in hübschen bunten Farben zu streichen?
Albert, dem Manager von Lilians Frisiersalon, kam die Sache sehr seltsam vor. Aber er hütete sich, einen Kommentar abzugeben.
Lilians Kolleginnen sammelten selbstverständlich Geld für ein Hochzeitsgeschenk, aber eine Einladung bekamen sie nicht. Ein großes Fest, von dem niemand etwas hatte, war in Tims Augen ebenfalls Geldverschwendung. Nur seine Mutter, seine Schwester und zwei seiner Arbeitskollegen sollten bei der Trauung dabei sein. Außerdem Miss Mack, die blinde Dame aus Nummer drei – sie kannte Lilian, seit sie ein Baby war –, und Mrs. Ryan aus Nummer vierzehn, die in der Vergangenheit stets ausgeholfen hatte, wenn Not am Mann gewesen war.
Als Tim zwei Tage vor der Hochzeit in die Küche kam, fand er dort geschäftiges Treiben vor. Mrs. Harris, Miss Mack und

Mrs. Ryan ließen sich Dauerwellen legen. Lilian lief von einer zur anderen, testete hier die Spannkraft einer Locke, trug dort Fixierer auf, wickelte auf, wickelte ab, trocknete mit Handtüchern und Föhn und servierte nebenbei Tee und Butterkekse. Tim schaute sich das alles interessiert an.
»Könntest du auch meine Mutter und meine Schwester frisieren?«, fragte er.
Lilian war sofort begeistert.
»Aber vielleicht wollen sie lieber zu ihrem eigenen Friseur gehen, wenn ein so großes Ereignis wie eine Hochzeit ansteht?«, sagte Miss Mack.
»Die zwei würden nie zum Friseur gehen«, erklärte Tim streng. »Das ist viel zu teuer. Wie viel kostet so eine Dauerwelle eigentlich bei dir im Salon, Lilian?«
Miss Mack spitzte die Lippen, und Mrs. Ryan zuckte die Schultern, bis Lilians Mutter es ihm schließlich sagte.
Tim staunte nicht schlecht. »So viel Geld, und das könntest du alles an einem Abend zu Hause verdienen!«, erwiderte er.
»Nein, das heißt nur, dass ein Kundin im Salon so viel dafür bezahlt. Aber dort kommen auch noch die Fixkosten, die schicke Einrichtung und die Personalkosten hinzu. Und das ist noch ziemlich grob geschätzt.« Lilian wollte auf keinen Fall, dass die Frauen sich unwohl fühlten.
»Außerdem ist es ein Geschenk von Lilian«, sagte Mrs. Ryan.
»Wir haben nämlich *großes* Glück«, fügte Miss Mack hinzu. »Der Salon kommt zu uns.«
»Und Lilian macht das wirklich gern – sie ist nun mal ein großzügiger Mensch«, erklärte Lilians Mutter.
Tim holte einen Taschenrechner heraus und setzte sich. Wenn Lilian nur sieben Dauerwellen in der Woche machen würde … man stelle sich das mal vor! Und wie viel verlangte der Friseur fürs Färben? Nein! Unmöglich! Konnte Lilian das auch zu Hause machen?
Dazu müssten sie nur das Wohnzimmer ein wenig umgestal-

ten, ein Waschbecken, einen Spiegel, ein paar Stühle hineinstellen und ein halbes Dutzend Handtücher besorgen.

»Aber vielleicht möchte Lilian die Arbeit im Salon jetzt noch gar nicht aufgeben. Da hat sie immerhin ein wenig Abwechslung«, begann Miss Mack zögernd, als wollte sie Lilian unterstützen, das Leben außerhalb von Nummer fünf weiterführen zu können.

»Wer hat denn davon gesprochen, dass sie ihre Arbeit aufgeben soll?«, rief Tim. »Das könnte sie doch zusätzlich machen, oder?«

Am nächsten Tag legte Lilian das dünne Haar ihrer zukünftigen Schwiegermutter in Locken und verlieh dem mausgrauen Haar ihrer künftigen Schwägerin mit viel Henna ein wenig Glanz.

Beide Frauen waren begeistert von dem Ergebnis und kündigten an, von nun an regelmäßig zu ihr zu kommen.

»Dann müsst ihr aber dafür bezahlen«, meinte Tim lachend, und sie lachten ebenfalls.

»Aber Lilian ist bestimmt billiger als ein richtiger Friseur, und außerdem gibt es hier noch Tee und Gebäck«, sagte seine Schwester zufrieden.

Lilian betrachtete die beiden nachsichtig. Unglaublich, wie sehr sie sich darüber freuten, ein Schnäppchen zu machen oder ein paar Euro einsparen zu können. Sie war da ein völlig anderer Typ. Natürlich legte man Geld auf die hohe Kante, aber dann gab man es auch wieder aus. Tim und seine Familie hingegen sparten um des Sparens willen. Aber es machte sie nun mal glücklich. Und schließlich gab es schlimmere Laster als Geiz. Das war allemal besser als Trinken oder Spielen.

Als alle gegangen waren, wusch Lilian die Handtücher und holte ihr Kleid und Tims Hemd, um es aufzubügeln. Tim hatte gemeint, dass es Geldverschwendung sei, etwas Neues zu kaufen. Das alte graue Kleid stand ihr doch so gut.

Gemeinsam besprachen sie dann die Menüfolge für den kommenden Tag. Es sollte Schmorhuhn mit Reis, dann Mousse au Chocolat und eine kleine Hochzeitstorte geben. Mrs. Ryan aus Nummer vierzehn würde einen Fotoapparat mitbringen, ebenso Tims Trauzeuge, der wie er als Vertreter arbeitete.

Das Telefon klingelte. Es war Miss Mack, die sich wegen der späten Uhrzeit entschuldigte, aber sie wollte mit Lilian über ein Hochzeitsgeschenk reden. Ob sie vielleicht für zehn oder fünfzehn Minuten zu ihr nach Nummer drei kommen könne?

Lilian machte sich sofort auf den Weg.

»Versuche, sie zu überreden, dass sie uns Geld oder einen Gutschein schenkt«, gab ihr Tim mit auf den Weg.

In ihrem Haus und in ihrer eigenen Umgebung bewegte Miss Mack sich geschickt und viel anmutiger als mancher Sehende. Vorsichtig strich sie über die Oberflächen, um nichts in Unordnung zu bringen. Sie öffnete eine Flasche Portwein und schenkte zwei winzige Gläser ein.

»Auf deinen letzten Abend als Junggesellin, Lilian Harris«, sagte sie und lachte spöttisch.

Lilian nippte an dem Getränk. »Vielen Dank, Miss Mack.«

»Aber du solltest diesen Mann nicht heiraten, Lilian«, fuhr Miss Mack fort.

»Ich liebe ihn nun mal«, erwiderte Lilian.

»Nein, das tust du nicht. Du liebst die Tatsache, dass er dich nicht zwingt, dich zwischen ihm und deinen Eltern zu entscheiden!«

»Wirklich, wir kommen sehr gut miteinander aus, und natürlich ist es hilfreich, dass er sich auch mit meinen Eltern gut versteht, aber darum geht es nicht.«

»Doch, genau darum geht es, Lilian. Er spekuliert auf ein Dach über dem Kopf, auf eine Erbschaft, wenn die Zeit gekommen ist, auf eine Frau, die nicht nur arbeiten geht, sondern auch noch zu Hause Geld verdienen wird. Und für dich heißt das: keine richtige Hochzeit, keine Flitterwochen, kein Leben, Lilian. Ich bitte dich, tu es nicht.«

Jetzt fühlte sich Lilian verletzt.
»Aber wir *feiern* eine richtige Hochzeit, Miss Mack. Es gibt was Feines zu essen und Wein zu trinken, und in die Flitterwochen wollen wir überhaupt nicht fahren – wir wollen lieber hierbleiben und das Haus herrichten. Und außerdem ist die Idee gar nicht unvernünftig, zu Hause zu arbeiten und so mehr Geld zu verdienen.«
Miss Mack hörte die Tränen in Lilians Stimme, aber sie blieb eisern.
»Wozu brauchst du eigentlich mehr Geld, Lilian? Du hast dir zu deiner Hochzeit nicht einmal ein Paar neue Schuhe oder eine Handtasche gekauft. Du stehst kurz davor, eine schreckliche Dummheit zu begehen und einen Geizkragen zu heiraten. Und ich bin die Einzige, die den Mut hat, dir das zu sagen.«
»Es ist doch nicht so schlimm, wenn jemand geizig ist«, antwortete Lilian.
»Doch, Lilian, das ist es – glaub es mir.«
»Woher wollen Sie das denn wissen?«
»Weil ich beinahe einen geizigen Menschen geheiratet hätte. Sechs Wochen vor der Hochzeit, als er mir sagte, er würde sich zur Hochzeit nur Gutscheine vom Heimwerkermarkt wünschen, habe ich es mir in letzter Sekunde anders überlegt.«
Lilian kicherte.
»Tim hat dir vermutlich auch gesagt, dass er sich Gutscheine wünscht.«
»Ja, das hat er tatsächlich«, gab Lilian zu. »Aber das macht ihn noch lange nicht zum Serienkiller, Miss Mack.«
»Aber es verrät den Pfennigfuchser in ihm, und eines Tages wirst du ihn dafür hassen.«
»Haben Sie den Mann, dem Sie den Laufpass gegeben haben, auch irgendwann gehasst?«
»Die Angst in mir wurde immer größer, dass ich ihn eines Tages hassen würde. Weißt du, mein Kind, großzügige Menschen

können nicht mit geizigen Menschen zusammenleben, das funktioniert nicht.«

»Das ist doch Unsinn«, erwiderte Lilian aufgebracht. »Genauso wie Horoskope. Zwillinge verstehen sich gut mit Waage, aber nicht mit Stier, so was in der Art! Da ist doch nichts dran. Wissen Sie noch, vor vielen Jahren hieß es, man darf niemanden heiraten, der einer anderen Religion oder einem anderen Stand angehört – doch die Zeiten sind längst vorbei.«

»Du kannst doch keinen knauserigen Mann heiraten, Lilian. In seiner Seele ist kein Platz für Freude.«

»Aber er tut doch keinem Menschen damit weh, Miss Mack, ehrlich. So, wie Tim sich über ein Schnäppchen freut, kommt er mir immer vor wie ein Kind, das mit Begeisterung so viel Löwenzahnsamen wie möglich wegpustet.«

»Nein, mein Kind, das kann man nicht miteinander vergleichen.«

»Vielleicht lag das ja in Ihrem Fall anders, aber was Tim betrifft, so ist ihm nicht einmal bewusst, dass er so ist. Er würde es nicht verstehen, und ändern kann man ihn schon gleich gar nicht.«

Miss Mack nickte bedächtig. »Genau darum geht es ja – solche Menschen können sich nicht ändern«, sagte sie.

»Hat Ihr Freund denn verstanden, warum Sie ihn nicht heiraten wollten?«

»Nein, nicht ansatzweise. Er dachte, ich bin hysterisch und spinne.«

»Ist das schon lang her?«

»O ja, zwanzig, dreißig Jahre. Lang bevor ich erblindet bin. Aber ich habe es nie bereut, Lilian.«

»Hat er denn eine andere geheiratet?«

»Ja, ziemlich bald danach. Und ja, sie sind zusammengeblieben, und ich glaube, sie sind sogar glücklich geworden. Wahrscheinlich war sie auch geizig. Jemand hat mir mal erzählt, sie hätte im Zug und im Park immer weggeworfene Zeitungen mitgenommen, statt selbst welche zu kaufen. Und vor Supermärkten hat sie immer nachgeschaut, ob die Leute das Pfand in den Einkaufswagen vergessen hatten, um es selbst einzustreichen.«

»Aber das ist doch kein Verbrechen, Miss Mack.«

»Nein, aber auch kein Leben«, entgegnete die alte Frau aufgebracht.

»Menschen leben nun mal mit Partnern zusammen, die schnarchen oder die in den Zähnen stochern. Sie heiraten Menschen, die eine andere Partei wählen, die keine Kinder wollen, die sich nie die Füße waschen. Sie heiraten Menschen, die Mitglieder in einer Geheimgesellschaft sind, mit Drogen dealen oder Pornographie vertreiben. Einen Mann zu heiraten, der ein wenig vorsichtig ist, was Geld betrifft, ist unter diesen Umständen wahrhaftig nicht das Schlimmste, finden Sie nicht?«

Aus Lilian sprach große Leidenschaft, und Miss Mack wusste auf ihren Einwand nichts zu erwidern.

»Nur zu, Miss Mack, Sie haben damit angefangen, sagen Sie mir, was Sie denken.«

»Ich denke, dass ich dir und Tim ein wenig Bargeld zur Hochzeit schenken möchte. Das kann man immer gebrauchen«, sagte Miss Mack schließlich.

»Bitte, seien Sie nicht so kalt und herablassend zu mir. Ich habe noch nie viel Aufhebens um mich gemacht, wie Sie selbst sagten. Bitte, beleidigen Sie mich jetzt nicht mit Geld.«

»*Nein*, Lilian, so meine ich das nicht, das ist nicht meine Absicht. Ich habe die *größte* Hochachtung vor dir und deiner Großzügigkeit, vor deiner Bereitschaft, mit Unterschieden zu leben und zu akzeptieren, dass wir nicht alle gleich sind. Wäre ich dazu fähig gewesen, wäre ich jetzt vielleicht ein glücklicherer Mensch.«

»Das sagen Sie nur aus Freundlichkeit, um mich zu beschwichtigen.«

»Nein, das stimmt nicht. Hätte ich diesen Mann damals geheiratet, wäre ich jetzt nicht allein und auf das Wohlwollen meiner Nachbarn angewiesen. Er wäre bei mir geblieben, als ich mein Augenlicht verlor, vielleicht hätten wir Kinder gehabt, einen Jungen und ein Mädchen, die ihre blinde Mutter geliebt hätten.«

»Sie sind doch eine starke, unabhängige Frau.«

»Ich bin eine gute Schauspielerin«, erwiderte Miss Mack.

»Bitte, bleiben Sie weiterhin meine Freundin, Miss Mack. Ich brauche Sie.«

»Und ich brauche dich, aber wahrscheinlich habe ich dich mit meiner Einmischung für immer verloren.«

»Nein, nein, ich brauche Sie wirklich. Es gibt da nämlich etwas, das ich auf keinen Fall will. Ich will zu Hause nicht auch noch Kundinnen bedienen müssen. Nach einem langen Arbeitstag bin ich einfach viel zu müde dafür, und außerdem will ich Albert, der immer so freundlich zu mir war, keine Konkurrenz machen. Aber ich weiß nicht, wie ich das bewerkstelligen soll. Wissen Sie, ich will Tim nicht vor den Kopf stoßen.«

»Das verstehe ich«, antwortete Miss Mack. »Und ich werde dir dabei helfen. Sehr gern sogar.«

Die beiden Frauen setzten sich hin und besprachen das Problem. Beruhigend strich Miss Mack über Lilians goldfarbenes Haar, das sie nur als verschwommenen Fleck wahrnehmen konnte, und erklärte ihr, dass die Chestnut Street ein reines Wohngebiet sei und dass die Nachbarn bestimmt Einspruch erheben würden, falls jemand daherkäme und hier ein kommerzielles Unternehmen eröffnen wolle. Heimarbeit käme also auf keinen Fall in Frage.

Als Lilian nach Hause kam, überreichte sie Tim die Banknoten, die er sorgfältig faltete und für ihre Zukunft beiseitelegte. Er liebe sie, beteuerte er, und morgen würden sie einen wunderbaren Tag zusammen erleben.

Lilian lag noch lang wach und dachte über Miss Mack und den Mann nach, den sie nicht geheiratet hatte.

Zwei Häuser weiter lag Miss Mack ebenfalls noch lang wach und dachte über die großzügige junge Frau mit dem großen Herzen nach, die bereit war, unheilbaren Geiz als kleinen Schönheitsfehler wie lästiges Schnarchen anzusehen.
Normalerweise machte Miss Mack sich keine Gedanken, was in dreißig oder vierzig Jahren sein würde, doch heute Nacht sehnte sie sich danach, jünger zu sein. Sie wollte so gern noch miterleben, wie die wunderbare Lilian in ihrer Ehe glücklich wurde. Es spielte keine Rolle mehr, dass sie persönlich damals vor all diesen Jahren die falsche Entscheidung getroffen hatte, wie es sich im Nachhinein herausstellte.
Daran wollte Miss Mack nicht einen einzigen Gedanken verschwenden.

Blumen von Grace

Grace blieb die Ruhe in Person, während um sie herum alle wegen des bevorstehenden Silvesterabends in hektische Betriebsamkeit verfielen. Sie war eben gut organisiert. Die Hotelzimmer waren seit einem Jahr gebucht, und sie alle würden Silvester im Lauf des Nachmittags dort eintreffen.

Endlich mal raus aus Dublin, wo alle anderen sich fieberhaft in schrille Partys stürzten und hinterher Angst haben mussten, kein Taxi mehr nach Hause zu bekommen.

Grace und ihre Freunde hingegen würden in einem exquisiten kleinen Landhotel logieren, mit geheiztem Swimmingpool, umgeben von einem kleinen Wald mit See. Dort konnte man gesunde Spaziergänge machen, und zum denkwürdigen Abschluss des Jahrtausends erwartete sie ein legendäres Festmenü.

In den Augen ihrer Freunde war Grace ein Wunder, stets heiter und gelassen, vor welche Prüfungen das Leben sie auch stellte. Was nicht immer einfach war angesichts ihrer Arbeit für die schwierige Lola in deren Boutique oder ihrer Ehe mit dem nicht minder komplizierten Martin, einem vielbeschäftigten Wirtschaftsprüfer, der kaum Zeit hatte, seine Frau überhaupt wahrzunehmen.

Natürlich stellten die anderen Paare so ihre Vermutungen über sie an. Ob sie wohl glücklich war mit einem Leben, in dem sie offenbar weder zu Hause noch außerhalb genügend Anerkennung bekam? Manchmal hätten die Freunde Martin am liebsten umgebracht, weil er so unaufmerksam war und Grace nie für ihre Kochkünste lobte oder ihre elegante Erscheinung nicht zur Kenntnis nahm. Ebenso wütend waren sie oft auf Lola, die alles, was Grace für sie tat, als selbstverständlich hinnahm.

Und während alle anderen noch unschlüssig waren, was sie an Silvester machen sollten, hatte Grace bereits die perfekte Location für sie alle aus dem Hut gezaubert.
Vier Paare in ihren Zwanzigern und Dreißigern, alle noch kinderlos. Sie hätten auf Partys gehen können, aber die Idee, zwei Nächte an einem so prestigeträchtigen Ort zu verbringen, war viel besser. Das machte sich gut im Gespräch; man würde sie darum beneiden. Zudem hatte Grace es ihnen leichtgemacht. Sie hatte jeden Monat von jedem Paar einen bestimmten Betrag eingesammelt, so dass jetzt, am Ende des Jahres, bereits alles bezahlt war, ohne dass sie sich dafür hätten besonders einschränken müssen. Jetzt hatten sie das Gefühl, ihr aufwendiges Silvestervergnügen fast umsonst zu bekommen!
»Ich bin froh, dass wir ihr jeden Monat das Geld gegeben haben«, sagte Anna zu ihrem Mann Charles. »Im Moment wäre es schwierig, diese Summe auf einen Schlag zu bezahlen.«
»Der Engpass ist nur vorübergehend«, warf Charles hastig ein. Er dachte nur ungern an die Verluste am Spieltisch, die in letzter Zeit auf erschreckende Weise immer größer geworden waren. Dieses Wochenende war in der Tat ein Geschenk des Himmels. Charles hätte sonst nicht gewusst, wie sie einigermaßen stilvoll in das neue Jahr hätten hineinfeiern können.
»Weißt du, Schatz, irgendwie tut die arme Grace mir leid … sie ist nur deshalb ständig am Planen und Organisieren, weil sie sonst nichts hat in ihrem Leben«, sagte Olive zu ihrem Mann Harry. Olive war – fälschlicherweise – sehr zufrieden mit ihrem eigenen Leben und bildete sich – grundlos – viel darauf ein, dass sie und ihr Mann so viele Freunde hatten, ohne allerdings zu realisieren, dass es sich dabei größtenteils um Harrys kleine Freundinnen handelte.
»Ach, ich weiß nicht – Grace sieht doch ganz gut aus«, erwiderte Harry zerstreut. Grace war nie auch nur im Geringsten auf seine Flirtversuche eingegangen, aber er machte sich Hoff-

nungen, dass sich an diesem Silvesterwochenende möglicherweise etwas ergeben könnte.

Das dritte Paar, Sean und Judith, hatte die letzten sechs Wochen mit der Diskussion darüber zugebracht, ob sie an dem Wochenende überhaupt mitfahren sollten oder nicht. Am Ende lief immer wieder alles auf Grace hinaus. Sie wäre so schrecklich enttäuscht, wenn ihr Traum nicht in Erfüllung ginge. Sie glaubten, sie auf keinen Fall hängenlassen zu dürfen, obwohl sie wirklich dringend einmal Zeit für sich allein gebraucht hätten. Eigentlich absurd, diese Loyalität Grace gegenüber, statt zu versuchen, eine Lösung für ihr Problem zu finden, ob sie sich nach vier Jahren Ehe trennen sollten oder nicht.

»Wie können wir eigentlich nur an sie denken, während unsere gemeinsame Zukunft auf dem Spiel steht?«, fragte Sean.

»Gut, dann bist aber du derjenige, der es Grace sagt«, konterte Judith, und sie wussten, dass sie an dem Wochenende ebenso mitfahren würden wie alle anderen auch.

Lola hatte sich überlegt, dass ihre Boutique zwischen Weihnachten und Neujahr unbedingt ein paar Tage geöffnet haben müsse. Das Geschäft dürften sie sich nicht entgehen lassen. Bei den vielen Kundinnen, die noch nichts zum Anziehen hatten für das Punchestown-Festival im Mai, würde die Kasse nur so klingeln. Sie selbst hatte leider keine Zeit, hoffte aber, dass Grace einspringen würde. Martin bemerkte ohnehin kaum, dass seine Frau nicht zu Hause war.

Im Golfclub waren mehrere Partien Fourball angesetzt, und ein Sandwich oder eine Suppe würde er im Clubhaus immer bekommen, erklärte Martin.

Während Grace im Laden stand und teure Kleidung an reiche Frauen verkaufte, dachte sie an die zwar perfekt organisierte, aber anstrengende Weihnachtsfeier mit ihrer Mutter und Martins Eltern nebst diversen Tanten, die hinter ihr lag. Warum tat sie sich so etwas nur immer wieder an?, fragte sie sich. Alle glaubten, so ein Festmahl sei das Einfachste von der Welt:

Der Truthahn begoss sich selbst, tranchierte sich selbst und zauberte alle Beilagen auch noch selbst herbei. Hatte Martin der Abend eigentlich gefallen? Schwer zu sagen – er redete so wenig in der letzten Zeit. Sie sahen einander kaum noch.
Ganz im Gegensatz zu Anna und Charlie ... die beiden gingen immer zusammen auf den Rennplatz oder zu Pokerspielen. Sie waren unzertrennlich.
Und sogar Olive und Harry schienen mehr miteinander zu unternehmen, wobei Harry des Öfteren Olive sogar den Arm um die Schultern legte. Martin würde so etwas in einer Million Jahren nicht tun. Natürlich wussten alle, dass Harry gern anderen Frauen schöne Augen machte, aber Olive schien davon nichts mitzubekommen.
Grace fragte sich, ob Judith und Sean wohl ein schönes Weihnachtsfest verbracht hatten. In der letzten Zeit wirkten die beiden sehr angespannt, was gewiss damit zu tun hatte, dass Sean erneut eine Stelle in den Golfstaaten angeboten worden war, Judith aber nicht mitkommen wollte. Doch das würde sich bestimmt alles an Silvester regeln.
Während sie Kleider wieder zurück auf die Bügel hängte und die Kasse für Lola mit Kreditkartenbelegen füllte, dachte Grace an die wunderbare Oase der Ruhe, die sie für alle ausfindig gemacht hatte und in der sie am Freitag erwartet wurden. Gegen fünf Uhr, nachdem sie schwimmen oder wandern gewesen waren, gäbe es für alle Tee und Gebäck, bevor sie sich dann in ihre Zimmer mit den Himmelbetten zurückzögen, um sich für das Fest zurechtzumachen.
Apropos Bett. Grace überlegte, ob die anderen Paare vor dem Dinner wohl noch das Himmelbett testen würden. In ihrem Fall war das äußerst unwahrscheinlich. Martin war eigentlich ständig müde und würde sich bestimmt in einem der bequemen Sessel niederlassen und in der Zeitung oder in einem Golfmagazin blättern. Doch es würde sicher alles ganz wunderbar werden, sagte sich Grace, während sie die Tageseinnah-

men addierte und Lola kurz anrief, bevor sie die Lichter löschen und nach Hause fahren wollte.
»Du hattest recht, Lola, viel besser als erhofft«, verkündete sie und gab ihrer Chefin die Einnahmen durch.
»Danke, Grace, du bist wirklich spitze.« Von Lolas üblichem Selbstbewusstsein war nicht viel zu spüren; sie hörte sich sogar eher niedergeschlagen an.
»Und dann wünsche ich dir noch ein glückliches neues Jahr, Lola.«
»Tja, nun …«
Mehr fügte Grace nicht hinzu; sie hatte Lola bereits mehrmals von ihren eigenen wunderbaren Plänen für Silvester erzählt, aber nie eine Reaktion bekommen. Nachdem sie einander noch einmal alles Gute gewünscht hatten, schaltete Grace die Alarmanlage ein und fuhr nach Hause.
Martin saß am Esstisch und hatte eine Menge Papiere vor sich ausgebreitet.
»Hast du denn nie genug von der Arbeit?«, fragte sie mitleidig. Alle anderen nahmen sich zwei Wochen frei, nur er brachte Büroarbeit mit nach Hause.
»Du doch auch nicht«, sagte er und streckte ihr die Hand entgegen.
Grace war freudig überrascht.
»Aber du musst das doch nicht noch alles durcharbeiten?«
»Nun, man ist nur so gut, wie einen der letzte Klient einschätzt.« Er lächelte sie an.
Grace liebte Martin sehr und wünschte sich, sie wäre eine bessere, amüsantere Ehefrau. Aber zumindest sein Leben organisierte sie reibungslos, und das war ihm bestimmt am wichtigsten.
»Oh, da ist eine Nachricht von dem Hotel, wo wir morgen hinfahren. Auf dem Anrufbeantworter. Sie bitten um Rückruf. Ich habe gewartet, bis du kommst.«
Grace schmunzelte. Sie wusste schon, worum es ging. Sie hatte

die Hotelleitung gebeten, auf jedes Zimmer eine Neujahrskerze und eine Flasche Champagner zu stellen; in der Gemeinschaftskasse war noch ein kleiner Überschuss gewesen. Sie riefen bestimmt an, um die Bestellung zu bestätigen.

Deshalb war sie vollkommen unvorbereitet auf die Nachricht. Alle Mitarbeiter des Hotels lagen mit Grippe danieder – der Chef konnte buchstäblich das Bett nicht verlassen, den Bedienungen ging es ebenso schlecht. Der Hausarzt hatte der Familie, die das Hotel führte, strengstens verboten, das Haus zu öffnen; das käme auf keinen Fall in Frage und sei völlig unverantwortlich. Es täte ihnen unendlich leid, selbstverständlich würde ihnen jeder Penny ersetzt, und sie könnten sich gar nicht genug entschuldigen für die Unannehmlichkeiten.

Grace bekam das Ende der Erklärungen nicht mehr mit. Das Telefon in der Hand, stand sie da und überlegte, was nun auf sie zukam. Alle ihre Pläne lagen in Trümmern. Und es war alles ihre Schuld. Warum musste sie immer als perfekte Organisatorin dastehen und für alles die Verantwortung übernehmen? Grace hatte von der Küche aus angerufen, damit Martin nichts von ihrer kleinen Überraschung mitbekam.

Sie hatte keine Ahnung, wie lang sie so neben dem Telefon gesessen hatte, als Martin hereinkam. Er wusste sofort, dass etwas nicht in Ordnung, zumindest schlimm genug war, um seiner Frau einen Brandy einzugießen.

»Ich rufe die anderen an«, erbot er sich.

»Nein, ich habe sie eingeladen, ich werde sie auch wieder ausladen«, erwiderte sie grimmig.

»Wir kommen bestimmt irgendwo anders unter«, sagte er wenig hilfreich.

»Bestimmt, Martin … eine Buchung für acht Personen an Silvester, vierundzwanzig Stunden zuvor. Kein Problem.«

»Was sollen wir dann tun?« Fragend sah er sie an. Grace, die unerschütterliche Grace, die immer eine Lösung für alles parat hatte. Nur heute Abend nicht.

»Könnten wir zu Hause essen?«, begann er.
»Ich habe die Tiefkühltruhe abgetaut.« Ihre Stimme klang seltsam tonlos.
»Morgen haben bestimmt ein paar Geschäfte offen.«
»Klar doch«, erwiderte sie mit dieser fremden Stimme. »Ich rufe jetzt gleich alle an.«
Martin stand neben ihr und schaute hilflos zu, wie sie mit tonloser Stimme niedergeschlagen mit Anna, Olive und Judith telefonierte. Er konnte nur raten, was am anderen Ende der Leitung gesagt wurde. Alle schienen sie beruhigen zu wollen. Grace schlug vor, dass alle am nächsten Abend gegen acht Uhr zu ihnen nach Hause kommen sollten.
»Wir lassen uns was einfallen«, sagte sie mit Grabesstimme, ehe sie auflegte.
Martins Tröstungsversuch war nur gut gemeint. »Die Leute mit der Grippe sind schlimmer dran«, sagte er.
»Sehr viel schlimmer«, antwortete Grace. »Ich gehe jetzt ins Bett.«
»Sollen wir uns nicht überlegen, was wir, nun … äh, machen wollen?« Normalerweise plante Grace alles immer bis ins kleinste Detail.
»Nicht nötig«, sagte Grace. »Gute Nacht, Martin.«
Als sie nach oben gegangen war, rief Martin alle Paare noch einmal an.
»Was sollen wir tun, Charlie?«
»Vier zu eins, dass sie in fünf Minuten wieder da ist und Listen und Pläne erstellt«, sagte Charlie, den es am meisten interessierte, ob sie ihr Geld zurückbekommen würden; das käme ihm sehr gelegen.
»Was sollen wir tun, Harry?«
»Es wird wohl nicht gehen, fürchte ich, dass wir die Frauen daheim lassen und allein einen Zug durch die Kneipen machen – an einem solchen Abend sind jede Menge Bräute unterwegs«, schlug Harry hoffnungsvoll vor.

»Was sollen wir tun, Sean?«
»Warum bleiben wir nicht alle zu Hause und besprechen unsere gemeinsame Zukunft?«, fragte Sean. Nichts hätte er lieber getan. Das war genau die Entschuldigung, die er sich erträumt hatte.
An diesem Abend wurde bei drei Paaren heftig diskutiert.
»Da muss jetzt aber für jeden von uns eine schöne Stange Geld rüberwachsen – das Hotel war schließlich nicht billig«, sagte Charles.
»Das ist jetzt aber ein ganz schlechter Zeitpunkt, um das Geld zurückzufordern«, gab Anna zu bedenken. »Die arme Grace muss deswegen bestimmt in Therapie.«
Ein paar Tausender wären ihnen gerade recht gekommen, da sie einen todsicheren Tipp für die Rennen am nächsten Wochenende erhalten hatten.
Olive und Harry besprachen sich ebenfalls. Olive fand die Sache eigentlich nicht so schlimm. Im Gegenteil. So käme Harry wenigstens nicht in die Versuchung, am Pool junge Damen in Badeanzügen mit seinen Blicken zu verschlingen. Aber das sagte sie natürlich nicht. Stattdessen verkündete sie, dass Grace bestimmt einen Nervenzusammenbruch erleiden würde. Organisieren war nun mal das Einzige, was sie konnte. Wenn das wegfiel, was blieb ihr dann noch?
Judith und Sean stellten betroffen fest, dass es jetzt, da sie alle Zeit der Welt zum Reden hatten, nichts mehr zu sagen gab. Aber wenigstens mussten sie keine Koffer packen und sich nicht mit gespielter Fröhlichkeit auf ihre Freunde einstellen, nur um Grace nicht im Stich zu lassen. Das hatte jetzt das Hotel für sie erledigt.
»Es wird ein einsames Silvester für sie werden«, sagte Judith voller Mitgefühl.
»Es wird auch für mich ein einsames Fest werden, wenn ich weiß, dass du nicht mit an den Golf kommst«, erwiderte Sean.
»Und für mich ebenfalls, wenn ich weiß, dass du mir nicht

glaubst, dass ich meine Eltern nicht allein lassen und meinen Job nicht einfach so aufgeben kann«, konterte Judith.
Weiter als bis zu diesem Punkt waren sie bisher nicht gekommen; und so gab es nichts mehr zu sagen.
Am nächsten Morgen riefen die Frauen Grace an. Was konnten sie machen, was sollten sie mitbringen?
»Ich weiß nicht, ist mir auch egal … bringt mit, was ihr wollt«, erwiderte Grace in einem so veränderten Tonfall, dass alle alarmiert aufhorchten. Sie wussten nicht, wo sie anfangen sollten; normalerweise hätte Grace alles organisiert. Das war nun mal ihr Part. Sie wusste, wo alles zu bekommen war, sie hätte alle Geschäfte angerufen, doch jetzt teilte Martin ihnen mit, dass sie sich mit einem Krimi ins Bett gelegt habe.
Also besorgte Martin den Champagner, Harry den Wein, Sean den restlichen Alkohol, und Charles versetzte sein Briefmarkenalbum, um von dem Geld Mixgetränke und Bier zu kaufen. Anna kehrte mit Tüten voller Kartoffeln vom Einkaufen zurück – die machten zwar Arbeit, waren aber billig – und bereitete sie auf dreierlei Arten zu. Olive, die es kurz vor Schluss gerade noch in die Geschäfte geschafft hatte, steuerte kiloweise Würstchen und Austernpilze bei. Und Judith kaufte Eiscreme und drei wenig ansprechende Apfelkuchen, die sie mit einer halben Flasche Calvados verfeinerte.
Dann riefen sie Grace an und fragten, ob sie bei ihr und Martin übernachten sollten.
»Es ist mir, ehrlich gesagt, völlig egal, ob ihr bleibt oder nicht«, erwiderte Grace freundlich.
So stopften sie Bettdecken und Kissen ins Auto. Sie kannten schließlich das Haus – es gab genügend Polster, um darauf zu schlafen. Als sie dort eintrafen, lag Grace noch immer im Bett. Sie grüßte sie freundlich, aber distanziert, als wären sie Menschen, die sie im Grunde nicht kannte, nie gekannt hatte.
Die Frauen richteten aus dem vorbereiteten Essen in der Küche ein Büfett her, während die Männer die Gläser und die Geträn-

ke bereitstellten. Grace lag währenddessen im Bett und blätterte weiter die Seiten ihres Buches um. Zum ersten Mal in ihrem Leben stand sie im Mittelpunkt der Aufmerksamkeit. Sie konnte hören, wie ihre Freunde flüsterten und sich fragten, wann sie wohl herunterkäme. Allen voran Martin.

An Weihnachten hatte Grace, die große Organisatorin, elf Leute bekocht – ohne dass ihr irgendjemand geholfen, sich bei ihr bedankt oder ihre Arbeit wertgeschätzt hätte.

Jetzt, sechs Tage später, lag sie im Bett und tat nichts, und alle bemühten sich um sie. Lag darin eine Art von Moral? Eine Lektion, die sie in ihrem Leben bisher noch nicht gelernt hatte?

»Möchtest du vielleicht noch eine Tasse Tee?«, fragte Martin eifrig. Der distanzierte, gleichgültige Martin, dem alles recht zu machen sie sich bisher immer so sehr bemüht hatte.

»Soll ich dir ein Bad einlassen?«, fragte Anna. Die wilde, unbeschwerte Anna, die auf jedem Rennplatz und an jedem Kartentisch in Dublin anzutreffen war.

»Soll ich dir die Lockenwickler vorheizen und die Haare eindrehen?«, fragte Olive eifrig. Die arrogante, blasierte Olive, die sich ihres Harrys so sicher war und vor Selbstvertrauen nur so strotzte.

»Ich könnte ein Kleid für dich aufbügeln, wenn du möchtest«, erbot sich Judith. Judith, die so viel Wert auf ihre Unabhängigkeit, ihren guten Job, ihre Freiheit legte und stets ihre eigenen Entscheidungen traf.

Grace nahm jedes Angebot dankend an: Tee, Lockenwickler, Schaumbad, Kleid. Dann bat sie um ein Telefon. Sie hörten, wie sie wählte und sagte: »Lola, für den Fall, dass du nichts anderes vorhast – ich habe ganz vergessen, dir zu sagen, dass heute Abend ein paar Leute zu uns kommen … nein, nichts Formelles. Keine Ahnung, wann wir essen werden oder gar, was. Irgendetwas wird es schon geben … Du kommst? Gut – dann bis später.«

Und Grace, nun doch unsicher, ob sie tatsächlich nur aufgrund ihres Organisationstalents als Mitglied der Gesellschaft, als Martins Frau und gute Freundin geschätzt wurde, lehnte sich zurück und genoss den letzten Abend des Jahres. Es bekümmerte sie wenig, dass keiner das passende Besteck, die guten Servietten, die elektrische Wärmeplatte oder den Salzstreuer fand. Stattdessen saß sie da, sah sich um, hörte zu und lächelte. Ihr war zwar nicht klar, weshalb, aber an diesem Abend schienen sich viele Dinge wie von selbst zu erledigen, Dinge, für die sie niemals eine Lösung gefunden hätten, wären sie, wie schon vor langer Zeit geplant, in dieses Hotel gefahren.

Sean würde nicht für ein weiteres Jahr in die Golfregion zurückkehren und wenn doch, dann nur, falls Judith dort unten einen Job fände, der ihr zusagte.

Harry erklärte, dass er zwar Frauen im Allgemeinen und jede Frau im Besonderen begehrenswert fände, im Grunde seines Herzens aber nur seine Olive liebe.

Und Anna und Charles baten Grace, sie solle die Hälfte der Rückerstattung, die sie vom Hotel bekämen, behalten und für sie aufheben. Wenn sie ehrlich waren, müssten sie zugeben, dass sie in letzter Zeit ein wenig der Spielsucht verfallen waren.

Dann kam Lola, hockte sich im Schneidersitz auf den Boden und sang Lieder von Joan Baez. Sie kenne niemanden, der so hart arbeite wie Grace, sagte sie und fügte hinzu, dass sie gern hier bei ihren neuen Freunden übernachten würde, da zu Hause in ihrer Wohnung in der Chestnut Street kein Mensch auf sie warte. Selbstverständlich, erwiderte Grace, machte jedoch keinerlei Anstalten, sofort aufzuspringen und Laken und Bettdecke zu holen. Lola schlief schließlich auf einem Sofa und deckte sich mit ihrem Pelzmantel zu.

Und was am besten von allem war – Martin sagte, dass sie phantastisch sei. Sechs Mal. Viermal vor allen Leuten, und zweimal flüsterte er es ihr ins Ohr.

Grace hatte auf ihrem Nachttisch stets ein kleines Büchlein lie-

gen, um sich Notizen zu machen. Das brauchte man, wenn man gut organisiert sein wollte. An diesem Abend schrieb sie Folgendes in das Buch:
»Zum Dank Blumen an das Hotel schicken.«
Am nächsten Morgen würde sie sich wieder daran erinnern, warum sie dem Hotel danken musste. Schließlich hatte es sie von der Tyrannei, stets perfekt organisiert sein zu müssen, befreit und sie in die Lage versetzt, sich wieder zur übrigen Menschheit mit all ihren Unzulänglichkeiten gesellen zu können.

Die Bauarbeiter

Nan aus der Chestnut Street vierzehn erfuhr von Mr. O'Brien, dem ewig nörgelnden alten Herrn aus dem Haus Nummer achtundzwanzig, von den Bauarbeitern.

»Das wird sicher fürchterlich werden, Mrs. Ryan«, gab er zu bedenken. »Dreck und Lärm und alles mögliche Teufelszeug.«

Mr. O'Brien war jemand, der an allem etwas auszusetzen hatte, sagte sich Nan Ryan. Sie würde sich also nicht aufregen. Und in vielerlei Hinsicht war es eine schöne Vorstellung, dass das seit zwei Jahren leerstehende Haus nebenan – seit die Whites verschwunden waren – bald wieder bewohnt sein würde.

Sie überlegte, wer dort wohl einziehen könnte. Eine Familie vielleicht. Dann könnte sie bei ihnen babysitten. Sie würde den Kindern Geschichten erzählen und auf das Haus aufpassen, bis die Eltern heimkamen.

Jo, ihre Tochter, fand allein schon den Gedanken komisch, dass eine Familie in so ein kleines Haus einziehen könnte.

»Mam, da drin kann man sich ja nicht mal umdrehen«, sagte sie sehr energisch, wie es ihre Art war. Was Jo auch sagte, es wurde stets im Brustton der Überzeugung ausgesprochen. *Sie* wusste genau, was richtig und was falsch war.

»Ich weiß nicht recht«, wagte Nan zu widersprechen. »Da ist der schöne, abgeschirmte Garten nach hinten raus.«

»Ja klar, gerade mal zwei Meter lang und zwei Meter breit«, erwiderte Jo lachend.

Nan erwiderte nichts und verkniff sich die Bemerkung, dass sie ihre drei Kinder in einem Haus von genau derselben Größe aufgezogen hatte.

Jo kannte sich mit allem aus. Wie man ein Geschäft führte. Wie man sich elegant kleidete. Wie ihr geschmackvolles Zuhause zu organisieren war. Was sie tun musste, damit ihr gutaussehender Mann Jerry nicht fremdging.

Jo hatte wohl recht mit dem Haus nebenan. Es war zu klein für eine Familie. Vielleicht kam ja eine nette Frau in Nans Alter, jemand, mit dem sie sich anfreunden konnte. Oder ein junges Paar, von denen beide berufstätig waren. Nan könnte Päckchen für sie entgegennehmen oder den Gasableser ins Haus lassen.

Nans Sohn Bobby meinte, seine Mutter solle lieber beten, dass es *kein* junges Paar sei. Die würden nur jede Nacht Party machen und sie in den Wahnsinn treiben. Taub würde sie werden, warnte Bobby, stocktaub. Junge Pärchen, die viel Geld in die Renovierung gesteckt hatten, seien besonders schlimm. Die wären chronisch pleite, wollten aber ihren Spaß haben. Sie würden ihr eigenes Bier brauen und lärmende Freunde zum Umtrunk einladen.

Und Pat, die Jüngste, war besonders pessimistisch.

»Mam wird schon taub sein, bevor sie überhaupt einziehen – wer immer es auch sein mag. Taub von all dem Baulärm. Hauptsache, du achtest darauf, dass sie den Gartenzaun nicht niedriger machen und gut in Schuss halten. Ein guter Zaun ist der Garant für gute Nachbarschaft, heißt es.«

Pat arbeitete bei einem Sicherheitsdienst und legte großen Wert auf solche Dinge. Jo, Bobby und Pat – sie alle waren so unheimlich überzeugt von sich. Nan fragte sich oft, woher sie dieses Selbstbewusstsein hatten. Von ihr bestimmt nicht; sie war immer schüchtern gewesen, geradezu ängstlich.

Nan ging nicht zum Arbeiten, weil alle es so wollten. Sie wurde zu Hause gebraucht. Auch der Vater ihrer Kinder war ein stiller Mensch gewesen, zurückhaltend und liebevoll. Sehr liebevoll sogar – erst eine Weile zu Nan und dann zu einer Menge anderer weiblicher Wesen.

An einem Abend vor langer Zeit, an ihrem fünfunddreißigsten Geburtstag, konnte sie es nicht länger ertragen. Sie saß in der

Küche und wartete darauf, dass er nach Hause kam. Es war vier Uhr morgens.

»Du musst dich entscheiden«, sagte sie zu ihm.

Er gab ihr nicht einmal eine Antwort, sondern ging geradewegs nach oben und packte zwei Koffer. Sie wechselte die Türschlösser aus, was aber nicht nötig gewesen wäre – sie sah ihn nie wieder. Er ging, ohne viele Worte zu machen. Durch einen Anwalt erfuhr Nan, dass ihr das Haus überschrieben worden war. Mehr bekam sie nicht, und sie forderte auch nicht mehr, weil sie wusste, dass es nichts gebracht hätte.

Sie war eine pragmatische Frau. Ihr gehörte ein kleines Reihenhaus, und sie hatte kein Einkommen. Dafür drei Kinder, das älteste war dreizehn, das jüngste zehn Jahre alt. Also besorgte sie sich umgehend einen Job.

Sie arbeitete in einem Supermarkt und zusätzlich noch ein paar Stunden als Reinigungskraft in einem Büro, um die Kinder über die Runden zu bringen, während sie in die Schule gingen, und anschließend noch so lange, bis sie ihr eigenes Geld verdienten. Nan hatte fast zwanzig Jahre lang gearbeitet, als die Ärzte ihr ein schwaches Herz bescheinigten und ihr dringend empfahlen, sich mehr Ruhe zu gönnen.

Es kam ihr sonderbar vor, dass sie ein schwaches Herz haben sollte. Sie fand, ein Herz, das es verkraftet hatte, vom geliebten Ehemann verlassen zu werden, müsste doch eigentlich ziemlich robust sein. Sie hatte nie mehr einen anderen Mann geliebt.

Es war auch keine Zeit dafür geblieben, da sie schwer arbeiten musste, um für die Kinder nahrhafte Mahlzeiten auf den Tisch zu bringen, ganz zu schweigen von den Kosten für Nachhilfeunterricht und bessere Kleidung. In all den Jahren hatte es keine gemeinsamen Ferien gegeben. Manchmal fuhren Jo, Bobby und Pat mit dem Zug zu ihrem Vater. Sie erzählten kaum etwas von diesen Besuchen, und Nan stellte auch keine Fragen.

Jo brachte ihr oft abgelegte Jacken oder Pullover mit. Oder unerwünschte Weihnachtsgeschenke. Und Bobby kam jede Woche mit seiner schmutzigen Wäsche vorbei. Er lebte nämlich mit Kay zusammen, einer Feministin, die selbst der Meinung war, Männer sollten sich selber um ihre Klamotten kümmern. Bobby hatte meistens einen Kuchen oder eine Packung Kekse dabei, und die aß er dann gemeinsam mit seiner Mutter, während sie seine Hemden bügelte. Pat schaute ebenfalls des Öfteren vorbei, um die Schlösser an Türen und Fenstern zu überprüfen oder die Alarmanlage neu einzustellen; hauptsächlich aber, um ihre Mutter darauf aufmerksam zu machen, wie viel Böses es auf der Welt gab.

Nan Ryan war nicht der Typ, der sich groß beklagte. Nie erwähnte sie vor ihren Kindern, dass sie sich oft einsam fühlte, seit sie nicht mehr zur Arbeit ging. Da ihre Familie die bevorstehenden Bauarbeiten am Nachbarhaus offensichtlich als Katastrophe empfand, wollte Nan ihnen lieber nicht sagen, wie sehr sie sich eigentlich darauf freute. Dass sie die Bauarbeiter herbeisehnte und jeden Tag nach ihnen Ausschau hielt.

Eines sonnigen Morgens waren sie dann da. Hinter ihrem Vorhang versteckt, sah Nan ihnen zu. Es waren drei Männer mit einem roten Lieferwagen, auf dem in großer weißer Schrift DEREK DOYLE stand.

Die zwei jüngeren Männer verschafften sich mit einem Schlüssel Zugang zum Haus Nummer zwölf. Nan hörte sie rufen: »Derek! Die schlechte Nachricht ist, dass wir eine ganze Woche brauchen werden, um all den Müll hier wegzuschaffen. Die gute, dass es eine Steckdose für den Wasserkocher gibt und dass sie noch funktioniert.«

Aus dem Lieferwagen schob sich ein großer Mann mit einem fröhlichen Gesicht.

»Also, dann haben wir ja ausgesorgt, für die nächsten zwei Monate jedenfalls. Das ist aber mal eine hübsche Straße.«

Er sah sich nach allen Seiten um, und Nan verspürte so etwas wie Stolz. Sie hatte die Chestnut Street schon immer für etwas Besonderes gehalten. Jetzt hätte sie gern ihre Kinder hier gehabt, damit sie sehen konnten, wie dieser Mann alles bewunderte. Noch dazu ein Mann vom Bau, der sich mit Straßen und Häusern auskannte.
Jo hatte es hier immer für spießig gehalten, Bobby für zu wenig modern. Und Pat meinte, die Reihe der Häuser mit den langen, niedrigen Gartenmauern, über die man leicht entkommen konnte, seien geradezu eine Aufforderung an Einbrecher, sich ans Werk zu machen. Doch diesem Mann, der noch nie zuvor hier gewesen war, schien es zu gefallen.
Nan trat wieder hinter ihren Vorhang. Sie wollte jetzt noch nicht hinausgehen und sich gleich von Anfang an aufdrängen. Dabei sah sie den übellaunigen Mr. O'Brien aus Nummer achtundzwanzig vorbeigehen. Der wollte bestimmt nachschauen, wer gekommen war.
»Ist ja wirklich Zeit, dass sich da was tut«, brummte er und spähte neugierig ins Haus. Er brannte darauf, hineingebeten zu werden.
Derek Doyle ließ sich jedoch nicht erweichen.
»Ich lasse Sie besser nicht rein, Sir. Womöglich fällt Ihnen noch was auf den Kopf.«
Nans Kinder hatten ihr dringend geraten, sich aus allem herauszuhalten. Die neuen Eigentümer würden sich schön bedanken, wenn sie den Arbeitern die Zeit stehle, hatte Jo gesagt. Bobbys Freundin war offenbar der Meinung, dass Bauarbeiter arglose Nachbarinnen immer ausnützen und überreden würden, ihnen Tee zu machen. Und Pat warnte sie, dass ein Haus neben einer Baustelle ein leichtes Spiel für Einbrecher sei. Sie solle äußerst wachsam sein und keinesfalls mit den Männern nebenan sprechen.
Aber der wahre Grund, warum Nan sich von den Bauarbeitern fernhielt, war der, dass sie nicht aufdringlich erscheinen wollte.

Wochenlang würden sie direkt neben ihr arbeiten, da wollte sie nicht für neugierig gehalten werden. Also würde sie abwarten und sich erst nach ein paar Tagen vorstellen. Vielleicht würde sie sogar Tagebuch darüber führen, wie die Arbeit voranging. Die neuen Eigentümer waren vielleicht froh über Notizen, die belegten, wie das Haus für sie renoviert worden war.

Nan zog sich vom vorderen Fenster wieder nach hinten in ihre Küche zurück. Sie bügelte Bobbys Hemden und fragte sich, ob Kay wohl wusste, dass ihr Freund seiner Mutter jede Woche einen Berg Wäsche vorbeibrachte. Aber sie schienen glücklich miteinander zu sein, also wozu sich Gedanken machen?

Dann putzte sie das Silber, das Jo heute morgen vorbeigebracht hatte, und behandelte die schwer zu erreichenden Stellen – wie die Griffe und Füße der kleinen Kännchen – mit einer Zahnbürste. Sie fragte sich, warum Jo sich dermaßen ins Zeug legte, um anderen zu imponieren. Andererseits wiederum zeigten ihre Bemühungen Wirkung. Jerry, der so gern anderen Frauen nachsah, war immer noch mit ihr zusammen.

Schließlich bereitete sie einen großen Eintopf zu und füllte einen Teil davon in Plastikbehälter zum Einfrieren. Pat arbeitete schwer bei ihrer Sicherheitsfirma. Sie war ständig im Einsatz, hatte kaum Zeit zum Einkaufen und kochte nur selten. Nan genoss das Gefühl, ihrer Tochter von Zeit zu Zeit ein fertiges Abendessen mitgeben zu können. Sie hätte es gern gesehen, wenn Pat sich öfter freinehmen, sich schick anziehen, ausgehen, Leute treffen und vielleicht mal einen Mann kennenlernen würde.

Aber was wusste Nan schon davon, wie man einen Mann kennenlernte oder an sich band? Ihr Ehemann war vor zwanzig Jahren mitten in der Nacht ohne ein Wort verschwunden.

Zu vielen Themen äußerte Nan sich gar nicht mehr und war so wortkarg, dass man von ihr keine eigene Meinung erwartete.

Ein lautes Klopfen ließ sie hochschrecken. Draußen vor der Tür stand der Bauleiter.

»Mr. Doyle«, sagte Nan mit einem Lächeln, »willkommen in der Chestnut Street.«
Er freute sich, dass sie seinen Namen wusste und so freundlich zu ihm war. Er wolle sie auf keinen Fall stören, sagte er, aber es gebe da ein Problem. Er hatte die Anweisung, alles auf den Müll zu werfen, was er in Nummer zwölf fand, aber eine ganze Menge davon hatte doch sicher ideellen Wert. Kannte sie als Nachbarin nicht vielleicht Verwandte oder Freunde der Leute, die früher hier gewohnt hatten? Es wäre schade, solche Sachen wegzuwerfen.
»Ich heiße Nan Ryan. Kommen Sie doch herein«, sagte sie und setzte sich mit ihm in die Küche, wo sie ihm von den Whites erzählte, ein sehr ruhiges, sehr zurückhaltendes Paar, das mit kaum jemandem je ein Wort gewechselt hatte. Mr. White hatte irgendwo einen Job und musste dafür jeden Morgen um sechs Uhr früh das Haus verlassen. Ungefähr um drei Uhr kam er mit einer Einkaufstüte wieder zurück. Seine Frau ging niemals aus dem Haus. Nie hängten sie draußen die Wäsche zum Trocknen auf, nie ließen sie jemanden zur Tür hinein. Sie nickten einem zu und kümmerten sich ansonsten um ihre eigenen Angelegenheiten.
»Und fanden das nicht alle Leute hier merkwürdig?«
Derek Doyle scheint ein netter Mann zu sein, dachte Nan. Er hatte offenbar ein Herz für diese Leute, für ihr seltsames Leben und ihre noch im Haus verbliebenen, persönlichen Dokumente. Wie nett, mal jemanden kennenzulernen, der nicht schimpfte oder sich beklagte.
Der alte Mr. O'Brien aus Nummer achtundzwanzig hätte bestimmt geschimpft und die Whites als egoistisch bezeichnet, weil sie auch nach ihrem Auszug noch so viele Scherereien machten.
Ihre Tochter Jo hätte nur die Schultern gezuckt und gemeint, wer würde sich schon an ein so unscheinbares Paar wie die Whites erinnern. Und Bobby hätte angemerkt, dass seine

Freundin Kay in Mrs. White bestimmt ein »notorisches Opfer« sah.

Nur Pat hätte Verständnis gezeigt und gesagt, dass die Whites, wie so viele andere auch, wahrscheinlich in ständiger Angst vor Einbrechern gelebt hatten.

»Ich fand sie nicht merkwürdig. Für mich sah es so aus, als seien sie sich eben selbst genug«, erwiderte Nan. Es kam ihr so vor, als werfe ihr Derek Doyle einen bewundernden Blick zu. Aber das war albern. Sie war eine Frau von fast sechzig Jahren und er ein junger Mann in den Vierzigern …

Mach dich nicht lächerlich, ermahnte sich Nan.

Von da an kam Derek Doyle täglich bei ihr vorbei. Er wartete, bis die anderen Arbeiter heimgegangen waren, bevor er leise an Nans Tür klopfte.

Erst dienten ihm noch die alten Schriftstücke als Ausrede, die er ihr aus dem Haus der Whites mitbrachte. Aber dann besuchte er sie einfach wie ein alter Freund. Sie nannten einander beim Vornamen und wurden tatsächlich schnell gute Freunde.

Sie redeten nicht viel über ihre Familien, und Nan wusste nicht, ob er Frau und Kinder hatte. Sie erzählte ihm kaum etwas über ihren Sohn und die Töchter. Und auch nicht über ihren Ehemann, der sie verlassen hatte.

Gut möglich, dass er Jo, Bobby oder Pat sah, wenn sie zu Besuch kamen. Vielleicht aber auch nicht.

Für einen Mann seiner Statur war er sehr zartfühlend. Er behandelte die Plastiktüten, die einst Mr. und Mrs. White gehört hatten, wie einen Schatz. Gemeinsam schauten er und Nan die Papiere und Notizzettel voller Listen, Kochrezepte und allerlei praktischer Hinweise durch und blätterten in den Reisekatalogen, Beipackzetteln von Medikamenten und Gebrauchsanweisungen für die aus der Mode gekommenen, veralteten Geräte. Sie wendeten die Seiten hin und her in der Hoffnung, aus ei-

nem Leben schlau zu werden, das vor zwei Jahren ein seltsames Ende gefunden hatte.
»Es wird nirgends ein Testament erwähnt«, sagte Derek.
»Nein, und nichts darüber, was er den ganzen Tag in der Arbeit gemacht hat«, erwiderte Nan.
»Wenn sie doch bloß ein Tagebuch geführt hätte. Eine Frau, die so allein ist, tut so etwas, könnte man meinen«, sagte er.
Nan stieg das Blut ins Gesicht. Sie hatte ihren Entschluss, über die Bauarbeiten Buch zu führen, in die Tat umgesetzt, aber bis jetzt war es in ihren Aufzeichnungen immer nur um Derek Doyle und seine willkommenen Besuche gegangen. Alles hatte sie notiert: Wie er einmal einen saftigen englischen Kuchen mit kandierten Früchten mitgebracht und jedes Mal, wenn er zum Tee kam, für sie beide je eine Scheibe davon abgeschnitten hatte. Wie sie mit dem Bus zum Fischgeschäft gefahren war und frischen Lachs gekauft hatte, um ein Sandwich für ihn zu belegen.
Wie plötzlich jeder Tag einen Sinn bekam.
»Vielleicht hatte sie Angst, man könnte es finden.«
»Vielleicht hat sie es ja gut versteckt«, antwortete er lächelnd.
Einige Tage später fanden die Arbeiter in der Küche hinter einem losen Ziegel das Tagebuch. Derek trug es wie eine Trophäe ins Haus.
»Was steht drin?« Nan fühlte sich etwas zittrig.
Derek breitete fünf, in einer winzigen, engen Handschrift vollgeschriebene Schulhefte vor ihr aus.
»Ja, glaubst du denn, ich würde es ohne dich lesen?«, fragte er.
Nan machte ein wenig Platz auf dem Tisch. Die Scones konnten warten. Vielleicht erfuhren sie jetzt etwas über das seltsame, geheime Leben der Whites, die fünfundzwanzig Jahre lang auf der anderen Seite der Mauer gewohnt hatten.
Gemeinsam lasen sie von den langen Tagen, an denen sich eine Frau in der Chestnut Street versteckt gehalten und sich nicht hinausgewagt hatte aus Angst, entdeckt zu werden. Tag und

Nacht lebte sie in der Furcht, der brutale Ehemann, den sie verlassen hatte, könnte sie finden und ihr wieder etwas antun wie so oft während ihrer Ehe.

Immer wieder rühmte sie die Freundlichkeit und Güte des Mannes, den sie Johnny nannte und mit dem wohl Mr. White gemeint war. Dass er alles für sie aufgegeben hatte, um sie vor der Gewalt in Sicherheit zu bringen.

Dass ihre Familie sie für tot hielt, weil sie sich seit der Nacht, in der sie mit Johnny weggelaufen war, nie mehr gemeldet hatte.

»Wer hätte das gedacht, so viel Angst und Verzweiflung gleich nebenan!«, sagte Nan voll tiefem Mitleid.

Sie aßen die Scones, und während sie Seite um Seite lasen, machte Nan Bohnen auf Toast, und dann gab es noch ein Glas Sherry.

Derek Doyle blieb an diesem Abend bis fast elf Uhr. Er rief niemanden an und bekam auch keine Anrufe auf seinem Handy.

Das sah nicht danach aus, als gäbe es eine Ehefrau, sagte sich Nan. Obwohl sie es albern fand, war sie doch froh darüber.

Zwei der Tagebuch-Hefte waren noch ungelesen.

Inmitten des Lärms von Bohrern und Hämmern geriet Nan mehrmals am Tag in Versuchung, an den Tisch zu gehen und sie zu lesen. Aber irgendwie wäre es ihr wie Betrug vorgekommen. Also kaufte sie lieber Lammkoteletts für das Abendessen ein. Sie und Derek hatten das Gefühl, dass die letzten Kapitel womöglich etwas sehr Trauriges und vielleicht sogar Dramatisches enthalten könnten.

Da rief Jo an.

»Vielleicht schaue ich heute Abend mal vorbei, Mutter. Jerry hat eine Besprechung. Ich muss ihn hinfahren und wieder abholen, also könnte ich bei dir die Zeit totschlagen.«

Nan runzelte die Stirn. Nicht gerade herzlich, was sie da von ihrer Tochter zu hören bekam.

»Heute Abend bin ich nicht da«, sagte sie.

»Also wirklich, Mutter, muss das gerade heute sein.« Jo war verärgert, aber das ließ sich nun mal nicht ändern.
Auch Bobby rief an, um ihr mitzuteilen, dass er seine Wäsche vorbeibringen wolle. Allerdings brauchte er sie bereits am nächsten Vormittag wieder. Ob das möglich wäre? Wieder fühlte Nan Ärger in sich aufsteigen. Das ginge dieses Mal leider nicht, erklärte sie ihm.
»Und was soll ich jetzt machen?«, jammerte Bobby.
»Dir fällt schon was ein«, erwiderte Nan.
Dann war Pat am Telefon.
»Nein, Pat«, sagte Nan.
»Was soll das heißen? Ich habe doch noch gar nichts gesagt.« Pat war ärgerlich.
»Ich sage nein, egal, was du vorschlägst.«
»Also, das ist ja wirklich reizend. Ich wollte eigentlich vorbeikommen und deinen Rauchmelder überprüfen, aber jetzt kann ich mir den Weg wohl sparen.«
»Sei nicht beleidigt, Pat. Ich gehe aus, das ist alles.«
»Mam, du gehst doch *nie* irgendwohin«, widersprach Pat.
Nan fragte sich, ob das stimmte. War sie wie die arme Mrs. White … die natürlich gar nicht Mrs. White war. Sie trug einen völlig anderen Namen, aber der gütige, freundliche Johnny White hatte sich ihretwegen eine Stelle in einem Kaufhaus gesucht – ein Job, den er hasste –, nur damit ihr kein Leid mehr geschehen konnte.
Die Stunden vergingen sehr langsam, bis es endlich Zeit wurde, sich mit Derek wieder den Tagebüchern zuzuwenden. Nan hatte extra ihr schönstes Kleid mit dem Spitzenkragen angezogen.
»Du siehst sehr gut aus«, erklärte Derek.
Er hatte ihr einen Strauß Rosen mitgebracht, und sie bekam rote Wangen, als sie die Blumen in einer Vase arrangierte. Dann machten sie sich wieder an die Lektüre.
Als sie zu der Stelle kamen, wo der gute Johnny sich zu krank

fühlte, um zur Arbeit zu gehen, sich aber weigerte, einen Arzt aufzusuchen, begann Nan, sich allmählich Sorgen zu machen.

»Das gefällt mir überhaupt nicht«, sagte sie.

»Mir auch nicht«, erwiderte Derek.

Sie lasen weiter. Sein Krebs war unheilbar, und die beiden wussten, dass sie ohne ihn nicht leben konnte. Mit Tränen in den Augen las Nan von den Plänen der Whites, zu den Seen hinauszufahren und eine Aufstellung ihrer Vermögensverhältnisse und ihr Testament an einen Rechtsanwalt zu schicken.

Ihr Haus in der Chestnut Street Nummer zwölf sollte verkauft werden und der Erlös an eine Organisation gehen, die sich um misshandelte Frauen kümmerte.

Es hatte eine Weile gedauert, bis alles geregelt war, nachdem sie verschwunden waren, vermutlich ertrunken in einem der Seen. Die Mühlen der Justiz mahlen langsam, und deshalb hatte das Haus so lang leer gestanden.

Nan und Derek saßen da, während es draußen allmählich dunkler wurde. In Gedanken waren sie bei dem Paar und ihrem traurigen, ungewöhnlichen Leben.

»Sie müssen sich wahnsinnig geliebt haben«, meinte Nan.

»So habe ich noch nie geliebt«, sagte Derek.

»Ich auch nicht«, erwiderte Nan.

Bucket Maguire

Viele seiner Kunden nannten ihn Mr. Maguire. Zumeist ältere Damen einer bestimmten Generation, die der Ansicht waren, dass bei einem Handwerker die Anrede »Mister« die Wertschätzung seiner Arbeit hervorhob und ein Gespräch über Wasser, Lappen und Putzeimer aufwertete.
Bucket Maguire selbst sah dafür keinerlei Notwendigkeit. Fensterputzer war in seinen Augen ein ehrbarer, befriedigender Beruf. Seit er sechzehn Jahre alt war, arbeitete er als Fensterputzer, seit dem Tag, als Bruder Mackey zu ihm gesagt hatte, eher würde die Hölle zufrieren, als dass es der junge Maguire lang in einem Bürojob aushielte.
Sein Vater war sehr enttäuscht gewesen. Aber die Leute waren oft enttäuscht. Und ehe er sichs versah, saß Bucket Maguire auf seinem Fahrrad, seine Gelenkleiter und seinen Eimer an der Lenkstange.
Kaum anzunehmen, dass sich jemand an den Namen erinnerte, auf den er getauft worden war: Brian Joseph Maguire. Alle nannten ihn nur Bucket – Eimer. Das heißt, alle bis auf seinen Sohn Eddie, der nannte ihn Far. Far als Kurzform für Vater. Damals, als er dies aus Spaß gesagt hatte, war Eddie vier Jahre alt gewesen, aber er benutzte den Namen noch immer, wenn er nach Hause kam, was nicht sehr oft der Fall war.
Wie hatte eigentlich Buckets Frau ihren Mann genannt? In der Chestnut Street konnte sich niemand daran erinnern. Schließlich hatte Helena ihn schon vor längerer Zeit verlassen. Eddie war damals noch ein Baby gewesen.
Wortreich hatte Helena allen Nachbarn erklärt, dass es unter den gegebenen Umständen das Einzige sei, was ihr zu tun üb-

rigbliebe. Wie diese Umstände es wollten, hatte sie nämlich einen anderen Mann kennengelernt, der sie sehr liebte. Dieser andere Mann hatte in jeder Hinsicht wesentlich mehr zu bieten als Bucket Maguire und war darüber hinaus willens, Eddie als seinen eigenen Sohn zu adoptieren. Mehr Anstand konnte man wohl kaum erwarten.

Eddie würde auf eine gute Schule gehen und mit dem Beispiel eines Mannes mit einem anständigen Beruf vor Augen aufwachsen. Obwohl sogar Helena zugeben musste, dass niemand je ein böses Wort gegen Bucket sagen könne oder würde. Aber ein Vorbild für einen Sohn könne er mit seinem Job beim besten Willen nie sein.

Die Nachbarn in der Chestnut Street lauschten Helenas Erklärungen mit finsterer Miene. Sie sagten nicht viel, schafften es aber, durchaus vernehmlich anzudeuten, dass Bucket Maguire, der bei Hagel, Regen oder Schnee die Fenster anderer Leute geputzt und seiner Frau und seinem Sohn ein Zuhause geschaffen hatte, es nicht verdiente, nun als Dank dafür verlassen zu werden, nur weil er das falsche Vorbild für seinen Sohn sein sollte.

Die gesamte Straße zeigte wenig Verständnis für Helena in der Zeit, bevor sie mit ihrem Sohn in einen der Vororte zog; niemand kam, um sich von ihr zu verabschieden und ihr Glück zu wünschen. Viele jedoch kamen, nachdem sie mit dem kleinen Eddie das Haus verlassen hatte. Sie meinten es alle nur gut, fanden aber, wie Bucket dachte, nie die richtigen Worte.

Entweder erklärten sie, dass Helena bestimmt zurückkommen und diesen tollen Hecht bald verlassen würde – was nicht sehr wahrscheinlich war – oder dass Bucket froh sein solle, sie los zu sein – was ganz und gar nicht der Wahrheit entsprach. Manche meinten, er würde eine andere Frau finden, eine bessere als Helena – was natürlich unmöglich war. Und dann gab es noch diejenigen, die der Ansicht waren, dass es in der heutigen Welt

zusehends schwieriger wurde, einen Sohn großzuziehen. Und womöglich sei er besser dran, Eddie nicht am Hals zu haben, da der Junge sich vielleicht als undankbares Früchtchen entpuppen könnte.
Bucket bedankte sich artig bei allen. Das sei alles nur zu Eddies Besten, meinte er, und außerdem würde dieser ihn ja regelmäßig besuchen.
Von regelmäßigen Besuchen konnte zu Anfang jedoch nicht die Rede sein. Eddie müsse sich erst in seinem neuen Zuhause einleben – das sei doch nur zu verständlich, brachte Bucket zu Helenas Verteidigung vor.
Und später, als Eddie zur Schule ging, hatte der Junge so viele Hausaufgaben zu erledigen und so viele andere Dinge zu tun, dass man es verstehen musste, wenn er nur hin und wieder bei seinem Vater vorbeischaute.
Eddie kam immer um seinen und Buckets Geburtstag herum, kurz nach Ostern, vor Halloween und Weihnachten und bei ein, zwei weiteren Gelegenheiten in der Chestnut Street vorbei. Bestimmt so sieben-, achtmal im Jahr.
Wenn er dann da war, konnten die Nachbarn den kleinen Eddie beobachten, wie er traurig einen Stein durch Buckets Garten kickte, ein nervöses Kind, das sich an keinen von ihnen erinnerte und sich nicht im Geringsten dankbar zeigte für die Vergnügungen, die sein Vater sich für ihn ausdachte.
»Ah, man kann von einem so jungen Burschen doch keine guten Manieren erwarten oder dass er dauernd ›danke‹ sagt wie ein Papagei«, pflegte Bucket ihn zu verteidigen.
Falls die Leute tatsächlich geglaubt haben sollten, der neue Vater des Jungen würde ein Vorbild für ihn sein, so mussten sie sich nun fragen, worin dieses Vorbild eigentlich bestand. Helena setzte das Kind jedes Mal nur rasch ab und winkte kurz, bevor der arme Bucket Gelegenheit hatte, an den Wagen zu treten und ein paar Worte mit ihr zu wechseln.

Bucket kam regelmäßig zu Miss Mack in die Bibliothek – das heißt, bevor sie erblindete –, um sich für Eddie passende Bücher und Spiele auszuleihen. Allerdings musste er zugeben, dass der Junge sich nicht sehr gut konzentrieren konnte.

»Ich fürchte, das hat er von mir geerbt – ich hatte es nie mit Büchern«, sagte Bucket traurig.

Miss Mack hätte am liebsten geweint, wenn sie ihn so reden hörte, und es ärgerte sie sehr, dass Helena nie rechtzeitig Bescheid geben konnte, wenn Eddie Bucket besuchte. Oft war das ohnehin nicht der Fall, und es bedeutete, dass Bucket die Bücher oder Spiele oft wochenlang aus der Bücherei ausgeliehen hatte – nur für den Fall.

Kevin Walsh, der Taxifahrer von Nummer zwei in der Chestnut Street, hatte den kleinen Eddie und seinen Begleiter bereits ein paarmal gefahren. Der Junge erkannte ihn natürlich nicht mehr. Sein Stiefvater hatte viel Geld und ließ sich oft chauffieren.

»Meiner Ansicht nach ist Bucket besser dran ohne den Jungen. Der entwickelt sich zu einem richtigen kleinen Schnösel, der sich nichts sagen lässt«, erklärte Kevin jedem, der es hören wollte. Bucket gehörte nicht dazu.

»Der Bursche hatte eben einen schlechten Start, mit einem kaputten Zuhause und so«, pflegte Bucket versöhnlich zu antworten. »Ist es da nicht natürlich, dass er sich ein wenig verloren fühlt?«

Und als Miss Ranger von Nummer zehn zufälligerweise erfuhr, dass der junge Eddie Maguire wegen renitenten Betragens von der Schule verwiesen worden war, hütete sie sich, Bucket etwas davon zu erzählen. Sie wusste von vornherein, was sie zu hören bekäme: »Ah, das ist bestimmt alles nur ein Missverständnis. Einige Lehrer sind einfach gegen ihn und haben es auf den armen Eddie abgesehen.« Da hielt man besser seinen Mund.

Bei einem seiner Aufträge als Fensterputzer entdeckte Bucket ein hilflos miauendes Kätzchen auf dem Dach. Vorsichtig holte er das kleine Tier herunter, schob es in seine Jacke und trug es stolz zur Eingangstür. Sein Auftraggeber seufzte resigniert.

»Mist, ich dachte, ich hätte sie alle erwischt – der kleine Teufel muss entkommen sein.«

Der Mann war der Ansicht, an diesem Vormittag – bevor die Kinder aus der Schule nach Hause kamen und eine Szene machen konnten – ganze Arbeit geleistet und die sieben jungen Katzen ertränkt zu haben, die plötzlich vor ihm aufgetaucht waren. Die Mutter der Kätzchen, eine schlaue alte Katze, welche die Gedanken ihres Besitzers wohl gelesen haben musste, hatte ihren Wurf irgendwo versteckt, bis die Kleinen ungefähr fünf Wochen alt waren, und sie dann triumphierend ins Haus geführt.

»Sie wollen dieses Kätzchen wirklich ertränken?«, fragte Bucket ungläubig. Er spürte das kleine Herz unter dem grauen Fell in seiner Hand schlagen.

»Her mit ihr – das dauert nur ein paar Sekunden«, forderte der Mann.

Bucket schüttelte heftig den Kopf. »Nein, ich nehme sie mit nach Hause und ziehe sie groß«, murmelte er.

»Ach, jetzt reden Sie doch keinen Unsinn, Mann – in dem Alter und im Rudel sind die wie Ungeziefer.«

»Aber es ist kein Rudel – nur eine einzige, winzige Katze, und sie wird bei mir bleiben.«

»Nein, das wird sie nicht. Der kleine Bastard wird zu uns zurückkommen – das tun sie immer.«

»Von da, wo ich wohne, bestimmt nicht. Bis zur Chestnut Street ist es ziemlich weit.«

Der Mann sah Bucket verwundert an. »Sie fahren mit dem Fahrrad bis hierher, um Fenster zu putzen?«

»Sicher, ich kann mich glücklich schätzen, dass ich noch ge-

sund und kräftig bin.« Bucket strahlte den Mann vergnügt an, stolz auf die gute Arbeit, die er geleistet hatte.
»Tja, nun. Was machen wir jetzt mit dem Tier?«
Bucket holte das Kätzchen aus seiner Jacke und betrachtete es.
»Könnten Sie sie vielleicht kurz im Haus unterbringen und ihr ein Schälchen Milch mit ein bisschen Brot geben? Ich hole sie dann ab, wenn ich mit den anderen Häusern in der Straße fertig bin. So gegen vier Uhr. Dann nehme ich sie mit.«
»Ich weiß nicht recht.« Der Mann zögerte.
»Ach, jetzt kommen Sie schon. Ihre Kinder sind bis dahin noch nicht zurück, sie werden sie nicht sehen und behalten wollen«, flehte Bucket ihn an.
»Was werden die Leute bei Ihnen zu Hause dazu sagen?«, fragte der Mann.
»Zu Hause ist niemand außer mir«, antwortete Bucket. Erst jetzt ließ er die kleine, graue, magere Katze mit der weißen Brust los. Sie war erschöpft und verängstigt von der anstrengenden Kletterei, um einem schrecklichen Tod in einem Eimer Wasser zu entgehen.
»Bleib schön da, Ruby, der nette Mann wird dir ein bisschen was zu fressen geben, bis ich wiederkomme«, sagte Bucket.
»Ruby?«, fragte der Mann.
»Mir hat der Name immer gefallen. Hätten wir eine Tochter gehabt, hätte sie Ruby geheißen.«
»Sie haben keine Kinder? Vielleicht sind Sie ohne besser dran.«
»Oh, aber ich habe einen Sohn, ein toller Bursche. Er heißt Eddie.«
»Also wohnt *doch* jemand bei Ihnen im Haus?«
»Nein, Eddie lebt bei seiner Mam – das ist besser so. Was könnte ich ihm schon bieten?«
Buckets gutmütige Art schien den Mann allmählich zu nerven.
»Na gut, dann gebe ich der Kleinen eben was zu fressen, und Sie sind um vier Uhr wieder hier.«

»Hätten Sie vielleicht noch einen Karton mit ein bisschen Erde für sie?«, bat Bucket.
»Sonst noch was? Kaviar? Eine Wärmelampe?«
»Ich will doch nur, dass sie ein Katzenklo hat, damit sie Ihnen oder Ihrer Familie keine Mühe macht und vielleicht noch auf den Boden pinkelt.«
»Na, dann bis vier, aber nicht später«, sagte der übellaunige Mann.

Bucket war pünktlich zur Stelle, mit einer Dose Futter für Jungkatzen und einem nagelneuen Katzenklo. Er plazierte das Tierchen im vorderen Fahrradkorb, wo er normalerweise Fensterleder, Putzlumpen und flüssige Seife transportierte. Vorsichtig setzte er Ruby in einen kleinen Karton, aus dem sie durch ein Loch im Deckel herausschauen konnte.
»Damit sie auch was von der Fahrt hat und ein bisschen frische Luft kriegt«, erklärte Bucket.
»Sie sind wirklich ein anständiger Mensch«, knurrte der übellaunige Mann zu Buckets größter Verwunderung.

Ruby gewöhnte sich gut ein in der Chestnut Street Nummer elf und versuchte kein einziges Mal, ihre Mutter oder ihre längst verstorbenen Geschwister zu finden oder gar in das ungastliche Haus des übellaunigen Mannes zurückzukehren. Miss Mack aus Nummer drei erzählte Bucket, sie habe einmal in einem Buch über Katzen gelesen, dass diese ihre Vergangenheit sehr schnell vergäßen und fast sechzig Prozent ihrer Zeit verschliefen.
»Gott, das wäre allerdings kein schlechtes Leben!«, meinte Bucket bewundernd. Von da an betrachtete er Ruby mit anderen Augen. Als Eddie das nächste Mal zu Besuch kam, hatte die Katze bereits deutlich an Gewicht zugelegt, und ihr Fell glänzte seidig.
Eddie brachte zu den Besuchen bei seinem Vater seit neuestem

immer einen Freund mit. Man könne von einem Teenager mit zwölf Jahren doch nicht erwarten, dass er nur dasitze und seinen alten Herrn anstarre, meinte Helena. Ein Junge in seinem Alter brauchte unbedingt einen Kumpel, um nicht vor Langeweile auf dumme Gedanken zu kommen. Dieser Kumpel hieß Nest Nolan. Als er den Jungen das erste Mal sah, hatte Bucket gesagt: »Das ist aber ein komischer Name – Nest.«

»Komisch, dass das ausgerechnet ein Mann namens Bucket sagt«, hatte Nest gekontert.

Und so hatte Bucket sich jede weitere Bemerkung verkniffen. Er fand, dass der Junge kein guter Umgang für Eddie war; er war grob, hatte keine Manieren und strahlte keine Herzlichkeit aus. Bucket versuchte, mit Helena darüber zu reden, aber sie hatte nur die Schultern gezuckt. Kinder suchten sich ihre Freunde selbst aus, hatte sie gesagt. Da habe es keinen Sinn, sich einzumischen.

Eddie und Nest konnten mit der grauweißen Katze nicht viel anfangen.

»Die ist bestimmt voller Flöhe«, meinte Nest altklug.

»Mann, Far, warum hast du dir dieses Ding überhaupt ins Haus geholt?«, schimpfte Eddie.

»Ich dachte mir, du würdest die Katze mögen, Eddie. Sie heißt übrigens Ruby und ist eine richtig gute Freundin«, erwiderte Bucket enttäuscht. »Und sie versteht jedes Wort. Ich habe mir überlegt, ob ich ihr nicht ein paar Tricks beibringen soll. Sie hängt sehr an mir, weißt du.«

»Katzen hängen an jedem, der ihnen was zu fressen gibt«, höhnte Nest. »Die haben keinen Anstand. Nicht wie Hunde.«

»Tja, aber ich kann hier keinen Hund halten, Nest«, erklärte Bucket. »Ich bin schließlich jeden Tag geschäftlich unterwegs. Wie soll ich da mit einem Hund Gassi gehen oder ihn überallhin mitnehmen? Das wäre nicht richtig.«

»Und was ist Ihr Geschäft?«, fragte Nest, obwohl er es genau wusste.

Alle wussten, was Bucket arbeitete – es stand schließlich auf seinem Fahrrad: FENSTERPUTZEN – QUALITÄT VOM FACHMANN. Aber Nest fragte mit Absicht, damit er und Eddie sich über Buckets Antwort lustig machen konnten.
»Und, müssen Sie heute Nachmittag auch wieder los, um fachmännisch Fenster zu putzen?«, fragte Nest höhnisch.
»Nein, doch nicht, wenn Eddie hier ist«, erwiderte Bucket. Sobald er wusste, dass sein Sohn kam, sagte er alle Aufträge ab.
»Sind die Leute denn nicht sauer auf Sie?«, fuhr Nest fort.
»Na ja, vielleicht enttäuscht, aber so oft sehe ich Eddie auch wieder nicht.«
»Wenn Sie wollen, können Sie gern losfahren und Fenster putzen. Wir bleiben so lange hier, bis Sie wieder da sind«, schlug Nest vor.
Das wollte Bucket aber nicht.
»Ah, jetzt fahr schon, Far«, sagte Eddie. »Wir haben keine Lust, hier herumzuhocken und zwei Stunden lang nur dich anzustarren.«
»Aber ich habe ein Spiel für euch«, sagte Bucket.
»Das ist doch nur was für Babys.« Eddie winkte ab.
»Hören Sie, Mr. Bucket, kümmern Sie sich um Ihre Kunden – wir bleiben so lange hier und leisten Ihrer Katze Gesellschaft.«
»Nein, nein, ich habe mich so auf Eddie gefreut … auf euch beide … dass ihr heute kommt. Darauf will ich doch nicht verzichten.« Gespannt schaute er von einem zum anderen. Schweigen.
Schließlich meinte Eddie: »Gut, wenn du hierbleibst, Far, dann gehen wir jetzt. Wir wollen doch nur in Ruhe ein bisschen abhängen.«
»Nichts für ungut, Mr. Bucket«, fügte Nest mit einem verschlagenen Lächeln hinzu.
»Natürlich, nichts für ungut«, beteuerte Eddie.
Bedrückt radelte Bucket davon. Es ging wohl nicht anders. Und

es war nicht Eddies Schuld. Er war nun mal auf einen Freund hereingefallen, der sich nicht zu benehmen wusste, mehr nicht. Also trat Bucket in die Pedale und erledigte seine Arbeit. Auf dem Rückweg kaufte er für jeden der Jungen einen großen Becher Eiscreme mit Karamell und Nüssen. Darüber würden sie sich bestimmt freuen.

Als er in die Chestnut Street zurückkam, bemerkte er, dass sich vor der Nummer elf eine Menschenmenge versammelt hatte. Buckets Herz machte einen Satz. Hoffentlich war kein Unfall passiert. Warum sollten sonst wohl so viele Leute hier herumstehen? Er lehnte sein Fahrrad gegen den Zaun und rannte zum Haus, um zu sehen, was los war. Rechts und links standen Leute, hatten vor Entsetzen und Bestürzung die Hände vor den Mund geschlagen und sahen zu, wie Ruby die Straße entlangstolperte. Sie hatte irgendetwas unter den Pfoten, das ein merkwürdiges, klapperndes Geräusch von sich gab. Vor Verzweiflung miaute die Katze wie ein kleines Baby. Als der eine oder andere Nachbar sich ihr näherte und sie hochheben wollte, fauchte sie, aber sie erkannte Bucket sofort, als er kam, und versuchte, auf ihn zuzutappen. Er nahm sie auf den Arm und stellte fest, dass ihre vier kleinen Pfoten in spitzen Muschelschalen steckten, wie man sie an jedem Strand finden konnte. Man hatte sie mit Kerzenwachs, das noch immer leicht warm war, festgeklebt. Es musste sehr heiß gewesen sein, als man die kleinen Pfoten in die Muscheln gezwängt hatte. Bucket wurde übel. Das Wachs war rot wie das der Kerze, die auf dem Tisch in seinem Wohnzimmer stand für den Fall, dass es etwas zu feiern gäbe, für das es sich lohnte, sie anzuzünden.

»Sch, sch, Ruby, wir ziehen dir jetzt gleich deine Schuhe aus«, redete er beruhigend auf das kleine Tier in seinen Armen ein. Er zog an einer der Muscheln, aber sie ging nicht ab.

»Ich wollte gerade ein Teppichmesser holen«, sagte Kevin Walsh, der ruppige Taxifahrer von Nummer zwei.

»Ich habe ein paar Katzenleckerlis mitgebracht, damit sie sich

beruhigt«, rief Dolly, das Schulmädchen von Nummer achtzehn, das selbst eine Katze hatte.
»Und ich wollte gerade die Polizei rufen«, sagte der steife Mr. O'Brien von Nummer achtundzwanzig, dem ein Rassekater namens Rupert gehörte, »aber die anderen waren der Ansicht, dass ich damit besser warten sollte, bis Sie wieder da sind.«
Gemeinsam gelang es Bucket und Kevin Walsh, die Muschelschalen von den weichen Pfoten zu lösen. Zwischen den Ballen hing zwar noch ein wenig Wachs, aber wenigstens konnte Ruby wieder laufen. Triumphierend stolzierte sie an allen Nachbarn vorbei, um zu zeigen, dass es ihr besserging, ehe sie mit einem Satz auf Buckets Arm sprang und nichts mehr davon wissen wollte, wieder auf den Boden gesetzt zu werden. Ihre kleine Pfoten seien bestimmt noch wund, meinte Bucket und bedankte sich bei allen für ihre Fürsorge.
»Ich kann mir nicht vorstellen, was für ein gemeiner Mensch so etwas getan haben könnte«, sagte er, Tränen in den Augen.
»Das waren dein Sohn und sein feiner Freund«, platzte es aus Kevin Walsh heraus.
»Nein, Kevin, niemals – Eddie liebt Tiere.«
»Aber sie haben mich doch extra gerufen, damit ich mir das anschaue und was zum Lachen habe.« Kevin blieb unnachgiebig.
Bucket war schockiert. »Nein, das kann ich nicht glauben.«
»Na, und wo sind sie jetzt? Sie verstecken sich, weil es dann doch nicht so lustig war.« Kevin presste die Lippen zu einem schmalen Strich zusammen.
Bucket warf einen ängstlichen Blick auf sein Haus. »Das muss ein Missverständnis sein«, erklärte er.
»Das ist kein Missverständnis«, beharrte Kevin.
Langsam entfernten sich die Leute vom Haus Nummer elf. Das Drama war vorüber, jetzt begann der unerfreuliche Teil, wenn der arme Bucket dahinterkommen würde, zu welchem Frücht-

chen sein Sohn herangewachsen war. »Er ist doch noch ein Kind«, rief Bucket den Nachbarn hinterher, die ihm den Rücken kehrten und es nicht mehr hören wollten, wie er zum x-ten Mal den Jungen verteidigte, den er so sehr liebte und dessen Verhalten sie immer schon für problematisch gehalten hatten.

Es war nicht Eddies Schuld. Der Junge war eben leicht beeinflussbar, und wie schnell waren die Leute mit irgendwelchen Vorurteilen bei der Hand.

Eddie und Nest begriffen die ganze Aufregung nicht. Hatte Bucket heute nicht selbst gesagt, dass er der Katze Kunststücke beibringen wolle? Nun, sie hatten nur versucht, der dämlichen Katze das Stepptanzen beizubringen, und jetzt standen sie da wie Verbrecher. Die beiden wirkten sehr verletzt und wütend und sahen aus, als wollten sie auf der Stelle gehen und niemals mehr wiederkommen. Das sei doch alles nur ein Missverständnis, flehte Bucket sie an, das müssten sie begreifen.

»Seht mal, ihr wisst wahrscheinlich nicht, wie vorsichtig man mit einer stummen Kreatur umgehen muss«, sagte er nervös.

»Na, so stumm war das Vieh nicht – so, wie die geschrien und gekreischt hat, als wir das heiße Wachs auf ihre Pfoten taten. Die konnte man noch zwanzig Meilen weit weg hören«, erwiderte Nest mit einem schiefen Grinsen.

Bucket sah zu seinem Sohn. Er hoffte auf ein Zeichen, irgendeine Reaktion, dass der Junge sich von Nest distanzierte. Es kam nichts. Bucket wusste, dass es jetzt auf jedes Wort ankam, das er sagte.

»Wahrscheinlich hat die arme Ruby nicht gewusst, dass es nur ein Scherz war«, sagte er schließlich. Er schaute von einem Jungen zum anderen und versuchte, schlau zu werden aus ihrem Blick, aus dem er Verachtung und Mitleid herauszulesen glaubte.

An diesem Abend erhielt er einen Anruf von Helena. »Geht es dir gut?«, fragte sie spitz.
»Ja, ich denke schon. Warum fragst du?« Er glaubte fast zu sehen, wie sie die Schultern zuckte.
»Weiß nicht. Eddie hat so was gesagt. Ich glaube, er meint, du wirst allmählich sonderbar.«
Bucket überlegte. Er konnte ihr jetzt sagen, was ihr gemeinsamer Sohn und sein Freund angestellt hatten, oder er konnte es sein lassen. Er ließ es sein. Er wusste, von jetzt an wären die Dinge mit Eddie nie mehr wie zuvor.
Zwei Jahre später flog Eddie von der Schule, Nest ebenso. Zum Glück erklärte sich eine andere, strengere Lehranstalt bereit, die beiden aufzunehmen.
Sie sei sehr enttäuscht, sagte Helena, aber das Leben sei nun mal eine einzige Enttäuschung.
Bucket sah das nicht so. Manchmal war es so, aber meistens war das Leben für ihn ganz in Ordnung.
Helena schnaubte. »Sieht dir ähnlich, dass du das sagst.«
»Wird er mich denn noch besuchen kommen, wenn er in der neuen Schule ist?«, fragte Bucket.
»Na, frag ihn doch selbst – du siehst ihn doch die ganze Zeit«, fuhr Helena ihn an.
Bucket wusste nichts zu erwidern. Er hatte Eddie seit drei Monaten nicht mehr gesehen.
»Wann, sagt er, sehen wir uns?«
»Jeden Samstag seit sechs Wochen, oder bist du schon so daneben, dass du es nicht mehr mitbekommst, wenn dein eigener Sohn dich besucht?«
»Helena, er kommt mich nicht besuchen«, antwortete Bucket tonlos.
»Mist«, sagte Helena.

»Far?«
»Bist du das, Eddie?«

»Ja, es sei denn, du hast noch einen Haufen anderer Kinder, von denen wir nichts wissen.« Eddie schlüpfte durch die Hintertür von Nummer elf.

Ruby sprang hastig von dem Stuhl, auf dem sie geschlafen hatte, und flitzte nach oben.

»Nein, nur dich, Eddie.«

»Das ist nicht viel, was du im Leben vorzeigen kannst«, erwiderte sein Sohn.

»Für mich reicht es. Ich wünschte mir allerdings, manches wäre anders gelaufen und ich hätte dich ständig bei mir haben können, aber ich freue mich jedes Mal, wenn ich dich sehe. Und ich wäre dir gern ein besserer Ratgeber gewesen.«

»Du bist ganz okay, Far, auf jeden Fall besser als *er*.«

Bucket wusste, dass mit *er* Helenas zweiter Ehemann gemeint war. »Ich dachte immer, er ist so nett?«

»O ja, wenn alles gut läuft. Wenn es nicht so gut läuft, reagiert er immer gleich extrem verärgert«, sagte Eddie.

»Tja, die Menschen sind verschieden.«

»Warum konntest du nicht ein bisschen härter und stärker sein, Far?«

»Ich weiß es nicht, Eddie. Das war nie meine Art.«

»Aber nur so kommt man weiter – wir müssen unser Leben selbst in die Hand nehmen.«

»Jetzt weiß ich das auch, aber früher wusste ich es nicht.«

»Hättest du dich dann geändert?«

»Nein, wahrscheinlich nicht. Nein, ich glaube, ich wäre genau derselbe geblieben. Ich mag es gern ruhig im Leben. Ich will keine Scherereien. Ich wollte auch deine Mutter nicht verärgern, als sie sich in den Kopf gesetzt hatte, in die bessere Gesellschaft aufzusteigen.«

»Aber irgendetwas *muss* sie doch in dir gesehen haben, damals, als sie dich geheiratet hat.«

»Bestimmt hat sie das, aber ich glaube, das lag daran, dass ich ihr Sicherheit bieten konnte. Ich hatte einen eigenen Betrieb, ein eigenes Haus. Zu der Zeit war es eine große Sache, einen eigenen Betrieb zu haben.«

»Aber du hast doch keinen Betrieb, Far, du hast nur zwei Hände, ein Fahrrad, eine Leiter und einen Eimer«, widersprach Eddie.

»Und einen guten Namen und eine Liste zufriedener Kunden, so lang wie meine beiden Arme«, erwiderte Bucket stolz.

»Noch was, Far, ich mag meine neue Schule nicht.«

»Aber du bist doch noch nicht mal zwei Monate dort, Junge.«

»Nein, seit sechs Monaten schon. Nest gefällt es dort, und Harry und Foxy und all meinen anderen Freunden auch, aber mir überhaupt nicht.«

»Und was sollen wir jetzt machen, Eddie?« Bucket war ratlos. Er wusste nicht, was er dem Jungen empfehlen sollte.

»Kann ich nicht bei dir wohnen und in die Schule da oben an der Straße gehen?« Treuherzig sah er seinen Vater an.

»Ach, Eddie, mein Junge. Die werden dich nicht nehmen. Das ist nur was für die Söhne reicher Gentlemen. Dein neuer Vater könnte dir dort vielleicht einen Platz besorgen, aber ich nicht. Und außerdem kostet die Schule ein Vermögen.«

»Ich zahle es dir zurück, wenn ich zu Geld komme, Far.«

»Nein, Junge, es geht einfach nicht. Ich besitze nur dieses Haus hier, und die paar Ersparnisse, die ich habe, die gehen in eine Versicherung für dich, die du ausbezahlt bekommst, wenn du zwanzig Jahre alt geworden bist, und in die Heimkosten für deine Großmutter.«

»Das Geld nützt mir aber nichts, wenn ich *alt* bin – ich will es jetzt haben, Far!«

»Wenn ich könnte, würde ich es dir noch in dieser Sekunde persönlich in die Hand drücken, aber ich kann nicht.« Bucket weinte fast vor Kummer, jemandem eine Bitte abschlagen zu müssen.

»Ich hätte es wissen müssen.« Der Junge sackte auf dem Stuhl zusammen.

Bucket beschloss, dem Jungen all das an Weisheit mit auf den Weg zu geben, was ihn das Leben gelehrt hatte. »Weißt du was, Eddie? Vielleicht könntest du einfach so tun, als würde es dir an der Schule gefallen. Das mache ich oft, wenn ich einen großen Auftrag mit vielen, hohen Fenstern vor mir habe. Dann sage ich mir: Bucket, das ist genau der Job, den du dir immer gewünscht hast. Ich blende den Gedanken einfach aus, dass ich aus dem vierten Stock fallen könnte, und denke lieber an das Geld, das ich am Ende des Tages kriege. Und ich freue mich darüber, was für ein schönes Haus das ist, das Heim eines Gentleman, und schon fühle ich mich wieder wohler. Wenn du das auch mit deiner neuen Schule versuchen könntest, funktioniert es vielleicht. Wirklich, im Ernst.«

»Ach, es ist zu spät, Far. Sie haben mich heute rausgeworfen.«

»Aber *warum* nur, Eddie, warum? Du bist doch gerade mal ein halbes Jahr ...«

»Es war ein Missverständnis, Far. Hat was mit Drogen zu tun.«

»Aber *du* hast doch nichts mit Drogen zu tun, Eddie? Ich meine, du bist doch erst fünfzehn.«

»Natürlich nicht. Kann ich jetzt bei dir wohnen oder nicht?«

»Da werden wir deine Mutter fragen müssen.«

»Sie sagt bestimmt ja, Far.«

Und Helena stimmte tatsächlich zu. Sehr schnell sogar. Bucket informierte alle Nachbarn in der Chestnut Street. Die Umstände hätten sich geändert, sagte er, so dass sein Sohn von nun an die ganze Zeit über bei ihm wohnen würde.

»Dann sollte er besser ein Auge auf seine Katze haben«, bemerkte der alte Mr. O'Brien aus Nummer achtundzwanzig.

»Wir alle sollten besser die Augen offen halten«, meinte Kevin Walsh aus dem Haus Nummer zwei. Als Taxifahrer kannte er das Leben.

Mit der Schule war es also vorbei, aus und vorbei, wie Eddie erklärte. Einmal Sündenbock – immer Sündenbock, da könne er sich noch so anstrengen.

»Aber es gibt doch so viele Möglichkeiten, was du beruflich machen könntest, Eddie.«
»Die nehmen mich aber an keiner Schule mehr, Far. Geht das nicht in deinen Schädel?«
»Aber wovon willst du leben?«
»*Du* bist doch auch mit fünfzehn von der Schule gegangen und hast einen Beruf, von dem du leben kannst«, sagte Eddie.
Bucket sah seinen Sohn an. »Ja, aber ich war nie sehr ehrgeizig«, erklärte er. »Ich meine, deswegen ist deine Mutter ja schließlich zu *ihm* gezogen und hat dich mitgenommen. Er ist immerhin Steuerberater, jemand, den man respektiert.«
»Bei ihm bin ich jetzt auch unten durch, Far.«
»Darin ist bestimmt nur dieser Nest schuld – du bist doch nicht mehr mit ihm befreundet, oder, Eddie?«
»Nein, bin ich nicht. Nicht mit Nest, nicht mit Foxy oder Harry.«
»Dann kannst du ja jetzt von vorn anfangen.«
»Genau, Far, das brauche ich jetzt auch – einen sauberen Neuanfang, ein bisschen Bares auf die Hand, einen anständigen Job und ein Zimmer hier bei dir.«
Jahrelang hatte Bucket davon geträumt, einmal diese Worte zu hören. Er konnte es kaum glauben. »Bist du sicher, Eddie?«
»O ja, das bin ich. Mir war bisher nicht klar, was ich haben oder sein wollte. Jetzt weiß ich es.«
»Gleich morgen kaufe ich ein neues Fahrrad«, verkündete Bucket mit glänzenden Augen. »Und wir werden den Namen überpinseln lassen: MAGUIRE & SOHN. QUALITÄT VOM FACHMANN. Wir werden ein Riesengeschäft machen, mein Junge – jawohl, das werden wir.«
Überrascht schaute Eddie ihn an. »Nein, ich will doch nicht ins Fensterputzgeschäft einsteigen«, wiegelte er ab. »Ich wollte nur wissen, ob ich hier wohnen kann, und du hast ja gesagt, mehr nicht.«
Bucket seufzte. Er wusste, das war wieder einer jener Momente, der alles verändern konnte.

»Ist schon gut, Junge. Ich dachte, du wolltest, dass ich dir unter die Arme greife.«
»Das brauchst du nicht, Far, ehrlich«, erwiderte Eddie.
»Okay, Eddie.«
»Und wir kommen bestimmt gut miteinander aus, wenn du dich nicht in meine Angelegenheiten mischst«, fügte Eddie hinzu.
Bucket nickte. »Bestimmt werden wir das.«

Bucket Maguire bekam durchaus mit, dass seine Nachbarn nicht allzu begeistert waren, Eddie wieder im Viertel zu sehen, doch er sollte nie erfahren, wie sehr die Bewohner der Chestnut Street ihn bemitleideten und wie tief ihre Abneigung gegen seinen Sohn war. Denn es hatte keinen Sinn, ihm etwas sagen zu wollen. Er fand stets eine andere Ausrede für Eddie: Der Junge hätte eben Pech; die anderen hätten ihn ständig auf dem Kieker; und die Leute redeten nur deshalb schlecht über ihn, weil er früher einmal einen schlechten Umgang gehabt habe.
Bucket wurde nicht müde, zu betonen, dass Eddie jetzt nichts mehr zu tun habe mit solchen Leuten. Doch niemand schien ihm das zu glauben. Stattdessen löcherten ihn die Leute mit Fragen. Was Eddie den ganzen Tag über denn so treibe, wollten sie wissen. Womit er sein Geld verdiene. Wann er nachts nach Hause käme. Und wo ein Junge von fünfzehn, sechzehn Jahren seine Nächte verbringe, wenn er nicht nach Hause kam?
Doch wenn man wollte, dass der Sohn bei einem blieb, dann verkniff man sich solche Fragen besser, wie Bucket genau wusste. Heutzutage war alles ganz anders als damals, als er noch ein Junge gewesen war.

Und so arbeitete Bucket allein weiter. Er hätte gern einen Assistenten gehabt, einen jungen Mann, der keine Angst davor hatte, hoch hinauf auf eine Leiter zu klettern. Aber einen Fremden konnte er auf keinen Fall mit ins Geschäft nehmen. Der Tag würde kommen, an dem Eddie bei ihm einsteigen wollte. Bucket sah ihn bereits auf einem neuen Fahrrad neben sich herfahren. Nun galt es eben, den richtigen Zeitpunkt abzuwarten.

Doch plötzlich war Eddie aus der Chestnut Street Nummer elf verschwunden.

Ohne Erklärung, nur einen Zettel hatte er hinterlassen: »Bin auf Reisen, und falls jemand nach mir sucht, sagst du, dass du keine Ahnung hast, wo ich mich aufhalte. Das ist für alle das Beste, Eddie.«

Die Wochen vergingen, und Bucket machte sich große Sorgen. Der Gedanke war ihm unerträglich, eingestehen zu müssen, dass er nicht wusste, wo sich sein achtzehnjähriger Sohn aufhielt.

Eines Abends stand aus heiterem Himmel Nest vor der Tür. Hinter ihm zwei junge Männer.

Bucket bat sie nicht ins Haus. Ruby schlängelte sich zwischen seinen Beinen hindurch, um zu schauen, wer gekommen war, und huschte schnell wieder zurück, als könnte sie sich nur allzu gut erinnern.

»Ach herrje, ist das immer noch die Katze, wegen der es damals diesen Aufstand gab? Die muss doch jetzt schon steinalt sein«, sagte Nest.

»Ruby ist sechs. Kann ich irgendwie helfen?« Bucket war sehr kurz angebunden.

»Tja, nun, das können Sie. Es geht um Ihren Sohn oder Enkel – mir war nie klar, was er eigentlich ist.« Nest setzte ein unschuldiges Gesicht auf und lächelte verschlagen.

»Mein Sohn. Aber er ist nicht da, und ich fürchte, ich weiß auch nicht, wo er ist.« Selbst diesem Flegel gegenüber blieb Bucket noch höflich.

»Oh, ich weiß, dass er nicht da ist – er wird es nicht wagen, sich in Dublin blicken zu lassen. Für eine lange Zeit nicht.«
Nest schien genau zu wissen, wovon er sprach, und wirkte ziemlich bedrohlich. Bucket fühlte sich nicht wohl in seiner Haut. Am besten war es, wenn er erst mal versuchte, die Wogen zu glätten. »Ich weiß von eurem Zerwürfnis damals in der Schule. Aber wäre es nicht besser, das alles zu vergessen?«
Wieder lächelte Nest. »Nein, Mr. Bucket, nichts wird vergessen. Wir haben noch eine Rechnung offen, und wenn Sie jetzt so freundlich sein könnten, Eddie eine wichtige Nachricht zu überbringen …«
»Wie schon gesagt, ich weiß wirklich nicht, wo er ist oder wann er zurückkommt.«
»Ich bin sicher, dass das stimmt, Mr. Bucket, aber irgendwann wird er sich mit Ihnen in Verbindung setzen, und dann wäre es schön, wenn Sie ihm ausrichten könnten, wo er uns finden kann. Mehr nicht. Wir sind immer noch am selben Ort. Er ist derjenige, der sich aus dem Staub gemacht hat.«
Inzwischen wirkte er noch bedrohlicher, als wäre er tatsächlich fähig, Eddie etwas anzutun.
»Wenn er sich bei mir meldet, richte ich es ihm aus, Nest«, erwiderte Bucket hastig und nervös. »Ganz bestimmt sage ich es ihm. Ich wollte nur nicht, dass du auf die Idee kommst, er geht hier immer noch regelmäßig aus und ein …«
»Für Sie – *Mr.* Nest. Ich war immer so höflich, Sie *Mr.* Bucket zu nennen. Ich würde von Ihnen gern ebenso höflich behandelt werden.«
»Tut mir leid, Mr. Nest«, antwortete Bucket, den Kopf gesenkt.
Die anderen Jungen kicherten, ehe sie breitbeinig wie die Cowboys die kleine Rasenfläche in der Mitte der Chestnut Street überquerten und verschwanden.
Mit einem Mal lief es Bucket eiskalt über den Rücken.
Er konnte lang nicht einschlafen in dieser Nacht. Als er schließ-

lich doch einschlief, schreckte er, das grinsende Gesicht von Nest nur Zentimeter von seiner Nase entfernt, wieder hoch. Es dauerte eine Weile, bis ihm klar wurde, dass er das entweder geträumt hatte oder dass es Ruby war, die schnurrend auf seinem Bett lag und ihn aus nächster Nähe fixierte.

In dieser Zeit begann Bucket, sich einen Plan zurechtzulegen.

Eines Abends rief Helena sehr spät bei ihm an.

»Ist was passiert?«, fragte Bucket voller Panik.

»*Passiert?* Warum, um alles in der Welt, sollte etwas passiert sein?« Sie schien betrunken zu sein.

»Na ja, es ist fast Mitternacht, Helena.«

»Und? Spielt das eine Rolle?«

»Nein, nicht, wenn es dir gutgeht.«

»Mir geht es gut.«

»Und deinem Mann … Hugh, dem Steuerberater?«

»Ihm geht es auch gut, wo immer er auch stecken mag.«

»Ist er denn nicht zu Hause heute Abend?«, fragte Bucket.

»Eigentlich keinen Abend mehr. Bucket, war die Zeitung schon bei dir?«

»Warum?«

»Wegen Eddie, du Dummkopf, weswegen sonst?«

»Die Zeitung will etwas über Eddie wissen?«

»Das ganze Land sucht ihn – keiner weiß, wo er sich versteckt. Bucket, lass ihn bloß nicht rein, falls er zu dir kommt.«

»Aber ich muss ihn doch ins Haus lassen – er ist mein Sohn. Und warum suchen sie ihn überhaupt?«

»Oh, Himmel, Bucket, du bist ja noch naiver, als ich dachte. Du kannst es doch jeden Tag lesen – schwarz auf weiß.«

»Aber Eddie hat doch nichts getan. Oder?«

»Mach ihm bitte nicht die Tür auf, Bucket. Ruf sofort die Polizei, sonst bringen sie dich auch noch um. Und warum das Ganze, sag mir das mal, warum?«

»Wer würde Eddie und mich schon umbringen wollen, Helena? Jetzt sei doch mal vernünftig.«

»Die Leute, die er bestohlen hat. Nest, Harry und Foxy und alle ihre Kumpel. Unser idiotischer Sohn musste sich ja unbedingt mit den größten Drogendealern Dublins anfreunden und dann versuchen, sie übers Ohr zu hauen. Sie können ihn nicht am Leben lassen. Sie suchen ihn, weil sie ihn umbringen wollen, und die Polizei versucht, ihn zuerst zu finden. Eddie auszuliefern ist das Beste, was wir für ihn tun können.«

»Dann muss er aber für lange Zeit ins Gefängnis. Ach, es gibt doch bestimmt noch was anderes, das wir für ihn tun können, Helena, oder?«

»Ja, wir könnten uns mit diesen Typen anlegen. Sie haben *Waffen,* Bucket, abgesägte Schrotflinten. Klar, wir könnten uns töten lassen. Toll.«

»Wir könnten ihm helfen, unterzutauchen«, schlug Bucket vor.

»Gute Nacht, Bucket«, sagte Helena und legte auf.

Ruby, die neben ihm auf einem Stuhl saß, machte plötzlich einen Buckel, und ihr Fell sträubte sich. Offensichtlich war jemand im Haus. Bucket fasste sich instinktiv an den Hals. War Mr. Nest mit seiner Bande zurückgekommen, um hier auf Eddie zu warten? Eine Gestalt trat aus der Dunkelheit. Es war Eddie.

»War das vorhin ernst gemeint, Far? Dass du mir helfen würdest, unterzutauchen?«

»Selbstverständlich habe ich es ernst gemeint. Setz dich, ich mache uns eine Tasse Tee für den Fall, dass sie das Haus beobachten. Wir sollten uns ganz normal verhalten.«

»Spar dir den Tee, Vater. Natürlich beobachten sie das Haus.«

Zufrieden registrierte Bucket, dass sein Sohn ihn zum ersten Mal »Vater« genannt und nicht den albernen Spitznamen Far benutzt hatte.

»Haben sie dich gesehen, Eddie?«

»Nein, ich bin von hinten reingekommen, durch Kevin Walshs

Haus und durch die Gärten … sie haben sich auf der anderen Seite postiert. Im Garten von Nummer zweiundzwanzig.«

»Ja, Mitzi und Philip sind in Urlaub. Deshalb steht das Haus momentan leer.« Bucket wusste alles über seine Nachbarn, kannte alle ihre Pläne, Hoffnungen und Träume.

»Es ist vorbei. Aus und vorbei, das weißt du doch, oder?« Eddie schien Bucket auch noch den letzten Rest Hoffnung rauben zu wollen.

»Hier, trink lieber deinen Tee, Eddie. Und tu viel Zucker rein – das gibt dir Kraft.«

»Kraft wofür? Um mich in den Kopf schießen zu lassen, sobald ich durch diese Tür trete?«

»Warum sollten sie warten, bis du hinausgehst – wenn sie wissen, dass du hier bist, können sie doch ebenso kommen und dich holen.«

»Nein, das werden sie nicht tun. Dafür hat Nest zu große Achtung vor dir, wie er sagt. Dauernd erzählt er allen möglichen Scheiß über Respekt. Er hat mal gesagt, dass du ihn in all den Jahren nie schlecht behandelt hast und dass er in deinem Haus niemanden erschießen wird.«

»Ist Nest der Kopf der Bande?«

»Ja, das ist er.«

»Tja, man stelle sich vor.« Bucket seufzte.

»Ja, ich weiß«, sagte Eddie.

Jetzt endlich, als die Zeit knapp wurde, führten sie ein richtiges Gespräch, wie es sich zwischen Vater und Sohn gehörte. Sie sprachen über viele Dinge. Über Hugh, den Stiefvater und Steuerberater; über Eddies Mutter Helena, die nie irgendwo richtig glücklich werden würde. Sie sparten auch das Thema nicht aus, dass Eddie pleite war, weil er alles verspielt hatte. Und dass alles, was er Nest gestohlen hatte, zur Begleichung seiner Schulden in einem Kasino draufgegangen war. Wie anders könnte sein Leben jetzt aussehen, wenn er dieses Geld noch hätte.

»Aber du wirst wieder zu Geld kommen«, sagte Bucket.
Im Licht der Straßenlampe, das von draußen hereinfiel, sah er, wie schon so oft zuvor, einen Anflug von Verärgerung über das Gesicht seines Sohnes huschen.
»Leg dich noch ein wenig hin, Eddie«, schlug Bucket vor. »Vor halb acht Uhr morgen früh geht es nicht los.« Er machte Anstalten, nach oben zu gehen.
»Lass mich nicht allein, Vater«, bat Eddie.
»Ich geh doch nur nach oben, um ein paar Kissen und Decken für dich zu holen. Natürlich lasse ich dich nicht allein«, erwiderte Bucket Maguire.
Und so hielt er die ganze Nacht Wache und betrachtete seinen Sohn, der auf dem Sofa schlief und sich seufzend und stöhnend hin und her warf.

Der Himmel war grau und wolkenverhangen, als es draußen dämmerte und die Chestnut Street langsam erwachte. Alles war wie immer. Lilian aus Nummer fünf würde sich auf den Weg machen, um den Frisiersalon in der Hauptstraße aufzusperren; Kevin Walsh hätte womöglich eine frühe Fahrt um Flughafen; die Kennys aus Nummer vier würden zur Messe gehen; und Dolly aus Nummer achtzehn würde von ihrer Runde Zeitungsaustragen zurückkommen.
Es war an der Zeit, dass Bucket Maguire auf sein Fahrrad stieg, die Klappleiter und den Korb mit den Fensterledern und der flüssigen Seife befestigte und schwankend wie immer in Richtung Hauptstraße davonfuhr. Nur dass es an diesem Morgen nicht Bucket wäre, der auf dem Fahrrad saß, sondern sein Sohn Eddie.
Angetan mit einem langen Regenmantel, Buckets alten Hut tief in die Stirn gedrückt, würde ihn niemand erkennen.
Sobald er auf der Hauptstraße war, hatten sie abgemacht, sollte er das Fahrrad an einen Zaun ketten, den Hut und den Mantel in den Korb mit den Putzlappen stopfen, einen

Bus in Richtung Zentrum nehmen und aus der Stadt verschwinden.

Seit geraumer Zeit schon hatte Bucket jede Woche Geld von seinem Sparkonto abgehoben. Das war Bestandteil seines Plans gewesen. So konnte er seinem Sohn jetzt eine stattliche Summe in die Hand drücken.

Bucket glaubte, Tränen in den Augen des Jungen zu sehen, war sich aber nicht sicher.

»Du darfst dich aber auf keinen Fall umdrehen, um dich zu verabschieden – das würde alles zunichtemachen«, schärfte er Eddie ein. »Wink mir nicht, aber grüße jeden anderen, der dir begegnet, mit einem Nicken. Ich kenne sie schließlich alle hier.«

Und dann stellte er sich hinter den Vorhang in seinem Haus und sah voller Stolz zu, wie sein Sohn mit seinem Firmenfahrrad an den Leuten vorbeifuhr, die darauf warteten, ihn zu töten. Vorbei an den Nachbarn, die ihn alle grüßten und für den Fensterputzer hielten, der seinem anständigen Gewerbe nachging.

Ein älterer Herr

Allein der Gedanke an diesen Mann war Berna zuwider. Sie traute ihm nicht über den Weg. Er hieß Chester und war drauf und dran, ihre einzige Tochter zu heiraten. Aber sie würde sich nichts anmerken lassen dürfen – noch nie im Leben hatte Helen so hartnäckig an einem Entschluss festgehalten.

»Wenn du anfängst, die Nase zu rümpfen und einen auf pikiert zu machen, Mutter, dann dreh ich durch«, hatte Helen gekreischt und sich aufgeführt wie ein pubertierender Teenager. Und dabei war sie bereits dreiundzwanzig Jahre alt.

»Ich habe keine Ahnung, was du damit meinst. Warum sollte ich meine Nase rümpfen und pikiert schauen?«, hatte Berna erwidert.

Doch Helen ließ sich nicht so leicht beruhigen.

»Er war schon mal verheiratet und ist fast vierzig Jahre alt. Glaubst du, dass ich nicht weiß, was du denkst?«

»Habe ich irgendetwas gesagt, Helen? Beantworte mir diese Frage.«

»Das musst du nicht, Mutter. Du schaust schon wieder so mürrisch, wie Vater immer gesagt hat.«

»Dein Vater hat oft gedacht, ich würde mürrisch schauen.« Berna lächelte, aber ihr Herz war schwer.

Sie wusste, dass auch Jack die Vorstellung nicht gefallen hätte, dass morgen dieser Chester mit seinem aufdringlichen amerikanischen Akzent angeflogen käme, um die Einzelheiten der Hochzeit zu besprechen.

Jack hätte kurzen Prozess mit ihm gemacht. Und wie hätte das ausgesehen? Er hätte einen langen Spaziergang mit Helen unternommen, sie vielleicht zum Essen in ein schickes Restaurant ausgeführt, ihr Vorhaben ins Lächerliche gezogen und es ihr im Handumdrehen ausgeredet.

Helen war fünfzehn Jahre alt gewesen, als Jack gestorben war. Das war jetzt acht Jahre her. Alle sagten, dass dies das schlimmste Alter für ein Mädchen sei, um den Vater zu verlieren. Mit fünfunddreißig Jahren einen Ehemann zu verlieren, war auch nicht besonders toll, aber das sagte kaum jemand zu Berna. Nach außen hin hatte sie schon immer den Eindruck erweckt, ganz gut allein zurechtzukommen.

Alle bekamen mit, wie schnell sie ihren Führerschein gemacht, einen Job gefunden und wieder in den Alltag zurückgefunden hatte. Doch niemand sah, dass sie vor Einsamkeit und Selbstmitleid viele bittere Tränen vergossen hatte. Berna wusste, dass sich die meisten Menschen nicht für die Probleme anderer interessierten, und so behielt sie die ihren für sich. Sogar den Schock darüber, dass ihr einziges Kind beabsichtigte, einen wesentlich älteren Mann zu heiraten. Sie hatte weder ihren Schwestern noch Freunden oder Kollegen erzählt, wie es sich für sie anfühlte, dass das Leben ein weiteres Mal einen herben Schicksalsschlag für sie bereithielt.

Berna wusste nur, dass sie unter allen Umständen gute Miene zum bösen Spiel machen musste, da diese Ehe offenbar nicht mehr zu verhindern war. Sie war es Helen und Jack schuldig, die Familie nicht auseinanderbrechen zu lassen, nur weil Helen kurz davorstand, die unpassendste Verbindung der Welt einzugehen.

Überall auf der Welt war er schon gewesen, dieser Chester, nur in Irland nicht. Helen hatte ihn in New York kennengelernt und war nach sechs Monaten zurückgeflogen, um ihrer Mutter die aufregende Neuigkeit zu überbringen. Jetzt sollte Chester höchstpersönlich eintreffen. Er würde nach Shannon fliegen und dort einen Wagen mieten. Um ein Gespür für das Land zu bekommen, wie er sagte. Deshalb ziehe er es vor, mit dem Auto

zu fahren. Gegen Nachmittag würde er bei ihnen zu Hause in der Chestnut Street ankommen.
Am Telefon hatte er sich glaubwürdig, angenehm und höflich angehört, ohne aufgesetzten irischen Akzent, aber das gehörte wahrscheinlich zu seiner Masche. Er arbeitete in der Werbebranche und schien genau zu wissen, wie man die Leute manipulierte.
Doch jetzt war keine Zeit für negative Gedanken, da er jeden Moment vor der Tür stehen konnte.
Berna hörte, wie Helen abrupt eines ihrer vielen aufgeregten Telefonate unterbrach und zur Tür eilte. Chesters Leihwagen, den er draußen geparkt hatte, war eher bescheiden und ein ähnliches Modell, wie Berna es fuhr. Aber dann fiel ihr wieder ein, dass er das Auto ja in Irland gemietet hatte. Daheim in den Staaten fuhr er bestimmt eine protzige Limousine.
Berna blieb oben an der Treppe stehen und musste kurz den Blick abwenden, als sie sah, mit welcher Leidenschaft die beiden sich küssten, sich umarmten, um sich dann voller Glück zu betrachten. Wo hatte Helen so viel über Leidenschaft und Verlangen gelernt? Nicht in diesem Haus.
Er hatte dunkles, lockiges Haar und sehr dunkle Augen. Sein Lächeln erhellte sein ganzes Gesicht, als er mit ausgestreckten Händen auf Berna zukam.
»Sehr erfreut, aber angesichts meines Alters haben Sie sicher nichts dagegen, wenn ich Sie Berna nenne«, sagte er zur Begrüßung.
Wie clever von ihm, zuzugeben, dass er bereits ein gewisses Alter überschritten hatte. Da sie genau wusste, dass Helen sie beobachtete, zwang Berna sich zu einem Lächeln, das mindestens so breit war wie das seine.
»Willkommen in unserem Zuhause«, erwiderte sie.
Sie gingen in das kleine Wohnzimmer, das voller Erinnerungsstücke und Fotos von Jack und Helen war.
Ärmlich und schäbig musste ihr Reihenhaus wirken im Ver-

gleich zu seiner Maisonettewohnung … wie hatte Helen noch mal gesagt? Eine Wohnung in Manhattan, die sich über zwei Stockwerke erstreckte.

Doch ihm schien zu gefallen, was er sah, und er sagte genau das, was sie hören wollte. Er lobte den hübschen alten Spiegel, der aus dem Haus von Bernas Großmutter stammte; er bewunderte das erste Bild, das Helen gemalt hatte und das gerahmt an einem Ehrenplatz hing; er pries den Blick hinaus in den kleinen, liebevoll gepflegten Garten. Und das alles ohne allzu großen Überschwang und mit scheinbarer Ernsthaftigkeit. *Scheinbar.* An dieses Wort musste sie sich halten. Ohne die Kunst, sich zu verstellen, war dieser Mann nicht dorthin gelangt, wo er jetzt war.

Es war angenehm, sich mit ihm zu unterhalten; das konnte man nicht leugnen. Er stellte interessierte Fragen und gab bereitwillig Auskunft über sich selbst, ohne die ganze Zeit über an Helen herumzunesteln. Unter anderem schlug er vor, dass Helen und Berna entscheiden sollten, in welchem Stil sie die Hochzeit feiern wollten. Schließlich sei es ihr großer Tag.

Bisweilen kam Berna die Situation absolut unwirklich vor. Sie hatte das Gefühl, in einem Film oder in einem Theaterstück mitzuspielen und mit einem Fremden über ein für sie völlig zweitrangiges Ereignis zu reden statt über die Hochzeit ihrer eigenen Tochter. Ein-, zweimal ertappte sie sich dabei, dass sie sich an die Stirn fasste, als würde sie gleich in Ohnmacht fallen. Er schien es zu bemerken.

»Helen, Liebling«, sagte er plötzlich, »das ist jetzt nur ein Vorschlag von mir, aber ich glaube, dass es besser ist, wenn Berna und ich das erst einmal ohne dich besprechen.«

Ungläubig sah Helen ihn an.

»Nein, das ist mein Ernst«, fuhr er fort. »Wir beide überbieten uns geradezu mit unseren Versuchen, dich zufriedenzustellen. Wir spielen uns die Bälle zu wie bei einem Tennismatch … und bemühen uns, dich nicht anzuschauen, um zu sehen, ob du mit unseren Vorschlägen einverstanden bist.«

Berna lachte. Er hatte den Nagel auf den Kopf getroffen.

»Und wo soll ich hingehen?« Helen zog eine Schnute wie ein kleines Mädchen.

»Du hast doch Hunderte von Freunden in deinem Alter – geh und erzähl ihnen von dem älteren Herrn, den du heiraten willst«, erwiderte er lachend.

»Ja, wirst du mich denn immer noch heiraten wollen, wenn ich zurückkomme? Du wirst es dir von meiner Mutter doch nicht ausreden lassen, oder?«

»Ich werde hier sein.«

Sie setzten sich vor den Kamin, und Chester erzählte von seiner ersten Frau, die gestorben war. Drei Jahre lang waren sie sehr glücklich gewesen, dann hatte sie sich innerlich immer mehr von ihm entfernt. Er hätte nicht gedacht, jemals wieder lieben zu können, bis er Helen getroffen hatte.

»Jugend und all das kann ich ihr nicht bieten, aber für sie sorgen kann ich. Ich denke, das dürfte ihr gefallen. Ihnen hätte es gefallen, nicht wahr?«

Woher wusste er das? Woher konnte das überhaupt jemand wissen?

Chester schaute zu den Fotos von Jack: Jack winkend auf einer Jacht; ein großer Teil ihrer Ersparnisse war in diesen kleinen Zeitvertreib geflossen. Jack im dreiteiligen Anzug; er war immer zu seinem Maßschneider gegangen – Berna war diejenige gewesen, die in den Kaufhäusern nach Sonderangeboten stöberte. Jack im Gespräch mit einer Gruppe Filmstars; er hatte sich so gern mit den Reichen und Berühmten gezeigt.

Langsam wanderte Chesters Blick von einem Bild zum anderen, als könnte er die Jahre der Vernachlässigung und Einsamkeit erkennen, die darin versteckt lagen.

Seine Stimme klang sanft, als er fortfuhr: »Ich werde immer für Helen da sein. Ich weiß, dass sie sich nach einer Art Vaterfigur sehnt … aber das macht mir nichts aus, ich werde für sie da sein.« Es klang, als könnte man sich auf ihn verlassen.

»Wahrscheinlich mehr, als es ihr eigener Vater oft war«, hörte Berna sich zu ihrer eigenen Überraschung sagen.

Chester ging nicht darauf ein. Er würde die ein Leben lang sorgfältig gehüteten Erinnerungen nicht zerstören.

»Aber er war der Mann, den Sie beide geliebt haben, nicht wahr?«

Berna streckte den Arm aus und drückte die Hand des Mannes, der ihr Schwiegersohn werden würde. Mit einem Mal war es ihr egal, dass er in der Werbebranche arbeitete und viel zu alt für ihre Tochter war. Mit großer Erleichterung wurde ihr bewusst, dass sie von nun an nicht mehr als Stimme der Vernunft agieren musste. Von nun an würde dieser kluge Mann, den Helen mit nach Hause gebracht hatte, alle Entscheidungen treffen.

Und er konnte gleich damit anfangen, indem er die Hochzeit plante.

»Wo würden Sie denn gern feiern?«, fragte sie.

Er besaß so viel Gespür, nicht zu sagen, wo immer *ihr* es am besten gefiele.

»Am liebsten wäre es mir, wenn wir mit zwanzig, dreißig Leuten hier im Haus feiern könnten. Hier, wo Sie zu Hause sind«, sagte er.

Und da wusste Berna, dass sie und Helen zum ersten Mal in ihrem Leben vollständig einer Meinung und mit ganzem Herzen bei der Sache wären.

Philip und die Kunst des Blumensteckens

Philip hatte immer schon gewusst, wie man erfolgreich war. In der Schule tat er sich zwar nicht besonders hervor, schnitt bei Prüfungen aber stets besser ab als die anderen. Alle hatten sich darüber gewundert, nur Philip nicht; er hatte immer gewusst, was er wollte, und gewissenhaft alle vorausgegangenen Prüfungsarbeiten studiert und sich den wahrscheinlichsten Ansatz überlegt. Ebenso methodisch war er bei der Auswahl seiner ersten Anstellung vorgegangen und hatte sich schließlich dafür entschieden, auf unterster Ebene in einer renommierten Firma anzufangen. Das würde später in seinem Lebenslauf gut aussehen. Eigentlich verabscheute er Golf, und Bridge konnte er auch nicht ausstehen, aber er nahm trotzdem Unterricht, da in gewissen Kreisen diese Kenntnisse quasi vorausgesetzt wurden.

Philip wusste natürlich, dass viele Menschen ihr Gegenüber nur nach Äußerlichkeiten beurteilten, und so sorgte er dafür, dass sein Auftreten stets tadellos war. Er informierte sich darüber, welcher Kleidungsstil karrierefördernd und welcher Haarschnitt geeignet war, um gleichzeitig seriös und modern auszusehen, ohne dass es allzu bemüht wirkte. Er lernte, seine Anzüge zu pflegen, brachte sich mit Hilfe von Kassetten die deutsche Sprache bei und ging regelmäßig in Symphoniekonzerte und Opern, bis er tatsächlich Gefallen an der Musik fand und nicht nur so tat wie in der Zeit zuvor.

Bei einem dieser Opernbesuche lernte er Annabel kennen. Er zog diskrete Erkundigungen über sie ein und erfuhr, dass sie in der Tat eine geeignete Partnerin wäre – nicht nur zum Ausgehen oder als Freundin, sondern möglicherweise sogar für mehr.

Philip sah in Annabel eine junge Frau mit passendem gesellschaftlichen Hintergrund, einem einflussreichen Vater und einem eigenen Beruf als Lehrerin an einer Mädchenschule.
Annabel sah in Philip einen äußerst strebsamen, hart arbeitenden, ehrlichen jungen Mann, der sich wohltuend von ihrem vorherigen Freund unterschied, der überhaupt nicht zu ihr gepasst hatte. Was für eine Erleichterung, diesen jungen Mann ihrem Daddy vorstellen zu können.
Ihre Hochzeit, die ungefähr zwölf Monate später stattfand, war, wie man sich erwarten konnte, edel und elegant, aber nicht übertrieben luxuriös. Philips Meinung nach war es wesentlich vernünftiger, jedes verfügbare Kapital in ein Haus zu stecken, statt groß mit dem Geld anzugeben. Ihre Flitterwochen verbrachten sie auch nicht an einem exotischen Ort, Seite an Seite mit nichtssagenden Pauschaltouristen, sondern in einem gediegenen, eleganten Hotel, in dem die Etablierten und Mächtigen verkehrten.
Philip war erst Anfang dreißig und hatte bereits eine beeindruckende Karriere gemacht. Er hatte sich jeden Schritt reichlich überlegt. Seine gegenwärtige, bisher anspruchvollste Position, die er erst vor kurzem angetreten hatte, brachte es mit sich, dass er in seiner Freizeit Japanisch lernen musste. Wenn diese Sprache für das Unternehmen schon so wichtig sei, hatte Philip bei seinem Bewerbungsgespräch argumentiert, müsse die Firma jeden Kandidaten zumindest mit einem Sprachkurs unterstützen. Damit hatte er seinen Job in der Tasche gehabt. Von nun an tauchte er jeden Tag zwei Stunden lang völlig in diese fremde Sprache ein. Und das bedeutete, dass er um sechs Uhr morgens zur Arbeit fuhr, da nach dem Unterricht noch ein voller Arbeitstag auf ihn wartete.
Auch abends wurde es meistens später – da waren die Meetings und die informellen Gespräche in den Clubs –, aber Philip wusste, dass sich in diesen kleinen Zirkeln die ganze Macht

konzentrierte. Manchmal kam er nicht vor neun Uhr abends nach Hause. Und das auch nur, wenn es keine offiziellen Termine mehr gab wie Geschäftsessen oder Opernabende mit Gästen aus Übersee.

Auslandsreisen gehörten ebenfalls zu seinem Pensum, und die Stunde Fahrt ins Büro und wieder zurück in die grüne Vorstadt, in der er sich zur Entspannung Musik aus der Stereoanlage anhörte, wurde permanent von Anrufen auf seinem Autotelefon unterbrochen.

Zuerst versuchte Annabel es mit Schmeicheleien, dann mit Bitten. Später schmollte sie, und schließlich begleitete sie ihren Mann auf eine Geschäftsreise über den Atlantik, damit sie unterwegs wenigstens einmal wieder miteinander reden konnten.

Das sei kein Leben mehr, erklärte sie ihm, bemüht, sich die Tränen nicht anhören zu lassen. Auch keine Ehe, fuhr sie fort, vergeblich gegen das Gefühl der Niederlage ankämpfend, das sie zu überwältigen drohte. Wegen Philips Karriere und um eines besseren Lebens willen hatte sie ihre Arbeit als Lehrerin aufgegeben und war mit ihm in eine Börsenmakler-Enklave fern aller Zivilisation gezogen. Es gab keinen einzigen Grund für sie, hier zu leben, abgesehen von ihren Pflichten als Gastgeberin, die jedoch nicht allzu häufig in Anspruch genommen wurden, da Philips Partner und Geschäftsfreunde zu beschäftigt waren, um sich in die – wie sie sich ausdrückten – Wildnis hinauszubegeben. Annabel war immer öfter allein, und das nahm sie ihrem Mann übel. Außerdem machte sie sich immer größere Sorgen um seine körperliche und geistige Verfassung.

»Du steuerst auf einen Zusammenbruch zu«, sagte sie mit gedämpfter Stimme, aus Angst, ein Passagier der ersten Klasse könnte sie hören.

Das sei aber nicht sehr konstruktiv, sich so etwas auf dem Weg zu einem überaus wichtigen Geschäftsabschluss anhören zu müssen, erwiderte er. Auch nicht partnerschaftlich oder hilfreich. Und nicht im Entferntesten wahrscheinlich.

Wie das Leben so spielt, hatte Annabel ihn sechs Monate vor seinem Zusammenbruch verlassen.

Sie hatten sich voller Trauer, aber in aller Freundschaft getrennt. Philip schaffte es immerhin, sich vier Stunden in seinem Terminkalender freizuschaufeln, damit sie die Schallplatten, Bilder und Möbel untereinander aufteilen konnten. Sie verkauften das Haus mit dem großen Garten, der ein Paradies für kleine Kinder hätte sein können mit den stabilen Schaukeln an den alten Bäumen und einem kleinen Teich. Gut, dass sie keine Kinder hatten, versicherten sie einander. So war der Schnitt sauberer und weniger nervenaufreibend. Annabel hatte Philip nachdenklich betrachtet und sich gefragt, ob dieser Mann sie tatsächlich jemals geliebt hatte. Philip hatte ihren Blick ebenso nachdenklich erwidert und überlegt, ob er das Gespräch jetzt wohl beenden und in sein Büro zurückfahren könne, ohne übertrieben schroff zu wirken. Was hatte er davon, einen Menschen wie Annabel unnötig zu verletzen. Ihr einziger Fehler hatte darin bestanden, die Natur der Businesswelt nicht zu verstehen. Philip tröstete sich mit dem Gedanken, dass sie bestimmt glücklicher wäre, wenn sie wieder in der Stadt lebte, in einer sonnigen Gartenwohnung vielleicht, in ihren Beruf als Lehrerin zurückkehrte und womöglich ein zweites Mal heiratete. Annabel war eine hübsche Frau und erst dreiunddreißig Jahre alt. Sie hatte noch viele Chancen, und ihr Unterhalt war überaus großzügig bemessen und fair, wie alle fanden.

Als Annabel erfuhr, dass Philip im Krankenhaus lag, verspürte sie keinerlei Genugtuung, recht gehabt zu haben. Sie erkundigte sich bei seinen Ärzten, ob ein Besuch von ihr helfen würde oder eher hinderlich sei. Schaden könne er auf keinen Fall, erklärten sie ihr.

Philip empfand seinen Zusammenbruch als ausgesprochen lästig, beteuerte Annabel gegenüber jedoch, dass dieser seinen weiteren Aufstieg auf der Karriereleiter nicht verhindern würde. Heutzutage seien die Menschen viel aufgeklärter, meinte er. Ein Nervenzusammenbruch habe ungefähr denselben Stellenwert wie eine durchgebrannte Sicherung. Und wie bei einem Kurzschluss ginge es nun darum, alles zu reparieren, und dann könne man weitermachen wie zuvor.

Annabel sah das ein wenig anders. Ihrer Ansicht nach wies eine durchgebrannte Sicherung darauf hin, dass zu viele Geräte gleichzeitig in Betrieb waren. Sie sah darin eine Warnung, nicht alle Stromquellen auf einmal anzuzapfen. Das könnte doch auch bei Philip der Fall gewesen sein, oder? Ihre Haltung sei nicht sehr konstruktiv, gab Philip ihr zu verstehen, bedankte sich für den Besuch und ließ ihrem Vater beste Grüße und Glückwünsche zu seinem neuen Aufsichtsratsposten ausrichten.

Annabel seufzte und schickte sich an, das Krankenhaus zu verlassen. Nach einem letzten Blick auf ihren Ex-Mann fragte sie sich, was wohl geschehen müsse, um sein überaktives Gehirn einen Gang herunterzuschalten.

Philip, der sich rühmte, ein Realist zu sein, erklärte seinen Ärzten, dass er nicht so weit gekommen wäre, wie er war, wäre er nicht fähig gewesen, auf das Spezialwissen von Experten zu hören. Sollten sie ihm unmissverständlich zu verstehen geben, dass er seine geistige Gesundheit nur dann wiedererlangen würde, wenn er auf Arbeit verzichtete, würde er ihren Rat befolgen und sich drei Monate lang fernhalten von der Geschäftswelt, der seine ganze Aufmerksamkeit und sein ganzes Interesse galt. Bis auf den letzten Buchstaben würde er sich an ihre Anweisungen halten, keine Finanzzeitungen lesen, keine Kollegen treffen, keine Unternehmensstrategien analysieren. Ebenso methodisch, wie er fließend Japanisch gelernt hatte, ging er diese Aufgabe an wie ein Sportler, um für eine Rückkehr bereit zu sein.

Er begann wieder, in Konzerte zu gehen, aber seine Gedanken waren nicht bei der Musik.
Als er versuchte, sich seine Schallplatten anzuhören, musste er verärgert feststellen, dass ihm natürlich genau die fehlten, die er Annabel überlassen hatte. Er spielte zwar wieder Golf, aber nur in Clubs, wo es nicht sehr wahrscheinlich war, dass er ehemaligen Kollegen über den Weg lief. Also schaffte er sich einen Hund an, den er – und sich gleich mit – mehrmals täglich gnadenlos um den Block jagte. Trotzdem empfand er seine Tage noch immer als schmerzhaft leer, und so stimmte er schließlich zu, einen Blumensteckkurs zu belegen. Sein Arzt hatte ihm erklärt, dass es etwas zutiefst Befriedigendes an sich habe, Gebilde aus Blüten und Blättern zu gestalten. Philip war skeptisch, aber wenigstens wäre er in den kommenden endlosen Monaten einen Nachmittag in der Woche beschäftigt, bis ihm die Tauglichkeit bescheinigt wurde, wieder in die reale Welt zurückzukehren.
Die Damen in dem Kurs waren hocherfreut, einen Mann in ihrer Mitte willkommen zu heißen. Maud und Ethel machten ein paar neckische Bemerkungen, warnten ihn aber auch. Jetzt, da ein Mann unter ihnen war, würden sie sich noch mehr anstrengen und sich nicht auf ihren Lorbeeren ausruhen – oder auf jeder anderen Art von Grünzeug, wie sie kichernd hinzufügten. Männer hätten nämlich die schreckliche Angewohnheit, bei Blumenschauen stets alle Preise abzuräumen. Philip empfand es als unnötig, Ethel und Maud zu erklären, dass er nicht lange genug bleiben würde, um an Blumenschauen teilzunehmen. Wollte man vorwärtskommen, so lautete ein wichtige Regel, dass man das herrschende Establishment in dem Glauben lassen musste, für immer bleiben zu wollen. In der Welt der Blumensteckkunst waren Maud und Ethel das Establishment. Philip lächelte schüchtern, während die beiden dankbar weiter auf ihn einredeten.
Als Erstes lernte Philip, dass ein modernes Blumenarrange-

ment die Form eines Dreiecks haben musste. Das war ihm zuvor nie bewusst gewesen, auch wenn er bei Galadiners viele dieser Gestecke vor Augen gehabt hatte. Dazu benötigte man eine hohe Blüte in der Mitte und zwei kürzere rechts und links; zwischen diesen drei Polen befestigte man den Rest.

Den ganzen Nachmittag über arbeitete er fleißig, formte Hasendraht zu Kugeln, Quadraten und Rechtecken und steckte sie in Behälter aller Arten. Als Nächstes ging es an den Steckschaumtisch, wo er lernte, eine Art trockenen Schwamm zu befeuchten, nachdem er ihn zuvor in die richtige Form geschnitten hatte. Dort klärte man ihn auch über den besonderen Charme von Behältern mit Fuß auf, die Philip an Etageren für kleine Kuchen erinnerten. Er begutachtete die Vor- und Nachteile von japanischen Kenzans, die aussahen wie eine Kreuzung aus Igel und Nagelbürste. Vor allem Maud liebte diese Steckbetten und war der Ansicht, dass sie der Kombination aus Steckschaum und Hasendraht haushoch überlegen waren. Ethel hatte so ihre Bedenken. Hier also lag die Hausmacht, dachte Philip und beschloss, sich auf Ethels Seite zu schlagen, nicht jedoch, ohne Maud ermutigend zuzulächeln. Als es an der Zeit war, alle Utensilien wegzuräumen, war er tief in seine Arbeit versunken und murmelte halblaut die vier Hauptregeln für ein gelungenes Blumengesteck vor sich hin: »Form, Proportion, Ausgewogenheit und Harmonie.«

»Wenn Sie das beachten, kann nichts schiefgehen«, meinte Maud augenzwinkernd.

»Und noch weniger, wenn Sie immer eine anständige Gartenschere benutzen«, fügte Ethel hinzu.

»Eine richtige scharfe, versteht sich«, erklärte Maud.

»Und stark genug, um sowohl Draht als auch Blumen zu schneiden«, ermahnte Ethel ihn.

Am Ende der folgenden Woche hatte Philip drei Bücher über die Kunst des Blumensteckens gelesen und zwei Ausstellungen besucht. Aber er verlor kein Wort darüber. Es war stets seine Devise gewesen, die Opposition im Unklaren über das Ausmaß des eigenen Wissens zu lassen. Er taxierte die Opposition – zweiundzwanzig freundliche Frauen, die verzückt die warmen, herbstlichen Töne des gelben und orangefarbenen Demonstrationsstückes betrachteten, an dem sie heute arbeiteten. Sanft strichen sie über das Geißblatt und bewunderten die Chrysanthemen und goldenen Lilien. Der Anblick des eleganten Arrangements der Blumen in einer alten Öllampe aus Messing vor einem dichten Blattwerk aus goldenem Liguster und Efeu entlockte ihnen begeisterte Seufzer. Philip hatte in der vergangenen Woche jedoch genügend zu diesem Thema gelesen, um den Messingbehälter als ein wenig zu aufdringlich zu empfinden. Ein wenig mehr Originalität würde einen Preisrichter eher überzeugen. Doch er behielt seine Meinung für sich und erkundigte sich stattdessen bei Ethel und Maud, ob sie nicht noch andere inspirierende Ideen hätten. Als Ethel vorschlug, eventuell eine alte Schatulle oder eine Messingkassette als Behälter zu verwenden, spürte Philip eine Welle der Erregung in sich aufsteigen. Genau damit hätten sie punkten können. Eine Schatulle, aus der herbstliche Blumen quollen, war genau das, womit sie die Siegerschleife – oder wie immer die Trophäe hieß, auf die sie es alle abgesehen hatten – abräumen könnten.

Die Wochen verstrichen, und nach und nach warf Philip alle seine Eigenschaften in die Waagschale. So war er bis ins kleinste Detail über die anstehenden Ausstellungen informiert und hatte sich Kurzbiographen aller eventuell für die Wettkämpfe in Frage kommenden Preisrichter besorgt, deren Vorlieben und Schwächen er genauestens kannte. Philip war ein Meister der Verstellung. Nach außen hin wirkte er noch immer unbedarft, obwohl er inzwischen ganz genau wusste, wie man den Steckschaum oder den Steckigel am Boden eines Behälters so befestigte, dass er sich nicht mehr aus der

Verankerung löste. Er kannte alle Tricks, ob es nun darum ging, Arrangements diskret von hinten zu beleuchten und so geschickter zur Geltung zu bringen, oder darum, ein wenig Chlor oder Bleiche ins Wasser zu gießen, in den seltenen Fällen, wenn die Flüssigkeit tatsächlich zu sehen war. Große Blumen und Blätter gehörten stets in die Mitte eines Gestecks und wurden immer kleiner, je weiter man sich nach außen arbeitete. Aber das war Basiswissen. Und Mitstreiter, die sich nicht die Mühe machten, ihre eigenen Pflanzen zu ziehen, entlockten Philip nur noch verständnisloses Kopfschütteln. Das war doch sogar in Wohnungen mit winzigen Balkonen möglich. Mehr Verständnis brachte er hingegen dem Einsatz von Trockenblumen oder Seidenblumen entgegen; diese Arrangements hatten durchaus ihre Vorteile.

Sie sind natürlich immer nur zweite Wahl, aber wenn man nach dem Urlaub nach Hause kommt, hat man was Hübsches in der Wohnung stehen, sagte sich Philip.

Bei der nächsten Untersuchung erklärte ihm sein Arzt, dass sein Stresslevel nicht nennenswert niedriger sei. Philip protestierte heftig; schließlich habe er sich sklavisch an alle Regeln gehalten.

»Haben Sie es eigentlich schon mal mit dem Blumensteckkurs probiert?«, fragte der Arzt.

»Aber natürlich, ich gehe jede Woche hin.« Philip konnte es kaum erwarten, sich wieder zu verabschieden. In Gedanken stellte er gerade ein spezielles Halloween-Arrangement aus Kürbissen, Palmkätzchen und Berberitzen zusammen.

»Macht es Ihnen denn Spaß?«, wollte der Arzt wissen.

»Sehr«, erwiderte Philip kurz angebunden. Nur mit Mühe schaffte er es, nicht auf die Uhr zu schauen. Stattdessen setzte er ein Lächeln auf, das Entspannung signalisieren sollte. Leider interpretierte der Arzt seinen Gesichtsausdruck als schmerzliche Grimasse, so dass Philip weitere Fragen und Antworten über sich ergehen lassen musste, ehe er ins

Gartencenter flüchten konnte, um seinen Vorrat aufzustocken.

Die clubeigene Weihnachtstrophäe gewann Philip dann auch ohne Pobleme. Zudem wurde er auserkoren, den weihnachtlichen Blumenschmuck für die Kirche anzufertigen, was eine *große* Ehre war. Er verwendete dafür sogar eigene Behälter statt der bereits existierenden, enghalsigen, karaffenartigen Vasen, Spenden von Berufsverbänden und Müttervereinigungen, die sich im Lauf der Jahre angesammelt hatten. Der Blumenschmuck im Altarraum, die Vasen mit Fuß, aus denen üppiger Winterjasmin quoll, die Kombination aus reich mit Beeren besetzten Stechpalmenzweigen und Weihnachtssternen – das alles war ein einziger Triumph.

Nun, zumindest für Philip. Nicht so für die Damen, die sich all die Jahre zuvor um den Weihnachtsschmuck gekümmert hatten.

Bei der großen Neujahrsblumenschau errang Philip mit seinem orientalisch anmutenden Arrangement aus pinkfarbenen Erlenkätzchen einen weiteren Erfolg. Fachzeitschriften und überregionale Zeitungen führten Interviews mit ihm über das preisgekrönte Objekt, und Philip parlierte eloquent über die Vorteile eines gut geformten Astes, der sich wochenlang halten könne, erläuterte, wie wichtig es sei, bei der Auswahl desselben auf möglichst viele gesunde Knospenansätze zu achten, und gab den Rat, die schönsten Äste zu trocknen und für den Winter aufzubewahren. Den Reportern eines lokalen TV-Senders verriet er, dass er die Enden der Stiele mit einem Hammer aufgeklopft und über Nacht in warmes Wasser gestellt habe. Doch nicht ein *einziges* Mal erwähnte er den Club, zu dem er gehörte; er bedankte sich weder bei Maud noch bei Ethel für ihre Unterstützung, noch äußerte er Anerkennung für die Leistung der Zweit- und Drittplazierten.

Philip hatte immer begriffen, dass man im Geschäftsleben nur dann vorwärtskam, wenn man Lob gnädig entgegennahm und so tat, als würde man interessante Erkenntnisse darüber preisgeben, wie der Erfolg errungen worden war. Vermeiden sollte man es jedoch tunlichst, eine jener typischen Oscar-Reden zu halten, in der man sich bei jedem bedankte, der gerade in Sichtweite war. Damit lenkte man nur vom eigentlichen Erfolg ab, enthüllte mangelndes Selbstbewusstsein und katapultierte sich selbst aus dem Rampenlicht. Kein Mensch wollte schließlich etwas über diejenigen hören, die keine Preis gewonnen hatten.

Lächelnd stellte Philip die silberne Trophäe auf den Tisch in dem kleinen, eleganten Haus in der Chestnut Street, das er mittlerweile bewohnte. Im Frühjahr, wenn es Wicken, winzige, weiße Moosröschen, Nelken und blasse Farnwedel gab, würde er ein flaches Gesteck ganz in Weiß arrangieren und daneben plazieren. Aber nein, das war nicht sehr realistisch. Im Frühling säße er bestimmt schon wieder an seinem Schreibtisch und an der Arbeit. Noch eine Woche, und er konnte anfangen, sich die ersten Gedanken dazu zu machen.

Er würde die Woche dazu verwenden, sein Arbeitszimmer einzurichten und sich mit allem einzudecken, was er in seiner Branche benötigte. Wehmütig dachte er daran, dass er sich dafür jedoch von alldem trennen müsste, was in der letzten Zeit sein Leben ausgemacht hatte: Steckschaum, Hasendraht, japanische Steckbetten und sein Vorrat an Grünmaterial wie Farne, Efeu und Palmkätzchen.

Aber sein Arzt hatte recht gehabt. Sie *waren* nützlich gewesen, diese paar Wochen, die er mit dem Stecken von Blumen verbracht hatte. Doch jetzt hatte er das nicht mehr nötig. Er brauchte weder die sauertöpfische Ethel noch Maud, die ihm nicht einmal anständig zu seinem Sieg gratuliert hatten, noch die farblosen Damen, die Woche für Woche mit ihm denselben Kurs besucht hatten und am Anfang so freundlich gewesen waren.

Philip war froh, dass er – trotz seiner anfänglichen Skepsis –

die Anweisungen des Arztes befolgt hatte. Dass er alles über die Kunst des Blumensteckens gelernt und es darin zur Meisterschaft gebracht hatte, betrachtete er als Beweis dafür, wieder voll Herr der Lage zu sein, bereit, es mit allem aufzunehmen, womit die Businesswelt ihn nächste Woche konfrontieren mochte.

Umgangsrecht

Begonnen hatte es vor langer Zeit. Kurz vor meinem Geburtstag. Am siebten Mai wurde ich neun Jahre alt, und alle hatten eine schreckliche Laune. Mir wollte nicht einfallen, was ich falsch gemacht haben könnte, aber es musste etwas sehr Schlimmes gewesen sein – Dad knallte mit den Türen, mit jeder Tür, die ihm in die Quere kam: Badezimmertür, Autotür, Tür im Gartenschuppen.

Die Tür im Gartenschuppen riss er fast aus ihren Angeln. Ich lief nach draußen, um nachzuschauen, ob alles in Ordnung war, aber er fing gleich zu brüllen an.

»Himmelherrgott noch mal, kannst du mich nicht einmal in Ruhe lassen? Du hast mir schon das Haus verleidet, jetzt lass mir wenigstens den Schuppen.«

Und dann sah er mich.

»Tut mir leid, Dekko«, entschuldigte er sich. »Ich dachte, es ist deine Mutter.« Aber das konnte nicht stimmen. Er hätte Mum niemals so angeschrien. Er liebte Mum, sie war sein *Sonnenschein*, wie er sagte.

Das hatte er immer gesagt. Seit er sie in der National Concert Hall das erste Mal gesehen hatte, gab es nur dieses Mädchen für ihn.

Und jedes Mal, wenn wir an der Konzerthalle vorbeikamen, wiederholte er, dass dort eigentlich eine Fahne wehen oder eine Gedenkplakette daran erinnern sollte, dass Mum und er sich hier kennengelernt hatten.

Woraufhin Mum lachte und hinzufügte, stimmt, nur das Lächeln des Mannes, der einmal mein Dad sein sollte, habe sie damals von dem wunderbaren Dudelsackspiel von Liam

O'Flynn ablenken können. Und dass er auch *ihr* Sonnenschein sei.

Das waren noch gute Zeiten gewesen.

Und dann kam mein Geburtstag. Wir hatten neun Jungen aus meiner Schule eingeladen und gingen erst ins Kino und dann zu McDonald's.

Es war wirklich ein schlimmer Tag, weil nämlich mein Freund Harry im Kino dauernd über irgendwelche Bräute reden und blöde Bemerkungen über die Mädchen machen musste, die vorbeikamen, bis Mum sauer wurde und Dad meinte, dass es nur natürlich ist für junge Burschen, wenn sie den Mädchen nachschauen, woraufhin Mum wiederum sagte, dass es nicht natürlich ist für Neunjährige, in aller Öffentlichkeit über Bräute mit Möpsen zu reden.

Und Dad antwortete, dass Mum immer allen den Spaß verderben musste und jetzt auch noch versuchte, Dekkos letzten Geburtstag zu vermiesen.

Da bekam ich es ziemlich mit der Angst zu tun und dachte, dass ich vielleicht eine schlimme Krankheit hätte und sterben müsste. Oder dass sie mich wegschicken würden.

»Also, auf jeden Fall wird es der letzte Geburtstag sein, bei dem *du* dabei bist«, sagte Mum.

»Ich werde auf jeden Fall Umgangsrecht bekommen. Das schwöre ich dir bei Gott«, fauchte Dad.

In dem Moment fiel ihnen auf, dass ich sie beobachtete, und sie verzogen ihre Gesichter zu einem peinlichen, unehrlichen Grinsen.

Zwei Tage nach meinem Geburtstag kamen Dad und Mum früher von der Arbeit nach Hause.

Das war ungewöhnlich für einen Montag; normalerweise ging Mum ihn die Gymnastik, und Dad hatte nach der Arbeit noch ein Meeting.

Sie erklärten mir, sie hätten noch eine Menge zu tun und es deshalb so eingerichtet, dass ich bei Harry zu Abend essen würde. Normalerweise hätte ich mich darüber gefreut wie ein Schneekönig.

»Könnte ich euch nicht helfen?«, fragte ich aber dieses Mal, und die beiden schauten finster drein.

Offensichtlich sagte ich immer das Falsche.

Also versuchte ich, es ihnen zu erklären.

»Ich weiß ja nicht, aber wir machen schon lang nichts mehr zusammen, als Familie, meine ich«, begann ich. »Es ist schon Ewigkeiten her, dass wir das letzte Mal Sandwiches gemacht haben, zusammen zur Wicklow Gap hinausgefahren sind und uns einen Platz gesucht haben, wo man keine Häuser mehr sieht, nur noch Hügel und Schafe. Und puzzeln tun wir auch nicht mehr zusammen, und irgendein exotisches Gericht haben wir auch schon lang nicht mehr zusammen gekocht. Könnt ihr euch noch erinnern, wie wir dieses indonesische Dingsda gemacht und die ganze Erdnussbutter aufgegessen haben, bis nichts mehr für die Soße übrig war?«

Das schien die beiden noch mehr aufzuregen.

Also machte ich ganz schnell wieder meinen Mund zu.

»Sag es ihm jetzt«, drängte Mum.

»Wärst du nicht so verdammt stur, müsste ich ihm nichts sagen«, fuhr Dad sie an.

»Wäre dir wohl lieber, wenn ich die nächsten zwanzig Jahre weiter beide Augen zudrücken würde.« Mums Stimme klang kalt.

»Mir wäre es lieber, wenn du dir endlich mal anhören würdest, was ich zu sagen habe.« Dad klang noch kälter.

Fragend schaute ich von einem zum anderen.

»Mir was sagen?«, wollte ich wissen.

Beide schwiegen.

»Was wollt ihr mir sagen?«, fragte ich erneut.

»Dein Dad und ich, wir haben dich sehr lieb, Dekko«, fing Mum an, und mir sank das Herz in die Hose. Da kam bestimmt gleich ein »Aber« hinterher.

Mir war nur nicht klar, aus welcher Ecke.
War es wegen Harry und seinem blöden Gerede über Bräute und Möpse?
Oder wegen damals, als ich den Stecker aus der Gefriertruhe gezogen hatte, um eines meiner Spiele in der Küche zu spielen, und alles weggeworfen werden musste?
Oder wegen der Mathestunden in der Schule, von denen ich ihnen nichts erzählt hatte für den Fall, dass ich hingehen müsste? Ich wusste es einfach nicht.
»Du bist das Wichtigste in unserem Leben«, fuhr Dad fort, und dann blieb ihm fast die Stimme weg.
O Gott, ich habe *bestimmt* eine schlimme Krankheit, dachte ich. Warum sollten sie sonst wohl so durcheinander sein? Vielleicht hatte ich ja doch nichts Böses getan.
»Muss ich sterben?«, fragte ich. Und daraufhin brachen die beiden erst recht in Tränen aus.
So etwas hatte ich noch nie erlebt. Es war schrecklich. Einfach entsetzlich. Ich wusste nicht, was ich sagen sollte.
»Aber das macht mir nichts aus, wirklich«, beeilte ich mich zu sagen. »Ich will nur wissen, ob es weh tut.«
Und dann prasselten von beiden Seiten die Beteuerungen auf mich ein, dass ich nicht sterben würde, dass ich der beste kleine Junge der Welt sei – ich war doch ihr Dekko – und dass nichts von allem meine Schuld sei.
»Nichts von was?«, fragte ich. Ich musste endlich der Sache auf den Grund gehen, was immer es auch sein mochte.
Mum und Dad wollten sich scheiden lassen. Ich konnte es nicht glauben.
Sie wollten unser Haus verkaufen und woanders hinziehen.
Natürlich jeder woandershin. Mum würde in die Chestnut Street ziehen, in ein viel kleineres Haus, aber mit einem Zimmer für mich – Dekkos Reich, wie sie es nannte –, und ich dürfte mithelfen, es einzurichten.
Und Dad?

Dad würde in eine Wohnung ziehen, aber die musste erst noch gefunden werden.
»Und wird es in der Wohnung auch ein Dekko-Zimmer geben?«, fragte ich.
Ich hätte besser nicht fragen sollen. Ich wollte zu viel. Jetzt weiß ich das. Aber ich versuchte doch nur, zu verstehen, was los war.
»Eines Tages vielleicht«, versprach Dad.
»Aber schlafen wird er dort nie«, sagte Mum energisch.
»Außer an den Wochenenden«, widersprach Dad böse.
»Dazu wird es nicht kommen. Er wird *nie* bei dir übernachten«, sagte Mum.
»Das werden wir dann schon sehen, wenn es so weit ist«, antwortete Dad.
Ich war sehr erleichtert, dass sie jetzt wenigstens nicht mehr weinten, und sehr froh, dass ich nicht an einer schlimmen Krankheit sterben würde, gleichzeitig aber gefiel mir die Art ganz und gar nicht, wie die beiden miteinander sprachen – so voller Hass aufeinander.
Und um ehrlich zu sein, verstand ich es auch nicht, warum sie das Haus plötzlich verkaufen wollten. Ich meine, sie liebten unser Zuhause. Dauernd redeten sie davon, wie sehr unsere Straße im Wert gestiegen war und dass wir auf einer Goldmine saßen.
»Könntet ihr nicht das Haus in der Mitte teilen, und ich ziehe dann mal zum einen und mal zum anderen«, schlug ich vor.
Aber das würde offensichtlich nicht funktionieren.
Ich wunderte mich, warum die beiden mit einem Mal so gereizt und aufbrausend reagierten und meinen Vorschlag kategorisch ablehnten. Na, dann eben nicht, dachte ich.
Ob ich jetzt nicht endlich ein braver Junge sein, zu Harry gehen und sie in Ruhe weitermachen lassen wolle?, fragten sie mich.
»Womit weitermachen?«, wollte ich wissen.

Es stellte sich heraus, dass Dad in einer Woche ein Umzugsunternehmen bestellt hatte, das seine Möbel einlagern würde, und er und Mum mussten noch gemeinsam entscheiden, was er mitnehmen und was er hierlassen sollte.

»Ich könnte euch beim Aufteilen helfen«, bot ich an. Und das war mein Ernst. Ich wollte nicht zu Harry. Nicht nach diesen Neuigkeiten.

Und außerdem hätte ich dann gewusst, was jeder mitnehmen würde.

Sie regten sich deswegen zwar wieder auf, aber erstaunlicherweise ließen sie mich bleiben. Mit den Kassetten und CDs fingen sie an.

Wir machten drei Haufen – einen von Mum, einen von Dad und einen gemeinsamen.

Bei *The Brendan Voyage* mit Liam O'Flynn waren sie sich nicht sicher. Jeder behauptete, dass die CD ihm gehöre.

Also schlug ich vor, dass ich nach oben gehen und sie kopieren würde, damit jeder eine hätte.

»Ich glaube, das ist gegen das Gesetz«, erklärte Dad. »Das ist den Musikern vielleicht nicht recht.«

»Sie würden bestimmt wollen, dass ihr beide glücklich seid«, erwiderte ich, und plötzlich mussten sich Mum und Dad wieder heftig die Nase putzen.

Dann kamen die Möbel und die Bücher an die Reihe, und ich saß daneben und bot meinen Rat an.

Und ich glaube, dass ich wirklich eine Hilfe für sie war; zumindest sagten sie das. Sie schrieben alles auf, und ich kam mir vor wie in einem Film.

Danach aßen wir alle zusammen in der Küche.

Es war richtig nett.

Es gab eine große Steak-und-Nieren-Pastete, die Mum für einen verregneten Tag eingefroren hatte.

»Heute ist schließlich ein verregneter Tag«, sagte sie, und wir grinsten.

Dad schlug vor, eine Flasche Wein aufzumachen.
Mum war der Ansicht, dass es eigentlich nichts zu feiern gab.
Aber es gebe so etwas wie zivilisiertes Benehmen, meinte Dad, und so tranken wir Wein und redeten über ganz normale Dinge. Sogar ich bekam ein eigenes Glas.
Und hin und wieder streckten beide den Arm aus und fassten mich an. Entweder am Arm oder im Gesicht. Es war seltsam, machte mir aber keine Angst.
In dieser Nacht, als sie dachten, dass ich schlafen würde, schlich sich Dad ins Wohnzimmer hinunter und übernachtete auf dem Sofa.
Ich hielt meinen Mund. Ich hatte offensichtlich schon genug getan, um sie zu verärgern. Ich wollte nicht noch mehr anstellen. Und dann ging alles ganz schnell. Eines Tages kam ich von der Schule heim, und Dad war fort.
Er hatte mir einen Zettel mit seiner Handynummer und seiner Adresse dagelassen. Er wohnte jetzt in einem großen neuen Apartmenthaus nicht weit weg von der Chestnut Street.
Er habe mich sehr lieb, stand da, und dass ich ihn jederzeit anrufen könne, Tag und Nacht. Also rief ich ihn an, um das mal auszuprobieren, aber es lief nur der Anrufbeantworter.
»Dad, ich bin's, Dekko«, sagte ich. »Was immer ich auch angestellt habe, es tut mir leid. Aber es geht mir gut, und wenn ich zu Weihnachten ein Handy bekomme, dann kannst *du* mich auch *jederzeit* anrufen, Tag und Nacht.«
Dabei fiel mir auf, dass sich das ja so anhörte, als würde ich ein Handy von ihm haben wollen. Aber jetzt war es zu spät.
Und Mum war immer sehr müde. Sie musste sehr hart in ihrem Büro arbeiten und erklärte mir, dass die Leute dort es nicht mochten, wenn man über seine Privatangelegenheiten sprach. Also hatte sie ihnen auch nichts von Dads Auszug und den ganzen Problemen erzählt.
Dann kündigte sie an, dass wir in zwei Wochen umziehen wür-

den, damit wir uns bis Weihnachten im neuen Haus eingelebt hätten.

»Was machen wir denn an Weihnachten?«, fragte ich sie.

»Was würdest *du* denn gern machen, Dekko?«, wollte sie von mir wissen.

Sie sah sehr müde und blass aus. Also wollte ich ihr nicht noch mehr private Probleme machen und sagte, dass ich das *ganz* locker sähe. Das hatte zwar nicht viel zu bedeuten, aber sie freute sich darüber.

Jeden Samstag um elf Uhr war ich mit Dad verabredet, und dann unternahmen wir etwas.

Er schaute vorher immer in die Zeitung und erkundigte sich bei anderen, wo man mit einem Neunjährigen hingehen könne, und wir hatten eine schöne Zeit miteinander. Und um Punkt sechs Uhr war ich jedes Mal wieder bei Mum zu Hause. Nur in seine Wohnung nahm Dad mich nie mit, so dass ich nicht wusste, ob es dort ein Zimmer mit der Aufschrift »Dekko« an der Tür gab.

Ich wollte ihm unbedingt mein Zimmer zeigen, aber er war der Ansicht, dass wir Mum wegen einer solchen Kleinigkeit lieber nicht nerven sollten.

Eigentlich fand ich nicht, dass das eine Kleinigkeit war, aber da ich schon genug auf dem Kerbholz hatte, hielt ich lieber meinen Mund.

Es war kurz vor Weihnachten, als Dad mich wieder einmal nach Hause brachte. Mum stand schon in der Tür.

»Wir sollten über den ersten Weihnachtsfeiertag sprechen«, sagte sie mit harter Stimme.

»Ich stehe Tag und Nacht zur Verfügung«, erwiderte Dad.

»Ja, natürlich, es sei denn, die Tussi will mit ihren Teenagerfreunden Party machen.«

»Dekko kommt zuerst«, sagte Dad.

»Oh, klar doch.«

»Sie haben mir das Umgangsrecht zugesprochen«, betonte er.

»Sie sagten aber auch, dass wir uns wegen der Ferien einigen müssen«, entgegnete Mum.
Ich ertrug es nicht mehr.
»Was habe ich denn nur falsch gemacht?«, platzte es aus mir heraus.
»Nichts hast du falsch gemacht«, erwiderten sie gleichzeitig.
»Und warum passiert das alles hier?«
Darauf hatten sie keine Antwort. Außerdem war es sehr kalt vor der Tür.
»Kommt doch rein«, sagte Mum.
»Macht es dir was aus, wenn ich Dad mein Zimmer zeige, Mum?«
»Nein, Dekko, geh ruhig hoch und zeig deinem Vater dein Zimmer.« Dad bewunderte alles, und dann gingen wir wieder hinunter.
»Möchtest du was zu trinken, Dad?«, fragte ich.
»Bier oder Sherry?«, schlug Mum vor.
»Ein kleiner Sherry wäre schön«, antwortete Dad. Und wieder schien alles ganz normal zu sein.
»Darf ich euch mal fragen, was eigentlich passiert ist?«, begann ich. »Ich bin alt genug, um zu kapieren, dass ihr euch getrennt habt und euch scheiden lasst – könnt ihr mir denn nicht sagen, *warum*?«
Offensichtlich konnten sie es nicht.
»Es ist noch gar nicht so lang her, da habt ihr beide mir erklärt, dass ihr euch sehr liebt. Dad war dein Sonnenschein, Mum, und Mum der deine, Dad. Früher habt ihr immer das Lied ›You Are My Sunshine‹ gesungen. Aber jetzt nicht mehr. Und das muss doch meine Schuld sein. Deshalb habe ich mir überlegt, dass vielleicht alles wieder in Ordnung kommt, wenn *ich* weggehe.«
»Wie kommst du denn auf die Idee, Dekko?«, fragte mein Vater.
»Weil du mir gesagt hast, dass ich das Produkt eurer Liebe bin – dass ich deshalb auf der Welt bin. Und wenn ihr euch jetzt nicht mehr liebt, dann muss es doch an mir liegen. Oder?«

Es dauerte eine Weile, bis Mum etwas sagte.
»Du hast recht, Dekko. Ich war tatsächlich der Sonnenschein von deinem Dad, aber eben nicht der *einzige*, wie es in dem Lied heißt. Und das war das Problem, verstehst du.«
»Aber hat er dich nicht glücklich gemacht, wenn draußen der Himmel grau war?«, fragte ich.
Ich kannte das Lied auswendig.
»Ja, das hat er.«
»Und deine Mum *ist* mein Sonnenschein. Nach wie vor. Aber ich habe da jemanden kennengelernt, keine Sonne, nur einen Stern, und auch nicht annähernd so hell, so warm und so wichtig wie deine Mum. Aber das war das Problem, verstehst du?«, sagte Dad.
»Ist das diese Tussi?«, fragte ich.
Da lachten beide.
Es war ein echtes Lachen.
»Sie hat übrigens auch einen Namen«, sagte Dad.
»Also, wegen Weihnachten«, sagte Mum.
»Ja?« Hoffnung lag in Dads Stimme.
»Komm zu uns, wann du willst, bleib so lange, wie du willst, nimm Dekko mit zu dir, wenn du willst. Er kann sich ja mal eine Stunde mit der Tussi unterhalten. Hauptsache, er kommt niemals auf die Idee, er könnte etwas anderes sein als die Frucht unserer Liebe. Weil das nämlich stimmt.«
Dad prostete Mum zu. Vor lauter Rührung bekam er keinen Ton mehr heraus.

Harry sagt, ich soll mir bloß nichts einbilden.
Sie werden nicht wieder zusammenkommen; das passiert nie, sobald das gemeinsame Haus einmal verkauft ist.
Harry ist sehr schlau – er weiß Bescheid über solche Dinge.
Aber das ist nicht wichtig. Jetzt weiß ich ja, dass es nicht mein Fehler war und dass dieses »Umgangsrecht« – was immer das auch sein mag – für mich ganz in Ordnung ist.

Bis wir in Clifden sind

Jedes Jahr machten sie eine Woche Urlaub.
Allerdings nicht im Ausland, weil Harry Kelly keine exotischen Speisen mochte und Nessa Kelly Flugangst hatte.
Aber auch in Irland gab es Ziele genug, wenn man sich auf die Suche machte. Einmal waren sie nach Lisdoonvarna gefahren, ein andermal nach Youghal. Sie hatten schöne Frühstückspensionen entdeckt und immer die Visitenkarte behalten, falls sie noch einmal in die Gegend kämen. Kamen sie aber nie.
In vierundzwanzig Jahren fuhren sie in den Ferien nirgends ein zweites Mal hin, egal, wie wundervoll sie es beim ersten Mal gefunden hatten.
Dieses Jahr war die Wahl auf Clifden gefallen. An einem Dienstag wollten sie von der Chestnut Street aus aufbrechen, früh losfahren, sich Zeit lassen, Sandwiches und eine Thermoskanne Kaffee im Gepäck – man konnte ja nie wissen. Am Freitag vor der Abreise fingen sie an, die Koffer zu packen. Lieber früh mit dem Packen anfangen, meinte Nessa, weil man ja nie wusste, ob man nicht etwas vergessen hatte. Harry packte gern nach einer Liste. Lieber alles aufschreiben und abhaken, sobald es im Koffer gelandet war, sagte er; sonst könnte man ja denken, etwas sei schon drin, obwohl es nicht stimmte.
Nessa brachte ihre fünf Silbermünzen auf die Bank, jede Einzelne in einen baumwollenen Stofffetzen gewickelt und alle zusammen in einem gelben Täschchen mit Reißverschluss verstaut.
Das ganze Jahr über hatten sie ihren Platz ganz unten in einem Schrank. Hatte ja keinen Sinn, Einbrecher auf dumme Gedanken zu bringen, indem man sie auf einem Regal zur Schau

stellte oder so. Harry prüfte noch einmal alle Fensterverriegelungen und testete mehrmals das Alarmsystem. Vorsicht ist besser als Nachsicht, pflegte er zu sagen. Sie hätten gern zuverlässige Nachbarn gehabt, die ihren kleinen Garten gießen könnten, aber leider wohnte in Nummer sechsundzwanzig nur eine chaotische, schlampige junge Frau mit roten Haaren und einem Freund, der öfter bei ihr übernachtete. Ausgeschlossen, *sie* um irgendetwas zu bitten.

Sie nickten ihr immer höflich zu – solche Leute sollte man sich lieber nicht zu Feinden machen. Sie rief dann jedes Mal: »Alles klar, Nessa? Harry?« Eine ziemliche Frechheit, weil sie sicher nicht einmal halb so alt war wie sie beide.

Am Abend, bevor sie sich auf den Weg nach Clifden machten, hatten die Kellys schon alles für die Abreise fertig. Die Sandwiches waren im Kühlschrank verstaut, zwei Eier und gerade genug Brot für den Toast zum Frühstück lagen parat. Sie ließen das Haus makellos sauber zurück, und so würde es sie eine Woche später auch wieder empfangen. Harry hatte anschließend fünf volle Tage Zeit, um sich zu erholen, bevor er wieder zur Arbeit ging. Es war schließlich eine lange, lange Reise – so viel stand fest, und sie würden beide sehr erschöpft sein.

Es klingelte an der Tür. Erschrocken sahen sie sich an. Acht Uhr abends! Um diese Zeit kam doch kein Besuch.

»Wer ist da?«, fragte Harry besorgt.

»Melly«, antwortete eine Frau. »Kann ich bitte reinkommen, Harry?«

Sie kannten niemanden, der Melly hieß.

»Von nebenan«, sagte die Stimme. »Es ist dringend!«

Sie ließen sie eintreten. Mellys rotes Haar war zerzaust, das schreckliche lila Oberteil ließ ihren Bauchnabel frei, und ihre Jeans hatte Flicken. Die junge Frau war leichenblass.

»Ich möchte gerade nicht so gern allein sein. Könnte ich bitte eine Stunde hierbleiben? Ich werde Ihnen nicht zur Last fallen. Bitte, Nessa? Harry?«

Dabei blickte sie erst Nessa, dann Harry an.

»Geht's Ihnen nicht gut?«, fragte Nessa. »Brauchen Sie einen Arzt? Müssen Sie ins Krankenhaus?«

»Nein, ich habe Angst. Mike, mein Freund, hat ziemlich schlechten Stoff geraucht, er könnte mir weiß Gott was antun. Ich will nicht zu Hause sein, wenn er kommt.«

»Wird er Sie nicht hier suchen?« Es beunruhigte Harry enorm, sich in seinem eigenen Haus solchen Ärger einzuhandeln.

»Nein, er käme nie auf die Idee, dass ich hierherkomme«, erwiderte Melly.

»Also …« Harry und Nessa waren unschlüssig.

»Ach, kommen Sie, Harry, Nessa, Sie können mich ja im Auge behalten. Ich werde sicher nicht mit Ihrem Silber abhauen oder so was. Nur für ein, zwei Stunden, bitte.«

»Ich weiß nicht recht«, meinte Harry.

»Harry, Sie sind doch ein grundanständiger Mensch. Wie wäre Ihnen zumute, wenn ich erschlagen würde und Sie hätten mich retten können?«

Automatisch nickten beide.

»Aber wir müssen früh ins Bett, weil wir morgen nach Westirland fahren, und bis wir in Clifden sind, sind wir bestimmt fix und fertig.«

»Ich hole nur schnell meine Tasche«, erwiderte Melly, lief nach nebenan und kam mit einer riesigen Reisetasche in Lindgrün zurück.

»Hier ist alles drin«, erklärte sie.

»Aber … äh … Melly, wir haben Ihnen doch gesagt, dass wir morgen nach Clifden fahren!«

»Na, dann komme ich eben mit!«, erklärte Melly begeistert. »Er käme *nie* auf die Idee, mich in Clifden zu suchen – das ist perfekt.« Sie strahlte die beiden an.

Melly schlief auf dem Sofa, ihre Sachen lagen überall auf dem Boden verstreut. In der Nacht hörten sie ihren Freund herumschreien und nach ihr suchen.

»Meinst du, wir sollten was unternehmen?«, flüsterte Harry im Bett Nessa zu.

»Wir tun doch was – wir fahren sie auf die andere Seite der Insel«, erwiderte Nessa und versuchte, nicht mehr an das Gebrüll von nebenan zu denken.

Am nächsten Morgen verbrauchte Melly beim Duschen das ganze heiße Wasser und benutzte die schönen neuen Handtücher, die sie extra für ihre Rückkehr zurechtgelegt hatten. Allerdings bereitete sie das Frühstück für sie zu. Und da sie nur noch zwei Eier gefunden habe, habe sie eben ein Omelette für drei daraus gemacht, erklärte sie.

Harry und Nessa sahen einander bestürzt an. All ihre Pläne waren von diesem albernen Mädchen, das sie kaum kannten, total über den Haufen geworfen worden. Inzwischen sollten sie schon längst im Auto sitzen und kilometerweit von zu Hause weg sein. Stattdessen waren sie immer noch da und stellten Überlegungen an, wie Melly sich ins Auto schmuggeln konnte.

»Er könnte aus dem Fenster schauen, wir sollten also kein Risiko eingehen«, gab Harry zu bedenken.

»Sie könnten mich mit einem Teppich zudecken, und ich krieche ganz langsam auf den Rücksitz.«

Dann war da noch die grüne Tasche, die würde er sofort wiedererkennen; also musste Harry sie in einem schwarzen Plastiksack verstecken.

»Bis wir in Clifden sind, sind wir reif für die Psychiatrie«, wisperte Nessa in Harrys Ohr.

»Falls wir jemals dort ankommen«, flüsterte Harry zurück. »Sie hat von ›unterwegs was unternehmen‹ gesprochen.« So etwas hatten Harry und Nessa noch nie gemacht – etwas besichtigen, das auf dem Weg lag. Sie fassten ihr Ziel ins Auge

und steuerten darauf zu, wo immer es lag. Es sah nicht so aus, als würde es dieses Mal wieder so laufen.
Als sie endlich losgefahren waren und Melly sich aus dem Teppich befreit hatte, war es fast schon an der Zeit, eine Kassette einzulegen und sich ein gutes Buch vorlesen zu lassen. Dieses Jahr wären sie – in Clifden angekommen – mit der dreieinhalbstündigen Fassung von Thackerays *Jahrmarkt der Eitelkeit* fertig gewesen. Aber sie hatten die Rechnung ohne Melly gemacht. Es gefiel ihr überhaupt nicht. Was ihr jedoch gefiel, das waren die Landschaft und die Orte, durch die sie kamen. Pausenlos quasselte sie über die Wohnsiedlungen, die Verkehrsschilder, die riesigen Landsitze hinter dicken Mauern, die Fabriken und den Verkehr, so dass Harry und Nessa völlig den Faden verloren, wie es mit Becky Sharp weiterging, und die Kassette notgedrungen abschalteten.
»So ist es besser«, stellte Melly fest. »Jetzt können wir uns richtig unterhalten.«
Irgendwann griff sie nach ihrem Handy und kündigte sich bei Freunden in Mullingar an. Sie sollten schon mal den Lunch vorbereiten, sagte sie, sie bringe noch zwei Bekannte namens Harry und Nessa mit.
Die beiden widersprachen heftig. Es wäre dann schon sehr spät, bis sie in Clifden ankamen, und außerdem hatten sie Sandwiches dabei.
Aber Melly wollte davon nichts hören. Und die beiden Hippies, die in einem besetzten Haus wohnten, hatten ein köstliches Tomaten-Linsen-Gericht gekocht, und dazu gab es ganz viel knuspriges Brot. Sie gingen völlig unbefangen mit Harry und Nessa um und baten sie, ein Glas Honig bei Shay in Athlone abzuliefern, weil er Halsschmerzen hatte.
»Aber vielleicht halten wir in Athlone gar nicht an«, wandte der arme Harry ein.
»Normalerweise natürlich nicht«, stimmten sie ihm zu, »aber

wegen Shays Halsweh machen Sie diesmal eine Ausnahme, ja?«
Shay war ausgesprochen freundlich und servierte Tee mit getoasteten Scones. Er erklärte Harry und Nessa zu Engeln in Menschengestalt – anders könne man es nicht ausdrücken, weil sie Melly vor diesem Monster gerettet hatten.
»Hätte sie nicht zwei rettende Engel wie Sie beide kennengelernt, hätte der Kerl sie übel zusammengeschlagen. Wenn Sie zurückkommen, hat er wahrscheinlich Mellys Haus und Ihres noch dazu verwüstet«, sagte Shay vergnügt.
Nessa und Harry sahen sich an. In ihrem Blick lag die Frage: Sollten sie umkehren und heimfahren? Jetzt sofort? Doch dazu war keine Zeit. Melly sprach am Handy mit jemandem in Athenry. Und schon winkten sie Shay zum Abschied zu, saßen wieder im Auto und fuhren Richtung Westen weiter.
Man rechnete bereits mit ihnen in diesem Pub in Athenry – dort warteten ein leckeres Hühnchengericht mit Pommes und großartige Musik auf sie.
»Bis wir endlich in Clifden sind, haben sie unser Zimmer bestimmt schon anderweitig vergeben«, jammerte Harry laut.
»Unsinn, Harry, wir können doch dort anrufen«, erwiderte Melly.
Nessa holte ihren kleinen Notizzettel mit »Notrufnummern und Kontaktadressen für die Reise« heraus und suchte die Nummer der Pension.
»Könnten Sie vielleicht dort anrufen, Melly?«, fragte sie. »Offensichtlich kennen Sie unsere Pläne besser als wir.«
Melly hatte nichts dagegen.
»Hallo, hi, bei Ihnen hat ein Pärchen namens Nessa und Harry gebucht … ja, genau, Mister und Mistress Kelly. Es ist nur so, dass wir unterwegs immer wieder aufgehalten werden, Sie kennen das ja sicher.«
Der Teilnehmer am anderen Ende kannte das anscheinend und zeigte Verständnis.

»Ach, nicht die leiseste Ahnung, lassen Sie doch den Schlüssel und eine Nachricht da – wir sind nämlich noch nicht mal in Galway, gerade erst auf dem Weg nach Athenry. Danke, ja, danke, dass Sie Verständnis haben – also dann bis später. Oh, und könnte ich für eine Nacht auf einem Sessel schlafen oder so, nur bis ich was anderes habe?«

Auch das schien problemlos möglich zu sein.

»Wer ich bin? Ich heiße Melly, ich bin die Nachbarin und liebe Freundin, und die beiden haben mich sozusagen gerettet. Nein, gar nicht pingelig, überhaupt nicht, voll locker, Sie meinen bestimmt jemand anderen. Nein, echt cool. Wir fahren jetzt zu einem Gig in Athenry, vielleicht noch auf einen Kurzbesuch nach Galway, nur auf einen Drink, und in Maam Cross steigen wir aus und schauen uns die Schafe und die Ziegen an und schnuppern Atlantikluft. Vor ein oder zwei Uhr nachts sind wir jedenfalls nicht bei Ihnen, aber die beiden haben ja eine ganze Woche Zeit, um sich zu erholen.«

Sie beugte sich vom Rücksitz aus nach vorn, zwischen die beiden. »Na bitte, das wäre geritzt«, sagte sie stolz.

Nessa und Harry lächelten einander zu und fühlten sich unerklärlicherweise sehr geschmeichelt, dass man sie als »voll locker« und »echt cool« bezeichnet hatte.

Melly fand sie offenbar überhaupt nicht pingelig.

Und bis sie in Clifden angekommen waren, würden sie es vielleicht auch nicht mehr sein.

Die Rache der Frauen

Als Schulfreundinnen hatten sich Wendy und Rita immer ausgemalt, eines Tages gemeinsam ein Unternehmen zu führen: vielleicht eine Detektei oder ein Restaurant, eventuell auch ein Fitnessstudio.

Aber die Dinge entwickeln sich nicht immer so, wie man sich das mit fünfzehn Jahren vorstellt, und auch bei den beiden kam alles ganz anders.

Wendy ging nach London an die Universität, um dort Kunstgeschichte zu studieren. Es war die Erfüllung ihrer Träume, und es kam noch besser: Im ersten Jahr war sie Jahrgangsbeste, und im zweiten wurde sie ebenfalls ausgezeichnet. Nach der Hälfte ihres Studiums lernte sie Mac kennen und verliebte sich in ihn. Er war Dozent für Politikwissenschaft, gutaussehend, dunkelhaarig und temperamentvoll, und er liebte sie ebenfalls. Von da an ließ Wendy ihr Studium ein wenig schleifen – es gab nämlich so einiges, was sie für Mac erledigen musste: nicht nur kochen, putzen, tippen und den sonstigen Alltagskram, sondern sie half ihm auch dabei, Vorträge außerhalb der Uni zu organisieren.

Sie verbrachte so viele Stunden damit, den perfekten Lebenslauf für ihn auszuarbeiten, dass kaum Zeit für ihr eigenes Studium blieb. Aber was machte das schon. Mac liebte sie und war unendlich dankbar für all ihre Mühe.

Aber vielleicht war seine Liebe doch nicht so groß, jedenfalls nicht groß genug, um mit Begeisterung darauf zu reagieren, als Wendy schwanger wurde.

Wendy hatte sich das alles so einfach vorgestellt. Sie würden zusammenziehen, sie würde sich weiter um ihn und das

Baby kümmern, sie könnte ihre kunstgeschichtlichen Studien fortführen, so gut es eben ging, und irgendwann würde sie eine feste Anstellung bekommen und gutes Geld verdienen.

Doch es zeigte sich, dass es alles andere als einfach war.

Mac war noch nicht bereit für eine feste Bindung. Das musste doch auch Wendy klar gewesen sein. Ein Semester lang waren viele Tränen geflossen, und Mac hatte seinen neuen Lebenslauf eingeschickt und sich eine Stelle weit weg von Wendy besorgt. Es täte ihm leid, aber von Kindern sei nie die Rede gewesen. Wendy müsse eben zusehen, wie sie mit dem Problem fertigwurde.

Bei den Prüfungen im dritten Jahr ihres Studiums gewann Wendy nicht nur keine Auszeichnung, sondern sie ging nicht einmal hin.

Mit den Sommersprossen und roten Locken war er Wendy wie aus dem Gesicht geschnitten, so dass sie wenigstens nicht jedes Mal an den schönen, dunkelhaarigen Mac denken musste, wenn sie ihren Sohn ansah.

Den Kontakt zu Rita hatte Wendy nie abreißen lassen. Oft fiel es ihr leichter, am Telefon mit Rita zu reden oder ihr Briefe oder E-Mails zu schreiben, als sich mit den Leuten in ihrem Umfeld auszutauschen.

Rita war eben nicht da gewesen, um sie vor Mac zu warnen, wie so viele andere es getan hatten.

Ritas eigene berufliche Entwicklung war auch nicht gerade toll verlaufen. Die junge Frau mit den langen dunklen Haaren und den großen braunen Augen hatte direkt nach der Schule begonnen, in einer Boutique namens »Madame Frances« zu arbeiten – über hundertfünfzig Kilometer von ihrem Heimatort entfernt. Sie hatte sich vorgestellt, dadurch unabhängig zu werden und zu lernen, auf eigenen Füßen zu stehen. In der

Realität brachte ihr der Entschluss nichts weiter ein als große Einsamkeit und öde Abende. Und da sie immer allein war, machte sie sich viele Gedanken über ihren Job und entwickelte nebenbei ein paar großartige Ideen für das Modegeschäft, in dem sie arbeitete.

Die Boutique lag in einem lebhaften Marktstädtchen, und viele der Kundinnen waren etwas fülligere Damen mittleren Alters, die zwangsläufig das Geschäft wieder verlassen mussten, ohne etwas gekauft zu haben, weil es nichts in ihrer Größe gab. Folglich hatte Rita ihrer Chefin Frances vorgeschlagen, auch Mode für Mollige zu führen und dadurch die Einnahmen erheblich zu steigern.

»Aber elegant müssen die Modelle sein«, wandte Frances ein, die stets Kleidergröße sechsunddreißig getragen hatte und sicher auch in Zukunft nie etwas anderes tragen würde.

»Wir könnten auf jeden Fall elegante Kleidung in großen Größen in unser Sortiment aufnehmen«, hatte Rita versucht, sie zu überzeugen.

Und es hatte funktioniert, sehr gut sogar. Sie waren in neue, schönere Räumlichkeiten umgezogen, und Madame Frances hatte Interviews im Fernsehen und für Modejournale gegeben, ohne jedoch die Idee von Rita auch nur mit einem Wort zu würdigen.

Aber Rita ließ sich nicht entmutigen und brachte immer wieder neue Ideen ein.

So hätten sie im Laden oft eine Änderungsschneiderin gebraucht. Da Madame Frances sich weigerte, eine zusätzliche Kraft einzustellen, besuchte Rita entsprechende Kurse. Sie lernte, Reißverschlüsse zu versetzen, an Röcken den Bund zu erweitern und an Kleidern den Saum herauszulassen.

Dieser Service war im Preis inbegriffen, weil Madame Frances ihrer Angestellten keinen Cent mehr Lohn bezahlte.

Und wieder stieg die Zahl der Kundinnen, aber wieder erntete Rita keinen Dank.

»Warum bleibst du dann überhaupt noch dort?«, fragte Wendy sie in einem Brief.

»Weil ich unsere Kundinnen mag, ich kenne sie alle, und außerdem habe ich den Laden mit aufgebaut. Ich will ihr das Geschäft nicht allein überlassen.«

»Aber das hast du doch schon getan«, antwortete Wendy.

»Wieso bist du dann nicht vor Gericht gegangen und hast Mac auf Alimente verklagt, wenn wir schon dabei sind?«, schrieb Rita verärgert zurück.

»Ich wollte ihm nicht das Gefühl geben, dass er gewonnen hat, wenn ich mich am Ende mit ihm ums Geld streite«, verteidigte sich Wendy.

»Aber er hat doch schon gewonnen. Seine Karriere nimmt immer mehr Fahrt auf, während deine auf Eis liegt, weil du ohne finanzielle Unterstützung von ihm seinen Sohn aufziehst.«

Im Anschluss daran kam es zu einem ihrer seltenen Telefongespräche. Meistens begnügten sie sich mit E-Mails, die billiger waren. Aber jetzt gab es offenbar Redebedarf.

»Am liebsten würde ich Madame Frances für dich umbringen, Rita«, sagte Wendy plötzlich zu ihrer Freundin.

»Und ich würde Mac gern für *dich* umbringen, Wendy, glaub es mir, das würde ich wirklich«, beteuerte Rita.

Schweigen am anderen Ende.

»Gab es da nicht mal einen Film?«, fragte Wendy.

»*Der Fremde im Zug* von Hitchcock«, erinnerte sich Rita.

»Es ging, glaube ich, schlecht aus«, meinte Wendy.

»Na ja, bei Mord ist das meistens so«, erwiderte Rita. »Vielleicht sollten wir ihnen nur weh tun. Aber richtig.«

»Ich kann aber kein Blut sehen«, wandte Wendy ein.

Sie beschlossen, sich zu treffen und eine Strategiesitzung abzuhalten. In welchem ihrer beiden Einzimmerapartments sollte das stattfinden?

»Wenn man bedenkt, dass wir mal dachten, zu diesem Zeitpunkt bereits eine eigene Firma zu leiten oder in der Großindustrie mitzumischen«, sagte Rita lachend und erklärte sich bereit, zu Wendy nach London zu kommen. Zumindest wäre das Baby in seiner vertrauten Umgebung besser aufgehoben.

»Wir können ja immer noch was auf die Beine stellen. Eine Art Wiedergutmachungsbetrieb. ›Racheengel & Co‹ oder so. Oder wir nennen die Firma einfach WR … Wendy & Rita – unsere Initialen!«

»Auf dem Weg zu dir werde ich mir im Bus ein paar Verletzungen ausdenken, bei denen garantiert kein Blut fließt«, versprach Rita.

Es fiel den beiden Frauen, der rothaarigen Wendy und der dunkelhaarigen Rita, so leicht, miteinander zu reden, dass sie sich in ihre Schulzeit zurückversetzt fühlten.

Rita beneidete Wendy um den lebhaften kleinen Joe, der strahlte und gluckste und überhaupt nicht schrie. Wendy dagegen beneidete Rita um ihre Geschicklichkeit, mit der sie sich aus einem Stoffrest einen eleganten Rock geschneidert hatte und jetzt nebenbei, während sie sich unterhielten, die Vorhänge flickte und die Kissenbezüge mit Applikationen versah. Nach der zweiten Flasche Wein stand ihr Plan fest: Die Verletzungen sollten nicht physischer Natur sein. So würde kein Blut fließen, aber die Genugtuung wäre umso größer.

Die Umsetzung ihres Vorhabens würde ungefähr einen Monat in Anspruch nehmen, weshalb sie sich in dreißig Tagen zu einer Nachbesprechung, inwieweit ihr erlittenes Unrecht gerächt worden war, wieder treffen wollten. Allerdings wäre ein wenig Vorbereitung nötig, und so wollte jede der anderen einen Aktenordner mit den nötigen Hintergrundinformationen zukommen lassen. Der böse Mac und die böse Frances sollten nicht länger ungestraft durchs Leben gehen. Jetzt hatten sich die »Racheengel« der Sache angenommen.

Wendy hatte keinerlei Schwierigkeiten, sich im Sekretariat der Universität zu informieren, wo Mac sich wann aufhielt und was er vorhatte. Sie gab einfach vor, eine Tagung organisieren zu wollen und sich zu erkundigen, wann und ob er Zeit hätte, daran teilzunehmen. Die nächsten drei Wochen ging es nicht, hieß es, da seine Fakultät eine Vortragsreihe zum Thema Politik veranstaltete, an der einige namhafte Persönlichkeiten des öffentlichen Lebens teilnahmen. Aber vielleicht danach …?

Wendy heuchelte größtes Interesse an dieser Vortragsreihe. Wer konnte daran teilnehmen? Nur Studenten der Politologie oder auch die Öffentlichkeit? War die Presse eingeladen? Sie bekam sämtliche Informationen, die sie brauchte, und notierte sie für Rita.

In der Zwischenzeit hatte Rita in der Boutique von Madame Frances mit ihren eigenen Nachforschungen und Aktivitäten begonnen. Geschickt plazierte sie einige Prospekte, die für eine Fachmesse der Modebranche in London warben, an strategisch wichtigen Stellen. Schließlich biss Frances an. Sie war es der Boutique schuldig, diese Messe zu besuchen.

»Könnte ich nicht fahren, Frances? Vielleicht lerne ich noch was dazu und hole mir den letzten Schliff, der mir noch fehlt, wie Sie immer sagen.« Rita wusste, dass sie mit der Bitte nichts riskierte. Es stand völlig außer Frage.

»Wo denken Sie hin, Rita, und ich werde sicher drei Tage wegbleiben – Sie kommen in der Zeit doch allein zurecht, oder?«

»Unmöglich, Frances. Was ist, wenn ich etwas ändern muss? Wer passt dann auf den Laden auf? Sie werden jemanden besorgen müssen, der für Sie einspringt.«

Frances biss sich auf die Lippe. Sie wollte auf keinen Fall eine fremde Kraft einstellen, die womöglich bemerkte, wie viel sie Rita zu verdanken hatte und dass die Boutique im Grunde deren Handschrift trug.

Und genau wie Rita vorhergesehen hatte, beschloss Frances, dass alles in der Familie bleiben würde. Ihre Schwester Ronnie Ranger sollte aus Dublin kommen und drei Tage aushelfen. Ronnie war zuzutrauen, dass sie die junge Rita unter Kontrolle hatte und davon abhielt, allzu vertraut mit den Kundinnen zu werden.

Frances buchte ein Hotel in London.

»Werden Sie auch Pressetermine wahrnehmen?«, fragte Rita treuherzig.

»Hatte ich eigentlich nicht vor – wieso?«

»Es könnte doch nicht schaden, wenn Sie ein wenig von Ihrer Erfolgsstory hier berichten.« Ritas Blick verriet nichts von ihren Hintergedanken. »Das würde der Boutique eine Menge Aufmerksamkeit verschaffen.«

»Na ja, vielleicht«, erwiderte Frances, setzte sich sofort an den Computer und begann, einen überschwenglichen Pressetext zu verfassen, in dem sie sich selbst im besten Licht darstellte.

Mit einem grimmigen Lächeln überflog Rita später den Text und schickte eine Kopie davon an Wendy, dazu ihre eigenen Aufzeichnungen und genaue Angaben zur Modemesse.

Mac war zufrieden mit dem Medienecho, das seine Vortragsreihe erhielt, und vor allem mit der Werbung für seine eigene Person.

Man hatte ihn als attraktiven jungen Provokateur unter den Dozenten bezeichnet. Das konnte nicht schaden. Das hätte übrigens von Wendy stammen können, sie hatte damals solche Beschreibungen über ihn in Umlauf gebracht.

Wendy.

Schade, dass sich die Dinge in dieser Weise entwickelt hatten. Aber sie hatte wirklich nicht erwarten können, dass er sich schon jetzt binden wollte. Ab und zu fehlte sie ihm; niemand sonst hatte ihm je so viel Publicity und Medienpräsenz ver-

schafft oder einen solch glänzenden Lebenslauf für ihn verfasst. Schon erstaunlich, welche Aufregung seine laufende Vortragsreihe jetzt verursachte, fast so, als stünde Wendy ihm wieder zur Seite.
Am meisten Interesse rief hervor, dass Mac die Vorträge für alle jungen Leute zugänglich machte, nicht nur für eingeschriebene Studenten. Wollte man die Jugend für Politik interessieren, durfte sie, wie er gesagt hatte, nicht das Privileg einer Elite bleiben, die sich eine Universitätsausbildung leisten konnte.
Mac konnte sich gar nicht daran erinnern, das gesagt zu haben, aber es musste wohl so sein, denn schließlich war er deswegen am Sonntag zu einer Livesendung im Fernsehen eingeladen. Umso besser, dass er es gesagt hatte. Jetzt musste er nur noch nachdenklich und rebellisch zugleich in die Kamera schauen. Er würde sich eine neue schwarze Lederjacke zulegen.

Frances war enttäuscht von den wenigen Reaktionen der Modemagazine. Manche antworteten überhaupt nicht, und die anderen meinten, die Messe sei uninteressant für ihre Leserschaft, weil ausschließlich Fachhändler zugelassen seien. Eine Dame allerdings meldete sich und sagte, man habe Frances' Brief an sie weitergeleitet und sie sei sehr daran interessiert, einen Exklusivbericht zu schreiben. Ein Modegeschäft in der Provinz, das eine Vorreiterrolle spielte und der Konkurrenz in London zeigte, wie man so etwas machte! Eine persönliche Erfolgsstory.
Frances errötete vor Freude. Das war genau das, was sie sich vorgestellt hatte. Sie hätte das Interview gern in London gegeben, weit weg von Rita mit ihrem geschäftigen Gehabe, aber die Journalistin wollte sie in der Boutique aufsuchen.
»Vielleicht könnten wir uns erst einmal privat treffen, wenn ich in London bin«, schlug Frances vor.

Die Journalistin stimmte zu, und sie verabredeten als Treffpunkt eine schicke Bar. Die gutaussehende, sommersprossige junge Frau mit den roten Locken trug ein smaragdgrünes Kleid, das sündhaft teuer war, wie Frances wusste. In ihrer Boutique führte sie das gleiche Modell, aber bis jetzt hatte es sich noch niemand leisten können.

Die Journalistin schien bestens vertraut zu sein mit der Boutique von Madame Frances und wusste auch, dass es sich um einen Einmannbetrieb, besser gesagt, um einen Eine-Frau-Betrieb handelte.

»Natürlich mit einer Änderungsschneiderin«, erklärte Frances.

»Einer was?«

»Sie wissen schon, jemand, der Röcke und Hosen kürzt, sich hier und da nützlich macht und Kaffee kocht.«

Sie wollte auf keinen Fall Ritas Position aufwerten, konnte aber auch nicht so tun, als arbeitete sie ganz allein in dem Laden.

»Sie hat also keine wichtige Funktion?«

»Nein, nein, keineswegs, Leute wie sie gibt es wie Sand am Meer«, hatte Frances erwidert und hellauf gelacht. In dem Moment glaubte sie zu sehen, wie sich die Miene der Journalistin kurz verfinsterte, aber das war sicher nur Einbildung.

Mac fand sich ziemlich unwiderstehlich in seiner neuen Lederjacke, und es fiel ihm nicht schwer, bei dem Brunch, den die Universität am Sonntagmorgen ihren Gästen anbot, die bewundernden Blicke aller anwesenden Frauen auf sich zu ziehen. Besonders eine erregte sein Interesse, ein munteres kleines Ding mit langen glatten, rabenschwarzen Haaren, kurzem Rock und hohen Stiefeln – ein echter Hingucker, aber sie hatte mehr zu bieten als ein hübsches Gesicht.

Sie hatte jedes Wort gelesen, das er je geschrieben hatte. Sie habe seit langem seinen Werdegang verfolgt, sagte sie, und

könne es kaum fassen, ihm nun tatsächlich persönlich gegenüberzustehen.
»Könnte ich neben Ihnen auf der Bühne sitzen, wenn die Diskussion im Fernsehen übertragen wird?«, bat sie ihn.
»Meinetwegen, aber Sie müssten schon auch einen Beitrag leisten.« Mac wollte nicht, dass es so aussah, als wäre er leicht zu überreden.
»Das kann ich. Ich würde gern sagen, dass Sie der Einzige sind, der junge Leute noch für Politik begeistern kann. Jahrelang zeigten sie keinerlei Interesse. Sie sollten vielleicht eine eigene Partei gründen.«
»Ach was!« Mac winkte ab.
»Aber vielleicht wollen Sie das gar nicht – als Familienvater mit Kindern möchten Sie womöglich nicht so viel Zeit investieren …?«
Mac versuchte vergebens, sich an ihren Namen zu erinnern.
»Nein, ich habe keine Familie, keinerlei Verpflichtungen«, erwiderte er. Täuschte er sich, oder huschte ein Ausdruck von Verärgerung über ihr Gesicht? Aber das war sicher nur Einbildung.

Wendy hatte das smaragdgrüne Kleid reinigen lassen und an Madame Frances' Boutique zurückgeschickt. Dann rief sie bei einer überregionalen Zeitung an und erklärte, sie habe eine tolle Geschichte anzubieten. Sie wären begeistert, versicherte sie, über diese echte Wohlfühl-Story, in der am Ende der Außenseiter den Sieg davontrug. Diese Zeitung war verrückt nach solchen Geschichten und bekundete tatsächlich großes Interesse daran.

Rita hatte sich indes mit einigen Teilnehmern angefreundet und war auch mit dem Fernsehteam ins Gespräch gekommen. Sie hatte ihnen erzählt, dass sie neben dem großen Mac auf dem Podium sitzen würde.

»Werden Sie auch etwas sagen?«, wurde sie gefragt.
»Sollte etwas vorfallen, auf das ich reagieren muss, dann bestimmt«, erwiderte Rita und lächelte listig.

Wendy bat Madame Frances, für die Fotoaufnahmen einige ihrer besten Kundinnen in die Boutique einzuladen. Sie gebe ihr eine Liste mit vielleicht zehn Namen, dann könne sie selbst auswählen. Natürlich wählte sie diejenigen, die Rita vorgeschlagen hatte.

Rita hatte es geschafft, vor dem Vortrag und der anschließenden Diskussion eine große Anzahl Fragebögen beim Publikum in Umlauf zu bringen. Es ging dabei um »Verantwortung« und die Tatsache, dass jeder Einzelne für seine Handlungen verantwortlich ist, während der Staat sich für die Allgemeinheit verantwortlich fühlen sollte. Man habe sie gebeten, diese Fragebögen zu verteilen, erzählte Rita allen Leuten. Die Fragen waren unterschiedlich formuliert, drehten sich aber alle um dasselbe Thema. Die Leute lasen alles sorgfältig durch. Kein schlechter Einstieg für eine Diskussion, mit diesen Fragen war also zu rechnen.

Wendy schlug Madame Frances vor, ihre Damen an einem Sonntagvormittag zu sich zu bestellen und sie mit Kaffee und Gebäck zu bewirten. Da Frances wusste, dass Rita mit ihrer plump vertraulichen Art am Sonntag nicht dabei wäre, sagte sie mit dem größten Vergnügen zu. Rita erzählte sie kein Sterbenswörtchen davon. Sollte sie es später erfahren, wenn alles vorbei war.

An diesem speziellen Sonntag hatte Rita ohnehin anderes im Sinn. Sie musste dafür sorgen, dass das gesamte Auditorium sie uneingeschränkt im Blick hatte, sobald der Streit losging. Was unweigerlich der Fall wäre.

Mac strahlte immer größeres Selbstbewusstsein und größere Arroganz aus und hatte nicht die geringste Ahnung, dass das Publikum im Saal angeregt über das Thema »persönliche Verantwortung« zu diskutieren begann.

Wendy und der Fotograf einer großen überregionalen Tageszeitung standen bereit für ihren Auftritt. Die gutgekleideten, frisch ondulierten Damen knabberten an den Butterkeksen und betupften sich die Lippen, um für die Fotos präsentabel zu sein. Sie konnten es kaum erwarten, Lobeshymnen auf die Boutique von Madame Frances und die charmante Rita zu singen, die sich stets so reizend um sie kümmerte. Merkwürdig, dass sie heute nicht hier war – war sie doch die Seele des Geschäfts.

Die Fernsehübertragung begann, und Mac wunderte sich, dass keine der Fragen, die er erwartet hatte, gestellt wurde. Stattdessen lag der Schwerpunkt bei allen auf dem Thema: persönliche Verantwortung. Auch wenn er das geschickt auf einige bekannte Politiker ummünzen konnte, denen es in der Vergangenheit ganz offensichtlich daran gemangelt hatte – irgendwie hatte er ein mulmiges Gefühl, als sei er selbst damit gemeint.
Aber das grenzte ja an Paranoia. Wer sollte hier schon über Wendy und das Kind Bescheid wissen, das sie in so verantwortungsloser Weise in die Welt gesetzt hatte.

Madame Frances schäumte vor Wut.
Alle diese Frauen, angespornt von der abscheulichen Journalistin und ihrem Fotografen, schienen pausenlos nur von Rita zu schwärmen, von ihrer einfühlsamen Fähigkeit, immer genau zu wissen, was ihnen stand, und ihrem Extraservice, die Kleider auch noch ohne Aufpreis zu ändern.
»Wieso haben Sie sie dann nicht ein einziges Mal erwähnt?«,

fragte die Journalistin, und der Fotograf schoss Bild um Bild von einer aufgebrachten, gänzlich aus der Fassung geratenen Frances.

Der Artikel sollte den Titel tragen: »Auf der Suche nach Rita ... Die geheimnisvolle Frau, die über den Tag ihres Triumphs nicht informiert worden war.«

Man wurde nicht müde, Frances zu versichern, dass es eine Riesen-Story werden würde. Die Geschichte von Aschenputtel, das von allen Kundinnen geliebt wurde, von der Boutique-Besitzerin aber nicht aufgespürt werden konnte, sooft sie es auch am Telefon versuchte.

Das Kamerateam wurde immer aufgeregter. Mit einer solchen Reaktion des Publikums hatten sie nicht gerechnet. Der Typ in der schwarzen Lederjacke wurde beinahe von der Bühne gebuht, weil er sich nicht dazu äußern wollte, ob es in seinem Privatleben Bereiche gab, für die er jede persönliche Verantwortung ablehnte.

Und zur Krönung des Ganzen sprang eine hübsche junge Frau auf dem Podium auf und forderte ihn auf, endlich seine Finger von ihr zu lassen.

»Ich habe Sie doch überhaupt nicht angefasst«, brauste Mac auf. »Selbst wenn ich es getan hätte, Sie sind doch selbst schuld mit Ihrem kurzen Rock und dem wallenden langen Haar ...«

Da wusste das Fernsehteam, dass sie für diese überragende Live-Dokumentation mit großem Lob und eventuell sogar einer Auszeichnung rechnen konnten.

Zur Feier des Tages leisteten Wendy und Rita sich einen Besuch in einem teuren Restaurant. Dort ließen sie die Ereignisse noch einmal wie einen Film ablaufen. Sie lachten viel und prosteten einander immer wieder zu. Der Kellner war ein freundlicher alter Mann.

»Die Damen scheinen ja sehr vergnügt zu sein. So etwas sieht man gern«, meinte er.

»Wir trinken auf unsere gemeinsame Firma«, erklärte Wendy.

»Sie heißt WR, und das steht für Wiedergutmachung und Rache«, fügte Rita hinzu.

»Das hört sich ja an, als bestünde eine große Nachfrage nach dieser Dienstleistung«, sagte der alte Herr und spendierte den beiden ein Glas Portwein, weil sie, im Gegensatz zu den meisten anderen Gästen, ausgesprochen fröhlich waren.

Die Entdeckung

Nicht jeder, der in der Chestnut Street wohnte, besaß einen eigenen Wagen, was auch ganz gut war, weil die halbkreisförmige Straße zwar von dreißig kleinen Häusern gesäumt wurde, aber nur Platz für achtzehn Autos bot. Manche Bewohner beanspruchten natürlich ziemlich viel Platz, zum Beispiel Kevin Walsh aus dem Haus Nummer zwei mit seinem großen Taxi. Aber das war nicht weiter schlimm, weil Bucket Maguire aus der Nummer elf schon seit Jahren überallhin nur mit dem Fahrrad fuhr.

Mitzi und Philip wohnten im Haus Nummer zweiundzwanzig und hatten zwei Söhne, die in New York arbeiteten. Einmal im Jahr, im Juli, besuchten Sean und Brian samt ihren Familien die alten Herrschaften. Obwohl, so alt waren die eigentlich noch gar nicht, da Mitzi und Philip bereits im Alter von zwanzig Jahren geheiratet hatten. Jetzt selbst erst in den Vierzigern, hatten sie bereits zwei erwachsene Söhne und waren Großeltern von vier kleinen amerikanischen Enkeln, doch in den Augen von Sean und Brian waren sie trotzdem schon ziemlich alt.

Jedes Jahr am vierten Juli veranstaltete Mitzi unter den Kastanienbäumen auf der Grünfläche gegenüber für ihre Enkelkinder ein Picknick, das bald eine liebe Gewohnheit wurde.

Sean und Brian und ihre amerikanischen Ehefrauen schienen diese Woche Ferien immer sehr zu genießen. Und das war auch richtig so, dachte Mitzi, bei den vielen Vorbereitungen, die dem sieben Tage dauernden Besuch vorangingen.

Mitzi nahm sich in dem Geschäft, in dem sie arbeitete, immer eine Woche frei. Sie kochte Mahlzeiten vor, fror sie ein und putzte das Haus vom Keller bis zum Dach. Es hatte wenig Sinn, ihr nahezulegen, dass die Jungen und ihre Familien es in einem Hotel vielleicht bequemer hätten – zumal sie es sich problemlos leisten konnten.

Das hier war ihr Zuhause, und hier sollten sie auch wohnen. Philip freute sich ebenso, wenn seine Söhne zu Besuch kamen, nur merkte man es ihm nicht an.

Meistens lud er seine beiden Jungen am Freitagabend ins Pub ein, um sich dort mit ein paar Arbeitskollegen zu treffen. Er gab gern an mit seinen zwei kräftigen Söhnen und prahlte damit, wie weit sie es drüben in Amerika gebracht hatten. Umgekehrt wollte er Sean und Brian beweisen, dass er noch gute Freunde hatte und in der Fabrik geschätzt wurde.

Bei einem dieser Besuche kamen die beiden ein wenig zu früh ins Pub und ertappten ihren Vater in einer Ecke in ziemlich vertrauter Haltung mit einer jungen Frau. Sie war um einiges jünger als ihre Mutter, trug einen kurzen roten Rock und einen knappen Pullover, der den Bauchnabel frei ließ. Lange Locken umrahmten ein kleines, freches Gesicht. Im Vergleich zu ihr wirkten ihre eigenen, noch jungen Frauen fast wie ältere Damen.

Die beiden waren zutiefst erschüttert. Ihr eigener Vater vergnügte sich außer Haus mit einer Frau, die halb so alt war wie er, und ihre arme Mutter wusste von nichts.

Trotz ihrer Entrüstung fehlten ihnen die Worte, um ihren Vater zur Rede zu stellen, und so wurden sie unbemerkt Zeugen, wie die junge Frau ihn auf die Wange küsste und wieder wegging. Seinen Freunden gegenüber verhielten sie sich anschließend eher distanziert, aber ihrem Vater schien nichts aufzufallen.

An diesem Abend sahen die beiden Brüder müde aus, wie ihre Mutter feststellte.

»Es ist wirklich sehr nett von euch, mit eurem Dad was zu unternehmen. Er genießt es so, bei seinen Freunden mit euch an-

zugeben«, sagte sie liebevoll. »Er hat ja sonst nicht viel im Leben, auf das er sich freuen kann, wisst ihr.«
Betroffen sahen die beiden ihre Mutter an. Was brachte es schon, wenn sie ihr erzählten, dass es so einiges gab, auf das er sich freuen konnte, wenn ihre Augen sie nicht getäuscht hatten.
Oft und ausführlich sprachen sie während dieses Besuchs über ihre Entdeckung. Sie wünschten sich, sie hätten die kleine Freundin ihres Vaters nie zu Gesicht bekommen. Seitdem erschien ihnen alles, was er sagte, in einem neuen Licht.
Stellte ihr Vater beiläufig fest, dass er gern auf Reisen ginge, solange er noch die Energie dazu habe, schüttelten Sean und Brian nur den Kopf und wechselten einen bekümmerten Blick. Das war ja klar!
Und als sie Mitzi sagen hörten, sie sei ein richtiger Reisemuffel, traf sie das wie ein Schlag. Sie habe Spanien, Italien und die USA gesehen, das reiche ihr, sagte ihre Mutter. Und falls sie einmal im Lotto gewinnen sollte, würde sie das ganze Geld in einen Anbau hinter dem Haus stecken – in einen großen, prachtvollen Wintergarten aus Glas mit schönem Holzfußboden und Kissen auf den Fensterbänken. Sie sehe es direkt vor sich.
Ihr Vater schüttelte nur den Kopf, als könne er solchen Unsinn kaum glauben, und Brian und Sean mussten heftig schlucken. Eigentlich hatten sie in diesem Jahr ihren Eltern eine Pauschalreise in die USA schenken wollen, verbunden mit einem Besuch eines der großen Nationalparks und einer Tour durch Arizona oder New Mexico.
Aber was hatte das jetzt noch für einen Sinn? Nach dieser Entdeckung?
Wenn, dann wollte Dad sicher nur mit Miss Bauchnabel auf Reisen gehen, und Mutter hatte deutlich klargemacht, dass sie überhaupt nicht verreisen mochte.
»Und wenn wir ihnen einfach das Geld für den Wintergarten geben?«, schlug Brian vor.

»Aber was ist, wenn sie das Haus verkaufen müssen, weil Dad sich mit dem Früchtchen aus dem Pub abseilt?«, erwiderte Sean. »Es würde unserer armen Mutter doppelt das Herz brechen, wenn sie den Wintergarten auch noch verliert.«

Es fiel ihnen immer schwerer, freundlich zu ihrem Vater zu sein. Seine Äußerungen zum Familienleben klangen hohl, seine Trinksprüche auf eine wunderbare Frau und ebensolche Söhne schienen nur Lippenbekenntnisse zu sein und seine Pläne für die Zukunft unwahrscheinlich und verlogen. Wie das Versprechen an seine Enkelkinder, dass er ihnen eines Tages das Angeln beibringen werde. Ein lachhaftes Versprechen, weil er, wenn es nach ihm ginge, dann nicht mehr da wäre. Er und Miss Roter-Minirock wären ganz woanders und vertrieben sich die Zeit bestimmt nicht mit Rentneraktivitäten, wie, zum Beispiel, einem Enkel zu zeigen, wie man einen Fisch fängt.

Bevor sie abreisten, klopften Sean und Brian zaghaft auf den Busch, indem sie beiläufig ansprachen, wie sehr ihre Mutter sich doch abschuftete.

»Nicht einmal, wenn ich vierundzwanzig Stunden am Tag arbeiten würde, könnte ich die Güte eures Vaters vergelten«, beteuerte sie und schüttelte den Kopf, als könne sie das ungeheure Ausmaß seiner Güte kaum fassen. »Und auf diese Weise kann ich kleine Extras für uns finanzieren, zum Beispiel einen Kinobesuch oder ein Abendessen beim Chinesen oder auch mal ein hübsches neues Hemd für ihn.«

Ihre Söhne wurden immer zorniger, konnten sich aber noch nicht dazu durchringen, die junge Frau, die sie gesehen hatten, zu erwähnen.

Als es schon fast an der Zeit war, in die Staaten zurückzukehren, waren sie immer noch unschlüssig, ob sie ihren Vater zur Rede stellen sollten oder nicht. Sean war dafür, aber Brian vertrat die Ansicht, dass es die Situation auch verschlimmern könnte. Und angenommen, sie sprachen die Sache an: Keiner der beiden hätte gewusst, wie sie es formulieren sollten.

An ihrem letzten Abend war ihr Vater nicht zu Hause. Vor neun Uhr würde er nicht kommen, da er Überstunden in der Fabrik machte.
»Was macht er denn mit dem ganzen Geld?«, fragte Brian seine Mutter.
»Ach, keine Ahnung. Er spart auf irgendetwas – deshalb übernimmt er alle Überstunden, die er kriegen kann.« Und dabei hatte sie diesen mütterlichen Blick, voller Nachsicht mit den Männern und ihren kleinen Eigenheiten.
Sean hielt es nicht mehr aus. »Du weißt doch, wie es so geht, Ma. Wahrscheinlich genehmigt er sich eine Halbe mit den Kumpels – und übrigens auch mit den Mädels, die es dort haufenweise gibt.«
»Ich bezweifle, dass es in der Stammkneipe deines Vaters viele Mädels gibt, nur diese Rona. Erinnert ihr euch, die Nichte von Liam Kenny aus Nummer vier?«
»Ich glaube nicht, dass ich sie kenne«, erwiderte Brian kühl.
»Also, wenn man Rona sieht, vergisst man sie so schnell nicht. Rock bis unters Kinn, Haare in allen Regenbogenfarben.«
Das war sie.
»Was hat sie denn in Dads Pub zu suchen?«
»Sie arbeitet dort. Ihrem Vater – Liams Bruder – gehört der Laden, und manchmal hilft ihm die Kleine. Aber hauptberuflich ist sie Vertreterin für Wintergärten. Ich habe mich früher öfter mal mit ihr darüber unterhalten, damals, als wir überlegt haben, uns einen zuzulegen.« Mit einem Seufzer widmete sich ihre Mutter wieder der Zubereitung des Abendessens. Vater würde müde sein, wenn er heimkam, müde nach einem langen Arbeitstag.
An diesem Abend gesellte sich Sean zu seinem Vater, der draußen in dem kleinen Garten stand.
»Meine Güte, ist die Woche schnell vergangen«, sagte Philip.
»Ich will nicht lang um den heißen Brei herumreden, Dad. Ich will mit dir über Rona Kenny reden.«

»Sie ist doch nicht etwa hier gewesen? Sie hat mir versprochen, nicht herzukommen.«
»Nein, war sie nicht, aber …«
»Ich habe ihr gesagt, dass deine Mutter morgen draußen am Flughafen ist. Dann kann sie kommen, und ich lasse sie rein.«
»Warum erzählst du mir das, Dad?«, fragte Sean schockiert. Schlimm genug, dass sein Vater die Frau betrog, aber warum musste er sich vor seinen Söhnen auch noch damit brüsten? Es war grotesk.
»Wieso konnten du und Mam nicht miteinander glücklich sein?«, fragte Sean.
»Ich weiß es nicht.« Sein Vater setzte sich auf den Gartenstuhl. »Ich werde es wohl nie wissen, mein Sohn, aber vorbei ist vorbei. Ihr beiden solltet es auch nie erfahren, es sollte unsere Privatsache bleiben und Gras darüber wachsen. Komisch, dass eure Mutter es euch jetzt erzählt hat.«
»Mutter hat keinen Ton gesagt.«
»Und woher weißt du es dann?« Er war verblüfft.
»Weiß ich was?«
»Dass deine Mutter und ich früher … na ja, dass wir diese Probleme hatten.«
»Nicht nur früher, würde ich sagen«, erwiderte Sean. Das Gesicht seines Vaters war das Traurigste, was er je gesehen hatte.
»Oh, Sean, Junge, ich kann es nicht fassen – das gibt es doch nicht. Es kann doch nicht sein, dass sie ihn wiedergesehen oder noch Interesse an ihm hat.«
»Was redest du denn da?« Jetzt kannte Sean sich überhaupt nicht mehr aus.
»Sie hat es mir versprochen, und wir kommen so gut miteinander aus. Nein, es kann nicht stimmen, dass sie sich wieder mit ihm trifft.«
»Mutter und ein anderer Mann?« Für Sean brach eine Welt zusammen.
»Aber so etwas passiert nun mal. Weißt du, sie hat sich ver-

liebt, weil ich ihr zu langweilig war. Er wollte, dass sie mit ihm wegging, aber sie hat ihn aufgegeben, um die Familie nicht zu zerstören.« Offensichtlich bewunderte er sie dafür und hegte keinen Groll mehr. Das zeugte von Größe und Edelmut.

»Wann ist das alles passiert, Dad?«

»Vor vielen Jahren schon. Da seid ihr zwei noch in kurzen Hosen herumgelaufen. Aber ich kann einfach nicht glauben, dass sie sich jetzt wieder mit ihm getroffen hat.«

»Und du, Dad, triffst du dich nicht mit Rona Kenny?«

»Aber ja doch, um das mit dem Wintergarten zu organisieren. Morgen kommt sie her, um alles auszumessen ... Aber jetzt hör ich von dir, dass deine Mam sich wieder mit *ihm* eingelassen hat – da wird sie sicher kein Interesse mehr an dem neuen Zimmer haben.«

»Nein, Dad, das stimmt nicht«, erwiderte Sean kleinlaut. »Ich habe da was in den falschen Hals gekriegt. Wir haben dich und Rona tuscheln sehen, als wir an dem Tag ins Pub kamen, und dachten, ich dachte ... ich hab was Falsches gedacht, okay?«

»Als ob dieses junge Mädchen was übrighaben könnte für einen alten Mann wie mich!«

»Nein, Dad. Kommt aber vor. Es tut mir leid.«

»Heißt das jetzt, dass deine Mutter sich *doch* nicht mit ihm trifft?« Es ging Sean sehr nahe, mit anzusehen und zu hören, wie erleichtert sein Vater war.

Aus dem Haus ertönten Rufe, wo sie denn blieben.

Die Chestnut Street Nummer zweiundzwanzig war hell erleuchtet und der Tisch einladend für zehn Leute gedeckt.

Und wenn sie das nächste Mal wiederkämen, gäbe es außerdem noch einen Wintergarten.

Als Sean Arm in Arm mit seinem Vater aus dem Garten kam, erntete er einen überraschten Blick von Brian und schüttelte unauffällig den Kopf.

Sean beobachtete seine Mutter, wie sie sich aufgeregt am Ofen zu schaffen machte, während feuchte Haarsträhnen auf ihrem

Gesicht klebten. Seine eigene Mutter hatte eine Affäre mit einem anderen Mann gehabt, ein heimliches und leidenschaftliches Liebesabenteuer.

Es war schwer zu begreifen.

Er würde es Brian wahrscheinlich nicht erzählen, lediglich, dass sie sich bei ihrer vermeintlichen Entdeckung schwer getäuscht hatten.

Die Lotterie der Vögel

Er war ein Pfau, das war ihr sofort klar, als sie ihm das erste Mal begegnete. Im Glas des gerahmten Gemäldes studierte er sein eigenes Spiegelbild. Zärtlich und mit sichtlichem Vergnügen strich er über das Revers seines teuren Jacketts. Sie wusste genau, worauf sie sich einließ.

»Ich heiße Ella«, sagte sie. »Das ist ja ein wunderschönes Jackett. Aus Wolle?«

Ihre Bemerkung schien ihn zu freuen, aber nicht zu überraschen. Voll Begeisterung sprach er kurz über das Jackett, das er vor drei Wochen in Italien gekauft hatte – aber seine gute Erziehung erlaubte ihm nicht, sich länger dabei aufzuhalten.

»Ich heiße Harry«, erklärte er dann. »Und sollten wir über Ihre Garderobe nicht auch ein paar Worte verlieren?«

»Nicht heute Abend«, erwiderte Ella. »Heute Abend komme ich direkt aus dem Büro.«

Sein Lächeln hätte das im Kamin der Kunstgalerie aufgeschichtete Feuerholz entzünden können, allerdings diente es ausschließlich zur Dekoration.

»Das muss aber ein ziemlich elegantes Büro sein«, meinte Harry, und Ella war für immer verloren.

Im Nachhinein sagte sie sich immer wieder, dass sie wohl noch nie so bewusst gehandelt hatte wie in dem Moment. Sehenden Auges hatte sie sich in eine Situation begeben, vor der ihre Freundinnen sie stets bewahren wollten. Sie hatte sich in einen Mann verliebt, der ihr immer wieder das Herz brechen würde; ihre Freunde würden sie nicht mehr verstehen, die Geduld verlieren und sich schließlich ganz von ihr zurückziehen. Die für ihre selbstbeherrschte, ruhige und pragmatische Art in allen

Lebenslagen bekannte Ella war auf einen charmanten, aber eitlen Pfau hereingefallen. Nicht einmal der Dümmste hätte ihrer Beziehung mit Harry eine Chance gegeben.

Doch das kümmerte Ella nicht. Sie wusste, worauf sie sich einließ, und dachte nicht länger darüber nach. Sie tat all das, was die Frauenmagazine der Generation ihrer Mutter empfohlen hatten: Sie hörte zu, sie wollte alles über ihn wissen, sie brachte in Erfahrung, was ihn interessierte, und gab vor, seine Interessen zu teilen. Sie bestürmte ihn nicht, sie seiner Familie in der Chestnut Street vorzustellen, und drängte ihm ihre eigene Familie nicht auf.

Im Grunde lief alles so glatt, dass Ella sich schon fragte, ob diese altmodischen Vorstellungen, wie man einen Mann glücklich machte, nicht weitaus sinnvoller waren als all diese modernen Empfehlungen, dass man sich selbst verwirklichen und von Anfang an eine gleichberechtigte Partnerin sein sollte. Wie dem auch sei, bald avancierte sie zu Harrys ständiger Begleiterin: Bei jedem öffentlichen Auftritt war sie an seiner Seite, und wenn der Abend vorüber war, in seinem Bett.

Natürlich stellte sich das als ein hartes Stück Arbeit heraus; aber ohne großen Einsatz konnte man einen Pfau nicht an sich binden, sagte sich Ella. Einen Spatz konnte jede anlocken, dachte sie, während sie ein wenig verdrossen den einen oder anderen Mann betrachtete, mit dem ihre Freundinnen ausgingen. Einige dieser Männer waren geradezu alte Krähen. Einzig und allein Ella hatte den Pfau abbekommen, den herrlichen Harry, nach dem alle sich umdrehten. Und es machte ihr auch nichts aus, wenn er andere Frauen ansah und ihnen ein Lächeln schenkte, von dem sie dachten, es gälte ihnen ganz persönlich, während er lediglich um des Lächelns willen lächelte. Er wusste, dass sich die Menschen dann wohl fühlten, und lächelte deswegen ziemlich häufig. Manchmal lächelte er sogar im Schlaf, und Ella sah ihm dabei zu, wie sich seine Gesichtsmuskeln zu einem freundlichen, angenehmen Halbgrinsen verzogen.

Nachts blieb sie oft noch wach und beschäftigte sich mit Opernlibretti. In *La Traviata* ging es um Alfredo und Violetta und viele Missverständnisse. *Rigoletto* drehte sich um einen Hofnarren, und *Norma* war die Hohepriesterin der Druiden, die mit den Römern eine Romeo-und-Julia-Nummer abzog.
Ella arbeitete in einem Verlag. Harry gegenüber spielte sie ihren Job herunter: furchtbar uninteressante Leute, sterbenslangweilige Autoren, alles äußerst öde und seiner Aufmerksamkeit nicht wert. Aber Harrys Job, der etwas ganz anderes machte und Wein importierte, das war wirklich ein interessanter Beruf! Aus Ellas Mund klang es wie die Beschreibung einer Wunderwelt. Sie hatte eine Menge dafür lernen müssen, sogar mehr als für die Oper: Rebsorten, *Appellation Contrôlée*, dieses Weingut, jener Importeur, dieses Weindepot, jener Familienbetrieb … Harry war ihre Begeisterung nur recht. Es stimmte ja – es war tatsächlich ein faszinierendes Metier. Seine früheren Freundinnen hatten das nicht halb so gut verstanden.
Er stellte Ella seinen Arbeitskollegen vor. Mit ihrer offensichtlichen Bewunderung für seine Branche würde sie ihm alle Ehre machen.
Harrys Chef und seine Frau waren ein zynisches, gelangweiltes Ehepaar, das schon alles gesehen und erlebt hatte.
»Sie haben eine weit größere Chance, ihn festzunageln, als Ihre Vorgängerinnen«, erklärte die Frau des Chefs, als sie nach dem Abendessen auf der Toilette hektisch ihre Nase puderte.
»Ach, du meine Güte, davon kann doch gar keine Rede sein«, widersprach Ella mit einem glockenhellen Lachen.
»Diesen Spruch können Sie sich für Mr. Wundervoll aufheben«, erwiderte die ältere Frau.
Ella hatte Mitleid mit ihr. Bei der Lotterie der Vögel hatte sie nur einen übellaunigen, kahlköpfigen Adler mit gerupftem Gefieder statt eines glanzvollen, farbenprächtigen Pfaus gewonnen.
Sie ging zurück zum Tisch, zu Harry, der, das Kinn auf die

Hand gestützt, dasaß in dieser für ihn typischen Pose, bei der sogar völlig Fremde in ihren Gesprächen verstummten und bewundernd zu ihm hinsahen. Sein blondes Haar schimmerte im Licht der Lampe. Ellas Herz schlug höher bei dem Gedanken, dass sie sich diesen wunderbaren Mann geangelt hatte.

Ihre Freude war groß bei der Vorstellung, »eine größere Chance zu haben, ihn festzunageln« als alle ihre Vorgängerinnen – und die gab es in bemerkenswerter Anzahl. Manchmal kam eine von ihnen auf der Durchreise in die Stadt.

»Eine alte Freundin möchte gern mit mir ein Glas Wein trinken gehen«, sagte er gelegentlich zu ihr.

»Oh, das musst du auf jeden Fall machen!« Ella bestand sogar darauf. Dadurch hätte sie Zeit, sich in die nächste neue Oper einzuarbeiten. *Fidelio*. Der Komponist war Beethoven, und die Geschichte handelte von Leonore, die so tut, als sei sie Fidelio. Wieder einmal drei Stunden voller Verwechslungen und Missverständnisse.

Oder sie konnte Hausarbeit nachholen. Noch war sie nicht ganz zu ihm gezogen, aber es war fast so, als wohnte sie dort. Er konnte es nicht ausstehen, sie putzen zu sehen, aber eine Putzfrau wollte er auch nicht einstellen. Also erledigte sie die Arbeit zwischendurch, hastig und heimlich, wenn er gerade nicht zu Hause war. Sie wollte Harry glauben machen, dass frische Pfirsiche zum Frühstück, saubere Handtücher im Bad und täglich frisches Wasser für die großen Vasen voller farbenprächtiger Blumen einfach von selbst passierten, sobald Ella in der Nähe war.

Und weil eitle Pfauen nie sehr lang über die Welt im Allgemeinen nachdenken, glaubte er das tatsächlich. Dann nahm er sie in den Arm und beteuerte, dass alles so viel *angenehmer* sei, wenn sie da war.

Jeden Montagmorgen brachte sie sieben seiner Hemden zu einer sehr guten Wäscherei direkt neben ihrer Arbeitsstelle. Nein, wirklich, Liebling, versicherte sie ihm, ich muss meine eigenen Sachen ja sowieso hinbringen. Dass Ella grundsätzlich nur bügelfreie Kleidung trug, war ihm noch nie aufgefallen. Für ihn grenzte es an ein Wunder, dass sein Schrank stets voller sauberer, frisch gebügelter Hemden war, von denen er täglich voller Freude eines auswählte und die passende Krawatte dazu anprobierte.

»Früher sah es hier wirklich sehr unordentlich aus«, sagte er dann mit einem verwunderten Stirnrunzeln und schüttelte den Kopf darüber, wie mysteriös das alles war. Auch Ella schüttelte den Kopf, als könnte sie nicht glauben, dass zuvor nicht immer alles so reibungslos gelaufen war.

Bei der Arbeit beklagte sie sich nie über ihn oder suchte Rat, so dass ihre Freunde nur in ihrer Abwesenheit ihre Sorge um sie äußerten, nie, wenn sie dabei war.

Erst an dem Tag, als Ella ihre Teilnahme an der Vertreterkonferenz absagte, kam alles ans Licht. Aus persönlichen Gründen, wie sie erklärte. Aber es gab keine Gründe, weder persönlicher noch allgemeiner Natur, die ihr erlaubt hätten, nicht an einer Vertreterkonferenz teilzunehmen. Ellas Freundinnen nahmen sie beiseite.

»Komm schon, was treibt er denn, welche gigantische Aufgabe hat er zu bewältigen, dass er dich dabei zum Händchenhalten braucht?« Clare war schon so lang eine gute Freundin und Kollegin, dass sie sich diesen Ton – gerade noch – erlauben durfte.

»Du irrst dich gewaltig. Harry hat mich nicht gebeten, nicht hinzugehen. Er weiß nicht einmal, dass die Konferenz stattfindet.«

Schockiert sahen die Kolleginnen einander an. Was für eine Beziehung war das denn, wenn man mit jemandem aus dem Verlagswesen liiert war und nicht einmal über die bevorstehenden Vertreterkonferenzen Bescheid wusste?

»So wirst du nie befördert werden, Ella. Die Herren in der oberen Etage werden sich das niemals gefallen lassen, egal, welche Lügen du ihnen auftischst.«

»Ich lüge sie doch nicht an, wenn ich sage, dass es mir ungelegen kommt.«
»Du bist nicht nur völlig bescheuert, sondern fällst uns allen auch noch in den Rücken. Es wird heißen, dass Frauen der Sache nicht gewachsen sind, dass du PMS oder Hitzewallungen hast oder dass du schwanger bist. Um Gottes willen, du bist doch hoffentlich nicht schwanger?« Clare war entsetzt.
»Nein, ganz sicher nicht.« Ella klang zu gelassen, zu normal angesichts der schweren Krise, in die sie alle anderen stürzte. Mit einer würdevollen Handbewegung schickte Clare die anderen aus dem Zimmer. »Trinken wir lieber ein Glas von unserem Notfall-Tequila«, schlug sie vor. Der Notfall-Tequila war ein kümmerlicher Rest Alkohol, versteckt im hintersten Winkel einer Schreibtischschublade für Situationen wie diese.
»Nein, wirklich, das ist mir noch zu früh, ich könnte keinen Schluck herunterbringen«, protestierte Ella.
»Du *bist* schwanger«, stellte Clare fest. Ella betrachtete ihre Freundin mit großer, aber auch kühler Zuneigung. Clare war mit einer Eule verheiratet, einer weisen alten Eule, die sie nachsichtig über ihre Brille hinweg ansah. Nicht in einer Million Jahre würde Clare verstehen, was man tun musste, um einen Mann wie Harry zu halten.
»Ich kann es dir nicht sagen – du würdest dich nur verpflichtet fühlen, es mir auszureden«, sagte Ella.
Man konnte Clare ansehen, wie erleichtert sie war. Wenigstens lag wieder einmal der Anflug eines Lächelns auf Ellas Gesicht, denn sie wirkte schon seit längerem nur noch angespannt.
»Es ist wegen seiner Eltern. Sie kommen für den *Fidelio* her, und Harry hat für uns alle Karten besorgt.«
»Ella, *Fidelio* wird immer wieder aufgeführt – das ist doch kein modernes Musiktheater, das nach ein paar Aufführungen spurlos von der Bildfläche verschwindet.«
»Nein, aber …«
»Und seine Eltern kommen auch öfter hierher. Nicht wie der

Halleysche Komet, der nur einmal alle vierundsiebzig Jahre vorbeischaut. Du *darfst* die Konferenz auf keinen Fall verpassen. Was ist mit deinen Autoren? Die kannst du nicht einfach im Stich lassen!«

»Es kann doch eine der anderen ihre Bücher präsentieren. Überleg mal, dauernd versuchen wir, uns gegenseitig davon zu überzeugen, dass wir nicht unersetzlich sind …«

Verzweifelt sah Clare sie an. Es war eine Sache, sich klarzumachen, dass man ersetzbar war, aber etwas ganz anderes, seine Autoren hängenzulassen. Sie *erwarteten* einfach, dass man bei der Konferenz anwesend war, um ihre neuen Bücher den Vertretern schmackhaft zu machen, damit diese dann ausschwärmten und sie den Buchhandlungen anboten. Ganz zu schweigen von den Reaktionen auf der Führungsebene.

»Die Herren dort oben können mir gestohlen bleiben«, sagte Ella und ging. Als Clare wieder allein war, schüttete sie den Notfall-Tequila in einen Kaffeebecher und trank diesen leer.

Wieder in ihrem Büro, sah Ella sich mit dem stummen Vorwurf ihrer Assistentin Kathy konfrontiert.

»Ich hoffe sehr, du überlegst es dir noch mal«, sagte Kathy schließlich.

»Nein, hoffst du nicht«, widersprach Ella energisch, aber bester Laune. »Das ist dein großer Durchbruch! Es ist wie bei der Zweitbesetzung, die inständig hofft, dass die abgehalfterte Alte, die die Hauptrolle spielt, nicht mehr auftreten kann. Plötzlich erstrahlt ein neuer Stern am Himmel.«

»Das ist ganz und gar nicht so«, protestierte Kathy. »Erstens bist du keine abgehalfterte Alte, auch wenn du dich noch so merkwürdig benimmst. Wenn ich mich recht entsinne, bist du nur drei Jahre älter als ich. Und außerdem geht es nicht darum, dass ich als neuer Stern am Himmel erstrahlen werde, sondern zusätzlich zu meiner Arbeit auch noch die deine machen muss.«

»Damit hast du doch kein Problem«, sprach Ella ihr Mut zu.

»Das ist nicht fair, Ella, selbst wenn es einen guten Grund gibt. Und wie soll ich das mit diesem wahnsinnigen Busch-Cowboy aus Australien hinbekommen?«

»Oh, Gott«, erwiderte Ella, »den Jackaroo hatte ich ganz vergessen.«

»Siehst du, aber er dich nicht«, rief Kathy triumphierend. »Du hast einen Termin mit ihm um fünf Uhr.«

»*Nicht* heute! Ich kann ihn heute nicht treffen.«

Kathy riss endgültig der Geduldsfaden. »Weißt du was, es wäre uns allen gegenüber nur fair, wenn du deine Kündigung einreichst, zu Hause bleibst, deine Aussteuer vorbereitest und uns hier unsere Arbeit machen lässt. Wir versuchen nämlich, Bücher herauszubringen.«

Als Ella noch klein war, hatte ihr Vater ihr immer erklärt, wie wichtig es sei, auch den Standpunkt des anderen zu verstehen. Früher hatte sie das ziemlich gut gekonnt, es war sogar eine ihrer besten Eigenschaften: Ob Autor, Buchhändler, konkurrierender Lektor oder Bürohilfe – Ella war imstande, sich in sie alle hineinzuversetzen. Vielleicht war sie in letzter Zeit zu sehr mit anderen Dingen beschäftigt gewesen, mit dem Standpunkt eines anderen, und zwar ausschließlich mit dem von Harry. Sie hatte sich so sehr bemüht, ihm immer einen Schritt voraus zu sein, seine Probleme zu lösen, bevor sie überhaupt auftauchten, und ihn zu besänftigen, noch bevor er die Stirn runzelte. Sie sah Kathy fest in die Augen.

»Du hast absolut recht.« Und zum ersten Mal, seit sie mit Harry zusammen war, griff sie zum Telefon und sagte ihm ab. Harry war überrascht. »Mit wem triffst du dich?«, fragte er ungläubig.

»Mit diesem Australier – einem Autor. Da ich nicht zur Vertreterkonferenz gehe, muss ich mich vorher mit ihm über sein Buch unterhalten und darüber, was wir damit vorhaben.«

»Aber er ist nur ein *Schriftsteller*«, erwiderte Harry. »Du bist schließlich seine Lektorin, und er sollte gefälligst froh und dankbar sein, dass du dich überhaupt dafür interessierst!«

»Das ist er auch«, sagte Ella mit Nachdruck.

»Wenn ich das gewusst hätte, hätte ich mir was anderes vorgenommen. Jetzt muss ich irgendwie die Zeit totschlagen.« Harry klang deutlich gekränkt.

»Dann komm doch dazu. Wir wollten uns sowieso erst um sechs treffen. Komm in die Bar neben meinem Büro, da sitzen wir, irgendwo hinten.«

Harry nörgelte noch ein wenig herum, versprach aber, zu kommen.

Ella packte ihre Aufzeichnungen über Jackaroos Buch ein, ein schräges Erstlingswerk – vollkommen anders als alles, was sie bisher gelesen hatte. Es war skurril und passte ganz und gar nicht in eine Schublade. Es tat ihr richtig leid, dass sie bei der Tagung nicht dabei sein würde, um zu erklären, wie man den Roman auf dem Markt plazieren sollte. Aber ihr Entschluss stand fest. Schließlich hatte sie nicht all die Zeit und Mühe in die Zähmung ihres wunderschönen, stolzen Pfaus investiert – ihn an ein häusliches Leben gewöhnt und ihm die Vorstellung einer festen Bindung versüßt –, um das jetzt alles zu gefährden. Es würde noch andere Jackaroos geben, andere schräge Erstlinge, und eine Vertreterkonferenz fand alle sechs Monate statt; aber eine Chance wie die mit Harry bekam sie vielleicht nie wieder.

Sie hatte den Mann, den sie Jackaroo nannte, noch nie zu Gesicht bekommen. Sein Manuskript machte jedoch einen sehr ordentlichen Eindruck, und sie stellte ihn sich als kleinen, etwas pedantischen Menschen vor – wie einen Pinguin vielleicht. Am Telefon hatte er ihr versichert, dass er ein hoffnungsloser Chaot sei, aber zufälligerweise ein Faible für sein Textverarbeitungsprogramm habe. Das habe Ordnung geschaffen in seinem Kopf. Nun hätte er gern eine Maschine, die auch seine Wohnung aufräumte.

»Wie wär's mit einer Ehefrau?«, hatte sie ihn gefragt.
»Ach, so eine habe ich schon«, hatte er geantwortet.
Vielleicht hatte er aber auch gesagt, so eine habe er bereits *gehabt* – sie konnte sich nicht mehr genau erinnern. Doch das war im Moment unwichtig. Jetzt kam es darauf an, ihm klarzumachen, dass sie selbst zwar nicht dabei sein konnte, Kathy jedoch alles daransetzen würde, seinem Buch die verdiente Anerkennung zu verschaffen, bevor es mit all den anderen Büchern auf die Reise hinaus in die Welt der Buchhandlungen ging.
Ella schaute sich in der Bar um. Niemand sah auch nur annähernd wie ein Pinguin aus.
Am Tresen stand ein struppiger Hüne von Mann mit langen Haaren und einem langen, weiten Mantel und trank Weißwein.
»Ich halte Ausschau nach einer mittelalten Schabracke namens Ella. Kennen Sie die vielleicht?«, erkundigte er sich beim Barkeeper.
»Mittelalte Schabracke meldet sich zur Stelle«, sagte Ella lachend.
»Gott, Sie sehen ja ganz anders aus, als ich dachte!«
»Sie aber auch.« Sie wollte die Sache zügig hinter sich bringen, vielleicht schon fertig sein, wenn Harry kam. Der Mann machte einen ganz vernünftigen Eindruck, und ein größerer Gegensatz zu einem Pinguin war nicht vorstellbar. Sie setzten sich an einen Tisch.
»Lohnt es sich für mich, eine Flasche Wein zu bestellen?«, fragte er. »Verlagsleute schüchtern mich nämlich ein – ich will mir nicht zu viel herausnehmen oder aufdringlich sein.«
»Von wegen eingeschüchtert – Sie nennen sie immerhin ›mittelalte Schabracken‹.«
»Ja, aber das war ein Fehler. Ist die Flasche zu viel des Guten?«
»Nein, aber ich bin die Lektorin, also bestelle ich den Wein. Später kommt ohnehin noch ein Freund von mir dazu.«

»Dann bestellen Sie eben die zweite Flasche.« Er hatte ein umwerfendes Lachen, kurz und unerwartet, aber so ansteckend, dass sie ebenfalls lachen musste.
Dann sprachen sie über das Buch. Für ihn sei es wie ein Traum, sagte er, es vom australischen Busch in diese schicke Bar in London geschafft zu haben. Und dann entpuppe sich die mittelalte Schabracke, von der er gedacht habe, sie würde ihn von oben herab wie einen unbedarften Hinterwäldler behandeln, auch noch als ausgesprochene Augenweide.
»In diesen wunderbaren Blau- und Orangetönen erinnern Sie mich an einen Lori«, fügte er hinzu.
»Was, bitte, ist ein Lori?«
»Haben Sie noch nie einen Regenbogen-Lori gesehen?« Darüber konnte er sich nur wundern. Begeistert erzählte er ihr von den Rosellasittichen, den Feigenpapageien und den lärmenden bunten Pittas aus der Familie der Sperlingsvögel.
»Das denken Sie sich doch nur aus!«, widersprach sie.
Als Harry schließlich eintraf, hatten sie es irgendwie immer noch nicht geschafft, ausführlich über das Buch zu sprechen. Harry trug einen flauschigen Pullover, dessen Farbton genau seiner Augenfarbe entsprach, wirklich *haargenau*. Dem Kauf war ein langer und gründlicher Auswahlprozess vorausgegangen, einschließlich der Begutachtung vor der Tür des Ladens, um die Wirkung des Tageslichts einschätzen zu können.
Harry sagte, die Bar sei wirklich ausgefallen. Wie, in aller Welt, seien sie nur auf so etwas Verlottertes gekommen?
»Ich finde die Bar schick«, sagte Greg. Inzwischen hatte Ella aufgehört, ihn in Gedanken als Jackaroo zu bezeichnen.
»Na ja«, entgegnete Harry nichtssagend. Es konnte heißen, dass es eine schicke Bar war, wenn man keine Ahnung hatte. Es hätte aber auch heißen können, dass die Bar möglicherweise schick wirkte, wenn man von weit her aus Australien kam. Er könnte damit aber auch gemeint haben: Na ja, ist ja auch egal – Hauptsache, es gibt was zu trinken.

Auf einmal begriff Ella, dass Harry nur selten sagte, was er meinte. Schöne Menschen hatten es nicht nötig, Erklärungen abzugeben oder Geschichten zu erzählen. Ein Pfau musste nichts weiter sein als ein Pfau, während alle anderen um ihn herum sich produzierten.

In dem Moment fiel ihr ein, an welchen Vogel Greg sie erinnerte: an einen Emu, einen großen, angriffslustigen Emu …

»Wie sind Emus eigentlich so?«, fragte sie, an Greg gewandt. Und er erklärte ihr, dass es große, flugunfähige Tiere seien, die ständig so aussahen, als müssten sie dringend in eine Autowaschanlage. Es seien arglose Vögel, an allem interessiert, erklärte er. Man brauche vom Auto aus nur ein Taschentuch aus dem Fenster zu halten, und schon komme eine ganze Horde Emus durch den Busch gelaufen, um die Sache in Augenschein zu nehmen.

Ella fand das überaus liebenswert und lustig. Sie warf den Kopf in den Nacken und lachte. Greg und Harry, die ihr gegenübersaßen, betrachteten sie anerkennend. Aber dann bemerkte Ella, dass Harry haarscharf an ihr vorbeisah. Hinter ihr hing ein alter Spiegel, in dem er sich bewundern konnte.

»Erzählen Sie mir Näheres über diese Vertreterkonferenz«, bat Greg.

»Sie findet nächste Woche statt«, erwiderte Ella. »Ich werde da sein und Sie unter meine Fittiche nehmen.«

Madame Magic

Man sollte seine Hausarbeiten gemacht haben, wenn man als Wahrsagerin bei einer Wohltätigkeitsveranstaltung aufzutreten gedenkt.

Melly aus dem Haus Nummer sechsundzwanzig war allgemein sehr beliebt in der Chestnut Street, was ein wenig verwunderte, da sie ein richtiges, altmodisches Hippie-Mädchen mit langen, geblümten Röcken, langen Haaren und langen Bernsteinketten war.

Sie hatte aber auch ein sehr gewinnendes Lächeln. Sogar Mr. O'Brien, der neben ihr wohnte und ein äußerst schwieriger Zeitgenosse war, mochte sie. Melly war stets freundlich zu allen ihren Mitmenschen, so dass nicht einmal die zutiefst gläubigen Kennys von Nummer vier etwas gegen sie einzuwenden hatten. Und die hätten normalerweise kein gutes Haar an ihrem Hippie-Lebensstil gelassen.

Auch Mellys andere Nachbarn, die farblose Nessa und ihr ebenso farbloser Mann Harry, waren weniger langweilig, seit sie Melly näher kennengelernt hatten. Melly war immer bereit, Katzen oder Hunde zu füttern, wenn jemand Urlaub machte. Einmal soll sie sogar ein Pärchen Kanarienvögel im Käfig spazieren getragen haben für den Fall, dass es den Tieren im Haus zu dunkel war.

Melly war es auch, die Bucket Maguire, dem Fensterputzer von Nummer elf, die Leiter gehalten hatte, als es so aussah, als würde diese beim nächsten Windstoß umgeweht werden. Und sie besuchte regelmäßig die blinde Miss Mack von Nummer drei und las ihr vor. Wie schön, dass Miss Mack die Geschichten um den Hof von König Artus ebenso mochte wie sie.

Deshalb war es nur folgerichtig, dass die Nachbarn Melly baten, als Wahrsagerin aufzutreten, als sie beschlossen, auf der kleinen Grünfläche im Halbrund der Chestnut Street, das dieser die Form eines Hufeisens gab, ein Fest zu organisieren. Die immer freundliche Melly würde garantiert ja sagen. Schließlich wollten sie mit den Einnahmen ein Waisenhaus im Kosovo unterstützen. Und mit einem münzenbesetzten Tuch um den Kopf würde Melly auch aussehen wie eine richtige Wahrsagerin. Sie würde allen nur Gutes vorhersagen, und sie würden jede Menge Geld einnehmen für Kinder, deren Zukunft nicht wirklich vielversprechend war.

Aber sie hatten bei ihrer Planung nicht an das Glastonbury Festival gedacht, zu dem Melly jedes Jahr fuhr.

Aus diesem Grund tat es ihr unendlich leid, absagen zu müssen. Sie würde gern für die Kinder im Kosovo spenden, aber ihre Zeit könne sie nicht opfern, da dieses Festival für sie den Höhepunkt in jedem Jahr darstelle.

»Vielleicht könntest du einen Ersatz für dich finden, Melly?«, bat Nan Ryan von Nummer vierzehn. »Wir kennen außer dir keine anderen Künstler.«

Melly fühlte sich geschmeichelt, dass man sie als Künstlerin bezeichnete. Sie kannte zwar eine junge Frau, die aus der Hand las, aber diese nahm ihren Beruf sehr ernst und wäre bestimmt beleidigt, wenn sie es nur zur Unterhaltung machen sollte.

Einen Ersatz zu finden, das wäre nicht so leicht, wie die Leute sich das vorstellten.

Und außerdem brauchte sie in der Woche, in der sie in Glastonbury war, jemanden für ihr Haus. Es gab so vieles, das noch organisiert werden musste.

Da traf zur rechten Zeit der Anruf von Agnes ein!

Agnes hatte in einer Kommune in New Mexico gelebt. Die Sache war ziemlich schiefgegangen wie fast alles, was Agnes anpackte. Vielleicht war es ein wenig unfair ihr gegenüber, aber wenn es jemanden erwischte, dann immer sie.

Jetzt war sie wieder einmal auf der Suche nach einem Bett und einem Ort, wo sie für zwei, drei Wochen wohnen konnte, bis sie wieder zu einem klaren Gedanken fähig war. Traurigerweise sei sie jedoch mittellos, fügte Agnes hinzu, da diese Kommunen weitaus teurer kämen, als man gemeinhin glaubte. Selbstverständlich würde sie eine Gegenleistung erbringen wie Unkraut jäten, Brot backen, auf Kinder aufpassen oder Hunde spazieren führen.

»Könntest du auch wahrsagen?«, fragte Melly am Telefon. Sie würde es versuchen, antwortete Agnes.

Agnes kam eine Woche vor dem Fest und richtete sich häuslich in Nummer sechsundzwanzig ein.

»Die eigenen vier Wände«, sagte sie und strich liebevoll über die Tapeten. »Wie schön für dich, Melly. Das solltest du nicht unterschätzen.«

»Schon, aber was ist eigentlich aus dem Spruch ›Eigentum ist Diebstahl‹ geworden?«, fragte Melly.

Das Schlagwort sei damals völlig überschätzt worden, dachte Agnes, während sie laut beteuerte, wie gut es ihr in der Chestnut Street gefalle und dass sie alles über die Nachbarn wissen wolle.

Aber persönlich kennenlernen wollte sie zunächst niemanden. Sie habe unerklärlicherweise diesen blauen Fleck im Gesicht und wolle lieber warten, bis sie wieder präsentabler aussah.

Melly zögerte zunächst, bevor sie Agnes von den spießigen Durchschnittstypen erzählte, welche die dreißig Häuser der hufeisenförmigen Straße bevölkerten.

Das alles unterschied sich nämlich sehr von dem »alternativen« Lebensstil, den Agnes und Melly gewohnt waren. Agnes hatte bestimmt nur Verachtung für dieses bodenständige Ambiente übrig.

Doch im Gegenteil, sie schien sich brennend dafür zu interessieren und stellte Melly jede Menge Fragen zum Leben der Bewohner.

Melly erzählte ihr von Mrs. Ryan aus Nummer vierzehn. Die hatte sich damals in einen der Bauarbeiter verliebt, der gekommen war, um das Haus nebenan zu renovieren. Inzwischen waren sie miteinander verheiratet. Agnes erfuhr auch alles über Kevin, der treu seine kranke Frau Phyllis pflegte; über Lilian, die Friseurin aus Nummer fünf, die für ihre Mutter und ihren Vater sorgte und mit einem Pfennigfuchser verheiratet war; über Liam und Brigid Kenny, die die Wände ihres Hauses mit Heiligenbildern tapeziert und alle Oberflächen mit den Statuen eines jeden bekannten Heiligen zugestellt hatten; über Mitzi und Philip aus Nummer zweiundzwanzig, die ihren neuen Wintergarten anbeteten wie einen Altar; über Dolly in Nummer achtzehn, die ein wirklich nettes Mädchen war, aber eine etwas merkwürdige Mutter hatte.

Agnes nickte mitfühlend. Melly fiel auf, dass es viel einfacher als früher war, mit ihr zusammen zu sein; sie war ruhiger geworden und auffallend weniger hektisch und überspannt.

Und was das Essen betraf: Mehr als Linsensuppe brauchte sie nicht, sagte Agnes, und ihr Brot würde sie auch selbst backen. Melly müsse ihr also keine Verpflegung dalassen, aber falls sie ihr ein Buch über Horoskope und Tierkreiszeichen leihen könne, wäre das wunderbar.

Also konnte Melly beruhigt nach Glastonbury abreisen. Jetzt hatte sie jemanden, der sich um ihr Haus kümmerte, und eine Wahrsagerin für das Fest obendrein. Agnes beschloss, sich Madame Magic zu nennen und gegen drei Uhr nachmittags aufzutreten.

»Aber mach den Leuten bloß keine Angst«, sagte Melly, kurz bevor sie abfuhr.

»Jetzt geh schon, Melly«, forderte Agnes sie auf und vertiefte sich wieder in ihre Lektüre. Menschen, die unter dem Sternzeichen Waage geboren waren, sollten besonders ausgeglichen und besonnen sein, stand dort.

Das Festival in Glastonbury, die Musik, die Menschen – alles war wunderbar wie immer.
Ein- oder zweimal stellte Melly sich allerdings die Frage, ob sie nicht vielleicht doch schon ein wenig zu alt sein könnte für ein Event dieser Art.
Alle sahen dieses Jahr irgendwie jünger aus. Oder lag es vielleicht daran, dass der Regen nasser, die Felder schlammiger und die Reihen vor den Imbissständen oder Toilettenhäuschen länger waren?
Ein- oder zweimal wünschte Melly sich, sie wäre zu Hause in der ruhigen, alten Chestnut Street und könnte zu dem Wohltätigkeitsfest gehen.
Außerdem machte sie sich wegen Agnes Sorgen.
Sie würde doch nicht wieder etwas völlig Verrücktes anstellen wie in den alten Tagen?
Die Zeit, bis sie wieder zu Hause wäre und erfahren würde, wie alles gelaufen war, kam Melly unendlich lang vor.

Ihr Haus stand noch an seiner alten Stelle auf dem Grundstück Nummer sechsundzwanzig. So weit, so gut.
Melly sperrte die Tür auf. Ein wunderbarer Duft nach Curry stieg ihr in die Nase, und auf dem Tisch lag eine Notiz für sie.

Willkommen zu Hause, Melly. Ich habe für uns gekocht. Dieser reizende Mr. O'Brien von Nummer achtundzwanzig hat mir einen Korb voller Gemüse geschenkt – er ist wirklich ein Schatz. Dolly kommt später auch noch vorbei. Ich will ihr zeigen, wie man Brot bäckt. Momentan bin ich im Haus gegenüber und lese Miss Mack Gruselgeschichten vor. Um sieben bin ich zurück. Ach, übrigens, ich habe beschlossen, den Leuten nicht zu sagen, dass wir uns kennen – das kam mir irgendwie schlauer vor.
Gruß, Agnes

Melly spürte, wie ihr schwer ums Herz wurde.
Wieso war es schlauer, nicht zu sagen, dass sie eine Freundin von Agnes war?
Und was meinte sie damit, Mr. O'Brien sei ein Schatz? Der Mann war der reinste Horror.
Und dann Dolly, die Brotbacken lernen wollte? In ihrem Haus? War Agnes total durchgedreht?
Jetzt hieß es, ruhig zu bleiben und herauszufinden, was los war. Sie würde nicht aus der Haut fahren.
Ganz gleich, wie verrückt und verwirrt Agnes auch sein mochte, Melly würde ruhig bleiben.
Agnes hatte Butterkekse dabei, als sie nach Hause kam. »Miss Mack hat darauf bestanden, dass ich dir welche mitbringe. Weißt du, sie glaubt, dass wir uns nicht kennen, und will, dass ich einen guten Eindruck auf dich mache.«
»Und was, glaubt sie, hast du in meinem Haus zu suchen, wenn wir uns nicht kennen?« Die Worte kamen aus Mellys Mund wie eine Gewehrsalve.
»Sie glaubt, dass wir uns über eine Anzeige kennengelernt haben. Das denken übrigens alle.«
»Wie kommen sie denn auf die Idee?« Melly blieb äußerlich ruhig, aber ihre Stimme klang irgendwie blechern.
»Na ja, weil Madame Magic einen so großen Erfolg hatte, würde ich sagen. Ehrlich, Melly, du wirst es nicht glauben, aber die Leute sind immer wieder zu mir gekommen und wollten noch mehr erfahren. Und weißt du, ich wollte ihnen nicht sagen, dass ich nicht echt bin … dass du mir alle ihre Geheimnisse verraten hast.«
»Aber ich habe dir doch nicht alle ihre Geheimnisse verraten. Die kenne ich doch gar nicht«, widersprach Melly vollkommen entsetzt.
»Aber das hast du, Melly. Du hast mir alles über Kevin und Phyllis, über Dollys Mutter und den religiösen Wahn der Kennys erzählt …«

Inzwischen war Melly rot im Gesicht und sehr zornig. »Ich habe dir all das als Freundin und unter dem Siegel der Verschwiegenheit anvertraut. Ich habe doch nicht damit gerechnet, dass du hergehst und das überall ausplauderst.« Ihre Stimme hallte dumpf in ihrem Kopf wider.

»Aber ich habe nichts ausgeplaudert. Ich war wesentlich diplomatischer als du – viel sensibler.«

»So, tatsächlich.«

»Ja, tatsächlich. Sie waren alle ganz begeistert, glaub es mir, Melly, und ich wette, ich habe ihnen einen großen Gefallen damit erwiesen, sie auf bestimme Dinge hinzuweisen, weißt du. Manches musste einfach mal gesagt werden.«

»Agnes! Du hast den Leuten private Dinge ins Gesicht gesagt?«

»Also, eines kann ich dir jedenfalls verraten – Dollys Mutter ist wesentlich vorsichtiger geworden mit allem, was sie tut und von sich gibt, seit ich ihr eine große, dunkle Gestalt vorhergesagt habe, die sich ihrer Türschwelle nähert. Drei Mal hat sie sich von mir weissagen lassen.«

»Das kann ich nicht glauben.« Melly fühlte sich einer Ohnmacht nahe.

»Und dann diese Mitzi von Nummer zweiundzwanzig. Von jetzt an wird sie ihren Wintergarten nicht mehr wie einen Götzen anbeten. Ich habe ihr erklärt, dass Menschen aus Fleisch und Blut wichtiger sind als jeder Status und dass sie ihren Söhnen einmal in der Woche eine Mail schicken soll. Sie war ganz verrückt nach mir.«

»Davon bin ich überzeugt!«

»Nein, im Ernst, Melly, und Mr. O'Brien ist jetzt der Ansicht, dass Rupert, sein Kater, ihn für ein bisschen zu geschwätzig hält, so dass er von nun an ein wenig diskreter sein wird. Und dann Lilian! Erinnerst du dich, was du mir darüber erzählt hast, dass alle immer auf ihr herumtrampeln? Ich glaube nicht, dass das noch jemand tun wird.«

»Hast du ihr vielleicht erzählt, dass sie endlich aufhören soll, als Fußabstreifer für alle herzuhalten?«

»Nein, nicht direkt, aber ich habe allen bei ihr zu Hause prophezeit, dass sie sie verlassen wird, wenn sie nicht endlich entsprechend wertgeschätzt wird. Ich würde eine Gestalt mit goldenen Locken sehen, habe ich gesagt, die nachts im Schutz der Dunkelheit das Haus verlässt. Die dachten natürlich alle, dass das Lilian ist, und seitdem nehmen sie sich gewaltig zusammen, das kannst du mir glauben.«

Melly hörte verwundert weiter zu.

»Und hast du auch Geld für den Kosovo eingenommen, Agnes?«, fragte sie schließlich.

»Jede Menge. Ich war am Sonntag bei weitem die beliebteste Attraktion. Manche Leute haben sich gleich drei Mal von mir wahrsagen lassen. Und seitdem tue ich das auch gegen Geld hier im Haus, wollte ich dir noch sagen. Ich hoffe, du hast nichts dagegen.«

Damit war es endgültig um Mellys Ruhe geschehen, und jeder Anschein von Gelassenheit löste sich in Luft auf.

»Nein, Agnes, nein. Das geht absolut nicht. Dieses Mal muss dir jemand die Meinung sagen, bevor es wieder zu einer Katastrophe kommt. Ich werde nicht zulassen, dass du in meinem Haus so tust, als könntest du die Zukunft vorhersagen, und anständigen Menschen das Geld aus der Tasche ziehst. Wenn sie dich verklagen – und das werden sie irgendwann sicher tun –, dann werde ich dich nicht verteidigen und behaupten, wir hätten uns über eine Anzeige kennengelernt. Du wirst die Menschen nicht in die Irre führen.«

Agnes blieb ruhig. »Ich tue doch nicht so, als könnte ich in die Zukunft blicken. Ich bin nur sehr interessiert an diesen Menschen und will ihnen helfen.«

»Indem du ihr Geld nimmst und sie belügst.«

»Es sind keine Lügen. Ich konfrontiere sie nur mit der Wahrheit. Und es gefällt ihnen – sie kommen immer wieder, um

mehr zu hören. Ich kann das wirklich gut, besser als alles andere, was ich je gemacht habe.«
Bevor eine von ihnen noch etwas erwidern konnte, klopfte es an der Tür.
Es waren Dolly und ihre Mutter.
»Ich habe Mam erzählt, dass ich heute Brotbacken lerne, und sie wollte wissen, ob sie mitkommen und vielleicht zuschauen darf, ja?«, fragte Dolly.
»Tja, das muss Melly entscheiden – es ist ihr Haus«, erwiderte Agnes höflich.
»Und, versteht ihr beide euch?«, fragte Dolly interessiert.
»Hm … ja«, erwiderten Melly und Agnes gleichzeitig.
»Sie können gern bleiben«, fügte Melly hinzu.
»Sie ist ein Genie«, flüsterte Dollys Mutter Melly ins Ohr. »Sie hat mir ein paar der wichtigsten Dinge gesagt, die ich je in meinem Leben gehört habe. Das Schicksal hat diese Frau zu uns geführt, Melly, glauben Sie mir.«
»Ja, ja.«
»Sie mögen Sie doch auch, Melly, oder? Es wäre nämlich wunderbar, hier in der Straße jemanden wohnen zu haben, der so klug ist wie sie.«
»Hier wohnen?« Melly musste schlucken.
»Na ja – leben, arbeiten, was auch immer.«
»O ja, ganz gewiss doch.«
Und während sie so dasaß und lauschte, wie der Teig geschlagen wurde – ein seltsam tröstliches Geräusch –, dachte Melly nach. Natürlich wäre es nicht schlecht, Miete zu kassieren, und Gesellschaft im Haus zu haben wäre auch nicht übel.
Und Agnes machte in der Tat einen wesentlich normaleren Eindruck auf sie als zuvor.
Doch sie musste praktisch denken.
Letzten Endes würde die Sache nicht gut ausgehen; nicht bei einem Menschen wie Agnes.
Aber sie beide würden älter werden, vielleicht sogar reifer.

Und außerdem lebte es sich sehr geruhsam in der Chestnut Street.

Melly spürte, wie ihre Schultern sich entspannten.

Es war viel schöner gewesen, aus Glastonbury in ein Haus zurückzukommen, in dem es nach frisch gebackenem Brot und einem köstlichen Curry aus Mr. O'Briens Gemüsegarten duftete, als in ein menschenleeres Haus wie letztes Jahr.

Von ihr aus konnte Madame Magic jetzt gleich damit anfangen, ihrem Namen alle Ehre zu machen.

Schweigen ist Gold

Nuala mochte Tom, den Verlobten ihrer Tochter, nicht besonders. Er kannte nur ein Thema: sich zu amüsieren und ein flottes Leben zu führen. Aber Nualas Freunde rieten ihr, lieber den Mund zu halten.

Es fiel ihr schwer, nichts zu sagen. Sehr schwer. Aber als sie noch jung gewesen war, hatte eine Freundin ihrer Mutter ihr geraten, dass dies fast immer das Klügste sei, was man tun könne.

Nuala hatte stets nur das Beste für Katie, ihr einziges Kind, gewollt. Katie war zehn Jahre alt gewesen, als ihr Vater das Haus in der Chestnut Street verlassen hatte.

»Warum liebt er uns denn nicht mehr?«, hatte Katie immer wieder von ihrer Mutter wissen wollen.

Nuala hatte die Lippen zusammengepresst und jedes Mal dasselbe erwidert: dass Daddy sie beide sehr lieb habe, dass es aber besser sei, wenn er ginge.

Einmal in der Woche kam Michael zu Besuch und führte seine Tochter in den Zoo, auf die Eislaufbahn oder in eine Theatermatinee. Im Lauf von zehn Jahren stellte er Katie drei verschiedene »gute Freundinnen« vor.

Und jede dieser drei Frauen spielte zu dieser Zeit eine wichtige Rolle in seinem Leben.

Zuerst erzählte Nuala zu Hause ungezwungen von Daddys jeweils neuer Freundin.

Nuala, der nichts anderes übrigblieb, als fest die Zähne zusammenzubeißen, fragte sich dabei, wie lang ihr Gebiss das wohl noch mitmachen würde.

Als sie sechzehn Jahre alt war, hatte Katie aufgehört, über diese

Frauen zu reden; wahrscheinlich hatte etwas an dem eingefrorenen, höflichen Lächeln und dem aufgesetzten Interesse ihrer Mutter unecht gewirkt.

»Wie war's mit Dad?« – »Oh, ihm geht es gut.« So lautete von nun an Katies von einem Schulterzucken begleiteter Kommentar.

Darüber hinaus keinerlei Information, keinerlei Details und weitaus weniger Interesse als früher.

Es dauerte nicht mehr lang, bis Katie etwas anderes, etwas Besseres mit ihrer Zeit am Samstag anzustellen wusste.

Sie zog es vor, mit ihren Freunden auszugehen, und entschuldigte sich telefonisch bei ihrem Vater oder schickte ihm eine SMS.

Die Entschuldigungen waren immer sehr vage formuliert oder nichtssagend wie »Tut mir leid, Dad, habe morgen zu tun«, so dass ihm bald klar wurde, dass seiner Tochter nichts mehr an einem Treffen mit ihm lag.

Er besuchte Nuala an ihrer Arbeitsstelle.

Nuala war Krankenschwester in einem nahe gelegenen Krankenhaus, und es passte ihr gar nicht, während der Dienstzeit Besuch zu bekommen.

»Nur fünf Minuten«, bat er.

»Gut, ich mache kurz Pause«, erwiderte sie lustlos und führte ihn zum Ende des Korridors, wo ein paar Stühle standen.

»Wie ich sehe, hast du es geschafft, unsere Tochter gegen mich aufzuhetzen«, warf er ihr verbittert vor.

»Nein, Michael, ich habe nichts dergleichen getan«, erwiderte Nuala ruhig.

»Warum sollte sie sich sonst wohl weigern, mich zu treffen? Halte mich nicht für dumm, Nuala, ich weiß, wie schlau du so etwas anstellst.«

»Ich stelle gar nichts an, Michael. Zu Anfang vielleicht, als du weg warst, das gebe ich zu, aber jetzt …«

»Jetzt was?«

»Jetzt ist es mir egal, was du tust, ehrlich. Früher hat mir das noch was ausgemacht, aber jetzt wünsche ich dir nur das Beste und denke überhaupt nicht mehr an dich.«
Sie sprach sehr gelassen, und er schien ihr zu glauben.
»Warum trifft sie sich dann lieber mit ihren Freunden, als mit ihrem Vater etwas zu unternehmen?« Er schien das tatsächlich nicht zu verstehen.
»Weil sie siebzehn Jahre alt ist«, antwortete Nuala.
»Und findest du das gut?« Seine besorgte Vatermiene nervte Nuala, aber es gelang ihr, sich nichts anmerken zu lassen.
»Ja, es freut mich für sie, dass sie Freunde hat.«
»Ich habe Katie gefragt, ob wir uns nicht lieber unter der Woche treffen wollen, aber sie hat erwidert, viele Hausaufgaben erledigen zu müssen.« Er hörte sich sehr gekränkt an.
»Ja, sie lernt viel unter der Woche, und deshalb legt sie auch großen Wert auf ihre Freizeit am Wochenende.« Nuala schien dies alles zu verstehen und zu akzeptieren.
»Hast du eigentlich wieder einen Partner, Nuala?«, fragte Michael plötzlich.
»Warum fragst du?«
»Weil du irgendwie anders bist – lockerer, nicht mehr so kontrollierend.«
»Oh, das ist gut. Tut mir leid, Michael, aber ich muss jetzt wieder zurück auf die Station.«
»Und was soll ich jetzt machen?«, fragte er.
Nuala hatte nicht vergessen, dass er manchmal aussehen konnte wie ein verlorener kleiner Junge.
»Gott, ich habe keine Ahnung«, sagte sie und ging den Korridor hinunter.

»Ich habe heute deinen Dad gesehen«, erzählte Nuala an diesem Abend.
»So, ja?« Katie schaute nicht einmal von der Zeitschrift auf, in der sie gerade las.

»Er glaubt, dass ich dich davon abhalte, ihn zu treffen.«
»Typisch«, meinte Katie.
Nuala erwiderte nichts.
»Ich vermute, du wirst mich jetzt nerven und mich bitten, mich mit ihm zu treffen.«
»Nein, eigentlich nicht. Du bist siebzehn – du entscheidest selbst, was du tust und wen du sehen willst.« Nuala klang munter und unbeschwert.
Plötzlich stand Katie auf und umarmte sie.
»Du bist die beste Mutter der Welt. Setz dich, und ich mach uns was zu essen.«
Nuala lächelte in sich hinein. Wer immer ihr auch geraten hatte, nichts zu sagen – er hatte recht gehabt.
Katie lernte fleißig und wurde an der pädagogischen Hochschule angenommen. Sie hatte viele Freunde, studierte und machte ihre ersten Erfahrungen als Lehrerin.
Ihren Vater sah sie einmal im Monat am Wochenende, aber immer nur sehr kurz. Sie wohnte immer noch zu Hause bei Nuala.
Am Abend ihrer Abschlussfeier lernte Katie Tom kennen, und alles änderte sich.
Tom war äußerst charmant, das musste Nuala zugeben.
Und gutaussehend war er auch und eine angenehme Gesellschaft.
Doch auch ihr Mann Michael war das früher mal gewesen. Katie war sehr angetan von Tom und kündigte schon bald an, dass sie in eine eigene Wohnung ziehen würde. Tom schien dabei keine Rolle zu spielen, aber es war eindeutig, dass Katie verliebt und er ihr Auserwählter war.
Nuala wusste, dass Katie irgendwann von zu Hause weggehen musste, aber doch nicht unbedingt mit Tom.
Sie fragte sich, warum sie den jungen Mann nicht mochte, ihm nicht über den Weg traute. Er schien völlig vernarrt in Katie zu sein. Er flirtete nicht mit anderen Mädchen, und die beiden

stritten nie, obwohl sie jetzt bereits einige Monate zusammen waren. Womöglich würde er einen treuen Ehemann oder Partner abgeben. Warum also dachte sie, dass er nicht gut genug für ihre Tochter war?

An dem Abend, als Katie und Tom zu ihr kamen, um ihr zu erzählen, dass sie sich verlobt hatten, wurde Nuala klar, weshalb sie Tom für einen ungeeigneten Ehemann für Katie hielt. Er war besessen von Geld und Erfolg und einem flotten Leben. Das war ein gefährlicher Weg, den ihre einzige Tochter da einschlug.

Katie würde ihr Leben lang nachts wach liegen, sich Sorgen machen und sich fragen, ob jene Investition sicher oder jenes andere Projekt erfolgreich wäre.

Im Lauf der Jahre hatte Nuala viele solcher Menschen kennengelernt, die krank vor Sorge waren wegen riskanter Geldanlagen, zu Überinvestitionen neigten und sich Zweithäuser zulegten.

Auf den ersten Blick schien es das Richtige zu sein; Immobilien verloren nie ihren Wert. Viele Krankenschwestern hatten sich teure Häuser gekauft und zahlten nun hohe Hypotheken ab. Das würde sich letzten Endes auszahlen, sagten sie; sie hätten etwas, das sie ihren Kindern vererben könnten.

Manchmal versuchten ihre Kolleginnen, Nuala zu überreden, sich etwas Größeres in einem schickeren Viertel der Stadt zu suchen. Heutzutage war es doch so einfach, ein Darlehen von der Bank zu bekommen; am liebsten hätten sie es einem nachgeworfen.

Aber Nuala hatte sich nicht darauf eingelassen. Sie legte zwar jede Woche eine bestimmte Summe zurück, aber alles auf ein sicheres Sparkonto.

Sie hatte nicht viel Zeit, sich Toms Pläne anzuhören, der einen Kredit aufnehmen und eine Consulting-Firma eröffnen wollte. So viele Leute brauchten heutzutage Beratung, sagte er, der Erfolg wäre also garantiert. Katie würde ihre Stelle als Lehrerin aufgeben und ihm im Büro helfen; dabei könnten sie eine Menge Steuern sparen. Und sie beabsichtigten, eine Anzahlung auf ein wirklich hübsches Haus zu leisten – denn so eine Gelegenheit kam im Leben nicht so schnell wieder.

Sie konnten es kaum erwarten, Nuala das Haus zu zeigen. Es lag ziemlich weit draußen, aber mit einem schnellen Wagen spielten Entfernungen heutzutage keine große Rolle mehr. Und sie hatten einen schnellen Wagen.

Es gab da nur ein kleines, ein winziges Problem. Sie brauchten ein wenig Hilfe bei der Anzahlung auf das Haus. Das Geld, das sie von der Bank geliehen hatten, war für die Consulting-Firma gedacht, erklärte Tom stockend. Er könne seine eigenen Eltern nicht noch um mehr Hilfe bitten. Sie hätten bereits schon so viel gegeben.

Er legte den Kopf schief und sah sie bittend an.

Nuala hatte doch Ersparnisse.

Schließlich zahlte sie jede Woche auf ihr Bausparkonto Geld ein, das im Lauf der Jahre zu einer stattlichen Summe angewachsen war. Es war eigentlich für schlechte Zeiten gedacht.

Nuala schaute in Katies Gesicht, auf dem so viel Hoffnung lag.

Die schlechten Zeiten schienen offenbar gekommen zu sein.

»Ich kann euch beide mit der Anzahlung helfen«, hörte Nuala sich sagen.

Tom schoss quer durch den Raum auf sie zu.

»Was habe ich doch für eine zukünftige Schwiegermutter«, rief er.

»Wir wollen das Geld nur geliehen, Mum«, versprach Katie mit glänzenden Augen.

»Es ist ein wunderbares Haus, Nuala, und in einer Stunde sind wir bei Ihnen«, beteuerte Tom.

Es war in der Tat ein sehr schönes Haus, mit drei Bädern, wenn man die Dusche im Erdgeschoss auch als Bad bezeichnete. Es gab eine Terrasse mit Grill, eine Küche, die sich auch in einem

Gourmetrestaurant gut gemacht hätte, eine halbrunde Auffahrt und Platz für mindestens fünf Fahrzeuge.

Die Lage war erstklassig, nur eine Stunde und fünfundvierzig Minuten Fahrzeit von Nualas Haus entfernt, egal, mit welchem Wagen.

Nuala wollte noch so vieles sagen.

Dass die Schulden ihnen irgendwann über den Kopf wachsen würden.

Dass das Haus für häufige gegenseitige Besuche zu weit draußen lag.

Dass ein Haus dieser Größe nichts war für ein junges Paar wie sie.

Und nicht zuletzt, dass der Wert des Hauses sinken könnte. Was dann? Sie müssten ein Haus abbezahlen, das nie mehr das einbringen würde, was sie dafür ausgegeben hatten.

Doch Nuala sagte nicht ein Wort.

Sie sah, wie die beiden das Haus streichelten wie eine dicke Familienkatze, sie sah die Hoffnung und die Zukunft in ihren Augen.

»Das Haus ist wunderschön«, sagte sie, und die beiden umarmten sie.

Also zogen Tom und Katie ein, aber an eine Hochzeit zu denken, das war noch zu früh. Denn bald hatten sie alle Hände voll zu tun, die Consulting-Firma zum Laufen zu bringen, potenzielle Kunden zu umgarnen, zu Theaterpremieren und Vernissagen zu gehen und Kontakte zu den richtigen Leuten zu knüpfen.

Nuala fragte sich, wann sie endlich ein Datum für die Hochzeit festlegen würden, sagte aber nichts. Gelegentlich wurde sie zum Essen in das große neue Haus eingeladen, und ihr eigenes Haus stand den beiden selbstverständlich immer offen.

Manchmal kam Katie allein zu Besuch in die Chestnut Street.

Dann gab es immer einen großen Teller Suppe, was Katie sehr

genoss. Sie und Tom schienen sich dieser Tage nur von Sushi und Fastfood zu ernähren.
Katie wirkte meistens müde, ihr fehlte die Schule, aber das Geschäft ging nun mal vor. Sie mussten expandieren, und inzwischen hatten sie auch eine erstklassige Klientel.
Irgendwann erwähnte sie die große Einweihungsparty, die zwei Wochen vor Weihnachten geplant war. Sie mussten jetzt schon die Einladungen verschicken, es würde das gesellschaftliche Event des Jahres werden.
Schwarz und Grün wären die beherrschenden Farben des Abends. Alles sollte in Schwarz und Hellgrün gehalten sein – die Kerzen, Servietten und auch der Christbaumschmuck.
»Was soll ich denn zu der Party anziehen?«, fragte Nuala.
»Oh, Mum, du willst da sicher nicht dabei sein. Du würdest dich nur unwohl fühlen, laute Musik, und alle reden durcheinander, und Tom und ich werden uns um die Gäste kümmern müssen und keine Zeit für dich haben … nein, es ist besser, wenn du dir das ersparst.«
Nuala sagte nichts.
Sie sagte nicht, dass immerhin alle ihre Ersparnisse in dieses Haus geflossen waren, so dass sie zumindest erwarten konnte, bei der Einweihung dabei zu sein.
Sie sagte nicht, dass sie enttäuscht war, sich verletzt fühlte oder sich ärgerte.
Stattdessen klammerte sie sich weiter an die Vorstellung, dass es klüger sei, nichts zu sagen.
Ihr Schweigen beunruhigte Katie dann doch ein wenig.
»Ich meine, du wirst doch keinen Wert darauf legen und kommen wollen, oder, Mum? Komm lieber hinterher mal zu uns raus, wenn wir Zeit haben, uns in Ruhe zu unterhalten, ja?« Katie warf ihrer Mutter einen ängstlichen Blick zu.
Enthielt man sich jeglichen Kommentars, gehörte es dazu, dass man nicht beleidigt aussehen durfte. Also zauberte Nuala ein glückliches Lächeln auf ihr Gesicht.

»Nein, Schätzchen, im Gegenteil, ich bin sogar erleichtert. Mir ist es viel lieber, in Ruhe mit euch beiden zu Abend zu essen«, beteuerte sie.
»Oh, Mum, ich habe doch gewusst, dass du so denkst, nur Dad nervt ein bisschen.«
»Dad?«
»Ja, er hat von irgendwem von der Party erfahren und spielt den Beleidigten, weil wir ihn nicht gefragt haben. Also mussten wir ihm eine Einladung schicken. Ich habe ihm dasselbe gesagt wie dir, aber er will unbedingt dabei sein – jetzt kommt er also und wird völlig deplaziert wirken.«

Michael rief Nuala im Krankenhaus an.
»Nur auf einen Kaffee auf dem Heimweg, ja?«, bat er.
»Auf einen Kaffee«, stimmte sie zu.
»Wann werden die beiden jetzt eigentlich heiraten?«, platzte er heraus, kaum dass sie sich hingesetzt hatten. Er wirkte angespannt und wütend.
»Katie und Tom? Oh, wenn sie sich eine große Hochzeit leisten können, vermute ich.«
»Läuft das Haus auf ihren Namen?«
»Ich bin sicher, Katie wird dir das alles selbst sagen, wenn du sie fragst.«
»Ich bekomme sie ja nie zu Gesicht – sie ist nie zu sprechen. Und dann noch diese Party. Du gehst nicht hin, habe ich gehört.«
»Das ist nicht so meine Sache.«
»Was ist eigentlich deine Sache? Ich habe das nie begriffen.« Sein Gesicht war vor Zorn gerötet wie immer, wenn er drauf und dran war, einen Streit vom Zaun zu brechen.
Aber mittlerweile hatte Nuala es sich abgewöhnt, ihn beruhigen zu wollen.
»Du hast nie versucht, es herauszufinden«, erwiderte sie, milde lächelnd und ohne jeden Vorwurf in der Stimme. So, als stellte sie eine Tatsache fest.

»Dann sag es mir jetzt.«
»Tja, wahrscheinlich wünsche ich mir nichts anderes als ein Leben in Frieden und dass unser einziges Kind glücklich ist und die richtigen Entscheidungen trifft.«
»Und deshalb hast du ihnen das Geld geliehen, um sich dieses Monstrum von Haus zu kaufen?«, höhnte er.
»Sie wollten es so«, antwortete sie ruhig.
»Wir alle wollen Dinge, die wir nicht haben können oder haben sollten. Dieses Haus ist eine tickende Zeitbombe. Der Immobilienmarkt ist am Einbrechen, die Häuser verlieren rapide an Wert.«
»Hast du mich auf einen Kaffee eingeladen, um mit mir die Wirtschaftslage zu besprechen, Michael?«
»Und die beruflichen Aussichten von diesem Burschen sind auch alles andere als rosig. Wir steuern auf eine Rezession zu, er wird alles verlieren. Ich will nur wissen, ob Katie auf der sicheren Seite ist oder ob sie da mit drinhängt.«
»Frag sie doch, Michael, frag sie, aber nicht mich. Ich weiß nichts davon.«
»Bist du sicher, dass du keinen anderen Mann hast? Ich habe dich noch nie so … ich weiß nicht … so souverän erlebt, so sicher, dass du mit allem recht hast.«
»Ich sollte jetzt besser gehen«, erklärte Nuala.
Auf dem Nachhauseweg dachte sie über alles nach. Nichts zu sagen, das war sicher die richtige Strategie gewesen, was Michael betraf. Früher, in den schlechten alten Tagen hatte sie ihn beschimpft, hatte ihn angefleht, sich zu ändern; jetzt war sie kühl und vage und redete nur wenig. Es funktionierte erstaunlich gut. Hätte sie ihn auch nur im Geringsten ermutigt, wäre er mit ihr nach Hause gegangen.
Aber das wollte sie alles nicht.
Doch war es richtig, nichts zu Katie und Tom zu sagen? Das war die Frage.

* * *

Auf Nualas Anrufbeantworter war eine Nachricht, als sie nach Hause kam.
Toms Eltern hätten überraschend ihren Besuch angekündigt, und sie hätten nichts im Kühlschrank, das sie ihnen anbieten könnten. Und im Augenblick kämen sie auch nicht aus dem Büro. Ob Mum wohl so lieb sein könnte, eines ihrer wunderbaren Abendessen mit dem Taxi zu ihnen zu schicken?
Das wäre wirklich ganz toll.
Nuala hatte noch einen Rindfleischeintopf eingefroren, dazu noch ein wenig Rotkraut. Sie steckte zwölf kleine Kartoffeln in eine Tüte und rief das Taxiunternehmen an, das Tom und Katie immer beauftragten.
Es folgte eine verlegene Pause.
»Ich fürchte, die beiden haben kein Kundenkonto mehr bei uns«, sagte die Frau.
»Aber davon haben sie mir nichts gesagt.« Nuala war überrascht. »Ich bin Katies Mutter. Ich weiß, dass sie regelmäßige Kunden von Ihnen sind – könnten Sie vielleicht noch einmal nachschauen?«
»Ich habe schon nachgeschaut, sie stehen auf dem Index.«
»Was soll das heißen?«
»Dass sie keinen Kredit mehr bei uns haben«, sagte die Frau mitleidig.
»Heißt das, dass sie die Rechnungen nicht bezahlt haben?«
»Ich weiß es nicht«, erwiderte die Frau.
Nuala rief einen Taxifahrer aus der Umgebung an und bezahlte ein kleines Vermögen dafür, das Essen quer durch die Stadt transportieren zu lassen.
»Das muss aber ein wichtiges Essen sein«, meinte er, als er die Tüten auf dem Rücksitz verstaute.
»Ja, ich glaube auch, dass es äußerst wichtig ist«, pflichtete Nuala ihm bei.
Dann setzte sie sich vor den Kamin und dachte nach.

Hatte Michael recht, wenn er behauptete, dass die Immobilienpreise in den Keller rutschten?

Hatte Tom sich übernommen? War es an der Zeit, etwas zu sagen, und wenn ja, was sollte sie sagen?

Nuala brachte es fertig, bis zur Mittagszeit am nächsten Tag zu warten, ehe sie ihre Tochter anrief.

Kaum hatte sie Katies Stimme gehört, wusste sie Bescheid.

»Ich wollte nur wissen, ob der Rindfleischeintopf geschmeckt hat«, fragte Nuala munter.

»Es war köstlich, Mum, wie immer«, erwiderte Katie mit tonloser Stimme. »Und es tut mir unendlich leid, dass du auch noch das Taxi zahlen musstest. Es gab da irgendein Missverständnis mit unserer Firma – aber wir wollen ohnehin wechseln.«

»Wie lief das Essen? Haben Toms Eltern sich wohl gefühlt?«

»Nicht wirklich, Mum. Sie sind nicht so wie du, eher wie Dad. Sehr schwierig. Sie haben ihre festen Ansichten und wissen immer besser, was andere tun sollen oder hätten tun sollen.«

»Oh, und was war das Problem?«

»Sie wollen, dass wir diese Party absagen, Mum. Wir arbeiten jetzt seit Monaten daran. Sie finden, wir machen uns lächerlich, alle würden wissen, dass wir pleite sind. Alle sind pleite, Mum, nur wenn man eine große Show abzieht, haben die Leute noch Vertrauen in einen. Toms Mum und sein Dad verstehen das nicht. Sie sagen, wir sollten alles abblasen. Stell dir nur vor, wie demütigend das ist. Wir haben nicht die geringste Absicht, das zu tun.«

»Und habt ihr euch wieder vertragen?«

»Nicht wirklich, sie sind nicht so wie du, Mum.«

Zwei Wochen nach der Party, die sich leider nicht als der große Erfolg herausstellte, mit dem sie gerechnet hatten, mussten Katie und Tom der Realität ins Gesicht sehen.

Nuala hörte wortlos zu, als sie ihr die Geschichte erzählten.
Sie würden das Haus so schnell wie möglich verkaufen.
Zum Glück kämen sie leicht aus dem Mietvertrag für die Büroräume heraus, da der Mann, dem das Gebäude gehörte, das Land verlassen wollte.
Katie könnte wieder eine Stelle als Lehrerin bekommen, und Tom würde schon etwas anderes finden. Irgendetwas.
So hatten sie sich Weihnachten nicht vorgestellt.
»Und wo wollt ihr wohnen?«, fragte Nuala.
Sie würden irgendwo eine Wohnung mieten. Ein Zimmer vielleicht. Selbst wenn sie das Haus verkaufen könnten, hätten sie noch jede Menge Schulden, die sie abzahlen mussten. Da blieb nicht mehr viel übrig für ein flottes Leben.
Nuala atmete tief durch.
Es hatte sich gelohnt, jahrelang nichts zu sagen, doch jetzt war es an der Zeit, den Mund aufzumachen.
»Es würde mich freuen, wenn ihr bei mir einziehen würdet«, sagte sie. »Wir könnten das Haus aufteilen, wisst ihr, eine Wohnung oben, eine unten. Aber wollt ihr fürs Erste vielleicht an Weihnachten zu mir kommen?«
Keiner der beiden sagte ein Wort.
Dann schüttelte Tom den Kopf.
»Das kann ich nicht annehmen, Nuala, ich bin dir schon die Anzahlung schuldig, und ich weiß nicht, was für eine Arbeit ich bekommen werde und wo und als was …«
Sie wartete kurz.
»Im Krankenhaus werden immer Pfleger gebraucht«, begann sie. »Vielleicht ist es ja nicht das, was du suchst …«
Die beiden sahen sehr verängstigt und sehr verloren aus. Hoffentlich hatte sie Tom jetzt nicht endgültig beleidigt und sich damit auf die Seite seiner Feinde geschlagen wie bereits seine Eltern und Katies Vater, dachte Nuala.
Doch dann sah sie die Hoffnung in ihren Augen. »Oh, Mum, das wäre großartig«, sagte Katie.

Tränen in den Augen, kam Tom auf sie zu. Kein bewusst eingesetzter Charme mehr, nur Dankbarkeit und Liebe.
»Du hast dich sehr klug verhalten, Nuala, von Anfang an – das habe ich immer zu Katie gesagt. Deine Mutter ist die klügste Frau der Welt, habe ich gesagt. Ich gehe gleich morgen ins Krankenhaus und bewerbe mich um den Job, und es wäre uns eine große Ehre, hier wohnen zu dürfen. Wir wären glücklich und stolz.«
Seit Michaels Auszug war Weihnachten oft sehr hart gewesen, doch jetzt schien alles leichter zu werden.
Nuala beschloss, ihre alte Gewohnheit beizubehalten und von nun an wieder nichts zu sagen – die Menschen schienen das für Klugheit zu halten.
Wie wunderbar.

Sie meint es nur gut

Das erste Mal traf ich sie, als sie verabredet hatte, mit drei verschiedenen Menschen an drei verschiedenen Orten zur gleichen Zeit Urlaub zu machen. Sie konnte zu keinem nein sagen. Nicht zu Eve, die drei Tage vor der Hochzeit sitzengelassen worden war und dringend eine Reisegefährtin brauchte, nicht zu ihrer Schwester, die zu jung war, um allein ins Ausland zu fahren, nicht zu ihren Arbeitskollegen, die einen Mitreisenden benötigten, um in den Genuss einer Preisermäßigung zu kommen.

In diesem Jahr fuhr sie nirgendwohin, sondern blieb zu Hause in der Chestnut Street. Die Kollegen reisten ohne sie ab und zahlten widerwillig zwei Pfund extra pro Kopf, ihre Schwester saß schmollend in einem irischen Badeort, überzeugt davon, dass die Welt da draußen sehnsüchtig auf sie warten würde, hätte sie nur die Gelegenheit, dorthin aufzubrechen, und Eve verkündete lautstark, dass sie von lauter Egoisten umgeben sei, die einen gerade dann im Stich ließen, wenn man sie am meisten brauchte.

Ich glaube, Ruth tat selten etwas in ihrem Leben, ohne zu versuchen, einem anderen einen Gefallen zu tun, was bei dem verqueren Gerechtigkeitsempfinden der Menschen nur dazu führte, dass sie den wenigsten etwas recht machte und sich selbst überhaupt keinen Gefallen tat.

Im Augenblick liegt sie im Krankenhaus, weil sie wieder einmal versucht hat, es jemandem recht zu machen. Aber bevor sie vergangene Woche auf die Station kam, ist eine Menge passiert.

Ruth war schon immer sehr eigenartig, was ihre Arbeit im öffentlichen Dienst betraf. Eigenständiges Denken sei ein Grund, automatisch entlassen zu werden, klagte sie. Denken war ein Verbrechen. Selbst wenn sie sah, wie die Arbeit für sie und ihre Kollegen hätte erleichtert werden können, wagte sie nicht, etwas zu sagen, aus Angst vor Ablehnung durch ihre Vorgesetzten, die allesamt der Ansicht waren, dass die jüngere Beamtengeneration ohnehin nichts mehr tauge. Fiel ihr auf, wie die Arbeit schneller hätte erledigt werden können, fürchteten alle, es könnte zu Entlassungen kommen; bekam sie Diskriminierungen, ungerechtfertigte Karrieresprünge oder das geflissentliche Ignorieren bestimmter Kollegen bei Beförderungen mit, war es ebenfalls besser, nichts zu sagen. Man wäre sofort als Querulant verschrien und womöglich auf einen undankbaren Posten versetzt worden.

Doch Ruth war einfach nicht fähig, auf immer und ewig den Mund zu halten, und so tat sie alles in ihrer Macht Stehende – und noch einiges mehr –, um einem älteren Kollegen zu der Beförderung zu verhelfen, die er ihrer Meinung nach verdiente. Sie fuhr zu ihm nach Hause und überzeugte seine Frau und ihn, dass er sich das nicht gefallen lassen dürfe. Dann setzte sie ihren eigenen direkten Vorgesetzten davon in Kenntnis, drohte damit, an die Presse zu gehen, und bat alle möglichen Leute, eine Petition zu unterzeichnen. Trotz der neun stolzen Unterschriften auf dem Papier wurde sie in die Verwaltung zitiert, wo man ihr eröffnete, dass der Mann ein hoffnungsloser Alkoholiker sei. Und da er heimlich trank, stehe man vor der Wahl, ihn an dem Arbeitsplatz zu lassen, wo er wenig Schaden anrichten könne, oder ihm zu kündigen. Inzwischen habe Ruth jedoch jedem Mitarbeiter Allmachtsphantasien in den Kopf gesetzt und Schauermärchen von Korruption und Vetternwirtschaft verbreitet. Widerwillig hörte sie sich die Argumente an. Es war zu spät. Der Mann kündigte nun aus Prinzip und starb zwei Jahre später.

»Er war schon fast sechzig«, erklärten ihr alle verzweifelt. »Er wäre ohnehin irgendwann am Suff gestorben – seine Leber war kaputt.«

Manchmal äußerte sich Ruths Überschwang weniger dramatisch und besorgniserregend, war aber nicht weniger unangebracht. So marschierte sie eines Tages zu der Direktorin der Schule, an der ich unterrichtete, und fragte, ob ich nicht die Samstagvormittage freibekommen könnte. Ich würde immer so müde aussehen, und sie frage sich, ob der Stundenplan nicht meinen Bedürfnissen angepasst werden könne. Die nächsten paar Trimester hatte ich alle Hände voll zu tun, ihren gutgemeinten Einsatz wieder auszubügeln. Dann bombardierte sie den Ex-Freund einer gemeinsamen Bekannten mit Telefonanrufen und behauptete, sie habe den Verdacht, als Folge der Trennung würde dieses Mädchen ins Kloster gehen wollen. Mit Worten ist die Verwirrung und Peinlichkeit, die all dies hervorrief, nur unzulänglich zu beschreiben. Aber für Ruth ging die Sache auch nicht gut aus. So buchte sie eine Pauschalreise für ihre Eltern und weinte sich eine Woche lang die Augen aus, als die beiden sich weigerten, den Urlaub so überstürzt anzutreten. Ruth bekam die Anzahlung von dem Reisebüro nicht zurückerstattet, woraufhin wiederum ihre Eltern ein schlechtes Gewissen bekamen.

Als sie den Posten des Schatzmeisters bei einer ehrenamtlichen Organisation übernahm, kam sie immer zu spät zu den Treffen und verlegte ständig das Kassenbuch, so dass sie keine Einnahmen verzeichnen konnte und mit ihrem eigenen Geld einspringen musste. »Oh, ich bin sicher, dass ihr alle bezahlt habt«, meinte sie. Man entzog ihr die Verantwortung über die Kasse und vertraute ihr die Öffentlichkeitsarbeit an. Sie versprach hoch und heilig, dass sie die Plakate ihrer Organisation wie besprochen in Pubs und Geschäften aufhängen würde, ließ sich aber bereits vom Erstbesten, der aussah, als könnte er ein Problem haben, bereitwillig in ein Gespräch verwickeln. Der Rest der Plakate sah nie eine Wand.

Doch sie war auch sehr aufbauend. »Selbstverständlich solltest du das Kleid in die Reinigung zurückbringen. Ich komme mit dir. Du musst hart bleiben, das ist letzten Endes für alle Seiten besser.« Aber dann wollte sie doch nicht mitkommen oder konnte nicht, und man stand wieder allein da und hörte sich entschuldigend stammeln: Ja, sicher, selbstverständlich, Chemikalien könnten auch nicht jeden Fleck entfernen, klar doch. Sie meldete sich auch immer freiwillig, um für einen Auswanderer auf Heimatbesuch eine Willkommensparty zu geben, aber bevor sie daran dachte, das auch in die Tat umzusetzen, war dieser bereits wieder zurück in seiner neuen Heimat. Und dennoch, die ganze Zeit über meinte sie es mit allen nur gut.

Ich muss wohl nicht extra betonen, dass ich Ruth mag. Jeder mag sie. Einen Menschen, der so voll des guten Willens ist, muss man einfach mögen. Sie redete nie viel über sich, ein weiterer egoistischer Grund, warum man jemanden sympathisch findet. Sie sagte nur, dass ihr Job todlangweilig sei, aber sie käme viel zum Lesen und überlege sogar, während der Arbeitszeit einen Fortbildungskurs zu machen. Bei ihr kam man nie auf die Idee, ihr zu raten, sie solle an ihrer Situation etwas verbessern, weil sie den Eindruck machte, als sei sie ganz zufrieden mit ihrer Arbeit.

Langweilig war es nie mit ihr, vor allem wenn es um ihre Männer ging. »Ja, das ist Geoff, erinnerst du dich – ich habe dir erzählt, dass ich ihn in Killarney kennengelernt habe. Er hat ein paar schreckliche Freunde, die einander beim Nachnamen nennen, aber es gibt Schlimmeres auf der Welt, vermute ich. Sie spielen immerfort Squash. Ich mag ihn wahnsinnig gern, und er kommt ganz toll mit meiner Familie aus … aber man weiß ja nie, oder?« Und so war es auch, denn nur sechs Monate später hieß es: »Ja, Michael, er war mit bei der Wanderung dabei, von der ich dir erzählt habe. Na ja, ein bisschen unzuverlässig ist er schon, aber er ist so nett und freundlich und liebt Tiere und überlegt sich gerade, ob er nicht hier in der Gegend ein

Krankenhaus für Hunde eröffnen soll, das heißt, falls er einen Tierarzt findet, der umsonst ein paar Stunden am Tag arbeitet. Kennst du vielleicht ein paar Tierärzte?«
Ich war wirklich sehr überrascht, als sie zwei von uns irgendwann um ein Darlehen bat. Sie konnte uns nicht erklären, wofür sie es benötigte, aber sie würde es uns garantiert zurückzahlen. Wer immer gesagt hat, man soll kein Geld verleihen, wenn man nicht darauf verzichten kann, der hat recht gehabt, denn bis auf eine winzige Anzahlung sahen wir das Geld nie wieder und Ruth eine Zeitlang auch nicht mehr. Sie schämte sich zu sehr und ging uns offenbar aus dem Weg. Es war zwar keine Sache auf Leben oder Tod, aber ein wenig vor den Kopf gestoßen fühlten wir uns doch. »Wofür, um alles in der Welt, mag sie das wohl gebraucht haben?«, fragten wir uns. Und: »Warum kann sie es nicht zurückzahlen?« Aber wie das nun mal so ist in unserer Gesellschaft – man kann nicht einfach anrufen und sagen, was man auf dem Herzen hat. Verständlicherweise denken die Leute, dass man ihnen die Pistole auf die Brust setzen will, um das Geld zurückzubekommen. Also hielten wir den Mund und waren dafür ein wenig eingeschnappt und ein klitzekleines bisschen besorgt. Aber, um ehrlich zu sein, mehr eingeschnappt als besorgt.
Nie hätte eine von uns damit gerechnet, dass Ruth schließlich diesen Mann heiraten würde. Sicher, das mag auf viele Menschen zutreffen, aber Ruths Hochzeit kam völlig überraschend. Er war zwanzig Jahre älter als sie, getrennt lebend – oder geschieden oder irgendetwas anderes Geheimnisvolles –, sehr reich und ziemlich bekannt in seinem Fach. Sie heirateten in London und veranstalteten danach eine rauschende Cocktailparty, auf der ich kaum jemanden kannte, am allerwenigsten Ruth, die sich mächtig ins Zeug legte, allen zu imponieren versuchte und den Leuten die unglaublichsten Dinge erzählte: »Ja, ich habe früher mal bei einer Behörde gearbeitet, sehr interessant, sehr anspruchsvoll, aber jetzt werden mir meine Pflichten

als Gastgeberin kaum mehr die Zeit lassen, um weiterhin berufstätig zu sein.« Heimlich steckte sie mir die vierzig Pfund in einem Umschlag zu und sagte, dass es ihr wahnsinnig leidtue und dass nach zwei Jahren eigentlich Zinsen fällig seien, aber ich solle Mary ihren Dank ausrichten und ihr die zwanzig Pfund geben, und sie hoffe, dass wir nicht hätten hungern müssen.

»Dennis kennt Gott und die Welt«, fügte sie gewohnt überschwenglich hinzu. »Du musst ganz oft zu uns kommen, mit uns essen oder was anderes unternehmen, und wir machen dich mit allen möglichen Leuten bekannt. Da sind auch ein paar Singles darunter«, fügte sie in Anspielung auf meinen unverheirateten, männerlosen Status hinzu. »Man weiß ja nie.«

Und in der Tat, man wusste es nie, denn ausnahmsweise war dies eines der wenigen Versprechen, das Ruth hielt. Ich wurde überschwemmt mit Einladungen, um Dublins begehrteste Junggesellen kennenzulernen, bis ich mir irgendwann einen Spaß daraus machte und sagte, wenn mir wieder einmal einer vorgestellt wurde: »Können wir nicht gleich heiraten und uns den Rest sparen?« Ich fand das lustig, die Männer fanden es beängstigend lustig, und Ruth fand meine Bemerkung zum Brüllen. Dennis war nicht sehr beeindruckt, aber ich von ihm auch nicht, so dass sich das alles wieder ausglich.

Ruth brachte wie eh und je nichts auf die Reihe, sie hatte absolut kein glückliches Händchen bei der Auswahl ihrer Gäste, und beim Abendessen kündigte sie ein tolles Dessert an, das sich dann aber als ungenießbar entpuppte, bis Dennis' Unmut immer größer wurde, ich irgendwann in Urlaub fuhr und sie mich darüber völlig vergaßen oder einfach von ihrer Liste strichen. Aber ich hörte, dass Ruth noch immer verzweifelt versuchte, ihm alles recht zu machen, und auch ihren Eltern, die er nicht leiden konnte, ganz zu schweigen von ihren alten Freunden, die ohnehin alles verstanden hätten. In diesen Jahren leistete sie sich wirklich ein paar originelle Schnitzer. So gab sie einer Frau, die seit sieben Jahren erfolglos versucht hatte, ein Baby zu bekommen, den Rat, »ihren selbstsüchtigen Lebenswandel aufzugeben, einen Hausstand zu gründen und hintereinander drei Kinder in die Welt zu setzen«. Außerdem veranstaltete sie für Dennis eine Überraschungsparty ausgerechnet an dem Abend, an dem er eine Vorstandssitzung hatte und erst um Mitternacht nach Hause kam, als die Gäste alle betrunken waren und vom Essen nichts mehr übrig war. Mit ihrer jüngeren Schwester verscherzte sie es sich endgültig, indem sie ihr etwas anvertraute, das sie »unbedingt wissen müsse« – nämlich, dass ihr Verlobter mit einer anderen ein Kind gehabt habe. Wir werden niemals erfahren, ob das wahr ist oder nicht, und es ist uns auch egal. Aber ihrer Schwester und ihrem Verlobten war es alles andere als egal, sie lösten ihre Verlobung, Ruths Schwester wanderte nach Amerika aus, und keiner hat seitdem mehr viel von ihr gehört.

Dennis wurde immer reizbarer und Ruth immer ängstlicher. Es gab einen Sohn aus einer vorherigen Ehe, einen netten, unsicheren, nervösen Jungen von damals siebzehn Jahren, glaube ich. Ruth schrieb ihm zehnseitige Briefe, in denen sie ihm erklärte, dass sie nicht versuchen würde, ihm die Mutter zu ersetzen, aber es doch schön wäre, wenn sie Freunde sein könnten. Der Junge arbeitete auf einem Bauernhof, was der Vater für idiotisch hielt und Ruth entzückend fand. Sie fuhr Hunderte von Meilen, um ihn zu besuchen und mit ihm zu reden. Wie ich Ruth einschätze, muss das eine sehr spezielle Unterhaltung gewesen sein – ohne natürlich den schüchternen Jungen zu kennen, der wahrscheinlich nicht wusste, was er mit dieser seltsamen, übereifrigen Frau, die wie ein Wasserfall auf ihn einredete, anfangen sollte. Vermutlich hielt er sie für eine Abgesandte der smarten Welt seines Vaters, die noch dazu smarter als die meisten anderen Frauen war, weil sie es nämlich bis zu einem Ehering an ihrem Finger geschafft hatte.

Er wollte nicht zu ihnen ziehen, aber Ruth hatte ein Zimmer

für ihn eingerichtet, Stiche von Pferden und idyllischen Landschaften besorgt und bombardierte ihn nun mit Postkarten und der Frage, ob er lieber einen roten oder einen blauen Teppich haben wolle. Und das war nicht eben lustig für den Sohn, weil jeder die Karten lesen konnte und sein Arbeitgeber ihn dauernd fragte, ob er nun bleiben wolle oder gehen – er müsse sich entscheiden.

Ich wollte gerade sagen, dass in den darauffolgenden Jahren nicht viel passierte, aber das ist natürlich lächerlich, weil bestimmt nicht eine Stunde und nicht ein Tag in Ruths Leben vergangen sind, an dem nicht etwas passierte. Ich wusste nur nicht, was. Es hieß, dass Ruth und Dennis sich arrangiert hätten und ein äußerst langweiliges Leben führten. Man sieht oft ein Foto von ihm in der Zeitung, wo er irgendetwas unterzeichnet – ohne Ruth. Andy, ihr Stiefsohn, ist auch nie in das Zimmer gezogen, obwohl es immer nur »Andys Zimmer« hieß. Ruths Eltern besuchten sie immer seltener. Ruth bewarb sich bei der Telefonseelsorge. Man sei sehr dankbar für ihr Angebot, erklärte man ihr, aber man halte sie nicht für geeignet. Auch diesen Schlag steckte sie offensichtlich – stoisch wie alles andere – weg. Selbstverständlich brauchte man dort ausgeglichene und zuverlässige Mitarbeiter, meinte sie entschuldigend. Sie beklagte sich nie, sondern machte einfach weiter wie bisher – mit Versprechungen, Plänen und ihren üblichen Einmischungen.

Mary, die ihr damals das Geld geliehen hatte, traf sie einmal und ging mit ihr zum Essen, und Ruth versprach sofort, ihren Einfluss geltend zu machen, damit Marys Mann befördert wurde. Mary quälte sich durch sieben schlaflose Nächte, bis sie sich einzugestehen wagte, dass Ruth es wahrscheinlich wieder einmal vergessen hatte.

Als ich sie vor kurzem sah, sagte sie, sie würde jemanden kennen, der eng befreundet mit einem preisgekrönten Autor war, und sie würde ihm schreiben, damit er mir eine Empfehlung

gab, und bis zum heutigen Tag habe ich Angst, sie könnte es tatsächlich getan haben.
Und damit nicht genug: Ruth verschickte per Post eine teure Flasche Wein, die unterwegs zu Bruch ging. Einer Cousine, die keinen Garten hatte, kaufte sie Rosensträucher. Und mir schickte sie einmal Geld für eine Frau, von der ich ihr erzählt hatte, und ich war gezwungen, ihr zu erklären, dass diese Frau keine Almosen wolle und dass ich das Geld anonym über eine entsprechende Organisation weitergeben würde. Sie war traurig, weil sie sich unbedingt mit dieser Frau hatte anfreunden wollen.
Offenbar hatte sie nur einmal eine Auseinandersetzung mit Dennis gehabt, oder zumindest eine, über die sie spricht: Und zwar bekam er damals eine Uhr überreicht und erklärte ihr, dass er nicht wisse, was er damit anfangen solle, da er bereits eine habe. Ja, erinnerte sie ihn daraufhin strahlend vor Glück, das war die Uhr, die sie ihm zum Geburtstag geschenkt hatte, kurz vor ihrer Hochzeit, woraufhin er nur lachte und erklärte, das sei doch bloß billiger Plunder gewesen, er habe sie sofort gegen eine andere ausgetauscht, die ähnlich aussah, aber wenigstens funktionierte. Dieses billige Ding, für das Ruth so viel bezahlt hatte, war übrigens der Grund für die Schulden gewesen, die sie damals bei uns gemacht hatte.
Die ganze Angelegenheit war ein wenig mysteriös und verworren, stellte sie traurig fest; sie tauge wohl wirklich zu nichts. Das war vielleicht der einzige Moment in ihrem Leben, in dem sie sich so etwas wie Selbstmitleid gestattete. Aber wenn sie immer noch nicht genügend für Dennis getan habe, so würde sie das alles wiedergutmachen, versicherte sie mir. Deshalb sei sie letzte Woche auch losgefahren, um Andy aufzutreiben. Sie solle ihn in Gottes Namen endlich in Ruhe lassen, hatte der jedoch nur gemeint, er wolle ihr nichts Böses, aber er sei über einundzwanzig Jahre alt. Ihr ganzes Gerede von wegen, sein Vater habe ihn unbewusst immer akzeptiert,

halte er für reine Amateurpsychologie und berufsmäßige Einmischung. Und dann sagte er noch etwas zu Ruth, was sie sonst immer zu den anderen sagte: »Wieso bekommst du nicht selbst Kinder und lässt mich in Ruhe?«

Und als sie danach in den Wagen stieg, waren ihr die Tränen in die Augen geschossen, sie hatte kaum noch etwas gesehen und das Steuer herumreißen müssen, um einem Hund auszuweichen, hatte stattdessen aber einen Radfahrer gestreift, der sich bei dem Sturz zwei Rippen brach, während sie selbst Prellungen am ganzen Körper und ein gebrochenes Handgelenk davongetragen hatte. Und das ist der Grund, weshalb sie jetzt im Krankenhaus lag.

Und dort bemühte sie sich weiterhin, es anderen recht zu machen. So bat sie mich, die Blumen in einen Zahnputzbecher zu stellen, um die Schwester nicht zu belästigen, was ich auch tat, aber es stellte sich heraus, dass das irgendetwas Steriles war, das die Krankenschwester unbedingt brauchte, und es gab ziemlich viel Stress deswegen. Ruth hatte für die Zeit, in der sie im Krankenhaus lag, in einem Restaurant die Mahlzeiten für Dennis geordert, aber die wurden alle schlecht, weil er immer auswärts aß, zudem wollte sie dem Arzt nichts von den schlimmen Kopfschmerzen erzählen, die sie plagten, weil der Mann ja wirklich schon genug mit ihrem Handgelenk zu tun hatte, und außerdem – Kopfschmerzen waren Kopfschmerzen. Und warum wollte man sie eigentlich nicht zu dem armen Fahrradfahrer lassen, damit sie dem Mann sagen konnte, dass alles nur ihre Schuld war und dass sie alle Kosten übernehmen würde, damit er wieder gesund wurde? Und ob ich die Adresse der Sowieso wüsste, deren Mann ja gerade erst gestorben war. Sie wollte ihr sagen, dass es da einen sehr netten Witwer gab, einen Freund von Dennis, der liebend gern wieder heiraten würde …

Plötzliche Erkenntnis

Will war rasch gelangweilt. Er verlor schnell die Geduld und konnte sehr unwirsch werden bei Themen, die ihn nicht interessierten. Heimweh gehörte dazu, auch Familie und generell die Probleme anderer Leute. Mehrmals am Tag rief Gina sich dies ins Gedächtnis. Es hatte wenig Sinn, ihm vom Herbst in der Chestnut Street vorzuschwärmen, wenn die Blätter fielen und sich auf dem Boden ein goldfarbener Teppich ausbreitete, der bei jedem Schritt raschelte und seufzte. Will zuckte nur die Schultern. Goldfarbene Blätter – wozu war das gut? Aber Gina liebte Will so sehr, dass es nicht wichtig war, was er über Herbstlaub dachte.

»Du bist weggezogen«, sagte er dann. Und sie liebte ihn so sehr, dass sie sich an ihn schmiegte und zustimmend nickte. Natürlich war sie vor fünf Jahren nach London gegangen, um mit ihm zusammenzuleben. Sie hatte den lieben, anständigen, aber introvertierten Matthew, einen Tierarzt, zurückgelassen, der sie anbetete, sich ihr jedoch niemals erklärt hatte. Er schien enttäuscht gewesen zu sein, dass Gina wegging, hatte aber nicht versucht, Argumente zu finden, um sie zurückzuhalten. Sie hatte auch ihre Arbeit als Lehrerin und ihr ruhiges Leben im Souterrain ihres Elternhauses, in der separaten Einliegerwohnung, aufgegeben. Nichtsdestotrotz liefen ihre Eltern mehrmals am Tag durch ihr Apartment, wenn sie auf dem Weg hinaus in den Garten waren. Einmal hatte Gina vorgeschlagen, die Treppe mit einer Tür abzuschließen, um mehr Privatsphäre zu haben. »Wozu brauchst du Privatsphäre?«, hatte ihre Mutter gefragt. Und Gina hatte es nie übers Herz gebracht, ihr das zu erklären.

Es war nicht schwer für sie gewesen, in London eine Anstellung als Lehrerin zu bekommen. Kinder waren einfach eine Freude – egal wo. Allerdings fehlte Gina der Kontakt zu deren Familien, wie sie es aus Dublin gewohnt war, doch das war ein geringer Preis, den sie dafür bezahlte.
Will bezog sie sehr stark in sein Leben als Rechercheur für eine Fernseh-Talkshow mit ein. Sein Job war es, neue und aufregende Leute als Gäste für die Show ausfindig zu machen und zu buchen. Die Arbeit mit Agenten, Managern und PR-Leuten war sehr stressig. Wenn sie nicht gerade in der Schule war oder Aufgaben korrigierte, erledigte Gina viele Telefonate und E-Mails für Will. Es wäre ihm allerdings lieb gewesen, wenn sie noch mehr hätte machen können. Vor allem sah er es nicht gern, dass sie einmal im Monat nach Hause flog.
»Das ist doch lächerlich, Gee, sie gewöhnen sich nur daran und warten auf dich«, sagte er. »Ich gehe *meiner* Mutter doch auch nicht die ganze Zeit auf die Nerven.«
Wills Mutter war achtundvierzig Jahre alt und stand mitten im Leben. Ginas Mutter war dreiundsiebzig und wurde allmählich vergesslich, und Ginas Vater war mit seinen achtundsiebzig Jahren schon ziemlich wacklig auf den Beinen. Ihre Lebenssituationen hätten unterschiedlicher nicht sein können.
Will hatte keine Ahnung, wie sehr die beiden Ginas Besuche herbeisehnten. Alles, was sie ihrer Tochter zeigen wollten, legten sie hinter die Uhr auf dem Kaminsims, und sie erstellten Listen mit den Aufgaben, die sie in der kurzen Zeit, in der sie zu Hause war, für sie erledigen sollte.
Ginas Brüder kamen nie in die Chestnut Street zu Besuch – zumindest nicht mehr als ein-, zweimal im Jahr.
David arbeitete als Finanzberater in Edinburgh und war mit der schönen und reichen Laura verheiratet. Sie hatten ein elegantes Haus in Morningside, wo sie häufig Gäste empfingen. Ihr Leben war viel zu voll mit Aktivitäten, um häufiger in den Süden nach Irland zu fahren.

James betrieb eine Internetfirma in London. Er lebte mit der ehrgeizigen Kate zusammen, die ihn zu fünfzehnstündigen Arbeitstagen antrieb. Da blieb auch nicht viel Zeit, um nach Hause zu fahren, und gar keine Zeit, um seine Schwester zu sehen. Als Gina vor fünf Jahren nach London gekommen war und sich die ersten Wochen sehr einsam gefühlt hatte, hatte sie vergebens gehofft, öfter von ihnen eingeladen zu werden.

Aber Will war viel zu beschäftigt, um auf solche Dinge Rücksicht nehmen zu können; er selbst stand im Augenblick unter enormem Druck. Es war ihm das Gerücht zu Ohren gekommen, dass seine Talkshow im nächsten Jahr eingestellt werden könnte – die Einschaltquoten stimmten nicht. Bevor es dazu kam oder die Tatsache bekannt wurde, wollte Will das sinkende Schiff lieber von sich aus verlassen. Er liebäugelte auch schon mit einer Talkshow in Hollywood und kannte sogar den Verantwortlichen, der ihm den Posten anbieten könnte. Wills Augen glänzten vor Aufregung, wenn er darüber sprach.

Selbstverständlich sei das ein gewaltiger Karriereschritt, den er mehr als verdiente, stimmte Gina ihm schweren Herzens zu. Gleichzeitig stellte sie sich aber auch die Frage, was er wohl unter Liebe verstand. Er war nämlich der Ansicht, dass sie tatsächlich alles liegen und stehen lassen und mit ihm kommen würde. Und dabei hatte sie schon fast alles aufgegeben, um ihm nach London zu folgen. Was also noch? War es denn so schwer zu verstehen, dass sie ihn nicht begleiten konnte? Wie sollte sie wöchentlich von Kalifornien aus nach Hause fliegen und sich um ihre Eltern kümmern? Dies war kein Mangel an Mut, sondern Dankbarkeit. Ihre Eltern hatten erst spät im Leben geheiratet und waren stets gut zu ihren drei Kindern gewesen. Jetzt, wo sie jemanden in ihrer Nähe brauchten, konnte man sie nicht allein lassen.

Gina seufzte tief, als sie auf der High Street aus dem Bus stieg. Sie würde noch ein paar Einkäufe erledigen, bevor sie nach Hause fuhr. Vater mochte diese Rosinenbrötchen so gern, die sie für ihn toasten würde, und Mutter liebte schottisches Buttergebäck. Sie hätten sich das natürlich selbst kaufen oder Mrs. Cloud darum bitten können, aber in den langen Jahren des Verzichts hatten sie es sich abgewöhnt, sich auch mal etwas Besonderes zu leisten.

Im Supermarkt traf sie Matthew Kane, der immer ein Lächeln für sie übrig hatte.

»Was war das schönste Erlebnis, das du diese Woche in der Arbeit hattest?«, fragte er sie unerwartet.

»Lass mich überlegen. Die größte und frechste Unruhestifterin, die ich je unterrichtet habe, hat mir erklärt, dass sie an einem Gedichtwettbewerb teilnehmen will. Das hat mich wirklich aufgebaut. Und deines?«

»Das war eine wunderschöne rothaarige Katze mit einem breiten Grinsen im Gesicht, deren dicker, fetter Tumor sich im Laborbericht als gutartig herausgestellt hat. Und dass ich das den Kindern, denen die Katze gehört, sagen konnte.«

»Dann war das also gar keine so schlechte Woche, alles in allem«, meinte Gina munter.

Sie sprachen nie über ihr Privatleben, und so erzählte Gina ihm auch nicht, dass es eigentlich eine sehr belastende Woche für sie gewesen war. Ihre Mutter hatte am Telefon noch zerstreuter als sonst geklungen, und ihr Vater war noch weniger als üblich mit allem zurechtgekommen. Und Mrs. Cloud war nie da, wenn sie anrief.

Will schwebte auf Wolke sieben, weil sein amerikanischer Kontaktmann in der Stadt war, und Gina musste dringend nach London zurück, um dort in ihrer Wohnung eine typische englische Pastete in den Ofen zu schieben. Amerikaner waren verrückt nach hausgemachten Pies. Und dann musste sie sich auch noch für den Abend in Schale werfen.

Es wäre schön gewesen, wenn sie das jemandem hätte erzählen können. Aber Matthew Kane war nicht der Richtige, und jetzt war nicht die Zeit dafür.

Gina sperrte die Tür zur Chestnut Street Nummer dreißig auf. Es roch nach saurer Milch und verdorbenem Essen. Ihr Herzschlag setzte einen Moment aus, bis sie Stimmen hörte, die sie begrüßten. Es stellte sich heraus, dass sie Mrs. Cloud entlassen hatten, weil sie viel zu teuer wäre und sie auch ohne sie bestens zurechtkämen.

Der Küchentisch quoll über von geöffneten Konservendosen und halb leergegessenen Tellern, der Kühlschrank stand offen, es gab keine saubere Wäsche mehr, und in der Spüle stapelte sich das schmutzige Geschirr. Gina sah sich ungläubig um.

In dem Moment stieg eine Woge des Selbstmitleids in ihr hoch. Sie war eine erwachsene Frau von neunundzwanzig Jahren, sie war immer eine halbwegs gute Tochter und Schwester gewesen, seit fünf Jahren liebte sie ein und denselben Mann und war ihm eine treue und gute Partnerin, und tagsüber unterrichtete sie gewissenhaft Schulkinder. Warum wurde sie jetzt bestraft wie eine Verbrecherin? Das war unfair.

Ungefähr zwanzig Minuten lang gab Gina sich diesem Selbstmitleid hin, dann ebbte die Woge ab, und sie machte sich an die Arbeit. Als Erstes toastete sie die Rosinenbrötchen und schlug ihren Eltern vor, hinüber ins Wohnzimmer zu gehen, während sie ein wenig aufräumte. Widerwillig, als sei das alles nicht nötig, ließen sie sich dazu überreden.

Zwei Stunden lang putzte Gina die Küche und kippte die verdorbenen Lebensmittel in mehrere schwarze Müllsäcke. Sie stopfte die Schmutzwäsche in die Waschmaschine und kratzte die angebrannten Essensreste von den Herdplatten. Dann machte sie Rührei auf Toast und rief ihre Eltern zum Essen.

»Das ist aber nett«, sagte ihre Mutter.

»Schön, wenn man abends was Warmes zu essen bekommt«, fügte ihr Vater lobend hinzu.

Mutter erzählte von Leuten, die später noch vorbeikommen wollten, die »Mädchen«, wie sie sie nannte, und erwähnte Namen, die Gina noch nie gehört hatte. Und dann ging sie nach

oben, um ihre hübsche Stola zu holen, damit sie gut aussah, wenn sie kämen.
»Wer sind denn diese Frauen, Vater?«, fragte Gina besorgt, als sie draußen war.
»Das sind die Mädchen, mit denen sie vor fünfzig Jahren in der Bank gearbeitet hat. Sie glaubt, dass sie noch immer dort ist, weißt du. Manchmal weiß sie gar nicht mehr, wer ich bin«, erwiderte er und sah dabei sehr traurig aus.
Als die beiden ins Bett gegangen waren, blieb Gina allein in der Küche sitzen und stellte für Mrs. Cloud eine Liste mit Lebensmitteln und Vorräten zusammen. Und sie überlegte sich, mit welchen Argumenten sie Mrs. Cloud davon überzeugen könnte, ihre Entlassung zu ignorieren, wieder zurückzukommen und die Stellung zu halten. Sie würde auch David und James überreden müssen, sich endlich mehr zu engagieren. Sie hatten ihre Mutter und ihren Vater doch sicher nicht vergessen, oder? Die schöne, elegante Laura in Schottland würde David bestimmt nicht davon abhalten, seiner Schwester zu helfen. Und die unermüdliche, hart arbeitende Kate in London würde James wohl auch nicht daran hindern, mit ihr zusammen eine Entscheidung zu treffen. Oder?
Ginas Mutter kam zurück in die Küche.
»Gibt's was zu feiern?«, fragte sie in mädchenhaftem Ton.
»Natürlich, Mutter.«
Gina goss ihr ein Glas Milch ein und stellte einen Teller mit Butterkeksen daneben, die sie gemeinsam verzehrten.
»Ich hoffe sehr, dass ich mal heiraten werde«, fuhr ihre Mutter fort.
»Das hoffen wir doch alle«, pflichtete Gina ihr bei, der in dem Moment klar wurde, dass im Kopf ihrer Mutter drei Jahrzehnte einer glücklichen Ehe vollkommen ausgelöscht waren.
»Du weißt doch, wie ich darüber denke«, sagte ihre Mutter in vertraulichem Tonfall. »Man kann sich gern amüsieren und verlieben, sooft man will, aber wenn es dann so weit ist, weiß

man das sofort. Wie ein helles, klares Licht trifft einen die Erkenntnis, dass alles Bisherige falsch für einen gewesen war.«
»Und hat dich diese Erkenntnis getroffen?«, fragte Gina.
»Nun ja, ich glaube schon.« Ihre Mutter redete, als unterhielte sie sich mit jemandem ihres Alters und nicht mit ihrer Tochter. Es hatte etwas von dem kichernden Getuschel junger Mädchen an sich.
»Du weißt ja, ich war schrecklich in den stellvertretenden Filialleiter verliebt, aber ihr, meine lieben Freunde, ihr hattet alle recht, er hat mich nicht geliebt.«
»Hat er denn eine andere geliebt?«, fragte Gina sanft.
»Nein, das denke ich nicht«, erwiderte ihre Mutter sachlich. »Ich erkannte nur plötzlich, dass ich nicht ein Teil seines Lebens war.«
»Und was willst du jetzt machen? Jetzt, da du es weißt?«, flüsterte Gina.
»Ich werde nichts überstürzen, so viel ist sicher.«
»Nein, auf keinen Fall«, pflichtete Gina ihr bei.
»Es ist sehr kläglich, wenn man glaubt, man würde nur in der unselbständigen Beziehung zu einem Mann existieren.«
»Da stimme ich dir vollkommen zu.« Noch nie in ihrem Leben hatte Gina so ein Gespräch mit ihrer Mutter geführt.
»Deshalb fühle ich mich von jetzt an frei und ungebunden. Ich werde das Ende dieser Vernarrtheit als Befreiung ansehen, und wenn mir jemand über den Weg läuft, der mir gefällt, dann bin ich so frei, mich auf ihn einzulassen.«
»Und gibt es denn da draußen jemanden, der dir gefallen könnte … was meinst du?«
»Ja, es gibt da einen netten Mann – ich glaube nicht, dass du ihn kennst. Er heißt George, ist sehr ruhig und spielt sich nicht dauernd in den Vordergrund wie der stellvertretende Filialleiter, aber man kann gut mit ihm reden. Jetzt, da ich die Dinge klarer sehe, werde ich auch die Zeit haben, mal ein richtiges Gespräch mit ihm zu führen.«

Gina lächelte, Tränen in den Augen, während ihre dreiundsiebzigjährige Mutter sie kokett anstrahlte. Gina aber lächelte hauptsächlich deswegen, weil ihr Vater George hieß.
Am nächsten Morgen war Gina bereits früh auf den Beinen und bat Mrs. Cloud, die Stellung noch eine Weile zu halten.
»Ich bin bald wieder da – ich werde mich um alles kümmern«, versprach sie. Dann ging sie in den Supermarkt, um für ihre Eltern einzukaufen. Und für sich besorgte sie eine sehr teure Pastete mit Lamm und Aprikosen, die man nur noch vierzig Minuten in den Ofen schieben musste. Matthew Kane war auch wieder da. »Hey, wohnst du jetzt hier?«, fragten beide wie aus einem Mund und lachten, ehe sie gegenseitig ihre Einkaufswagen inspizierten.
»Ziemlich viel Milchreis«, sagte sie verwundert.
»Tja, vor meiner Haustür sind überraschend vier Hundebabys aufgetaucht, und die vertragen im Moment noch nichts anders«, erklärte er.
»Ich verstehe. Alles Gute für die Kleinen«, sagte sie.
»Sehr exklusiv, deine Pastete«, bemerkte er mit Blick auf ihren Einkaufswagen.
»Ich will einem amerikanischen Fernsehmenschen und seiner bekifften Freundin gegenüber damit angeben und so tun, als hätte ich sie selbst gemacht.«
»Aha, verstehe – auch dir viel Glück«, erwiderte Matthew.
Irgendwie schaffte Gina es gerade noch rechtzeitig zurück nach London, wo sie einen Strauß Rosen auf den Esszimmertisch stellte. Als Will nach vielen Cocktails in einem trendigen neuen Club die Gäste nach Hause brachte, war sie fertig geduscht und umgezogen.
»Es war so lustig, dass wir gar nicht mehr gehen wollten«, schwärmte Bret.
Brets Freundin Amy war entweder betrunken oder stoned, auf jeden Fall hatte sie große Koordinationsschwierigkeiten.
»Kann ich mal Ihr Bad benutzen?«, fragte sie zur Begrüßung.

Gina wollte ihr gerade den Weg dorthin zeigen, als Bret ihr ins Wort fiel.
»Nicht hier, Liebling, hier ist das nicht nötig. Wir sind unter Freunden«, sagte er.
Gina ließ ihre Gäste allein und ging in die Küche. Als sie sich umdrehte, sah sie, wie Bret und Amy sich im Wohnzimmer gerade über den Couchtisch beugten, auf dem zwei Linien aus weißem Pulver gezogen waren. In ihrer Wohnung wurden Drogen konsumiert. Und Will stand neben ihr.
»Bitte, Gee, mach deswegen jetzt kein Theater, nicht heute, ich bitte dich.«
»Wer macht denn hier Theater?«, fragte sie.
Will lächelte sie an. Bisher hatte es immer gewirkt.
Gina trug die Pastete hinüber.
»Unsere Spezialität – Lamm-und-Aprikosen-Pie, hausgemacht.«
»Sie glauben doch wohl nicht im Ernst, dass ich eine Pastete essen werde, nur weil Sie sie extra gemacht haben«, erklärte Amy.
»Nein, damit habe ich eigentlich nicht gerechnet«, antwortete Gina freundlich.
Alle sahen sie überrascht an.
»So schlank und zierlich, wie Sie sind, haben Sie wahrscheinlich noch nie im Leben eine Pastete oder Kuchen gegessen.« Gina schaute Amy bewundernd an. »Aber vielleicht haben die anderen ja Lust darauf. Will kann einfach alles essen und nimmt nicht ein Gramm zu – bei Ihnen ist es sicher dasselbe, Bret, oder?«
Will warf ihr einen anerkennenden Blick zu. Zum ersten Mal in fünf Jahren erkannte Gina, dass es wirklich sehr leicht war, Menschen wie Will glücklich zu machen. Man musste ihnen nur schmeicheln und so tun, als gäbe es außer ihnen nichts anderes Wichtiges im Leben.
Amy trug an dem Abend nur wenig zur Unterhaltung bei, dafür Gina umso mehr. Die ganze Zeit über schwärmte sie den

anderen vor, wie begabt Will sei, wie gut er mit Menschen umgehen könne, wie sehr er bei allen wegen seines Talents beliebt sei und dass die Prominenten nur nach ihm fragten, wenn sie wieder in die Talkshow kamen. Bret warf die Frage ein, ob die Show wohl auch den Sprung über den Atlantik schaffen würde.

»Wenn Will sich etwas in den Kopf setzt, dann wird er es auch schaffen«, erklärte sie zuversichtlich.

Bret war beeindruckt. Nachdem die beiden gegangen waren, kam Will triumphierend in die Küche.

»Es lief wirklich toll – er mag mich«, sagte er.

»Dich muss man einfach mögen«, erwiderte sie leise.

»Ich treffe mich morgen Vormittag mit ihm. Stell dir vor – an einem Samstag!« Will strahlte vor Freude.

»Gut. Ich muss zurück nach Hause – rufst du mich an und erzählst mir, wie es lief?«

»Nicht schon wieder!« Er schien genervt.

»Doch, aber du hast ja dein Treffen – und hinterher geht ihr vielleicht noch in einen Club oder so.«

An diesem Wochenende gäbe es ein Menge zu tun. Brüder mussten angerufen, Krankenhäuser kontaktiert und Tageszentren besichtigt werden. Vielleicht würde sie einen Architekten bitten, wegen eines Umbaus in die Chestnut Street zu kommen, und an ihrer alten Schule könnte sie sich auch gleich wegen freier Stellen erkundigen. Dann musste sie dringend diese armen, winzigen Welpen besuchen, die noch nichts anderes als Milchreis vertrugen. Sie würde sich an den Küchentisch setzen und Entscheidungen treffen. Weitreichende Entscheidungen. Und da sie jetzt alles klar und deutlich sah, hatte keine davon auch nur im Entferntesten etwas mit einem eventuellen Umzug nach Kalifornien zu tun.

Ein fairer Tausch

Ivy wäre es lieber gewesen, die Leute hätten wie früher Briefe geschrieben. Es war immer so schön, die Kuverts durch den Briefschlitz fallen zu hören. Heutzutage bekam man nur noch Rechnungen, Werbung und Preisausschreiben, die einem weismachen wollten, man habe eine Kreuzfahrt gewonnen, obwohl das gar nicht stimmte.

Eine Weile schrieb Ivy noch Briefe an ihre Neffen und Nichten. Sie schrieb auch an ihre Kollegen von früher, mit denen sie im Blumenladen zusammengearbeitet hatte. Aber es war immer das gleiche Lied. Zurück kamen kurze, schuldbewusst auf die Rückseite von Weihnachtskarten hingekritzelte Bemerkungen, es täte ihnen unendlich leid, sie hätten antworten sollen, aber die Zeit rase nur so dahin, und wie schade, dass Ivy weder simse noch eine E-Mail-Adresse habe.

Da könnte sie geradeso gut versuchen, zum Mond zu fliegen, als das zu lernen, dachte Ivy.

Also seufzte sie und sagte sich, dass die Zeiten schlechter geworden waren. Sie war nicht einsam oder so. Früher hatte es ihr an Anträgen nicht gemangelt, aber sie hatte sich nie richtig darauf eingelassen; irgendwie hatte sie alle ihre Beziehungen vermasselt. Sie blieb aber gern mit Leuten in Kontakt und wollte wissen, was sich so tat in deren Leben.

Sie wollte jemandem erzählen, dass sie einen Preis in einem Backwettbewerb gewonnen hatte oder dass ihr kleiner Hund jetzt ganz allein zum Kiosk laufen und die Zeitung für sie holen konnte. Oder hätte gern auch ein wenig über ihren Urlaub im schottischen Hochland oder über die Vorträge über Kunstgeschichte im hiesigen Museum gesprochen. Sie hätte auch über den zwanglosen Buchclub schreiben können, zu dem sie einmal in der Woche in ihr Haus einlud. Es gab Snacks und Wein, und manchmal hatten die Damen sogar das Buch gelesen!

Nichts Weltbewegendes also, aber zu wissen, dass eine Frau von fast sechzig Jahren noch immer ein ausgefülltes Leben führte, gab manchen Leuten vielleicht ein gutes Gefühl. Inzwischen nahm Ivy sogar an Preisausschreiben teil, bei denen man sich Werbesprüche ausdenken musste, und es stellte sich heraus, dass sie ziemlich gut darin war. Sie hatte bereits ein Kofferset, eine Gartenlaube und einen Jahresvorrat an Frühstücksflocken gewonnen. Und gerade heute hatte sie erfahren, dass sie in einem anderen Wettbewerb die Gewinnerin des Hauptpreises war.

Heute Nachmittag würde sie hören, um was es sich dabei handelte. Ein Laden unten im Einkaufszentrum hatte den Preis spendiert. Ivy hoffte, dass es ein Gutschein wäre, mit dem sie sich neues Kochgeschirr und eine Universal-Küchenmaschine anschaffen konnte. Sie zog sich schick an für den Fall, dass ein Fotograf von der Lokalzeitung dabei war, wenn sie das Geschenk entgegennahm.

Allen außer Ivy blieb vor Verblüffung über den großzügigen Preis die Luft weg: der neueste Laptop und dazu ein Mobiltelefon, das offenbar hexen und sowohl E-Mails empfangen als auch versenden konnte – was immer das auch sein mochte.

Ivy, gut erzogen und höflich, dankte allen Beteiligten für dieses wundervolle Geschenk, das sie immer in Ehren halten werde.

»Vielleicht kannst du es ja umtauschen«, sagte eine Freundin, die es gut mit ihr meinte. Aber Ivy befürchtete, dass dies unhöflich wäre, so als hätte ihr der Preis nicht gefallen.

»Oder du könntest es später für eine Tombola spendieren«, schlug eine andere Freundin vor.

»Aber wenn jemand davon erfährt?« Freundlich und nett, wie sie war, wollte Ivy dieses Risiko nicht eingehen.

So trug sie das Paket nach Hause und starrte es verdrossen an. Ivy hatte es nicht so mit der Technik.

Es ging schon damit los, dass sie ihr Videogerät nicht programmieren konnte und dass es ihr große Probleme bereitete, Geld aus dem Automaten in der Wand zu holen. Sie besaß auch keinen Anrufbeantworter. Folglich war es völlig ausgeschlossen, dass sie diese Maschine in den Griff bekam.

Eigentlich schade, denn wenn es ihr gelänge, könnte sie ihren Lieblingsneffen in Südamerika kontaktieren; sie könnte auch mit einigen ihrer ehemaligen Kolleginnen in Verbindung bleiben, sympathische Frauen, die inzwischen, wie es schien, selbst halbe Maschinen geworden waren und ohne technische Hilfsmittel nicht mehr kommunizieren konnten.

Sie war ja schließlich nicht dumm, sagte sich Ivy. Angenommen, sie lernte tatsächlich, damit umzugehen? Aber zwanzig Minuten Lektüre des Benutzerhandbuchs machten ihr klar, dass dies eine vollkommen andere Welt war.

Und wenn sie Unterricht nähme?

Sie hatte von allen Seiten gehört, dass Kurse reine Glückssache wären. Entweder waren die anderen einem alle haushoch überlegen oder so begriffsstutzig, dass man einschlief. Einzelunterricht wäre besser, doch der war teuer, und Ivy hatte kein übriges Geld.

Irgendeine Möglichkeit musste es doch geben.

In der Woche darauf inspizierte Ivy das Schwarze Brett im örtlichen Supermarkt. Das Angebot reichte von babysitten, Gartenabfälle abtransportieren oder Zeitungen austragen bis zu Shiatsu-Massagen. Aber niemand wollte Computer-Analphabeten preiswerten Einzelunterricht erteilen.

Es gab auch Leute, die eine Bügelhilfe brauchten, einen unverhofften Wurf süßer Kätzchen loswerden wollten oder jemanden suchten, der zum Haareschneiden ins Haus kam. Besonders vielversprechend war das alles nicht.

Doch dann hatte Ivy eine Idee.

Und kurze Zeit später hing ihr Aushang am Brett.

Ich benötige ungefähr fünf Stunden Unterricht, wie ich meinen Computer einrichten, mich ans Internet anschließen und Textnachrichten versenden kann. Im Gegenzug biete ich einen fünfstündigen Kochkurs.

Gespannt wartete sie auf die Reaktionen, und es kamen drei Antworten. Zwei davon konnte sie sofort vergessen. Einer behauptete, der Umgang mit Computern sei kinderleicht: Man steckte den Stecker rein und los ging's. Die andere war einzig und allein am Backen mit Hefe interessiert, und nur wenn das angeboten würde, könnte sie sich vorstellen, ihre Computer-Kenntnisse weiterzugeben.

Die dritte Antwort stammte von einem zwölfjährigen Jungen namens Sandy.

Er sei gerade zu seinem Großvater in die Chestnut Street gezogen, schrieb er, und sie könnten beide nicht kochen. Wenn sie zu ihnen nach Hause kommen und ihnen beibringen könnte, wie man fünf einfache Mahlzeiten zubereitet, würde er fünfmal zu ihr kommen und sie mit dem Internet verbinden, ihr einen Mail-Account einrichten und ihr sonst noch alles zeigen, was sie interessierte.

Das war mit Abstand das beste Angebot.

Den nächsten Schritt verabredeten sie am Telefon: jeweils eine Probestunde im Haus des anderen, und danach wollte man weitersehen. Ivy beschloss, als Erste zu ihm nach Hause zu gehen.

Sandy hatte abstehendes Haar und viele Sommersprossen. Er war freundlich und höflich und entschuldigte sich sofort.

»Hier ist es etwas durcheinander«, sagte er und deutete auf die wirklich sehr unordentliche Küche. »Wir haben eben keinerlei Erfahrung, wie man einen Haushalt führt und so, wenn Sie wissen, was ich meine.«

Ivy war zu höflich, um nachzufragen, warum er jetzt bei seinem Großvater lebte.

»Ja, ich weiß, was du meinst. Was denkst du, sollten wir nicht erst einmal ein bisschen aufräumen, damit wir mehr Platz haben?«

»Gilt das dann schon als die erste von fünf Unterrichtsstunden?«, fragte Sandy besorgt.

»Nein, nicht unbedingt. Du könntest mir an deinem ersten Tag vielleicht helfen, meine gesamte Elektrik auf Vordermann zu bringen«, schlug Ivy vor.

Das stieß auf Zustimmung.

Gut gelaunt machte man sich daran, Ordnung zu schaffen. Sie schrubbten Töpfe, spülten und trockneten das Geschirr und erstellten eine Einkaufsliste, was sie für Ivys nächsten Besuch möglicherweise brauchen könnten. Ivy notierte sich, welche Gerichte Sandy und sein Großvater kochen wollten. Sie würde ihnen ein Fisch-, ein Hühnchen- und ein Fleischgericht beibringen, dazu ein vegetarisches Essen und eine Auswahl an Vor- und Nachspeisen.

»Will dein Großvater denn bei den Kochstunden dabei sein?«, fragte Ivy.

»Nein, ich glaube, das überlässt er lieber mir«, erwiderte Sandy. Ivy besaß die großartige Fähigkeit, Dinge auf sich beruhen zu lassen. Und so sagte sie nichts, sondern verabredete sich für den nächsten Tag mit Sandy.

Sandy kam pünktlich zu ihr, mit drei Seiten Notizen. Die Hauptsache sei es, erklärte er ihr, sich von der ganzen Sache nicht einschüchtern zu lassen. Es dauerte vielleicht eine Zeit, aber dann hatte man es für immer und ewig begriffen. Ivy war gerührt, dass er dachte, es liege noch eine ganze Ewigkeit vor ihr.

Sandy hatte auch einen Schraubenzieher mitgebracht und tauschte ein paar Stecker aus. Dann suchte er ein stabiles Sitzkissen für Ivys Stuhl und zeigte ihr, welche Beleuchtung am besten war. Als Sandy wieder ging, konnte sie bereits die ersten Webseiten aufrufen und verbrachte einige angenehme Stunden mit der Suche nach interessanten Themen wie Ferien auf dem Hausboot, der Bestimmung von Singvögeln oder wie man ehemalige Mitschüler ausfindig machte …

In zwei Tagen wollte er wiederkommen und ihr beibringen, Leute per E-Mail anzuschreiben. Bis dahin musste sie die Leute anrufen und nach ihrer E-Mail-Adresse fragen.

Ivy blieb an dem Abend lang auf und überlegte sich ein einfach zu kochendes Gericht für den Jungen und seinen Großvater. Schließlich entschied sie sich für Kabeljau, mit Kräutern und Gemüse in Folie gegart. Außerdem hatte sie eine leicht verständliche Anleitung dabei, in der jeder einzelne Schritt genau erklärt war.

Da Ivy keine Ahnung gehabt hatte, was »den Computer hochfahren« bedeutete, konnte Sandy unmöglich wissen, was mit »fertig dünsten« oder »auf die Hälfte reduzieren« gemeint war.

Sandy lernte schnell.

»Du bist wirklich schlau«, sagte Ivy wehmütig. »Dein junger Verstand saugt alles auf wie ein Schwamm – du begreifst so schnell …«

»Ihrer ist aber auch nicht ohne«, antwortete er. »Er hat eben mehr Tiefgang als meiner.« Und dann erstellte er eine Liste – die er »Kontakte« nannte – von allen ihren Freunden und Verwandten. Und plötzlich standen alle wieder regelmäßig mit ihr in Verbindung. Manchmal schrieben sie nur drei oder vier Zeilen, aber sie nahm nun mehr denn je an ihrem Leben teil.

Und sie brachte Sandy bei, wie man einen einfachen Rindfleischeintopf zubereitet, außerdem Hühnchen mit Zitrone und Oliven, einen Gemüseeintopf sowie einen marokkanischen Salat, bestehend aus geraspelten Karotten, Orangensaft, Rosinen und Pinienkernen.

Mehrmals hatte Sandy bereits erwähnt, dass es seinem Groß-

vater bis jetzt sehr gut geschmeckt habe, und nun wäre er bei der letzten Stunde gern dabei.
Ivy ärgerte sich aus irgendeinem Grund ein wenig darüber. Sie genoss ihre Unterhaltungen mit Sandy mittlerweile sehr. Was war dieser arme alte Mann, der Schmuck reparierte, wohl für ein Mensch? Er musste doch schon viel zu alt sein, um noch zu arbeiten.
Sie durfte nicht vergessen, klar und deutlich mit ihm zu reden. Sandy hatte nur erzählt, er sei sehr nett, habe aber wenig Ahnung, wie es in der Welt zuging.
Als Ivy die Küche betrat, saß dort ein angenehm wirkender Herr mittleren Alters, wahrscheinlich ein Onkel oder so etwas. Sandy blieb immer sehr vage, was seine Familie betraf.
»Ich heiße Ivy – Sandy und ich haben einen Handel gemacht«, stellte Ivy sich vor.
Der Mann – groß, gutaussehend und mit einem gewinnenden Lächeln – stand auf und schüttelte ihr die Hand.
»Das weiß ich! Wir haben noch nie im Leben so gut gegessen.«
»Ach, *Sie* essen auch hier?« Sandy hatte sich wohl noch unklarer ausgedrückt, als ihr bewusst gewesen war.
»Ich bin Mike, sein Großvater.«
Fassungslos sah sie ihn an. Dieser junge Mann sollte der arme, einfältige Großvater sein? Mike konnte offenbar Gedanken lesen.
»Sie hat Sandy aber auch nicht richtig beschrieben«, meinte er. »Ich dachte, Sie hätten Mühe, durch die Tür zu kommen. Und jetzt schau Sie einer an!« Er war voller Bewunderung.
Das hatte sie schon sehr lang nicht mehr erlebt.
Dieses Mal würde sie es nicht vermasseln.

Der Blumenkasten

Gwendoline hielt sich oft an ihrem Fenster auf. Ihr war klar, dass sie sich als Frau von gerade mal siebenunddreißig Jahren wie eine neugierige Rentnerin benahm, aber … nun ja … man musste schließlich über das Kommen und Gehen auf der Straße informiert sein, nicht wahr?

Sie trat einen Schritt nach hinten, weg vom Vorhang, so dass sie aber noch alles im Blick hatte.

Sie hatte gesehen, wie ein kleiner Lieferwagen das wegschaffte, was von Miss Hardys Sachen übrig war. Die Frau hatte sehr zurückgezogen gelebt; keiner hätte überhaupt bemerkt, dass sie tot war, wenn nicht der Pakistani im Tante-Emma-Laden nach ihr gefragt hätte. Und dann hatte man sie gefunden. Offenbar gab es keinerlei Verwandtschaft, niemand sei bei der Beerdigung gewesen, hieß es. Und danach hatten die Eigentümer die ganze Wohnung natürlich reinigen und desinfizieren lassen, und nun stand sie erneut zur Vermietung.

Gwendoline interessierte sich deswegen dafür, weil ihr Fenster direkt auf die Wohnung im ersten Stock des gegenüberliegenden Hauses hinausging. Nicht dass es dort je etwas zu sehen gegeben hätte außer einem Paar Vorhänge, die stets mit einer Sicherheitsnadel geschlossen gehalten wurden. Vielleicht böten ihr die neuen Mieter einen etwas aufmunternden Anblick. Ein hübsches Rollo, vielleicht, oder schöne Vorhänge mit Schabracken?

Die Straße veränderte sich gerade zu ihrem Vorteil, und sobald der Letzte vom Schlag der armen Miss Hardy und ihresgleichen verschwunden war, wäre es eigentlich eine recht passable Wohngegend.

Gwendoline kam jeden Abend gegen sechs Uhr dreißig von der Arbeit nach Hause. Ihr Weg von der U-Bahn-Station führte über einen Markt, und oft kaufte sie dort günstig ein, weil um diese Zeit alles billiger zu haben war. Heute Abend hatte sie Heilbutt zum halben Preis und nicht mehr ganz taufrische Tomaten und grüne Bohnen für einen Bruchteil dessen bekommen, was andere tagsüber dafür bezahlen mussten. Ein Strauß Blumen wurde ihr für zehn Pence angeboten, aber sie fand es irgendwie albern, also lehnte sie ab. Äußerst zufrieden kam sie zu Hause an, ihr Abendessen hatte sie kaum etwas gekostet. Gwendoline arbeitete bei einer großen Firma in der Buchhaltung. Durch ihre Beschäftigung mit Zwangsversteigerungen und anderem juristischen Gerangel wusste sie nur allzu gut, in welche Schwierigkeiten man sich durch Überschuldung bringen konnte. Gwendoline war nicht im Geringsten gefährdet.

Sie betrat ihre Wohnung und sah sich um.

Es wäre schön gewesen, wenn ihr zur Begrüßung ein Hund entgegengelaufen käme, aber man konnte einen Hund nicht den ganzen Tag in einer Wohnung einsperren. Eine Katze wäre auch nett – sie hatte schon einmal daran gedacht, sich eine anzuschaffen. Bis jemand in ihrer Firma zu bedenken gegeben hatte, dass Katzen mit ihren Krallen jedes teure Mobiliar ruinierten. Und natürlich wäre auch ein Ehemann nicht schlecht gewesen, aber das hatte sich nicht ergeben, und Gwendoline würde den Teufel tun und unzählige Opfer bringen wie ihre Freundinnen, nur um ein »Mrs.« vor ihren Namen setzen zu können.

Und es war ja nicht so, dass sie einsam gewesen wäre. Ganz und gar nicht.

Sie hatte ihren Fernseher und ihre Bücher, und aus ihrem Fenster im ersten Stock hatte sie den Überblick über alles, was draußen auf der Straße vor sich ging.

Jetzt konnte sie sehen, wie ein Lieferwagen vor dem Haus gegenüber hielt und eine Frau ausstieg. Sie schien in Gwendolines Alter zu sein, vielleicht auch etwas jünger. Sie hatte langes, dunkles, lockiges Haar, trug Jeans und einen roten weiten Pulli und war nicht allein. Vier wesentlich jüngere Leute stiegen noch mit aus.

Fröhlich, als wollten sie ein sommerliches Picknick machen, entluden sie das Auto und trugen sämtliche Kisten und Kartons nach oben. Lachend rannten sie treppauf, treppab und holten sich schließlich um die Ecke ein paar Tüten mit Fish & Chips.

Gwendoline konnte sie alle um den Tisch sitzen sehen, den sie zuvor hinaufgetragen hatten. Sie konnte alles so genau erkennen, weil die neu eingezogene Mieterin weder Vorhänge noch Rollos angebracht hatte. Absolut nichts. Das Zimmer stand allen neugierigen Blicken offen. Bemerkenswert.

Als Fisch und Pommes aufgegessen waren, gingen die jungen Leute. Von unten riefen sie noch einmal zu ihr hinauf: »Schöne Zeit, Carla. Viel Glück, Carla.« Und weg waren sie.

Sie hieß also Carla.

Wer waren die Leute, die ihr beim Umzug geholfen und mit ihr gegessen hatten? Nichten, Neffen, Cousinen, Freunde, Kollegen?

Aus irgendeinem Grund fühlte Gwendoline sich magisch von dem Fenster angezogen. Carla spülte das Geschirr und machte sich eine Tasse Tee. Dann fing sie an, irgendwelches Holz auf dem Esstisch zusammenzubauen. In nicht ganz zwanzig Minuten hatte sie einen Blumenkasten gezimmert, den sie auf die äußere Fensterbank stellte. Dann füllte sie aus zwei großen Tüten vorsichtig Erde und Kompost hinein und setzte schließlich ein halbes Dutzend Pflänzchen ein, die sie liebevoll aus durchsichtigen Plastikbeuteln nahm. Mit einer kleinen Gießkanne befeuchtete sie die Erde und betrachtete alles mit großem Wohlgefallen.

Gwendoline aß ihren billigen Heilbutt und das schlappe Gemüse, verspürte aber zum ersten Mal kein wohliges Gefühl der Befriedigung, weil sie wieder Geld gespart hatte. Sie kam sich langweilig vor im Vergleich zu der Frau von gegenüber, die am ersten Abend in ihrem neuen Zuhause ihren Umzugshelfern Fish & Chips spendiert und einen Blumenkasten bepflanzt hatte.

Gwendoline bügelte ihre Bluse und ihr Halstuch für den nächsten Arbeitstag und versuchte, sich auf ihr Buch zu konzentrieren, ertappte sich aber dabei, dass sie immer wieder auf die andere Straßenseite hinüberschielte. Carla hatte gerade Bücher in ein Regal geräumt. Was für eine Idee, sich diese vielen Taschenbücher anzuschaffen, statt sie sich kostenlos in der Bücherei auszuleihen.

Gwendoline sah zu, wie die Frau von gegenüber zufrieden ihre Bücherregale betrachtete und sich dann vor den Fernsehapparat setzte. Gwendoline konnte lediglich ihr vom Bildschirm beleuchtetes Gesicht erkennen. Carla lachte über etwas, das sie gerade anschaute. Gwendoline zappte sich durch die verschiedenen Kanäle. Es lief nichts, was sie auch nur ansatzweise lustig fand. Vielleicht hatte sich die Frau ein Video besorgt.

In gewisser Weise wirkte es aufreizend, wie sehr sie sich selbst zu genügen schien.

Am nächsten Morgen bezog Gwendoline wieder ihren Beobachterposten hinter dem Vorhang.

Carla war bereits aufgestanden und machte gerade frischen Orangensaft. Dann inspizierte sie den Inhalt ihres Blumenkastens, zupfte irgendein winziges Unkraut aus, das vielleicht über Nacht gewachsen war, und besprühte die Pflanzen ein wenig.

Als sie in ihren Mantel schlüpfte, tat Gwendoline es ihr rasch nach. Sie wollte sehen, in welche Richtung die Frau zur Arbeit ging. Aber Carla machte am Tante-Emma-Laden halt.

»Hallo, ich heiße Carla. Ich bin hier um die Ecke eingezogen und komme von jetzt an bestimmt oft zum Einkaufen zu Ihnen«, sagte sie.

»Gut, gut. Ich heiße Javed.«
»Sind Sie Mr. Javed, oder ist das Ihr Vorname?«, fragte sie.
Gwendoline war verblüfft. Seit sieben Jahren wohnte sie nun schon hier und hatte keine Ahnung, wie der Mann hieß.
»Das ist mein Vorname. Mein Nachname ist Patel«, erwiderte er.
»Tja, das scheint ein sehr nettes Viertel zu sein. Ich bin sicher, mir wird es hier gefallen«, erwiderte sie.
»Ja, es ist in Ordnung«, sagte Mr. Patel.
Das war die Gelegenheit für Gwendoline. Hier hätte sie einhaken können. »Willkommen im Viertel«, hätte sie sagen können. »Ja, man fühlt sich wohl hier. Ich heiße übrigens Gwendoline. Wollen Sie nicht heute Abend auf eine Tasse Kaffee vorbeikommen?« Aber so etwas sagte man nicht. Nicht zu fremden Leuten. Also kaufte sie nur eine Zeitung und ging.
In der Arbeit sprach einer ihrer jungen Kollegen sie darauf an. »Gwendoline, Sie haben heute tatsächlich eine Zeitung gekauft!«
Gwendoline stieg vor Ärger die Röte ins Gesicht. Gut, sie hatte einmal gesagt, wie absurd es sei, dass die Leute auf dem Weg zur Arbeit ein Vermögen für Zeitungen ausgaben und sich dann wunderten, wo ihr Geld blieb. Aber das zeugte doch nur von gesundem Menschenverstand. Deswegen war sie noch lang kein Geizhals oder überspannt. Sie fragte sich, wo diese Carla wohl arbeitete. Irgendwie sah sie ein wenig alternativ aus, ein bisschen unkonventionell. Vielleicht machte sie irgendetwas mit Kunsthandwerk.
Der Tag verging sehr langsam. Gwendoline setzte sich mit einer Zeitschrift, die jemand liegen gelassen hatte, in die Kantine und las einen Artikel darüber, wie man seine Terrasse verschönerte. Eigentlich eine Zeitverschwendung, weil sie gar keine Terrasse hatte. Dabei fiel ihr auf, wie teuer Topfpflanzen waren. Wenn man sich vorstellte, dass die Frau von gegenüber sechs davon in einen Blumenkasten im ersten Stock gepflanzt hatte!

Ein Kollege aus ihrem Büro, ein gewisser Harold, hatte gekündigt, und die Kollegen sammelten für ihn. Gwendoline versicherte wahrheitsgemäß, dass sie ihn nicht kenne.
»Sie wollen die Karte für ihn also nicht unterschreiben?«, fragte die junge Frau.
»Nein, ich will das nicht. Wie gesagt, ich kenne den Mann nicht mal.«
Wahrscheinlich bildete sie es sich nur ein, aber sie hatte den Eindruck, dass die anderen Blicke wechselten und die Schultern zuckten. Und wenn schon, das war nicht ihr Problem. Sie wäre inzwischen schon pleite, wenn sie jedes Mal, sobald ihr jemand eine Sammelbüchse unter die Nase hielt, ihr Portemonnaie zückte. Und außerdem hatte sie im Moment ganz andere Sorgen. Sie war heute Abend mit ihrem Bruder Ken verabredet, und sie mussten entscheiden, ob sie für ihre Mutter ein Pflegeheim suchen sollten oder nicht.
Ken hatte ein absurd teures Café für ihr Treffen vorgeschlagen, aber Gwendoline hatte sofort abgewunken. Er könne doch zu ihr kommen, schlug sie vor, und eine Flasche Wein mitbringen. Sie würde für ihn kochen.
Sehr zu ihrem Missfallen musste sie auch noch Überstunden machen. Und noch ärgerlicher war, dass der Markt bereits geschlossen hatte und sie nichts Günstiges mehr bekommen würde. Also musste sie in Mr. Patels kleinem Laden einkaufen und viel mehr bezahlen, als ihr lieb war.
Mr. Patel schwärmte ihr von ihrer neuen Nachbarin vor. Carla hieß sie und war ein herzensguter Mensch. Offenbar war sie Krankenschwester, den sie hatte Mr. Patel gleich verarztet, der sich in den Finger geschnitten hatte. Sie war eine ausgesprochene Frohnatur und hatte ihm bereits Unmengen von Blumensamen abgekauft.
Gwendoline hörte ungeduldig zu. Es war ihr völlig egal, was diese Frau gekauft hatte. Mehrmals hatte sie Ken auf dem Handy zu erreichen versucht, um ihm zu sagen, dass sie sich

verspätete, musste aber jedes Mal auf den Anrufbeantworter sprechen. Warum ließen die Leute ihr Handy eigentlich nicht eingeschaltet, wenn sie sich schon die Mühe machten, sich so ein teures Gerät zuzulegen?

Mittlerweile übelster Laune, schloss sie die Wohnungstür auf und fand auf dem Boden im Flur einen Zettel von Ken: »Du bist wahrscheinlich aufgehalten worden. Ich hab mein Handy im Büro vergessen, warte aber irgendwo in der Nähe und komme um halb acht wieder her.« Gwendoline warf einen kurzen Blick auf die andere Straßenseite, um nachzusehen, was sich dort tat, und erlitt fast einen Schock, als sie durch das offene Fenster in der Wohnung gegenüber ihren Bruder erkannte, der mit Carla ein Glas Wein trank.

Irgendwo in der Nähe!

Einfach das nächstbeste weibliche Wesen ansteuern, das ihm etwas zu trinken hinstellte. Das sah ihm ähnlich.

Gwendoline war verärgert. Sie wusste selbst, dass es übertrieben war. Warum sollte Ken nicht irgendwohin gehen? Jedenfalls besser, als auf der Straße zu warten. Aber das ging ihr irgendwie zu schnell, zu lässig, zu locker, als ob sie alle noch Studenten wären und keine Erwachsenen mit Verpflichtungen.

Um Viertel vor acht klingelte Ken an ihrer Tür.

Sie betätigte den Türöffner und schickte sich an, das Abendessen für ihn zuzubereiten.

Bei Javed Patel hatte sie teure Lammkoteletts gekauft, dazu tiefgefrorene Erbsen und zwei kleine Portionen Eis zum Nachtisch. Aber Ken hielt sie zurück. Er hatte gegenüber bereits ein Pilzomelett verspeist. Carla war gerade dabei gewesen, sich etwas zu essen zu machen, und da hatte er einfach mit ihr zusammen gegessen. Und da er schon mal dort war, hatte er bedauerlicherweise auch die Flasche Wein, die er ihr mitbringen wollte, geöffnet.

»Vielen Dank«, sagte Gwendoline gekränkt.

»Nein, ich meine, schließlich hat sie mich verköstigt, da schien es mir angemessen«, entschuldigte sich Ken.
»Klar.« Gwendoline packte die Koteletts in Folie ein und stopfte sie in das kleine Gefrierfach in ihrem Kühlschrank.
»Willst du nichts essen?«, fragte er erstaunt.
»Das hat jetzt keinen Sinn mehr. Lass uns über Mutter reden.«
»Es ist ganz einfach, fürchte ich. Sie will nicht in ein Heim, Gwenny.«
»Ich hasse es, wenn du mich so nennst. Aber du hast recht, es ist ganz einfach. Sie muss unbedingt in ein Heim. Allein ist es zu gefährlich für sie.«
»Aber sie will nicht. Sie wird nicht mit sich reden lassen.«
»Wenn du damit sagen willst, dass du und ich von nun an unsere gesamte Zeit damit verbringen sollen, sie zu besuchen, bei ihr aufzuräumen, sauber zu machen und überhaupt Mädchen für alles zu spielen …«
»Nein, das meine ich nicht. Ich schlage vor, dass Millie und ich bei ihr einziehen«, erwiderte Ken.
»Das wird sie nicht akzeptieren. Du und Millie, ihr seid nicht verheiratet.«
»Das dürfte ihr lieber sein als ein Heim, weil das die einzige Alternative ist.«
»Nicht die einzige. Ich bin ja auch noch da. Wahrscheinlich denkst du, dass sie dir dann ihr Haus vermachen wird.«
Ken schüttelte den Kopf. »Nein, weder erwarte ich das, noch will ich es, aber wir müssen einen Untermieter finden, um die Kosten stemmen zu können.«
»Welche Kosten? Ihr werdet dort doch keine Miete zahlen, Millie und du?«
»Aber wir müssen das Haus umbauen. Wir brauchen Rampen für Mutter, ein neues Schlafzimmer für sie im Erdgeschoss, ein Badezimmer, das auf ihre Bedürfnisse zugeschnitten ist. Und eine zusätzliche Pflegekraft muss auch bezahlt werden. Millie und ich arbeiten schließlich den ganzen Tag.«

»Und was ist dann meine Rolle? Vermutlich erwartest du von mir, dass ich an den Wochenenden parat stehe.«
»Nein, Gwenny … ich meine, Gwendoline, das erwarte ich nicht. Und Mutter ebenso wenig.«
»Oh, doch – warte, bis sie deswegen zum ersten Mal anruft.«
»Ruft sie dich eigentlich manchmal an?«, fragte Ken.
»Nein, aber nur deshalb nicht, weil sie befürchtet, dass ich mit ihr dann wieder über das Heim spreche.«
Ken schwieg.
»Warum bist du dann überhaupt gekommen, Ken, wenn schon alles geregelt ist?«
»Weil ich keine Veränderungen in Mutters Haus vornehmen will, ohne das vorher mit dir besprochen zu haben.«
»Oder in deinem Haus, wie wir es wohl bald nennen müssen.«
Gwendoline presste die Lippen zu einem harten dünnen Strich zusammen.
»Mutter will morgen ihr Testament aufsetzen. Auf meinen Wunsch hin vererbt sie uns das Haus in der Chestnut Street zu gleichen Teilen. Es war gar nicht leicht, sie davon zu überzeugen, aber ich hätte der Vereinbarung sonst nicht zugestimmt. Sie meinte, du seist kalt, hartherzig, unversöhnlich und ein gehässiger Mensch. Woraufhin ich gesagt habe, dass du einfach nur einsam bist, und sie hat mir recht gegeben.«
»Das alles hat sie über mich gesagt?«
»Doch nur, weil sie Angst bekommt, wenn du ihr wieder mit dem Altersheim drohst. So wirkt das eben auf sie – wie eine Drohung.«
»Aber es ist doch keine Drohung! Es ist doch nur zu ihrem Besten«, verteidigte sich Gwendoline.
»Unsere neue Regelung ist wahrscheinlich eher zu ihrem Besten.«
Ken stand auf, um sich zu verabschieden. Es gab nichts mehr zu sagen. Gwendoline bot ihm weder Tee noch Kaffee oder

Wein an. Sie trat an das Fenster, von dem aus man in die Wohnung gegenüber sehen konnte. Carla goss wieder einmal ihren Blumenkasten. Also wirklich, die Frau war wie besessen. Ken beobachtete seine Schwester.

»Sie ist nett. Ich könnte mir vorstellen, dass ihr zwei euch gut versteht, Gwenny.«

»Ich brauche keine Freundin. Außerdem, wie kommst du dazu, mich einsam zu nennen – das bin ich ganz und gar nicht.«

»Nein«, erwiderte er und ging.

Gwendoline sah ihn zu ihrem Fenster hinaufschauen, machte sich aber nicht bemerkbar. Sie sah auch, dass er Carla zuwinkte und dass die Frau mit ihrer kleinen Gießkanne seinen Gruß erwiderte.

Der Abend kam Gwendoline endlos lang vor, aber sie gestattete es sich nicht, darüber nachzugrübeln, was ihre Mutter gesagt hatte. Es stimmte schon, dass sie und ihre Mutter nicht besonders gut miteinander auskamen, aber das war doch bei den meisten Müttern und Töchtern so. Mütter mochten ihre Söhne lieber, das war allgemein bekannt.

Sie hatte keinen Hunger. Das Essen konnte sie auch noch an einem anderen Abend kochen.

Aber als es Schlafenszeit war, war sie noch hellwach. Es hieß, ein wenig frische Luft würde einem guttun. Also wollte sie eine Runde um den Block drehen.

Zu ihrer Verwunderung traf sie am anderen Ende der Straße auf Carla, die, ausgerüstet mit einer Papiertüte und einem kleinen Spaten, in einem großen, vernachlässigt aussehenden Blumenkübel herumbuddelte.

»Was, in aller Welt, machen Sie da?«, hörte Gwendoline sich sagen, ehe sie es sich verkneifen konnte.

Carla blickte auf und schenkte ihr ein strahlendes Lächeln. »Oh, hallo. Sie wohnen genau gegenüber, ich hab Sie bereits kommen und gehen sehen.«

»Das ist aber nicht Ihr Blumentopf.«

»Nein, stimmt – ist es nicht furchtbar? Er schreit geradezu nach jemandem, der sich seiner annimmt. Das arme alte Ding.« Sie gab dem Kübel einen liebevollen Klaps.
»Und warum pflanzen Sie da was rein?«, fragte Gwendoline misstrauisch.
»Warum nicht? Ich stecke immer irgendwelche Samen in anderer Leute Blumenkästen oder Töpfe. Das ist eine Art Hobby von mir. Sie würden sich wundern, wie viele von den Samen aufgehen. Manche Pflanzen gehen natürlich auch ein, aber die meisten kommen durch. Es hat etwas Magisches an sich, wenn man die Straße allmählich aufblühen sieht.«
»Aber vielleicht wollen die Leute gar nicht, dass Sie Blumen in ihr Eigentum stecken«, erwiderte Gwendoline. Und noch während sie das sagte, bemerkte sie, wie lächerlich das klang.
»Die meisten Leute freuen sich, wenn sie die Blumen sehen. Erst mal sind sie überrascht, aber dann freuen sie sich«, erklärte Carla. Dann hakte sie sich bei Gwendoline unter.
»Ich bin jetzt fertig hier. Wollen Sie nicht noch auf einen Kaffee mit zu mir kommen, Gwendoline?«
»Woher wissen Sie, wie ich heiße?«
»Von Ihrem Bruder. Er war besorgt, weil Sie nicht zu Hause waren, als er vorbeikam. Ihnen die schlechten Nachrichten überbringen zu müssen, ist ihm ein bisschen an die Nieren gegangen.«
»Er hat mit Ihnen über mich gesprochen? Ich fasse es nicht!«
»Kommen Sie mit, wir unterhalten uns ein wenig. Alte Leute können manchmal unglaublich schwierig sein, wissen Sie. Erzählen Sie mir davon, in meiner Arbeit habe ich ja ständig damit zu tun. Ihre Mutter hasst Sie nicht – es ist nur die Angst, die sie so ungerecht werden lässt.«
Ihr Bruder hatte ihre persönlichen Angelegenheiten ausgeplaudert.
Gwendoline hatte nun die Wahl. Sie konnte entweder in die Wohnung mit dem Blumenkasten gehen und mit dieser ihr

offensichtlich wohlgesinnten Frau reden. Oder sie konnte nach Hause gehen.

»Danke, das ist nett von Ihnen, aber wenn ich jetzt Kaffee trinke, kann ich nicht schlafen«, sagte sie und ließ Carla stehen.

Während sie auf dem Weg nach Hause dem Klang ihrer eigenen Schritte lauschte, überlegte Gwendoline, ob die Immobilienpreise wohl steigen würden, wenn diese Samentütchen tatsächlich aufgingen und Blumen vor jedem Haus wuchsen. Könnte aus der Straße vielleicht doch noch etwas werden?

Finns Zukunft

Das große Problem war Finns Zukunft.

Finn war gerade mal sieben Jahre alt, hatte also – nach allgemeinem Ermessen – noch eine lange Zukunft vor sich. Ich war dem Jungen erst ein paarmal begegnet, weil es mir besser zu sein schien, mich herauszuhalten. Aber ich redete viel über Finn. Du meine Güte, was redete ich nicht ständig über ihn und seine Zukunft. Auch Dan beschäftigte sich mit fast nichts anderem mehr.

Dan und Molly hatten sich getrennt, als Finn drei Jahre alt war. Ich weiß eigentlich auch nicht genau, warum. Irgendein Arbeitskollege von Molly, die an der Rezeption in einem Freizeitcenter arbeitete. Oder vielleicht, weil Dan geschäftlich dauernd unterwegs war; er war Handelsvertreter. Oder weil Molly in der Nähe ihrer Familie wohnen wollte und nicht in der Nähe von Dans Familie.

Im Grunde liebten sie sich einfach nicht mehr, das war alles. Aber inzwischen war es nicht mehr so leicht, Schluss zu machen, wie damals, als wir alle noch jung und dumm waren. Man musste an Finn und seine Zukunft denken. Und im Gegensatz zu anderen getrennt lebenden Paaren konnten sich Dan und Molly einfach nicht auf eine zufriedenstellende Regelung für den Jungen einigen, den sie beide abgöttisch liebten, auch wenn es zwischen ihnen keine Liebe mehr gab.

Dan wollte kein Wochenend-Vater sein, der mit seinem Sohn in den Zoo ging, ihm einen Burger kaufte und krampfhaft versuchte, ein Gespräch mit ihm zu führen. Molly wollte nicht, dass ihr einziges Kind in einem fremden Haus übernachtete, wo sich vielleicht weiß Gott wer noch alles aufhielt, und noch dazu ohne anständige Heizung und womöglich in einem ungelüfteten Bett.

Sie überlegten, Finn stundenweise zu den jeweiligen Großeltern zu bringen, damit Dan dort Zeit mit seinem Sohn zusammen sein könnte. Doch das war auch keine Lösung. Mollys Eltern hielten Dan für einen Taugenichts, und je weniger Kontakt der über alles geliebte Finn zu ihm hatte, desto besser. Dans Eltern hielten wiederum Molly für eine Schlampe, und wenn Dan mehr Rückgrat hätte, würde er das alleinige Sorgerecht einklagen. Das konnte man also gleich vergessen.

Und dann habe ich Dan kennengelernt, wodurch das Problem noch eine zusätzliche Dimension bekam. Ich hatte mein eigenes Haus in der Chestnut Street, nicht unbedingt im schicksten Viertel der Stadt, aber es hatte zumindest drei kleine Schlafzimmer und einen Garten. Außerdem wollten wir heiraten, so dass man bei uns wirklich nicht von einer Lasterhöhle hätte sprechen können. Und ich hatte einen Job als Krankenschwester im hiesigen Krankenhaus und war folglich alles andere als eine liederliche, hemmungslose Person ohne Verantwortungsgefühl, die Finn vernachlässigen und verhungern lassen würde.

Aber Molly gefiel das alles nicht. Stur weigerte sie sich, Finn zu uns kommen und bei uns übernachten zu lassen.

»Wir müssen an Finns Zukunft denken«, pflegte sie zu sagen. »Er soll doch nicht aufwachsen, ohne zu wissen, wo er wohnt und wohin er gehört.«

Woraufhin Dan jedes Mal erwiderte, dass es ihm *gerade* um Finns Zukunft gehe und er nicht wolle, dass der Junge sich von ihm verlassen fühle, was ja nicht der Fall war.

Ist es da verwunderlich, dass ich mich so weit wie möglich aus der Sache heraushalten wollte? Manchmal malte ich mir aus, Molly würde als Stripperin auf einem Kreuzfahrtschiff anheuern und uns Finn für drei Monate überlassen, der dann bei ih-

rer Rückkehr zu ihr sagen würde, dass er sich wohl in unserem Haus fühle und von nun an bei uns bleiben wolle.
Ich richtete sogar ein Zimmer für ihn ein. Mit einem kleinen Schreibtisch, an dem er seine Hausaufgaben machen konnte. Ein Wörterbuch, ein Lexikon und einen Atlas kaufte ich ihm auch. Sogar leuchtend orangerote Vorhänge habe ich besorgt, und dazu den passenden Bettbezug, weil ich gehört hatte, dass er knallige Farben mochte.
Aber Molly ließ sich nicht erweichen. Sie wolle nicht, dass Finn in ein fremdes Leben hineingezogen werde; sein Vater könne ihn aber gern an den Wochenenden bei ihr zu Hause besuchen. Jedes Gericht im Land würde ihr wohl eine gehörige Portion Großzügigkeit bescheinigen, fügte sie noch hinzu.
Der arme Dan kam von diesen Besuchen immer sehr bedrückt und aufgewühlt zurück. Offenbar fragte Finn ihn zum Schluss immer, warum er gehen müsse.
»Du bist doch *hier* zu Hause, Daddy. Geh nicht weg«, flehte er jedes Mal, und Dan stotterte dann herum und grummelte, dass das früher mal so war, er jetzt aber sein eigenes Haus habe, während Molly nur die Schultern zuckte, als ginge sie das alles nichts an.
Dan und ich heirateten also, und meine Familie, die ihn auf Anhieb sehr mochte, wollte wissen, ob der kleine Finn wohl zur Hochzeitsfeier kommen werde. Aber es sah nicht danach aus. Molly meinte, Finn würde Zukunftsängste bekommen, wenn er bei so etwas dabei wäre.
Als Finn dann sieben Jahre alt war, ging er in eine andere Schule, die zufälligerweise nicht weit weg von uns lag. Also versuchte Dan es erneut und erkundigte sich vorsichtig, ob es möglich wäre, den Jungen zweimal in der Woche abzuholen und mit zu uns nach Hause zu nehmen. Er bekäme bei uns auch Milch und alles, was Molly sonst noch guthieß.
An jenem besagten Morgen fiel mir wieder einmal Dannys trauriger Gesichtsausdruck auf, als wir beim Frühstück einan-

der gegenüber an dem hübschen runden Tisch saßen, von dem aus man hinaus in den Garten sehen konnte, in dem Finn wahrscheinlich niemals spielen würde, weil das schädlich für seine Zukunft wäre. Und da bekam ich einen großen Zorn auf Molly! Wie konnte sie es wagen, dem Jungen all die Liebe und Zuneigung vorzuenthalten, die in diesem Haus auf ihn warteten? Wie *unverschämt*, Finns Vater das Gefühl zu geben, ein unzulänglicher Egoist zu sein, der sein Kind vernachlässigte, obwohl er doch nur zu gern seine Vaterrolle erfüllt hätte.

Doch unter keinen Umständen wollte ich Öl ins Feuer gießen, indem ich zu Dan sagte, dass ich seine Ex für die selbstsüchtigste Frau unter der Sonne hielt. Das hätte nichts gebracht. Also lächelte ich und erklärte ihm, dass ich heute freihätte und daher einkaufen gehen und ihm eine schöne Pastete machen würde. Sein sorgenvolles Gesicht heiterte sich ein wenig auf, und er meinte, dass er es gut getroffen habe mit mir.

Aber in mir brodelte und gärte es immer noch. Als ich mich zum Einkaufen fertig machte, beschloss ich, auf dem Weg an Finns Schule vorbeizugehen. Gegen halb elf Uhr würden die Kinder auf dem Spielplatz sein, so dass ich aus der Nähe einen Blick auf diesen Jungen werfen konnte, dessen Zukunft auch unsere Gegenwart und Zukunft ruinierte.

Ich sah ihn sofort. Er übte gerade Jonglieren mit einem anderen Jungen. Geschickt warfen sie die kleinen Keulen in die Luft. Bald hatte sich eine kleine Zuschauergruppe um sie geschart.

Dan jonglierte auch sehr gern. Hatte er es seinem Sohn noch beibringen können, oder hatte der Kleine es von selbst gelernt? Vermutlich würde ich das nie erfahren.

Noch ein paar andere Leute schauten den Kindern durch den hohen Zaun zu. Es gab keinen Zugang zum Schulhof – man hätte durch das Schulgebäude gehen müssen. Wie sich die Zeiten ändern, dachte ich. Heutzutage müssen Kinder vor Fremden, die sie durch ein Spielplatzgitter beobachten, geschützt werden. Dann wurde mir aber bewusst, dass ich auch so eine Person war, die man hier nicht haben wollte: die zweite Frau des Vaters eines Schülers. Das gab nur Ärger. Gott sei Dank kannte mich hier niemand, sonst würde ich sicher Verdacht erregen. Dann schaute ich zu einer Frau hinüber, die mich aufmerksam betrachtete.

Es war Molly, und sie hatte mich erkannt.

Ich trat die Flucht nach vorn an.

»Ihr Sohn kann ja wunderbar jonglieren«, sagte ich.

»Genau, das ist er. *Mein* Sohn. Dass Sie das ja nicht vergessen.«

Molly war klein, blond und sehr wütend auf mich.

Ich hätte mich in den Hintern beißen können, dass ich hier entlanggegangen war, und noch mehr dafür, dass ich mich hatte erwischen lassen. »Ja, natürlich ist er das. Und Sie sind sicher sehr stolz auf ihn.«

»Das bin ich, sehr sogar. Und wenn Sie mal selbst welche haben, können Sie auf Ihre eigenen Söhne stolz sein. Statt hierherzukommen und meinem Sohn nachzuspionieren.«

Wenn Molly Gift und Galle spuckte, wirkten ihre Züge ein wenig entgleist, nicht so hübsch und puppenhaft, wie wenn sie lächelte.

Ich weiß gar nicht, was über mich kam, aber ich erzähle das sonst nie jemandem.

»Ich werde weder Söhne noch Töchter haben. Ich kann keine Kinder bekommen.«

Nicht einmal meiner Mutter und meinen Schwestern, die mich dauernd löcherten, ob denn nicht bald etwas Kleines käme, habe ich es gesagt.

»Das glaub ich nie im Leben«, erwiderte Molly.

»Aber es stimmt. Es ist traurig, aber wahr«, sagte ich mit einem Schulterzucken.

»Und was sagt Dan dazu?«

»Er ist auch traurig, aber er wusste es, bevor wir geheiratet

haben, und er hat ja schon einen Sohn, den er abgöttisch liebt.« Mit einer Kopfbewegung deutete ich auf den Spielplatz.
»Und dessen Leben nicht auf den Kopf gestellt und dessen Zukunft nicht ruiniert wird, bloß weil Sie keine Kinder bekommen können«, konterte Molly.
»Ich weiß«, stimmte ich ihr zu.
»Was machen Sie dann hier?« Molly blieb misstrauisch.
»Ich weiß es nicht«, entgegnete ich, und vielleicht erkannte sie an meinem Gesichtsausdruck, dass ich die Wahrheit sagte. »Ich weiß wirklich nicht, warum ich hier bin, Molly. Irgendwie hat es mit Dans Gesichtsausdruck heute früh zu tun.«
»Hat er Sie geschickt? Ich hab ihm doch eingeschärft, dass er sich auf keinen Fall hier blicken lassen soll – ich hätte nie gedacht, dass er *Sie* vorschickt.«
»Nein, nein, er hat keine Ahnung, dass ich hier bin.« Wieder hatte ich den Eindruck, dass sie mir glaubte.
Die Schulglocke schrillte, und die Kinder gingen wieder hinein. Molly und ich sahen stolz zu, wie die anderen Jungen Finn wegen seiner Jonglierkünste anerkennend auf die Schulter klopften. Uns beide hatte er nicht gesehen.
»Also dann«, sagte ich, »ich sollte mich auf den Weg machen. Ich habe heute frei.«
»Ich auch«, erwiderte Molly ein wenig freundlicher. »Was haben Sie jetzt vor?«
»Ich will Fleisch kaufen und Dan seine Lieblingspastete zubereiten.«
»Na, da hat er ja Glück mit Ihnen – ich konnte nie kochen. Kann es immer noch nicht.«
»Ich bin auch nicht so besonders gut darin«, musste ich zugeben. »Ich halte mich immer genau an das Rezept. Aber mit Ihnen hatte er ja viel mehr Glück – Sie haben ihm einen Sohn geschenkt.«
Sie stand da und schaute mich einen Moment lang an, als überlegte sie sehr genau, was sie nun sagen würde.

Sie seufzte.
»Wollen wir nicht zusammen einkaufen gehen?«, schlug sie dann vor.
Ich zögerte keine Sekunde. »Das wäre toll, und Sie könnten mir helfen, das Richtige zu finden. Das Rezept ist für vier Personen gedacht, also sollte ich vielleicht von allem nur die Hälfte kaufen.« Mir war klar, dass ich einfach drauflosplapperte, aber das war mir egal.
Sie hatte einen großen Schritt getan, und ich war ihr auf halbem Weg entgegengekommen.
Sollte ich noch einen Schritt weitergehen, oder würde das alles kaputt machen?
Ach, sei's drum – ich würde es aussprechen.
»Oder wir belassen es beim Rezept für vier, und Sie und Finn essen heute Abend mit uns zusammen. Sozusagen als Vertrauensvorschuss, wenn Sie verstehen, was ich meine?«
Sie zögerte. Vielleicht war ich doch zu weit gegangen, das passiert mir oft. Vielleicht hatte diese Frau nur Mitleid mit mir, weil ich keine Kinder kriegen kann, und hatte deshalb angeboten, mit mir einkaufen zu gehen. Sich mit dem heißgeliebten Kind auf feindliches Gebiet zu begeben, das war hingegen etwas völlig anderes. Vielleicht würde sie meine und Dans Anwesenheit nervös machen. Oder vielleicht wäre genau das Gegenteil der Fall. Nun musste sie nicht mehr befürchten, dass Dan noch mehr Kinder bekam und darüber seinen Erstgeborenen vergaß. Wahrscheinlich werde ich nie erfahren, was ihr durch den Kopf ging.
Schließlich sagte sie: »Ist nicht alles, was wir tun, eine Art Vertrauensvorschuss? Wir kommen sehr gern heute Abend zum Pastetenessen zu euch.«
Und ich habe es mir auf keinen Fall nur eingebildet: In dem Moment kam die Sonne durch und schien auf die herbstlichen Bäume, die wunderschöne Schatten über den ganzen Spielplatz warfen.

Ein Abend im Jahr

Es ist nur ein einziger Abend im Jahr, aber die Leute machen immer ein ziemliches Getue darum. Wo werdet ihr hineinfeiern? Geht ihr auf eine Silvesterparty? Man spürt einen Druck, als handele es sich um eine Art Wettbewerb. Und die Leute mögen es nicht, wenn man sagt, dass man eigentlich nichts vorhat. Dann fühlen sie sich schuldig, als wären sie verpflichtet, einen einzuladen. Wohin auch immer.

So ging es den Kollegen im Lehrerzimmer auch mit Cissy. Für Cissy war das Jahr 1997 die Hölle gewesen. In den Sommerferien war Frank, ihr Ehemann, mit einem Flittchen aus der vorletzten Klasse durchgebrannt. Es war ein Riesenskandal an der Schule gewesen, ausgiebig besprochen in allen Zeitungen, und es hatte Cissy das Herz gebrochen. Zudem wurde spekuliert, allerdings ohne jeden Beweis, dass er Cissys gesamte Ersparnisse mitgehen ließ.

Die anderen Lehrkräfte wussten, dass sie zumindest an Weihnachten versorgt war. Cissy besuchte ihre Schwester, die Kinder hatte, und das würde sie ablenken. Aber an Silvester? Man stellte allerlei Überlegungen an. Vielleicht sollte jemand sie einladen? An diesem einen Abend im Jahr wollte man gewiss nicht allein sein. Cissy sah die Frage kommen und erzählte allen, dass sie Freunde zu Gast habe.

Freunde?

Cissy hatte noch nie irgendwelche Freunde erwähnt. Aber jetzt fühlten sich die Kollegen nicht mehr ganz so schuldig.

Der Abend kam, und Cissy saß mutterseelenallein in ihrer Wohnung in der Chestnut Street. Das ist ein ganz normaler Abend, versuchte sie, sich einzureden. War er aber nicht. Die-

sem Abend waren fünf Jahreswechsel vorausgegangen, die sie alle mit Frank verbracht hatte.
Am ersten Silvesterabend hatte er ihr den Heiratsantrag gemacht, und an den anderen vier Abenden waren sie immer in das gleiche laute Restaurant gegangen und hatten jedem erzählt, dass dies der Jahrestag ihrer Verlobung sei. Und jetzt lebte Frank in England mit dieser blutjungen Lola zusammen, die eine Karriere als Model anstrebte, und Frank wollte sie managen. Wenn er Pech hatte, landete er wegen Verführung Minderjähriger noch im Gefängnis.
Um zehn Uhr hielt Cissy es nicht mehr aus: die gnadenlos gute Laune im Fernsehen, den Partylärm von draußen. Für sie klang das wie der reine Hohn. Sie zog Mantel und Schal an, verließ die Wohnung und ging zu Gianni's.

Eigentlich hatte Martin ein Silvester-Dinner mit Geoff geplant. Er wollte einen Fasan machen, den er schon beim Metzger bestellt hatte. Geoff käme bald wieder zurück vom Weihnachtsbesuch bei seiner Familie. Geoffs Eltern glaubten immer noch, dass er eines Tages heiraten und sie im Wonnemonat Mai mit einer Hochzeit und dann mit vielen Enkelkindern beglücken würde. Sie hatten keine Ahnung, dass er in der Großstadt glücklich und zufrieden mit Martin zusammenlebte. Festgefahren in ihren Ansichten, wie sie waren, hatte es keinen Sinn, sie von etwas überzeugen zu wollen, was sie nie im Leben verstehen konnten, wie Geoff sagte.
An Weihnachten war das in Ordnung. Martin half jedes Jahr bei einer Weihnachtsfeier für Bedürftige aus, und bevor er es sich versah, war Geoff wieder da und sprudelte über von Geschichten und Plänen. Doch dieses Jahr hatte Geoff angerufen. Seine Eltern veranstalteten eine große Silvesterparty, und er konnte einfach nicht wegfahren. Zuerst dachte Martin, er würde ebenfalls zu der Party eingeladen, aber als ihm klar wurde, dass dem nicht so war, hatte er große Mühe, sich seine Enttäu-

schung und Verbitterung nicht anmerken zu lassen. Er wünschte Geoff viel Vergnügen bei der Party und riet ihm, potenziellen Heiratskandidatinnen besser aus dem Weg zu gehen.
Martin bestellte den Fasan wieder ab, blieb zu Hause und hörte Musik. Aber irgendwann fühlte er sich so miserabel, dass ihm schier der Kopf platzte. Um zehn Uhr ging er schließlich aus dem Haus. Er wusste nicht, wohin, aber es war ihm auch egal. Keine Sekunde länger hätte er es in der Wohnung ausgehalten, die er für Geoff eingerichtet hatte. Er lief fast eine Stunde herum, ohne seine Umgebung wahrzunehmen. Als er an einer Art Imbissbude vorbeikam, die Gianni's hieß und nicht so überfüllt war, ging er hinein. Irgendwo musste er schließlich etwas essen.

Josie und ihre Schwester Rosemary führten einen Bio-Gemüseladen. Das heißt, Josie führte ihn, Rosemary stand schick angezogen im Geschäft, verteilte Kochrezepte und erzählte Geschichten über Prominente, die sich rein biologisch ernährten. Rosemary war gertenschlank und grazil und erregte allseits Bewunderung. Wenn jemand einen Artikel über den kleinen Laden veröffentlichte, was immer wieder vorkam, war es Rosemary, die an der Tür oder neben der großen Saftpresse auf dem dazugehörenden Foto abgebildet wurde. Nun ja, Josie passte nicht so recht ins Bild. Rundlich und bescheiden, entsprach Josie in ihrer biederen Strickjacke nicht ganz der Vorstellung, die man sich von einem biodynamischen Lebensstil machte. Obwohl sie diejenige war, die auf den Markt und zu den Lieferanten ging und zehn Stunden am Tag arbeitete, während Rosemary zum Lunch verabredet war und sich mit den richtigen Leuten traf.
Die beiden Schwestern bewohnten dasselbe Haus, Rosemary die beiden oberen Stockwerke und Josie das Souterrain. Heute Abend allerdings wurde das ganze Haus gebraucht, weil Rosemary eine Party gab. Ihr Freund hatte Zeit, da seine grässliche

Frau mit den fürchterlichen Kindern beim Skifahren war, so dass er und Rosemary eine rauschende Silvesterparty feiern konnten. Mehrmals hatte man Josie zu verstehen gegeben – selbstverständlich, ohne es direkt auszusprechen, aber ziemlich unmissverständlich –, dass man sie bei dem Fest lieber nicht dabeihaben wollte.

Das Untergeschoss würde dringend für die Catering-Firma benötigt, und außerdem könne Josie fremde Menschen, noch dazu in Scharen, sowieso nicht ausstehen, oder? Nie im Leben hatte Josie sich so verletzt gefühlt. Das träfe sich gut, sagte sie zu ihrer Schwester, sie treffe sich ohnehin mit Freunden und würde dort übernachten. Rosemary fragte nicht, welche Freunde das waren. Sie kam nicht auf die Idee, dass Josie, die Tag und Nacht arbeitete, vielleicht gar keine Freunde hatte. Josie quartierte sich in einem Bed & Breakfast am anderen Ende Dublins ein und bezahlte im Voraus, aber irgendwann konnte sie es in dem ungemütlichen Zimmer nicht mehr aushalten. Unten kamen die Vermieterin und ihre große Familie allmählich in Fahrt. Josie zog sich den Mantel über und ging aus dem Haus. Es musste doch einen schöneren Ort geben, um die letzten Stunden des alten Jahres zu verbringen. Da fiel ihr eine freundlich wirkende Imbissbude ins Auge. Hier wäre es genauso gut wie irgendwo anders.

Louis war müde. In New York wäre das ein normaler Tag gewesen – er hätte sich um sein Business gekümmert, gefunden, was er suchte. Aber dieses verrückte Land war anscheinend für volle zwei Wochen lahmgelegt. So konnte man doch nicht wirtschaften. Er sollte hier einen Auftrag erledigen, der sich erst einmal unkompliziert angehört hatte, aber dann waren jede Menge unvorhersehbare Komplikationen aufgetaucht. Sein Kunde würde diese Verzögerungen nie verstehen. Vielleicht stellte sich in zwei Tagen ja wieder so etwas wie Normalität ein, was er inständig hoffte. Er hatte sich für die Zeit seines Aufenthalts in Dublin in einem Apartmenthotel eingemietet, das sauber und zweckmäßig war, allerdings auch ziemlich seelenlos. Eigentlich nicht das Richtige für die Rückkehr in seine Heimatstadt. Andererseits, als eine Art Auftragskiller, als Spion zurückzukommen, das war schließlich auch nicht so toll.

Louis sah sich in der kleinen Küche um. Es war nichts zu essen da. Er hatte keine Lust auf ein großes Restaurant mit vielen Leuten und Lärm. Auf seinem Weg hierher war er, nur einen halben Block entfernt, an einer Imbissbude – Gianni's – vorbeigekommen, da konnte er sich vielleicht etwas zum Essen holen.

Giannis Vater erkundigte sich, wie das Geschäft lief, und Gianni log wie üblich.

»Sehr gut, Papa, es sind viele Leute da«, antwortete er.

»Das scheint mir nicht so, Gianni.«

»Warum denkst du das, Papa?«

Der alte Mann bewegte sich nur noch zwischen Stuhl und Bett hin und her, die Treppe herunter kam er überhaupt nicht mehr.

»Wenn viele Leute da wären, hättest du deine Schuhe reparieren lassen, mein Sohn.«

»Wir haben genug zu tun, Papa. Wir leben davon, und wir leben gut davon.«

»Du kommst nicht weg aus dem Laden, kannst nicht heiraten, nicht dein eigenes Leben führen.«

»Ich will auch nicht heiraten und mein eigenes Leben haben, ich lebe gern hier mit dir.«

»Na gut, dann geh runter und bediene deine vielen Gäste.«

»Mach ich, Papa.«

Gianni lief nach unten in sein Pub, das vorhin noch leer gewesen war. Aber jetzt standen da vier Leute und sahen sich etwas ratlos um.

»Tut mir echt leid – ich war oben bei meinem Vater. Er ist alt und regt sich leicht auf. Also, wer ist zuerst dran?«

Keiner schien es eilig zu haben, es waren höfliche Menschen. Nicht wie die Säufer, die oft hierherkamen, aber es war ja auch noch nicht Sperrstunde.
»Na, dann setzen Sie sich bitte, und ich nehme Ihre Bestellung auf.«
»Kann man hier essen?«, fragte die dicke Frau mit der komischen Strickmütze.
»Kann man, aber vielleicht ist es nicht besonders festlich für den Silvesterabend.« Gianni blickte sich, wenig begeistert, in den tristen Räumlichkeiten um.
»Ich würde gern hier essen«, erklärte die Frau mit der Strickmütze.
»Ich auch«, sagte der gut angezogene, junge Mann mit dem eleganten Mantel. Gianni hätte für sein Leben gern so einen Mantel besessen, und auch ein Paar neue Schuhe. Irgendwann vielleicht.
»Und ich würde mich auch gern an einen Tisch setzen. Da draußen ist zu viel Party.« Die Frau in dem dunklen Mantel mit dem roten Schal war attraktiv und sah nicht so aus, als würde sie an einem Silvesterabend allein in einer Imbissbude zu Abend essen. Aber der reiche amerikanische Geschäftsmann ebenso wenig. Der hatte eindeutig zu viel Klasse für diese Lokalität.
Allerdings hatte Gianni nur die Lizenz für Speisen zum Mitnehmen, nicht für ein richtiges Restaurant mit Tischen zum Hinsetzen. Der kleine Tisch war nur für die Leute gedacht, die auf ihr Essen warteten.
Aber er war keiner, der zu gutem Geld nein gesagt hätte. Er lief herum, suchte Ketchup, Essig und Papierservietten zusammen und holte hinten aus dem Laden noch vier Teller.
Seine Gäste hatten sich inzwischen an den Tisch gesetzt, als hätten sie sich verabredet, hier zu Abend zu essen.
Gianni hatte eine Bitte. »Wenn Leute hereinkommen und sich hinsetzen wollen«, sagte er, »könnten Sie sich dann bitte als

meine Freunde ausgeben? Es gibt nämlich Gäste, die kommen hierher und finden dann nicht mehr nach Hause, verstehen Sie?«

Es sah so aus, als hätten sie ihn verstanden.

»Also sagen Sie einfach, Sie seien Giannis Freunde. Okay?«

Auch das schienen sie zu kapieren.

Auf dem Weg zur Fritteuse hörte Gianni, wie sie sich einander vorstellten. Alle schienen erfreut darüber zu sein, mit drei wildfremden Personen an einem billigen Plastiktisch zusammenzusitzen. Die Menschen waren schon sonderbar.

Seine Gäste gaben sich jedoch nicht mit Smalltalk zufrieden, sondern kamen ohne Umschweife direkt darauf zu sprechen, wie es ihnen in diesem Jahr ergangen war, das in weniger als zwei Stunden zu Ende ging.

Martin gestand, dass er sich einsam fühle, weil sein Freund und Lebenspartner Geoff bei seinen Eltern war, statt mit ihm Fasanenbraten zu essen. Er habe sich sehr auf diesen Abend gefreut, sagte er, da sie Pläne für das kommende Jahr schmieden wollten.

»Na ja, wenigstens ist er zu seinen Eltern gefahren«, meinte Cissy. »Mein Mann ist mit einer meiner Schülerinnen abgehauen. Also, das ist weitaus schlimmer als das, was Sie beschreiben.«

Cissy verstummte abrupt, als wundere sie sich über sich selbst. Normalerweise blockte sie total ab, wenn jemand sie auf das Thema ansprach, und jetzt platzte sie vor völlig Fremden damit heraus.

»Stimmt, das ist wirklich schlimm«, gab Martin zu. »Geoff kommt übermorgen wenigstens wieder zurück. Würden Sie Ihren Mann denn wieder aufnehmen, wenn er käme und Sie darum bäte?«

»Keine Ahnung, ich weiß es wirklich nicht. Besser wäre es, wenn nicht, aber man weiß nie, wozu man fähig ist, wenn der Zeitpunkt stimmt.«

Gespannt sahen sie die beiden anderen an, in der Hoffnung auf weitere Enthüllungen.

Josie hatte ihre Strickmütze abgesetzt und räusperte sich mit ernster Miene.

»Meine Schwester und ich führen einen Gemüseladen und waren auch heute noch bis sieben Uhr abends dort wegen der Kunden, die immer bis zur letzten Minute mit ihrem Einkauf warten. Das heißt, ich war da. Meine Schwester war beim Friseur. Heute Abend steigt eine große Fete bei uns zu Hause, und da bin ich fehl am Platz – ich störe nur. Also hab ich gesagt, dass ich mit Freunden feiere.« Sie sah unheimlich traurig aus.

Louis, der Mann mit dem amerikanischen Akzent, tätschelte ihre Hand. »Und Sie feiern ja auch mit Freunden. Sozusagen. Wir alle essen mit Ihnen zusammen.«

Dass Louis kein Wort über seine eigene Situation verlor, fiel anscheinend niemandem auf.

Der Fisch und die Pommes wurden gebracht, und Gianni freute sich, dass die Augen seiner Gäste aufleuchteten. Ab und zu kamen Kunden herein, und der eine oder andere warf einen Blick auf den kleinen Tisch mit den Gästen.

»Ich wusste gar nicht, dass es bei dir so nobel zugeht, Gianni«, kommentierte einer.

»Das sind Freunde von mir«, erwiderte Gianni voller Stolz.

»Ciao, ciao«, sagte Louis gut gelaunt, und alle stimmten mit ein. Gianni war so erleichtert, dass er allen einen Plastikbecher Wermut spendierte. Es schmeckte abscheulich, wie Hustensaft, aber alle überwanden sich und tranken.

»Ich könnte jetzt wirklich ein Glas von einem guten Wein vertragen«, sagte Louis. »Aber in dem Apartment, das ich gemietet habe, steht so etwas nicht herum.«

Bei ihm zu Hause gebe es genug Wein, erklärte Martin, aber es sei ziemlich weit weg.

Josie warf ein, dass sie ebenfalls keinen Zugang zu etwas Trinkbarem habe.

Keiner wollte die angenehme Vertrautheit ihrer kleinen Runde aufgeben, aber noch mehr von diesem medizinischen Wermut wollten sie sich auch nicht zumuten.

»Ich wohne gleich hier um die Ecke, in der Chestnut Street. Kommt doch mit zu mir«, schlug Cissy vor.

Und so fing alles an.

Heute Abend vor genau zehn Jahren.

Alle marschierten hinüber zu Cissys Wohnung.

Bei Weißwein und Weihnachtskuchen unterhielten sie sich, als seien sie schon ewig befreundet, und besprachen ihre Probleme. Martin solle keinesfalls versuchen, Geoff zu einem Coming-out zu überreden, wenn es seinen Eltern das Herz bräche. Wenn man jemanden liebte, wollte man ihn glücklich sehen. Cissy sollte eine offizielle Trennung in die Wege leiten und wegen der gestohlenen Ersparnisse eine sofortige Verfügung gegen Frank erwirken. Vornehme Zurückhaltung und so tun, als würde man über den Dingen stehen, sei jetzt fehl am Platz. Und dann sollte Cissy mit dem Geld, das ihr zustand, einen ausgedehnten Luxusurlaub finanzieren. Was Josie betraf, so waren sich alle einig, dass sie von einem Wirtschaftsexperten schätzen lassen sollte, welchen Beitrag jede der beiden Schwestern für das Geschäft leistete. Sogar Louis legte ein wenig von seiner Zurückhaltung ab und erzählte, dass er vor vielen Jahren seine irische Familie im Streit verlassen habe und in die USA gegangen sei, wo er in allen möglichen Branchen großen Erfolg gehabt habe. Er arbeitete schwer, verdiente viel Geld, aber eigentlich behagte ihm dieses Leben nicht sonderlich. Er solle doch mit seiner Familie in Irland Kontakt aufnehmen, schlugen ihm die anderen vor. Da müsse schon die Hölle zufrieren, ehe er das auch nur ansatzweise in Betracht ziehe, erwiderte Louis. Um Mitternacht prosteten sie einander zu und bedauerten zutiefst, dass sie jetzt alle wieder nach Hause gehen müssten.

Bei jedem schwangen bei dem Wort »Zuhause« unterschiedliche Nuancen von Groll mit. Für Martin war Zuhause eine Wohnung ohne Geoff, für Josie ein kaltes Hotelzimmer, für Louis ein unpersönliches Apartmenthotel. Und sobald alle gegangen wären, bliebe Cissy zurück in einer Wohnung, die ohne Frank auch kein Zuhause mehr war.

»Warum bleibt ihr nicht alle hier?«, fragte Cissy.

Josie könnte bei ihr im Schlafzimmer, die Männer im Wohnzimmer übernachten. Es war auf jeden Fall um einiges besser als das, was sie erwartete. Niemand ließ sich lang bitten. Als Cissy am nächsten Morgen für jeden ein Omelett machte, herrschte noch immer die gute Stimmung vom Vorabend.

Man tauschte keine Adressen aus und plante nichts, aber alle waren sich einig, dass sie – sollten sie sich nächstes Silvester zufällig in der Nähe befinden – wieder in die Rolle von Giannis Freunden schlüpfen würden.

Das neue Jahr hatte gut angefangen. Und damit hatte keiner von ihnen gerechnet.

Ein Jahr verging, und keiner hatte das getan, wozu er sich mehr oder weniger bereit erklärt hatte. Cissy hatte noch immer nicht die Scheidung gegen ihren Mann eingereicht und ihn verklagt. Martin hoffte noch immer, Geoff würde sich vor seinen Eltern outen und ihn mit zu sich nach Hause nehmen.

Josie hatte noch immer nichts gegen die unfaire Verteilung der Arbeitslast zwischen ihr und Rosemary unternommen und arbeitete stattdessen jetzt elf Stunden am Tag.

Louis hatte seinen Auftrag in Dublin erledigt, ohne Kontakt mit seiner Familie aufzunehmen, und war zu seinem stressigen Job in New York zurückgekehrt.

Silvester rückte näher, und wie im Jahr zuvor versicherte Cissy ihrer Familie und den Kollegen in der Schule, dass sie mit Freunden verabredet sei. Josie erzählte ihrer Schwester, sie feiere mit Freunden, und wie üblich zeigte Rosemary nicht das geringste Interesse. Dieses Jahr war es auch nicht so wichtig, weil die Ehefrau ihres Freundes keinen Skiurlaub machte, so dass es auch keine Party gab. Martin hätte sich gern großzügiger gegenüber Geoff verhalten, der schon wieder zu seinen Eltern fuhr, um dort ihren x-ten verzweifelten Versuch, ihn zu verheiraten, über sich ergehen zu lassen. Er wusste selbst, dass er vorwurfsvoll und beleidigt klang und dass er und Geoff sich allmählich entfremdeten. Louis wiederum hatte das Gefühl, etwas Wesentliches in seinem Leben versäumt zu haben. In New York hatte er vielen Leuten erzählt, dass er über Silvester nach Dublin fliegen wolle, aber das interessierte anscheinend keinen.

Louis kam als Erster bei Gianni zur Tür herein. Er hatte ein paar Flaschen Wein mitgebracht, die er über den Tresen reichte.

»Von Giannis Freunden«, sagte er.

»Kommen die anderen auch?«, fragte Gianni.

»Ich hoffe es sehr, Gianni, sonst müssten du und ich das alles allein trinken.«

Die Tür ging auf, und Josie kam herein; wenig später trafen Cissy und Martin ein. Seit ihrer letzten Begegnung schien keine Zeit vergangen zu sein, und es fühlte sich an wie ein Familientreffen. Dieses Mal hatten sie Kleidung zum Wechseln mitgebracht, und die beiden Männer hatten sogar an Decken gedacht.

Es war noch schöner als beim letzten Mal, und Louis gestand, dass er eine Art Wirtschaftsspion war. Er überprüfte die Mitarbeiter großer Unternehmen, um sicherzustellen, dass deren Lebenslauf nicht geschönt war. Er war sehr gut in seinem Job, aber inzwischen fing es an, ihm an die Nieren zu gehen, dass er viele ehrgeizige junge Leute bloßgestellt und damit ihre Träume zerstört hatte.

Josie erzählte, dass Rosemary sich immer schlechter benahm, weil ihr Freund seit neuestem an der kurzen Leine gehalten wurde.

Ein wenig waren sie enttäuscht, dass die anderen – wie er-

hofft – ihr Leben nicht umgekrempelt hatten. Für sich selbst jedoch fanden sie natürlich jede Menge Rechtfertigungen.
Da sie sich inzwischen jedoch gut genug kannten, tauschten sie dieses Jahr ihre Namen und Adressen aus.
Und so ging es weiter, Jahr für Jahr. Auch an dem Silvesterabend, an dem Gianni eine schwarze Armbinde trug, weil sein Vater in dem Jahr gestorben war. Alle hatten sie mit Gianni getrauert, obwohl sie den alten Mann nie kennengelernt hatten. Könnte er noch einmal von vorn anfangen, sagte Gianni, würde er seinen Papa nehmen und mit ihm nach Italien zurückkehren.
Und Frank hatte tatsächlich den Versuch gemacht, wieder zu ihr zurückzukommen, aber Cissy hatte sich strikt geweigert. Sie war inzwischen stellvertretende Schulleiterin und traf sich gelegentlich mit einem anderen Mann. Cissy war noch keine vierzig Jahre alt; ermutigt von ihren Silvester-Freunden hatte sie jetzt nicht mehr das Gefühl, dass dies schon alles gewesen war im Leben.
Nachdem sie seit zehn Jahren immer wieder versprochen hatte, sich mit Rosemary auseinanderzusetzen, hatte Josie an diesem Abend stets große Angst gehabt, ihnen allen gegenüberzutreten. Nun hatte sie tatsächlich gehandelt, war aus dem gemeinsamen Haus ausgezogen und hatte es Rosemary ganz überlassen. Dafür führte sie den Gemüseladen jetzt allein, wohnte in der kleinen Wohnung im Obergeschoss und beschäftigte eine tüchtige Mitarbeiterin. Sie war Mitglied in einem Bridge-Club und hatte vor, nächstes Jahr mindestens zehn Kilo abzunehmen.
Giannis innige Zuneigung zu seinem Vater habe ihn so gerührt, sagte Louis, dass er wieder Kontakt zu seiner Familie aufgenommen habe. Die hatte vollkommen vergessen, worum es bei dem Streit gegangen war, und obwohl er selbst sich nur allzu gut erinnerte, hielt er es für klüger, es ebenfalls zu vergessen.

Sie nahmen ihre Reisetaschen mit in Cissys Wohnung und begrüßten das neue Jahr in blendender Laune. Zum zehnten Mal in der gleichen Runde!

»Kaum zu glauben, dass wir uns nur einen Abend im Jahr treffen«, sagte Josie.

Sie machte mittlerweile einen völlig anderen Eindruck, war viel selbstbewusster im Auftreten und trug keine albernen Strickmützen mehr.

»Es ist ja nicht in Stein gemeißelt, dass wir uns nicht öfter sehen dürfen«, erwiderte Louis.

Louis würde in Zukunft ohnehin viel mehr Zeit in Irland verbringen und wäre sehr froh, wenn ihm eine sympathische Freundin, die er seit zehn Jahren kannte, dabei Gesellschaft leistete.

In diesem Haus würden auch Sie
gerne Urlaub machen!

Maeve Binchy

Ein Cottage am Meer

Roman

Das Stone House ist eine zauberhafte Pension im Westen Irlands. Hier hat Chicky endlich wieder ein Zuhause und eine Lebensaufgabe gefunden, nachdem sie ihrer Familie jahrelang ein glückliches Leben in den USA vorgetäuscht hatte. Doch nicht nur für Chicky bildet das Stone House einen Wendepunkt im Leben: Auch für ihre Gäste wird es zum Schicksalsort, von dem sie glücklicher und hoffnungsvoller abreisen werden.